Ceux-qui-brillent

David Eddings

La Trilogie des périls

Tome 2

Ceux-qui-brillent

Traduit de l'américain
par Dominique Haas

ÉDITIONS FRANCE-LOISIRS

Titre original : *THE SHINING ONES*

Édition du Club France Loisirs,
avec l'autorisation des Éditions Pocket

Éditions France Loisirs,
123, boulevard de Grenelle, Paris
www.franceloisirs.com

ISBN 978-2-298-01107-4

Pour Pop,

Les beaux souvenirs combleront le vide
que tu laisses dans nos cœurs.
Tu auras été un sacré joueur de golf et de billard.
Tu vas nous manquer.

PROLOGUE

Extrait du chapitre trois de : L'Affaire de Cyrga, étude des récents événements, *dossier établi par le département d'histoire contemporaine de l'université de Mathérion.*

Avis au lecteur : les travaux de compilation réalisés par un collectif de chercheurs reflètent inévitablement des points de vue différents. Bien que professant un profond respect pour l'éminent signataire du chapitre précédent, l'auteur de la présente partie des travaux ne partage pas son avis en ce qui concerne l'interprétation des récents événements, et en particulier sur le fait que l'intervention de l'Église de Chyrellos dans l'Affaire de Cyrga ait été complètement désintéressée.

L'auteur partage toutefois la haute opinion de son collègue pour Zalasta du Styricum. On ne saurait trop louer les inestimables services que cet homme d'État sage et fidèle rendit à l'empire. Quand la gravité de l'Affaire de Cyrga apparut au gouvernement de Sa Majesté, nos ministres se tournèrent tout naturellement vers Zalasta pour lui demander conseil. Malgré l'admiration due à ce grand personnage, force est de reconnaître que son élévation d'esprit l'empêchait parfois de percevoir les travers d'autrui. Des doutes s'élevèrent dans certains milieux gouvernementaux lorsque Zalasta suggéra de chercher la solution à la crise hors des frontières de Tamoulie et plus particulièrement auprès d'un chevalier pandion, messire Émouchet. Cette proposition troubla les membres les plus conservateurs du Conseil impérial. Ce génie militaire était membre de l'un des ordres combattants de l'Église de Chyrellos, et il est imprudent de baisser sa garde quand la nécessité oblige à traiter avec cette puissante institution.

Zalasta avait remarqué messire Émouchet au cours de la seconde guerre du Zémoch entre les chevaliers de l'Église de Chyrellos et les troupes d'Otha. Même Zalasta, dont la sagesse est légendaire, ne put préciser ce qui advint dans la cité de Zémoch lors de la confrontation finale entre le Dieu des Zémochs, Otha et messire Émouchet. Celui-ci aurait brandi un ancien talisman appelé « Bhelliom », mais aucun chercheur sérieux n'a pu avancer de précisions concernant le talisman ou ses attributs. Ce qui est sûr, en revanche, c'est que Zalasta réussit à persuader le gouvernement de Sa Majesté impériale d'appeler le Pandion à l'aide au début de l'Affaire de Cyrga – malgré les réserves de certains ministres parmi les plus respectés, qui arguèrent à juste titre des dangers présentés par une collusion entre l'empire et l'Église de Chyrellos. On peut déplorer que la faction menée par Oscagne, le ministre des Affaires étrangères, ait eu l'oreille de l'empereur à ce moment-là, et que le Premier ministre, Pondia Subat, n'ait pu le dissuader de s'embarquer dans une entreprise aussi hasardeuse.

Oscagne se rendit en personne au siège de l'Église élène de Chyrellos pour demander à l'archiprélat Dolmant de mettre messire Émouchet à sa disposition. Si personne ne discute les talents de diplomate d'Oscagne, d'aucuns contestent ses prises de position politiques, et il est de notoriété publique qu'il s'était vivement opposé au Premier ministre dans le passé.

Faute d'autorité centrale, la politique, sur le continent éosien, manque de clarté. L'Église de Chyrellos est souvent en désaccord avec les monarques des différents royaumes d'Élénie. En tant que chevalier de l'Église, messire Émouchet aurait dû normalement être aux ordres de l'archiprélat Donnant, mais Émouchet est aussi l'époux de la reine d'Élénie, et donc soumis à ses caprices. C'est là que le ministre Oscagne fit la démonstration de son habileté. L'archiprélat Dolmant vit clairement la communauté d'intérêts avec l'empire, mais la reine Ehlana ne se laissa pas convaincre. La reine d'Élénie est jeune et ses émotions obscurcissent parfois son jugement. Elle envisagea sans enthousiasme d'être séparée de son mari. C'est alors que le ministre Oscagne eut l'idée de faire passer la venue de messire Émouchet sur le continent darésien pour une visite d'état de la reine Ehlana à la cour impériale de Mathérion. Il était normal que messire Émouchet, le prince consort, accompagne son épouse, ce qui justifiait sa présence. Cette proposition eut l'heur de plaire à la reine Ehlana, qui finit par donner son assentiment.

Les royaux époux partirent donc, escortés, comme il

convenait, de cent chevaliers de l'Église. Ils allèrent, par la mer, jusqu'à Salesha, à l'est du Zémoch. De là, le convoi rejoignit, à Basne, un contingent de cavaliers pélosiens qui lui firent traverser la frontière de l'Astel, en Darésie occidentale.

Les comptes rendus de ce voyage comportent des invraisemblances criantes. La version des Élènes est particulièrement incohérente. Toutefois, ces disparités apparentes s'expliquent à l'examen des calendriers élène et tamoul. La reine d'Élénie n'a jamais traversé le continent en volant, comme on a pu l'entendre dire. Son avance fut tout à fait normale, si l'on veut bien considérer que la semaine élène est plus longue que la nôtre !

En passant par Darsas, la capitale de l'Astel, la reine Ehlana fit si bien la conquête du roi Alberen que l'ambassadeur Fontan raconte avec humour que, « pour un peu, le pauvre homme lui aurait donné sa couronne ». Pendant ce temps, le prince Émouchet commençait à réunir des informations sur ce que les Élènes appelaient mélodramatiquement « la conspiration ».

Le convoi royal fut rejoint à Darsas par deux légions de guerriers atans commandés par Engessa, le chef de la garnison de Cenae, et ils partirent pour Pela, dans les steppes d'Astel central, où les attendaient des nomades péloïs. De là, ils repartirent pour la cité styrique de Sarsos, au nord-est de l'Astel.

De ces rapports émerge cependant un élément troublant : le ministre des Affaires étrangères, soit abusé par les Élènes, soit de mèche avec eux, relate qu'un peu à l'ouest de Sarsos, le convoi royal rencontra des *Cyr-*

gaïs ! Cette tentative évidente de désinformation du gouvernement impérial a soulevé de graves questions, non seulement sur la loyauté d'Oscagne, mais aussi sur la sincérité des Élènes eux-mêmes. Comme le souligna Subat, le Premier ministre, le brillant Oscagne est aussi, comme beaucoup de surdoués, un peu fantasque. Le Premier ministre rappela que le prince Émouchet et ses compagnons étaient des chevaliers de l'Église, et que l'Église de Chyrellos était une force politique et spirituelle sur le continent éosien, c'est bien connu. De noirs soupçons commencèrent à se faire jour au sein du gouvernement de Sa Majesté, et beaucoup émirent de graves réserves sur la sagesse de l'entreprise. On est allé jusqu'à envisager que les désordres constatés sur le continent tamoul aient pu être provoqués par les Élènes. Ils fournissaient, en effet, un prétexte idéal pour une incursion sur le continent par les chevaliers de l'Église, le bras combattant de l'archiprélat Dolmant. Et si toute l'affaire avait été manigancée par Dolmant pour permettre à son Église de convertir la Tamoulie au culte du Dieu élène et de prendre le contrôle de l'empire ? Le Premier ministre Subat nous a personnellement confié que cette possibilité inquiétante l'avait effleuré.

À Sarsos, la reine Ehlana retrouva Séphrénia, qui avait naguère initié les Pandions aux secrets du Styricum et qui siégeait maintenant au Conseil des Mille, mais aussi Zalasta lui-même, ce qui apaisa certaines angoisses concernant les intentions des Élènes. C'est lui qui réussit à convaincre les Mille de leur apporter leur aide, malgré les soupçons que les Styriques nourrissaient de longue date, et à juste raison, estimait-on bien souvent, envers les motivations des Élènes.

En passant par l'Atan, la reine Ehlana s'insinua aussi dans les bonnes grâces du roi et de la reine. La personnalité enjôleuse de la reine est à l'évidence une arme non négligeable.

Si l'on peut sérieusement s'interroger sur les détails de la rencontre avec ces prétendus Cyrgaïs telle que la relate Oscagne, on ne saurait douter de ce qui s'est passé après que le convoi eut quitté Atana. Le rapport émane de Zalasta lui-même et il faudrait avoir perdu la raison pour contester l'honnêteté du premier citoyen du Styricum. Le groupe fut à nouveau attaqué dans les montagnes à l'ouest de la frontière tamoule, et Zalasta a confirmé que les assaillants n'étaient pas humains.

On a signalé, l'an passé, des apparitions de monstres terrifiants dans les montagnes d'Atan, bien que de nombreux sceptiques aient écarté ces observations comme autant de tentatives de déstabilisation du gouvernement impérial. Ces illusions fort réussies d'ogres, de vampires, de loups-garous et de Ceux-qui-brillent terrorisaient le peuple de Tamoulie depuis des années, et l'on supposa à l'époque que ces monstres des montagnes étaient de la même nature. Mais Zalasta affirme qu'il s'agit de Trolls, des créatures de la péninsule de Thalésie, en Éosie, qui auraient émigré vers la côte nord de l'Atan en traversant les glaces du pôle, sans doute à l'instigation des ennemis de l'empire. Messire Émouchet mit rapidement les monstres en déroute, confirmant la confiance que Zalasta avait placée en lui.

Le convoi de la reine Ehlana entra enfin en Tamoulie

et parvint à Mathérion aux dômes de feu, site de la capitale impériale, où l'empereur Sarabian leur réserva le meilleur accueil. Malgré les protestations du Premier ministre, Sa Majesté admit les visiteurs élènes dans son intimité et, comme les roitelets de l'Ouest, succomba rapidement au charme de la reine d'Élénie. Force nous est d'admettre que l'empereur Sarabian a fait preuve, ces temps-ci, d'une tendance regrettable à interférer avec l'action du gouvernement et à négliger les conseils de gens bien mieux placés que lui pour assurer la marche au quotidien de son vaste empire.

Kolata, le ministre de l'Intérieur, fit valoir que messire Émouchet, étant un Élène d'Éosie, ne pouvait comprendre les différentes cultures de Tamoulie et qu'il aurait besoin de conseils et de directives pour contrer efficacement les desseins de l'ennemi. Aussi Subat proposa-t-il de prendre le prince Émouchet sous son autorité. Mais l'empereur Sarabian rejeta leur approche et accorda à cet étranger une totale liberté de mouvement.

Malgré nos réserves sur le prince Émouchet, la reine Ehlana et leurs compagnons, nous reconnaissons honnêtement que leur présence à Mathérion évita un désastre majeur. Ils occupaient, dans la cité impériale, une réplique d'un château élène conçu pour permettre aux dignitaires élènes de se sentir comme chez eux. L'importance de ce fait apparaîtra bientôt.

Par des moyens non encore élucidés, messire Émouchet et ses compagnons éventèrent une tentative de coup d'État. Au lieu d'en informer le ministre de l'Intérieur, les Élènes décidèrent de laisser les conspirateurs mener le complot à son terme. Lorsqu'une foule armée approcha de la cité impériale, la nuit fatidique, le prince Émouchet et ses hommes étaient réfugiés dans leur château élène, avec l'empereur et le gouvernement.

Les Tamouls n'ont jamais compris que l'architecture pouvait être une arme. À l'insu du gouvernement de Sa Majesté, les Élènes d'Émouchet avaient discrètement apporté certaines modifications au château, tout en y construisant secrètement les installations avec lesquelles les Élènes font la guerre.

La populace entra sans encombre dans la cité impériale et donna l'assaut à une forteresse imprenable, pleine de guerriers élènes sans merci, habitués à jeter de la poix bouillante sur leurs assaillants. Les horreurs de cette nuit resteront à jamais gravées dans la mémoire des hommes civilisés. Comme bien souvent en Tamoulie, beaucoup de jeunes des plus grandes maisons avaient rejoint les rebelles, plus par jeu que dans une intention véritablement coupable. On avait coutume de distinguer ces jeunes trublions des vrais criminels : ils étaient sévèrement réprimandés et rentraient chez leurs parents. Protégés par le rang et la famille, ils avaient peu à craindre des autorités. Mais la poix bouillante ignore les considérations de rang, et un jeune aristocrate à la tête chaude brûle aussi vite que le plus infâme gredin. Dès que la foule fut entrée dans la cité impériale, les Élènes refermèrent les grandes portes, emprisonnant tout le monde à l'intérieur, les innocents comme les coupables, et des sévices indescriptibles furent infligés à ces malheureux par les cavaliers péloïs livrés à leurs plus coupables instincts. Quand les portes de la cité impériale se rouvrirent, ce fut pour laisser entrer vingt légions entières d'Atans. Ces barbares ignorants des rudiments de la civilisation massacrèrent aveuglément tout ce qui leur tombait sous la main. Beaucoup de jeunes nobles, les enfants chéris de cette université même, furent abattus en brandissant les insignes qui auraient dû leur garantir l'immunité.

Si les honnêtes gens du monde entier ne peuvent que s'offusquer de cette sauvagerie, on se doit de reconnaître l'action positive de messire Émouchet et de ses compagnons. Le soulèvement fut écrasé par ces sauvages élènes et ces Atans sans foi ni loi.

Le gouvernement de Sa Majesté impériale se fit beaucoup d'ennemis lors de cette terrible nuit. Bien que les atrocités aient été ostensiblement perpétrées par les Élènes, les grandes maisons de Tamoulie ne devaient pas oublier que cet Émouchet était venu à Mathérion sur l'invitation expresse de l'empereur.

Les Élènes prirent prétexte du soulèvement pour dépêcher à Chyrellos le patriarche Emban – un haut dignitaire du clergé élène et le conseiller spirituel de la reine Ehlana – afin de demander à l'archiprélat d'envoyer les chevaliers de l'Église en Tamoulie pour les aider à « normaliser la situation ».

Pondia Subat, Le Premier ministre, reconnaît en privé qu'il perd peu à peu de son influence et se contente d'assister, impuissant, au déroulement des événements qui se précipitent à une allure vertigineuse. L'invitation faite à messire Émouchet était manifestement la première étape d'un stratagème plus vaste et plus redoutable. Le ministre des Affaires étrangères a exploité la situation troublée qui prévaut en Tamoulie pour manipuler l'empereur et lui fournir l'ouverture dont Dolmant avait besoin afin de justifier une incursion en force sur le continent darésien.

L'auteur de ces lignes est absolument convaincu que l'empire affronte la plus grave menace de sa longue et glorieuse histoire. La participation des Atans au massacre perpétré dans la cité impériale est la preuve irréfutable que leur loyauté est pour le moins sujette à caution.

Qui viendra à notre secours ? Où, en ce monde, trouverons-nous la force de repousser les hordes sauvages de Dolmant de Chyrellos ? L'empire dans toute sa gloire tombera-t-il sous les assauts des zélotes élènes ? Je pleure, mes frères, notre gloire défunte. Mathérion axa dômes de feu, la cité de lumière, le foyer de la vérité et de la beauté, le centre du monde, Mathérion est condamnée. Les ténèbres descendent, et bien faible est l'espoir de voir renaître le jour.

PREMIÈRE PARTIE

CYNESGA

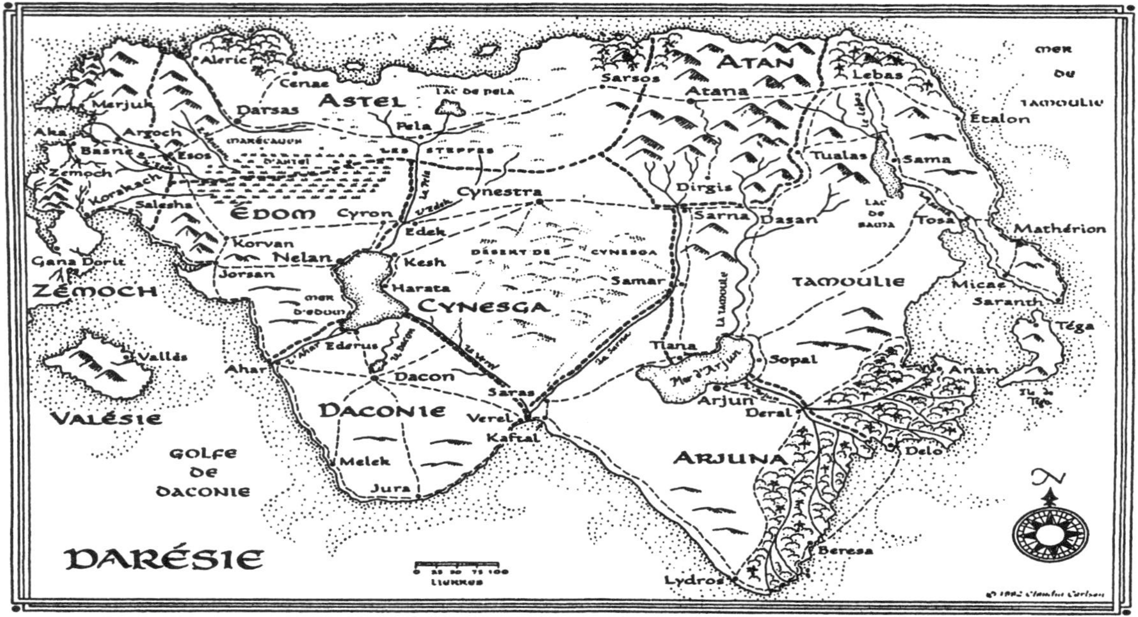
DARÉSIE
MER DE TAMOULIE
ATAN
Atana
Sarsos
Lebas
Étalon
ASTEL
Cenae
Aleric
Darsas
Pela
LAC DE PELA
LES STEPPES
MARÉCAGES D'ASTEL
Merjuk
Aka
Argoch
Basne
Esos
Zemoch
Korakach
Salesha
ÉDOM
Cyron
Cynestra
Edek
Korvan
Nelan
Kesh
Harata
Jorsan
Gana Dorit
ZÉMOCH
MER D'EDOM
DÉSERT DE CYNESGA
CYNESGA
Samar
Dirgis
Sarna
Dasan
Tualas
Sama
LAC DE SAMA
Tosa
Mathérion
TAMOULIE
Micae
Saranth
Téga
Île de Téga
Tiana
Mer d'Arjun
Sopal
Arjun
Deral
Anan
Delo
ARJUNA
Beresa
Lydros
La Tamoule
La Sarna
Le Verel
La Pela
L'Edek
Le Dacon
L'Ahar
Le Lebas
Ederus
Ahar
Dacon
Saras
Verel
Kaftal
DACONIE
Melek
Jura
Vallés
VALÉSIE
GOLFE DE DACONIE
0 25 50 75 100
LIEUES

1

Le long été s'abandonnait lentement à l'automne. La lune s'était levée tard et sa lumière blafarde irisait le brouillard ténu qui planait dans les rues de la ville, détourant avec une netteté surnaturelle les tours et les coupoles de nacre. Mathérion aux dômes de feu se dressait au-dessus du brouillard luminescent, sa face livide tournée vers le ciel nocturne.

Émouchet était fatigué, vidé par les tensions de la semaine passée et la violence dans laquelle elle s'était achevée, mais il n'arrivait pas à dormir. Il était monté sur les remparts, emmitouflé dans sa cape noire de Pandion, et regardait pensivement la cité chatoyante. Il était épuisé, mais il avait trop besoin de réfléchir, de soupeser, de comprendre, pour aller se coucher. Il ne sombrerait pas dans le doux puits du sommeil tant que tout ne serait pas à sa place dans sa tête.

— Que faites-vous là, Émouchet ? souffla Khalad.

Il avait la même voix que son père. C'était si frappant qu'Émouchet se retourna brusquement, persuadé que Kurik était revenu de la Maison des Morts.

Khalad était un jeune homme aux épaules larges et aux manières directes. Sa famille était au service de celle d'Émouchet depuis trois générations, maintenant, et Khalad, comme son père avant lui, ne prenait pas de gants avec son maître.

— Je ne pouvais pas dormir, répondit Émouchet avec lassitude.

— Votre femme a envoyé la moitié de la garnison à votre recherche, vous savez.

— Pourquoi, mais pourquoi fait-elle toujours ça ? geignit Émouchet, accablé.

— C'est votre faute, aussi. Vous savez qu'elle vous envoie chercher toutes les fois que vous sortez sans la prévenir. Vous pourriez nous éviter bien du tracas à tous en lui disant où vous allez. Je crois vous l'avoir dit plusieurs fois.

— Ne me brusque pas, Khalad. Tu es pire que ton père.

— Tel père tel fils, que voulez-vous ? Bon, si vous descendiez rassurer votre femme avant qu'elle n'appelle les ouvriers pour qu'ils commencent à démonter les murs ?

— C'est bon, soupira Émouchet en tournant le dos au parapet. À propos, il faut que je te dise : nous allons bientôt partir en voyage.

— Oh ? Et où allons-nous ?

— Chercher quelque chose. Préviens les maréchaux-ferrants. Faran doit être referré. Il a si bien usé son fer antérieur droit qu'il est fin comme une feuille de papier.

— Ça, Émouchet, cela n'arriverait pas si vous vous teniez bien en selle.

— On se voûte en vieillissant. Tu verras, quand tu auras mon âge.

— Je ne suis pas pressé. Quand partons-nous ?

— Dès que j'aurai réussi à trouver un mensonge assez convaincant à raconter à ma femme pour qu'elle me laisse filer.

— Eh bien, nous ne sommes pas partis, conclut Khalad en regardant la ville baignée par lé clair de lune qui éveillait des arcs-en-ciel de feu sur ses épaules nues. C'est joli, remarqua-t-il.

— C'est tout ce que tu trouves à dire ? Tu regardes la plus belle cité du monde et tu ne trouves rien de mieux à dire que : « c'est joli » ?

— Je ne suis pas un aristocrate, Émouchet. Je n'ai nul besoin d'inventer des formules ampoulées pour impressionner les autres. Ou moi-même. Bon, rentrez avant que l'humidité ne vous tombe sur la poitrine. Les vieilles personnes voûtées comme vous ont souvent la santé délicate.

La reine Ehlana était plus irritée que vraiment fâchée, Émouchet le vit tout de suite. Il vit aussi qu'elle s'était faite belle. Elle avait mis une robe de satin bleu nuit, elle s'était pincé les joues pour les rosir et ses cheveux étaient savamment dérangés pour donner une impression de désordre harmonieux, de désinvolture. Elle lui reprocha son manque d'égards en des termes qui auraient fait pleurer une pierre et flétri toute une forêt. Elle lui décrivit minutieusement ses sentiments, sa voix montant et redescendant sur un ton soigneusement mesuré. Émouchet réprima un sourire. Ehlana lui parlait sur deux niveaux en même temps. Ses paroles exprimaient le plus grand déplaisir, mais le soin avec lequel elle les avait préparées disait tout autre chose.

Il s'excusa humblement.

Elle refusa ses excuses, quitta le salon bleu comme un vent de tempête et mit le cap sur la chambre à coucher dont elle claqua la porte derrière elle.

— Elle était inspirée, dis donc, murmura Séphrénia.

La petite femme était assise à l'autre bout de la pièce, hors de portée des éventuels projectiles. Sa robe blanche styrique brillait à la lumière des chandelles.

— Tu as remarqué, fit Émouchet avec un sourire.

— Elle te fait souvent ça ?

— Mouais. Elle adore ça. Que fais-tu debout si tard, petite mère ?

— Aphraël voulait que je te parle.

— Elle aurait pu venir elle-même, non ? Ce n'est pas comme si elle était à l'autre bout de la ville.

— C'est une occasion assez spéciale, Émouchet. Je suis censée lui servir d'interprète dans ces moments-là.

— Et moi, je suis censé comprendre quelque chose à ça ?

— Il faut être styrique pour comprendre. Nous allons être obligés de nous livrer à certaines substitutions en allant récupérer le Bhelliom. Khalad remplacera son père sans problème, mais Aphraël est ennuyée que Tynian ait décidé d'accompagner Emban à Chyrellos. Tu ne pourrais pas le faire changer d'avis ?

Émouchet secoua la tête.

— C'est hors de question, Séphrénia. Je ne vais pas

l'estropier à vie pour la simple raison qu'il risque de manquer à Aphraël.

— Sa blessure est vraiment si grave que ça ?

— C'est assez sérieux. Le carreau d'arbalète lui a traversé l'épaule de part en part. S'il bouge, l'articulation ne se remettra jamais, et c'est le bras avec lequel il manie son arme.

— Aphraël pourrait arranger cela, tu sais ?

— Pas sans dévoiler son identité, et je le lui interdis.

— Tu le lui *interdis,* hein ?

— Demande-lui si elle veut rendre sa mère folle pour l'amour de la symétrie. Si Khalad peut remplacer Kurik, il n'y a qu'à chercher un remplaçant à Tynian. Pourquoi est-ce si important, d'abord ?

— Tu ne comprendrais pas.

— Si tu essayais de m'expliquer ? On ne sait jamais, je pourrais avoir une lueur.

— Tu as un drôle de sens de l'humour, ce soir.

— Je viens de prendre une engueulade. Ça me rend tout chose. Pourquoi Aphraël tient-elle à avoir toujours le même groupe de gens autour d'elle ?

— C'est une question d'ambiance. La présence d'une personne ne se borne pas à son aspect physique ou au timbre de sa voix. Sa façon de penser et ses sentiments pour Aphraël entrent aussi en ligne de compte. Elle s'imprègne de tout ça. L'atmosphère change selon les gens, et ça la déséquilibre. Tu ne comprends pas un mot de ce que je te raconte, hein ?

— Eh bien, si, figure-toi. Et Vanion ? Il l'aime autant que Tynian, et elle l'aime bien aussi. Il est plus ou moins avec nous, en esprit du moins, depuis le début de cette aventure et il est chevalier, après tout.

— Vanion ? Ne dis pas de bêtises, Émouchet.

— Il n'est pas invalide, tu sais. Nous avons vu comment il courait à pied, à Sarsos, et il maniait toujours aussi bien la lance quand nous avons combattu les Trolls.

— C'est hors de question. Je ne veux même pas en parler. Il la prit par les poignets et lui embrassa la paume des mains.

— Je t'aime de tout mon cœur, petite mère, dit-il, mais, cette fois-ci, je trouve que tu exagères. Tu ne peux pas garder Vanion dans du coton jusqu'à la fin de ses jours de peur qu'il ne se foule le petit doigt. Si tu refuses de le suggérer à Aphraël, c'est moi qui le ferai.

Elle se mit à l'invectiver en styrique.

— Tu ne comprends donc pas, Émouchet ? J'ai failli le perdre, dit-elle en mettant tout son cœur dans ses yeux d'un bleu intense. S'il lui arrivait quelque chose, j'en mourrais.

— Mais il ne lui arrivera rien. Bon, tu parles à Aphraël, ou tu préfères que je le fasse ?

Elle se remit à jurer.

— Je me demande bien où tu as appris ce vocabulaire, remarqua-t-il d'une voix fruitée. Bon, je suis content que ce soit réglé, et maintenant, on m'attend de l'autre côté de cette porte.

— Là, il y a quelque chose qui m'échappe.

— C'est le moment des embrassades et des réconciliations. Ces choses doivent respecter un certain rythme, et si j'attends trop longtemps, Ehlana va commencer à croire que je ne l'aime plus.

— Tu veux dire que son petit numéro de ce soir n'était qu'une invitation à vous réconcilier sur l'oreiller ?

— C'est une façon plutôt abrupte de présenter les choses, mais il y a de ça, oui. Il y a des moments où je suis trop bousculé pour m'occuper d'elle. Elle tolère ça pendant un moment et puis elle me fait un sermon. Nous nous embrassons, nous nous raccommodons, et tout va bien à nouveau.

— Ce ne serait pas plus simple qu'elle te dise ce qu'elle veut clairement et simplement, sans tous ces jeux compliqués ?

— Sans doute, mais ce serait beaucoup moins amusant pour elle. Bon, si tu veux bien m'excuser...

— Pourquoi m'évitez-vous, Bérit-Chevalier ? demanda l'impératrice Elysoun avec une petite moue navrée.

— Mais pas du tout, Votre Altesse, se récria Bérit, tout rouge, en étudiant attentivement les moulures du plafond.

— Serait-ce que vous me trouvez laide ?

— Ah beu-beuh bien sûr que non, Votre Altesse.

— Alors pourquoi ne me regardez-vous pas ?

— Les Élènes considèrent comme très grossier de regarder une femme dévêtue, Votre Altesse.

— Je ne suis pas élène, sire chevalier, je suis valésienne. Et je ne suis pas dévêtue. Pas encore. Si vous voulez m'accompagner dans mes appartements, je vais vous montrer la différence.

Émouchet débouchait dans le couloir menant à la chapelle lorsqu'il aperçut son jeune ami que l'impératrice Elysoun avait acculé dans un coin. L'empereur Sarabian et sa famille s'étaient réfugiés au château, par mesure de sécurité, ce qui avait beaucoup restreint la marge de manœuvre du pauvre Bérit. Elysoun abusait outrageusement de la situation. C'était une fille du soleil à la peau dorée, et elle arborait fièrement son costume national qui lui découvrait les seins. On avait eu beau expliquer cent fois à Bérit que les Valésiens ignoraient la pudeur, le jeune chevalier s'en tenait à la stricte morale élène. Elysoun y voyait un défi et le traquait impitoyablement. Émouchet battit en retraite avec un sourire et tendit l'oreille. Il était précepteur par intérim de l'ordre des Pandions, après tout, et il lui incombait de veiller au salut de l'âme de ses hommes.

— Vous êtes vraiment obligé d'être aussi élène ? demanda Elysoun au jeune chevalier.

— Je *suis* élène, Votre Altesse.

— Mais les Élènes sont tellement ennuyeux... Ne pourriez-vous être un tout petit peu valésien, juste pour un après-midi ? C'est beaucoup plus amusant, je vous assure, et ça ne vous prendra pas très longtemps. À moins que vous n'ayez envie de faire durer le plaisir. Ne me dites pas que vous êtes puceau ? reprit-elle avec curiosité au bout d'un moment.

Bérit devint rouge vif. Elysoun partit d'un rire ravi.

— Quelle ineptie ! s'exclama-t-elle. Vous ne vous êtes seulement jamais demandé ce que vous ratiez ? Je serais ravie de vous débarrasser de cet ennuyeux pucelage, Bérit-Chevalier, et vous vous sentirez bien mieux après, vous verrez.

Émouchet prit le pauvre garçon en pitié et décida d'intervenir. Il tourna le coin du couloir.

— Tiens, Bérit ! s'exclama-t-il en tamoul, pour que l'impératrice en profite. Je te cherchais, justement. Il faut que je te parle. Majesté, fit-il en s'inclinant devant Elysoun, je vais être obligé de vous priver un instant de la compagnie de notre ami. Les affaires d'État, je suis sûr que Votre Majesté comprend, fit-il en s'inclinant à nouveau. Viens, Bérit, c'est sérieux, et il y a urgence.

Il entraîna son ami dans le couloir tandis que l'impératrice Elysoun les suivait du regard. Un regard noir.

— Merci, Émouchet, dit Bérit en poussant un soupir de soulagement.

— Tu devrais essayer de l'éviter, tu ne crois pas ?

— Impossible. Elle me suit partout. Elle a même réussi à me coincer dans les bains, une fois. Au milieu de la nuit. Elle disait qu'elle voulait se baigner avec moi.

— Écoute, Bérit... commença Émouchet avec un sourire. En tant que précepteur et guide spirituel, j'applaudis à ta dévotion aux idéaux de notre ordre. Mais, en tant qu'ami, je te le dis franchement, en fuyant devant elle, tu ne fais qu'empirer les choses. Nous allons rester un moment à Mathérion, et elle va finir par t'avoir. Elle ne pense qu'à ça.

— J'avais remarqué.

— Elle est vraiment très jolie, tu sais, risqua Émouchet. Tu pourrais être un peu gentil avec elle, non ?

— Voyons, Émouchet !

— Je craignais que tu ne voies les choses comme ça. Écoute, Bérit, Elysoun vient d'une culture différente et ses coutumes ne sont pas les nôtres. Pour elle, ce n'est pas un péché. Sarabian nous l'a expressément dit : il tient à ce que nous nous montrions complaisants avec elle, et c'est sur toi qu'elle a jeté son dévolu. Alors tu vas me faire le plaisir de t'asseoir sur tes grands principes. Considère ça comme un devoir de chevalier, un sacrifice à la raison d'État si tu veux. Je peux même demander à Emban de t'accorder une indulgence, si ça peut te faire plaisir. Tu commences à nous poser un sérieux problème, poursuivit Émouchet tandis que Bérit s'étranglait. Tu comprends, Elysoun fait une vie impossible à Sarabian à cause de toi. Il ne veut pas intervenir personnellement et t'ordonner d'en passer par ses quatre volontés, mais il attend manifestement que je te parle.

— Je ne peux pas croire ce que tu es en train de me dire, Émouchet. Je n'arrive pas à le croire.

— C'est pourtant vrai. Voilà, Bérit, c'est un ordre : serre les dents et fais-le. Fais-le aussi souvent qu'il faudra. Tu n'as pas besoin d'aimer ça ; tout ce qu'on te demande, c'est de te débrouiller pour qu'elle arrête de casser les oreilles de l'empereur. Et puis, quand vous aurez fait quelques parties de jambes en l'air, elle cherchera probablement un nouveau jouet.

— Et si elle se cramponne ?

— À ta place, je ne m'en ferais pas pour ça. Et quand bien même, le patriarche Emban a une besace pleine d'indulgences à t'accorder en cas de besoin.

La tentative de soulèvement avait fourni à l'empereur Sarabian le prétexte rêvé pour fuir son gouvernement. Arguant d'une trouille verte, il s'était réfugié au château d'Ehlana qui était, disait-il, le seul endroit où il se sentait en sécurité. Et encore, à condition que les douves restent remplies et le pont-levis levé. Ses ministres qui avaient l'habitude de régir le moindre de ses mouvements trouvaient ça très perturbant.

Cela dit, Sarabian n'était pas motivé par le seul désir de liberté. L'empereur et ses amis élènes avaient décidé que le moment était mal choisi pour révéler, la félonie de Kolata. Comme Sarabian ne sortait pas du château d'Ehlana, la présence du ministre de l'Intérieur s'expliquait assez bien. Après tout, la protection de l'empereur était son premier devoir. Il dirigeait donc les forces de police de l'empire depuis le château d'Ehlana, sous l'étroite surveillance des Élènes. Stragen était toujours assis à côté de lui, la main négligemment posée sur la poignée de sa dague, ce qui restreignait un peu ses mouvements et limitait ses rencontres avec ses complices.

Un matin de bonne heure, Norkan, l'ambassadeur de Tamoulie auprès du roi Androl et de la reine Betuana d'Atan, fit son entrée dans la salle du trône du château. Ehlana, qui était concrètement la puissance invitante, était assise sur son trône, en robe de cour écarlate et couronne dorée. Elle se tourna vers son « hôte » impérial qui, affalé dans un fauteuil, près d'elle, jouait avec le chat de la princesse Danaé en faisant lentement glisser une ficelle sur le sol de nacre. Norkan arborait son manteau doré habituel, une expression intriguée sur le visage. Il faisait de son mieux pour le dissimuler, mais il réprouvait manifestement la tenue de l'empereur : un pourpoint à l'occidentale et des chausses d'une belle (?) couleur aubergine.

— Sa Majesté, la reine Ehlana, aurait-elle également ravi le cœur de mon empereur ? demanda-t-il avec une révérence solennelle.

Norkan était un brillant esprit, et un gaffeur à nul autre pareil.

— Ce ne sont pas des choses à dire, Votre Excellence, protesta gentiment Ehlana dans un tamoul presque parfait. Ai-je ravi votre cœur, Sarabian ?

— Absolument, Ehlana, répondit-il en élène. Vous m'avez complètement ensorcelé.

— Quelqu'un aurait-il ouvert un cours de langues étrangères à la cité impériale pendant que j'avais le dos tourné ? s'étonna Norkan.

— On peut dire ça, répondit Oscagne. Toutefois, Sa Majesté parlait l'élène avant l'arrivée de nos visiteurs. Notre bien-aimé empereur nous a fait des cachotteries.

— Et tu le laisses faire ? Moi qui le prenais pour une mascotte qu'on sortait lors des réceptions officielles.

Tandis qu'Oscagne manquait s'étouffer, Sarabian éclata d'un gros rire.

— Ah, Norkan, vous me manquiez ! Ma chère Ehlana, je crois que vous avez eu la chance de faire la connaissance de notre Norkan ?

— J'ai eu l'occasion d'apprécier son esprit en Atan, confirma la reine. Ses observations sont toujours si... inattendues.

— Pour ça oui, acquiesça Sarabian en hurlant de

rire. Norkan a fait, un jour, une réflexion sur la longueur des pieds de ma sœur, et il doit la vie au seul fait que je l'ai expédié en Atan. J'aurais dû vous la faire épouser, Norkan. Comme ça, vous auriez pu l'insulter en privé. Les insultes publiques appellent des réponses publiques, vous comprenez.

Il se leva et étouffa un juron, sa rapière s'étant coincée derrière le pied de son fauteuil. La chose lui donnait encore du fil à retordre.

— Je suis infiniment honoré, Majesté, répondit Norkan. A la perspective de devenir votre beau-frère, j'ai le cœur qui flanche.

— Vous n'aimez pas ma sœur, reprit Sarabian d'un ton accusateur.

— Oh si, Majesté, mais je préfère l'adorer de loin. Hors de portée de ses pieds, en tout cas. C'est ce qui a motivé cette malheureuse remarque, au demeurant. J'avais une crise de goutte, ce jour-là, et elle m'a écrasé l'orteil. J'imagine que ce ne serait pas une mauvaise fille si elle voulait bien renoncer aux péniches qu'elle porte en guise de chaussures.

— Ce ne serait pas un mariage très bien assorti, Sarabian, reprit Ehlana. J'ai rencontré votre sœur, et je crains que Son Excellence ne fasse, avec elle, assaut d'esprit en pure perte.

— Vous avez peut-être raison, ma chère, acquiesça Sarabian. Cela dit, j'aimerais bien me débarrasser d'elle. C'est mon plus cher désir depuis le jour de sa naissance. Quel bon vent vous amène à Mathérion, Norkan ?

— Les choses ont bien changé, n'est-ce pas,

Oscagne ? remarqua Norkan en haussant le sourcil. Sommes-nous censés lui dire en face ce qui se passe réellement ?

— Eh oui, mon pauvre ami : l'empereur Sarabian a décidé de reprendre les rênes du pouvoir, répondit Oscagne avec un soupir funèbre.

— Ce n'est pas contraire à la loi ?

— J'ai bien peur que non, hélas.

— Que dirais-tu si je te donnais ma démission ?

— Je la refuserais.

— Vous ne voulez plus travailler pour moi, Norkan ? protesta Sarabian.

— Je n'ai rien contre vous personnellement, Majesté, mais si vous décidez de vous mêler des affaires de l'État, on peut craindre que l'empire ne s'effondre.

— J'adore votre merveilleuse franchise, Norkan. Vous voyez, Ehlana, c'est ce que je vous disais : tous les membres de mon gouvernement attendent de moi que j'approuve leurs recommandations avec un sourire royal et que je les laisse mener les choses à leur guise, sans poser de questions.

— Ça doit être très ennuyeux.

— Comme vous dites, ma chère, mais ça va changer. Maintenant que j'ai vu régner une vraie souveraine, de nouveaux horizons se sont ouverts devant moi. Vous n'avez pas répondu à ma question, Norkan. Que faites-vous ici ?

— Les Atans commencent à s'agiter, Majesté.

— Les troubles récents auraient-ils érodé leur loyauté ?

— Non, Majesté, tout au contraire. Le soulèvement

les a excités. Androl se propose d'occuper Mathérion afin d'assurer votre sécurité. Je doute que vous ayez envie de ça. Les Atans ne s'embarrassent pas de considérations de rang ou de position quand l'envie leur prend de massacrer les populations.

— Nous avons remarqué, répondit sèchement Sarabian. Les nobles maisons de Tamoulie m'ont envoyé je ne sais combien de pétitions pour se plaindre de la façon dont Engessa a réprimé la révolte.

— J'ai parlé avec Betuana, Majesté, poursuivit Norkan. Elle a promis de tenir son mari en laisse en attendant vos instructions et de lui donner les instructions qui s'imposent compte tenu des facultés mentales d'Androl, c'est-à-dire : « Assis ! Couché ! »

— Comment avez-vous embrassé la carrière diplomatique, Norkan ?

— J'avais des antisèches.

— Puis-je faire une suggestion ? intervint Tynian.

— Allez-y, messire Tynian, acquiesça l'empereur.

— Si nous ne voulons pas prendre le roi Androl à rebrousse-poil, plutôt que de l'envoyer au lit sans dessert, nous pourrions lui raconter que nous comptons sur lui pour affronter une autre menace, beaucoup plus redoutable.

— C'est une façon inédite de présenter les choses, messire Tynian, fit Sarabian en riant. Très bien, Norkan, envoyez-lui Engessa.

Norkan tiqua.

— Il y a quelque chose qui ne va pas ? lança Sarabian.

— Il faudra t'y faire, Norkan, s'écria Oscagne. L'empereur emprunte parfois des raccourcis verbaux.

— Je vois. Puis-je demander à Sa Majesté pourquoi Engessa est plus qualifié que moi pour transmettre Ses instructions ?

— Engessa court plus vite que vous, et il saura transmettre nos ordres à Androl dans des termes plus acceptables pour lui. En outre, lui laisser penser que notre décision est dictée par des impératifs militaires devrait lui faire l'effet d'un su-sucre. Vous pourrez exposer nos vraies raisons à Betuana quand vous retournerez là-bas.

— Eh bien, fit Norkan. Sa Majesté arrivera peut-être à s'en sortir, tout compte fait. Si nous arrivons à l'empêcher de faire trop de bourdes dès le début.

Oscagne rentra la tête dans les épaules.

Émouchet fit discrètement signe à Vanion et les deux hommes s'éloignèrent discrètement.

— J'ai un problème, Vanion, murmura Émouchet.

— Un seul ? Veinard...

— Je cherche un prétexte pour quitter Mathérion le temps de récupérer le Bhelliom, mais je n'ai rien trouvé de plausible, et tu sais qu'Ehlana a un don de double vue pour ces choses-là. Bref, j'ai l'impression qu'Aphraël voudrait nous faire prendre le même bateau qu'Emban et Tynian, et je commence à manquer d'arguments pour retarder leur départ. Tu as une idée ?

— Adresse-toi à Oscagne, répondit Vanion en haussant les épaules. Il est diplomate. Le mensonge est une seconde nature pour lui.

— Bonne idée, mais je ne peux pas lui dire où nous allons et pourquoi, hein ?

— Eh bien, ne le lui dis pas. Fabrique-toi une

expression grave et mystérieuse et dis-lui seulement que tu as besoin d'un prétexte pour quitter la ville un moment. Oscagne a suffisamment de métier pour reconnaître les symptômes du secret défense quand on les lui met sous le nez.

— Pourquoi n'y ai-je pas pensé tout seul ?

— Sans doute parce que ton serment t'en empêchait. Tu as juré de dire toujours la vérité, mais pas *toute* la vérité. Tu peux omettre certaines choses. L'omission est même l'un des rudiments du métier de précepteur.

— J'ai l'impression d'être retourné à l'école, soupira Émouchet. Je vois que je suis condamné à passer ma vie à recevoir ton enseignement – et à avoir éternellement l'impression de ne pas être à la hauteur de ma tâche.

— C'est à ça que servent les amis, Émouchet.

— Alors tu ne veux pas me le dire ? fit Émouchet en s'efforçant de prendre un petit ton dégagé.

— Pas encore, non, répondit la princesse Danaé en nouant gravement un bonnet de poupée sur la tête de son chat.

Ce que Mmrr n'avait pas l'air d'apprécier, mais il supportait le caprice de sa petite maîtresse avec un air résigné.

— Et pourquoi ? demanda Émouchet en se laissant tomber dans un fauteuil.

— Quelque chose pourrait encore rendre cette manœuvre inutile. Tu ne récupéreras pas le Bhelliom avant que je décide que le moment est venu.

— Tu veux quand même que nous partions avec Tynian et Emban ?

— Oui.

— Et où devons-nous aller ?

— Ça n'a pas vraiment d'importance. Je veux que Tynian soit avec nous quand nous prendrons la mer, c'est tout.

— Tu te fiches donc de savoir où ce bateau nous emmènera.

— Exactement. J'ai besoin de Tynian pendant quelques jours seulement. Nous passerons deux jours au large à tourner en rond si ça peut te faire plaisir, le résultat sera le même pour moi.

— Merci, répondit-il aigrement.

— Y a pas de quoi. Là, fit-elle en tendant son chat à bout de bras devant elle. Il est pas chou avec son petit bonnet ?

— Adorable.

Mmrr jeta à Émouchet un regard écœuré.

— Je ne puis vous dire pourquoi, Votre Excellence, commença Émouchet un peu plus tard, ce jour-là, alors qu'il était seul dans un couloir avec Oscagne. Tout ce que je peux vous dire, c'est que j'ai besoin d'un prétexte pour quitter Mathérion pendant quelques semaines. Je dois prendre le même bateau qu'Emban et Tynian. Le motif doit être assez important pour convaincre ma femme de la nécessité de ce voyage, mais pas assez grave pour l'inquiéter.

— Compris, acquiesça Oscagne. Vous jouez bien la comédie ?

— Il ne viendrait à l'idée de personne de payer pour me voir monter sur les planches.

— Si, comme je l'imagine, ce petit stratagème est avant tout destiné à votre femme, le mieux serait que l'idée de ce voyage vienne d'elle. Je vais faire en sorte qu'elle vous charge d'une mission sans importance. Une fois hors de nos murs, vous aurez quartier libre.

— J'ai hâte de vous voir manœuvrer Ehlana.

— Faites-moi confiance, prince Émouchet, faites-moi confiance.

— Téga ? releva Sarabian, incrédule. Les Tégans n'ont qu'une superstition : ils croient que, si le prix de la nacre cesse de monter, le ciel leur tombera sur la tête.

— S'ils ne nous l'ont pas dit plus tôt, Majesté, c'est probablement parce qu'ils craignaient de passer pour des imbéciles, répondit Oscagne. L'accusation d'imbécillité est l'injure suprême, pour les Tégans. Ce sont les gens les plus coincés du monde.

Le pauvre Oscagne avait l'air fort mal à l'aise dans le pourpoint et les chausses que Sarabian lui avait ordonné de porter. Il ne savait que faire de ses mains et paraissait très gêné d'exhiber ses longues jambes grêles.

— Je sais. Gahenas, mon épouse tégane, est un vrai remède à l'insomnie. Je m'endors instantanément dès que nous... euh...

L'empereur laissa sa phrase en suspens et jeta un regard en coulisse vers Ehlana.

— Les Tégans ont élevé l'ennui au rang d'un art, reprit très vite Oscagne. Enfin, selon une vieille légende tégane, une sirène hanterait les bancs d'huîtres et les mangerait avec leur coquille, ce qui ennuie beaucoup les Tégans. Elle séduirait aussi les pêcheurs tégans et les amènerait à se noyer au cours d'ébats... hem...

— Je croyais que les sirènes étaient des femmes-poissons, avança Ulath.

— C'est ce qu'on dit, confirma Oscagne.

— Des poissons au-dessous de la ceinture, précisa Ulath. Comment, dans ce cas... ?

Il s'interrompit et coula un rapide coup d'œil à Ehlana.

— Comment quoi, messire Ulath ? releva-t-elle innocemment.

— Eh bien... Euh... C'est sans importance, Majesté, répondit-il avec une petite toux embarrassée.

— Je ne vous aurais jamais raconté ces histoires à dormir debout, reprit Oscagne, si je ne pensais pas qu'il existe un parallèle assez frappant entre les vampires d'Arjuna, Ceux-qui-brillent du sud de l'Atan et les loups-garous, goules et ogres des autres parties de l'empire. J'imagine que, si quelqu'un allait enquêter dans l'île de Téga, il entendrait dire qu'un pêcheur de perles préhistorique est revenu d'entre les morts et que ce héros et sa maîtresse mi-chair mi-poisson soulèvent les huîtres et projettent d'envahir Mathérion.

— Très drôle, murmura Sarabian.

— Pardon, Majesté, s'excusa Oscagne. Ce que je veux dire, c'est que nous avons probablement affaire, sur Téga, à un conspirateur assez inexpérimenté. Il vient de se lancer dans la carrière, il est donc probable qu'il va commettre des erreurs, mais, expérimenté ou non, il sait des choses sur la conspiration. Comme nos amis ici présents refusent de soumettre Kolata à un interrogatoire serré, il faut bien que nous allions chercher des informations ailleurs.

— Nous ne ménageons pas Kolata, Votre Excellence, rectifia Kalten. Seulement nous avons vu ce qui arrivait aux prisonniers qu'on poussait dans leurs derniers retranchements. Kolata peut encore nous être utile, à condition qu'on ne le retrouve pas tartiné sur les murs de la bâtisse.

— Je vous l'accorde, messire Kalten, fit Oscagne en frémissant. En tout cas, Majesté, si certains de nos amis élènes pouvaient aller à Téga s'entretenir avec ce gaillard avant que l'ennemi n'ait le temps de le démantibuler, ils en tireraient sûrement des informations utiles. J'ai compris que messire Émouchet nourrissait le projet de vérifier s'il pouvait tordre un individu assez fort pour lui faire saigner les cheveux.

— Vous avez une imagination très fertile, Émouchet, nota Sarabian. Qu'en dites-vous, Ehlana ? Si votre mari et quelques-uns de ses chevaliers tenaient l'île de Téga sous l'eau pendant quelques heures, Dieu sait quel genre d'informations remonteraient à la surface comme des bulles.

— Mais c'est une très bonne idée, Sarabian ! Émouchet, tu ne pourrais pas emmener quelques-uns de nos amis à Téga voir ce que tu peux en tirer ?

— Je n'aime pas l'idée d'être séparé de toi, ma tendresse, répondit-il avec une réticence admirablement feinte.

— Mmm, tu es adorable, Émouchet, mais nous ne saurions nous soustraire à nos responsabilités.

— Dois-je considérer cela comme un ordre, Ehlana ?

— Allons, Émouchet, il ne faut pas le prendre comme ça. Ce n'est qu'une suggestion.

— Comme vous voudrez, ma Reine, répondit-il d'un ton funèbre.

— Comme vous voudrez, ma Reine, répondit-il d'un ton funèbre.

2

L'impératrice Gahenas était une Tégane puritaine et sans âge. Elle portait une robe grise à manches longues, boutonnée jusqu'au menton, et des mitaines de laine rugueuse. Elle avait les lèvres pincées, les oreilles décollées et les cheveux noués sur la nuque en un chignon tellement serré que ses yeux lui sortaient de la tête. L'impératrice Gahenas était contre tout, et le faisait bien sentir. Elle avait daigné communiquer à Émouchet un minimum d'informations sur l'île de Téga, mais elle n'était pas venue seule. L'impératrice Gahenas ne se déplaçait jamais sans ses chaperons, quatre vieilles harpies qui s'étaient juchées sur un banc comme une brochette de gargouilles. Le chaud soleil du début de l'automne qui baignait le bureau d'Émouchet sembla devenir froid et gluant à l'entrée de l'impératrice Gahenas et des austères gardiennes de sa vertu.

Pendant une heure, Émouchet se laissa abreuver de chiffres et de données économiques en se retenant de bâiller. Il se fichait pas mal du produit industriel brut et du coût de la main-d'œuvre dans l'île. Ce qu'il attendait de l'impératrice aux oreilles en porte de grange, c'est qu'elle lui communique les petits détails de la vie quotidienne nécessaires à l'illustration de la série de lettres qu'il allait écrire à sa femme, et qui lui seraient distribuées au compte-gouttes afin d'accréditer la fiction selon laquelle ils pourchassaient, ses amis et lui-même, des chefs de bandes et autres dangereux conspirateurs.

— C'est fascinant, Votre Altesse, dit-il, coupant court au monologue fastidieux de Gahenas. Pourriez-vous revenir un instant sur la façon dont l'île est administrée ? Je trouve le système remarquable.

— Téga est une république depuis vingt-cinq siècles, prince Émouchet. Nos dirigeants ont un mandat de cinq ans non renouvelable.

— Ils ne sont pas élus à vie ?

— Bien sûr que non. Qui pourrait vouloir occuper de telles fonctions jusqu'à la fin de ses jours ?

— Des gens avides de pouvoir. Il y en a partout.

— Le gouvernement n'a aucun pouvoir, prince Émouchet. Il se contente d'exécuter les volontés de l'électorat.

— Et pourquoi pendant cinq ans seulement ?

— Parce que personne ne veut s'éloigner de ses autres affaires pendant plus longtemps.

— Vous n'avez jamais eu envie de maintenir à son poste un individu particulièrement doué ?

— Personne ne s'est jamais révélé à ce point remarquable.

— Ce système doit encourager la corruption, non ? Quand un homme sait qu'il va quitter sa fonction au bout de cinq ans, vous ne craignez pas qu'il soit tenté d'orienter ses décisions dans un sens susceptible de favoriser ses intérêts par la suite ?

— C'est impossible, prince Émouchet. Nos dirigeants n'ont pas d'intérêts annexes. Dès qu'ils sont élus, tous leurs biens sont vendus et le produit de la vente est versé au trésor national. Si l'économie prospère pendant leur mandat, leur fortune s'accroît. Si l'économie s'effondre, ils perdent tout.

— C'est absurde. Aucun gouvernement ne fait jamais de profit.

— Le nôtre si, dit-elle d'un petit ton supérieur. Le taux des impôts est fixe et ne peut être modifié, de sorte que nos officiels ne peuvent générer un faux profit en augmentant les impôts.

— Je me demande ce qui peut bien pousser un individu à briguer un poste dans un gouvernement pareil.

— Personne n'en a envie, prince Émouchet. C'est la hantise de la plupart des Tégans. Le fait que leur fortune personnelle soit versée au trésor les pousse à s'acquitter au mieux de leur tâche. Beaucoup se sont tués au travail dans l'intérêt de la république.

— Je pense que si pareil honneur devait m'échoir je fuirais en courant.

— Vous ne pourriez pas, Votre Altesse. Dès que le

nom d'un homme est proposé au suffrage de ses concitoyens, il est placé sous bonne garde et, s'il est élu, il reste sous haute protection pendant toute la durée de son mandat. La république veille soigneusement à ce que nul ne fuie ses responsabilités.

— La république est une austère maîtresse.

— Il ne saurait en être autrement, prince Émouchet.

Émouchet retarda encore leur départ de deux jours, au grand dam de ses compagnons. C'est qu'il lui fallait le temps de composer des lettres décrivant les progrès de leurs investigations d'une façon convaincante et susceptible d'intéresser Ehlana. Il entreprit donc de tramer des fausses pistes, des complots et des mystères irrésolus, et se prit si bien au jeu qu'il lui arrivait d'oublier qu'il décrivait des événements fictifs. Lorsqu'il fut satisfait du déroulement de l'intrigue, il peaufina le style, ajoutant un détail par-ci, réécrivant un passage par-là – et finit par franchir la frontière qui sépare l'amour du travail bien fait et le pinaillage.

— Pas mal, commenta Vanion après lecture, le second soir.

Vanion arborait la tunique passe-partout et les bottes de cheval que les Pandions avaient l'habitude de porter en voyage.

— Tu crois que ça passera ?

— J'en suis sûr.

— Je devrais peut-être récrire la troisième lettre. Je ne sais pas, elle me paraît un peu faible.

— Tu l'as déjà refaite quatre fois. Ça suffit. Elle est très bien comme ça.

— Je ne suis pas satisfait, Vanion, fit Émouchet en parcourant une fois de plus la lettre incriminée.

Vanion la lui reprit fermement.

— Laisse-moi au moins arranger le dernier paragraphe, implora Émouchet.

— Non ! décréta Vanion en fourrant le paquet de lettres dans sa tunique. Oscagne a demandé à Norkan de nous accompagner. Nous lui donnerons tes lettres. Il les remettra à Ehlana en les espaçant de façon à ce qu'elle n'ait aucun soupçon. Le bateau est prêt depuis une semaine, maintenant, et Emban commence à s'impatienter. Nous partirons avec la marée, demain matin.

— Je crois que je sais ce qui cloche, reprit Émouchet. Je peux arranger cette lettre en une heure ou deux, pas plus.

— Non, Émouchet. Il n'en est pas question.

— Tu es sûr qu'elle dort ? murmura Émouchet.

— Évidemment, Père, répondit la princesse Danaé.

— Tu sais comme elle a le sommeil léger. Elle entendrait une mouche marcher au plafond.

— Pas ce soir. J'y ai veillé.

— J'espère que tu sais ce que tu fais, Danaé. Elle connaît cette bague par cœur. S'il y a la moindre différence, elle la remarquera aussitôt.

— Tu t'en fais trop, je t'assure. Il y a des milliers d'années que je n'arrête pas de voler ces anneaux. J'ai même réussi à abuser Ghwerig qui les a faits. Crois-moi, ma mère n'y verra que du bleu.

— C'est vraiment nécessaire ?

— Oui. Le Bhelliom ne te servira à rien sans les

deux anneaux, et il se pourrait que tu en aies besoin à l'instant où nous le sortirons de l'eau.

— Pourquoi ?

— Le monde entier sera ébranlé à l'instant où tu toucheras le Bhelliom, répondit-elle avec un soupir excédé, en levant les yeux au ciel. Quand tu l'as emmené au Zémoch, le monde n'a cessé de trembler pendant tout le trajet. Et ma famille n'aime pas quand le Bhelliom bouge. C'est très désagréable.

— Est-ce que ça permettra à nos ennemis de nous repérer ?

— Non. Tous les Dieux du monde sauront que le Bhelliom s'est déplacé, et l'on peut être sûr que certains se lanceront à sa poursuite, mais... Bon, on ne pourrait pas parler de ça une autre fois ?

— Que veux-tu que je fasse ?

— Monte la garde devant la porte. Je n'aime pas avoir du public quand je fauche.

— J'ai l'impression d'entendre Talen.

— Évidemment. Nous étions faits l'un pour l'autre. Ce sont les Dieux qui ont inventé le vol.

— Tu veux rire.

— Pas du tout. Nous n'arrêtons pas de nous piquer des trucs. C'est notre jeu favori. Tu crois que nous restons assis sur notre petit nuage à nous repaître de l'adoration de nos ouailles ? Il faut bien passer le temps. Tu devrais essayer, Père. C'est très amusant.

Elle jeta un coup d'œil furtif alentour, s'accroupit, tendit la main vers la poignée de la porte avec des airs de conspiratrice.

— Fais bien attention, Émouchet. Siffle si quelqu'un vient.

Ils se réunirent le lendemain matin dans le salon bleu du château élène afin de recevoir les dernières instructions de l'empereur Sarabian et de la reine Ehlana. En réalité, chacun savait ce qu'il avait à faire, aussi se contentèrent-ils de bavarder à bâtons rompus et de se recommander mutuellement la prudence, comme tous les amis du monde quand ils se séparent.

Dans la pièce voisine, Aleanne, la camériste aux yeux de biche de la reine Ehlana, se mit à chanter d'une voix claire, douce et juste, et tous se turent pour l'écouter.

— On croirait entendre un ange, murmura le patriarche Emban.

— Cette fille a vraiment une voix magnifique, acquiesça Sarabian. Tous les musiciens de la cour sont au désespoir.

— Elle a l'air un peu triste ce matin, nota Kalten, les larmes aux yeux.

Émouchet eut un pâle sourire. Kalten courait après les petites bonnes depuis qu'il était tout gamin, et elles lui résistaient rarement. Mais, cette fois, les rôles étaient inversés. Aleanne chantait pour un public d'un seul homme, et le frappait droit au cœur. Elle chantait une antique ballade élène intitulée *Mon amour aux yeux de pervenche,* qui évoquait, comme de bien entendu, la tristesse des séparations, les liens brisés et autres affreusetés. Émouchet remarqua que le regard de la baronne Mélidéré, la dame de compagnie d'Ehlana, glissait de

Kalten à Émouchet, à qui elle fit un imperceptible clin d'œil. Émouchet se retint à grand-peine d'éclater de rire. Il n'était donc pas le seul à avoir remarqué la subtile manœuvre d'Aleanne.

— Tu m'écriras, hein, Émouchet ? demanda Ehlana.

— Promis, répondit-il.

— Je m'en porte garant, renchérit Vanion. Laissez-lui un peu de temps, et vous verrez quel grand épistolier est notre Émouchet. Il consacre un temps et des soins énormes à sa correspondance.

— Tu me raconteras tout, hein, Émouchet ? insista la reine.

— Vous pouvez compter sur lui, Majesté, lui assura Vanion. Il vous en dira plus long sur l'île de Téga que vous n'avez jamais rêvé d'en savoir.

— Persifleur, va, murmura Émouchet.

— Je vous en prie, Votre Grâce, modérez vos descriptions de la situation locale, disait Sarabian. Je ne voudrais pas que Dolmant ait l'impression que mon royaume est en train de me tomber sur la tête.

— Parce que ce n'est pas le cas, peut-être, Majesté ? rétorqua Emban, un peu surpris. Je pensais que je retournais à Chyrellos pour ramener les chevaliers de l'Église.

— Eh bien, ce n'est peut-être pas faux, mais ne sabordez pas irrémédiablement mon prestige.

— Dolmant est un homme de grande sagesse, Majesté, lui assura Emban. Il comprend le langage diplomatique.

— Ah oui, vraiment ? fit Ehlana d'un ton sarcastique.

— Dois-je aussi transmettre les salutations de Votre Majesté à l'archiprélat ? demanda Emban.

— Bien sûr. Dites-lui que je ne me remets pas de notre séparation. D'autant que l'éloignement m'interdit de le tenir à l'œil. Vous pourrez aussi lui rappeler qu'un traité élène injustement méconnu stipule que je dois ratifier tous les accords qu'il pourrait conclure avec le comte de Lenda pendant mon absence. Dites-lui de ne pas trop s'attacher aux morceaux de mon royaume sur lesquels il a réussi à faire main basse depuis mon départ, parce que je les reprendrai dès mon retour.

— Elle est souvent comme ça, Émouchet ? s'inquiéta Sarabian.

— Toujours, Majesté. L'archiprélat se ronge les ongles jusqu'au sang chaque fois qu'une lettre de Sa Majesté arrive à la Basilique.

— Ça le maintient en forme, fit Ehlana en se levant. Maintenant, mes amis, vous voudrez bien nous excuser. Nous allons faire nos adieux à notre royal époux. Tu viens, Émouchet ? ordonna-t-elle d'un ton sans réplique.

— Oui, ma Reine.

Leur bâtiment quitta le port et mit le cap au sud-est, vers la pointe de la péninsule micaenne, sous un soleil éclatant qui dispersa rapidement la brume matinale. Le vaisseau était bien équipé, mais d'une conception un peu étrange. Khalad ne voyait pas d'un bon œil le gréement et l'inclinaison des mâts.

Vers midi, Vanion monta sur le pont pour parler à Émouchet, qui regardait défiler la côte, accoudé au bastingage.

— Séphrénia nous attend dans la cabine principale, annonça le précepteur. Pourrais-tu demander aux autres de descendre ? Nous allons avoir droit à une de ces révélations que nous aimons et apprécions tant.

— Je te trouve bien sarcastique, aujourd'hui, nota Émouchet. Il y a un problème ?

— Séphrénia est plus styrique que nature, répondit Vanion en haussant les épaules. Tu connais les symptômes : l'expression mystérieuse, les remarques énigmatiques, les silences mélodramatiques, le petit ton supérieur.

— Vous vous êtes disputés ?

— Noon, fit Vanion en riant. Enfin, nous avons tous des tics et une idiosyncrasie qui irritent parfois nos proches. Séphrénia est dans une de ses journées idiosyncrasiques.

— Ce sera répété, déformé et amplifié, s'esclaffa Émouchet.

— Elle sait ce que j'en pense. Nous en avons parlé en long, en large et en travers. Je la soupçonne parfois de faire ça juste pour me taquiner. Va chercher les autres, Émouchet. Ne lui laissons pas le temps de répéter le numéro de ce matin.

Ils se réunirent sous le pont, dans une cabine qui tenait lieu de salle à manger et de salon. Séphrénia les faisait poireauter depuis un moment et Émouchet commençait à comprendre ce que Vanion voulait dire lorsqu'un bruit familier se fit entendre dans la cabine de la petite femme styrique.

— Flûte ? s'exclama Talen, sidéré, sa voix gravissant deux octaves, comme tant de voix masculines à l'aube de la puberté.

Émouchet s'était demandé comment Aphraël comptait résoudre le problème épineux de son identité. Elle ne pouvait leur apparaître sous les traits de la princesse Danaé, alors que Flûte... Ses amis la connaissaient tous sous cet aspect. Émouchet poussa un soupir mélancolique. Il ne savait même pas à quoi sa fille ressemblait en réalité. Le cher petit visage qui faisait vibrer chaque fibre de son être n'était qu'une incarnation parmi un millier, sinon davantage.

Puis la porte de la cabine s'ouvrit et Séphrénia fit son apparition, arborant un sourire qui la faisait ressembler au soleil levant, sa petite sœur dans les bras.

Flûte était toujours la même. Elle ne pouvait pas changer. Elle était immuable. On lui aurait donné six ans, l'âge de Danaé. Émouchet ne croyait pas à une coïncidence. Avec Aphraël, il n'y avait pas de coïncidences. Elle portait la même petite robe de lin ceinturée à la taille, la même couronne d'herbes tressées que lors de leur première rencontre. Ses longs cheveux, ses grands yeux étaient noirs comme la nuit. Ses pieds nus étaient tachés d'herbe. Elle tenait une flûte de Pan devant l'arc rose de ses lèvres, et jouait un air styrique, complexe, en mineur.

— Quelle belle petite fille, observa l'ambassadeur Norkan. Mais je me demande s'il est vraiment judicieux de l'emmener avec vous, prince Émouchet.

J'imagine que votre mission doit impliquer un certain danger.

— Plus maintenant, Votre Excellence, fit Ulath en souriant.

— Regardez bien cette enfant, Emban, fit Séphrénia en posant doucement la Déesse-Enfant à terre. Et vous aussi, Excellence. Ça nous fera peut-être gagner des heures d'explications et de discussions.

Flûte se mit à danser au rythme de sa musique, ses petits pieds tachés d'herbe battant l'air telles les ailes d'un papillon, ses cheveux noirs tourbillonnant autour d'elle, sa flûte sonnant joyeusement. Cette fois, Émouchet vit distinctement le premier pas qu'elle plaça fermement dans le vide. Comme si elle gravissait un escalier invisible, la Déesse-Enfant montait en tournant sur elle-même, dansant toujours. Puis la musique et la danse prirent fin, et elle s'inclina avec un petit sourire malicieux, suspendue au milieu de nulle part.

Emban la regardait, les yeux hors de la tête, à moitié écroulé sous son fauteuil. L'ambassadeur Norkan faisait des efforts méritoires pour conserver une expression compassée, mais il ne pouvait contrôler le tremblement de ses mains.

Talen, quant à lui, était hilare. Il commença à applaudir et les autres l'imitèrent en riant.

— Merci, mes très chers amis, fit doucement Flûte en se fendant d'une nouvelle révérence.

— Pour l'amour du ciel, Émouchet ! hoqueta Emban, livide. Dites-lui de descendre de là ! Elle me rend fou !

Flûte éclata de rire, se jeta dans les bras du petit prélat replet et lui couvrit le visage de baisers.

— J'adore faire ça aux gens ! fit-elle en gloussant, ravie. Emban manqua disparaître pour de bon sous son fauteuil.

— Voyons, Emban, grosse bête ! gronda-t-elle. Je n'ai jamais mordu personne. Tu me serais même plutôt sympathique. Sa Grâce aimerait-elle travailler pour moi ? demanda-t-elle, une lueur malicieuse dans les yeux. Je ne suis pas aussi prétentieuse que son Dieu élène. Elle s'amuserait beaucoup plus avec moi.

— Aphraël ! lança sèchement Séphrénia. Ça suffit ! Tu sais que tu ne dois pas faire ça.

— C'était juste pour le taquiner, Séphrénia. Je ne le volerais jamais à son Dieu. Il a trop besoin de lui.

— La théologie de Sa Grâce a-t-elle été suffisamment ébranlée ? s'enquit Vanion. La petite fille qui est sur ses genoux et qui s'efforce allégrement de l'entraîner sur le chemin semé de roses de l'hérésie est la Déesse-Enfant Aphraël, l'un des mille Dieux Cadets du Styricum.

— Comment doit-on s'adresser à elle ? demanda Emban d'une petite voix tremblante.

— Quelques baisers feront l'affaire, suggéra Flûte.

— Aphraël, je t'ai dit d'arrêter ! répéta Séphrénia.

— Et quelles sont les impressions de Son Excellence ? demanda la petite fille en se tournant vers Norkan.

— Un peu vagues, Votre... euh...

— Aphraël, tout simplement, Norkan, dit-elle.

— Ce n'est pas si simple, protesta-t-il. Je suis un diplomate, et la raison d'être de la diplomatie est de s'exprimer dans un langage cérémonieux, ampoulé.

Depuis l'âge de dix ans, je n'ai appelé personne par son prénom, en dehors de quelques collègues.

— Son prénom est un titre à lui seul, Votre Excellence, dit gentiment Séphrénia.

— Bon, fit Aphraël en descendant des genoux d'Emban. Donc Tynian et Emban vont à Chyrellos chercher les chevaliers de l'Église. Norkan se rend avec Émouchet à l'île de Téga, pour l'aider à mentir à ma... euh, sa femme, je veux dire. Nous autres, nous allons récupérer le Bhelliom. Émouchet a l'air convaincu d'en avoir besoin. Je pense qu'il se sous-estime, mais je vais l'accompagner, ne serait-ce que pour l'empêcher de s'attirer des ennuis et de geindre pendant des années.

— C'est fou ce qu'elle me manquait ! fit Kalten en riant. Que vas-tu faire, Flûte ? Seller un troupeau de baleines pour qu'elles nous emmènent à l'endroit où nous avons jeté le Bhelliom dans la mer ?

Les yeux de la Déesse-Enfant s'illuminèrent.

— Pas question, décréta fermement Émouchet.

— Rabat-joie, va.

— Tu me déçois vraiment, Émouchet, dit Kalten. J'ai toujours rêvé de chevaucher une baleine.

— Tu vas la fermer avec tes baleines, oui ? lança Émouchet.

— Tu n'as pas besoin de te fâcher comme ça. Qu'est-ce que tu as contre les baleines ?

— C'est un truc personnel entre Aphraël et moi, répliqua Émouchet d'un ton cinglant. Je n'ai pas souvent le dessus avec elle, mais je ne céderai pas sur le chapitre des baleines.

Leur escale à l'île de Téga fut brève, par force. La marée avait commencé à descendre et le capitaine craignait que le vaisseau ne s'échoue dans le port.

Vanion fit ses dernières recommandations à Emban.

— Tâchez de lui faire comprendre que la situation est vraiment grave. Ce Sarathi a parfois la tête un peu dure.

— Je suis sûr qu'il adorera connaître le jugement que vous portez sur sa personne, ronronna le petit prélat grassouillet.

— Vous pouvez lui raconter ce que vous voulez, Votre Grâce. Je ne rentrerai jamais à Chyrellos, n'importe comment, alors... Mais insistez bien sur le fait que le nom de Cyrgon a été prononcé – par Krager, mais quand même. Nous sommes sûrs que les Dieux des Trolls sont impliqués, et l'idée que nous avons de nouveau affaire à des Dieux païens aidera peut-être Sarathi à détourner un instant son attention du Rendor.

— Vous n'allez rien m'apprendre comme ça pendant longtemps, Vanion ?

— Je suis un beau radoteur, hein ? fit Vanion en riant.

— Le mot que vous cherchez est mouche du coche, Vanion. Je ferai de mon mieux, mais vous connaissez Dolmant. Il décidera en son âme et conscience de sauver la Darésie ou le Rendor.

— Dis-lui que je suis ici, avec Émouchet, Emban, proposa Flûte. Il me connaît.

— Vraiment ?

— Dolmant n'est pas un fanatique, comme Ortzel ; il acceptera que sa théologie ne réponde pas à tous les problèmes de l'Univers. Le fait que je sois dans le coup pourrait l'aider à prendre la bonne décision. Dis-lui que je l'aime. C'est parfois un vieux machin, mais je l'aime vraiment beaucoup.

— Je crois que, quand tout cela sera fini, je prendrai ma retraite, soupira Emban, l'œil un peu hagard.

— Ne dis pas de bêtises, fit Flûte avec un sourire. Tu ne prendras pas plus ta retraite que moi. Tu t'amuses beaucoup trop. Et puis nous avons besoin de toi. N'en fais pas trop avec cette épaule, ajouta-t-elle en se tournant vers Tynian. Laisse-lui le temps de guérir avant de recommencer à tirer dessus.

— Oui, m'dame, répondit-il, amusé par son ton autoritaire.

— Ne te moque pas de moi, Tynian, menaça-t-elle. Ou tu pourrais te réveiller un matin avec les pieds à l'envers. Allez, donne-moi un baiser.

— Oui, Aphraël.

Elle eut un petit rire et se nicha dans ses bras. Ils mirent pied à terre et observèrent, depuis la jetée, le vaisseau tamoul qui, lentement, quittait le port.

— Enfin, ils prennent la mer au bon moment de l'année, commenta Ulath. Il est encore trop tôt pour les cyclones.

— C'est réconfortant, fit Kalten. Bon, et maintenant, Flûte ?

— Il y a un bateau qui nous attend de l'autre côté de l'île, répondit-elle. Je vous en dirai plus long quand nous serons hors de la ville.

Vanion tendit à Norkan le paquet de lettres qu'Émouchet avait laborieusement préparées.

— Nous ne savons pas combien de temps nous serons absents, Votre Excellence, dit-il. Vous devriez donc peut-être en espacer un peu la distribution.

— S'il le faut, je les compléterai par des rapports de mon cru, acquiesça Norkan. Et je pourrai toujours faire appel au faussaire professionnel de l'ambassade pour ajouter des post-scriptums personnels à ma prose.

Émouchet trouva cette idée assez choquante, il n'aurait su dire pourquoi.

— Je peux vous poser une question ? demanda Norkan à Flûte.

— Évidemment, répondit-elle. Je ne te promets pas de répondre, mais tu peux toujours essayer.

— Nos Dieux tamouls sont-ils réels ?

— Oui.

— C'est bien ce que je craignais, soupira Norkan. Je n'ai pas mené une vie tout à fait exemplaire.

— Ne te frappe pas, Norkan. Tes Dieux ne se prennent pas très au sérieux. Nous les considérons même comme assez frivoles, entre nous. Enfin, on s'amuse bien avec eux, ajouta-t-elle après réflexion, puis elle se mit à glousser. Ils agacent vraiment le Dieu des Élènes. Il n'a absolument aucun sens de l'humour, et tes Dieux tamouls adorent les mauvaises plaisanteries.

— Brr, ne m'en dites pas plus, fit Norkan en réprimant un frisson. Mes amis, je vous conseille de quitter la ville en vitesse, ajouta-t-il après un coup d'œil circulaire. L'administration républicaine raffole des paperasses, il y a des questionnaires, des formulaires et des autorisations pour tout ou à peu près, et en dix exemplaires. Personne, au gouvernement, ne veut prendre la moindre décision et les documents passent de main en main jusqu'à ce qu'ils tombent en morceaux ou restent coincés quelque part.

— Et qui prend la décision finale ? demanda Vanion.

— Personne, répondit Norkan comme si c'était une évidence. Les Tégans ont appris à se passer de directives. Chacun sait ce qu'il doit faire : il scribouille assez de documents officiels pour occuper les bureaucrates et, en dehors de ça, il fait ce qu'il veut. Il me répugne de l'admettre, mais le système n'a pas l'air de trop mal fonctionner. Au siècle dernier, ils ont arrêté un assassin, reprit-il en riant. Ils l'ont jugé, mais il est mort de vieillesse avant que le tribunal n'arrive à décider de sa culpabilité.

— Il avait quel âge quand ils l'ont attrapé ? questionna Talen.

— Une trentaine d'années, je crois. Vous devriez y aller, mes amis. Le gaillard, au bout de ce quai, a une expression vaguement officielle, si vous voyez ce que je veux dire. Si vous ne disparaissez pas tout de suite, il va fouiller dans sa besace et vous faire remplir toutes sortes de documents.

L'île de Téga était d'une propreté méticuleuse. Elle n'était pas particulièrement spectaculaire, elle n'avait même pas le genre de désolation pittoresque propre à mettre le cœur des romantiques en émoi. L'île ne produisait pas non plus de récoltes importantes sur le plan économique ; on n'y trouvait que des potagers délimités par des murets de pierre rectilignes. Les routes étaient tracées au cordeau, bordées de talus d'une hauteur, d'une largeur et d'une profondeur identiques. Comme l'activité principale de l'île, la récolte des coquilles d'huîtres, se déroulait sous l'eau, on ne voyait travailler personne.

Mais cette lassante uniformité était compensée par une puanteur renversante, omniprésente.

— D'où provient cette horrible odeur ? demanda Talen en essayant de se boucher le nez avec sa manche.

— Des coquillages qui pourrissent, répondit Khalad avec un haussement d'épaules. Ils vendent les coquilles aux Tamouls de Mathérion, mais on ne peut pas vivre seulement de fruits de mer, et il faut bien s'en débarrasser. Il paraît que c'est un bon engrais. Je n'ai jamais vu des choux aussi gros de ma vie, regarde.

Talen regarda son frère d'un air songeur.

— Les perles viennent des huîtres, pas vrai ? demanda-t-il.

— Il paraît, oui.

— Je me demande si les Tégans en font quelque chose, quand ils en trouvent.

— Elles ne valent pas grand-chose, répondit Flûte. Il y a quelque chose dans l'eau qui rend les perles noires. Qui voudrait porter des perles noires ? Bon, reprit-elle en les parcourant du regard, le Bhelliom est immergé à quinze cents lieues en pleine mer.

— Tant que ça ? s'exclama Vanion. À raison de trente lieues par jour, il nous faudra bien cinquante jours pour y arriver et autant pour en revenir. Autant dire que nous ne rentrerons pas à Mathérion avant le cœur de l'hiver.

— Non, objecta-t-elle. En fait, il nous faudra cinq jours pour y arriver, et cinq pour en revenir.

— Impossible, lâcha Ulath. Aucun navire n'est aussi rapide.

— Tu veux parier, Ulath ?

Il réfléchit un instant.

— Euh, non..., conclut-il. Je ne voudrais pas t'insulter en avançant que tu triches, mais...

Il écarta les mains devant lui dans une attitude évasive.

— Tu vas encore trafiquer le temps, je suppose ? avança Émouchet.

— Il y a des limites à ça, Émouchet. Nous avons besoin de quelque chose de plus fiable. Le vaisseau qui nous attend est d'un genre particulier. Je pense que vous auriez tort de vous demander comment il est fait au juste, ou comment il avance. Vous ne pourrez pas converser avec l'équipage. Vous ne parlez pas la même langue. De toute façon, il n'est pas vraiment humain, et je doute que vous ayez envie de faire la causette.

— De la sorcellerie ? risqua Bévier, soupçonneux.

— Cher, très cher Bévier, je répondrai à cette question dès que tu auras réussi à me donner une définition de la sorcellerie qui ne soit pas personnellement insultante.

— Que vas-tu faire, Aphraël ? demanda Séphrénia d'un ton méfiant. Il y a des règles, tu le sais.

— L'autre côté les enfreint allégrement à tout bout

de champ. Il a toujours été interdit de plonger dans le passé.

— Mais pas de plonger dans l'avenir, suggéra Khalad. Les gens passent leur temps à concevoir de nouveaux bateaux. Alors tu es allée dans le futur et tu en as rapporté un bateau qui n'a pas encore été inventé ?

— C'est une idée intéressante, Khalad, mais, le futur n'étant pas encore advenu, comment saurais-je où et quand chercher quoi que ce soit ? Non, je suis allée ailleurs, c'est tout.

— Comment ça, « ailleurs » ?

— Il y a plus d'un monde, Khalad, répondit-elle mystérieusement, puis elle fit une petite grimace et ajouta : Si je te disais à quel point les négociations ont été compliquées, tu ne voudrais pas me croire.

3

Ehlana et Sarabian étaient montés au sommet de la tour centrale du château, officiellement pour admirer le coucher du soleil, en réalité pour pouvoir parler tranquillement car il y avait encore beaucoup de Tamouls dans les murs.

— Tout se ramène à une question de pouvoir, disait gravement Ehlana. Son existence est au centre de nos vies. Nous avons le choix. Nous pouvons décider de ne pas en faire usage. Mais, dans ce cas, nous pouvons être sûrs que quelqu'un d'autre le fera.

— Je vous trouve bien mélancolique aujourd'hui, Ehlana, nota Sarabian.

— Je n'aime pas savoir Émouchet au loin. Nous avons été trop longtemps séparés quand Aldreas l'a exilé. Enfin, il va falloir que vous fassiez preuve de fermeté si vous voulez reprendre les choses en main. C'est une sorte de révolution, vous savez. Vous êtes trop civilisé pour faire un bon révolutionnaire, Sarabian, ajouta-t-elle avec un pâle sourire. Vous êtes vraiment sûr de vouloir renverser le gouvernement ?

— Dieu du ciel, Ehlana ! C'est mon gouvernement, et le pouvoir m'appartenait avant qu'il me le confisquent.

— Mais vous n'en avez rien fait. Vous vous êtes reposé sur vos lauriers et vous l'avez laissé échapper. On vous a dépouillé de votre autorité bribe par bribe. Il va falloir que vous la repreniez. Les gens ne renoncent pas volontiers au pouvoir : vous serez probablement obligé de tuer certains de vos ministres pour prouver aux autres que c'est sérieux, ce coup-ci.

— Les tuer !

— C'est l'expression ultime du pouvoir, Sarabian. Et votre situation requiert une certaine brutalité. Vous ne pouvez pas vous permettre de prendre des gants. Vous devrez verser un peu de sang si vous voulez que votre gouvernement vous prenne au sérieux.

— Je ne pourrai jamais faire ça, répondit Sarabian, un peu troublé. Oh, je sais que j'ai fait le fanfaron et proféré quelques menaces, mais je ne suis jamais allé jusqu'à ordonner une exécution.

— À vous de voir, mais si vous ne le faites pas, c'est vous qui serez tué. Ils auront probablement votre peau, de toute façon, ajouta-t-elle après réflexion. Mais, au moins, vous mourrez pour quelque chose. Savoir qu'ils finiront par vous massacrer devrait vous aider à prendre quelques décisions désagréables au départ. Les choses deviennent plus faciles au bout de quelques meurtres. Je parle d'expérience : il m'est arrivé à peu près la même chose. Le primat Annias avait pris le contrôle de mon gouvernement quand je suis montée sur le trône, et j'ai dû le lui arracher à la force des poignets.

— C'est vous qui parlez si librement de meurtre, Ehlana. Pourquoi n'avez-vous pas tué Annias ?

Elle eut un petit rire cristallin.

— Ce n'est pas l'envie qui m'en manquait, croyez-moi ! Seulement je n'en avais pas le pouvoir. Annias avait minutieusement dépouillé la Couronne de toute autorité. Il tenait l'armée et les soldats de l'Église. Je n'avais que messire Vanion et les chevaliers pandions. J'ai fait exécuter quelques-uns de ses sous-fifres, et il savait que j'essayais de l'atteindre. C'est pour ça qu'il m'a empoisonnée. Annias était un politicien avisé. Il savait avec précision quand le moment de tuer était venu.

— On dirait que vous l'admirez !

— Je le haïssais, mais il était très fort.

— Enfin, je n'ai encore tué personne et je ferai en sorte de ne pas arriver à cette extrémité.

— C'est là que vous vous trompez. Vous avez déjà

tiré la dague et vous ne pourrez pas faire autrement que de l'utiliser. Vous avez écrasé la révolte et emprisonné le ministre de l'Intérieur. Ça équivaut à une déclaration de guerre.

— C'est vous qui avez fait tout cela, objecta l'empereur.

— Comme j'agissais en votre nom, pour vos ennemis, ça revient au même. Vous êtes en danger, vous savez. Vous avez laissé savoir à votre gouvernement que vous aviez l'intention de reprendre le pouvoir. Si vous n'envoyez pas quelques individus dans l'autre monde – et vite –, vous ne passerez pas la fin du mois. Vous seriez déjà mort si vous ne vous étiez pas réfugié ici.

— Vous commencez à me faire peur, Ehlana.

— Il serait temps. Que ça vous plaise ou non, Sarabian, vous êtes mouillé jusqu'au cou.

Elle jeta un coup d'œil à la boule rouge du soleil qui descendait derrière les nuages amoncelés sur l'horizon, à l'ouest, ensanglantant les dômes chatoyants de Mathérion.

— Regardez votre ville, Sarabian, reprit-elle. Et voyez la réalité en face. Quand vous en aurez fini, ce n'est pas le soleil qui éclaboussera les dômes. C'est ça, la politique.

— C'est une façon assez abrupte de voir les choses, répondit-il, sa mâchoire prenant une crispation inhabituelle. Très bien. Combien de meurtres devrai-je commettre afin d'assurer ma sécurité ?

— Vous n'auriez jamais assez de couteaux, mon ami. Même si vous massacriez tout le monde à

Mathérion, vous seriez encore en danger. Il faudra vous y faire : vous serez en danger jusqu'à la fin de vos jours. En réalité, ajouta-t-elle avec un petit sourire, c'est plutôt excitant – une fois qu'on s'y est fait.

— Ben, Vot' Mâjesteté, fit Caalador avec son accent paysan, c'est pâs loin de c'qu'on pensait, ouais. C'Krâger â dit vrai. Avec Strâgen, j'âvions fait rôtir les ripâtons des gârs qu'on âvait piqués pendant les émeutes... Votre Majesté m'en voudrait-elle, de m'exprimer comme un être humain ? Ce patois me disloque la mâchoire.

— Que dire de nos oreilles ? murmura Stragen.

Ils s'étaient retrouvés ce soir-là, dans le petit salon bleu des appartements royaux. Ils sortaient de table. Ehlana portait une robe de velours écarlate, Stragen était vêtu de satin blanc et Caalador jouait les négociants avec sa tenue marron passe-partout. Mirtaï montait farouchement la garde devant la porte.

— À l'exception du ministre de l'Intérieur, nous n'avons pas cueilli un seul gros poisson, poursuivit Caalador, et aucun de nos prisonniers n'en savait très long. Je crains que nous n'ayons pas le choix, Majesté. Nous allons être obligés de cuisiner Kolata si nous voulons apprendre quelque chose d'utile.

Ehlana secoua la tête.

— Vous n'en tirerez rien, Caalador. Il mourrait à l'instant où il ouvrirait la bouche.

— Ce n'est pas prouvé, ma Reine, objecta Stragen. Notre subterfuge a peut-être marché. Je ne vois pas comment nos ennemis pourraient savoir qu'il est notre prisonnier. Ses hommes reçoivent toujours ses instructions.

— Il est trop précieux pour que nous risquions de le voir réduit en lambeaux.

— C'est vous qui voyez, Majesté, fit Caalador en haussant les épaules. En tout cas, il est évident que ce soulèvement avait pour seul but de nous amener à dévoiler notre jeu. Ce qui m'inquiète le plus, c'est que Krager et ses amis savaient manifestement que nous utilisions la pègre de Mathérion comme informateurs. Désolé, Stragen, mais c'est la vérité vraie.

— C'était pourtant une bonne idée, soupira Stragen.

— L'ennui, c'est que Krager connaissait le coup. Talen m'a appris que votre ami Platime avait réquisitionné des hordes de mendiants, de putains et de vide-gousset pour suivre Krager comme son ombre. La meilleure idée du monde finit par s'user.

Stragen se leva en marmonnant des imprécations et commença à faire les cent pas dans la petite pièce. Les flammes des chandelles faisaient briller son pourpoint de satin blanc.

— J'ai l'impression de vous avoir bien mal servi, ma Reine, admit-il. Je me suis laissé emporter par l'enthousiasme. Je ne vois pas comment vous pourriez encore vous fier à mon jugement, après une telle bourde. Je vais donc prendre mes dispositions pour retourner à Emsat.

— Oh, ne faites pas l'imbécile, Stragen, dit-elle. Et asseyez-vous. Je n'arrive pas à réfléchir quand vous tournez en rond comme ça.

— Sûr qu'â sait r'met' un gaillard â sâ plâce, pâs vrai, Strâgen ? lança Caalador en riant.

— D'abord, je préférerais que ça ne sorte pas d'ici, fit Ehlana en se tapotant pensivement le menton. Sarabian a déjà les yeux assez hagards comme ça. Politiquement, c'est un enfant au berceau. J'essaie de le faire grandir aussi vite que je le peux, mais les progrès sont lents. Je dois m'interrompre toutes les cinq minutes pour lui faire faire son rot, ajouta-t-elle avec un petit sourire amer.

— Belle image, approuva Caalador, hilare. Qu'est-ce qui ne passe pas ?

— Les meurtres, surtout, répondit-elle en soupirant. Il a encore l'estomac un peu fragile.

— Beaucoup de gens sont comme ça, remarqua Caalador.

— Un politicien ne peut pas se permettre ce genre de délicatesse. Bon, si Krager et ses amis sont au courant de l'existence de notre réseau d'espionnage, ils ne tarderont pas à tenter de l'infiltrer.

— Vous pigez vite, fit-il d'un ton admiratif.

— Question de survie. Bien, messieurs, je voudrais que vous réfléchissiez à la meilleure façon de retourner la situation à notre avantage, et vite, parce que ça ne durera pas.

— Nous devrions pouvoir distinguer les vrais conspirateurs de ceux qui se sont laissé manipuler. Ensuite, je suggère que nous fassions circuler le bruit que nous avons un plan, en variant le scénario selon les catégories socioprofessionnelles : pickpockets, mendiants et putains. Après quoi nous n'aurons plus qu'à attendre de voir comment l'ennemi tente de contrer ces faux projets. Ça nous permettra d'identifier les agents doubles dans nos propres rangs et d'en tirer des noms utiles. Maintenant, si Votre Majesté est d'accord, j'aimerais essayer autre chose : nous ignorons ce que Krager a dit de nos méthodes à ses amis des autres royaumes. Autant tirer le maximum de notre réseau improvisé avant qu'il soit totalement inutilisable. Je vais passer le mot à la pègre d'Arjuna. J'aimerais savoir si cet érudit taré de l'Université a mis le doigt sur quelque chose ou si sa théorie est complètement farfelue. Je suis sûr que vous seriez fascinés par la lecture de la biographie du dénommé Scarpa. Selon que nos espions arjunis réussiront ou non à nous la procurer, nous en déduirons ce que Krager sait vraiment de la portée de notre dispositif. S'il le croit localisé, nos opérations ne seront pas trop compromises.

— Agissez de même avec le baron Parok, Rebal et Sabre, suggéra Ehlana. Tâchons au moins de mettre un nom sur Rebal et Sabre.

— À vos ordres, Majesté.

— J'serions plus heureuse qu'eune truie dans sâ bauge si vous pouviez faire çâ, Caalâdor, répondit-elle.

Caalador crut qu'il allait crever de rire.

— Ça doit être le changement de saison, Majesté, avança Aleanne. Les soirées sont plus fraîches depuis quelques semaines.

— Les saisons sont beaucoup plus marquées à Cimmura qu'ici, objecta Ehlana.

— Nous sommes dans une autre partie du monde, ma Reine, souligna la baronne Mélidéré. Et sur la côte. Ça peut jouer, vous savez. Les enfants réagissent parfois plus fortement à ce genre de chose que nous.

— Vous dramatisez, toutes les deux, intervint Mirtaï. Il lui faut un fortifiant, c'est tout. Elle est fatiguée, mais pas vraiment malade.

— Mais elle dort tout le temps, rétorqua Ehlana, inquiète. Elle s'endort même en jouant.

— Ça doit être la croissance, fit la géante en haussant les épaules. J'étais comme elle, à son âge. La croissance est une période difficile.

L'objet de la controverse gisait, endormi, sur un divan, près de la fenêtre, Rollo blotti sur sa poitrine. L'animal avait survécu à deux générations d'affection intense. On l'avait traîné partout en le tirant par une patte de derrière. On s'était couché sur lui, on l'avait oublié dans des coins sombres pendant des semaines d'affilée. Une transfusion de sciure lui avait donné une expression légèrement ennuyée. La reine Ehlana y voyait un mauvais présage. Rollo n'avait jamais eu cette tête-là quand il était à elle. Mmrr, quant à lui, avait l'air parfaitement satisfait. Une petite maîtresse pas trop remuante était une petite maîtresse idéale. Quand la princesse Danaé somnolait, elle ne pensait pas à lui infliger toutes sortes d'avanies et, pour lui, une journée où il n'avait pas été habillé avec des vêtements de poupée était une bonne journée. Il était couché sur la hanche de la petite fille, telle une vivante image de la volupté. Il avait les yeux fermés et ronronnait comme tout un orage. Tant que rien ne venait perturber sa sieste, Mmrr était en paix avec le monde entier.

La princesse royale Danaé somnolait, l'esprit beaucoup plus absorbé par la conversation que Flûte tenait avec Émouchet et ses amis sur l'île de Téga que par les soucis que sa mère se faisait pour sa santé à Mathérion. Danaé bâilla, referma les bras sur ses petits compagnons et se rendormit de plus belle.

Ma tendresse,

Nous sommes arrivés à Téga et nous allons nous enfoncer dans les terres pour voir de quoi il retourne. Je serai un peu difficile à joindre pendant un moment, aussi ai-je tenu à te dire que nous étions bien arrivés. Ne t'inquiète pas trop si tu n'as pas de nouvelles de moi pendant un moment. Je ne sais pas vraiment pour combien de temps nous allons en avoir ici.

Les autres ont hâte de passer à l'action. Cette lettre n'a d'autre but que de te dire que je t'aime, mais c'est probablement le plus important, n'est-ce pas ?

Embrasse Danaé pour moi.

Avec tout mon amour,

Émouchet.

— Que c'est beau, murmura Ehlana en serrant la lettre de son mari sur son cœur.

Ils étaient dans le salon bleu des appartements royaux, et l'arrivée de Caalador avec la lettre d'Émouchet avait interrompu une discussion cruciale concernant le ministre de l'Intérieur et ce qu'il convenait d'en faire.

Caalador, qui tenait une figurine arjunie grotesque en porcelaine du XIIe siècle, fronça le sourcil.

— Je pense que Sa Majesté aura à cœur de rappeler aux gardes de la cité qu'ils doivent me laisser entrer. Nous avons eu encore une de ces discussions !

— De quoi s'agit-il ? s'enquit l'empereur Sarabian.

— Maître Caalador est mon fournisseur « d'antiquités », expliqua Ehlana. Cela explique ses allées et venues. Depuis que nous avons mis au point ce petit stratagème, j'ai rassemblé assez d'objets pour ouvrir un commerce.

— Revenons-en au problème dont nous parlions avant votre arrivée, Caalador, fit Stragen en se remettant à arpenter la pièce (cette manie avait le don d'exaspérer la reine d'Élénie, d'autant qu'il était vêtu de noir, ce jour-là, et que cette couleur ne lui seyait pas du tout). Le ministre de l'Intérieur commence à faire la grosse voix pour je ne sais quelle raison. Comme nous sommes assis sur sa tête, on peut en déduire que cet accès d'autorité lui est inspiré par un de ses sous-fifres.

— Ces gens de l'Intérieur se sont toujours donné de grands airs, remarqua Oscagne, plus emprunté que jamais dans ses vêtements à l'occidentale.

— Ça confirme ce que je vous dis depuis quelque temps, Ehlana, reprit Sarabian. Vous êtes bien sûre de ne pas vouloir régler le problème de ce Kolata ?

— Absolument, répondit Ehlana. Nous avons réussi à lui mettre le grappin dessus et nous avons fourni au monde une explication parfaitement valable de sa présence ici. Il est toujours en fonction – sous notre contrôle – et ça n'a pas de prix. Nous gagnons du temps,

Sarabian. Nous serons très vulnérables tant que Tynian et Emban ne seront pas revenus de Chyrellos avec les chevaliers de l'Église et que les commandants atans ignoreront qu'ils ne doivent pas obéir aux ordres de leur ministère de tutelle. Inutile que les Atans se battent dans les deux camps en cas de troubles.

— J'avoue que je n'avais pas pensé à ça.

— Ce n'est pas tout, Majesté, ajouta gentiment Oscagne. Il se pourrait que l'Intérieur ignore purement et simplement un décret de démantèlement. Ces gens ont un pouvoir presque absolu, vous savez. La reine Ehlana a raison. Nous ne pouvons rien tenter avant d'être assurés du soutien des Atans.

— Personne ne peut soudoyer un ministère entier, reprit Stragen en continuant à faire les cent pas dans la pièce. Il y a trop de gens en cause, et il suffirait d'un honnête agent de l'état pour éventer la mèche.

— Il n'y a pas de gens d'armes honnêtes, Stragen, fit Caalador avec un rire sardonique. C'est ce qu'on appelle une antithèse.

— Tout le monde a compris ce que je voulais dire, répliqua Stragen en écartant l'objection d'un haussement d'épaules. Nous savons que Kolata a les mains sales, mais nous ignorons si la corruption est très répandue, ou si elle est limitée au sommet de la hiérarchie.

— Çâ, mon compère, y â peu d'chance, objecta Caalador en secouant la tête. Faut pouvoir êt' sûr, quand on donne des ordres, qu'y s'ront exécutés, même s'y sont pâs pur sucre. Faut ben qu'y ait des gens au s'cond plan qui sâchent ed'quoi qu'y retourne.

— Je ne sais pas ce que je donnerais pour qu'il s'abstienne d'employer ce dialecte horrible, surtout quand il a raison, grinça Stragen. C'est insupportable. Enfin, même si l'on part du principe que la plupart des responsables du ministère sont mouillés, cela ne nous dit pas jusqu'où s'étend la contamination. Je dirais que, la priorité, c'est de découvrir ça.

— Bâh, çâ n'devrait pâs prend' plus d'quêqu' centaines d'ânnées, nota Caalador.

— Pas forcément, répliqua Mélidéré. Votre Excellence a dit une fois, reprit-elle en s'adressant cette fois à Oscagne, que le ministère de l'Intérieur adorait les paperasses.

— Absolument, baronne. Toutes les officines gouvernementales adorent la paperasserie. Ça fournit du travail à leur famille. L'Intérieur va encore un peu plus loin. Les agents de la force publique ne peuvent pas fonctionner sans fiches, dossiers et registres. Ils mettent tout par écrit.

— Les gens de l'Intérieur, qui ont tous une formation de policier, doivent donc éprouver une compulsion maladive à rédiger des rapports et à remplir des dossiers ?

— J'imagine, baronne, confirma Oscagne. Mais je ne vois pas où vous voulez en venir.

— Réveillez-vous, Oscagne ! s'exclama Sarabian, tout excité. Cette merveilleuse créature vient de résoudre le problème. Quelque part dans cette taupinière qu'est le ministère de l'Intérieur, il y a un placard plein de dossiers contenant les noms des gens d'armes félons et des agents secrets de l'empire. Mettons la main dessus et nous saurons exactement qui agrafer lorsque le moment sera venu de passer à l'action.

— Il est probable qu'ils défendront ces dossiers au péril de leur vie, objecta Ehlana. Et que mettre le nez dans leurs dossiers serait pris pour une déclaration de guerre.

— Vous avez le chic pour dissiper les beaux rêves, Ehlana, geignit l'empereur.

— Il y a peut-être un moyen de parer aux objections de la reine, Majesté, fit Mélidéré en fronçant légèrement les sourcils. Les systèmes de classement sont-ils standardisés, à Mathérion ?

— Le ciel nous en préserve, baronne ! se récria Oscagne. Si les méthodes d'archivage étaient uniformisées, n'importe qui pourrait entrer dans un bureau et trouver ce qu'il cherche. Nous n'aurions aucun secret les uns pour les autres.

— C'est aussi ce que je pensais. Eh bien, imaginons que la reine Ehlana laisse tomber dans la conversation qu'en Élénie tout le monde classe les choses de la même façon, que l'empereur trouve cette idée géniale, en raison des énormes économies de fonctionnement qu'elle permet, et qu'il désigne une commission impériale dotée de pouvoirs extraordinaires pour examiner tous les dossiers en vue de la standardisation. Cela justifierait la fouille en règle des bureaux du ministère de l'Intérieur, non ?

— Ça pourrait marcher, ma Reine, approuva Stragen. Ce serait une formidable couverture. Surtout si nos gens réduisaient les dossiers en miettes au cours de leurs investigations.

Oscagne devint pâle comme un fantôme.

— J'préférerais m'empoisonner plutôt que d'vous insulter, mâ p'tite dâme, fit Caalador, mais c't'encore lâ une corvée qui nous prendrâ ben vingt ans d'not'vie. Z'avez vu l'énorme bâtiment qu'çâ nous fait â r'tourner pierre pâr pierre ?

— Nous pourrions raccourcir un peu ce délai, maître Caalador, répondit Mélidéré. Il nous suffirait d'interroger Kolata.

— Pas question ! protesta sèchement Ehlana. Nous n'aurions plus qu'à le ramasser à la petite cuillère, et nous serions bien avancés !

— Nous ne lui poserions pas de questions sensibles, Majesté, répondit patiemment Mélidéré. Nous lui demanderions seulement comment son classement est organisé, sans faire allusion à la conspiration à laquelle il a participé.

— Elle a raison, Ehlana, intervint Mirtaï avec son tact coutumier. Il doit y avoir des sujets sensibles qui déclenchent la mise à mort. L'ennemi ne tuerait pas Kolata pour quelques questions anodines concernant l'organisation de son secrétariat.

— Sans doute pas, convint la reine, d'un ton un peu dubitatif quand même.

— C'est génial, baronne, approuva Stragen, mais nous allons devoir envoyer des fonctionnaires tamouls dans tous les ministères pour compulser les dossiers : comment pourrons-nous être sûrs qu'aucun d'eux n'est de mèche avec l'ennemi ?

— C'est impossible, Stragen. C'est pourquoi nous

devrons y envoyer nos propres gens : les chevaliers de l'Église, pour ne pas les nommer.

— Et comment justifierons-nous cela ?

— Bah, ce nouveau système de classement étant de conception élène, nul ne sera plus qualifié pour procéder à l'audit des méthodes actuelles et indiquer aux fonctionnaires le moyen de se convertir au nouveau système.

— Je savais que je vous coincerais, baronne, fit Stragen d'un ton triomphant. Ce n'est qu'une invention. Nous n'avons pas de nouveau système de classement.

— Eh bien, inventez-en un, messire Stragen, déclara-t-elle d'une voix fruitée.

Subat, le Premier ministre, était profondément troublé par la suggestion de Gashon, le chancelier de l'Échiquier. Les deux hommes étaient seuls sous les magnifiques dorures du bureau de Subat, une pièce à peine moins somptueuse que les salles d'audience impériales.

— Vous avez perdu la tête, Gashon ! lâcha Subat.

Le chancelier de l'échiquier était un homme cadavérique, exsangue, aux joues creuses et au crâne bosselé, couronné de quelques mèches floconneuses.

— Réfléchissez, Pondia Subat, dit-il de sa voix caverneuse, presque rouillée. Ce n'est qu'une théorie, mais elle explique beaucoup de choses qui, sans cela, demeurent incompréhensibles.

— Ils n'auraient pas osé, ironisa Subat.

— Nous ne sommes plus au XIVe siècle, Subat,

essayez de vous en souvenir, lança sèchement Gashon. Vous êtes Premier ministre, pas gardien de musée. Le monde change, autour de vous. Vous ne pouvez espérer survivre en retant assis sur votre derrière, les yeux braqués sur le passé.

— Je ne vous aime pas beaucoup, Gashon.

— Je ne suis pas fou de vous non plus, Subat. Mais laissez-moi vous expliquer les choses à nouveau, et tâchez de rester éveillé, cette fois.

— Comment osez-vous !

— Oh, c'est facile : j'aimerais bien que ma tête reste là où elle est : sur mes deux épaules. D'abord, les Élènes d'Éosie sont de vrais barbares, vous ne me direz pas le contraire.

— Certes non.

— Ils ne nous ont guère gênés dans le passé parce qu'ils étaient trop occupés à se bagarrer entre eux pour des questions de religion et parce que Otha de Zémoch leur donnait du fil à retordre. L'ennui – là, je vais peut-être vous étonner –, c'est qu'Otha est mort et que l'insurrection au Rendor a été presque complètement écrasée.

— J'ai mes propres sources d'information, Gashon.

— Et il ne vous vient jamais à l'idée de les consulter ? Enfin... il y avait la guerre civile dans les rues de Chyrellos quand ce Dolmant a été bombardé archiprélat. Cela laisse supposer qu'il ne fait pas l'unanimité. Je ne connais pas de meilleur moyen de consolider son pouvoir que d'envoyer son peuple en expédition à l'étranger, et le seul terrain vraiment étranger pour les Élènes du continent éosien est la Darésie – l'empire tamoul, c'est-à-dire nous, au cas où vous ne l'auriez pas compris, Subat.

— Je vous en prie, Gashon, j'avais compris. Venez-en au fait. J'ai autre chose à faire.

— Vous avez rendez-vous avec le bourreau, j'imagine ? Bien, les Élènes sont des fanatiques qui se croient élus par le Seigneur pour convertir le monde à leur religion absurde. Ils endoctrineraient les serpents, les araignées, les poissons et, pourquoi pas, les glaciers et les marées, si leur Dolmant le leur ordonnait. Nous avons donc un chef religieux pas très assuré de son pouvoir dans sa propre Église, mais qui dispose de hordes entières de fanatiques. Il peut soit leur faire écraser ses adversaires chez lui, soit les lancer contre une puissance étrangère sous n'importe quel prétexte susceptible d'enflammer l'imagination populaire et de faire taire toute objection. Vous croyez que c'est une coïncidence si, au même moment exactement, cette femelle stupide nous rend une visite d'État ? Oscagne nous affirme qu'il s'agit de la reine d'Élénie, mais nous n'avons que sa parole, j'espère que ce détail ne vous a pas échappé. Cette prétendue reine est manifestement plus habituée à conclure des affaires dans un lit que sur un trône. Elle a séduit Alberen d'Astel, cet imbécile, et probablement aussi Androl d'Atan. Nous en sommes réduits aux conjectures quant à la nature de ses aventures parmi les Péloïs et les Styriques de Sarsos. Dès qu'elle est arrivée à Mathérion, en tout cas, elle a réussi à attirer l'empereur Sarabian dans sa chambre à coucher. Vous avez su que Sarabian et Oscagne s'étaient faufilés furtivement dans ce château élène de pacotille le soir même de son arrivée ici, n'est-ce pas ? Oui, je sais, poursuivit Gashon, coupant court aux objections de Subat. Ça nous ramène à Oscagne. Tout laisse supposer qu'il a partie liée avec les Élènes, soit par intérêt personnel, soit parce qu'il a succombé au charme de la catin blonde. Elle a eu tout le temps de le séduire pendant qu'il était à Chyrellos, vous savez.

— Ce ne sont là que spéculations, protesta Subat, mais sa voix manquait de conviction.

— Bien sûr, Subat, acquiesça Gashon d'un ton sarcastique. Quel est le moyen le plus rapide d'aller de Mathérion à Chyrellos ?

— Par bateau, naturellement.

— Alors pourquoi la catin de Cimmura a-t-elle choisi de traverser le continent ? Pour admirer le paysage, sans doute ? Elle ne manque pas de caractère, il faut lui laisser ça.

— Et cette récente tentative de coup d'État, Gashon ? Sans les Élènes, le gouvernement serait tombé.

— Ah oui, le fameux coup d'État ! Vous ne trouvez pas étonnant que des Élènes qui ne parlent pas un mot de tamoul lors de leur arrivée aient réussi à éventer ce complot en six semaines, alors que les agents du ministère de l'Intérieur, qui vivent à Mathérion depuis toujours, n'avaient rien vu venir ? Les Élènes ont écrasé une insurrection imaginaire, et ils utilisent ce prétexte pour tenir l'empereur prisonnier dans leur maudite forteresse – et Kolata avec lui, le seul homme qui avait les moyens de libérer notre empereur. J'ai parlé avec Téovin, le chef de la police secrète, eh bien, figurez-vous que personne n'a pu s'entretenir avec Kolata en privé depuis son incarcération. Il est évident qu'il est prisonnier, et qu'il se contente de transmettre les ordres des Élènes. Et comme si ça ne suffisait pas, ils ont envoyé cet Emban à Chyrellos pour ramener les chevaliers de l'Église ici afin de régler la crise. Nous avons toutes les ressources de l'Intérieur, des armées d'Atans entières à notre disposition : croyez-vous que nous ayons besoin de faire venir ici, en Tamoulie, les chevaliers de l'Église, les guerriers les plus sauvages du monde ? Comment le mot *invasion* pourrait-il ne pas vous venir aussitôt à l'esprit ? Voilà ce qu'était ce prétendu coup d'État : un prétexte pour permettre à l'Église élène d'envahir la Tamoulie, et avec l'approbation de l'empereur, encore.

— Mais pourquoi l'empereur conspirerait-il avec les Élènes pour renverser son propre gouvernement ?

— Je pourrais vous donner toutes sortes de raisons. Peut-être est-ce la carotte que cette prétendue reine lui a brandie sous le nez pour lui accorder ses faveurs. Mais il est plus probable qu'elle lui a raconté des fariboles sur les joies du pouvoir. C'est une fiction répandue en Éosie. Les dirigeants élènes affectent de prendre toutes les décisions concernant leur royaume, au mépris du gouvernement. Nous savons tous deux combien cette idée est ridicule. Un monarque n'a qu'une fonction : incarner l'autorité, cristalliser l'amour et la loyauté du peuple. Le gouvernement impérial est engagé dans un programme de sélection naturelle depuis les mille dernières années. La femme de l'empereur de Tamoulie – celle qui donne l'héritier au trône – est toujours choisie pour sa stupidité. Nous n'avons pas besoin d'empereurs intelligents, il suffit qu'ils soient dociles. Sarabian a failli à la règle, je ne sais comment. Si vous aviez pris la peine de l'examiner attentivement, vous vous seriez rendu compte qu'il était d'une intelligence terrifiante. Là, Kolata s'est planté. Sarabian aurait dû être assassiné bien avant de monter sur le trône. Je crains que notre empereur vénéré ne commence à avoir soif de pouvoir. En temps normal, le problème n'en serait pas un, mais nous ne pourrons le régler tant que Sarabian restera dans cette maudite forteresse.

— Votre histoire se tient, convint Subat en fronçant les sourcils. Je savais que c'était une bêtise d'inviter ce sauvage d'Émouchet à Mathérion.

— Nous le savions tous. Et vous vous rappelez qui a balayé toutes nos objections ?

— Oscagne, grinça Subat.

— Précisément. Les choses commencent à s'éclaircir, pour vous, maintenant ?

— Vous avez trouvé ça tout seul, Gashon ? Ça me paraît un peu compliqué, pour un homme qui passe sa vie à compter ses sous.

— En fait, c'est Téovin qui m'a ouvert les yeux. Il m'a fourni des preuves très concrètes. Ce que je viens de vous raconter n'est qu'un résumé de la situation. L'Intérieur a des espions partout. Il ne peut rien se passer dans l'empire sans qu'on en trouve trace dans leurs fameux dossiers. Alors, Pondia Subat, comment notre estimé Premier ministre propose-t-il de remédier au fait que notre empereur est reclus – volontairement ou non – à moins de cent pas d'ici ? C'est à vous, en tant que chef du gouvernement, de prendre ces décisions. Oh, et tant que vous y serez, vous pourriez peut-être chercher un moyen d'empêcher les chevaliers de l'Église de se répandre dans le continent, d'entrer en force à Mathérion, de forcer le peuple à courber l'échine devant leur Dieu ridicule – et de massacrer tout le gouvernement par-dessus le marché.

— Ils essaient de gagner du temps, rapporta Stragen. Vers l'heure du souper, ils nous raccompagnent au-dehors et referment la porte derrière nous. On voit des lumières dans le bâtiment bien après le coucher du soleil, et quand nous revenons, le lendemain matin, tout a été réorganisé. Les dossiers passent d'une pièce à l'autre comme des moutons à la transhumance. On dirait qu'ils déplacent même les murs. Nous avons trouvé, ce matin, une pièce que je n'avais jamais vue.

— Je vais y envoyer les Atans d'Engessa, fit Sarabian d'un ton funèbre. Ils feront sortir tout le monde et ils démonteront le bâtiment pierre par pierre.

— Non, protesta Ehlana en secouant la tête. Si nous agissons ostensiblement contre l'Intérieur, tous les agents de l'empire se terreront dans un trou de souris. Il ne faut pas qu'ils aient l'impression que nous nous intéressons exclusivement à eux. Nous allons faire des misères aux autres ministères aussi, conclut-elle en faisant la moue.

— Comment les choses pourraient-elles être pires qu'elles ne le sont déjà, Majesté ? demanda Oscagne d'une voix brisée. Vous avez fichu en l'air des siècles de travail.

— Quelqu'un a une idée ? demanda Sarabian en les interrogeant du regard.

— Je peux dire un mot, Majesté ? demanda Aleanne d'une toute petite voix.

— Évidemment, ma chère, acquiesça Ehlana avec un doux sourire.

— J'espère que vous voudrez bien pardonner ma présomption, s'excusa Aleanne. Je ne sais même pas lire, comment saurais-je ce que sont des dossiers ? Toutefois, j'ai cru comprendre que vous vouliez laisser croire à une réorganisation et... euh, j'en connais un rayon sur le rangement des placards et autres cagibis. C'est un peu de ça qu'il s'agit, non ?

— Plus ou moins, acquiesça Stragen.

— Eh bien, quand on veut mettre de l'ordre dans un placard, on sort tout, on l'étale par terre et on le trie. Puis on range une pile dans le tiroir du haut, une pile dans le tiroir d'en dessous et ainsi de suite. Ne pourrait-on faire la même chose avec ces dossiers ?

— C'est une bonne idée, mon petit chou, approuva Caalador, mais il n'y a pas assez de planchers dans la bâtisse entière pour étaler tous les dossiers.

— Il y a des tas de pelouses autour, n'est-ce pas ? reprit Aleanne, les yeux timidement baissés. Ne pourrait-on sortir tous les dossiers des bâtiments et les étaler sur les pelouses sous prétexte de les remettre en ordre ? Personne ne pourrait s'y opposer, fermer les portes des pelouses le soir, ou déplacer quoi que ce soit. Surtout si des Atans de sept pieds de haut montaient la garde autour. Je sais que je ne suis qu'une petite bonne ignorante, mais, personnellement, c'est ce que je ferais.

Oscagne la regarda en ouvrant des yeux horrifiés.

4

La partie occidentale de Téga était restée sauvage. Les habitants de l'île se bornaient à cultiver le sol, moins aride, de l'intérieur des terres, et des touffes d'ajoncs bruissaient dans le vent, de part et d'autre de la piste accidentée menant à la côte.

— Une chance qu'il y ait du vent, remarqua Talen avec reconnaissance. Au moins, il chasse les mauvaises odeurs.

— Tu ne pourrais pas cesser un peu de ronchonner ? protesta Flûte, blottie dans les bras de Séphrénia, comme toujours. Bon, Messieurs, je crois que nous sommes assez loin. Nous allons faire une halte en attendant la nuit.

— Je me demande si c'est une bonne idée, objecta Bévier. Le sol est de plus en plus rocailleux et, d'après le bruit des vagues, elles roulent des cailloux. Ce n'est sûrement pas l'endroit idéal pour patauger dans le noir.

— Je vous mènerai sans encombre à la plage, Bévier, répondit-elle. Je ne veux pas que vous voyiez notre bateau de trop près. Sa conception implique certaines notions que vous n'avez pas besoin de connaître. C'est l'une des promesses que j'ai dû faire au cours des négociations dont je vous parlais. Nous allons nous abriter du vent là-bas, fit-elle en indiquant une butte. Je vous communiquerai vos instructions pendant que nous mangerons.

Ils quittèrent la piste et mirent pied à terre à l'abri du tertre.

— À qui est-ce le tour de faire la cuisine ? demanda Bérit.

— À toi, répondit Ulath avec le plus grand sérieux.

— Tu savais qu'il allait te faire le coup, Bérit, fit Talen. C'est exactement comme si tu venais de te porter volontaire.

— Mon tour aurait bien fini par venir, tôt ou tard, répondit Bérit avec fatalisme. Comme ça, je serai tranquille pour un moment.

— Très bien, messieurs, fit Vanion, allons chercher du petit bois pour le feu.

Émouchet réprima un sourire. Vanion pouvait toujours raconter qu'il n'était plus le précepteur, le commandement était une seconde nature chez lui.

Bérit leur concocta un ragoût convenable et, après dîner, ils s'assirent autour du feu tandis que la nuit se refermait sur eux.

— Bon, nous allons descendre vers une crique, annonça Flûte. Je vous demande de rester près de moi, parce qu'il y aura beaucoup de brouillard.

— Voyons, Flûte, le temps est parfaitement dégagé, objecta Kalten.

— Il ne le sera plus quand nous arriverons à la crique. Je vais faire en sorte que vous ne puissiez pas observer ce bâtiment. Je ne suis pas censée faire ça, évitez donc de m'attirer des ennuis, hein ? Je te serais particulièrement reconnaissante de refréner ta curiosité, fit-elle en regardant gravement Khalad.

— Moi ?

— Oui, toi. Tu es un peu trop futé pour ma tranquillité d'esprit. Tes nobles amis ici présents n'ont pas assez d'imagination pour échafauder des hypothèses plausibles concernant le navire, mais toi, c'est une autre paire de manches. Je te défends de sonder le pont avec ton canif et d'essayer d'examiner les choses en douce. Je détesterais trouver une reproduction du bateau à Cimmura, la prochaine fois que je passerai par là. Une fois à bord, vous descendrez immédiatement dans la cale. Vous ne remonterez pas sur le pont avant que nous arrivions à destination. Une partie du bâtiment nous a été réservée, et nous y resterons pendant toute la durée du voyage. Je veux, messieurs, que vous me donniez votre parole de ne pas en sortir.

Émouchet voyait des différences entre Flûte et Danaé. Flûte était plus autoritaire et ne semblait pas avoir le sens de l'humour un peu fantasque de Danaé. Si la Déesse-Enfant avait une personnalité définie, chacune de ses incarnations paraissait avoir ses propres caractéristiques.

— Nous avons encore une bonne heure devant nous, reprit Flûte en regardant le ciel qui s'assombrissait. L'équipage du navire a pour instruction de nous éviter. Nos repas seront déposés devant la porte de notre cabine et vous ne verrez pas celle qui l'apportera. N'essayez même pas, ça ne servirait à rien.

— Elle ? releva Ulath. Ça veut dire qu'il y a des femmes dans l'équipage ?

— C'est un équipage féminin. Il n'y a pas beaucoup d'hommes là d'où elles viennent.

— Les femmes ne sont pas assez fortes pour tendre et amener les voiles, objecta-t-il.

— Ces femelles sont dix fois plus fortes que toi, Ulath, et ce n'est pas le problème, de toute façon, parce que le bateau n'a pas de voiles. Maintenant, messieurs, je vous demande de cesser de poser des questions. Une dernière chose : vous entendrez une sorte de bourdonnement, tout le temps que nous serons en mer. Ne vous inquiétez pas ; c'est normal.

— Comment..., fit Ulath, mais elle leva la main.

— Plus de questions, Ulath, dit-elle avec fermeté. Le bâtiment est ici pour nous emmener très vite d'un point à un autre. C'est tout ce que vous avez besoin de savoir.

— À un détail près, peut-être, intervint Émouchet. Où allons-nous ?

— À Jorsan, sur la côte ouest d'Édom, répondit-elle. Enfin, juste avant. Il y a un long golfe qui entre dans l'intérieur des terres. Nous accosterons à l'embouchure et nous poursuivrons à cheval. Et maintenant, si nous parlions d'autre chose ?

Les chevaliers descendirent à cheval un sentier abrupt en se guidant sur la torche que Séphrénia tenait au-dessus de sa tête. Le brouillard était si épais qu'ils auraient pu marcher dessus.

Ils atteignirent une plage de sable fin et descendirent au jugé vers le vacarme des flots invisibles. Puis ils virent d'autres lumières dans la brume, des lumières environnées d'un halo, qui s'étendaient sur une distance incalculable. Des lumières qui ne vacillaient pas et qui avaient une drôle de couleur, pour des torches.

— Dieu tout-puissant ! s'exclama Ulath. C'est beaucoup trop gros pour être un bateau !

— Ulath ! lança sèchement Flûte, noyée dans le brouillard, devant eux.

— Pardon, marmonna-t-il.

En arrivant au bord de l'eau, ils ne virent qu'une forme sombre qui les surplombait de sa masse, une forme soulignée par ces lumières fixes. Une rampe d'accostage descendait vers la plage. Ch'iel, la blanche haquenée de Séphrénia, s'y engagea avec confiance et la gravit dans un claquement de sabots.

Sur le pont se pressaient des formes ténébreuses, encapuchonnées, qui leur arrivaient à l'épaule, mais paraissaient étrangement trapues et robustes.

— Que faisons-nous des chevaux ? demanda Vanion alors qu'ils mettaient pied à terre.

— Laissez-les là, répondit Flûte. On va s'en occuper. Descendons sous le pont. Le navire ne partira pas avant que chacun de nous soit dans sa cabine.

— L'équipage restera sans doute sur le pont, avança Ulath.

— Oh non. Ce serait trop dangereux.

Ils descendirent par une écoutille pratiquée dans le pont et suivirent une rampe inclinée qui s'enfonçait dans les profondeurs du bâtiment.

— Un escalier occuperait moins de place, remarqua Khalad d'un air critique.

— Les femmes de l'équipage ne pourraient pas l'emprunter, répliqua Flûte. Elles n'ont pas de jambes.

Je vous ai bien dit qu'elles n'étaient pas humaines, ajouta-t-elle avec un haussement de sourcils comme il la regardait avec horreur.

La rampe menait à une coursive basse de plafond, et les chevaliers durent se pencher pour suivre la Déesse-Enfant vers l'arrière. L'espace ménagé sous le pont était éclairé par des points lumineux encastrés dans le plafond et recouverts par une matière vitreuse.

Les quartiers vers lesquels Flûte les mena étaient illuminés d'une façon plus conventionnelle par des chandelles, et le plafond était assez haut pour permettre aux chevaliers de se tenir debout. Dès qu'Ulath eut refermé la lourde porte de ce qui devait être leur prison pour les cinq journées à venir, un bourdonnement grave commença à faire vibrer la coque, sous leurs pieds. Ils sentirent que la proue de l'étrange vaisseau s'orientait majestueusement vers la haute mer, puis le bâtiment fit un bond en avant.

— Comment avance-t-il ? s'étonna Kalten. Il n'y a pas de vent.

— Kalten ! lança sèchement Aphraël.

— Pardon, murmura-t-il.

— Il y a quatre compartiments ici, leur dit-elle. Nous allons manger dans celui-ci et vous pourrez vous répartir dans les trois autres pour y dormir. Posez vos affaires, messieurs. Puis vous feriez aussi bien de vous allonger. Il ne se passera rien pendant cinq jours.

Émouchet et Kalten entrèrent dans l'une des cabines. Talen les suivit. Il portait les sacs de selle de Khalad en plus des siens.

— Que mijote ton frère ? demanda Émouchet d'un ton suspicieux.

— Il veut jeter un coup d'œil, répondit Talen.

— Aphraël nous l'a interdit.

— Et alors ?

Ils furent tous un peu secoués par une nouvelle embardée du bâtiment. Le bourdonnement devint plus aigu et ils eurent l'impression que le vaisseau se dressait sur l'eau comme un cheval qui se cabre.

Kalten jeta ses paquets sur l'une des couchettes et s'assit.

— Je n'y comprends rien, marmonna-t-il.

— Tu n'es pas censé y comprendre quoi que ce soit, répondit Émouchet.

— Vous croyez qu'il y a quelque chose à boire à bord ? Je me rincerais bien la dalle, moi.

— À ta place, je n'y compterais pas trop, et je me demande si j'aimerais boire un truc concocté par des créatures non humaines. Je me méfierais de l'effet que ça pourrait avoir sur moi.

Khalad rentra dans la cabine, l'air complètement ahuri.

— Je ne voudrais pas vous inquiéter, messieurs, leur annonça-t-il, mais nous allons plus vite qu'un cheval au galop.

— Comment le sais-tu ? demanda Talen.

— Les rideaux de la cabine centrale masquent des espèces de hublots – en tout cas, il y a du verre dessus. J'ai regardé au-dehors. Nous sommes environnés de brouillard, mais on voit l'eau. J'ai vu un tronc d'arbre flottant, eh bien, il a filé comme un éclair à côté du navire. Et ce n'est pas tout : la coque s'incurve au-dessous de nous et elle ne touche même pas l'eau.

— Nous volons au-dessus de l'eau ? risqua Kalten, incrédule.

Khalad secoua la tête.

— Je pense que la coque effleure l'eau, mais à peine.

— N'en dis pas plus, geignit Kalten. Je ne veux rien savoir.

— Il a raison, Khalad, approuva Émouchet. Je pense que ça fait partie des choses dont Aphraël nous a dit qu'elles ne nous regardaient pas. Dorénavant, tu me feras le plaisir de laisser ces rideaux fermés.

— Ne me dites pas, messire, que rien de tout cela ne vous étonne ?

— Si, mais il y a des choses que je préfère ignorer.

— Ça ne vous ennuie pas que je me pose des questions ?

— Interroge-toi tant que tu veux, mais garde tes réponses pour toi, répondit Émouchet en s'asseyant sur une couchette pour enlever ses bottes. Je ne sais pas ce que vous en pensez, vous autres, mais je vais suivre les instructions qui m'ont été données et dormir. Nous avons tous du sommeil en retard, et c'est une bonne occasion de le rattraper. Nous avons intérêt à être en forme quand nous arriverons à Jorsan.

— Qui n'est qu'à un quart de tour du monde d'ici, ajouta Khalad d'un air méditatif. Et où nous arriverons en cinq jours à peine. Je ne crois pas être fait pour comprendre ce genre de chose. Faut-il vraiment que je devienne chevalier pandion, Émouchet ?

— Oui, répondit fermement Émouchet en laissant tomber ses bottes par terre. Bon, tu as d'autres questions à me poser, avant de me laisser dormir ?

Ils dormirent tous beaucoup pendant les cinq jours suivants. Émouchet soupçonnait fortement Aphraël de n'être pas étrangère au phénomène : des gens qui dorment ne vont pas fourrer leur nez là où ils n'ont rien à faire.

Leurs repas étaient apportés sur d'étranges plateaux oblongs faits d'une matière qu'ils ne purent identifier. On ne leur servit que des légumes cuits et il n'y avait que de l'eau à boire. Kalten se plaignit à tous les repas de la nourriture, ce qui ne l'empêcha pas de se goinfrer.

L'après-midi précédant leur arrivée, ils se réunirent dans le compartiment central, qui était bondé.

— Tu es sûre ? demanda Kalten d'un air dubitatif quand Flûte leur annonça qu'ils étaient à moins de dix heures de leur destination.

— Oui, Kalten, j'en suis sûre, répondit-elle en soupirant.

— Comment peux-tu l'affirmer ? Tu n'es pas montée sur le pont et tu n'as parlé à aucun des membres d'équipage. Nous pourrions être absolument... Oh... pardon, bredouilla-t-il comme elle le regardait avec accablement. Je n'avais pas réfléchi.

— Je t'adore, Kalten. Malgré tout.

Khalad s'éclaircit la gorge.

— Dolmant ne nous a pas dit que les Édomites avaient de forts préjugés contre l'Église ? demanda-t-il.

— Il paraît, confirma Émouchet en hochant la tête.

Ils considèrent notre Sainte Mère un peu de la même façon que les Rendors.

— Autrement dit, les chevaliers de l'Église sont *persona non grata* en Édom ?

— C'est le moins qu'on puisse dire.

— Il vaudrait donc mieux que nous voyagions incognito.

— En effet, approuva Émouchet.

— Où allons-nous au juste, après Jorsan, Aphraël ? demanda Vanion, penché sur une carte.

— Nous remontons un peu la côte, répondit vaguement Flûte.

— Ce n'est pas très précis.

— Je sais.

— Est-il vraiment nécessaire de remonter tout le golfe de Jorsan jusqu'à la cité proprement dite ? demanda-t-il avec un soupir. En accostant au nord du golfe, nous pourrions éviter la ville. Les Édomites ne nous aiment pas ; pourquoi nous jeter dans la gueule du loup ?

— Nous devons nous rendre à Jorsan, répondit-elle. Enfin, l'important ce n'est pas Jorsan, rectifia-t-elle, mais ce qui va se passer sur la route.

— Ah bon ? Et que va-t-il se passer ?

— Je n'en ai pas la moindre idée.

— Tu devrais commencer à en avoir l'habitude, fit Émouchet. Notre petite Déesse a parfois des intuitions. Pas très détaillées, mais bon...

— À quel moment de la journée devons-nous toucher terre ? demanda Ulath.

— Vers minuit, répondit-elle.

— Accoster sur un rivage inconnu en pleine nuit peut poser des problèmes, remarqua-t-il d'un air de doute.

— Pas pour moi, dit-elle avec une confiance inébranlable.

— Je ne suis pas censé m'en inquiéter, c'est ça ?

— Inquiète-toi autant que tu le veux, Ulath, répondit-elle en souriant. Ce n'est pas indispensable, mais si ça te fait plaisir...

Le brouillard était toujours aussi épais quand ils remontèrent sur le pont. C'était un brouillard dense, qui masquait toute chose, mais cette fois aucune lumière ne brillait plus à bord de l'étrange bateau. Leurs chevaux les attendaient, déjà sellés. Ils leur firent descendre la rampe et les menèrent sur une plage de gravier.

Quand ils se retournèrent vers le bateau, il avait disparu.

— Où est-il passé ? s'exclama Ulath.

— Nulle part. Il est toujours là, répondit Aphraël.

— Alors, pourquoi ne pouvons-nous le voir ?

— Parce que je ne veux pas qu'on le voie. Nous avons croisé un certain nombre de bateaux normaux en venant ici. Si quelqu'un avait vu le nôtre, ça aurait fait jaser dans les tavernes de tous les ports du monde.

— Tout est dans la forme de la coque, hein ? fit Khalad d'un ton rêveur.

— Khalad, ça suffit ! s'écria-t-elle avec fureur.

— Que veux-tu que je fasse de cette information, Flûte ? Je ne pourrais rien en faire, même si j'en avais envie, mais c'est cette coque qui explique sa vitesse. Je disais cela seulement pour que tu ne me croies pas assez bête pour ne pas comprendre.

Elle lui fit les gros yeux.

Il se pencha vers elle et lui planta un baiser sur la joue.

— Ça ne fait rien, Flûte, fit-il avec un sourire. Je t'aime bien. Même si tu me sous-estimes parfois.

— On en fera quelque chose si les petits cochons ne le mangent pas avant, souffla Kalten à l'oreille de Vanion.

La plage de gravier montait vers une colline couverte d'une herbe drue. Le temps qu'ils atteignent le sommet, le brouillard s'était complètement dissipé et le clair de lune étendait un large sentier sur les eaux calmes du golfe.

— Si j'en crois ma carte, il y aurait une piste à une demi-lieue environ dans l'intérieur des terres, signala Vanion. Elle longe le golfe en direction de Jorsan. Faute d'instructions contraires des autorités supérieures, je suppose que nous ferions aussi bien de la suivre, ajouta-t-il en regardant Flûte.

Mais la Déesse-Enfant, qui faisait toujours les gros yeux à Khalad, se rencogna dans les bras de Séphrénia et se mit à sucer son pouce.

— Tes dents vont pousser de travers.

Elle retira son pouce de sa bouche et lui tira la langue.

— Bon, on y va ? suggéra Vanion.

La lune décolorait la vaste prairie mamelonnée, faisant paraître grisâtre l'herbe qui fouettait les pattes des chevaux. Ils avançaient lentement vers la masse noire, indistincte, de la forêt qui s'étendait au-delà, les yeux et les oreilles aux aguets, prêts à dégainer leur épée. Rien de malencontreux n'était encore arrivé, mais, pour ces chevaliers aguerris, le monde était toujours plein de danger.

Dès qu'ils furent sous les arbres, Vanion ordonna la halte.

— Pourquoi nous arrêter ? demanda Flûte, un peu grognon.

— Parce que, avec cette pleine lune, soupira Vanion ; il faudra un petit moment à nos yeux pour s'habituer à l'obscurité sous les arbres et que je ne tiens pas à rentrer dans n'importe quoi.

— Oh...

— Ça ne se passe pas comme elle l'aurait voulu, hein ? murmura Bérit à l'oreille d'Émouchet. On dirait qu'elle en veut beaucoup à Khalad.

— Ça ne lui fait pas de mal. Elle est parfois un peu trop sûre d'elle, et spécialement imbue de son intelligence.

— Je t'ai entendu, Émouchet, lança Flûte.

— J'en étais sûr, répondit-il sèchement.

— Pourquoi tout le monde m'en veut-il, ce soir ? geignit-elle.

— Ils disent ça pour te taquiner, Aphraël, lui assura Séphrénia. Ça n'a rien de drôle, évidemment, mais ce sont des Élènes ; il ne faut pas trop leur en demander.

— Bon, si on y allait avant que ça tourne au vinaigre ? suggéra Vanion.

Ils repartirent au pas entre les ombres et, au bout d'une demi-heure, ils trouvèrent une piste étroite, semée d'ornières. Ils obliquèrent à l'est et pressèrent un peu l'allure.

— Nous sommes encore loin de Jorsan ? demanda Bévier au bout d'un moment.

— Une cinquantaine de lieues, répondit Vanion.

— Ça fait une trotte, commenta Bévier avec un regard interrogateur à Flûte.

— Et alors ? répliqua celle-ci d'un ton hargneux.

— Oh rien.

— Mais si, Bévier, dis ce que tu penses.

— Je ne voudrais pas offenser la Divine Aphraël pour un empire, mais ne pourrait-Elle accélérer notre avance comme Elle le fit alors que nous traversions la Deira avec l'armée du roi Wargun ?

— Non, Bévier, je ne peux pas. Il va se produire un événement important, tu te souviens ? Je ne veux pas risquer de passer à côté pour te permettre de retrouver plus vite les tavernes de Jorsan.

— Ça suffit, coupa Sephrénia.

Le temps était encore clément en ce début d'automne, aussi n'avaient-ils pas emporté de tentes. Une heure plus tard, ils rentrèrent dans la forêt et étendirent leurs couvertures sur des matelas de feuilles mortes pour dormir quelques heures.

Le soleil était déjà haut quand ils se remirent en route et ils restèrent sous le couvert des arbres jusqu'à la fin de l'après-midi sans rencontrer âme qui vive.

Ils s'enfoncèrent encore un peu dans la forêt et passèrent la nuit dans une ravine étroite où la protection d'un talus et l'épaisseur du feuillage dissimuleraient leur petit feu de camp. Contrairement à ses bonnes habitudes, Ulath fit la cuisine sans se défiler.

— C'est beaucoup moins amusant quand Tynian n'est pas là, expliqua-t-il.

— Il me manque aussi, approuva Émouchet. Ça me fait drôle de voyager sans qu'il nous abreuve de suggestions.

— Il y a quelque chose qui m'échappe, remarqua Vanion. Qu'est-ce que c'est que cette histoire de cuisine qui revient sans arrêt sur le tapis ?

— Messire Ulath tient le compte des tours de popote, répondit Talen. Le système est si compliqué qu'aucun de nous n'y comprend grand-chose.

— Ce ne serait pas plus simple de la faire à tour de rôle ? s'étonna Vanion.

— Ça marcherait sûrement très bien, mais messire Ulath préfère sa méthode. Qui présente quelques inconvénients : une fois, Kalten a fait la tambouille pendant une semaine entière.

Vanion ne put réprimer un frisson.

Ils mangèrent, ce soir-là, des côtelettes d'agneau fumées, ce qui valut à Ulath quelques regards noirs, mais les compliments de Flûte et de Séphrénia. Sitôt la dernière bouchée avalée, ils se glissèrent dans leurs couchettes improvisés.

Minuit devait être passé depuis longtemps lorsque Talen secoua Émouchet pour le réveiller en posant une main sur sa bouche pour étouffer un éventuel cri de surprise.

— Il y a des gens près de la route, murmura le gamin. Ils ont fait un grand feu.

— Et à part ça, que font-ils ? demanda Émouchet.

— Rien. À moins que tu ne comptes pour quelque chose la gnôle qu'ils s'envoient. On dirait qu'ils attendent, mais quoi ? je l'ignore.

— Réveille les autres, ordonna Émouchet en se levant. Ils rampèrent dans la forêt plongée dans l'obscurité et s'arrêtèrent à la lisière d'une clairière jonchée de souches d'arbres. Une centaine d'hommes – des paysans, manifestement – étaient assis autour d'un grand feu de joie. Leurs faces rougeaudes étaient illuminées par la chaleur des flammes, et par le contenu des jarres de terre cuite qui circulaient à la ronde.

— Drôle d'endroit pour faire la fête, murmura Ulath. Je ne m'enfoncerais pas si loin dans la forêt pour le seul plaisir de boire un coup.

— C'est ça ? demanda Vanion à Flûte.

La Déesse-Enfant, nichée dans les bras de Séphrénia, disparaissait sous les plis de sa cape noire.

— Quoi donc ?

— Tu sais très bien ce que je veux dire. C'est ce que nous étions censés voir ?

— C'est possible, répondit-elle. J'en saurai plus long quand ils seront tous là.

— Parce qu'il doit en venir d'autres ?

— Au moins un, acquiesça-t-elle. Ceux qui sont déjà là ne comptent pas.

Ils attendirent. La foule massée dans la clairière s'animait peu à peu.

Puis un cavalier solitaire apparut à l'autre bout de la clairière, du côté de la route. Il portait une cape noire et un chapeau à large bord rabattu sur le visage.

— Pff, toujours la même chose, geignit Talen. Ils n'ont pas deux sous d'imagination, sur ce continent !

— Qu'y a-t-il ? demanda Vanion.

— Eh bien, messire, celui qu'ils appelaient Sabre, en Astel, portait le même genre d'accoutrement.

— Celui-ci est peut-être différent.

— Je n'y compte guère.

Le cavalier s'approcha du feu de joie, mit pied à terre et repoussa son chapeau. C'était un grand gaillard squelettique, aux yeux réduits à des fentes dans un visage en lame de couteau, marqué par la vérole. Il grimpa sur une souche et attendit que les paysans se massent autour de lui.

— Écoutez-moi, mes amis, dit-il d'une voix grave, rauque. Je vous apporte des nouvelles.

Le brouhaha des voix avinées cessa.

— Il s'est passé beaucoup de choses depuis notre dernière réunion, poursuivit l'orateur. Vous vous souvenez que nous avions résolu d'essayer une dernière fois de régler pacifiquement notre différend avec les Tamouls.

— Quelle autre solution avions-nous, Rebal ? hurla l'un des paysans. Il faudrait être fou pour attaquer des garnisons d'Atans, même pour défendre une juste cause.

— Voilà donc le fameux Rebal, chuchota Kalten. Il ne paie pas de mine, je trouve.

— Notre cause, Incetes – lui-même en a défini l'équité, reprit Rebal. Et Incetes est de taille à en remontrer aux Atans.

Un murmure approbateur monta de la foule.

— Eh bien, mes amis, j'ai de bonnes nouvelles ! déclara Rebal. Nos émissaires ont réussi. L'empereur lui-même a reconnu la légitimité de nos revendications !

La foule réagit par des cris rageurs, vengeurs.

— Je m'en réjouis tout comme vous, continua Rebal. Mais un nouveau péril, beaucoup plus grave que l'injustice et la corruption des administrateurs tamouls, vient de survenir. L'empereur, qui est maintenant notre allié, l'empereur que nous avons gagné à notre cause, est prisonnier des maudits chevaliers de l'Église ! L'archiprélat de l'Église de Chyrellos, maudit soit-il, a fait le tour du monde pour s'emparer de notre ami !

— C'est indigne ! intolérable ! rugit un paysan trapu, dans la foule. C'est monstrueux !

Les autres avaient tout de même l'air un peu décontenancés.

— Il va trop vite, critiqua Talen à voix basse.

— Comment ça ? souffla Bérit.

— On ne change pas de discours comme de chemise. J'imagine qu'il vilipende les Tamouls depuis un an, maintenant, de même que Sabre en Astel. Avant de changer de bouc émissaire, il aurait dû dédouaner les Tamouls. Même un paysan ivre mort ne peut que s'interroger sur la conversion miraculeuse de l'empereur. Il aurait dû ménager la transition.

— Dis-nous, Rebal, hurla le paysan trapu, comment notre ami l'empereur a-t-il été fait prisonnier ?

— Oui, raconte-nous ça ! beugla un autre homme, derrière lui.

— Des comparses, nota Talen avec un rictus cynique.

Ce Rebal a toute la subtilité d'un coup de pied dans le derrière.

— Il est tombé dans un traquenard, mes amis, déclara Rebal. Un piège d'une incroyable perfidie. L'Église de Chyrellos est guidée par les démons de l'enfer, et ses chevaliers sont passés maîtres dans l'art de la trahison. Les Tamouls, qui sont maintenant nos amis, sont de gentils païens d'une simplicité primitive. Ils n'ont pas compris la duplicité des hérétiques de Chyrellos. Ils ont accueilli sans méfiance une délé gation d'émissaires de l'Église, et parmi ces maudits hérétiques il y avait des chevaliers de l'Église – ces suppôts de l'enfer ! Une fois à Mathérion, ils se sont emparés de notre protecteur, l'empereur Sarabian, et ils le tiennent maintenant prisonnier dans son propre palais !

— Mort aux Tamouls ! brailla la voix nasillarde d'un vieillard éméché.

L'un des paysans lui flanqua un bon coup de gourdin derrière la tête, et le pauvre vieux qui n'avait pas perçu le changement de cap s'écroula mollement.

— Voilà ce qui s'appelle contrôler l'opinion, commenta Talen avec un reniflement. Rebal n'a pas l'air de vouloir que les gens disent ou fassent n'importe quoi lorsqu'ils assistent à ses meetings.

D'autres paysans, des comparses de Rebal, à l'évidence, commencèrent à scander le slogan correct : « Mort aux chevaliers de l'Église ! » en brandissant des armes rudimentaires et des instruments agricoles de toute sorte, à la fois pour ponctuer leurs cris et pour intimider les indécis.

— Le but de ces monstres est évident ! brailla Rebal pour se faire entendre malgré le tumulte. Ils gardent l'empereur en otage pour empêcher les Atans de prendre d'assaut le palais. Ils vont attendre tranquillement l'arrivée des renforts. Et ne vous y trompez pas, mes amis, au moment où je vous parle, ces renforts se massent dans les plaines d'Éosie. Les armées de l'hérétique sont en marche ! Les chevaliers de l'Église s'apprêtent à nous envahir !

Des hoquets d'horreur parcoururent la foule.

— À Mathérion ! hurla l'homme au gourdin. Libérons l'empereur !

Les autres reprirent ce mot d'ordre. Rebal leva la main.

— Comme vous, mes amis, mon sang bout dans mes veines ! hurla-t-il. Mais pouvons-nous laisser nos maisons, nos familles, à la merci des chevaliers de l'Église ? L'Éosie tout entière marche sur Mathérion ! Et qu'y a-t-il entre l'Éosie maudite et Mathérion aux dômes de feu ? L'Édom, mes amis ! Notre patrie bien-aimée se dresse sur le chemin de ces hordes d'hérétiques ! Quelle pitié pouvons-nous attendre de ces sauvages ? Qui défendra nos femmes contre ces immondes violeurs si nous nous ruons aveuglément au secours de l'empereur ?

Des cris de désespoir parcoururent la foule.

À partir de là, Rebal alla très vite.

— Tout n'est pas perdu, mes amis, reprit-il. En défendant nos bien-aimés, nos foyers, nous pouvons aider notre ami l'empereur. Les bêtes sauvages d'Éosie viennent détruire notre foi et massacrer les vrais croyants. Je ne sais quel chemin vous déciderez de suivre, mais, je vous le jure, je donnerai ma vie pour notre bien-aimée patrie, pour notre sainte foi, et je suis déterminé à vendre chèrement ma peau. Les chevaliers de l'Église, ces démons tout droit sortis de l'enfer, devront bien s'arrêter pour verser mon sang, et ce délai donnera aux Atans le temps de se rallier ! Nous ferons ainsi d'une pierre deux coups : nous défendrons nos foyers et nous aiderons notre ami l'empereur.

Émouchet retint à grand-peine un juron.

— Quel est le problème ? demanda Kalten.

— Il vient de nous mettre de sacrés bâtons dans les roues. Si ces imbéciles gobent ce que Rebal est en train de leur raconter, les chevaliers de l'Église vont être obligés de se battre pied à pied pour arriver à Mathérion.

— Ils n'ont pas perdu de temps, acquiesça Vanion. Je trouve même qu'ils vont très vite en besogne. Nous sommes bien à mille lieues de Mathérion. Soit quelqu'un a un très bon cheval, soit notre mystérieux ami ici présent a enfreint l'ordre naturel des choses pour prévenir ses complices de l'intérieur des terres que le coup d'État avait échoué.

Rebal levait la main pour contenir l'enthousiasme de la foule.

— Vous êtes avec moi, mes amis ? appela-t-il. Acceptez-vous de défendre vos foyers, votre foi, tout en aidant nos amis les Tamouls ?

La foule hurla son approbation.

— Demandons à Incetes de nous aider ! beugla l'homme au gourdin.

— Incetes ! hurla un autre en écho. Nous voulons Incetes !

— Vous êtes sûrs, mes amis ? demanda Rebal en drapant sa cape noire autour de sa maigre carcasse.

— Fais-le venir, Rebal ! Fais venir Incetes ! Qu'il vienne ici, nous dire quoi faire !

Rebal leva les deux bras au-dessus de sa tête dans une attitude théâtrale et se mit à entonner des paroles gutturales d'une voix caverneuse, qui portait loin.

— C'est du styrique, ça ? souffla Kalten à l'oreille de Séphrénia. Pour moi, cela n'y ressemble guère.

— C'est du charabia, répondit-elle d'un ton méprisant. Kalten fronça les sourcils.

— D'où viennent les Charabs ? murmura Kalten en fronçant les sourcils. Dans quelle partie du monde vivent-ils ?

Elle le regarda d'un air ahuri.

— J'ai dit une bêtise ? releva-t-il. On dit les Charabiens, ou les Charabiques ? Les gens qui parlent charabia, je veux dire.

— Oh, Kalten, fit-elle avec un petit rire attendri. Je t'aime.

— Qu'est-ce que j'ai dit ?

La voix de Rebal était presque stridente, à présent, et il baissa brusquement les deux bras.

Il y eut une soudaine explosion au centre du feu de joie, et un nuage de fumée monta vers le ciel, au-dessus de la clairière.

— Oyez, oyez, vous tous ici présents ! hurla une voix formidable montant de la fumée. Le temps de la guerre est venu. Maintenant, si vous m'en croyez, tous les vrais Édomites vont prendre les armes ! Brandissez le fer de l'épée ! Que le fer du haubergeon ceigne vos reins et le fer du heaume vos têtes ! Frappez les foules impies, ces bêtes infernales qui plongent vos maisons et ceux qui vous sont chers dans le péril et le désarroi. Jetez-vous dans la bataille pour défaire les séides de la maudite Église de Chyrellos ! Suivez-moi ! Suivez-moi ! Venez avec moi, comme les vrais enfants de Dieu que vous êtes, et qu'il vous donne la force d'agir !

— Du vieil élène ! s'exclama Bévier. Il y a mille ans que personne ne parle plus cette langue.

— Il peut parler la langue qu'il veut, s'il continue comme ça, moi, je le suis, grogna Ulath. C'est un sacré discours, je trouve.

La fumée commença à se dissiper, et un homme gigantesque, aux épaules de taureau, portant une armure ancienne et tenant une épée à deux mains au-dessus de sa tête, apparut à côté de Rebal.

— La guerre ! hurla-t-il. La guerre et la désolation !

5

— Ils sont partis, annonça Bérit en revenant au campement improvisé au fond de la ravine. Ils ont tourné en rond pendant un moment en gueulant des slogans, et quand ils ont été à court de tord-boyaux, ils se sont dispersés.

— Je me demande vraiment pourquoi c'était si

important, commenta Talen en regardant Flûte. On aurait dit un canular.

— C'était important, affirma-t-elle avec conviction. Je ne sais pas pourquoi, mais c'était important.

— Comment font-ils ces éclairs et cette fumée ? demanda Kalten.

— Le complice qui se trouvait le plus près du feu a jeté une poignée de poudre sur les braises, répondit Khalad en haussant les épaules. Comme tout le monde avait les yeux braqués sur Rebal, personne n'a rien remarqué.

— Et d'où venait le malabar en armure ancienne ? s'enquit Ulath.

— Il était caché dans la foule, répondit Talen. Nous avons assisté à un numéro de magicien de foire. Celle-ci se déroulait hors de la ville, c'est tout.

— Le prétendu Incetes a quand même prononcé un discours assez impressionnant, remarqua Ulath.

— Il pouvait l'être, acquiesça Bévier avec un sourire. Il a été écrit par Phalactes au VIIe siècle.

— Qui ça ? releva Talen.

— Phalactes. Le plus grand dramaturge de l'Antiquité. Cette tirade est extraite d'une de ses tragédies, *Etonicus.* Le malabar en armure ancienne, comme tu dis, y a à peine changé quelques mots. La pièce est une œuvre classique. On la joue encore de temps en temps dans les universités.

— Quelle culture ! commenta Kalten. Tu te souviens comme ça de tout ce que tu lis ?

— Je le voudrais bien, mon pauvre ami, répondit Bévier en riant. Non, en fait, nous avons monté

Etonicus avec quelques camarades quand j'étais à l'Université. Je jouais le rôle principal et j'ai appris ce texte par cœur. Phalactes était vraiment un très grand poète. C'était un Arcien, évidemment.

— Je ne l'ai jamais trop aimé, personnellement, commenta Flûte avec un reniflement. Il était laid comme le péché, il répandait une puanteur de fosse septique et il était d'une bigoterie à hurler.

— Cela me fait tout drôle de t'entendre parler du passé comme ça, Aphraël, fit Bévier en déglutissant péniblement.

— Et que raconte la pièce ? demanda Talen avec avidité.

— Etonicus était le chef d'un royaume mythique situé à l'est de l'actuelle Cammorie, répondit Bévier. D'après la légende, il aurait déclaré la guerre aux Styriques pour une question de religion.

— Et que s'est-il passé ? insista Talen, les yeux brillants.

— Ça a mal fini, répondit Bévier en haussant les épaules. Pour une tragédie, c'était une tragédie.

— Mais...

— Ça va, Talen, tu n'auras qu'à la lire quand tout cela sera fini, coupa fermement Vanion. Ce n'est pas le moment de raconter des histoires.

Talen se renfrogna.

— Hé, hé, on pourrait pétrifier notre ami ici présent, la main dans le gousset d'un client, rien qu'en lui disant : « Il était une fois », ricana Ulath.

— En attendant, ça jette un éclairage nouveau sur ce qui s'est passé dans tous les coins de l'empire tamoul, reprit Vanion d'un ton rêveur. Et si tout cela n'était qu'un vaste canular ? avança-t-il en regardant Flûte.

— Non, Vanion, répondit-elle en secouant la tête. Il y a de la magie à des niveaux différents dans certains des événements auxquels nous avons assisté.

— Certains, mais pas tous. Y avait-il de la magie dans ce que nous avons vu ce soir ?

— Pas une goutte.

— C'est comme ça qu'on mesure la magie ? demanda Kalten. Au litre ?

— Comme le mauvais vin, tu veux dire ? répliqua-t-elle sans aménité.

— Eh bien, pas exactement, mais...

— C'était très important, intervint Émouchet. Merci, Aphraël.

— À ton service. Comme toujours, renvoya-t-elle avec un sourire ironique.

— Je t'en prie, Aphraël, ce n'est pas le jour. La preuve en est faite : tous les événements qu'on nous a relatés à Mathérion n'étaient pas d'origine magique, mais ils relevaient souvent du charlatanisme. Ça ne vous inspire rien ?

— On pourrait en déduire que l'autre côté est flemmard, répondit Kalten en haussant les épaules.

— Ce n'est pas vrai, objecta Ulath. Il leur est arrivé de se donner du mal quand le jeu en valait la chandelle.

— Deux, fit Séphrénia. Trois tout au plus.

— Pardon ? releva Ulath, intrigué.

— Tu vois comme c'est exaspérant, Ulath ! Le numéro auquel nous avons assisté ce soir m'incite fortement à penser que les gens capables de lancer de vrais sorts sont peu nombreux parmi nos ennemis. Je dirais même qu'ils doivent être assez rares. Ils considèrent ce qui se passe ici, en Édom, et probablement aussi en Astel et en Daconie, comme la routine, et n'estiment pas utile de faire appel à la magie pour si peu. Sans doute pensent-ils que cela serait du gâchis.

— Routine ou non, ça risque de poser un sérieux problème à Tynian quand il mènera les chevaliers de l'Église à travers la Darésie, reprit Émouchet. Si Rebal arrive à soulever tout le royaume comme il a remonté le groupe de ce soir, Tynian devra affronter des hordes de fanatiques hurlants : des paysans édomites convaincus que nos frères viennent leur imposer l'hérésie par la force, et qui les accueilleront en brandissant des fourches et des faux.

— Nous avons quand même encore un avantage, fit pensivement Bévier. L'ennemi ignore forcément que nous étions ici, ce soir, en Édom, et que nous l'avons vu agir. Même s'il sait que nous nous apprêtons à récupérer le Bhelliom – ce qui est peu probable –, je ne vois pas comment il pourrait savoir où il se trouve. Nous n'en avons aucune idée nous-mêmes. Il ne pouvait donc pas prévoir que nous allions passer par là.

— Et même s'il le savait, il n'aurait pas pu deviner que nous avions le moyen d'y arriver aussi vite, ajouta Khalad. Je pense que nous avons marqué un point sur eux. Le fait qu'ils aient eu recours, ce soir, à ces trucs de charlatan semble indiquer qu'il n'y a pas de magicien dans le coin pour nous repérer. Tâchons de nous faire passer pour d'honnêtes voyageurs ; ça devrait nous permettre de nous déplacer sans trop de problèmes et de recueillir toutes sortes d'informations au passage.

— Nous sommes ici pour récupérer le Bhelliom, Khalad, lui rappela Flûte.

— Certes, mais ce n'est pas une raison pour négliger les petits trésors sur lesquels nous pourrions tomber au passage, hein ?

— Aphraël, intervint Vanion, avons-nous vu et entendu tout ce que nous étions censés voir et entendre ?

Elle hocha la tête.

— Dans ce cas, je propose que nous allions le plus vite possible à Jorsan. Si Khalad a raison, nous avons une longueur d'avance ; ne la perdons pas. Que pourrais-je faire, ô Divine, pour te convaincre d'accélérer notre avance ?

— Nous devrions pouvoir négocier ça, messire Vanion, répondit-elle avec un sourire.

Ils embrassèrent la Déesse-Enfant jusqu'à ce qu'elle leur cède, et parvinrent à Jorsan le lendemain, en fin de journée. Jorsan était un port élène typique blotti au fond d'un golfe. La question du déguisement le plus adapté à la situation s'était posée en cours de route. Bévier aurait voulu qu'ils se fassent passer pour des pèlerins d'un ordre religieux, Kalten pour des fêtards à la recherche d'une débauche constructive et Talen, influencé peut-être par la performance récente de Rebal, pour des comédiens en tournée. Ils en débattaient encore lorsque Jorsan leur apparut.

— À quoi bon nous déguiser ? objecta Ulath. Tout le monde se fiche de savoir qui nous sommes. Tant que nous ne serons pas en armure, les gens de Jorsan ne sauront rien de nous et n'auront aucune raison de s'interroger à notre sujet. Je ne vois pas l'intérêt d'échafauder toute une histoire.

— Et nos cottes de mailles, lui rappela Bérit ? Comment allons-nous justifier ça ?

— Des tas de gens portent des cottes de mailles et des armes ; ça n'a rien d'inhabituel. Si quelqu'un, en ville, se pose des questions sur nous et sur l'endroit où nous allons, je me charge de les lui faire oublier en vitesse, ajouta-t-il en levant le poing dans une attitude suggestive.

— Tu voudrais que nous nous efforcions de passer inaperçus en recourant à la force ? traduisit Kalten.

— Et pourquoi pas ? C'est à ça que nous sommes entraînés, non ?

L'auberge n'était pas particulièrement reluisante, mais elle était propre et assez éloignée du front de mer et de ses rues grouillantes de matelots braillards qui faisaient la tournée des tavernes en titubant. L'aubergiste était un gaillard à la tenue négligée et au long nez pointu.

— Je m'en occupe, proposa Ulath en s'approchant de l'homme.

— Si tu veux, répondit Émouchet.

— Holà, tavernier ! fit abruptement Ulath. Il nous faut cinq chambres pour la nuit, un souper décent et du fourrage pour dix chevaux.

— Vous êtes à l'endroit idéal pour ça, mon bon maître, répondit l'homme.

— Parfait. Combien ?

L'homme le regarda en se frottant le menton dans une attitude caractéristique : il jaugeait l'état de fortune du client en fonction de sa tenue et de son apparence générale.

— Ah bah... ça fera une demi-couronne, mon bon maître, répondit-il d'un ton indécis comme si ses tarifs étaient basés sur des calculs complexes, d'une nature inconnue.

Ulath tourna les talons.

— Partons, dit-il sèchement à ses compagnons.

— Mais qu'est-ce que j'ai dans la tête ! s'exclama l'aubergiste en se frappant le front du plat de la main. Vous avez dit cinq chambres et le picotin pour dix chevaux, n'est-ce pas ? J'ai tout mélangé. Je vous ai répondu, je ne sais pas pourquoi, comme si vous m'aviez demandé dix chambres. Je vais vous louer les cinq chambres pour deux impériales d'argent.

— Je suis content que vous ayez revu vos calculs, grommela Ulath. Allons voir les chambres.

— Mais bien sûr, mon bon maître, fit l'aubergiste en se précipitant dans l'escalier pour leur montrer le chemin.

— Tu ne laisses guère place à la négociation, remarqua Émouchet avec un petit ricanement.

— La conversation des aubergistes ne m'a jamais passionné.

Ils arrivèrent à un palier et Ulath jeta un coup d'œil dans une chambre.

— Regarde s'il n'y a pas de bêtes, dit-il à Émouchet.

— Voyons, mon bon maître ! se récria l'aubergiste.

— J'aime bien dormir seul, répondit Ulath. Les bêtes ont l'instinct trop grégaire pour moi, et elles ont la sale manie de bouger la nuit.

L'aubergiste émit un pauvre petit rire.

— Très drôle, mon bon maître. Il faudra que je m'en souvienne. D'où c'est-y que vous venez, et où allez-vous ?

Ulath lui jeta un long regard qui ne cillait pas, de ses yeux d'un bleu aussi glacial que l'hiver dans le grand Nord, et ses épaules semblèrent se hausser et s'élargir d'une façon effrayante tandis qu'il bombait le torse sous sa tunique.

— Euh... enfin, après tout, ça ne me regarde pas, hein ? bredouilla l'aubergiste.

— Je ne vous le fais pas dire, rétorqua Ulath. Allez, ça fera l'affaire, ajouta-t-il après avoir balayé la pièce du regard. Paye-le, fit-il en enfonçant son coude dans les côtes d'Émouchet.

Ils remirent leurs chevaux entre les mains des valets d'écurie, transportèrent leurs sacs de selles dans les chambres à coucher et redescendirent dîner.

Kalten, selon sa bonne habitude, amassa une montagne de viande fumante dans son assiette.

— Nous devrions peut-être envoyer chercher un autre bœuf, fit Bérit en riant.

— Il est jeune, commenta joyeusement Kalten. Mais j'aime sa façon de penser.

Il dédia un grand sourire à Bérit, mais le sourire s'effaça lentement de son visage et il devint très pâle. Il considéra longuement le jeune chevalier, puis repoussa brutalement son assiette et se leva.

— Je n'ai pas très faim, dit-il. Je suis surtout fatigué. Il traversa rapidement la salle commune et monta les marches quatre à quatre.

— Qu'est-ce qu'il lui arrive ? demanda Ulath, sidéré. Il n'est pas du genre à monter se coucher sans dîner.

— Ça, c'est la vérité du bon Dieu, acquiesça Bévier.

— Tu devrais aller lui parler, Émouchet, suggéra Vanion. Essaie de savoir s'il n'est pas malade. C'est la première fois que je le vois laisser quelque chose dans son assiette.

— Ou dans celle des autres, ajouta Talen. Émouchet ne traîna pas à table. Sitôt la dernière bouchée avalée, il monta parler avec Kalten. Il le trouva assis au bord de son lit, le visage dans les mains.

— Qu'est-ce qui t'arrive ? demanda Émouchet. Ça ne va pas ?

Kalten détourna le visage.

— Laisse-moi, répondit-il d'une voix rauque.

— Ça, n'y compte pas ! Il y a quelque chose qui cloche ?

— Rien. Ça n'a aucune importance, fit-il en reniflant et en s'essuyant les yeux avec le dos de la main. Allons nous soûler la gueule.

— Pas question. Dis-moi d'abord ce qu'il y a. Kalten renifla à nouveau et crispa la mâchoire.

— C'est complètement idiot. Tu vas te moquer de moi.

— Tu sais bien que non.

— Il y a une fille, Émouchet, et elle en aime un autre. Ça va, tu es content ?

— Et pourquoi ne me l'as-tu pas dit plus tôt ?

— Je viens seulement de m'en rendre compte.

— Écoute, Kalten, c'est complètement idiot. Toutes les filles se valent, pour toi. La plupart du temps, tu ne te souviens même pas de leur nom.

— Cette fois, c'est différent. Bon, on va boire quelque chose ?

— Et qu'est-ce qui te fait dire qu'elle ne t'aime pas ?

Kalten poussa un soupir à fendre l'âme.

— Dieu sait qu'il y a des gens plus futés que moi en ce bas monde, Émouchet. Il m'a fallu tout ce temps pour additionner deux et deux. Mais je vais te dire une chose : frère ou pas, s'il lui brise le cœur, je le tue.

— Tu pourrais essayer de te montrer un peu cohérent, pour changer ?

— Elle m'a dit qu'elle en pinçait pour un autre – aussi clairement que si elle me l'avait déclaré dans ces termes mêmes.

— Aleanne ne ferait jamais une chose pareille.

Kalten se releva d'un bond.

— Comment sais-tu qu'il s'agit d'Aleanne ? Vous riez tous de moi derrière mon dos ? lança-t-il hargneusement.

— Ne dis pas de bêtises. Nous ne ferions jamais ça. Nous sommes tous passés par là. Tu n'as pas inventé l'amour, tu sais.

— Alors tout le monde est au courant ?

— Non. Je suis probablement le seul. Avec Mélidéré. Rien ne lui échappe, à celle-là. Bon, qu'est-ce que c'est que ces fadaises ? Qui t'a dit qu'elle en aimait un autre ?

— Je viens de m'en rendre compte à l'instant.

— Et comment t'en es-tu rendu compte, s'il te plaît ? Essaie d'être un peu clair, je t'en prie.

— Tu ne l'as pas entendue chanter, le jour de notre départ ?

— Évidemment. Elle a une très belle voix.

— Je ne parle pas de sa voix. Je parle de la chanson qu'elle chantait. C'était *Mon amour aux yeux de pervenche.*

— Oui, et alors ?

— C'est Bérit, Émouchet. Elle est amoureuse de Bérit.

— Mais qu'est-ce que tu racontes ?

— Je n'y avais jamais prêté attention, poursuivit-il en se prenant à nouveau la tête à deux mains, mais quand je l'ai regardé tout à l'heure, à table, je m'en suis rendu compte. Je suis surpris que tu ne l'aies pas remarqué plus tôt.

— Remarqué quoi ?

— Bérit a les yeux bleus.

Émouchet le regarda fixement un long moment. Puis, en s'efforçant de ne pas rire aux éclats, il répondit :

— Eh bien, toi aussi ! Quand ils ne sont pas injectés de sang.

Kalten secoua la tête obstinément.

— Ses yeux sont plus bleus que les miens. Je sais que c'est lui. Je le sais, c'est tout ! Dieu me punit pour mon comportement passé. Il m'a fait aimer une fille qui a donné son cœur à un autre. Enfin, j'espère qu'il est content. S'Il voulait me faire souffrir, c'est réussi.

— Tu pourrais être sérieux une minute ?

— Bérit est plus jeune que moi, Émouchet, et Dieu sait qu'il est plus séduisant.

— Kalten...

— Tu vois bien que toutes les filles le suivent comme un petit chien. Mêmes les Atanas lui tombaient toutes dans les bras.

— Kalten...

— Je sais que c'est lui. Je le sais. Dieu me retourne le fer dans le cœur. Il a fait en sorte que la seule fille pour qui j'aie jamais éprouvé pareil sentiment tombe amoureuse d'un de mes frères d'armes.

— Kalten...

Kalten se redressa, carra les épaules.

— Très bien, dit-il d'une voix faible, si c'est Dieu qui l'a voulu, que Sa volonté soit faite. Si Bérit et Aleanne s'aiment, je ne les empêcherai pas d'être heureux. Je fermerai ma gueule et je souffrirai en silence.

— Kalten...

— Mais je te le jure, Émouchet, s'exclama-t-il avec chaleur, s'il lui fait du mal, je le tuerai !

— *Kalten !* hurla Émouchet.

— Quoi ?

— J'y renonce, soupira Émouchet, comprenant qu'il perdait son temps. Bon, si on allait se soûler la gueule ?

Le lendemain matin, le ciel était couvert et semblait bouillonner au-dessus d'eux. Les nuages d'un gris sale se déchiraient et se reformaient dans le vent âpre, donnant une impression d'effervescence au-dessus du golfe, à l'ouest, tandis que l'air à la surface de l'eau était d'un calme mortel.

Ils partirent tôt, les sabots de leurs chevaux claquant sur les pavés des rues étroites où des boutiquiers aux yeux encore pleins de sommeil ouvraient leurs échoppes et disposaient leurs marchandises sur des éventaires. Ils franchirent les portes de la ville et prirent la route qui longeait la côte nord du golfe.

Ils avaient parcouru une demi-lieue à peu près quand Vanion se pencha sur sa selle.

— Nous allons encore loin ? demanda-t-il à Flûte, nichée dans les bras de sa sœur, comme toujours.

— Qu'est-ce que ça peut faire ? demanda la Déesse-Enfant en haussant les épaules.

— Je voudrais savoir pour combien de temps nous en avons.

— Quel rapport y a-t-il entre le temps et la distance ?

— C'est la même chose, Aphraël. La distance et le temps sont étroitement liés, quand on voyage.

— Pas quand on sait ce qu'on fait.

Émouchet avait toujours admiré Vanion, mais le précepteur pandion grimpa encore d'un cran dans son estime à cette occasion.

— Tout ce que je veux dire, ô Divine, reprit-il sans même hausser le ton, c'est que personne ne sait que nous sommes là, et je m'en réjouis. Je n'ai rien contre une bonne bagarre de temps à autre, mais je doute que ça nous avance à grand-chose de nous frayer un chemin à travers des hordes de paysans édomites ivres morts, pas vrai ?

— Il te faut toujours des heures pour en venir au fait, hein, Vanion ? dit-elle. Pourquoi ne me dis-tu pas d'entrée de jeu de presser un peu l'allure ?

— J'essayais d'y mettre les formes, petite Déesse.

Je pense que nous nous sentirons tous beaucoup plus tranquilles quand Émouchet aura remis la main sur le Bhelliom. Mais c'est à toi de voir, bien sûr. Si tu veux que la route d'ici à l'endroit où nous allons soit jonchée de cadavres baignant dans leur sang, nous nous ferons une joie de te donner satisfaction.

— Il est insupportable, remarqua Aphraël à l'attention de sa sœur.

— Ah bon, tu trouves ?

— Si je trouve ! Il y a des moments où vous êtes encore pires, tous les deux, qu'Émouchet et Ehlana.

Émouchet jugea plus prudent d'intervenir. Aphraël était sur le point de dire des choses qu'il ne tenait pas à lui entendre lâcher en public.

— Bon, si nous y allions ? suggéra-t-il assez fermement. Vanion a raison, Aphraël. Et tu le sais. Si Rebal apprend que nous sommes dans le coin, ses hommes de main risquent de nous donner du fil à retordre.

— C'est bon, convint-elle assez soudainement.

— Je trouve qu'elle a accepté un peu vite, commenta Talen à l'oreille de Khalad. Je pensais qu'elle allait discuter pendant des heures.

— Eh bien tu vois, Talen, fit-elle avec un petit sourire en coin. En fait, j'ai hâte d'entendre le grand cri de douleur que toutes les montagnes de Darésie se renverront quand nos ennemis entendront le bruit du poing d'Anakha se refermant sur le Bhelliom. Cramponnez-vous, messieurs, je m'occupe de tout.

Émouchet se réveilla en sursaut. Ils chevauchaient au bord d'une falaise battue par les flots rageurs.

Séphrénia menait la marche, Flûte blottie dans ses bras. Les autres les suivaient, le visage fermé, serrant étroitement autour d'eux leur cape qu'un vent furieux s'efforçait de leur arracher.

Toute l'affaire impliquait des invraisemblances absolues, mais Émouchet, comme engourdi, avait l'esprit trop embrumé pour les relever. Vanion, qui chevauchait ordinairement près de Séphrénia pour la protéger, n'était pas là.

Mais Tynian se tenait parmi eux, lui. Émouchet savait, il avait l'absolue certitude que Tynian se trouvait à plus de mille lieues de cet endroit, et pourtant il était là, avec son large visage aussi inerte que celui des autres et son épaule intacte, comme s'il n'avait jamais été blessé.

Émouchet ne se retourna pas. Il savait qu'une autre impossibilité chevauchait derrière lui.

Leurs chevaux suivaient pesamment la piste sinueuse qui montait le long d'une haute falaise. Tout au bout d'un promontoire qui tendait son doigt crochu dans la mer se dressait un arbre tordu, convulsé, aux branches agitées par le vent.

En arrivant près de l'arbre, Séphrénia retint sa monture. Kurik s'approcha pour lui prendre Flûte des bras. En le voyant, Émouchet eut l'impression de recevoir un coup de poignard en plein cœur. Il connaissait le besoin de symétrie d'Aphraël, mais là, elle allait trop loin.

Kurik déposa Aphraël à terre, se redressa, et son regard croisa celui d'Émouchet. L'écuyer n'avait pas changé. C'était bien lui, avec son visage taillé à coups de serpe, sa barbe noire, hirsute, aux reflets argentés, ses larges épaules nues et ses poignets ceints de bracelets d'acier. Sans changer d'expression, il lança un clin d'œil à son maître.

— Très bien, leur dit Flûte d'une petite voix fraîche. Finissons-en avant que mes cousins ne changent d'avis. J'ai dû parler très vite et très fort, et même piquer quelques colères avant qu'ils n'acceptent, et toute l'affaire inspire encore de sérieux doutes à beaucoup d'entre eux.

— Tu n'as pas besoin de leur expliquer la situation, Flûte, objecta Kurik de sa voix bourrue, une voix si familière qu'Èmouchet sentit des larmes lui piquer les yeux. Tu n'as qu'à leur dire ce que tu attends d'eux. Ce sont des chevaliers de l'Église, après tout, ils ont l'habitude d'obéir à des ordres auxquels ils ne comprennent rien. Elle éclata d'un petit rire perlé.

— Tu as absolument raison, Kurik. C'est bon, messieurs, suivez-moi.

Elle les mena de l'autre côté de l'arbre convulsé, au bord du terrible précipice. Loin, très loin au-dessous d'eux, l'eau faisait pourtant un bruit de tonnerre.

— Très bien, reprit Aphraël. Je vais avoir besoin de votre aide.

— Que devons-nous faire ? demanda Tynian.

— Vous tenir là et approuver.

— Pardon ?

— M'approuver, Tynian. Être d'accord avec moi. Vous pouvez pousser de grands cris enthousiastes si vous voulez, mais ce n'est pas indispensable. Je n'ai besoin que de votre approbation – et de votre amour, évidemment. J'ai toujours besoin d'amour.

Elle eut un petit sourire énigmatique. Puis elle fit un pas dans le vide, au bord de la falaise.

Talen poussa un cri étranglé et bondit derrière elle.

La Déesse-Enfant marcha dans le vide, aussi naturellement que si elle faisait sa promenade matinale. Mais Talen, lui, tomba comme une pierre.

— Et merde ! s'exclama Aphraël d'un petit ton badin. Elle fit un drôle de geste d'une main, stoppant la chute de Talen. Il resta suspendu dans le vide, les membres étalés comme une étoile de mer, les yeux exorbités dans sa face épouvantée, d'un blanc crayeux.

— Tu veux bien t'occuper de lui, Séphrénia ? demanda la petite fille. J'ai autre chose à faire, là. Nous en reparlerons, jeune homme, ajouta-t-elle d'un ton menaçant en foudroyant Talen du regard.

Puis elle se détourna et poursuivit sa marche vers la haute mer.

Séphrénia prononça quelques mots en styrique, esquissa quelques mouvements du bout des doigts et Talen s'éleva avec un curieux mouvement de feuille morte, oscillant comme un cerf-volant au bout d'une ficelle tandis que Séphrénia luttait contre la gravité qui le précipitait sur les écueils, loin en bas. Lorsqu'il eut atteint le niveau de la falaise, il rampa à quatre pattes sur l'herbe fouettée par le vent et se laissa tomber à plat ventre en tremblant de tous ses membres.

Aphraël, indifférente à tout cela, poursuivait sa marche dans le vide.

— Vous prenez du ventre, Émouchet, fit Kurik d'un ton critique. Vous devriez faire un peu d'exercice.

Émouchet déglutit péniblement.

— Tu veux qu'on en parle ? demanda-t-il à son ami d'une voix étranglée.

— Non. Pas vraiment. Pour l'instant, nous sommes censés admirer Aphraël, répondit-il en regardant la Déesse-Enfant avec un petit sourire. Elle nous fait tout un numéro, mais ce n'est qu'une petite fille, dans le fond, alors je suppose que c'est assez naturel. Comment va Aslade ? demanda-t-il d'un petit ton nostalgique.

— Elle allait bien, la dernière fois que je l'ai vue. Elys s'est installée avec elle, dans ta ferme, tu sais. C'était l'idée d'Aslade, poursuivit Émouchet tandis que son écuyer le regardait d'un air surpris. Elle s'est dit que ce serait mieux ainsi. Vos dcux fils suivent l'entraînement, maintenant, et elle a pensé qu'elles seraient mieux ensemble que séparées. Elles s'adorent.

— C'est formidable, Émouchet, fit Kurik d'un ton proche de l'émerveillement. C'est vraiment formidable. Je m'étais toujours demandé avec angoisse ce qu'elles deviendraient quand je ne serais plus là. Regardez bien, messire, fit-il en indiquant la Déesse-Enfant. C'est là que ça se complique.

Aphraël, loin au-dessus des vagues furieuses, luisait à présent d'une lueur incandescente, éblouissante. Elle s'arrêta, petite étincelle aveuglante dans le lointain

— Aidez-la, messieurs, ordonna Séphrénia. Envoyez-lui tout votre amour. Elle a besoin de vous, maintenant.

La farouche étincelle décrivit un petit arc gracieux dans l'air brumeux puis descendit selon une parabole impeccable vers les longues vagues d'un gris de plomb fondu qui déferlaient majestueusement vers le rivage rocheux. Elle plongea vers les flots qu'elle creva sans soulever d'éclaboussures.

Émouchet retint son souffle. Il lui sembla que la Déesse-Enfant restait sous l'eau pendant un temps infini. Des taches noirs commencèrent à apparaître devant ses yeux.

— Respirez, Émouchet ! aboya Kurik en lui flanquant un coup de poing sur l'épaule. Vous ne lui serez pas utile à grand-chose si vous vous trouvez mal !

Émouchet reprit son souffle dans une bouffée explosive et resta planté au bord du précipice, haletant.

— Idiot, marmotta Kurik.

— Désolé, s'excusa Émouchet.

Il se concentra sur la petite fille, mais ses pensées se troublèrent aussitôt. Aphraël n'était pas seule sous ces rouleaux mugissants ; Flûte s'y trouvait aussi, et Danaé avec elles. Cette pensée lui serra le cœur et il se sentit soudain glacé des pieds à la tête.

Puis l'étincelle éblouissante ressortit comme une flèche de la mer en furie et s'éleva dans les airs. La Déesse-Enfant, qui émettait une lueur blanche, incandescente, quand elle avait plongé dans les flots, luisait maintenant d'un éclat bleu, tout aussi intense, mais elle n'était plus seule. Le Bhelliom l'accompagnait, et son émergence semblait faire frémir la planète tout entière.

Aphraël revint vers eux, entourée d'un halo bleuté, et portant la boîte d'or qu'Émouchet avait projetée dans la mer six ans plus tôt. La petite fille retrouva la terre ferme, se dirigea vers Émouchet et lui tendit le coffret étincelant.

— Entre tes mains, Anakha, pour le meilleur ou pour le pire, je remets le Bhelliom, entonna-t-elle d'un ton solennel en déposant la cassette sur ses paumes offertes. Essaie de ne pas le perdre, cette fois, ajouta-t-elle avec un petit sourire impertinent.

6

— Il avait l'air en forme, nota Khalad, la gorge serrée.

— Je te trouve formidablement blasé, là, commenta Talen d'un ton réprobateur.

— Tu préférerais que je fasse une crise d'hystérie ?

— Alors tu l'as vu ?

— Évidemment.

— Où étais-tu ? Je ne t'ai vu nulle part.

— J'étais là, avec messire Vanion, répondit Khalad en indiquant l'autre côté de la piste. On nous avait dit de rester tranquilles, alors nous vous avons regardés gravir la colline. Pourquoi as-tu sauté à bas de la falaise comme ça ?

— Je n'ai pas envie d'en parler.

Émouchet ne prêtait pas grande attention aux autres. Il était planté là, le coffret d'or dans les mains. Il sentait le Bhelliom à l'intérieur, ni hostile ni amical, comme toujours.

Flûte le regardait attentivement.

— Tu ne veux pas ouvrir la boîte, Anakha ?

— Pourquoi ? Je ne vais pas avoir besoin du Bhelliom tout de suite.

— Tu ne veux pas le revoir ?

— Je sais à quoi il ressemble.

— Tu n'entends pas son appel ?

— Si, mais je ne l'écoute pas. J'ai l'impression qu'il complique toujours les choses quand je le laisse sortir, alors je préfère m'abstenir tant que ce n'est pas vraiment utile.

Il tourna et retourna la boîte entre ses mains et l'examina attentivement. Kurik avait fait du beau travail, même si la boîte n'était pas décorée. Le fait qu'elle fût faite d'or était sans importance.

— Comment ferai-je pour l'ouvrir quand il le faudra ? Il n'y a pas de serrure.

— Tu n'auras qu'à effleurer le couvercle avec l'un des anneaux, répondit-elle en l'observant attentivement.

— Lequel ?

— Le tien. Il te connaît mieux qu'Ehlana. Tu es sûr que tu n'éprouves aucun... que tu n'as pas envie de...

— Aucun quoi ? Envie de quoi ?

— Tes mains n'ont pas envie de le toucher ?

— Ce n'est pas insupportable.

— Je vois maintenant pourquoi tous les membres de ma famille ont peur de toi. Tu n'es pas comme les autres êtres humains.

— Je pense que nous sommes tous différents, d'une façon ou d'une autre. Bon, qu'est-ce qu'on fait, maintenant ?

— On peut retourner au navire.

— Si tu as un moyen de contacter l'équipage, tu pourrais peut-être leur demander de traverser le golfe et de venir à notre rencontre de ce côté-ci. Ça nous éviterait de refaire tout le trajet à cheval jusqu'à Jorsan et nous ne risquerions pas de tomber sur des fanatiques de Rebal. Il se pourrait que certains aient assez dessoûlé pour s'apercevoir que nous ne sommes pas des Édomites.

— Tu es d'une humeur étrange, Émouchet.

— Je t'en veux, figure-toi.

— Qu'est-ce que j'ai fait ?

— Oh, ça va. Laisse tomber.

— Tu ne m'aimes plus ? fit-elle, et sa lèvre inférieure se mit à trembler.

— Bien sûr que si, mais ça ne m'empêche pas de t'en vouloir un peu pour le moment. Les gens qu'on aime nous irritent parfois, tu le sais.

— Je regrette, dit-elle d'un petit ton contrit.

— Je m'en remettrai. Bon, nous avons fini, ici ? Nous pouvons repartir ?

— Tout de suite, répondit-elle, puis elle étrécit les paupières et prit une expression menaçante : Toi, fit-elle en tendant le doigt vers Talen. Viens ici !

Talen poussa un soupir et obéit docilement.

— Qu'est-ce que tu croyais faire ? demanda-t-elle.

— Eh bien... j'ai eu peur que tu ne tombes.

— Ce n'est pas moi qui ai manqué tomber, espèce d'abruti ! Ne refais plus jamais ça !

Talen aurait pu acquiescer. C'eût été plus simple. Il aurait fait l'économie d'un sermon en bonne et due forme. Mais il préféra discuter.

— Non, Flûte, j'ai peur que ça ne se passe pas comme ça. Je sauterai chaque fois que je te croirai en danger. Ce n'est pas vraiment un choix, ajouta-t-il en faisant la grimace. Je ne suis pas complètement fou, mais je ne peux m'empêcher de réagir ainsi. Je bondis avant d'avoir eu le temps de réfléchir. Si tu veux vraiment que je reste en vie, ne fais plus ce genre de choses quand je suis dans le coin, parce que j'essaierai chaque fois de t'en empêcher. Même si c'est complètement stupide.

— Pourquoi ? lui demanda-t-elle avec intensité.

— Bah, je suppose que c'est parce que je t'aime, répondit-il en haussant les épaules.

Elle poussa un petit piaulement de délice et se nicha dans ses bras.

— Il est tellement adorable ! s'exclama-t-elle en lui couvrant le visage de baisers.

Une demi-lieue plus loin, Kalten retint brusquement son cheval et éclata en imprécations.

— Kalten ! lança sèchement Vanion. Il y a des dames !

— Regardez derrière nous, messire, répliqua-t-il.

Le nuage d'un noir d'encre, menaçant, rampait sur le sol comme une limace visqueuse.

Ce fut au tour de Vanion de jurer et de porter la main à la poignée de son épée.

— Ça ne servira à rien, messire, fit Émouchet. Mais ça, peut-être que oui, fit-il en péchant la boîte d'or dans sa tunique.

Il tapota le couvercle avec son anneau.

Sans résultat.

— Dis-lui de s'ouvrir, Émouchet, conseilla Flûte.

— Ouvre-toi ! ordonna Émouchet en mettant à nouveau sa bague en contact avec le coffret.

Le couvercle s'ouvrit brusquement, exposant à la vue d'Émouchet le Bhelliom niché à l'intérieur. La rose de saphir était parfaite, éternelle, et luisait d'un bleu profond. Émouchet plongea la main dans le coffret et la souleva. Il eut l'impression curieuse qu'elle lui en voulait.

— Nous nous connaissons tous, dit-il à la pierre et à ses habitants involontaires. Je ne vais pas vous parler en langue troll parce que je sais que vous me comprenez, quelque langue que je parle. Je veux que vous arrêtiez de faire joujou avec ce nuage, et tout de suite ! Quand je me retournerai pour regarder, il vaudrait mieux que votre petite zone d'obscurité privée ait disparu, sinon... Je ne veux pas savoir comment vous allez vous y prendre, mais débarrassez-vous de ce nuage !

La rose de saphir devint soudain brûlante dans sa main, et il lui sembla qu'elle se mettait à grouiller entre ses doigts. Des étincelles rouges, vertes, orange et violettes entrelacées de traînées blanches maculèrent les pétales d'azur du Bhelliom tandis que les Dieux des Trolls emprisonnés dans la gemme se débattaient. Mais le Bhelliom était manifestement doté d'un pouvoir supérieur au leur, car ces vilaines macules étincelantes s'estompèrent et le joyau se mit à luire d'un éclat plus vif.

Puis il y eut un soudain éclair qui engourdit le bras d'Émouchet jusqu'à l'épaule.

— Voilà comment il faut leur parler ! s'exclama Kalten en hurlant de rire.

Émouchet, se retournant sur sa selle, constata que le nuage avait disparu.

— Que s'est-il passé ?

— Il a fait des sauts de carpe, répondit Kalten en s'esclaffant de plus belle, et il a volé en éclats. Qu'est-ce que tu lui as dit, Émouchet ? Je n'ai pas entendu.

— J'ai expliqué à notre ami tout bleu et à ses locataires que leur nuage commençait à me taper sur les nerfs et que, si je m'énervais, ça allait barder.

— Ben dis donc, ils t'ont pris au sérieux.

Flûte regardait Émouchet avec stupeur.

— Tu as enfreint toutes les règles ! lâcha-t-elle d'un ton accusateur.

— Toutes ces formalités sont une perte de temps. Et puis ça a marché, oui ou non ?

— C'est une question de style, Émouchet. Je suis théoriquement responsable, ici, et je me demande ce que le Bhelliom et les Dieux des Trolls vont penser de moi, après ça.

Il éclata de rire et remit délicatement le Bhelliom dans sa boîte.

— Beau travail, dit-il.

Après tout, ils étaient amenés à travailler ensemble à nouveau, et un petit encouragement de temps à autre n'avait jamais fait de mal à personne. Il referma le couvercle.

— Le moment est venu de nous livrer à certaines spéculations, annonça-t-il aux autres. Que pouvons-nous tirer de ça ?

— Ils savent où nous sommes, maintenant, avança Talen.

— Peut-être savent-ils seulement où sont les anneaux, nota Séphrénia. Comme la dernière fois. Le nuage et l'ombre étaient concentrés sur Émouchet et Ehlana depuis le début parce qu'ils avaient les bagues.

— Les Dieux des Trolls sont toujours prisonniers du Bhelliom ? questionna Ulath.

— Oui. Je les ai nettement sentis tout à l'heure, confirma Émouchet, puis il regarda Aphraël et formula sa question suivante avec soin, car certaines choses devaient rester secrètes : J'ai entendu dire qu'un Dieu pouvait se trouver en plusieurs endroits en même temps, avança-t-il prudemment.

— C'est vrai, répondit-elle.

— Est-ce que ça vaut pour les Dieux des Trolls ? Elle réfléchit un instant.

— Je n'en suis pas sûre, répondit-elle. C'est assez compliqué. Les Dieux des Trolls disposent de pouvoirs plutôt limités, alors...

— Ce coffret les emprisonne-t-il comme l'aumônière de mailles métalliques au Zémoch ?

— Ce n'est pas la même chose. Quand ils sont entourés d'or comme ça, ils sont désorientés. Et quand on ne sait pas où l'on est, on ne peut aller nulle part.

— Je te crois sur parole. Il se pourrait donc que nous ayons fait une gaffe, reprit-il en faisant la grimace.

— Comment ça ? demanda Bévier.

— Nous n'avons pas la preuve irréfutable que les Dieux des Trolls sont de mèche avec notre ennemi. S'ils sont emprisonnés dans cette boîte avec le

Bhelliom et ne peuvent pas en sortir, ils ne pouvaient pas être dehors, hein ?

— C'était Ghworg, dans les montagnes d'Atan, insista Ulath. Ça veut dire que l'un d'eux au moins est en liberté et fait des siennes.

— Tu en es sûr, Ulath ? Ces paysans, autour du feu de joie, étaient convaincus, eux aussi, que le grand gaillard en armure était Incetes, tu sais.

— Tout semble l'indiquer, Émouchet. Le nuage que nous venons de voir était exactement identique aux précédents, et les autres fois c'était un coup des Dieux trolls, non ?

— Je n'en suis même plus sûr.

— Écoute, il faut bien que quelque chose ou quelqu'un ait une autorité suffisante sur les Trolls pour les faire émigrer de Thalésie vers la côte nord d'Atan.

— Quel est le niveau de discernement des Trolls ? Je ne dis pas que c'était un aussi mauvais numéro que celui dont Rebal a gratifié ces paysans, mais enfin...

— Ce serait un canular bien compliqué, mon petit, murmura Séphrénia.

— Ce n'est pas impossible, petite mère. Enfin, si tu me dis que je me fais des idées, je fais une croix sur cet ensemble d'hypothèses.

— N'y renonce pas complètement tout de suite, dit-elle, un peu troublée.

— Aphraël, reprit Émouchet, cette boîte d'or empêchera-t-elle notre ennemi de repérer le Bhelliom ?

— L'or lui offre un bouclier impénétrable, confirma-t-elle formellement. Quand il est dedans, on ne peut ni l'entendre ni le sentir, de sorte que l'on ne peut s'orienter vers les vibrations, sonores ou autres, qu'il émet.

— Et si je mettais l'anneau d'Ehlana dans la boîte, avec lui ? Il serait protégé, lui aussi ?

— Oui, mais ta bague à toi serait encore dehors, et donc repérable.

— Une chose à la fois, fit-il en effleurant le couvercle de la cassette avec sa bague. Ouvre-toi, dit-il.

Le couvercle se souleva avec un déclic. Émouchet ôta la bague d'Ehlana de son doigt et la mit dans la cassette.

— Je te la confie, dit-il au Bhelliom.

— Ne fais pas ça, je t'en prie, Émouchet, gémit Vanion. On dirait que tu parles à un être vivant.

— Pardon, Vanion. Mais ça m'aide, de le considérer comme ça. Il a une personnalité bien à lui, conclut-il en refermant le coffret.

— Euh..., Flûte ? commença Khalad d'un ton indécis.

— Oui ?

— C'est la boîte qui dissimule le Bhelliom, ou le fait que la boîte soit faite d'or ?

— C'est l'or, Khalad. Il a la propriété d'absorber les vibrations du Bhelliom, de sorte qu'on ne peut pas le repérer.

— Et ça marche aussi pour la bague de la reine Ehlana ?

— Apparemment oui, confirma-t-elle en tendant la main vers la boîte que tenait Émouchet. Je ne sens rien du tout, confirma-t-elle. Alors que je sens sa bague.

— Et s'il mettait un gant d'or ? suggéra Kalten avec un haussement d'épaules.

— Vous avez beaucoup d'or sur vous, messire Kalten ? demanda Khalad. Ça ne se trouve pas sous le sabot d'un cheval, vous savez. D'un autre côté, il n'est pas nécessaire de lui couvrir toute la main, ajouta-t-il après avoir lorgné la bague d'Émouchet. Il suffirait que l'anneau soit masqué.

— Il faudrait que je puisse y accéder très vite, Khalad, signala Émouchet.

— Je vais y réfléchir. Quelqu'un pourrait-il me confier un florin d'or ? Il aurait à peu près la taille requise.

Ils ouvrirent tous leur bourse. Kalten regarda autour de lui d'un air plein d'espoir, mais il fut rapidement déçu. Il poussa un profond soupir et plongea les doigts dans sa bourse.

— Tu me dois un florin d'or, Émouchet, dit-il en tendant la pièce à Khalad.

— Je t'en serai éternellement redevable, répondit Émouchet avec un sourire.

— Absolument. Et de bien d'autres choses, encore. Bon, si on y allait ? Il commence à faire frisquet, ici, je trouve.

Le vent se mit à souffler, d'abord par bourrasques, de plus en plus fortes, puis régulièrement, sans relâche. Ils suivirent la piste qui descendait vers une longue plage de sable où le vent redoubla de violence, charriant des embruns qui leur piquaient le visage.

— Ce n'est pas un simple coup de vent ! beugla

Ulath pour se faire entendre malgré le vacarme. Je pense que c'est un véritable cyclone qui se prépare !

— Il est un peu tôt pour les cyclones, non ? objecta Kalten sur le même ton.

— En Éosie, oui, répondit Ulath. Mais ici...

Les hurlements du vent devinrent assourdissants et ils poursuivirent en refermant étroitement leur cape autour d'eux.

— Nous ferions mieux de nous mettre à l'abri ! cria Vanion. Il y a une ferme en ruine un peu plus loin. Les murs ont l'air d'être en pierre, ajouta-t-il en plissant les paupières pour protéger ses yeux du crachin que le vent chassait à l'horizontale. Nous y serons toujours mieux qu'ici !

Ils mirent leurs chevaux au galop et atteignirent les ruines quelques minutes plus tard. Les murs décrépits étaient à demi enfouis sous les mauvaises herbes et les fenêtres semblaient le regarder comme des yeux aveugles. Le toit s'était effondré. Émouchet et ses compagnons mirent pied à terre dans la cour et menèrent leurs chevaux nerveux dans ce qui jadis devait être la grange. Le sol était jonché des restes pourris du toit, et les coins pleins de crottes d'oiseaux.

— Les cyclones durent longtemps, d'ordinaire ? demanda Vanion.

— Un ou deux jours, estima Ulath. Trois tout au plus.

— Je ne parierais pas sur la durée de celui-là, fit Bévier. Il est venu un peu trop vite à mon goût. Nous sommes coincés dans ces ruines, vous savez.

— Il a raison, acquiesça Bérit. Tout se passe comme

si cette tempête avait été provoquée pour nous retarder, vous ne trouvez pas ?

Kalten lui jeta un regard atone, hostile. Il n'avait apparemment pas encore renoncé à ses soupçons concernant ses rapports avec la camériste d'Ehlana.

— Ça ne devrait pas être un gros problème, dit Ulath. Dès que nous serons à bord de ce bateau, nous pourrons gagner le cyclone de vitesse.

Aphraël secoua la tête.

— Il y a un problème ? demanda-t-il.

— Ce bâtiment n'a pas été conçu pour braver pareille tourmente. En réalité, je l'ai renvoyé à l'endroit d'où il venait.

— Sans nous le dire ? protesta Vanion.

— J'ai pris mes responsabilités, Vanion. Le bateau ne pouvait nous servir à rien par ce temps-là, et je ne voyais pas l'intérêt de risquer la vie de l'équipage.

— Il me semblait assez costaud, objecta Ulath. Ses concepteurs ont dû prendre en compte les vents lorsqu'ils l'ont conçu.

— Il n'y a pas de vent à l'endroit d'où vient ce navire, contra Aphraël.

— Il y en a partout, Flûte. Il n'y a aucun endroit en ce bas monde où le vent ne souffle pas de temps à..., commença Ulath, puis il s'interrompit et la regarda. D'où vient ce navire, au juste ?

— Ce ne sont pas vos oignons, messire chevalier. Je le ferai revenir quand la tourmente sera passée.

— Si elle passe, ajouta Kalten. Et à ce moment-là, je ne serais pas étonné que cette grange soit entourée par des milliers de fanatiques armés jusqu'aux dents.

Ils se regardèrent les uns les autres.

— Je pense que nous ferions mieux de poursuivre notre chemin, approuva Vanion. Pourrais-tu... ? demanda-t-il en regardant Flûte. Je veux dire, ce vent risque-t-il de t'empêcher de... ?

— Il ne va pas me faciliter les choses, c'est certain, admit-elle d'un ton morne.

— Je ne voudrais pas que tu te fasses mal, protesta Séphrénia.

Flûte agita la main comme pour écarter son objection.

— Ne t'en fais pas pour moi, Séphrénia.

— Ne joue pas à ça avec moi, ma petite demoiselle, fit Séphrénia d'un ton un peu menaçant. Je sais exactement l'effet que tout ce vent va produire sur toi.

— Quant à moi, je sais toute l'énergie que notre mystérieux ami doit déployer pour le déchaîner. En essayant de nous pourchasser avec un cyclone, il s'épuisera beaucoup plus que moi en portant dix personnes à cheval. Et je suis plus rapide que lui. Ce n'est pas pour rien qu'on m'appelle la Preste Déesse, tu sais. Je peux courir plus vite que Talen, s'il le faut. Où aimeriez-vous aller, messire Vanion ?

Le précepteur les interrogea du regard.

— À Jorsan ?

— Cet endroit en vaut un autre pour attendre la fin d'une tempête, répondit Kalten. Au moins, les lits seront secs.

— Et la bière mouillée ? fit Ulath avec un sourire.

— Il y a de ça, admit Kalten. Il y a de ça...

Le vent se ruait en mugissant sur le bâtiment, mais l'auberge était une solide construction de pierre, et les fenêtres étaient dotées de bonnes persiennes. Émouchet fulminait en pensant au temps perdu, mais il n'y pouvait rien.

Sitôt arrivée à l'auberge, Séphrénia mit Flûte au lit et resta à son chevet.

— Elle s'en fait beaucoup pour elle, leur expliqua Vanion. Je suppose qu'il y a des limites à tout, même à son pouvoir. Flûte prend toujours les choses à la légère, mais je sais reconnaître une petite fille épuisée quand j'en vois une.

— Elle ne va pas mourir, tout de même ! s'exclama Talen d'une voix brisée.

— Elle ne peut pas mourir, Talen, répondit Vanion. On peut la détruire, mais elle ne peut pas mourir.

— Quelle différence ?

— Je n'en sais trop rien. Tout ce que je sais, c'est qu'elle est très, très fatiguée. Nous n'aurions pas dû la laisser faire, admit Vanion en jetant un coup d'œil dans le couloir, en direction de la chambre où Séphrénia veillait sur la petite Déesse épuisée. Où est Kalten ?

— À la taverne, répondit Bévier. Avec Ulath.

— J'aurais dû m'en douter. L'un de vous devrait tout de même leur rappeler que ça va chauffer, s'ils ne sont pas en forme quand nous reprendrons la route.

Ils redescendirent et vérifièrent périodiquement le temps au-dehors. S'il changeait, ce n'était pas en mieux. Le vent soufflait de plus en plus furieusement.

Émouchet finit par remonter et taper doucement à la porte de la chambre de Séphrénia.

— Je pourrais dire un mot à Flûte ? demanda-t-il quand sa tutrice ouvrit la porte.

— Non, il n'en est pas question, répondit-elle tout bas. Je viens juste de réussir à l'endormir.

Elle sortit de la chambre, referma la porte et s'adossa au panneau.

— Je ne vais pas lui faire de mal, Séphrénia.

— Non. Tu peux compter sur moi pour ça, grinça-t-elle, une lueur d'acier dans le regard. Que voulais-tu lui demander ?

— Je voulais savoir si je ne pourrais pas utiliser le Bhelliom pour lutter contre la tempête.

— C'est probable.

— Alors pourquoi ne pas essayer ?

— Tu voudrais anéantir Jorsan ? Et tuer tout le monde en ville ?

Il la regarda en ouvrant de grands yeux.

— Tu n'as pas idée des forces impliquées dans les phénomènes météorologiques, hein, Émouchet ?

— Euh, si, un peu.

— Non, mon petit, je ne crois pas. Il faut être très puissant pour susciter une tourmente comme celle-là, et celui qui l'a fait, quel qu'il soit, sait ce qu'il fait. Mais son cyclone demeure une force de la nature. Tu pourrais sûrement utiliser le Bhelliom pour en venir à bout, mais, en faisant ça, tu relâcherais d'un seul coup, en un seul endroit, toutes les forces qu'il renferme. Tu ne pourrais même pas retrouver les fragments de Jorsan quand la poussière serait retombée.

— Je ferais peut-être mieux d'y renoncer.

— Sûrement. Maintenant, laisse-moi. Je dois veiller sur Aphraël.

Émouchet s'éloigna avec l'impression d'être un petit garçon qu'on venait d'envoyer au coin.

Ulath montait l'escalier.

— Si tu as une minute, Émouchet, je pense que tu ferais bien de surveiller Kalten. Figure-toi qu'il a des projets meurtriers à l'encontre de Bérit.

— Alors, ce coup-ci, il a complètement déjanté ?

— Tu étais au courant de ses sentiments pour la cameriste de ta femme ?

Émouchet opina du chef.

— Plus il boit et plus ça risque d'empirer, tu sais. Or que faire, pendant cette tempête, sinon boire ? Tu crois que ses soupçons sont fondés ?

— Non. Il s'est monté le bourrichon à partir de rien. La fille est folle de lui.

— C'est bien ce que je pensais. Bérit avait déjà assez de soucis avec la femme de l'empereur pour ne pas aller en chercher ailleurs. Ça lui arrive souvent ? À Kalten, je veux dire. Il tombe souvent amoureux comme ça ?

— Pour autant que je sache, c'est la première fois. Jusque-là, il se contentait plus où moins d'aventures sans lendemain.

— C'est le plus sûr, approuva Ulath. L'ennui, c'est que le coup est d'autant plus rude qu'il frappe tard. Tâchons de leur éviter de se rencontrer, Bérit et lui, tant que nous ne serons pas rentrés à Mathérion et qu'Aleanne n'aura pas eu l'occasion de le rassurer.

Khalad les rejoignit, l'air vaguement dégoûté. Il tenait le florin de Kalten.

— Ça ne marchera jamais, Émouchet, dit-il. Je pourrais assez facilement recouvrir la pierre avec cette pièce, mais il vous faudrait une demi-heure pour l'ouvrir, et en cas d'urgence... Non, il va falloir que j'invente autre chose. Il faudrait que vous me prêtiez votre bague. Je vais bavarder avec un orfèvre.

Émouchet n'était pas chaud pour se séparer de l'anneau.

— Tu ne pourrais pas plutôt...

— Quoi que nous décidions, l'orfèvre et moi, fit Khalad en secouant la tête, il faudra bien l'ajuster. Vous avez confiance en moi, oui ou non, Émouchet ?

— Il fallait vraiment que tu ramènes le problème à ça, hein, Khalad ? soupira Émouchet en ôtant son anneau.

— Je me suis dit que ça nous ferait gagner du temps, répondit-il avec un sourire en tendant la main. – Émouchet y déposa son anneau.

— Merci. Je suis très touché de votre confiance.

— Mmm, comme c'est émouvant, murmura Ulath.

Plus tard, quand Émouchet et Ulath eurent remonté Kalten dans sa chambre et l'eurent fourré au lit, ils se réunirent dans la salle commune pour dîner. Émouchet dit deux mots à l'aubergiste qui fit monter un repas à Séphrénia.

— Où est Talen ? s'enquit Bévier en le cherchant du regard.

— Il a dit qu'il allait prendre l'air, répondit Bérit.

— Dans cette tourmente ?

— Je crois qu'il avait des fourmis dans les jambes.

— Ou que les doigts le démangeaient de voler quelque chose, rectifia Ulath.

La porte de l'auberge s'ouvrit en coup de vent, c'est le cas de le dire, et Talen entra, comme poussé par la bourrasque. Il portait une rapière au côté, sous sa cape. L'arme ne semblait pas beaucoup le gêner. Il cala son dos contre la porte et la referma à grand-peine. Il était trempé jusqu'aux os et son visage ruisselait, mais il arborait un sourire radieux. Il s'approcha de ses compagnons encore attablés.

— Je viens de résoudre un mystère, dit-il en riant.

— Oh ? demanda Ulath.

— Vous voulez connaître la véritable identité de Rebal ?

— Comment as-tu réussi ce coup-là ? demanda Bérit.

— Par pur hasard. Figurez-vous que je faisais un petit tour quand le vent m'a poussé dans une ruelle, et cloué contre la porte d'une boutique. Je suis entré pour reprendre mon souffle et, la première chose que j'ai vue à l'intérieur, c'était un visage familier. Notre mystérieux Rebal est un respectable boutiquier de Jorsan. Il est encore moins impressionnant avec un tablier autour du ventre qu'en meneur d'hommes !

— Un boutiquier ? répéta Bévier, incrédule.

— Eh oui, messire chevalier. L'un des piliers de la communauté, à l'en croire. Il est même membre du conseil municipal.

— Tu as réussi à apprendre son nom ? demanda Vanion.

— Il s'est présenté presque tout de suite. Il s'appelle Amador. Je lui ai acheté quelque chose pour lui laisser le temps de parler.

— Et de quoi fait-il commerce ? demanda Bérit. Talen fouilla dans sa tunique et en sortit un petit bout de chiffon rose vif, trempé et qui ne ressemblait à rien.

— C'est-y pas joli ? demanda-t-il. Je vais le faire sécher et le donner à Flûte.

— C'est une plaisanterie, fit Vanion en riant. Il vend vraiment ce genre de fanfreluches ?

— Qu'mâ langue d'vienne toute noire si c'est pâs lâ vérité vraie, vot' Préceptorité, répondit le gamin en imitant l'accent de Caalador. L'homme qui fait trembler les Tamouls dans leurs bottes est marchand de rubans ici, en Édom. Vous imaginez ça ?

Et il s'effondra sur une chaise en hurlant de rire.

— Comment ça marche ? demanda Émouchet le lendemain en tournant et retournant l'anneau dans tous les sens.

— C'est la monture d'une de ces bagues à poison que les gens utilisaient pour assaisonner les plats ou la boisson de leurs compagnons de table, répondit Khalad. J'ai demandé à l'orfèvre de la monter sur votre bague de telle sorte que le couvercle s'adapte sur le rubis. Il y a une petite charnière sur ce côté-ci et un loquet de l'autre côté. Vous n'avez qu'à appuyer sur le loquet – ici, fit-il en indiquant un minuscule levier. La charnière est munie d'un petit ressort, de sorte que le capot d'or s'ouvre d'un seul coup, ajouta-t-il en effleurant le levier – et le demi-globe qui couvrait le rubis bascula, révélant la pierre. Maintenant, êtes-vous sûr que la bague fonctionnera si vous vous contentez d'effleurer le Bhelliom avec l'anneau ? Avec ce couvercle, il risque d'être assez difficile de mettre la pierre en contact avec quoi que ce soit.

— C'est l'anneau qui fonctionne, répondit Émouchet. C'est très futé, Khalad.

— Merci. J'ai demandé à l'orfèvre de bien laver le poison avant d'installer la monture sur votre bague.

— L'ancienne avait servi ?

— Oh oui. L'un des héritiers de la noble édomite à qui elle appartenait *auparavant* l'a vendue à l'orfèvre après sa mort. J'imagine qu'elle avait beaucoup d'ennemis. Au début, au moins. L'orfèvre était très déçu, ajouta Khalad avec un petit ricanement. Il aurait bien voulu que je le laisse un moment seul avec votre bague. Ce rubis a beaucoup de valeur. Mais je doute que le Bhelliom réponde à un méchant bout de verre rouge, aussi l'ai-je sérieusement tenu à l'œil. Vous feriez mieux de vérifier si l'anneau ouvre toujours la boîte, par mesure de sécurité. S'il ne fonctionne plus, je retourne voir l'orfèvre et je lui découpe les doigts en tranches. Quand il en aura perdu deux ou trois, il se souviendra sûrement de l'endroit où il a malencontreusement rangé la vraie pierre. Il est un peu difficile d'effectuer un travail minutieux quand on n'a plus ses dix doigts. Quand vous vous serez assuré que l'anneau ouvre bien le coffret, vous devriez demander à Flûte si le couvercle d'or est assez épais pour dissimuler le rubis. Si ce n'est pas le cas, je le rapporterai à l'orfèvre et lui ferai rajouter de l'or sur le couvercle jusqu'à ce que ça marche.

— Tu es un garçon très pratique, Khalad.

— Il faut bien que quelqu'un le soit, dans la bande.

— Qu'as-tu fait du florin de Kalten ?

— Il m'a servi à payer l'orfèvre. En partie. Vous me devez le reste.

— Je devrai de l'argent à tout le monde avant que nous rentrions à la maison.

— C'est vrai, Émouchet, acquiesça Khalad avec un large sourire. Nous savons tous que vous êtes très doué pour ça.

— Ce coup-ci, ça suffit, décréta furieusement Émouchet, deux jours plus tard, après avoir jeté un rapide coup d'œil au-dehors par la porte de la salle commune où ils prenaient leur petit déjeuner. Tempête ou non, il faut que nous partions d'ici.

— Je ne peux ramener le bâtiment dans cette tourmente, Émouchet, protesta Flûte.

La petite fille avait encore l'air fatigué, mais elle se sentait nettement mieux.

— Alors il va falloir que nous prenions par l'intérieur des terres. Nous ne pouvons pas rester terrés ici comme des lapins dans un terrier, en attendant que l'ennemi rassemble ses forces.

— Enfin, Émouchet, si nous prenons par les terres, il nous faudra des mois pour rejoindre Mathérion, objecta Khalad. Flûte n'a pas assez récupéré pour accélérer le trajet.

— Je ne suis pas malade, Khalad, protesta Flûte. Je suis un peu lasse, c'est tout.

— Tu es obligée de faire ça toute seule ? demanda Émouchet.

— Que veux-tu dire ?

— Tu ne pourrais pas te faire aider par l'un de tes cousins ?

Elle fit la grimace.

— Disons que tu prendrais toutes les décisions et qu'il se contenterait de te prêter ses muscles.

— C'est une bonne idée, Émouchet, acquiesça Séphrénia, mais nous n'avons pas de cousins d'Aphraël sous la main.

— Non, mais nous avons le Bhelliom.

— Je savais que ça finirait par arriver, geignit Bévier. Cette maudite pierre a détraqué le cerveau d'Émouchet. Il se prend pour un Dieu.

— Non, Bévier, fit Émouchet avec un sourire. Je ne suis pas un Dieu, mais j'ai sous la main quelque chose qui y ressemble beaucoup. Quand j'enfile ces anneaux, le Bhelliom est obligé de m'obéir. Bon, finissez votre petit déjeuner, montez faire vos paquets et faites seller les chevaux. Pendant ce temps-là, nous allons mettre au point les détails de l'opération, Aphraël et moi.

7

Le vent hurlait dans les rues de Jorsan, chassant devant lui des torrents de pluie. Émouchet et ses amis rentrèrent la tête dans les épaules, refermèrent les pans de leur cape autour d'eux et affrontèrent bravement les éléments déchaînés.

Les portes de la cité n'étaient pas gardées, et le groupe se retrouva vite en rase campagne, où le vent s'acharna sur eux avec une force redoublée. Comme on ne pouvait s'entendre, Émouchet leur fit signe de le suivre sur la route détrempée qui menait vers Korvan, à cinquante lieues au nord.

Il retint son cheval une demi-lieue plus loin, alors que la route passait derrière une colline, les abritant des regards.

— Nous allons essayer, hurla-t-il pour se faire entendre malgré le vacarme du vent. Nous verrons bien si ça marche.

Il plongea la main dans sa tunique et en tira la cassette d'or. Bérit remonta la colonne au galop.

— Des cavaliers arrivent de la ville ! cria-t-il en essuyant son visage ruisselant.

— Ils nous suivent ? demanda Kalten.

Bérit écarta les mains dans un geste évasif.

— Combien sont-ils ? s'enquit Ulath.

— Vingt-cinq ou trente, c'est difficile à dire sous ce déluge, mais j'ai l'impression qu'ils sont en armure.

— Excellent, approuva Kalten d'un ton farouche. Ce n'est pas drôle de massacrer des amateurs.

— Qu'en penses-tu ? demanda Émouchet en se tournant vers Vanion.

— Allons jeter un coup d'œil. Ce n'est peut-être pas après nous qu'ils en ont.

Les deux hommes tournèrent bride et s'éloignèrent de quelques centaines de toises sur la route boueuse.

Les cavaliers avaient mis leur monture au pas. C'étaient des hommes à la mine patibulaire, vêtus de peaux de bêtes et armés, pour la plupart, de lances à pointe de bronze. Celui qui marchait en tête portait une grande barbe hirsute et un casque à l'air archaïque surmonté de cornes de cerf.

— Pas de doute, confirma Émouchet, ils nous suivent. Retournons auprès des autres et réglons le problème.

Ils rejoignirent leurs amis qui s'étaient abrités sous un bosquet de pins.

— Nous sommes restés trop longtemps à Jorsan, annonça Émouchet. Nous avons laissé à Rebal tout le temps d'appeler des renforts. Les hommes qui nous suivent sont des guerriers de l'âge de bronze.

— Comme les Lamorks qui nous ont attaqués devant Démos ? demanda Ulath.

— Exactement, répondit Émouchet. Ce sont vraisemblablement des partisans d'Incetes plutôt que de Drychtnath, mais ça revient au même.

— Vous avez pu repérer leur chef ? demanda Ulath.

— Il chevauche en tête, répondit Vanion.

— Alors nous ne devrions pas avoir de problème. Nous avons déjà vécu ça, poursuivit Émouchet en réponse au regard étonné de Vanion. Nous ne savons pas très bien pourquoi, mais, quand le chef tombe, les autres s'évaporent.

— Nous ne pourrions pas nous cacher dans les arbres ? suggéra Séphrénia.

— Je préfère régler ça tout de suite, répondit Vanion. Nous savons où ils sont, là. Si nous les perdons de vue, ils pourraient nous prendre à revers et je ne veux pas courir le risque.

— Nous perdons du temps, coupa Kalten. Finissons-en.

— Khalad, soupira Émouchet, emmène Séphrénia et les enfants dans les arbres. Tâchez de ne pas vous faire repérer.

— *Les enfants ?* protesta Talen.

— Fais ce qu'on te dit, ordonna Khalad. Et ne songe même pas à tirer cette nouvelle rapière en ce moment.

Les chevaliers repartirent le long de la piste boueuse pour affronter leurs poursuivants.

— Ils sont seuls ? demanda Bévier. Je veux dire, quelqu'un a-t-il réussi à repérer celui qui aurait pu les rameuter ?

— Nous réglerons ça après avoir tué le gaillard au casque encorné, grommela Kalten. Quand tous les autres auront disparu, le responsable des hostilités restera planté tout seul sous la pluie.

— Nous n'avons aucune raison d'attendre, fit Vanion d'une voix blanche. Allons-y. Je commence à être trempé.

Ils écartèrent les pans de leur cape pour être plus libres de leurs mouvements, coiffèrent les casques d'acier accrochés au pommeau de leur selle et bouclèrent les courroies de leur écu.

Kalten talonna sa monture et s'approcha d'Émouchet.

— Celui-ci, tu me le laisses ! s'écria-t-il avec une sorte de fureur rentrée, et quelque chose dans ses épaules trahissait une détermination aveugle. Allons-y ! beugla-t-il en tirant son épée.

Ils chargèrent.

Les guerriers du IXe siècle eurent un moment d'hésitation alors que les chevaliers de l'Église se ruaient sur eux à un train d'enfer, les sabots de leurs chevaux soulevant d'énormes mottes de terre.

Les armes et les tactiques de l'âge de bronze ne faisaient pas le poids face à l'acier des cottes de mailles, aux épées et aux haches modernes, d'autant que les petits chevaux noueux de ce noir passé étaient à peine plus grands que des poneys. Kalten entra de plein fouet dans les premiers rangs de leurs assaillants, ses compagnons déployés derrière lui en éventail ou en une sorte de coin. Kalten se dressa sur ses étriers et fit décrire à son épée de grands coups d'estoc et de taille. Le guerrier aguerri, à la tête froide, semblait enragé, ce jour-là. Il prenait des risques insensés, se fendant exagérément, balançant son épée d'une façon fort imprudente. Les boucliers ronds de leurs adversaires déviaient à peine sa lame alors qu'il se frayait un chemin dans leur meute pour atteindre le barbu au casque cornu. Émouchet et les autres, surpris par sa charge inconsidérée, le suivaient, abattant tous ceux qui tentaient de le frapper par-derrière.

Le barbu poussa un cri de guerre archaïque et éperonna son cheval qui fit un bond en avant. Il brandissait une énorme hache de guerre à tête de bronze Kalten l'écarta d'un geste presque désinvolte de son bouclier et se fendit d'un gigantesque revers de son épée, balançant son arme de toutes ses forces. Son épée traversa l'écude bronze levé en hâte, et la moitié de l'ovale étincelant vola au loin, emportant l'avant-bras du barbu. Kalten abattit alors son épée sur le casque orné de cornes qu'il fendit, ouvrant le crâne du guerrier dans un soudain jaillissement de sang et de cervelle. L'homme fut soulevé de sa selle par la force du coup et vida les étriers pendant que ses hommes vacillaient et disparaissaient comme s'estompe un mirage.

Il n'en resta qu'un. Un cavalier drapé dans une cape noire, qui se retrouva soudain seul sur le champ de bataille alors que les antiques guerriers qui le protégeaient de leur masse s'évanouissaient dans le néant. C'était Rebal.

Kalten se jeta sur lui en brandissant son épée ensanglantée, la mort embrasant ses yeux d'un bleu glacial.

Rebal poussa un cri, fit volter son cheval et s'enfuit dans la tempête en cravachant sauvagement sa monture.

— Kalten ! rugit Vanion alors que le chevalier éperonnait son cheval dans l'espoir de rattraper le fugitif. Arrête !

— Mais...

— Reste où tu es ! C'est un ordre ! beugla Vanion, coupant court à ses objections. Rengaine cette épée tout de suite !

— Oui, messire, répondit Kalten d'un ton morne

en engageant son épée trempée de sang dans son fourreau.

— Sors cette épée de là ! brailla Vanion. Essuie-la avant de la remettre au fourreau !

— Pardon, messire Vanion. J'avais oublié.

— Oublié ? Comment ça, oublié ? Serais-tu un chiot désobéissant ? Un chevalier nettoie son épée avant de la rengainer ! Je veux la voir briller avant que tu la remettes au fourreau !

— Oui, messire, marmonna Kalten.

— Qu'as-tu dit ?

— Oui, messire ! répéta Kalten en hurlant.

— Voilà qui est mieux.

— Merci, Vanion, murmura Émouchet.

— Je m'occuperai de toi plus tard, Émouchet, aboya Vanion. C'est à toi qu'il incombe de veiller à ce que tes hommes prennent soin de leurs armes. Tu es censé être un meneur d'hommes, pas un gardien de chèvres. Très bien, reprit-il sèchement en regardant autour de lui. Reprenons la formation et partons d'ici. Un peu de tenue, messieurs. Nous sommes des soldats de Dieu. Essayons au moins d'avoir l'air dignes de notre mission.

Ils étaient un peu abrités du vent au milieu des arbres. Vanion ramena les chevaliers dans le bosquet pour rejoindre Séphrénia, Khalad et les « enfants ».

— Tout le monde va bien ? demanda très vite Séphrénia.

— Nous n'avons pas de blessures apparentes, petite mère, répondit Émouchet.

Elle l'interrogea du regard.

— Messire Vanion était très en voix, fit Ulath avec un grand sourire. Il était un peu mécontent de certains de nous, et il l'a dit avec beaucoup de... de fermeté.

— Ça suffit, coupa Vanion.

— Bien, messire.

— Vous avez pu identifier leur chef ? demanda Khalad.

— Non. Rebal était là, répondit Émouchet, mais nous n'avons vu personne d'autre.

— Comment s'est passé le combat ?

— J'aurais voulu que tu voies ça, Khalad, répondit Bérit avec enthousiasme. Kalten a été absolument stupéfiant.

Kalten le foudroya du regard.

— Nous parlerons de tout ça quand nous serons sorti de l'orage, coupa Séphrénia. Tu es prêt, Émouchet ?

— Tout de suite, répondit-il

Il fouilla dans sa tunique, prit la cassette, l'ouvrit, enfila la bague d'Ehlana et sortit le Bhelliom.

— Là, fit Séphrénia.

Elle souleva Flûte et la remit entre les bras d'Émouchet.

— Comment allons-nous faire ?

— Quand nous repartirons, je parlerai par tes lèvres, répondit-elle. Tu ne comprendras pas mes paroles, parce que je m'exprimerai dans une langue inconnue de toi.

— Un obscur dialecte styrique ?

— Non, Émouchet, pas styrique. Encore plus vieux que ça. Détends-toi. Je te guiderai. Donne-moi la boîte.

Quand le Bhelliom se déplace d'un point à l'autre, tout frémit. Je ne pense pas que notre ennemi puisse le repérer instantanément, alors si tu le remets très vite dans la cassette, avec la bague de ta femme, et que tu refermes le couvercle de ton propre anneau, l'ennemi ne pourra pas savoir où nous sommes allés. Maintenant prends le Bhelliom et dis-lui qui tu es.

— Il devrait déjà le savoir.

— Rappelle-le-lui, Émouchet, et parle-lui dans la langue des Trolls. Respectons le protocole.

Elle se nicha dans l'alcôve protectrice de ses bras gainés de mailles d'acier.

Émouchet prit le Bhelliom entre ses mains et s'assura que ses deux anneaux étaient en contact étroit avec la pierre.

— Rose bleue, dit-il en troll, je suis Émouchet d'Élénie. Nous nous connaissons. Tu te souviens de moi ?

La lueur azurée qui baignait ses mains s'intensifia, prit l'éclat de l'acier fraîchement forgé. La relation d'Émouchet avec le Bhelliom était ambiguë, et la gemme qui était une fleur n'avait guère de raisons de l'aimer.

— Présente-toi, Émouchet, suggéra Flûte. Dis-lui qui tu es.

— Rose bleue, répéta Émouchet dans la langue hideuse des Trolls. Je suis Anakha, le porteur des anneaux. Tu me reconnais ?

Le Bhelliom fit une petite embardée dans ses mains alors qu'il prononçait le nom fatidique, et ses pétales perdirent un peu de leur éclat métallique.

— C'est toujours un début, marmonna-t-il. Et maintenant ?

— Maintenant c'est mon tour, répondit-elle. Détends-toi, Émouchet. Laisse-moi entrer dans ton esprit.

Émouchet eut la curieuse impression que sa propre volonté était suspendue alors que la Déesse-Enfant prenait son esprit entre ses deux petites mains, tendrement, avec amour. La voix qui sortait de ses lèvres était étrangement douce, et la langue qu'elle parlait avait une familiarité obsédante, qui planait à la limite extrême de sa compréhension.

Le monde sembla se brouiller autour de lui et se fondit un instant en un crépuscule lumineux. Puis tout redevint net ; le soleil automnal brillait de mille feux, il ne pleuvait plus et le vent avait laissé place à une douce brise.

— Quelle idée stupéfiante ! s'exclama Aphraël. Je n'y aurais jamais pensé ! Range vite le Bhelliom, Émouchet !

Émouchet remit le joyau et l'anneau d'Ehlana dans la boîte, referma le couvercle de son propre anneau et regarda vers le sud. Une bande de nuages d'un noir intense barraient l'horizon. Il se tourna alors vers le nord. Une ville de belle taille s'étendait au pied de la colline, une jolie ville aux toits de tuiles rouges qui brillaient au soleil.

— C'est Korvan ? risqua-t-il.

— Évidemment, que veux-tu que ce soit ? rétorqua Flûte en renvoyant ses cheveux en arrière d'un petit mouvement de tête. C'est bien là que tu voulais aller, non ?

— Nous avons fait vite, constata Ulath.

Séphrénia éclata d'un rire soudain.

— Nous voulions tester les nerfs de notre ami inconnu, dit-elle. Maintenant, nous allons voir s'il a de l'endurance. S'il veut nous rattraper, il va falloir qu'il récupère son cyclone et qu'il coure vite.

— Oh, ça va être rigolo ! s'exclama Flûte en frappant dans ses mains avec délectation. Je n'aurais jamais cru que nous puissions sauter aussi loin.

Kalten regarda le soleil en plissant les paupières.

— J'ai fait en sorte que nous arrivions un peu avant midi. Si nous allions déjeuner ? J'ai faim, là.

— Ce ne serait peut-être pas une mauvaise idée, Émouchet, approuva Vanion. La situation a changé. Il faudrait peut-être que nous révisions notre stratégie.

Émouchet opina du chef. Il talonna Faran et ils descendirent vers Korvan.

— Tu as l'air étonnée, murmura-t-il à l'oreille de Flûte.

— Étonnée ? Je suis sidérée, oui.

— Qu'est-ce que j'ai fait ?

— Tu ne comprendrais pas, Père. Tu te souviens comment Ghnomb, le Dieu des Trolls, t'a fait traverser la Pélosie du Nord ?

— Il a plus ou moins figé le temps, non ?

— Je m'y suis toujours prise autrement, acquiesça-t-elle, mais je suis plus sophistiquée que Ghnomb. Le Bhelliom le fait d'une autre façon encore, beaucoup plus simple. Nous sommes différents, Ghnomb et moi, mais nous faisons tous les deux partie de ce monde, et le terrain a beaucoup d'importance pour nous. Il nous fournit une sorte de permanence, de situation. On dirait que le Bhelliom n'a pas besoin de points de référence. Tout se passe comme s'il lui suffisait de penser à un autre endroit pour y être aussitôt.

— Tu pourrais t'y prendre de la même façon, fit-elle.

— Je ne sais pas. C'est un peu humiliant à admettre, fit-elle avec une moue pensive, mais le Bhelliom est beaucoup plus doué que moi.

— Mais beaucoup moins adorable.

— Merci, mon bon seigneur.

— Danaé est-elle à Mathérion ? demanda abruptement Émouchet.

— Évidemment.

— Et comment va ta mère ?

— Oh, très bien. Elle a chargé les voleurs de mettre la main sur des documents qui sont cachés quelque part au ministère de l'Intérieur.

— Ils ont toujours la situation sous contrôle, là-bas ?

— Pour l'instant, oui. Il est difficile d'être en deux endroits en même temps. Danaé passe presque tout son temps à dormir, ce qui m'empêche de savoir tout ce qui se passe là-bas. Ma mère est un peu inquiète. Elle a peur que Danaé ne soit malade.

— Veille à ce qu'elle ne s'en fasse pas trop.

— Compte sur moi, Père.

Ils entrèrent à Korvan et trouvèrent une auberge à l'air respectable. Ulath dit deux mots au tenancier qui les mena dans une salle à manger privée. Le soleil entrant par les fenêtres arrachait des reflets dorés aux tables et aux bancs.

Ils retirèrent leur cape, posèrent leurs armes dans un coin et s'assirent à la table.

Une souillon bigleuse entra et leur annonça le menu du jour.

Séphrénia secoua la tête.

— Dis-lui, Vanion.

— Pour la dame, la petite fille et moi, ce sera de l'agneau, dit-il fermement. Nous n'aimons pas le porc.

— Le cuistot a pas fait d'agneau, geignit la fille.

— Eh bien, je vous conseille d'aller tout de suite lui dire d'en faire.

— Ça va pas lui plaire.

— Ça n'a pas besoin de lui plaire. Dites-lui que, s'il ne nous fait pas d'agneau, nous allons porter notre argent ailleurs. Le propriétaire de l'endroit risque de ne pas beaucoup aimer ça, hein ?

Le visage de la fille se ferma et elle sortit en trombe.

— C'est le Vanion que nous avons appris à connaître et à aimer quand nous étions enfants, fit Kalten en riant.

Le combat de ce matin semblait lui avoir remis du cœur au ventre.

Vanion déplia sa carte.

— Nous avons un bon bout de route à faire, dit-il en suivant, du doigt, une ligne qui s'étendait vers l'est. Nous allons traverser l'Édom, la Cynesga et nous entrerons en Tamoulie à Sarna. Quelle distance le Bhelliom peut-il franchir d'un bond ? demanda-t-il en regardant Flûte.

— Messire Vanion souhaiterait-il faire un petit tour sur la Lune ? fit-elle en fronçant les sourcils. Il y a quand même un inconvénient. Le Bhelliom émet un bruit caractéristique quand il entre en action. Il ne le sait probablement pas, mais il annonce en quelque sorte sa position. Il devrait parvenir à dissimuler ce bruit, mais ça prendra du temps.

— Ce qui soulève un autre point, ajouta Séphrénia. Émouchet a tout le pouvoir du Bhelliom à sa disposition, mais il ne sait pas encore comment l'utiliser.

— Merci, fit sèchement Émouchet.

— Je regrette, mon petit, mais tu ne le sais pas. Chaque fois que tu as requis ses services, nous avons dû, Aphraël ou moi, te dire comment t'y prendre. Il va falloir que nous apprenions au Bhelliom à ne pas faire de bruit et, à toi, à l'utiliser sans qu'on te tienne la main.

— Je t'aime, Séphrénia.

Elle eut un de ses sourires chaleureux.

— Tu tiens un pouvoir terrifiant entre tes mains, Émouchet, mais il ne te sera pas d'une grande utilité si tu te contentes de le brandir comme un étendard. Je propose que nous ne retournions pas tout de suite à Mathérion. L'histoire que tu as concoctée pour Ehlana devrait justifier notre absence pendant deux ou trois semaines de plus. Notre ami va nous tendre des pièges qu'il nous faudra éviter ; ce sera un bon exercice pour toi, ajouta-t-elle après réflexion.

— Des sauts de puce, grommela Ulath.

— Je voudrais bien que tu cesses de parler par énigmes, Ulath. C'est vraiment exaspérant, fit-elle d'un ton hargneux.

— Pardon, Séphrénia. Quand je réfléchis à quelque chose, j'ai la sale manie de sauter tout de suite à la conclusion. L'ennemi a suscité des désordres aléatoires – des loups-garous à tel endroit, des vampires à tel autre, Ceux-qui-brillent par-ci, des armées préhistoriques par-là – sans autre but que d'envoyer les Atans courir d'un coin du continent à l'autre. Si nous leur rendions la pareille ? Nous savons qu'on peut suivre le Bhelliom à la trace. On peut supposer qu'il n'y a pas de limites à la distance qu'il peut nous faire franchir d'un bond. Imaginons qu'Émouchet veuille voir le temps qu'il fait à Darsas. Il demande au Bhelliom de l'y emmener par la peau du cul et de le laisser tomber dans la cour du palais d'Alberen. Il y reste disons une demi-heure, assez longtemps pour que l'autre camp le repère. Puis il repart d'un bond à l'autre bout du continent, mettons à Beresa, au sud de l'Arjuna, il y reste juste le temps qu'on sente sa présence, il fait la même chose à Sarsos, à Jura, en Daconie du Sud, et il revient à Cimmura faire un petit bonjour à Platime. Je vous garantis que, le temps que le soleil se couche, l'ennemi aurait complètement perdu sa trace. Et le pis, c'est que, comme il serait dans l'incapacité de savoir si l'un de ces petits sauts n'a pas une importance quelconque, il se croirait obligé de le suivre chaque fois.

— En trimballant tout le temps ce cyclone à bout de bras, ajouta Kalten. Ulath, tu es génial.

— Oui, fit-il avec une modestie de bon aloi. Je sais.

— Ça me plaît, approuva Vanion. Qu'en penses-tu, Séphrénia ?

— Ça permettrait à Émouchet et au Bhelliom de faire connaissance, acquiesça-t-elle. Et c'est ce que nous voulons, au fond. Mieux ils se connaîtront, mieux ils travailleront ensemble. Je vous demande pardon, messire Ulath, sautez aux conclusions tant que vous voudrez.

— Très bien, reprit Vanion avec son sérieux accoutumé. Tant qu'Émouchet sera en vadrouille, nous devrions être à peu près invisibles – enfin, pas vraiment invisibles, mais, si le Bhelliom n'est pas avec nous, notre ami ne peut ni nous voir ni nous entendre, n'est-ce pas ?

— C'est probable, acquiesça Flûte. Et même s'il le pouvait, Émouchet ferait tellement de bruit qu'il ne devrait guère s'intéresser à vous.

— Parfait. Disons qu'Émouchet va à Darsas et y fait voler toutes les vitres en éclats. Il revient ici nous chercher et nous emmène à... mettons Cyron, sur la frontière de la Cynesga, dit-il en regardant sa carte, le sourcil froncé. Il fait des bonds vers plusieurs endroits différents en laissant le Bhelliom et les deux bagues bien en évidence, de sorte que notre ami reconnaisse chaque fois l'endroit où il se trouve, reprit-il en tapotant la carte. Et puis il nous rejoint à Cyron et range le Bhelliom dans sa boîte. À ce moment-là, notre ami devrait être rigoureusement incapable de nous localiser.

— Attention, Émouchet, nota Kalten avec un grand

sourire. Tu commences à penser comme un vrai précepteur.

Émouchet émit un grommellement. Puis il eut une autre idée.

— Toi, j'aurai deux mots à te dire, lui souffla-t-il à l'oreille.

— Hmm. Des ennuis ?

— Pas encore, mais tu fais ce qu'il faut pour t'en attirer. La souillon leur apporta leur tambouille en traînant la savate, tout en lorgnant Vanion d'un œil torve.

Émouchet et ses amis ne traînèrent pas à table après manger. Sitôt la dernière bouchée avalée, ils se levèrent et sortirent.

— Quel est le problème ? demanda Kalten en s'attardant derrière les autres avec Émouchet.

— Arrête d'essayer de te faire tuer.

— De quoi parles-tu ?

— Ne joue pas les vierges effarouchées, Kalten. Je t'ai vu faire, ce matin. Tu ne t'en rends pas compte, mais tu es transparent pour ceux qui te connaissent.

— Il y a des moments où tu es trop futé, fit-il d'un ton accusateur.

— Je sais, c'est un de mes défauts. J'ai déjà assez de soucis comme ça, n'en rajoute pas, s'il te plaît.

— C'était la solution idéale.

— À un problème inexistant, espèce d'abruti. Aleanne n'a d'yeux que pour toi depuis que nous avons quitté Chyrellos. Je ne permettrai pas qu'elle ait fait tous ces beaux efforts en pure perte. C'est pour toi qu'elle a le béguin, Kalten, pas pour Bérit. Si tu n'arrêtes pas ces idioties tout de suite, je te ramène à Démos et te fais enfermer dans la maison des mères.

— Je voudrais bien savoir comment tu comptes t'y prendre.

— J'ai cet ami bleu ici présent, tu te souviens ? rétorqua Émouchet en tapotant la bosse qui déformait le devant de sa tunique. Je pourrais te prendre par les cheveux, te déposer à Démos et être de retour avant que Vanion ait eu le temps de dire ouf.

— Ce n'est pas juste.

— Pff, j'ai l'impression d'entendre Talen ! Je ne cherche pas à être juste. J'essaie seulement de t'empêcher de te faire tuer. Je veux que tu me donnes ta parole.

— Nan.

— C'est chouette, Démos, en cette saison. Ça te plaira beaucoup, tu verras. Tu pourras passer tes journées en dévotions.

Kalten le couvrit d'invectives.

— Bon, tu connais déjà les paroles. Tu n'as plus qu'à les mettre en musique dans un serment en bonne et due forme. Fais-moi confiance, Kalten, tu n'iras nulle part avec nous tant que tu ne m'auras pas juré de mettre fin à ces stupidités.

— Bon, c'est promis, souffla Kalten.

— Ça ne suffit pas. Faisons ça dans les règles : je veux que tu t'en souviennes. Tu as une fâcheuse tendance à oublier les choses quand ça t'arrange.

— Tu veux que je signe un truc avec mon propre sang ? demanda Kalten avec aigreur.

— C'est une bonne idée, mais je n'ai pas de

parchemin sous la main. Je me contenterai donc, provisoirement, d'un engagement verbal. Cela dit, il se pourrait que je change d'avis par la suite, alors soigne ta circulation sanguine et affûte ta dague.

— Émouchet ? s'exclama Fontan, l'ambassadeur de Tamoulie, en ouvrant des yeux comme des soucoupes. Que faites-vous à Darsas ?

— Je ne fais que passer, Votre Excellence, répondit Émouchet. Je peux entrer ?

— Mais bien sûr, mon garçon, bien sûr ! s'écria Fontan en s'effaçant devant ses visiteurs. Votre Altesse royale a l'air en forme, dit-il en souriant à Flûte, puis il la regarda de plus près. Oh pardon ! s'exclama-t-il. Je vous avais prise pour la fille du prince Émouchet. Vous lui ressemblez beaucoup.

— Nous sommes plus ou moins apparentées, répondit Flûte, imperturbable.

— Votre Excellence a su ce qui s'était passé à Mathérion il y a quelques semaines ? demanda Émouchet en rangeant le Bhelliom dans sa tunique.

— Je ne l'ai appris qu'hier, répondit Fontan. L'empereur va bien ?

— Ma femme veille sur lui. Nous n'avons pas beaucoup de temps devant nous, Fontan, aussi ne pourrai-je pas tout vous expliquer. Êtes-vous assez large d'esprit pour admettre que les Styriques disposent de pouvoirs très inhabituels ?

Fontan esquissa un pâle sourire.

— Vous savez, prince Émouchet, à mon âge, on est prêt à accepter bien des choses. Après le choc initial que j'encaisse tous les matins au réveil, en me découvrant encore en vie, je suis prêt à affronter la journée avec une parfaite ouverture d'esprit.

— Parfait. Mes amis et moi-même avons quitté Korvan, en Édom, il y a une heure à peu près. Nous allons vers Cyron, sur la frontière, mais je suis venu ici vous dire un mot ou deux.

— Il y a une heure ?

— Croyez-moi sur parole, Votre Excellence, dit Flûte. C'est l'une de ces particularités styriques dont parlait Émouchet.

— J'ignore ce qu'on a pu vous dire, reprit Émouchet, mais il est urgent que tous les commandants de garnisons atans de l'empire sachent qu'il ne faut pas faire confiance au ministre de l'Intérieur. Kolata travaille pour l'autre côté.

— Je n'ai jamais aimé cet homme, répondit Fontan en sondant Émouchet du regard. Ce message n'a rien pour ébranler le monde, pas au point de vous amener à violer tout un éventail de lois naturelles. Que faites-vous vraiment à Darsas ?

— Je lance notre ennemi sur des fausses pistes, Votre Excellence. Il a le moyen de détecter ma présence, je vais donc signaler mon passage dans tous les coins de l'empire pour le perturber un peu. Ce n'est pas une visite confidentielle, Fontan. Vous êtes libre de clamer à tous les vents que je me suis arrêté chez vous. Nos adversaires le savent probablement déjà, mais j'apprécierais qu'ils en aient la confirmation.

— J'aime votre style, Émouchet. Vous allez traverser la Cynesga ? Ce n'est pas un endroit agréable.

— Ce n'est pas une époque agréable, non plus. Oh, j'aimerais que vous preniez un petit ton supérieur quand vous laisserez tomber que vous m'avez vu. Nous avions une longueur de retard jusqu'à maintenant. Le rapport de forces s'est inversé il y a quelques jours. Nous avons repris l'avance sur nos adversaires, quels qu'ils soient, et j'aimerais la conserver pendant un moment.

— Je vais tout de suite faire prévenir le crieur des rues. De combien de temps disposez-vous ? demanda le vieil homme en lorgnant le plafond de son bureau tendu d'écarlate.

— Une heure tout au plus.

— C'est amplement suffisant. Si nous allions au palais ? Vous pourriez rendre hommage au roi devant la cour. Je crois que c'est le meilleur moyen de faire connaître votre présence à tout le monde.

— J'aime votre style, Fontan, fit Émouchet avec un grand sourire.

C'était chaque fois plus facile. Au départ, le Bhelliom fit preuve d'une mauvaise volonté insigne et Flûte fut souvent obligée d'intervenir, de lui parler dans cette langue qu'Émouchet soupçonnait fortement d'être la langue des Dieux eux-mêmes. Mais, peu à peu, la pierre se montra moins récalcitrante et sembla comprendre ce qu'on attendait d'elle. Émouchet s'aperçut que le fait d'avoir étudié la carte de Vanion lui facilitait les choses. À partir du moment où le Bhelliom eut compris que la carte était une représentation du monde, Émouchet eut moins de mal à lui faire comprendre où il voulait aller.

Certes, il y eut encore des faux départs. Une fois,

alors qu'il se concentrait sur la ville de Delo, sur la côte Est, il songea fugitivement à Démos, en Élénie centrale, auquel ce nom lui faisait penser, et, après le moment de flou au cours duquel tout ce qui l'entourait devenait grisâtre et fluctuant, il se retrouvèrent, Faran, Flûte et lui, sur une route baignée par le clair de lune, à une portée de flèche de la ferme de Kurik.

— Qu'est-ce que tu fabriques ? protesta Flûte.

— Pardon. Je pensais à autre chose.

— Prends garde à ce que tu fais, Émouchet. Le Bhelliom réagit à tes pensées, pas à ce que tu dis. Il est probable qu'il ne comprend même pas Pélène. Qui, d'ailleurs, peut se targuer d'y comprendre quelque chose ?

— Pitié, Flûte, ce n'est pas le jour.

— Ramène-nous immédiatement.

Il y eut la vague de flou maintenant familière, le clair de lune devint grisâtre, puis ils retrouvèrent la vive lumière de l'automne, sur une route baignée de soleil, à quelques lieues de Korvan. Leurs amis les regardaient avec stupéfaction.

— Que s'est-il passé ? demanda Séphrénia.

— Notre glorieux chef avait la tête ailleurs, répondit Flûte d'un ton sarcastique. Nous avons juste fait un petit détour par Démos.

— Démos ! s'exclama Vanion. Mais c'est à l'autre bout du monde !

— Exactement, confirma-t-elle. C'est le cœur de la nuit, en ce moment. Nous nous sommes retrouvés sur la route qui mène à la ferme de Kurik. La cuisine d'Aslade devait manquer à notre austère commandant ici présent.

— Épargne-moi ces « austère commandant » et autres « glorieux chef », lança sèchement Émouchet.

— Eh bien, fais un peu plus attention.

Il n'y eut aucun signe avant-coureur. Un mélange de désespoir, d'exaspération, une sorte de confusion harassée se faisaient cette fois sentir dans le vacillement de ténèbres qui planait juste à la limite du champ de vision d'Émouchet. Il ne prit même pas le temps de réfléchir.

— Rose bleue ! invoqua-t-il en portant son autre main au joyau de sorte que les deux anneaux touchent les pétales d'un bleu profond. Détruis cette chose !

Ce fut comme si la foudre frappait entre ses deux mains, et il eut une sorte de crépitement, de grésillement dans son dos.

L'ombre qui les suivait pas à pas depuis si longtemps, l'ombre qu'ils avaient d'abord prise pour Azash puis pour les Dieux des Trolls, l'ombre émit un cri strident suivi d'un gargouillis de bête à l'agonie. Émouchet vit Séphrénia ouvrir de grands yeux.

L'ombre ne hurlait pas en zémoch ou en troll. Elle parlait styrique.

8

— Ben ch'sus pas sûr qu'y faille s'met' à danser dans les rues pour ça, Vot' Majesteté, disait Caalador. Les gars d'l'Intérieur auraient barricadé les portes s'y z'avaient pu pour nous empêcher d'met' la main sur certains dossiers particuliers, et v'là qu'y nous en sortent tout un tas d'un coin où j'ai ben r'gardé quat'-cinq fois d'affilée moi-même personnellement, juré-craché. Vous trouvez pas ça louche, vous ?

— Qu'est-ce qu'il raconte ? demanda l'empereur Sarabian.

— Il a des soupçons, traduisit Ehlana. Il pense que nous avons découvert ces dossiers un peu trop facilement. Et il n'a peut-être pas tort.

Ils étaient à nouveau réunis dans les appartements royaux du « château d'Ehlana », comme ils disaient maintenant, et commentaient la découverte surprenante d'une série de dossiers jusque-là invisibles et qui étaient maintenant empilés par terre, dans le salon bleu. Sarabian, qui avait pris l'habitude de se vêtir à l'occidentale, portait ce matin-là un pourpoint de velours noir et des chausses gris perle, choix qu'Ehlana n'était pas loin de trouver désastreux. Le velours noir donnait à sa peau olivâtre une teinte bilieuse, malsaine.

— Pourquoi faut-il toujours que vous compliquiez les choses, messer Caalador ? demanda l'empereur d'un ton un peu attristé.

— Je suis un escroc professionnel, Majesté, répondit Caalador en renonçant au patois. J'ai appris que, quand la vérité était trop belle pour être vraie, il y avait de fortes chances pour qu'elle soit fausse.

— C'est vraiment bizarre, fit Stragen en regardant l'un des dossiers. Quelqu'un, au ministère de l'Intérieur, semble avoir découvert le secret de l'éternelle jeunesse.

— Ne faites pas de mystères, Stragen, protesta

Ehlana en arrangeant les plis de sa robe bleu nuit. Dites ce que vous avez à dire.

— Regardez ce document, fit-il en lui tendant une des pages du dossier. On dirait qu'il a été écrit la semaine dernière. L'encre est à peine sèche.

— Ils remettent constamment ces dossiers à jour, messire, répondit Oscagne. Ça doit être un document récent.

Stragen prit une autre feuille et la lui montra.

— Votre Excellence ne remarque rien de bizarre ? Oscagne haussa les épaules.

— Il y en a un qui est assez récent ; l'autre a jauni avec le temps, et l'encre a tellement pâli qu'on a du mal à le lire.

— Exactement, confirma Stragen. Et vous ne trouvez pas surprenant que le document qui a l'air le plus récent porte une date antérieure de cinq ans à celle du document jauni ?

Oscagne regarda plus attentivement les deux feuilles de papier.

— Voulez-vous dire qu'ils ont falsifié un document officiel ? s'exclama-t-il. C'est un crime capital.

— Montrez-moi ça, demanda Sarabian. Oscagne lui tendit les documents.

— Chalba... Ah oui. Kolata ne tarit pas d'éloges sur lui depuis quinze ans. C'est sa nomination au ministère, commenta Sarabian en levant les deux documents incriminés. Ce document date d'une semaine à peine après l'entrée en fonction de Kolata. Vous pensez qu'on l'aurait substitué à l'original ? avança-t-il en regardant Stragen.

— C'est l'impression que ça donne, Majesté.

— Pourquoi auraient-ils pu avoir envie de dissimuler l'original ? s'interrogea Sarabian en fronçant les sourcils.

— Je n'en ai aucune idée, Majesté. Il doit bien y avoir une raison. Ce Chalba a gravi les échelons de la hiérarchie à une vitesse positivement météorique, poursuivit Stragen en feuilletant le dossier. Apparemment, toutes les fois qu'il éternue il a droit à une promotion.

— Ça ressemble au genre de chose qu'on fait pour ses très bons amis, remarqua Oscagne d'un ton rêveur. Ou pour un parent.

— Absolument, confirma Sarabian avec un pâle sourire. Votre Itagne semble avoir connu une ascension tout aussi rapide...

— Bien malgré moi, Majesté, convint Oscagne en faisant la grimace. Itagne n'est pas l'un des cadres du département des Affaires étrangères. Je fais appel à lui dans les cas d'urgence et il réussit chaque fois à m'extorquer une promotion. Je me passerais volontiers de ses services, mais il est tellement doué que je n'ai pas le choix. J'ai un jeune frère très combatif, et je ne serais pas surpris de découvrir que c'est mon fauteuil qu'il lorgne.

— Ce faux document que Stragen a trouvé pourrait nous fournir un point de départ, fit Caalador d'un ton méditatif. Il n'est pas absurde de penser que les gens dont Kolata s'est entouré au ministère sont des personnes de confiance...

— ... et que, s'il a décidé de se consacrer à la trahison en guise de passe-temps, ses chouchous sont au courant, enchaîna Stragen. Ceux dont la nomination coïncide avec celle de Kolata au poste de ministre ont des chances d'être mouillés jusqu'au cou.

— À condition qu'ils soient encore de ce monde, précisa Caalador. L'espérance de vie d'un gaillard qui refuse d'embrasser la profession de traître avec ses amis est très courte.

— Puis-je dire un mot à Sa Majesté ? demanda timidement Aleanne.

— Bien sûr, ma chère, répondit Ehlana.

La douce enfant tenait un dossier dans ses mains.

— Est-il inévitable que l'encre pâlisse et que le papier jaunisse avec le temps ? demanda-t-elle d'une voix à peine audible.

— En effet, mon enfant, répondit Sarabian en riant. C'est le cauchemar des bibliothécaires.

— Et si les gens du ministère de l'Inférieur ne voulaient pas que l'on sache ce qui est écrit sur l'un de ces documents...

Oscagne éclata tout à coup d'un gros rire.

Aleanne devint écarlate et baissa la tête d'un air penaud.

— Je suis idiote, dit-elle d'une toute petite voix. Je vous demande pardon de vous avoir interrompus.

— On dit le ministère de l'Intérieur, Aleanne, dit gentiment Mélidéré.

— Je préfère le terme qu'elle a employé, fit Oscagne en ricanant.

— Si Votre Majesté veut bien m'excuser, fit Aleanne, le visage rouge de honte, en reculant de trois pas.

— Mais bien sûre, ma chère, répondit Ehlana avec sympathie.

— Pas encore, Ehlana, coupa Sarabian. Venez ici, mon enfant.

Elle s'approcha et se fendit d'une révérence maladroite.

— Oui, Majesté ? demanda-t-elle dans un souffle.

— Ne vous inquiétez pas d'Oscagne, dit-il. Il a parfois un curieux sens de l'humour. Que vouliez-vous dire ?

— C'est stupide, Majesté. Je ne suis qu'une pauvre ignorante. Je n'aurais pas dû intervenir.

— Aleanne, dit-il très doucement, c'est vous qui avez suggéré que tous les ministères sortent leurs dossiers et les étalent sur les pelouses. C'était une excellente idée. J'écouterai dorénavant tout ce que vous aurez à dire. Continuez, je vous en prie.

— Eh bien, Majesté, dit-elle en rougissant jusqu'à la racine des cheveux, si j'ai bien compris ce qu'a dit messire Stragen, ces gens ont rédigé de nouveaux papiers et les ont mis à la place des vieux pour nous dissimuler des informations.

— Il semble bien, en effet.

— Bon, alors, si le papier neuf est blanc et si le vieux est jaune, ne pourrait-on en déduire que les dossiers où le papier jauni est mélangé au papier blanc ont quelque chose à cacher ?

— Oh, Dieu du ciel ! s'exclama Stragen en se frappant le front du plat de la main. Comment ai-je pu être aussi stupide ?

— Et moi donc ! approuva Caalador. Nous sommes

tous les deux passés à côté de la réponse la plus simple et la plus évidente. Comment a-t-elle pu nous échapper ?

— Si je ne craignais pas de vous paraître méprisante, maître Caalador, je vous répondrais bien que c'est parce que vous êtes des hommes, fit la baronne Mélidéré avec un sourire suave. Et les hommes adorent les complications inutiles. Mais comme le mépris est un vilain défaut, je ne le dirai pas. Je le penserai peut-être, ajouta-t-elle avec un petit sourire impertinent, mais je ne le dirai pas.

— L'explication est évidente, Majesté, répondit calmement Téovin. Vous avez d'ailleurs vous-même mis le doigt dessus.

Téovin, le directeur de la police secrète, était un homme maigre, sec et tellement insignifiant qu'on eût dit une caricature du policier idéal, se dit Ehlana.

— Et quelle est la brillante explication que j'aurais trouvée sans m'en rendre compte ? demanda Sarabian d'un ton aigre.

— Comme l'a fait remarquer Votre Majesté, l'encre de ce document a beaucoup pâli, répondit Téovin en indiquant la feuille jaunie que tenait l'empereur. Les informations contenues dans nos dossiers sont vitales pour la sécurité de l'empire, et nous ne pouvons nous permettre de les laisser effacer par le temps. Les dossiers sont constamment passés en revue, et tous les documents qui semblent sur le point de devenir illisibles sont recopiés aux fins de préservation.

— Alors pourquoi celui-ci n'a-t-il pas été recopié, Téovin ? demanda l'empereur. Il est à peine lisible.

Téovin eut une petite toux embarrassée.

— C'est à cause des restrictions budgétaires, Majesté, expliqua-t-il. Le chancelier de l'Échiquier nous a coupé les vivres. Ils sont bizarres, aux Finances. On dirait toujours que c'est leur propre argent qu'ils dépensent.

Sarabian se mit à rire, et Ehlana ne put s'empêcher d'admirer la rapidité avec laquelle il négociait le retournement de situation.

— C'est bien vrai ! s'esclaffa-t-il. Il faut voir trembler les mains de Gashon chaque fois que je lui parle de remplacer les plaquettes de nacre de la salle du trône. Je suis heureux que nous ayons pu trouver une explication, mon ami. Je vous félicite pour votre dévotion à votre travail et le soin que vous prenez des documents placés sous votre responsabilité.

— À votre service, Majesté, fit Téovin avec une courbette obséquieuse. Je me demandais..., ajouta-t-il d'un ton songeur. Votre Majesté pourrait-elle me ménager un entretien avec Kolata ? J'ai quelques questions purement techniques à lui poser.

— Je crains que ce ne soit pas possible, hélas, répondit Sarabian avec un naturel confondant. Il a d'autres problèmes, aujourd'hui.

— Ah bon ?

— Il a mangé du poisson avarié, hier soir, et il a vomi tripes et boyaux jusque bien après minuit. Pauvre Kolata ! Je ne crois pas avoir jamais vu un homme aussi malade.

— Vous croyez que c'est grave, Majesté ? demanda Téovin d'un air légitimement inquiet.

— Non. Il nous est arrivé à tous de manger des plats un peu avancés et nous n'en sommes pas morts. Il croit qu'il va crever, et j'imagine qu'il le souhaite de toute son âme, mais il est bien soigné. Ça ira mieux demain. Il aura peut-être perdu du poids, et il aura sûrement les jambes un peu flageolantes, mais il devrait avoir assez récupéré pour reprendre son travail. Revenez demain matin. Je ferai en sorte que vous puissiez le rencontrer.

— Comme vous voudrez, Majesté, fit Téovin en se laissant tomber à terre.

Il rampa cérémonieusement à reculons devant l'empereur. Puis quand il fut arrivé à la porte de la salle d'audience il se releva et sortit.

Ils attendirent.

— C'est bon, annonça Mirtaï au bout d'un moment. Il est dans la cour.

— Il a des réflexes, l'animal, nota Caalador. Il n'a pas moufté quand Votre Majesté lui a tendu ce papier.

— Il s'y attendait, fit Stragen. Il avait préparé son histoire.

— Son explication est plausible, souligna Sarabian.

— Évidemment, Majesté. La créativité est un critère de sélection pour les agents de la police secrète. Nous savons que Kolata est un traître. Il ne constituerait pas une menace s'il était seul, mais tout son département est suspect. Nous devons faire comme si tous les chefs de service étaient mouillés dans la conspiration. Comme le soulignait messer Caalador de façon si pittoresque, tous ceux qui ne se sont pas joints à eux ont probablement été défenestrés après avoir refusé.

— Dé-quoi ? releva Mélidéré.

— Défenestrer. Ça veut dire jeter par la fenêtre. D'un étage élevé, en général. Les gens qui souhaitent se débarrasser d'individus politiquement encombrants les poussent rarement par une fenêtre du rez-de-chaussée.

— Nous nous égarons, coupa Ehlana. Sarabian, pourquoi avez-vous raconté à Téovin que Kolata souffrait d'une intoxication alimentaire ?

— Ses sous-fifres n'ont pas besoin de savoir que nous l'assommons pour le compte à coups de drogues.

— Certes non. Mais vous comptez vraiment permettre à Téovin de le voir ?

— Ce serait peut-être aussi bien. Il y a maintenant trois jours que nous tenons ses collaborateurs à distance et je commence à manquer d'arguments. Si nous ne le leur laissons pas rencontrer, ils vont commencer à se douter de quelque chose.

— Vous avez peut-être raison. Aleanne, sois un chou et descends dire aux cuisines qu'on ne drogue pas la nourriture de Kolata, ce soir.

— Qu'on lui donne plutôt un émétique, suggéra Stragen.

— Pour quoi faire ? s'étonna Mélidéré.

— L'empereur Sarabian ayant raconté à l'excellent Téovin que Kolata avait passé la journée à rendre ses tripes, si nous ne voulons pas que les gens accusent Sa Majesté de mentir comme un arracheur de dents, il serait bon que ledit Kolata donne des signes de dérangement gastrique lorsque Téovin viendra le voir demain. D'où l'émétique.

Aleanne partit d'un petit rire en tout point diabolique.

La princesse royale Danaé, assise sur un divan, revêtait Mmrr d'une nouvelle robe de poupée. Aphraël avait remarqué au fil des siècles que les petites filles élènes faisaient souvent cela. Ça n'avait aucun sens pour elle, mais puisque c'était une coutume établie de longue date... Mmrr se débattit et poussa un miaulement si plaintif qu'il eût fallu avoir un cœur de pierre pour ne pas se laisser apitoyer. Il faut croire que la princesse Danaé avait un cœur de pierre.

— Oh, arrête, murmura-t-elle. Je ne vais pas te tuer.

Sa mère, Sarabian et les autres étaient à nouveau réunis dans les appartements royaux, et Stragen tenait le crachoir, selon sa bonne habitude. Danaé aimait bien Stragen, mais il s'écoutait un peu trop parler, ce qu'elle finissait par trouver agaçant.

— Téovin avait raison sur un point, disait-il. Les employés du ministère de l'Intérieur préféraient se laisser mourir sur place plutôt que de détruire un seul bout de papier. Les documents qu'ils ont retirés de ces dossiers se trouvent quelque part dans le bâtiment, et ils nous apprendraient sur la conspiration des choses dont nous n'avons pas idée. Je donnerais mes deux yeux pour les examiner.

— Vous n'y verriez plus grand-chose, Stragen, objecta Mélidéré. Vous feriez mieux de vous mordre la langue.

— Ce n'était qu'une image.

— Il a probablement raison, Majesté, acquiesça

Caalador. Ces documents seraient une vraie mine d'or. Je paierais cher pour y jeter un coup d'œil.

Danaé leva les yeux au ciel.

— Ces Élènes ! soupira-t-elle. Si c'est tellement important, vous n'avez qu'à les lire. Vous avez toutes les nuits que les Dieux font, pour ça. Talen a dit une fois qu'aucune serrure ne vous résistait. Allez-y tous les deux. Mais gardez-vous bien de voler ces papiers : lisez-les, remettez-les soigneusement à leur place et personne ne saura que vous les avez vus.

Caalador et Stragen se regardèrent d'un air penaud.

— Pourquoi n'y avons-nous pas pensé tout seuls ? ronchonna Stragen.

— Je crois avoir déjà répondu à cette question, ironisa Mélidéré. C'est vraiment une bonne idée, Princesse. Ces deux-là ne sont peut-être pas très doués pour réfléchir, mais ce sont sûrement d'excellents cambrioleurs, à en juger par leur air sournois, peu fiable.

— C'est assez vrai, convint Danaé. Là, fit-elle en reposant Mmrr par terre. N'est-ce pas qu'il est mignon comme ça ?

— Je me demande si ces furieux battements de queue ne déparent pas un peu l'effet, commenta Sarabian avec un petit rire indulgent.

— Je vais arranger ça tout de suite, déclara-t-elle avec aplomb. Dis-moi, Mmrr, tu aimerais que je t'attache un gros nœud de velours rose au bout de la queue ? Ce serait beaucoup plus joli quand tu l'agites ainsi.

L'appendice caudal de l'animal s'immobilisa aussitôt.

— J'étais sûr que tu verrais les choses comme moi, approuva Danaé.

— Bon, si nous descendions dans les oubliettes pour la leçon d'escrime de Sa Majesté ? suggéra Stragen. Nous serons occupés à cambrioler certaines maisons, ce soir, Caalador et moi, je pense.

— Et pas seulement ce soir, j'en ai peur, ajouta Caalador. Il y a des siècles que je n'ai grimpé sur un toit.

— C'est comme la natation, Caalador, rétorqua Stragen. Ça ne s'oublie jamais.

— Je préférerais sauter la leçon d'aujourd'hui, messire Stragen, répondit Sarabian. Je suis encore tout courbattu de celle d'hier.

— L'escrime n'est pas comme la natation, Majesté, objecta Stragen. Il faut constamment s'entraîner. Si vous tenez à porter cette rapière, il vaudrait mieux que vous sachiez vous en servir. Dans une situation tendue, ça pourrait vous être utile.

Sarabian poussa un soupir à fendre l'âme.

— Il y a des moments où je voudrais ne jamais avoir entendu parler des Élènes, fit-il d'un ton funèbre.

— C'est Ehlana qui me l'a ordonné, décréta Mirtaï. Elle veut être sûre que personne ne viendra vous déranger.

Elle traversait la pelouse jonchée de documents et se rendait au ministère de l'Intérieur avec les deux voleurs, Engessa et Kring. Tous portaient des justaucorps noirs.

— Mirtaï ! fit Stragen d'un air peiné. Je vous aime comme une sœur, mais on ne s'improvise pas monte-en-l'air.

— Je pense, ami Stragen, que ma bien-aimée s'en

sortira, nota Kring. Je l'ai vue marcher dans un tas de feuilles mortes sans faire un bruit.

— Je n'aime pas ça du tout, gémit Stragen.

— On ne te demande pas d'aimer ça, Stragen-Voleur, répliqua Engessa. Ehlana-Reine a demandé à Mirtaï-Fille de t'accompagner et elle t'accompagnera.

— Merci, Engessa-Père, fit Mirtaï avec un sourire reconnaissant. Il n'est pas toujours facile d'amener les Élènes à admettre la réalité.

— Engessa et moi, nous allons relever les deux chevaliers qui montent la garde sur les documents, annonça Kring. Nous resterons à proximité des bâtiments et nous avons des hommes à nous pas loin. Appelez si quelqu'un vous surprend à l'intérieur. Nous viendrons à la rescousse.

— C'est la première fois qu'un bataillon de soldats me protège pendant que j'entre par effraction dans un bâtiment, nota Caalador. Ça ajoute toute une dimension à l'affaire.

Stragen émit un grognement réprobateur.

— J'appelle ça gâcher le métier. Une bonne partie du plaisir vient du risque que court le voleur.

— C'est une joie que j'ignore, admit Kring. Il faut dire que le cambriolage ne saurait être considéré comme un exploit parmi un peuple qui vit sous la tente. Chez les Péloïs, il suffit d'un couteau bien affûté et l'on entre où l'on veut. Pour mettre un campement à sac, on envoye des hommes disperser les chevaux : pendant que les gens du campement s'efforcent de chasser ces hommes, les pillards ont les coudées franches.

— Le vol avec effraction exige de la discrétion,

remarqua Stragen en souriant. On rôde furtivement la nuit et on grimpe sur des toits. C'est très amusant. Et parfois assez rentable.

— Fais bien attention sur ce toit, Mirtaï, lui conseilla son promis. Je me suis donné beaucoup de mal pour te conquérir, je n'aimerais pas te perdre, maintenant. À propos, ami Stragen, ami Caalador, vous savez que, s'il lui arrivait quelque chose, je vous tuerais tous les deux, n'est-ce pas ?

— Il ne saurait en être autrement, ami Kring, se récria Stragen.

Mirtaï passa tendrement la main sur le crâne rasé de son bien-aimé. Stragen avait remarqué qu'elle faisait souvent ce geste. Il se demanda quel plaisir particulier ce contact pouvait bien lui procurer, et s'il était entré en ligne de compte dans sa décision de l'épouser.

— Tu aurais bien besoin d'un coup de rasoir, fit la géante. Rappelle-le-moi demain matin. Je m'en occuperai.

— Vous aimez vraiment ce petit bonhomme, pas vrai, Mirtaï ? murmura doucement Stragen alors qu'ils se glissaient entre les ombres d'un bosquet, près du ministère de l'Intérieur.

— Kring ? Ce n'est pas un mauvais bougre.

— C'est plutôt tiède, pour une déclaration d'amour.

— La passion est une chose privée. On ne doit pas l'exhiber en public.

— Alors vous éprouvez vraiment quelque chose pour lui ?

— Je ne crois pas que ce soit vos oignons, Stragen.

Une fine couche de brouillard planait juste au-dessus des pelouses de la cité impériale. C'était l'automne, et une brume impalpable montait de la mer de Tamoulie, le soir. La lune ne se lèverait pas avant des heures et, l'un dans l'autre, c'était une nuit parfaite pour un cambriolage.

Caalador était à bout de souffle quand ils atteignirent le mur entourant le ministère de l'Intérieur.

— Je manque d'exercice, murmura-t-il.

— Ton cas est presque aussi désespéré que celui de Platime, répondit Stragen, tout bas, puis il regarda vers le haut en commençant à faire tourner un lourd grappin au bout d'une corde.

Il lui fit décrire des cercles de plus en plus larges en lâchant un peu de corde à chaque tour et il le lança enfin par-dessus le mur. Un bruit métallique se fit entendre alors qu'il heurtait des pierres. Il exerça quelques tractions sur la corde pour bien enfoncer les pointes et s'accroupit dans l'herbe.

— On y va ? demanda Mirtaï.

— Pas encore. Quelqu'un aurait pu entendre quelque chose et nous allons attendre que sa curiosité soit retombée.

— Quand on monte la garde de nuit et qu'on entend du bruit, on n'a pas très envie de venir voir de quoi il retourne, expliqua Caalador. Si j'en crois mon expérience personnelle, on pense généralement qu'une garde silencieuse est une bonne garde, et l'on ne se donne pas trop de mal pour tirer les choses au clair. Tant que personne ne fait cramer la paillote, on fait généralement preuve d'une curiosité modérée. Et puis, ajouta-t-il, c'est un travail qui donne soif et, après un ou deux cruchons, on n'entend plus grand-chose. Tu veux essayer le plancher des vaches, avant de monter sur le toit ? demanda-t-il à Stragen.

— Non, décida Stragen. Quand on ferme un bâtiment, on vérifie toujours deux fois toutes les issues du rez-de-chaussée, et les gardes passent les heures creuses de la nuit à secouer les poignées de portes au ras du sol. Je préfère toujours les greniers, en ce qui me concerne.

— Et si toutes les fenêtres du grenier sont fermées, elles aussi ? demanda Mirtaï.

— Facile : on en cassera une, répondit-il avec une moue désinvolte. Le bâtiment est assez haut pour qu'une vitre cassée ne soit pas très visible du sol.

— Tâche de faire ça discrètement, tout de même, objecta Caalador. Il se pourrait que nous soyons obligés de revenir toutes les nuits pendant les prochaines semaines. C'est une grande bâtisse.

— Je crois qu'on peut y aller, fit Stragen en se relevant.

Il jeta un coup d'œil alentour. Le brouillard s'épaississait sensiblement. Il tira plusieurs fois sur la corde pour s'assurer que le grappin était bien accroché et commença à grimper.

— À vous, mon petit chou, fit tout bas Caalador à Mirtaï.

— Pourquoi m'appelez-vous comme ça ?

— Bah, ce n'est qu'un petit terme d'amitié. Rien de personnel, n'allez pas vous plaindre auprès de votre chéri. C'est un bon gars, mais je le trouve très chatouilleux dès que vous êtes concernée.

— Ça, c'est sûr, convint Mirtaï.

Elle grimpa rapidement à la corde et rejoignit Stragen en haut du mur.

— Et maintenant ? demanda-t-elle.

— On attend Caalador, on va jusqu'au toit et on inspecte les fenêtres des mansardes.

— Vous aurez de nouveau besoin du grappin ?

Il acquiesça d'un hochement de tête.

— Les voleurs ont du sang de singe dans les veines, pas vrai ?

— Nous préférons dire que nous sommes agiles. Bon : en cas de mauvaise rencontre, essayons d'abord de nous cacher. Si ça ne marche pas, un coup sur la tête. Caalador a une outre de vin à vider sur le type. L'odeur devrait nuire à sa crédibilité quand il se réveillera. Essayons de ne tuer personne. Le nettoyage des saletés demande un temps fou et il faudrait emmener le corps en partant. Ce n'est pas un casse ordinaire ; personne ne doit savoir que nous sommes passés par ici.

— Vous répétez des évidences, Stragen.

— J'ai vu de quoi vous étiez capable, mon cœur. Si vous tuez quelqu'un, tâchez de faire en sorte que le sang reste à l'intérieur. Je ne veux pas que le lever du soleil me surprenne ici en train de passer la serpillère.

— Pourquoi êtes-vous si affectueux, ce soir, tous les deux ?

— Pardon ?

— Caalador m'appelle son petit chou depuis tout à l'heure et vous venez de me dire « mon cœur ». Est-ce que ça a une signification particulière ?

Il eut un petit ricanement.

— Une bande de voleurs est un groupe assez uni, Mirtaï. La vie de chacun dépend de tous les autres. Ça crée des liens affectifs forts. Qui durent le plus souvent jusqu'au partage du butin. C'est là que les choses se gâtent, généralement.

— Attendons d'être fin prêts avant de faire un mouvement ostensible, Sarabian, conseilla Ehlana. On sait, au ministère de l'intérieur, que nous mijotons quelque chose, mais nous devons faire comme si de rien n'était. L'approche standard consiste à mettre tous ses pions en place avant de commencer à publier des proclamations et à démanteler des branches entière du gouvernement.

Debout sur les remparts, ils contemplaient la cité, alors que le soleil dissipait l'épais brouillard qui masquait le sol.

— Pas mal, hein ? observa-t-il. La couleur du brouillard s'assortit bien avec le mauve des murailles et des dômes, je trouve.

— C'est vraiment une belle ville.

— Habitée par des gens pas si beaux. Que vais-je faire de la police quand j'aurai dissous le ministère de l'Intérieur ?

— Vous serez probablement obligé de déclarer la loi martiale.

Il tiqua.

— Les Atans ne vont pas me valoir que des amis, j'en ai peur. Ils ont parfois une conception assez simpliste de la justice.

— Nous ne sommes pas candidats aux élections,

Sarabian. Ça nous permet de faire des choses impopulaires.

— Jusqu'à un certain point, seulement. Je dois vivre avec les grandes maisons de Tamoulie, et elles me cassent les oreilles avec leurs récriminations au sujet de leurs fils et de leurs frères qui sont morts ou ont été estropiés quand les Atans ont écrasé la révolte.

— C'étaient des traîtres, non ?

— Non, soupira-t-il. Probablement pas. La noblesse tamoule élève ses enfants dans du coton, et Mathérion est une capitale politique. On trouve normal, quand de jeunes Tamouls entrent à l'Université, qu'ils s'engagent dans la politique. Une politique des plus radicales, généralement. Le rang, la position de la famille empêchent que leurs excès d'enthousiasme juvénile aient pour eux des conséquences fâcheuses. J'étais anarchiste, au temps de ma folle jeunesse. J'ai mené des manifestations contre le gouvernement de mon père. Je me faisais arrêter une fois par semaine en moyenne, ajouta-t-il avec un pauvre sourire. Mais je pouvais traiter mon père de tous les noms, jamais on ne m'aurait jeté aux oubliettes. J'avais beau faire, la police n'était vraiment pas coopérative.

— Et pourquoi, au nom du ciel, vouliez-vous qu'on vous flanque aux oubliettes ? demanda-t-elle en riant.

— Les jeunes Tamoules sont terriblement impressionnées par les martyres politiques. J'aurais fait des ravages dans la population féminine si j'avais réussi à me faire emprisonner pendant quelques jours.

— Je croyais qu'on vous avait marié au berceau,

dit-elle. Est-il bien correct pour un homme marié de songer à briser des cœurs ?

— Nous avons renoncé à nous parler pendant une dizaine d'années, ma première femme et moi, quand nous étions plus jeunes, et la tradition qui m'oblige à prendre huit autres épouses rend assez risible la notion de fidélité. Je me demande si Caalador accepterait un poste au gouvernement, fit-il abruptement, d'un ton songeur.

— Vous pourriez faire un plus mauvais choix. J'ai un homme appelé Platime dans mon gouvernement, et c'est un escroc plus redoutable que Caalador.

Elle repéra Mirtaï qui approchait le long des remparts.

— Vous avez fait bonne pêche ? demanda-t-elle.

— Difficile à dire, répondit la géante avec un haussement d'épaules. Nous sommes entrés assez facilement, mais nous n'avons pas trouvé ce que nous cherchions. Stragen et Caalador sont allés à l'Université discuter avec certains érudits.

— Seraient-ils soudain affamés de culture ? demanda Sarabian d'un ton léger.

— Y a peu de chance, mon p'tit chou, répondit Mirtaï.

— Mon petit chou ? releva-t-il, stupéfait.

— Ben, c'est ce que vous êtes, pas vrai, répondit la géante à la peau dorée en lui caressant doucement la joue. J'ai découvert ce soir que les conspirateurs, voleurs et autres canailles étaient censés se comporter avec beaucoup d'affection les uns envers les autres. Vous conspirez avec nous pour renverser la police, alors vous faites partie de la famille, maintenant. Stragen veut s'entretenir avec des spécialistes de l'architecture. Il croit qu'il y a des pièces et des passages secrets au ministère de l'Intérieur. Il espère que les plans originaux du bâtiment sont conservés dans une bibliothèque. V'là c'qu'y sont partis faire, mon p'tit cœur, ajouta-t-elle en jetant un coup d'œil oblique à l'empereur.

— Vous êtes vraiment sûr de vouloir enrôler Caalador dans votre gouvernement, Sarabian ? demanda Ehlana. Son dialecte a l'air contagieux. D'ici un an ou deux, tout le monde dans la cité impériale parlera comme un parfait péquenaud et vous appelera mon chou.

— Oh, ça vaut bien certains des noms dont on m'a baptisé ces derniers temps...

9

Émouchet et ses amis quittèrent Cyron tôt le lendemain matin et prirent vers l'est à travers d'immenses champs de blé dorés qui descendaient vers la vaste vallée où la Pela et l'Edek se rejoignaient, à la frontière entre l'Édom et la Cynesga.

Émouchet menait la marche, Flûte nichée dans ses bras. La petite fille était inhabituellement calme, ce matin-là. Au bout de quelques heures de route, il se pencha sur elle. Elle avait le regard vide, inexpressif.

— Il y a quelque chose qui ne va pas ? demanda-t-il.

— Je suis occupée, répliqua-t-elle sèchement.

— Écoute, Aphraël, nous arrivons à la frontière. Tu ne crois pas que nous devrions...

— Fiche-moi la paix, grogna-t-elle en enfouissant son front dans la poitrine du grand Pandion.

— Qu'y a-t-il, Émouchet ? demanda Séphrénia en amenant Ch'iel près de Faran.

— Aphraël ne veut pas me parler.

— Laisse-la tranquille, Émouchet. Elle n'est pas là pour le moment.

— La frontière est droit devant nous, Séphrénia. Tu crois que nous pouvons nous permettre de perdre une demi-journée à tenter de la franchir ?

— Il faudra bien. Allez, donne-la-moi.

Il souleva la petite fille, semi-comateuse, et la déposa dans les bras de sa sœur.

— Je pourrais nous emmener de l'autre côté de la frontière sans son aide. Je sais comment m'y prendre, maintenant.

— Non, Émouchet. Tu n'es pas prêt à le faire tout seul et ce n'est guère le moment de tenter des expériences. Nous devons passer la frontière. Personne ne peut dire combien de temps Aphraël va être occupée.

— J'espère qu'il n'y a rien de grave. Qu'Ehlana n'est pas en danger, je veux dire.

— Je n'en sais rien, et je ne vais pas déranger Aphraël en ce moment pour le lui demander. Danaé s'occupera de sa mère. Fais-lui confiance.

— Confiance... Tu en parles à ton aise. Je n'arrive pas à me faire à l'idée qu'elles sont trois. Aphraël, Flûte et Danaé sont une seule et unique personne, et pourtant elles peuvent être en deux endroits à la fois, ou même trois, pour ce que j'en sais, et faire deux ou trois choses différentes en même temps. Ça ne t'ennuie pas, ne serait-ce qu'un tout petit peu ?

— Ça ne t'ennuie pas, que ton Dieu élène soit censé connaître les pensées de tout le monde en même temps sur la planète ? Eh bien, dis-toi que c'est du pareil au même.

— C'est un Dieu, Séphrénia.

— Elle aussi, Émouchet.

— Je ne sais pas, mais ça ne me fait pas la même impression.

— C'est pourtant la même chose. Dis aux autres que nous allons être obligés de traverser la frontière tout seuls.

— Ils voudront savoir pourquoi.

— Raconte-leur n'importe quoi. Dieu te pardonnera – enfin, l'un d'entre eux trouvera bien le moyen de t'absoudre.

— On ne peut pas te parler quand tu es comme ça.

— Eh bien, ne me parle pas. Je préférerais d'ailleurs que tu me fiches la paix, en ce moment.

— Il y a quelque chose qui ne va pas ?

— Je suis un peu perturbée depuis que tu as dispersé ce nuage et qu'il s'est mis à jurer en styrique.

— Je l'ai remarqué, moi aussi. Tu crois que c'est important ?

— En quelle langue jures-tu, quand tu te cognes le gros orteil ? En élène, évidemment. C'est ta langue maternelle. De là à penser que le styrique pourrait être la langue maternelle de celui qui suscite cette ombre...

— Je n'y avais pas réfléchi. Mais j'imagine que c'est possible.

— Eh bien, ça m'ennuie beaucoup, Émouchet. Ça m'amène à imaginer toutes sortes de choses désagréables.

— Par exemple ?

— Eh bien, que notre ennemi pourrait être assisté par un Styrique, et pas n'importe lequel. Le sortilège requis pour produire cette ombre est très sophistiqué. Je doute qu'il y ait plus de huit ou dix individus dans tout le Styricum qui le maîtrisent, et je connais chacun d'eux personnellement. Ce sont des amis. Ce n'est pas une idée agréable. Alors si tu allais enquiquiner quelqu'un d'autre pendant que je réfléchis à tout ça ?

Émouchet laissa tomber et remonta la colonne.

— Il y a un petit changement de programme, annonça-t-il à ses compagnons. Aphraël est occupée, pour le moment, aussi allons-nous être obligés de passer la frontière.

— Que fait-elle ? demanda Bévier.

— Tu n'aimerais pas le savoir, Bévier, crois-moi. Surtout toi. Tu n'aimerais pas ça du tout.

— Elle fait un de ses trucs de Dieux ? avança Talen.

— Talen, gronda Bévier. On ne dit pas des trucs de Dieux, mais des miracles.

— C'est le mot que je cherchais ! répondit Talen en claquant des doigts.

— Les passages en douane sont toujours une corvée, nota Vanion en fronçant le sourcil, mais les Cynesgans ont la réputation d'être particulièrement pénibles. Il leur faut des journées entières pour négocier un pot-de-vin.

— Les haches sont précisément faites pour éliminer les objets encombrants, messire Vanion, tonna Ulath. Les broussailles, les arbres, les fonctionnaires tatillons, tout ça.

— Inutile de provoquer un incident diplomatique, objecta Vanion. D'autant que j'ai un sauf-conduit impérial signé de Sarabian qui devrait nous permettre de passer la frontière sans perdre trop de temps.

La frontière entre l'Édom et la Cynesga était matérialisée par la Pela. À l'autre bout du pont enjambant la rivière se dressait un bâtiment mastoc flanqué d'un enclos à chevaux.

Vanion traversa le pont à la tête de la colonne et s'arrêta devant la barrière, du côté cynesgan, où les attendaient un certain nombre d'hommes armés, vêtus d'étranges robes flottantes et coiffés d'une bande de tissu enroulée autour de la tête.

Le sauf-conduit impérial que leur présenta Vanion ne leur facilita pas le passage. Au contraire.

— Qu'est-ce qui me prouve que c'est bien la signature de Sa Majesté ? demanda le capitaine cynesgan d'un ton suspicieux.

C'était un homme au teint basané, vêtu d'une ample robe à rayures noir et blanc, qui parlait tamoul avec un accent à couper au couteau.

— Et qu'est-ce qui vous prouve que ce n'est pas sa signature ? répliqua sèchement Émouchet. Les Atans prennent très mal qu'on désobéisse aux ordres de Sa Majesté.

— Imiter la signature de l'empereur est un crime puni de mort, rétorqua le capitaine d'un ton menaçant.

— C'est ce qu'on dit, grinça Vanion. C'est la peine de mort aussi pour ceux qui ignorent ses ordres. Je dirais que l'un de nous va avoir des problèmes.

Le capitaine le prit de haut.

— Mes hommes vont fouiller vos bagages à la recherche d'objets de contrebande. Je vais réfléchir pendant qu'ils exécutent leurs instructions.

— C'est ça, lâcha hargneusement Émouchet. N'oubliez pas qu'une mauvaise décision à ce sujet pourrait avoir un impact négatif sur votre carrière.

— Je ne vois pas ce que vous voulez dire.

— Un homme sans tête a peu de chance de monter en grade.

— Je n'ai rien à craindre, décréta le capitaine. J'obéis aux ordres de mon gouvernement.

— Et les Atans qui vont vous couper la tête suivront aveuglément les ordres du leur. Je suis sûr que tous les protagonistes de cette histoire seront très réconfortés d'avoir observé le règlement à la lettre.

Émouchet et Vanion tournèrent le dos au capitaine vétilleux et rejoignirent leurs compagnons.

— Alors ? demanda Séphrénia.

— Alors la voix de l'empereur semble ne pas porter jusqu'ici, répondit Vanion. Le collègue en peignoir de bain a un recueil de lois épais comme ça, et il va toutes les appliquer, les unes après les autres, pour nous retarder.

— Vous avez essayé de lui graisser les pattes ? demanda Ulath.

— Il m'a paru rigoureusement imperméable à toute proposition de cet ordre, répondit Vanion en haussant les épaules.

— C'est très inhabituel, nota Kalten. Le dessous de table est la première chose qui vient à l'esprit de tout fonctionnaire normalement constitué. Il s'efforcerait de nous retarder jusqu'à l'arrivée des renforts qu'il ne s'y prendrait pas autrement.

— Ils sont probablement déjà en route, ajouta Ulath. Qu'attendons-nous pour prendre les mesures qui s'imposent ?

— Ce ne sont là que des suppositions, messieurs, protesta Séphrénia. Ça vous démange d'infliger des tourments élènes à ces douaniers, c'est tout.

— Tu as envie de faire des élèneries à des gens, toi ? demanda Kalten en regardant innocemment Ulath.

— L'éventualité de procéder à quelques élénismes constructifs m'avait effleurée bien avant notre arrivée ici.

— Ce n'est pas la soif de sang qui nous motive, petite mère, dit Vanion à la femme de son cœur.

— Non, vraiment ?

— La situation est encore gérable, mais si un millier de cavaliers cynesgans nous tombent dessus, elle risque de ne plus l'être. C'est à moi qu'il appartient d'en décider, Séphrénia, fit-il en levant la main pour prévenir ses objections. Enfin, à Émouchet, puisque c'est lui le précepteur, maintenant.

— Par intérim, précisa Émouchet.

— Tu aurais aimé prendre toi-même la décision,

peut-être, Émouchet ? riposta Vanion, qui supportait mal qu'on le reprenne.

— Non, non, tu t'en tires très bien, Vanion.

— Alors tu me feras peut-être la grâce de te taire ? C'est une décision militaire, Séphrénia, aussi te demanderai-je – respectueusement, bien sûr – de ne pas fourrer ton joli petit nez là-dedans.

Elle articula un vilain mot en styrique.

— Moi aussi, je t'aime, répondit-il sans broncher. Bien, messieurs, nous allons nous rapprocher discrètement de nos chevaux et faire connaître aux hommes qui fouillent nos sacs de selles certaines des choses élènes qu'évoquait messire Ulath. Puis nous allons mettre en déroute les chevaux qui sont dans le corral et reprendre notre route.

Le capitaine avait une vingtaine d'hommes sous ses ordres. Leur arme de prédilection semblait être la lance, mais ils portaient une sorte de cuirasse rudimentaire et des cimeterres à la ceinture.

— Excusez-moi un instant, mon ami, fit plaisamment Ulath à l'homme qui fouillait ses fontes. Je vais avoir besoin de cet objet pendant quelques instants.

Il tendit la main vers la hache de guerre attachée au pommeau de sa selle.

— Pour quoi faire ? demanda le Cynesgan d'un air méfiant, dans un tamoul rudimentaire.

— Il y a quelque chose qui m'embête, répondit Ulath en souriant. Et je veux m'en débarrasser.

Il souleva sa hache de son étui, testa le fil avec son pouce et décervela le gabelou d'un seul coup.

Le combat autour des chevaux fut bref, et s'acheva

comme prévu. Les douaniers n'ont jamais été doués pour le combat.

— Qu'est-ce que tu fais ? beugla Émouchet en voyant que Talen retirait sa rapière du corps de l'un des Cynesgans.

— Stragen m'a donné des leçons, répondit Talen. Je voulais juste vérifier s'il savait de quoi il parlait. Attention, derrière vous !

Émouchet fit volte-face, détourna la lance d'un garde qui fonçait sur lui et le coupa en deux par le milieu. Il se retourna juste au moment où Talen parait un second assaut, déviant la lame incurvée de son adversaire, après quoi il fit un bond qui prit l'autre au dépourvu et l'embrocha.

— Pas mal, hein ? fit-il avec un sourire fiérot.

— Cesse de faire de l'esbroufe et ne mets pas si longtemps à récupérer quand tu as frappé. Tu prends des risques inutiles avec toutes ces poses.

— J'écoute et j'obéis, ô Maître vénéré.

L'escarmouche prit fin abruptement alors que le capitaine hurlait : « Vous êtes tous en état d'arrestation ! » Il s'interrompit net, Bévier lui ayant froidement fait voler la tête dans les airs d'un revers de hache.

— Lâchez vos armes ! rugit Ulath à l'intention des rares survivants. Rendez-vous ou vous êtes morts !

Deux des gardes avaient eu le temps de monter en selle et de s'enfuir au galop vers l'est. L'un d'eux se raidit et vida les étriers au bout d'une cinquantaine de toises, une des flèches de Bérit dépassant d'entre ses omoplates. L'autre parcourut une certaine distance en cravachant désespérément sa monture. Puis il tomba lui aussi, accompagné par le *chtong* musical de l'arbalète de Khalad.

— Joli, commenta Bérit.

— Pas mal, approuva modestement Khalad.

Les autres Cynesgans lâchaient leurs armes.

— Tu t'es bien battu, Émouchet, commenta Vanion.

— J'ai eu un bon professeur. Kalten, ligote-les et mets leurs chevaux en fuite.

— Pourquoi moi ?

— Parce que je t'ai sous la main, et pour une tout autre raison, également.

— Je n'ai pas rompu mon serment.

— Non, mais tu y pensais.

— De quoi s'agit-il ? demanda Vanion.

— Une histoire de femme, répondit Émouchet d'un petit ton badin. Et quel homme d'honneur débattrait de ce genre de chose sur la place publique ?

— Que fais-tu ? demanda sèchement Aphraël.

Assise sur les genoux de Séphrénia, elle avait levé la tête et regardait Émouchet d'un air soupçonneux.

— Tu es revenue parmi nous ? demanda-t-il.

— Il faut croire. Qu'est-ce que tu fais ?

— Il y a eu un incident de frontière, et nous sommes probablement suivis ; ou plutôt poursuivis.

— Je ne peux pas te laisser seul une minute, hein ?

— Nous n'avions pas tellement le choix. Bon, si tu as fini ce que tu faisais, la ville d'Edek se trouve droit devant nous, et nous avons probablement une brigade de soldats cynesgans aux trousses. Tu ne pourrais pas accélérer un peu notre allure ?

— Pourquoi ne le fais-tu pas toi-même ? Tu en es capable, maintenant.

— Séphrénia me l'interdit.

— Il a le chic pour se laisser distraire au moment critique, expliqua Séphrénia. Je ne tiens pas à ce qu'il nous envoie sur la Lune.

— Je vois ce que tu veux dire, approuva la petite fille. Si nous allions tout droit à Cynestra, Émouchet ? Il n'y a rien d'intéressant, ici.

— Ils nous attendaient à la frontière. Notre ami a manifestement prévenu tout le monde de notre arrivée. Nous pouvons être sûrs d'avoir droit à un joli comité d'accueil à Cynestra, et je n'ai pas envie de tomber tête baissée dans un traquenard.

— Disons que c'est une préoccupation louable. Dans une certaine mesure.

— Comment va ta mère ?

— Elle s'amuse comme une petite folle. La situation politique à Mathérion est un vrai marigot, et tu sais combien ma mère aime la politique.

— Je suis bien content qu'elle en profite. Il faudra que tu la mettes au courant, pour nous, mais passons d'abord l'Edek et débarrassons-nous de ces Cynesgans. Je n'aime pas savoir que des gens claquent des dents sur mes talons.

— Ordonne la halte et regardons la carte de Vanion. Je voudrais être sûre de savoir où nous allons, cette fois.

— Je ne m'y habituerai jamais, fit Kalten en frissonnant après qu'ils eurent parcouru cinquante lieues de désert nu comme le dos de la main en un instant de flou grisâtre.

— Cette carte n'est pas très précise, Vanion, remarqua Aphraël d'un ton critique. Nous visions un point situé de l'autre côté de ce pic, ajouta-t-elle en indiquant une aiguille rocheuse qui se dressait sur l'horizon.

— Va dire ça à celui qui l'a tracée, rétorqua Vanion, vexé. Et puis, quelle importance ? Nous sommes arrivés à quelques lieues à peine de l'endroit où nous voulions aller.

— Tu aurais senti la différence si nous nous étions retrouvés au fond d'un lac, répliqua-t-elle sèchement.

Vanion regarda vers l'ouest, par-dessus son épaule.

— Le soleil ne va pas tarder à se coucher. Quittons la route pour établir le campement et nous pourrons débattre tranquillement du problème.

Émouchet réprima un sourire. Il avait beau soutenir mordicus qu'il n'était plus précepteur des chevaliers pandions, Vanion reprenait automatiquement la direction des opérations et devait faire un effort pour se rappeler ce qu'il croyait être son nouveau statut. Émouchet s'en fichait, au fond. Il avait l'habitude d'obéir aux ordres de Vanion, et le fait que son ami assume l'autorité le soulageait du fardeau que représente tout commandement.

Ils parcoururent encore quelques lieues dans le désert et s'arrêtèrent pour la nuit dans le lit à sec d'un cours d'eau, derrière un chaos de rochers battus par des siècles d'intempéries. Contrairement au désert du Rendor, qui était essentiellement sablonneux, la Cynesga était une étendue de gravier couleur de rouille, cuite et recuite par le soleil, où rien ne poussait. Les dunes de sable du Rendor donnaient au moins l'illusion de la vie. La Cynesga était le royaume de la mort. Des pics acérés, sans un arbre, griffaient désespérément le ciel, et l'immense étendue de pierre et de gravier n'était interrompue que par des plaques blanches de dépôts alcalins.

— Sale coin, grommela Ulath en balayant les environs du regard.

Il était habitué aux arbres et aux montagnes coiffées de neige.

— Je suis désolé que tu n'aimes pas ça, ironisa Kalten. Je pensais te le vendre.

— Je n'en voudrais pas même si on me le donnait.

— Allons, il faut voir les choses du bon côté : il ne pleut presque jamais, ici.

— Je pense que c'est justement le problème.

— Mais le gibier est abondant : il y a des serpents, des lézards, des scorpions et des tas d'autres animaux sauvages.

— Apprécierais-tu le rôti de scorpion rôti ?

— Euh... non, merci.

— Bon, alors je vais économiser mes flèches.

— À propos de manger...

— Ah, parce que nous parlions de manger ?

— C'est un sujet qui revient de temps en temps. Tu connais un moyen de faire brûler des pierres ?

— Pas comme ça, non. Il faudrait que j'y réfléchisse.

— Eh bien, je suis volontaire pour préparer le dîner.

Je n'ai pas vu un rameau, une brindille ou une feuille sèche à des lieues à la ronde, aussi est-il hors de question de faire du feu. Enfin, manger froid n'a jamais fait de mal à personne.

— Nous pourrons nous passer de feu, confirma Vanion. Mais il faudrait que nous trouvions de l'eau pour les chevaux.

— Nous allons arranger ça, Aphraël et moi, assura Séphrénia.

— Parfait. Il se pourrait que nous restions une journée ici. Émouchet et Aphraël vont régler ce petit problème de précision avec le Bhelliom. Ça va prendre longtemps ? demanda-t-il en regardant la Déesse-Enfant.

— Je n'en sais rien, Vanion. Personnellement, je prends toujours le terrain environnant comme point de référence. Le Bhelliom s'y prend tout autrement. Il va falloir que nous apprenions, Émouchet et moi, comment il fonctionne ou que nous lui fassions comprendre ce que nous attendons de lui. Il se peut que ça revienne à peu près au même, c'est-à-dire que ce soit aussi compliqué dans un cas que dans l'autre. Bon, Vanion, pouvons-nous nous estimer à peu près en sécurité, ici ?

— Les anneaux étant protégés, je ne vois pas qui pourrait soupçonner notre présence ici, répondit Vanion en grattouillant sa courte barbe argentée. Il se peut que quelqu'un tombe sur nous par hasard, mais on ne viendra pas nous chercher sciemment. Oui, je dirais donc que nous sommes en sûreté.

— Parfait. Nous avons donc un peu de temps devant nous. Nous allons en profiter pour permettre à Émouchet et au Bhelliom de faire plus ample connaissance. Quelques erreurs et faux départ ne risquent pas de poser problème tout de suite, alors qu'ils pourraient se révéler désastreux en cas d'urgence.

Séphrénia ne leur dit pas d'où venait l'eau qu'ils burent le lendemain matin, mais elle était d'un froid glacial et avait un goût de neige fondue. Elle clapotait d'une façon fort appétissante dans un petit bassin ombragé par un rocher rouge, et sa seule présence contribua à détendre l'atmosphère. L'eau est toujours un gros sujet de préoccupation dans le désert.

Flûte entraîna Émouchet, Khalad et Talen un peu à l'écart dans la vaste plaine caillouteuse pour commencer l'entraînement.

— Il va faire chaud d'ici peu, se plaignit Talen.

— C'est probable, en effet, approuva la petite fille.

— Tu as vraiment besoin de nous, Khalad et moi ?

— Vanion souhaite que les chevaliers restent ici, avec lui, pour le cas où quelqu'un tomberait sur notre campement.

— Ce n'est pas ce que je te demande : pourquoi veux-tu que nous venions avec toi ?

— Pour qu'Émouchet ait des gens et des chevaux à transporter. Il ne s'agit pas de trimballer des sacs de sable d'un point à un autre, tu comprends. Bon, Émouchet, tu vas demander au Bhelliom de nous emmener jusqu'à cette oasis, ici, fit-elle en indiquant un point sur la carte de Vanion.

— À quoi est-ce que ça ressemble ? demanda-t-il.

— Comment le saurais-je ? Je n'y ai jamais mis les pieds.

— Tu ne me donnes qu'un nom, Aphraël. Pourquoi ne pas répéter la manœuvre qui nous a conduits de Jorsan à Korvan, et dans tous les autres endroits où nous sommes allés ensuite pour semer notre ami ? Tu n'as qu'à dire au Bhelliom où tu veux qu'il t'emmène et je lui dirai de le faire.

— Je ne serai peut-être pas toujours là, Émouchet. L'idée est de vous entraîner, le Bhelliom et toi, à vous passer de moi.

— Bon, mais un nom... Ce n'est qu'un maigre indice, tu sais.

— Il doit y avoir des arbres, Émouchet, intervint Khalad. Partout où il y a de l'eau, il y a des arbres.

— Et sûrement des maisons, ajouta Talen. Il y a forcément des gens, l'eau est si rare en Cynesga.

— Voyons la carte, reprit Émouchet. Bon, dit-il après l'avoir examinée attentivement pendant un moment. On va bien voir...

Il souleva le capot de sa bague et appliqua l'anneau sur le couvercle de la cassette d'or.

— Ouvre-toi ! dit-il. Puis il passa l'autre anneau à son doigt et sortit le Bhelliom : c'est encore moi, lui dit-il.

— C'est ridicule, Émouchet ! protesta Aphraël.

— Il se pourrait, un jour, que je n'aie pas de temps à perdre en formalités, répliqua-t-il, puis il imagina une oasis dans le désert et se concentra sur cette image : un petit lac alimenté par un puits artésien, entouré de palmiers et de maisons blanches au toit plat. Emmène-nous là, Rose bleue, dit-il.

Il y eut un moment de flou, puis les choses retrouvèrent leur netteté : l'oasis était là, exactement comme il l'avait imaginée.

— Tu vois, Émouchet, fit Aphraël d'un petit ton supérieur. Ce n'était pas si difficile, après tout.

— Ça pourrait marcher, en fin de compte, répondit Émouchet en riant.

— Si on allait demander, dans l'une de ces maisons, le nom de cet endroit ? suggéra Khalad.

— C'est Zhubay, Khalad, lui assura Flûte. C'est là que nous voulions aller, et c'est là que nous sommes.

— Ça ne peut pas faire de mal de s'en assurer, répondit innocemment Talen en talonnant son cheval.

Il revint quelques minutes plus tard et demanda à voir la carte.

— Pourquoi ? demanda sèchement Flûte. Nous sommes à Zhubay, près de la frontière avec l'Atan.

— Non, ô Divine. Pas du tout, objecta le gamin en examinant la carte pendant plusieurs minutes. Ah, voilà ! fit-il enfin. Nous sommes là, à Vigayo, près de la frontière sud entre la Cynesga et l'Arjuna. Tu as raté ta cible de trois cents bonnes lieues, Émouchet.

— À quoi pensais-tu ? demanda Aphraël.

— À ce que disait Khalad : des arbres, un lac, des maisons blanches ; exactement ce qui est en face de nous.

— Bon, qu'est-ce qu'on fait ? demanda Talen. On retourne à notre point de départ et on fait un nouvel essai ?

Aphraël secoua la tête.

— Le Bhelliom et les anneaux sont à découvert. Inutile de mettre Vanion, Séphrénia et les autres en danger en y retournant trop souvent. Pose-moi par terre, Émouchet ; il faut que je réfléchisse.

Elle resta un moment plantée au bord de l'oasis, à lancer des cailloux dans l'eau, puis elle revint avec une expression dubitative. Émouchet la prit dans ses bras et la remit en selle.

— Eh bien ? demanda-t-il.

— Emmène-nous à Zhubay, Émouchet, dit-elle fermement.

— Montre-moi la carte, Khalad.

— Non, objecta fermement Aphraël. Fiche-nous la paix avec cette carte. Dis au Bhelliom de nous emmener à Zhubay.

— Mais bien sûr ! s'exclama Khalad en claquant des doigts. Pourquoi n'y avons-nous pas pensé plus tôt ?

— Pensé à quoi ? demanda Émouchet.

— Essayez, messire, fit Khalad avec un grand sourire. Vous pourriez être surpris.

— Si nous nous retrouvons sur la Lune, vous risquez d'avoir des ennuis, tous les deux, menaça Émouchet.

— Essaye, un point c'est tout, Émouchet, soupira Flûte.

— Rose bleue ! Emmène-nous à Zhubay, ordonna Émouchet sans grande conviction.

Tout se brouilla à nouveau, et quand les choses redevinrent nettes, ils distinguèrent devant eux une oasis assez différente de la précédente.

— C'est probablement inutile, dit Khalad, mais il vaudrait peut-être mieux demander quand même. Juste pour être sûr.

Talen alla faire un petit tour dans l'oasis et se renseigna auprès d'une vieille femme qui sortait d'une maison. Il revint avec un grand sourire.

— Zhubay, annonça-t-il.

— Comment le Bhelliom a-t-il trouvé l'endroit à partir de son seul nom ? s'émerveilla Émouchet. Il ne l'avait sans doute jamais entendu auparavant.

— Mais les gens qui vivent ici le connaissent, répondit Khalad en haussant les épaules. Le nom de Zhubay plane, en quelque sorte, dans leur esprit, il n'en fallait pas davantage au Bhelliom. C'est plus ou moins comme ça que ça marche, non, Flûte ?

— Exactement. Émouchet n'a qu'à dire le nom de l'endroit où il veut aller, le Bhelliom le trouvera et nous y emmènera.

— Est-ce bien certain ? fit Talen d'un ton dubitatif. Ça me paraît un peu trop beau pour être vrai.

— Il y a un moyen de le savoir. Emmène-nous à Ahkan, Émouchet.

— Où est-ce ? Dans quel royaume, je veux dire.

— Tu n'as pas besoin de le savoir. Emmène-nous là-bas, c'est tout.

Ahkan était une ville située quelque part dans les montagnes – des montagnes aux flancs couverts de pins et couronnées de neige.

— De mieux en mieux, commenta Flûte avec allégresse.

— Où sommes-nous ? demanda Talen en parcourant

les environs du regard. Ce n'est pas la Cynesga, c'est sûr, alors où sommes-nous ?

— Qu'est-ce que ça peut faire ? répliqua Flûte en haussant les épaules. Torrelta, Émouchet.

Il neigeait à Torrelta. Un vent furieux soufflait sur une mer d'étain fondu, faisant tourbillonner les flocons. Les bâtiments indistincts dans le blizzard semblaient faits de rondins grossièrement équarris.

— Il n'y a pas de limite ! s'exclama Flûte. Nous pouvons aller partout !

— Très bien, fit fermement Émouchet. Où sommes-nous, au juste ?

— Ça n'a aucune importance. Retournons à notre point de départ.

— Avec plaisir, acquiesça-t-il plaisamment. Dès que tu nous auras dit où nous sommes.

— J'ai froid, Émouchet. Je ne suis pas équipée pour survivre dans le blizzard !

— Il fait bien chaud en Cynesga, approuva-t-il. Et nous allons y retourner tout de suite. Dès que tu m'auras dit où nous sommes.

Elle articula un vilain mot, mais finit par céder.

— Torrelta est sur la côte nord de l'Astel, Émouchet. C'est presque l'hiver, en ce moment.

Il regarda autour de lui avec une feinte surprise.

— On dirait bien, en effet. C'est stupéfiant, non ?

Il revit la plaine caillouteuse près du cours d'eau à sec où ils avaient bivouaqué la veille au soir, en chercha le nom pendant un moment, puis se souvint de la bourde qu'il avait commise lors de leur premier déplacement.

— Tiens le coffret ouvert, Khalad, lui ordonna-t-il.

J'y remettrai le Bhelliom et la bague d'Ehlana dès que nous serons arrivés. Emmène-nous là-bas, Rose bleue ! ordonna-t-il.

— Où étiez-vous passés ? demanda. Séphrénia.

Elle était venue à leur rencontre avec Vanion sur l'étendue de gravier.

— Bah, fit Talen d'un ton évasif, par-ci, par-là.

— J'imagine que l'un de ces endroits était assez éloigné d'ici, avança Vanion en regardant la neige qui couvrait les épaules des voyageurs.

— C'est vraiment stupéfiant, Séphrénia ! s'exclama joyeusement Flûte. Et d'une telle simplicité !

Khalad referma la cassette et la tendit à Émouchet. Celui-ci rabattit le couvercle sur le chaton de sa bague et remit le coffret dans son pourpoint.

— Nous avons fait quelques faux départs au début, admit-il.

— Comment ça marche ? s'enquit Vanion.

— Il suffit de laisser faire le Bhelliom, répondit Émouchet avec désinvolture. Je devrais plutôt dire : il *faut* le laisser faire. C'est quand on essaie de lui mâcher la besogne que ça se gâte.

— Tu pourrais nous expliquer ça ? protesta Séphrénia.

— C'est exactement ce que dit Émouchet, confirma Flûte. Il n'a qu'à donner le nom de n'importe quel endroit au Bhelliom, il le trouve et nous y emmène.

— C'est tout ?

— C'est tout, ma chère sœur. C'est si simple qu'Émouchet lui-même n'arriverait pas à se tromper.

10

— Nous devons aller chercher quelqu'un, voilà pourquoi, décréta Flûte.

— Qui ça ? demanda Kalten.

— Je l'ignore. Je sais seulement que quelqu'un doit nous accompagner, et que nous allons retrouver cette personne en Cynesga.

— Encore une de tes fameuses intuitions.

— Si tu veux.

— Je préférerais que nous attendions d'en savoir un peu plus long avant d'entrer en ville, fit Vanion en relevant le nez de sa carte. Il y a un village à l'ouest. Allons-y, nous verrons bien de quoi il retourne.

— Comment s'appelle ce bled ? demanda Émouchet en ouvrant la cassette.

— Narset, répondit Vanion après vérification.

— Très bien.

Émouchet sortit le Bhelliom du coffret et fronça les sourcils.

— Pourrais-tu me prêter ton mouchoir, petite mère ?

— Tu ne peux pas prendre le tien ? répliqua Séphrénia.

— Je l'ai oublié à la maison. Ce n'est pas pour me moucher. Le Bhelliom est un peu poussiéreux. Je voudrais lui donner un petit coup de chiffon.

Elle lui jeta un drôle de regard.

— Je lui dois bien ça. Il se montre très coopératif, je trouve.

— Qu'est-ce qu'on a à fiche de ce qu'il pense ?

— On voit bien qu'elle n'a jamais commandé à une troupe de soldats, remarqua Émouchet en prenant Vanion à témoin. Un jour, tu devrais lui expliquer que, la loyauté, ça se mérite.

— Si elle me laisse parler. Bon, quand tu auras fini de faire le ménage, on pourra peut-être y aller ?

— Ah, c'est mieux, non ? demanda Émouchet en astiquant les pétales étincelants de la rose de saphir.

— Je crois que le pauvre garçon a pris un coup de soleil, souffla Kalten à l'oreille d'Ulath.

— Pas du tout, se récria Émouchet en rendant son mouchoir à Séphrénia. Le Bhelliom a une conscience, je dirais presque une personnalité. Je suppose que je pourrais le faire marcher droit en utilisant les bagues comme des éperons, mais je préfère obtenir sa coopération. Ça se révélera peut-être payant un jour. Khalad, apprête-toi à tenir le coffret. Bon, vous voulez vraiment aller à Narset ?

— Narset, répéta fermement Vanion.

— Rose bleue, dit Émouchet en prenant la pierre à deux mains, nous voudrions aller à Narset.

Le Bhelliom émit une lueur pulsatile. Un flou crépusculaire les environna brièvement, puis tout retrouva son aspect normal.

Narset était un hameau poussiéreux de quelques douzaines de bicoques au toit plat, écrasées de soleil. Derrière les pauvres huttes de torchis étaient collées des cabanes sans doute destinées aux animaux, usage plus théorique qu'autre chose, puisque les cochons, les poules et les chèvres se promenaient en liberté dans la rue. Plus loin, à l'est, se dressait une grosse ville aux maisons badigeonnées de blanc.

Émouchet rangea le Bhelliom, l'anneau d'Ehlana et referma le couvercle de sa propre bague.

— Nous avons de la visite, annonça Talen.

Un Tamoul au visage en lame de couteau, vêtu d'une robe de soie verte, approchait à la tête d'un escadron de soldats cynesgans, des hommes au teint olivâtre portant les mêmes robes, mais à rayures noires et blanches, et coiffés d'un turban compliqué, comme les gardes-frontières.

— Bienvenue, nobles voyageurs, commença le Tamoul dans un élène légèrement accentué, en s'efforçant de dissimuler une expression hostile derrière un sourire de commande. Nous vous attendions. Je suis Kanzad, le responsable du bureau local du ministère de l'Intérieur. L'ambassadeur Taubel m'envoie vous souhaiter la bienvenue.

— Son Excellence est trop bonne, murmura Vanion.

— Tous les officiers de l'empire ont reçu pour instruction de vous offrir leur pleine et entière coopération, messire... ?

— Vanion.

Kanzad tenta de masquer sa confusion.

— Je pensais que votre groupe était dirigé par un certain Émouchet...

— Il a été retenu. Il nous rejoindra plus tard.

— Ah, fit Kanzad, revenant de sa surprise. Je crains que vous ne puissiez entrer en ville pour le moment, messire Vanion.

— Ah bon ?

Kanzad eut un petit sourire sans chaleur.

— Le roi Jaluah est d'humeur chagrine, en ce moment. Franchement, messire, ajouta-t-il un ton plus bas, après un rapide coup d'œil à l'escouade massée derrière lui, les Cynesgans et ce trou à rat qu'ils appellent leur patrie pèsent d'un si faible poids dans l'empire que personne ne les prend au sérieux. Ils en conçoivent une terrible rancœur. Un imbécile, à l'ambassade, a oublié de leur passer une circulaire anodine de Mathérion, et le roi boude dans son palais. Ses sycophantes sont descendus dans les rues de Cynestra pour manifester. L'ambassadeur Taubel espère arrondir les angles sans recourir à l'aide des garnisons atans, mais la situation est un peu tendue en ce moment. Son Excellence vous suggère d'attendre ici que les choses se tassent afin de poursuivre tranquillement votre route.

— Si vous pensez que c'est mieux..., murmura poliment Vanion.

Kanzad se détendit visiblement.

— D'abord, mettons-nous à l'abri de ce maudit soleil. Il tourna bride et les mena vers le puits situé sur la place centrale. Émouchet se demanda distraitement si les femmes du village se rendaient au puits dès les premières lueurs de l'aube comme à Cippria, au Rendor, et si elles se déplaçaient avec la même grâce fluide. Puis, par association d'idées, il pensa à Lillias.

Aphraël, qui était blottie dans les bras de sa sœur, se pencha vers lui.

— Tu devrais avoir honte, Émouchet, murmura-t-elle.

— Tu as rencontré Lillias, répondit-il avec désinvolture. Ce n'est pas le genre de femme qu'on oublie facilement.

Le seul bâtiment digne de ce nom était le poste de police, une sinistre construction de pierre aux fenêtres munies de barreaux.

— Ce n'est pas très luxueux, messire Vanion, fit Kanzad d'un ton d'excuse, mais c'est l'endroit le plus frais de cette porcherie.

— On le tue tout de suite, ou on attend encore un peu ? murmura Bévier à l'oreille d'Émouchet, en styrique.

— On attend un peu, répondit Émouchet. De toute façon, on a rendez-vous avec l'ami d'Aphraël, quel qu'il soit, alors il n'y a pas de temps de perdu.

— J'ai fait préparer une collation, reprit Kanzad. Je vous propose d'entrer. Ce soleil est vraiment insupportable.

Les chevaliers mirent pied à terre et suivirent l'homme dans un grand bureau poussiéreux. Le long d'un mur était disposée une longue table chargée de mets : melons en tranches, figues et flacons qui auguraient d'autres rafraîchissements.

— Ces fruits ne sont probablement pas aussi délicieux que ceux que vous avez à Mathérion, fit Kanzad d'un ton contrit, mais les vins locaux sont buvables.

— Merci infiniment, Kanzad, répondit courtoisement Vanion, mais nous venons de déjeuner et nous sommes rassasiés, vraiment.

Une expression contrariée effleura fugitivement le visage du Tamoul.

— Je vais donner des ordres pour qu'on s'occupe bien de vos chevaux, et je vais faire prévenir l'ambassadeur Taubel de votre arrivée.

Il tourna les talons et quitta la pièce.

— Tu pourrais nous procurer un peu d'intimité, ma tant aimée ? demanda Vanion en styrique.

— Pas de problème, répondit Séphrénia avec un sourire.

Elle esquissa rapidement le sort et le lança.

— Un jour, fit-il, il faudra que tu m'apprennes ce tour-là.

— Jamais de la vie, mon amour, répondit-elle tendrement. À quoi servirais-je ?

— J'ai l'impression que nous les avons pris au dépourvu, nota Bévier. Ce Kanzad n'a guère eu le temps de peaufiner les histoires qu'il nous a servies.

— À ta place, je ne ferais pas ça, dit Ulath en voyant Kalten prendre une carafe de vin. À moins que tu ne souhaites sortir d'ici les pieds devant, naturellement.

— Tu as sûrement raison, acquiesça Kalten en reposant le flacon à regret.

— Nous sommes donc prisonniers, fit Talen avec un soupir. C'est très déprimant. Je vole depuis ma plus tendre enfance, et c'est la première fois que je me fais arrêter.

— Le fait que ces rafraîchissements ont probablement été empoisonnés complique un peu les choses, grommela Ulath. En dehors de ça, Kanzad s'est montré très aimable. Il nous a introduits à l'intérieur du bâtiment le plus solide du village et il a eu l'imprudence de ne pas nous prendre nos armes. Nous pourrions tenir cet endroit pendant une éternité, s'il le fallait.

— Fumiste, Ulath, fumiste ! fit Bévier en riant. Tynian a raison. Tu prétends détester les sièges, mais tu es toujours le premier à suggérer d'en tenir un.

— Tu es l'ami de qui, là ? Tu n'as pas besoin de dévoiler tous mes trucs comme ça.

— Je vous fournirai de l'eau s'il le faut, annonça Séphrénia, mais rien ne presse. Tu as une idée de la personne que nous attendons ? demanda-t-elle en se penchant pour prendre Flûte dans ses bras.

Flûte secoua la tête.

— Rien de précis pour l'instant. Mais je pense qu'elle est en route.

— Tant mieux. Cet endroit n'a rien d'agréable.

— Dites, messieurs, fit Bérit, quand ce Kanzad reviendra, si nous lui faisions une petite place parmi nous, par mesure de précaution ? Ça les inciterait peut-être à réfléchir au cas où quelqu'un voudrait mettre le feu au bâtiment.

— C'est juste, acquiesça Ulath.

Mais Kanzad ne revint pas. L'après-midi tirait en longueur et les chevaliers ne tenaient plus en place.

— Le temps travaille pour lui, remarqua enfin Kalten. Il attend soit que des renforts lui parviennent, soit que nous ayons soif.

— Eh bien, nous allons attendre avec lui, Kalten, répondit Flûte. Celui qui doit nous rejoindre ne devrait plus tarder.

— C'est donc une course de vitesse. Qui arrivera en

premier, notre nouveau compagnon de voyage ou les renforts de Kanzad ? Je prends les paris.

— C'est une façon de voir les choses...

Ils étaient à Narset depuis deux heures lorsqu'un groupe de cavaliers arriva sur la route de Cynestra. C'était un détachement d'Atans mené par un homme vêtu d'une robe tamoul rose. Il montait un cheval noir, fougueux.

— De quel côté sont les Atans ? demanda Talen.

— Ça dépend si la garnison locale a reçu ou non de Mathérion l'instruction d'ignorer les ordres du ministère de l'Intérieur, répondit Khalad.

— Ça pourrait être encore plus grave, renchérit Vanion. À Mathérion, ce n'est pas le grand amour entre le ministre des Affaires étrangères et le ministre de l'Intérieur. Kanzad a laissé entendre que l'ambassadeur Taubel et lui étaient ici comme chez eux.

— De là à imaginer que nos adversaires ont réussi à infiltrer les services d'Oscagne..., ajouta pensivement Bévier.

— Nous allons être fixés d'ici une minute, fit Bérit qui regardait par la fenêtre. Kanzad vient de pointer son nez.

Ils s'approchèrent tous pour regarder.

— Que faites-vous ici, Itagne ? demanda Kanzad au nouveau venu, et il ne souriait pas, cette fois-ci. J'avais envoyé chercher l'ambassadeur Taubel.

Le cavalier vêtu de rose retint sa monture. Ses yeux aux paupières lourdes lui donnaient un air un peu endormi et une expression hautaine, méprisante.

— Je crains que l'ambassadeur n'ait été retenu, mon

pauvre vieux, répondit-il avec une désinvolture insultante, d'une voix cultivée, étrangement familière. Mais il vous envoie ses meilleures pensées.

Kanzad reprit son empire sur lui-même au prix d'un effort manifeste.

— Et par quoi a-t-il été retenu, au juste ? demanda-t-il froidement.

— Je dirais que ce sont les chaînes, n'est-ce pas, Atana ? demanda-t-il en tournant la tête vers une jeune femme aux courbes harmonieuses, sans doute la responsable du détachement. Il est sacrément difficile de courir avec des chaînes.

— Il se pourrait bien que ce soient les chaînes, Itagne-Ambassadeur, acquiesça la fille. Évidemment, les barreaux de sa cellule constituent aussi un handicap.

— Que se passe-t-il ici ? demanda Kanzad.

— Nous sommes devenus très amis depuis mon arrivée, l'Atana et moi, répondit Itagne avec un sourire, mais un homme d'honneur ne parle pas de ces choses-là. Et vous êtes un homme d'honneur, n'est-ce pas, Kanzad ?

— Ce n'est pas ce que je voulais dire, grinça Kanzad entre ses dents. Qu'avez-vous fait à l'ambassadeur ?

— Il y a eu quelques changements à l'ambassade, mon pauvre vieux. Et chez vous aussi. J'espère que vous ne m'en voudrez pas, mais j'ai dû faire transformer votre demeure en maison d'arrêt. Nous n'avons pas de cachot, à l'ambassade – un oubli regrettable dans la région, vous me l'accorderez. Enfin, Taubel, ainsi que vos sales petits flics, sont présentement aux arrêts, sous votre propre toit. Mes compliments, au fait : c'est vraiment un endroit sensationnel.

— De quel droit avez-vous mis l'ambassadeur aux arrêts, vous, un simple sous-secrétaire ?

— Les apparences sont parfois trompeuses, pas vrai ? En réalité, mon frère m'a mis en poste ici, à Cynestra, et investi des pleins pouvoirs.

— Votre frère ?

— La similitude de nom avec Oscagne aurait dû vous mettre la puce à l'oreille, mon pauvre vieux. Je savais que vous étiez tous un peu bornés, à l'Intérieur, mais à ce point... Bref, venons-en au fait. J'ai carte blanche pour régler la situation et j'ai le soutien de la garnison d'Atans. N'est-ce pas, Atana ? demanda-t-il en souriant à la géante bronzée, plantée à côté de son cheval.

— Oh oui, Itagne, répondit-elle en roulant des yeux blancs. Nous sommes à votre service.

— Vous voyez, Kanzad, reprit Itagne. J'ai découvert que vous faisiez partie d'une conspiration de traîtres, Taubel et vous, et je vous ai relevé de vos fonctions. Tous ces jolis muscles sont à ma disposition et vous êtes pieds et poings liés, alors ?

— Alors, Itagne, vous n'avez pas d'ordres à me donner !

— Comme c'est fastidieux..., soupira Itagne. La loi martiale est décrétée à Cynestra, Kanzad, et c'est moi le chef, maintenant. Les Atans contrôlent les rues, et vous savez qu'on peut leur faire confiance. Vous n'y comprenez rien, hein, mon pauvre vieux ? Atana, ma chère, reprit-il aimablement, que feriez-vous si je vous demandais de nous débarrasser de ce pauvre cloporte encombrant ?

— Je le tuerais, Itagne, répondit-elle en braquant un regard implacable sur le visage buté de l'officier tamoul. Vous voulez que je le fende en deux par le milieu ou que je lui coupe simplement la tête ?

— Charmante fille, murmura Itagne. Je vais y réfléchir, Atana. Kanzad étant malgré tout un fonctionnaire d'un rang assez élevé, il se pourrait qu'il y ait certaines formalités à remplir. J'imagine que vous commencez à comprendre la situation, mon pauvre vieux, reprit-il en regardant l'homme maintenant livide. Et je suppose que vous vous considérez en état d'arrestation ?

— Pour quel motif ?

— Je suis dépêché par les Affaires étrangères, Kanzad, et je ne suis pas très porté sur les procédures. Disons « pour crime de haute trahison » et n'en parlons plus. C'est sous ce chef d'accusation, assez impressionnant, qu'ils ont inculpé Kolata, le ministre de l'Intérieur, et que j'ai donné l'ordre de cueillir Taubel. Compte tenu de votre standing, je me dis que vous vous sentiriez offensé si je vous faisais arrêter pour vagabondage ou pour avoir craché par terre. Atana, mon chou, vous voulez bien conduire ce criminel à Cynestra et le faire enfermer à double tour ?

— Tout de suite, Itagne-Ambassadeur, répondit-elle docilement.

— Charmante, murmura-t-il.

— Vous êtes vraiment le portrait craché de votre frère, Excellence, nota Vanion en souriant. Et pas seulement par le physique. Par le tempérament, aussi.

— Comment va cette vieille canaille ?

— Oh, elle... euh, il allait très bien la dernière fois que nous l'avons vu, répondit Vanion en fronçant les sourcils. Mais ça nous aurait fait plaisir de savoir qu'il vous envoyait ici.

— C'est tout mon frère, ça. Il y a des moments où je pense qu'il ne se dit pas tout à lui-même.

— Que s'est-il passé ici, au juste, Excellence ? demanda Émouchet.

— Vous devez être messire Émouchet, avança Itagne. Votre nez est assez célèbre, vous savez.

— Merci, Excellence, fit modestement Kalten. C'est moi qui le lui ai cassé, répondit-il en réponse au regard intrigué d'Itagne. Nous étions enfants. Je savais que c'était une bonne idée. Il l'arbore comme une décoration. Figurez-vous qu'il ne m'en a jamais remercié, l'ingrat.

— Comme vous l'avez probablement compris, messieurs, reprit Itagne en souriant, amusé, Oscagne m'a envoyé ici pour remettre de l'ordre dans la situation assez étrange qui régnait à Cynestra. La chaîne de commandement dans les contrées les plus éloignées de l'empire a toujours été assez relâchée. Les Affaires étrangères partent du principe que les royaumes élènes de l'Ouest, comme la Valésie, l'Arjuna et la Cynesga, étaient des nations étrangères rattachées à l'empire de Tamoulie, ce qui conférait aux ambassadeurs, dans ces royaumes, une autorité supérieure. L'Intérieur soutient quant à lui que ces royaumes font partie intégrante de la Tamoulie métropolitaine, de sorte qu'ils sont placés sous son autorité. Oscagne et Kolata se chamaillent à ce sujet depuis des années. L'ambassadeur Taubel était un mercenaire. Mon frère avait été sidéré par la facilité avec laquelle il s'était entendu avec l'Intérieur. C'est pour ça qu'il m'a tiré de l'Université – où je m'encroûtais joyeusement – et m'a envoyé ici afin de mener ma petite enquête. Comptez sur moi pour le lui faire regretter autant cette fois que les deux fois précédentes, conclut-il en riant de bon cœur.

— Là, il y a quelque chose qui m'échappe, confia Émouchet.

— C'est la troisième fois qu'Oscagne m'arrache à ma petite vie douillette pour jouer les pompiers. Je n'aime pas être déplanté, alors je pense que je vais lui donner une leçon. Si je le remplaçais un moment au poste de chef des Affaires étrangères, il se méfierait peut-être, la prochaine fois. À condition que je consente à lui rendre son fauteuil.

— Vous êtes vraiment si fort que ça ? demanda Séphrénia.

— Ce n'est rien de le dire, ma chère. Je suis au moins deux fois meilleur qu'Oscagne, et il le sait. C'est pour ça qu'il me confie des missions temporaires. Mais où en étais-je ? Ah oui, je suis venu ici en me faisant passer pour un petit fonctionnaire et j'ai vite compris que Taubel et Kanzad bouffaient dans la même gamelle. J'ai intercepté les instructions que Mathérion envoyait à Taubel après les troubles que vous savez – à quoi bon l'ennuyer avec ces mauvaises nouvelles, n'est-ce pas ? – puis je suis allé à la garnison atana et j'ai personnellement informé nos grands amis ici présents de ne plus obéir aux ordres de l'Intérieur. Ce qui leur a fait très plaisir, je dois le dire. Les Atans détestent les policiers, je ne sais pas pourquoi. Ça doit être une question de mentalité. Je m'apprêtais à m'occuper de Kanzad et Tau bel quand un de mes espions m'a informé de votre arrivée prochaine, alors j'ai décidé de vous attendre pour passer à l'action. Je dois dire, Émouchet, que vous avez vraiment mis les gens sens dessus dessous à la représentation locale de l'Intérieur. Tout le monde tournait en rond dans les bureaux en hurlant : « Émouchet arrive ! Émouchet arrive ! »

— Il produit parfois cet effet sur les gens, confirma Flûte. C'est lui, confirma-t-elle en regardant les autres. Nous pouvons repartir.

Itagne parut un peu intrigué.

— Tout de suite, répondit Séphrénia. Itagne, comment l'Intérieur a-t-il su que nous arrivions ?

— J'avoue que je n'ai pas approfondi la question, répondit-il avec un étonnement croissant. L'Intérieur utilise toutes sortes de gens répugnants. Je suppose que l'un d'eux a crevé quatre ou cinq chevaux sous lui pour apporter la nouvelle.

— C'est impossible, coupa-t-elle. Personne n'aurait pu arriver ici avant nous par des moyens normaux. Se pourrait-il qu'un Styrique ait apporté la nouvelle ?

— Il n'y a pas de Styriques à Cynesga, ma chère petite dame. La haine entre les Cynesgans et les Styriques remonte à la nuit des temps.

— Je sais. Mais je pense que vous vous trompez. Je suis convaincue qu'un Styrique est passé par là juste avant que les gens de l'Intérieur ne sombrent dans la panique.

— Comment parviens-tu à cette conclusion, petite mère ? demanda Vanion.

— Notre ennemi s'est assuré les services d'un Styrique, répondit-elle. Quand Émouchet a dissous l'ombre, en Édom, celui qui l'avait suscitée hurlait en styrique. Ce que je ne comprends pas, c'est comment il a fait pour arriver ici avant nous, reprit-elle en fronçant les sourcils. C'est peut-être une sorte de renégat qui est de mèche avec les Dieux Aînés. Nous n'avons jamais très bien mesuré l'étendue de leurs pouvoirs.

— C'est peut-être un Dieu Aîné en chair et en os, si j'ose dire ? avança Bévier avec un peu d'appréhension.

— Non, objecta Flûte. Nous les avons tous mis hors d'état de nuire quand nous les avons renversés – un peu comme nous avons emprisonné Azash. Les Dieux Aînés ne sont plus dans le circuit.

— Je ne comprends pas la moitié de ce que vous dites, observa Itagne. Vous ne croyez pas que certaines présentations s'imposent, à ce stade ?

— Pardon, Excellence, s'excusa Vanion. Nous ne voulions pas faire de mystères. La dame est styrique, vous l'aviez compris. Je vous présente Séphrénia, grande prêtresse de la Déesse Aphraël.

— La Déesse-Enfant ?

— Vous la connaissez ? demanda Séphrénia.

— Certains de mes collègues styriques à l'Université m'ont parlé d'elle. Ils n'en disent pas que du bien. Ils semblent penser qu'elle est frivole et un peu évaporée.

— Évaporée ? objecta Flûte. Frivole ?

— Ne le prends pas pour toi, fit Émouchet.

— Mais c'est de moi qu'il s'agit, Émouchet ! C'est une insulte ! Quand tu rentreras à Mathérion, je veux que tu ailles à l'Université faire rendre gorge à ces maudits impies ! Du sang, Émouchet ! Je veux du sang !

— Un sacrifice humain, ô Divine ? demanda-t-il d'un petit ton innocent. Ce n'est pas ton genre.

— Eh bien..., reprit-elle d'un ton hésitant. Tu ne pourrais pas au moins leur flanquer la fessée ?

Itagne les regardait, les yeux écarquillés.

— Rude déception, hein ? murmura Talen.

Dire que le frère d'Oscagne était un peu ébranlé serait un doux euphémisme. Il ne quitta pas Flûte des yeux tout le temps qu'il leur fallut pour sortir de Cynestra et prendre la route de l'est.

— Oh, ça suffit, Itagne ! s'exclama-t-elle enfin. Que craignez-vous ? Que je me change en gorgone, ou qu'il me pousse une deuxième tête ?

Il frémit et se passa la main sur la figure.

— C'est que... Autant vous le dire, je ne crois pas en vous, bredouilla-t-il. Rien de personnel, je vous assure, seulement je suis profondément sceptique en ce qui concerne toutes les questions de religion.

— Je parie que je vais vous faire changer d'avis, suggéra-t-elle avec un petit sourire taquin.

— Arrête ça tout de suite, lui ordonna Séphrénia.

— C'est un agnostique avoué, Séphrénia. La partie est donc égale. Et puis je l'aime bien. Je n'ai aucun adorateur tamoul et j'aimerais bien en avoir un. Itagne ferait parfaitement l'affaire.

— Non.

— Je ne te demande pas de le convertir pour moi, Séphrénia. J'y arriverai bien toute seule. Et puis, au fond, ma chère sœur, ça ne te regarde pas, alors reste en dehors de tout ça.

— Est-ce que ça s'arrange au bout d'un moment ? demanda Itagne d'un ton plaintif.

— Jamais, répondit Kalten en riant. Mais, au bout d'un moment, on finit par être comme qui dirait insensibilisé. J'ai découvert que ça aidait, de boire.

— C'est la réponse de Kalten à tous les problèmes, précisa Flûte d'un petit ton désinvolte. Il essaie de noyer l'hiver dans un tonneau de rouge d'Arcie. Tous les ans.

— Bon, nous en avons fini, dans cette partie de l'empire ? demanda Émouchet.

— Non. Il va se passer encore une chose, répondit la Déesse-Enfant avec un soupir, en se nichant confortablement dans les bras de sa sœur. Ne m'en veux pas, Séphrénia, je t'en prie. Tu ne vas pas aimer ce qui va se passer, je le crains, mais c'est nécessaire. N'oublie jamais que je t'aime. Il faut que je te parle, ajouta-t-elle en tendant les bras à Émouchet. En privé.

— Encore des mystères ? demanda Talen.

— Toutes les filles font des mystères. Tu verras quand tu seras grand. Viens, Émouchet.

Ils s'éloignèrent un peu et poursuivirent leur chemin parallèlement à la route. Les sabots de Faran, ferrés d'acier, faisaient crisser le gravier, grillé par le soleil du désert.

— Nous allons vers la frontière tamoul, dit Flûte.

L'événement que j'attends va se produire là-bas, et il faudra que je te quitte avant.

— Que tu me quittes ? releva-t-il, interloqué.

— Tu t'en sortiras très bien sans moi, tu vas voir. Je ne peux pas être là quand ça arrivera. C'est une question de principe. Je suis peut-être frivole et évaporée, comme dit Itagne, mais je ne manque pas de sens moral. Un certain personnage va intervenir dans l'affaire, et il s'estimerait offensé par ma présence. Nous avons eu des différends par le passé et nous ne nous parlons plus pour le moment. Un moment qui dure depuis huit ou dix mille ans, ajouta-t-elle avec une petite grimace attristée. Il a fait une chose que je n'approuvais pas, et qu'il n'a jamais réussi à m'expliquer. Je l'aime bien, mais il a une attitude terriblement supérieure. Il donne toujours l'impression de penser que nous sommes trop stupides pour comprendre ce qu'il fait, mais je le comprends très bien. Il a rompu l'une des règles cardinales. Enfin, c'est entre lui et moi, conclut-elle en évacuant le sujet d'un geste définitif. Occupe-toi de ma sœur, Émouchet. Elle va passer un sale quart d'heure.

— Ça ne va pas la rendre malade, au moins ?

— Elle préférerait sûrement. Je voudrais bien lui éviter ça, ajouta la Déesse-Enfant en soupirant, mais il n'y a pas moyen. Elle doit passer par là si elle veut continuer à grandir.

— Aphraël, elle a plus de trois cents ans !

— Et alors ? Je suis cent fois plus vieille qu'elle et je grandis encore. Elle doit faire la même chose. Je suis adorable, Émouchet, mais je n'ai jamais promis d'être facile à vivre. Cela sera très pénible pour elle, mais elle ira bien mieux ensuite.

— Je ne comprends rien à ce que tu racontes.

— Tu n'as pas besoin de comprendre, Père. C'est l'un des avantages de ma position.

Ils allèrent de Cynestra à la frontière, à l'ouest de Sarna, par brèves étapes d'oasis en oasis. Émouchet avait l'impression qu'Aphraël attendait quelque chose. Elle regardait souvent la carte avec Vanion, les bonds qu'ils faisaient par-delà le gravier couleur de rouille, à l'est de la Cynesga, étaient de plus en plus courts, et ils restaient de plus en plus longtemps dans les oasis. À l'approche de la frontière, leur rythme se ralentit encore, et ils parcoururent d'interminables lieues vers l'est sans faire appel au Bhelliom.

— C'est difficile à dire, convint Itagne, l'après-midi du quatrième jour. La plupart des observations ont été faites par des nomades du désert et ils ne sont pas du genre à aller se confier aux autorités. Ça donne les histoires habituelles de vampires, de loups-garous, de harpies et autres monstres, des histoires abracadabrantes, sans doute tout droit sorties d'une outre à vin. C'est aussi la conclusion des autorités cynesgannes qui les ont pour la plupart écartées en riant, car elles n'y voyaient que des visions rapportées par des gens ignares, qui buvaient trop et qui étaient restés trop longtemps au soleil. Cela dit, elles prennent très au sérieux tous les rapports concernant les apparitions de Ceux-qui-brillent.

— Très bien, Itagne, fit Kalten avec agacement.

Nous entendons parler de Ceux-qui-brillent depuis que nous sommes entrés en Darésie. Les gens blêmissent, se mettent à trembler et se ferment comme des huîtres. Nous sommes au milieu du désert et vous ne pouvez aller loin, bref, nous vous tenons. Alors si vous nous disiez de qui – ou de quoi – il s'agit ?

— C'est assez grotesque en vérité, messire Kalten, répondit Itagne. Et plutôt écœurant.

— J'ai l'estomac bien accroché. Ce sont des monstres ? Douze pieds de haut, neuf têtes et je ne sais quoi encore ?

— Non. Ils ressemblent à des êtres humains comme les autres.

— Pourquoi leur donne-t-on ce drôle de nom ? demanda Bérit.

— Si tu me laissais poser les questions, Bérit ? coupa froidement Kalten.

Il donnait l'impression de ne plus supporter Bérit.

— Pardon, messire Kalten, fit Bérit, surpris et un peu froissé.

— Eh bien ? relança Kalten. Pourquoi les appelle-t-on ainsi ?

— Parce qu'ils brillent comme des vers luisants, messire Kalten, répondit Itagne en haussant les épaules.

— C'est tout ? demanda Kalten, incrédule. Le continent entier crève de trouille du seul fait que quelques personnes brillent dans le noir ?

— Bien sûr que non. Leur luminescence n'est qu'un avertissement. Tout le monde en Tamoulie sait que, lorsqu'on voit approcher quelqu'un qui brille comme l'étoile du matin, on a intérêt à prendre ses jambes à son cou.

— Et de quels maléfices ces monstres sont-ils capables ? demanda Talen. Ils mangent les gens tout crus, ils les déchiquettent en morceaux ou quoi ?

— Rien de tout cela, répondit sombrement Itagne. S'il faut en croire la légende, le moindre contact avec eux est mortel.

— Comme si c'étaient des serpents venimeux ? avança Khalad.

— Pis que ça, jeune homme. Au moindre contact, on se décompose tout vif. La chair pourrit sur les os de la victime, comme dans la tombe, mais elle n'est pas encore morte. Les folkloristes fournissent des descriptions très pittoresques de gens encore debout, comme frappés par la foudre, hurlant d'horreur et de douleur, alors que leur visage et leurs membres se dissolvent, se changent en limon et coulent comme de la cire fondue.

— Voilà ce qu'on appelle une image forte, murmura Ulath. Gageons qu'elle doit dissuader efficacement les êtres humains d'établir des relations approfondies avec ces... individus.

— Assurément, messire Ulath, fit Itagne en souriant. Et pourtant, Ceux-qui-brillent sont les créatures les plus populaires de notre littérature. Ce qui donne une bonne idée de la perversité de l'esprit tamoul.

— Les gens aiment les histoires de fantômes, remarqua Talen.

— La littérature delphaïque est beaucoup plus complexe que ça.

— Delphique ? Qu'est-ce que ça veut dire ?

— Delphaïque. On donne à Ceux-qui-brillent le nom de Delphae, répondit Itagne. Et la cité mythique où ils vivent s'appelle Delphaeus.

— C'est un joli nom.

— Je pense que c'est une partie du problème. Les Tamouls sont de grands sentimentaux ; la musicalité de ces noms leur met la larme à l'œil et leur remplit la cervelle de guimauve. Ils ignorent les aspects les moins flatteurs de la légende et présentent les Delphae comme un peuple simple, pastoral, injustement méconnu. Pendant sept siècles, de médiocres rimailleurs nous ont infligé une poésie pastorale abominable et des églogues d'une bêtise à pleurer. Les Delphae sont systématiquement décrits sous les traits de pâtres lyriques brillants comme des lucioles, rêvassant au clair de lune, torturés par le manque d'amour et s'interrogeant – en termes pompeux, ça va de soi – sur les finesses de leur prétendue religion. Le monde académique en est venu à considérer la littérature delphaïque comme un canular qui dure depuis bien trop longtemps.

— C'est une abomination ! décréta Séphrénia avec un emportement auquel elle ne les avait pas accoutumés.

— Votre sens critique vous fait honneur, ma chère, commenta Itagne avec un sourire. Je trouve toutefois que votre indignation fait trop d'honneur au genre. La littérature delphaïque est d'un sentimentalisme infantile, mais je ne la prends pas assez au sérieux pour m'en offusquer.

— La littérature delphaïque est un instrument de propagande antistyrique qui avance masqué sous un déguisement pernicieux ! lâcha-t-elle du ton ordinairement réservé aux ultimatums.

Tous parurent surpris par ce soudain éclat. Vanion les regarda, perplexe, comme à la recherche d'un autre sujet de conversation.

— Hé, le soleil ne va pas tarder à se coucher, nota Kalten, volant à son secours avec une intuition qui surprenait parfois Émouchet. Flûte, dit-il, tu as prévu de nous faire camper près d'un de ces trous d'eau ?

— Oasis, Kalten, corrigea Vanion. On dit une oasis, pas un trou d'eau.

— Si vous voulez ; j'ai des yeux pour voir. Il serait temps de chercher un endroit où camper, et il y a une sorte de ruine en haut de cette colline, là-bas. Séphrénia pourrait faire jaillir de l'eau à partir de l'air, et au moins nous n'aurions pas à mariner dans une odeur de chien bouilli toute la nuit, comme quand on campe près de ces villages.

— Les Cynesgans ne mangent pas de chien, messire Kalten, fit Itagne en riant.

— Je vous croirai quand j'aurai procédé au recensement de tous les chiens du patelin – avant et après dîner.

— Émouchet ! fit Khalad en secouant brutalement son maître pour le réveiller. Il y a des gens, dehors !

Émouchet repoussa ses couvertures et se leva d'un bond en attrapant son épée au vol.

— Combien sont-ils ? demanda-t-il tout bas.

— Une douzaine à peu près. Ils rampent autour des rochers, en bas, le long de la route.

— Réveille les autres. En silence.

— Oui, messire.

Ils avaient établi le campement dans les ruines d'une ancienne forteresse. Les pierres grossièrement taillées avaient été dressées les unes sur les autres, sans mortier. Le sable et la poussière charriés par des siècles et des siècles de vent avaient lissé les énormes blocs de pierre et arrondi les angles. Émouchet traversa ce qui était jadis la cour, s'approcha du mur éboulé du côté sud et regarda en direction de la route.

Un épais banc de nuages était arrivé pendant la nuit, obscurcissant le ciel. Émouchet scruta la route en maudissant silencieusement les ténèbres. Puis il entendit un froissement à peine perceptible, juste de l'autre côté du mur éboulé.

— Du calme, murmura Talen.

— Où étais-tu passé ?

— Où voulais-tu que je sois ?

Le gamin sauta par-dessus l'éboulis et le rejoignit.

— Alors ? grommela Émouchet.

— Alors tu ne vas pas le croire, Émouchet.

— Dis toujours.

— Ce sont des Cyrgaïs.

— Tu es sûr ?

— Eh bien, je ne leur ai pas demandé leurs papiers, mais ils ressemblent étrangement à ceux que nous avons rencontrés à l'ouest de Sarsos. Ils ont ces drôles de casques, les mêmes armures démodées et ces stupides jupettes.

— Un genre de pagne, tu veux dire ?

— Une jupe, c'est une jupe, Émouchet.

— Passons. Et que font-ils ?

— Tu veux savoir s'ils adoptent une formation offensive ? Eh bien non. Je pense qu'il s'agit seulement d'éclaireurs. Ils n'ont ni lance ni bouclier, et ils rampent beaucoup sur le ventre.

— Allons raconter ça à Vanion et Séphrénia.

Ils traversèrent la cour jonchée d'éboulis et de gravats de l'ancienne forteresse.

— Notre jeune voleur a encore désobéi aux ordres, annonça Émouchet.

— Ce n'est pas vrai, protesta Talen. Tu ne m'as jamais interdit d'aller observer ces gens, il est donc inexact de dire que je t'ai désobéi.

— Je ne te l'avais pas défendu parce que j'ignorais qu'ils étaient là.

— J'avoue que ça m'a facilité les choses.

— S'il faut en croire notre jeune égaré ici présent, les gens qui rampent en bas, le long de la route, sont des Cyrgaïs.

— Quelqu'un, de l'autre côté, a encore farfouillé dans le passé ? avança Kalten.

— Non, fit Flûte qui semblait dormir profondément dans les bras de sa sœur. Les Cyrgaïs qui se promènent dans le secteur sont aussi vivants que vous et moi. Ils ne viennent pas du passé.

— C'est impossible ! protesta Bévier. Leur race est éteinte depuis belle lurette !

— Ah oui, vraiment ? fit la Déesse-Enfant en relevant légèrement la tête. Eh bien, ils n'ont pas l'air au courant. Faites-moi confiance, messieurs, les Cyrgaïs qui rampent autour de vous sont bien vivants.

— Les Cyrgaïs se sont éteints il y a dix mille ans, ô Divine, décréta fermement Itagne.

— Vous devriez aller le leur dire, Itagne, reprit la petite fille. Ça les intéresserait. Lâche-moi, Séphrénia.

Séphrénia parut un peu surprise. Aphraël l'embrassa tendrement sur la joue et s'écarta de quelques pas.

— Il faut que je m'en aille, maintenant. Ne me demandez rien. Ce serait trop compliqué à expliquer.

— Et les Cyrgaïs ? objecta Kalten. Tu ne vas pas te promener en pleine nuit au milieu de ces gens-là ?

— Quelqu'un pourrait lui expliquer ? soupira-t-elle.

— Tu nous abandonnes au moment où ça devient dangereux ? protesta Ulath.

— Serais-tu inquiet pour ta santé, Ulath ?

— Non, bien sûr que non. C'était juste pour te faire honte. Pour que tu restes jusqu'à ce que nous ayons réussi à nous débarrasser d'eux.

— Les Cyrgaïs ne te feront aucun mal, Ulath, dit-elle patiemment. Ils vont s'en aller tout de suite. Bon, il faut vraiment que j'y aille, soupira-t-elle. Je vous retrouverai plus tard.

Puis elle fit un signe étrange, comme un reflet dans une mare, et disparut.

— Aphraël ! s'écria Séphrénia en tendant machinalement les mains.

— Ça fait vraiment froid dans le dos, marmonna Itagne. Elle était sérieuse, à propos des Cyrgaïs ? Se pourrait-il que certains d'entre eux aient survécu à la guerre contre les Styriques ?

— Ne comptez pas sur moi pour la traiter de menteuse, répondit Ulath. Surtout en présence de

Séphrénia. Notre petite mère ici présente est très protectrice.

— C'est ce que j'avais cru remarquer, fit Itagne. Pour rien au monde je ne voudrais vous offenser, Aphraël ou vous-même, chère petite dame, mais cela vous ennuierait-il que nous procédions à quelques préparatifs ? Les Cyrgaïs avaient – enfin, « ont » – très mauvaise réputation. Je fais aveuglément confiance à notre petite Déesse, bien sûr, mais...

Il laissa sa phrase en suspens et jeta alentour un coup d'œil plein d'appréhension.

— Séphrénia ? fit Émouchet d'un ton interrogateur.

— Fiche-moi la paix.

Elle semblait très perturbée par le départ d'Aphraël.

— Remets-toi, Séphrénia. Elle reviendra bientôt. Je veux une réponse tout de suite. Puis-je utiliser le Bhelliom pour dresser une sorte de barrière protectrice qui tiendra les Cyrgaïs à l'écart jusqu'à ce que la chose dont parlait Aphraël les mette en déroute ?

— En faisant ça, tu révéleras notre position exacte à celui que tu appelles « notre ami ».

— Il la connaît déjà, souligna Vanion. Tu crois peut-être que ces Cyrgaïs nous sont tombés dessus par hasard ?

— Là, il n'a pas tort, susurra Bévier.

— Et pourquoi nous donner la peine de les repousser ? demanda Kalten. Emouchet pourrait nous emmener à dix lieues de là en un clin d'œil. Si nous devons partir avant d'assister au lever du soleil sur cet endroit, je n'en ferai pas une maladie.

— Je n'ai jamais essayé de nuit, remarqua Émouchet d'un ton dubitatif. Le fait que je ne puisse voir où je vais aura-t-il un effet ? demanda-t-il à Séphrénia.

— Comment veux-tu que je le sache ? répliqua-t-elle d'un ton revêche.

— Je t'en prie, Séphrénia, j'ai un problème et j'ai besoin de ton aide.

— Que se passe-t-il, au nom du ciel ! s'exclama Bérit en indiquant un point vers le nord. Regardez ça !

— Du brouillard ? demanda Ulath, incrédule. Du brouillard en plein désert ?

Ils regardèrent l'étrange phénomène qui progressait inéluctablement vers eux à travers l'étendue aride.

— Messire Vanion, fit Khalad d'une voix entrecoupée, y a-t-il, d'après votre carte, des villes ou des campements vers le nord ?

— Il n'y a rien, rien que le désert, fit Vanion en secouant la tête.

— Il y a pourtant des lumières par là, on les voit se refléter dans le brouillard. Elles sont tout près du sol, mais on les voit distinctement.

— J'ai déjà vu des lumières dans le brouillard, nota Bévier, mais comme celles-là, jamais. Ce ne sont pas des torches.

— Là, tu as raison, approuva Ulath. Je n'ai jamais vu de lumières de cette couleur. Et on dirait qu'elles reposent sur le brouillard, comme une couverture.

— Ça doit être un campement de nomades, suggéra Itagne. Les gouttelettes microscopiques réfléchissent parfois bizarrement les rayons lumineux. À Mathérion, la nacre des bâtiments reflète la lumière de telle sorte que, certaines nuits, on a l'impression d'être au cœur d'un arc-en-ciel.

— Nous serons bientôt fixés, remarqua Kalten. Ce brouillard avance droit sur nous, et la lumière aussi. Or il n'y a pas un souffle d'air, ajouta-t-il en levant le nez pour sentir le vent, comme un chien de chasse. Que se passe-t-il, Séphrénia ?

Avant qu'elle ait eu le temps de répondre, des cris de terreur montèrent de la route. Talen traversa la cour ventre à terre et alla jeter un coup d'œil par-dessus le mur éboulé.

— Les Cyrgaïs s'enfuient ! hurla-t-il. Ils jettent leurs épées, leurs casques, et ils détalent comme des lapins !

— Je n'aime pas ça du tout, Émouchet, fit Kalten d'une voix blanche en dégainant sa lame.

Le banc de brouillard s'était divisé en se rapprochant et il encerclait maintenant la colline sur laquelle ils se trouvaient. C'était un brouillard épais comme on peut en voir au bord de la mer, et il avançait inexorablement sur le désert aride, dénudé.

— Il y a quelque chose qui bouge à l'intérieur ! s'écria Talen de l'autre côté de la bâtisse en ruine.

Ils ne virent tout d'abord que de vagues lumières mouvantes, mais, au fur et à mesure que l'étrange banc de brume se rapprochait, celles-ci devinrent de plus en plus distinctes. Émouchet reconnut sans erreur possible des formes humaines nébuleuses. Quoi que ce soit, ça avait forme humaine.

Puis Séphrénia poussa un cri de rage surhumaine, irrépressible.

— C'est une horreur ! Une abjection ! Malédiction !

Ils la regardèrent, sidérés par ce soudain éclat.

Les lumières dans le brouillard ne vacillèrent pas. Elles continuèrent à luire imperturbablement et poursuivirent leur avance inexorable.

— Courez ! hurla soudain Itagne. Courez ! Il y va de votre vie ! Ce sont les Delphae ! Ceux-qui-brillent !

DEUXIÈME PARTIE

DELPHAEUS

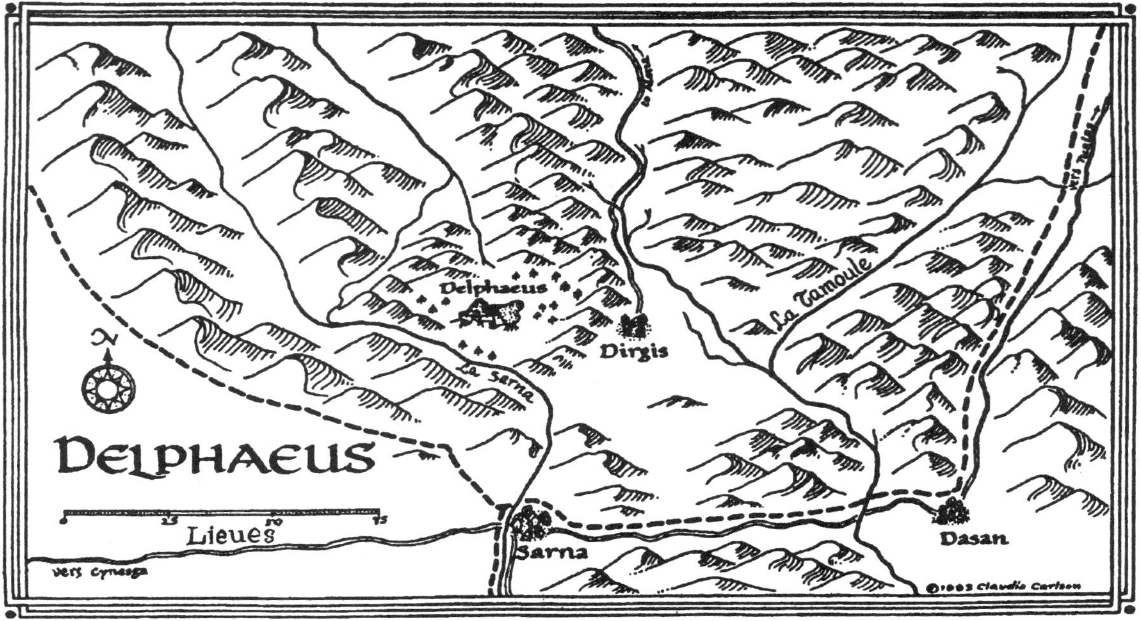

Delphaeus
Delphaeus
Dirgis
La Tamoule
La Sarna
Sarna
Dasan
Lieues
25
50
75
vers Cynesga
©1993 Claudio Carlson

11

C'était peut-être le brouillard qui voilait tout, gommant les contours, masquant le danger éventuel. On discernait seulement des silhouettes luminescentes montant lentement vers l'antique bâtisse en ruine, des formes qui semblaient planer sur la paroi rocailleuse, entraînant avec elles un sillage de brume. Leur visage, leur corps même, étaient indistincts. On n'apercevait que de vagues lumières. C'était peut-être le brouillard. En tout cas, Émouchet n'aurait su dire pourquoi, mais il ne se sentait pas menacé.

Les Delphae s'arrêtèrent à une vingtaine de toises de la forteresse abandonnée et restèrent plantés là, dans le brouillard phosphorescent qui tourbillonnait et bouillonnait, effaçant la nuit de son feu pâle et froid.

Émouchet se sentait étrangement détaché, la pensée claire et nette.

— Bienvenue, voisins, dit-il.

— Vous êtes fou ! s'exclama Itagne.

— Détruis-les, Émouchet ! siffla Séphrénia. Ordonne au Bhelliom de les anéantir !

— Pas avant de savoir ce qu'ils veulent.

— Comment pouvez-vous être si calme ? lança Itagne.

— Ça doit être l'entraînement, répondit Émouchet avec une moue désabusée. On finit par acquérir un certain instinct, à force. Ces gens n'ont pas d'intentions hostiles.

— Il a raison, Itagne, fit Vanion. Quand on est menacé, on le sent. Ces gens-là viennent en paix. Ils n'ont pas peur de nous, mais ils ne veulent pas nous tuer. Voyons ce qu'ils veulent, messieurs. Restons sur nos gardes, mais ne cherchons pas la bagarre. Pas encore, en tout cas.

— Anakha, fit une voix montant du brouillard.

— C'est un bon début, commenta tout bas Vanion. Émouchet se rapprocha du mur éboulé.

— Vous me connaissez ? répondit-il en tamoul.

— Les pierres mêmes connaissent le nom d'Anakha. On ne vit homme pareil à toi.

Le langage était archaïque et d'un formalisme suranné, mais surtout la voix avait des accents caverneux, vibrants, et semblait réverbérée par le brouillard.

— Point ne te voulons nuire. Nous venons en toute amitié.

— J'écouterai ce que vous avez à dire, fit Émouchet en entendant Séphrénia hoqueter derrière lui.

— Nous vous offrons l'asile, à tes compagnons et à toi-même, reprit la créature. Tu es environné d'ennemis, et grand est le péril qui te menace, ici, au pays des Cyrgaïs. Venez à Delphaeus, vous y serez protégés.

— C'est fort généreux, voisin, et soyez assurés de notre reconnaissance, répondit Émouchet, d'un ton un peu dubitatif.

— Nous percevons ta réticence, reprit la voix dans

une sorte d'écho, comme si elle venait d'une distance incommensurable. Soyez assurés que nous ne vous voulons aucun mal, à tes compagnons et à toi-même, et si vous décidiez de venir à Delphaeus, nous vous assurerions aide et protection, nous le jurons. Rares sont, en ce bas monde, ceux qui sont prêts à nous faire face de leur plein gré.

— C'est ce que j'ai entendu dire. Mais pourquoi, voisin ? Nous sommes des étrangers, ici. Pourquoi les Delphae s'intéressent-ils à nous ? Qu'attendez-vous de nous, en échange de cette offre amicale ?

La forme luminescente parut hésiter.

— Tu as récupéré le Bhelliom, Anakha, pour le meilleur ou pour le pire, tu l'ignores encore. Ta volonté ne t'appartient plus, car le Bhelliom la ploie à ses propres fins. Tu n'es plus de ce monde et ta destinée est devenue celle du Bhelliom. En vérité, vous nous êtes indifférents, tes compagnons et toi-même. Notre offre amicale s'adresse au Bhelliom, et c'est de lui que nous attendons le retour de cette amitié.

— Voilà qui s'appelle parler sans ambages, marmonna Kalten.

— Tu es en plus grand danger que tu ne le crois, poursuivit la créature. Le Bhelliom est la chose la plus précieuse de l'Univers, et des êtres que ton imagination ne saurait concevoir cherchent à se l'approprier. Mais il ne se laissera point posséder. C'est lui qui choisit, et il s'est placé dans ta main. C'est donc par ton intermédiaire qu'il faut nous adresser à lui. Réfléchis à ce que nous venons de te dire, et bannis tout soupçon. Il dépend peut-être de nous que tu réussisses ou non à accomplir la volonté du Bhelliom, et nous ne le ferons point pour rien. Nous en reparlerons un peu plus tard.

Le brouillard s'épaissit, estompant les formes luisantes. Un soudain coup de vent, froid comme l'hiver et aussi sec que la poussière, balaya le désert, déchiquetant le brouillard qui se dissipa. Ceux-qui-brillent avaient disparu.

— Ne les écoute pas, Émouchet ! s'écria Séphrénia d'une voix stridente. Je t'interdis de penser à ce qu'ils t'ont dit ! C'est une ruse !

— Nous ne sommes pas des enfants, Séphrénia, répliqua Vanion. Nous crois-tu assez crédules pour accorder une foi aveugle à des étrangers – surtout des étrangers comme les Delphae ?

— Tu ne les connais pas, Vanion. Leurs paroles sont pareilles au miel, elles attirent et engluent la mouche sans méfiance. Tu aurais dû les détruire, Émouchet.

— Écoute, Séphrénia, reprit Vanion, troublé. Tu as passé les quarante dernières années la main sur mon épée, à tenter de me dissuader d'en faire usage. Pourquoi ce soudain revirement ? Qu'est-ce qui te rend si belliqueuse ?

— Tu ne comprendrais pas, répondit-elle d'une voix atone, hostile.

— Là, ma douceur, tu commets une double erreur : d'abord je comprendrais, tu le sais bien, ensuite tu as tort de penser que tu t'en sortiras par une échappatoire. La proposition des Delphae était manifestement intéressée, mais ils n'étaient ni hostiles ni menaçants.

— Quel individu sensé se risquerait à menacer Émouchet ? intervint Ulath. Chercher noise à l'homme qui détient le Bhelliom serait malavisé, même pour des gens qui brillent dans le noir et qui réduisent leurs voisins à l'état d'humeur purulente.

— C'est exactement ce que je voulais dire, fit Séphrénia, sautant sur l'argument d'Ulath. Si les Delphae ne nous ont pas attaqués, c'est parce qu'ils ont eu peur du Bhelliom.

— En tout cas, il ne l'ont pas fait. À aucun moment ils n'ont constitué une menace pour nous. Pourquoi voulais-tu qu'Émouchet les tue ?

— Ils ne devraient pas exister ! fit-elle âprement.

— Tout a le droit d'exister, Séphrénia, même les guêpes et les scorpions. Tu as passé ta vie entière à expliquer ça à de jeunes Pandions assoiffés de sang. Pourquoi ce brusque reniement ? Que t'ont-ils fait ? Je t'en prie, Séphrénia, insista-t-il comme elle détournait le visage. Je vois bien que tu as un problème, et tes problèmes sont les miens. Tirons ça au clair tout de suite.

— Non !

Elle tourna abruptement les talons et s'éloigna.

— C'est une légende sans fondement, disait Itagne alors qu'ils avançaient sous le ciel d'un gris uniforme.

— Les meilleures légendes sont comme ça, commenta Talen en spécialiste.

Itagne eut un bref sourire.

— Ceux-qui-brillent ont beaucoup inspiré le folklore tamoul. Sans doute s'agissait-il au départ des histoires d'horreur habituelles, mais les Tamouls sont ainsi faits qu'ils poussent tout au paroxysme. Il y a sept cents ans, un poète mineur s'est emparé de la légende. Au lieu de faire fond sur les aspects horrifiques, il a sombré dans le sentimentalisme en s'étendant sur les états d'âme de ces pauvres exclus. Il se répandit en mauvais vers larmoyants sur la solitude des Delphae, ces malheureux injustement réprouvés. Il s'est hélas englué dans la tradition pastorale, ajoutant la mièvrerie de cette afféterie stupide à ses autres divagations. L'œuvre qui lui a valu la notoriété est une épopée indigeste intitulée *Xadane*. Xadane, une bergère, s'était amourachée d'un berger humain normal. Le jour, tout allait bien, mais Xadane devait fuir chaque soir pour empêcher son soupirant de découvrir sa vraie nature. C'est un poème sinistre, jonché de passages interminables dans lesquels Xadane s'apitoie sur son sort. Une véritable abomination.

— S'il faut en croire les êtres d'hier soir, ils se donneraient le nom de Delphae, nota Bévier. Si la tradition tamoul reprend le même terme, on peut en déduire que les deux peuples ont eu des contacts d'une sorte ou d'une autre.

— Sans doute, en effet, acquiesça Itagne, mais on n'en a pas gardé trace. La légende remonte à la nuit des temps, et j'imagine qu'une bonne partie est née dans l'esprit tordu de poètes de troisième zone. La cité de Delphaeus se trouverait dans les montagnes du sud de l'Atan. Les Delphae seraient vaguement apparentés aux Atans, bien qu'ils soient moins grands. À en croire nos poètes, ce que nous ne devrions probablement pas faire, les Delphae descendraient de pâtres qui, ayant suivi leurs troupeaux dans une vallée isolée, s'y seraient trouvés emprisonnés : une avalanche avait obstrué le seul passage qui menait au monde extérieur.

— Ce n'est pas complètement impossible, nota Ulath.

— Les invraisemblances apparaissent plus tard dans l'histoire, reprit Itagne. Il paraît qu'il y a au centre de la vallée un lac phosphorescent, et qu'il est à l'origine de la spécificité des Delphae : comme c'est la seule source d'eau de la vallée, les Delphae et leurs troupeaux sont bien obligés d'en boire et de se laver avec elle, ce qui, selon la légende, les rend phosphorescents à leur tour. Ils doivent faire de sacrés économies de chandelles, dit-il avec un pauvre sourire.

— Impossible !, intervint Talen. On ne se met pas à briller dans le noir à cause de ce qu'on boit ou de ce qu'on mange, hein ?

— Comment le saurais-je, jeune homme ? Je ne suis pas savant. Le phénomène pourrait être d'origine minérale, ou végétale s'il était dû à une algue. C'est une belle explication pour un phénomène imaginaire.

— Les gens que nous avons vus hier soir émettaient une lueur, Excellence, objecta Kalten.

— Oui, et je fais de mon mieux pour l'oublier, fit Itagne en jetant un coup d'œil derrière lui.

Séphrénia avait refusé de suivre la discussion sur les Delphae et fermait la marche en compagnie de Bérit.

— La réaction de Dame Séphrénia n'est pas rare chez les Styriques, poursuivit Itagne. La moindre allusion aux Delphae les rend fous. Toujours est-il que *Xadane* connut un énorme succès populaire et qu'elle inspira la kyrielle de resucées habituelles, donnant lieu à toute une branche de la littérature dite, comme il se doit, « delphaïque ». Les gens sérieux la tournent en dérision et les gens futiles la prennent à la légère. Vous savez ce qu'il en est.

— Oh oui, murmura Bévier. J'ai dû lire des bibliothèques entières de vers abominables, au cours de mes études. Chaque professeur a son poète préféré et vous en fait ingurgiter des pages et des pages. Je pense que c'est ce qui m'a déterminé à opter pour la carrière militaire.

Khalad remonta la colonne dans leur direction.

— Je ne voudrais pas critiquer mes aînés, commença-t-il sèchement, mais la décision d'abandonner la route pour prendre un raccourci n'était peut-être pas très avisée si l'on considère que, le ciel étant complètement bouché, on ne voit pas le soleil. Quelqu'un sait-il où nous allons ?

— Vers l'est, répondit fermement Vanion.

— Oui, messire, répondit Khalad. Absolument. Si vous dites que c'est l'est, c'est l'est. Nous devons donc être assez près de la frontière ?

— Elle ne devrait plus être loin.

— Votre carte indique sans doute la Sarna qui sépare la Cynesga de la Tamoulie ? Eh bien, je suis monté sur cette colline, là-bas ; d'en haut, on peut voir à dix lieues dans toutes les directions, et il n'y a pas plus de rivière que de beurre en branche. Vous croyez que quelqu'un aurait pu la faucher ?

— Pas aujourd'hui, je t'en prie, murmura Émouchet.

— La cartographie n'est pas une science exacte, Khalad, répondit Vanion. Les distances portées sur les cartes sont approximatives. Nous sommes partis à l'aube, nous nous sommes dirigés vers le point le plus lumineux du ciel en prenant des repères dans le paysage toutes les heures à peu près. Depuis ce matin, nous marchons dans la même direction : vers l'est – à moins que quelqu'un n'ait refait le monde cette nuit.

— Alors, où se trouve la rivière, messire ? demanda Khalad, puis il se tourna vers Itagne. Votre Excellence a-t-elle une idée de la largeur de la vallée de la Sarna ?

— Une soixantaine de lieues au moins. C'est le plus grand fleuve du continent, et la vallée est très fertile.

— Il y a de l'herbe, des arbres, des cultures ? Tout est vert ? Eh bien, reprit Khalad comme Itagne opinait du chef, il n'y a pas un brin d'herbe à la ronde, messire. Ce n'est que rouille et désolation.

— Nous allons vers l'est, insista Vanion. Les montagnes d'Atan doivent être au nord – sur notre gauche.

— Si tel est le cas, messire, elles sont un peu timides, aujourd'hui. Elles se cachent dans les nuages.

— Je te l'ai dit, Khalad, la carte n'est pas très précise, c'est tout, décréta Vanion. Si tu allais plutôt demander à Séphrénia et Bérit de nous rejoindre ? L'heure du déjeuner approche, pas vrai, Kalten ?

— Absolument, messire.

— Messire Kalten aurait-il le don d'estimer le temps ? demanda Itagne.

Émouchet eut un petit sourire.

— Nous nous en remettons généralement à lui quand il n'y a pas de soleil. Son estomac est ainsi fait qu'il peut dire à une minute près depuis combien de temps il n'a pas mangé.

À la fin de l'après-midi, quand ils firent halte, Khalad s'éloigna un peu de ses compagnons et contempla le désert d'un petit air supérieur.

— Émouchet, appela-t-il, vous pourriez venir ici un instant ? Je voudrais vous montrer quelque chose.

Émouchet reposa la selle de Faran et s'approcha de son écuyer.

— Oui ? demanda-t-il.

— Je pense que vous feriez mieux de parler à messire Vanion. Il ne voudra sûrement pas m'écouter, et il faut quand même qu'on le lui dise : nous ne sommes pas allés vers l'est aujourd'hui.

— Il faudrait que tu commences par me convaincre.

— Très bien. Nous venons de là, n'est-ce pas ? fit le jeune homme en indiquant un point dans le désert.

— Oui.

— Bon, alors, si nous allons vers l'est, ça, ça doit être l'ouest, pas vrai ?

— Tu enfonces souvent des portes ouvertes, comme ça ?

— Il faut bien, pour faire comprendre quelque chose à un chevalier. La dernière fois que j'ai regardé le soleil se coucher, il est descendu derrière l'horizon à l'ouest.

— Je t'en prie, Khalad, ne fais pas le malin. Où veux-tu en venir ?

— Eh bien, messire, si ça c'est l'ouest, pourquoi le soleil se couche-t-il par là ?

Il se tourna et tendit le doigt vers la lueur orange farouche qui ensanglantait les nuages.

Émouchet cligna des yeux et lâcha un juron.

— Allons voir Vanion, dit-il en repartant vers l'autre bout du camp, où le précepteur pandion parlait avec Séphrénia.

— Nous avons un problème, commença Émouchet. Nous avons dû changer de direction quelque part, aujourd'hui.

— Toujours cette idée fixe, Khalad ? lança hargneusement Vanion, ce dont Émouchet déduisit que l'entretien avec Séphrénia ne se passait pas très bien.

— Notre jeune ami ici présent vient de me le prouver, dit-il. En parlant lentement, bien sûr, parce que j'ai la comprenette difficile. À moins que quelqu'un n'ait fait tourner le soleil, nous avons marché vers le nord toute la journée.

— C'est impossible.

Émouchet se tourna et lui indiqua la vilaine lueur orange qui maculait l'horizon.

— Ce n'est pas de là que nous venons, Vanion.

Vanion regarda un moment l'horizon et éclata en imprécations.

— Vous ne vouliez pas m'écouter, fit Séphrénia d'un ton accusateur. Vous allez peut-être me croire, maintenant, quand je vous dis que les Delphae nous abuseront à chaque tournant.

— C'est moi qui me suis trompé, Séphrénia. On ne peut pas mettre tout ce qui cloche sur le dos des Delphae.

— Je te connais depuis que tu es haut comme ça, Vanion, et c'est la première fois que tu fais une erreur de ce genre. Je t'ai vu trouver ton chemin en pleine nuit, au milieu d'une tempête.

— J'ai dû confondre quelques détails du paysage et prendre de faux repères, convint Vanion en fronçant les sourcils. Merci de ta courtoisie, Khalad, et de ta patience. Nous aurions pu continuer jusqu'au cercle polaire. J'ai parfois la tête dure.

— Disons que tu as de la suite dans les idées, mon tant aimé, rectifia Séphrénia avec un bon sourire.

— Bon, pose des jalons, Khalad, ordonna Vanion en regardant autour de lui. Il n'y a pas de bois dans le coin, alors fais des tas de cailloux et différencie-les par des morceaux de chiffons de couleur différente. Je voudrais que tu repères de façon irrécusable la position du soleil ce soir, de sorte que nous ne refassions pas la même erreur demain matin.

— Je m'en occupe, messire.

— Ils sont revenus, souffla Kalten en secouant Émouchet pour le réveiller.

— Qui ça ? demanda Émouchet en se redressant d'un bond.

— Tes amis phosphorescents. Ils veulent te parler à nouveau.

Émouchet se leva et suivit ses amis vers la limite du camp.

— Je montais la garde, poursuivit Kalten, quand ils sont sortis de nulle part. Les histoires d'Itagne sont bien jolies, mais elles manquent de précision. Ceux-qui-brillent ne brillent pas tout le temps. Ils me sont tombés dessus sans prévenir, dans le noir, et ils n'ont commencé à luire qu'une fois arrivés.

— Ils sont loin ?

— Ils gardent leurs distances. Impossible de leur rentrer dans le chou.

Il n'y avait pas de brouillard, cette fois, et Ceux-qui-brillent n'étaient que deux. Ils se tenaient à une vingtaine de toises de l'enclos des chevaux. La lueur fantomatique qui émanait d'eux empêchait de distinguer leur physionomie.

— Le danger approche, Anakha, déclara la même voix caverneuse, vibrante. Tes ennemis te cherchent en tous lieux.

— Nous n'avons vu personne, voisin.

— L'ennemi invisible est le plus dangereux. C'est avec leur esprit que tes ennemis te cherchent. Nous t'enjoignons d'accepter notre offre d'aide et de protection. Bientôt, il sera trop tard.

— Pour rien au monde je ne voudrais vous offenser, voisin, mais c'est vous qui affirmez qu'il y a du danger, et je pense que vous exagérez un peu. Vous avez dit que le Bhelliom dirigeait mes pas, et le Bhelliom a des pouvoirs illimités. J'ai eu l'occasion de m'en rendre compte à plusieurs reprises. Je vous remercie de votre sollicitude, mais je crois pouvoir m'occuper de mes amis et de moi-même. Bon, et maintenant, si nous faisions fi des civilités ? lança-t-il impulsivement. Vous admettez avoir un intérêt personnel dans l'affaire. Pourquoi ne pas nous dire ce que vous voulez et ce que vous êtes prêts à offrir en échange ? Ça nous fournirait une base de négociation.

— Voilà ce qui s'appelle avoir du doigté, commenta Kalten, *mezzo voce*.

— Nous allons considérer ta proposition, Anakha, fit la voix vibrante avec une certaine froideur.

— C'est ça. Oh, encore une chose, voisin : arrêtez de nous désorienter. Ces procédés déloyaux augurent mal de nos futures négociations.

Les Delphae reculèrent et disparurent dans le désert sans répondre.

— Alors, maintenant tu me crois, Émouchet ? demanda Séphrénia. Tu te rends compte que ces créatures sont malhonnêtes et totalement dépourvues de scrupules.

— Disons que je ne suis pas aveugle et que je suis assez méfiant, petite mère. En tout cas, tu avais raison : on pourrait bander les yeux de Vanion et lui faire décrire des cercles pendant deux jours sans réussir à lui faire perdre le nord. Bon, tout le monde est réveillé ? Je pense que nous ferions bien de revoir notre stratégie.

Ils retournèrent à l'endroit où ils avaient étalé leurs lits improvisés sur le gravier impitoyable.

— Tu as vu juste, Émouchet, nota Bévier. Le fait que nos visiteurs n'aient pas réfuté ton accusation permet de penser que Séphrénia dit vrai depuis le début. Ils nous ont bel et bien égarés.

— N'empêche qu'il y a des Cyrgaïs dans le secteur, intervint Ulath, et que ce sont nos ennemis. Nous ne savons pas ce que les Delphae ont derrière la tête, mais ils ont mis les Cyrgaïs en fuite cette nuit, et ça m'inspire une certaine sympathie à leur endroit.

— Ils étaient peut-être de mèche avec eux, avança Bérit.

— C'est peu probable, fit Itagne. Les Cyrgaïs se

prennent pour les parangons de la création. Ils ne consentiraient jamais à une ruse qui les placerait en position subalterne. Ce n'est pas du tout leur genre.

— Il a raison, acquiesça Séphrénia. Et, bien qu'il me répugne de l'admettre, une alliance de cette espèce serait totalement invraisemblable pour les Delphae aussi. Il n'y a pas de collusion possible entre les Cyrgaïs et eux. J'ignore ce que les Delphae fricotent dans cette affaire, mais, de toute évidence, ils travaillent pour leur propre compte.

— Merveilleux, ironisa Talen. Maintenant, nous avons deux ennemis sur les bras.

— Et alors ? rétorqua Kalten. Le Bhelliom peut nous ramener à Mathérion en un clin d'œil. Laissons les Cyrgaïs et les Delphae régler leur problème sans nous dans ce désert.

— Non, protesta Séphrénia.

— Et pourquoi pas ?

— Parce que les Delphae nous ont déjà trompés. Nous ne voulons pas nous rendre à Delphaeus.

— Ils ne pourraient pas abuser le Bhelliom, Séphrénia, objecta Vanion. Ils ont peut-être réussi à me faire prendre des vessies pour des lanternes, mais le Bhelliom, c'est une autre histoire.

— Je ne pense pas que nous puissions courir le risque, mon cœur. Les Delphae attendent quelque chose d'Émouchet, ou plutôt du Bhelliom. Ne les leur livrons pas. Je sais que ce n'est pas facile, mais gardons les pieds sur terre. Le Bhelliom se déplace dans un espace incommensurable. Si les Delphae parviennent à le leurrer, les Dieux seuls savent où nous pourrions nous retrouver.

— Qu'est-ce qu'un églogue ? demanda Talen.

Ils chevauchaient vers ce qu'ils espéraient être l'est, le lendemain matin, et Itagne continuait à discourir sur la littérature delphaïque.

— Disons que c'est une sorte de drame primitif, répondit-il. L'églogue met généralement en scène deux bergers qui discutent philosophie en mauvais vers.

— J'ai connu quelques bergers, reprit Khalad, et ils s'intéressaient beaucoup moins à la philosophie qu'aux filles.

— Il en est aussi un peu question dans les églogues, mais de façon très idéalisée. Pour moi, reprit Itagne d'un ton rêveur, c'est une sorte de maladie. Plus le peuple se civilise, plus il romantise la vie simple, bucolique, et ignore la saleté, les travaux pénibles qu'elle implique. Nos plus mauvais poètes parlaient des bergers et des bergères avec des trémolos dans la voix. L'aristocratie se pique périodiquement de pastoralisme et se donne un mal fou pour donner corps à ses fantasmes. Le père de l'empereur Sarabian est allé jusqu'à faire construire une bergerie idéalisée, près de Saranth. Ses courtisans et lui-même y passaient l'été à faire semblant de garder des troupeaux de moutons obèses. Leurs robes paysannes et leurs jupettes étaient faites de velours et de satin, et ils s'asseyaient en rond dans l'herbe, l'œil humide, pour composer de mauvais vers, sans voir que leurs bêtes s'égaraient. Enfin, la littérature pastorale n'a jamais tué personne. C'est un genre stupide, d'un sentimentalisme sirupeux, et les poètes qui s'y adonnent ont une fâcheuse tendance à assener des leçons de morale lourdaudes. Le problème de la littérature est le même depuis toujours, vous comprenez : elle ne sert à rien et n'a aucun but pratique.

— Sauf que, sans elle, la vie serait bien morne, nota Bévier.

— C'est bien vrai, messire Bévier, acquiesça Itagne. Mais la littérature delphaïque – qui n'a probablement rien à voir avec la réalité – a prospéré autour de ces conventions littéraires ridicules. Enfin, au bout de plusieurs siècles de ces niaiseries, nos poètes ont plus ou moins épuisé le potentiel de la tradition pastorale et se sont intéressés à autre chose – ils se sont égayés dans la nature, comme des moutons livrés à eux-mêmes, pour filer la métaphore. Puis, au siècle dernier, ils ont énoncé le postulat selon lequel les Delphae pratiquaient une forme de magie non styrique. Ce que mes collègues styriques de l'Université n'apprécient guère. Bien des gens trouvent les Styriques imbuvables, poursuivit-il après un rapide coup d'œil par-dessus son épaule. Le cocktail de morgue et d'auto-apitoiement militant ne passe pas très bien, et l'un des jeux les plus populaires sur les campus universitaire consiste à parler de « magie styrique » à un Styrique, et à le regarder se rouler par terre, l'écume à la bouche.

— Vous voyez ce qui pourrait expliquer la réaction de Séphrénia envers les Delphae ? demanda Vanion, un peu troublé. C'est la première fois que je la vois se comporter ainsi.

— Je ne la connais pas bien, messire Vanion, mais

sa réaction, la première fois que j'ai parlé de littérature delphaïque, m'a rappelé un bref passage de *Xadane* où il est fait allusion à une alliance entre les Delphae et les Styriques au début de la guerre à l'issue de laquelle les Cyrgaïs étaient censés avoir disparu. Ce passage est inspiré par un texte obscur datant du XVIIe siècle. Il semblerait que les Styriques aient amené les Delphae à monter une attaque contre les Cyrgaïs en leur promettant leur aide et en leur faisant toutes sortes de propositions alléchantes, mais, quand les Cyrgaïs ont contre-attaqué et repris l'avantage sur les Delphae, les Styriques les ont laissés tomber et les Delphae ont bien failli être exterminés. Les Styriques ont tout fait, pendant des millénaires, pour tenter de justifier cette infamie. Ils ne sont pas très aimés, et cette trahison sert de prétexte à toutes sortes de préjugés. On comprend que les Styriques détestent cette littérature. L'un des aspects les moins plaisants de la nature humaine est la tendance à exécrer ses victimes, ajouta-t-il pensivement, le regard perdu dans le vide. C'est beaucoup plus facile que de reconnaître sa culpabilité. Quand on peut se convaincre que les gens qu'on a trahis ou réduits en esclavage étaient des êtres inférieurs, monstrueux, on se sent moins coupable. Les humains sont très doués pour rejeter la faute sur les autres. La bonne opinion que nous avons de nous-mêmes nous est si précieuse...

— Je pense qu'il en faudrait un peu plus pour offusquer Séphrénia, objecta Vanion d'un ton dubitatif. Elle est trop sensée pour s'enflammer parce que quelqu'un a dit des choses peu flatteuses sur les Styriques. Elle a passé des centaines d'années dans les royaumes élènes d'Éosie, et les prejugés antistyriques de ces régions passent de très loin les insultes littéraires. Si seulement elle voulait bien s'expliquer, soupira-t-il. Je ne peux rien en tirer de cohérent. Elle se contente de cracher des invectives. Je n'y comprends rien.

Mais Émouchet avait une petite idée de ce qui se passait. Aphraël lui avait laissé entendre que Séphrénia allait faire une expérience pénible, nécessaire à une sorte de croissance, et il devenait de plus en plus évident que les Delphae étaient la cause de cette souffrance. Itagne, qui ne les connaissait pas très bien, avait peut-être mis le doigt sur quelque chose d'important. Séphrénia était styrique jusqu'au bout des ongles, et l'acceptation de la culpabilité liée à des siècles de préjugés raciaux pourrait lui causer le genre de douleur qu'Aphraël avait évoquée. Mais Séphrénia ne serait pas seule à souffrir. Vanion avait dit que les problèmes de Séphrénia étaient aussi les siens, et ça valait aussi pour sa douleur, hélas.

Émouchet poursuivit sa route dans la vaste plaine désolée, en ruminant des pensées aussi lugubres que son environnement.

12

— C'est comme si j'étais devenu fou, dit pensivement Kring. Du jour où je l'ai vue, je n'ai plus eu d'yeux que pour elle.

— Tu as de la chance, ami Kring, répondit Engessa de sa voix douce et grave. Rares sont les hommes qui, de toute leur vie, connaissent pareil amour.

Les deux hommes étaient debout dans le noir, près du ministère de l'Intérieur.

— Je suis sûr que mon existence serait plus facile si je ne l'avais jamais rencontrée, commenta Kring avec un sourire un peu crispé. Mais je ne le regrette pas. Je pense que j'aurai eu une vie bien remplie. J'étais domi de mon peuple et j'imaginais que ma mère me trouverait une épouse, le moment venu, comme le veut la coutume. Je me serais marié, j'aurais eu des fils, la tradition aurait été sauve. Quand j'ai vu Mirtaï, j'ai compris combien ma vie était vide jusque-là. Mais je crains qu'elle ne m'attire beaucoup d'ennuis avec mon peuple. Elle ne ressemble à aucune des femmes que j'ai connues. Ce serait moins compliqué si je n'étais pas domi.

— Sans cela, elle ne t'aurait peut-être pas accepté, ami Kring. Mirtaï est une femme fière. Elle ne pouvait être que la femme d'un chef.

— Je sais. Sans cela, c'est moi qui n'aurais jamais osé l'approcher, fit-il en passant la main sur son crâne rasé. Mais ça n'ira pas tout seul. Je vois ça d'ici. Elle n'a rien de commun avec les femmes peloïs. Elle est plus grande et plus belle qu'aucune d'entre elles. Cela seul suffirait à leur flétrir le cœur. Tu as vu comment Vida, l'épouse de Tikumé, la regardait ? Les femmes de mon peuple la haïront d'autant plus que je suis leur domi. Elle sera doma, la première de toutes les femmes. Et pour tout arranger, elle sera plus riche qu'elles.

— Je ne comprends pas.

— J'ai beaucoup volé, dans ma vie. Toute ma fortune sera sienne. Elle possédera d'immenses troupeaux de moutons et de bovins. Seuls les chevaux resteront miens.

— Telle est donc la coutume chez les Péloïs ?

— Oui. Les moutons et les bœufs, qui se mangent, appartiennent aux femmes. De même que les tentes, les lits et les voitures. L'or que nous donne le roi pour les oreilles des Zémochs est à tout le monde, et les Péloïs ne possèdent en propre que leurs chevaux et leurs armes. En fin de compte, tout appartient aux femmes et nous passons notre vie à protéger leur bien.

— C'est une étrange société, ami Kring.

— L'homme ne doit pas être préoccupé par les biens matériels, répondit Kring en haussant les épaules. Ça le distrait au moment de livrer combat.

— Il y a de la sagesse là-dedans, mon ami. Qui détient tes biens jusqu'au mariage ?

— Ma mère. C'est une femme sensée, et le fait d'avoir une fille comme Mirtaï accroîtra considérablement son prestige. Elle a beaucoup d'autorité sur les femmes péloïs, et j'espère qu'elle parviendra à garder le contrôle de la situation. En ce qui concerne mes sœurs, au moins. J'ai hâte de voir leur tête quand je leur présenterai Mirtaï et qu'elles devront s'incliner devant elle ! fit-il en riant. Je ne les aime guère. Elles prient pour ma mort toutes les nuits.

— Tes propres sœurs ! s'exclama Engessa, estomaqué.

— Évidemment. Si je mourais avant mon mariage,

tout ce qui m'appartient reviendrait à ma mère, et elles hériteraient de tout à sa mort. Elles s'y voient déjà. Elles ont refusé, par orgueil, des prétendants très corrects. J'étais trop occupé jusque-là à faire la guerre pour songer au mariage, et chaque année qui passe renforce leur certitude que mes troupeaux leur appartiendront bientôt. La soudaine apparition de Mirtaï va beaucoup les perturber, fit-il en souriant. L'une des coutumes de mon peuple veut que la promise passe deux mois sous la tente de sa future belle-mère pour apprendre toutes les petites choses qui lui seront utiles après son mariage. Pendant cette période, ma mère et Mirtaï devront aussi choisir des maris pour mes sœurs, et ça va les mettre dans tous leurs états. J'imagine qu'elles vont essayer de tuer Mirtaï. Je tenterai de les en dissuader, bien sûr, ajouta-t-il pieusement : ce sont mes sœurs, après tout. Mais je doute qu'elles m'écoutent, et Mirtaï devra probablement en supprimer quelques-unes. J'en ai trop, de toute façon.

— Combien ? s'enquit Engessa.

— Huit. Leur statut risque de changer de façon dramatique après mon mariage. Pour l'instant, ce sont de riches héritières. Avec l'arrivée de Mirtaï, ce seront des vieilles filles sans fortune, qui dépendront d'elle pour leur pitance. Je pense qu'elles regretteront amèrement les soupirants qu'elles auront éconduits. Eh, on dirait que quelqu'un se glisse par-dessus le mur, non ?

— On dirait bien, confirma Engessa. Allons lui demander ce qu'il veut. Il serait regrettable qu'on entre dans le bâtiment pendant que Mirtaï-Atana et les voleurs sont à l'intérieur.

— Exact, approuva Kring.

Il dégaina son sabre et le tandem si curieusement assorti traversa la pelouse en silence pour intercepter l'ombre qui rôdait furtivement près du mur.

— À quelle distance sommes-nous de Téga, Sarabian ? demanda Ehlana en levant les yeux de la lettre d'Émouchet.

Sarabian avait enlevé son pourpoint. Il avait vraiment fière allure dans ses chausses et sa chemise de lin à manches longues. Il avait noué sur sa nuque ses cheveux noirs qui lui arrivaient aux épaules et il s'exerçait à faire des fentes avec sa rapière en visant un bracelet d'or accroché au plafond au bout d'une longue ficelle.

— À cent cinquante lieues à peu près. Qu'en dites-vous, Oscagne ? répondit-il en se cambrant pour se mettre en garde, puis il se fendit à nouveau et heurta le bord du bracelet avec la pointe de sa rapière, envoyant le bracelet valdinguer au bout de la ficelle : Merde ! s'exclama-t-il.

— Je dirais plutôt cent soixante-quinze, Majesté, rectifia Oscagne.

— C'est drôle..., reprit Ehlana. Cent soixante-quinze lieues, ce n'est pas grand-chose. Il fait un temps radieux ici. Émouchet prétend qu'il pleut depuis huit jours, à Téga.

— Comment savoir quel temps il peut faire là-bas ? fit Sarabian en donnant à nouveau l'assaut.

Cette fois, sa rapière passa au travers du bracelet.

— Bien joué, fit distraitement Ehlana.

— Merci, Majesté, répondit Sarabian en esquissant

une révérence comique assortie d'un moulinet de son fleuret. C'est vraiment amusant, déclara-t-il en s'accroupissant dans une attitude théâtrale. Tiens, cabot, prend ça ! fit-il en visant le bracelet, qu'il loupa de plusieurs pouces. Merde !

— Aleanne, ma chère, tu pourrais aller voir si le matelot qui a porté cette lettre est encore dans les parages ? demanda Ehlana.

— Tout de suite, ma Reine.

— Le marin vient de Téga, continua Ehlana en réponse au coup d'œil intrigué de Sarabian. Il pourra nous dire, lui, quel temps il fait là-bas.

— Votre Majesté ne pense tout de même pas que son mari lui ment ? se récria Oscagne.

— Et pourquoi pas ? Je lui mentirais bien, moi, si j'avais une bonne raison de le faire.

— Ehlana ! s'exclama Sarabian, choqué. Je pensais que vous aimiez Émouchet.

— Ça n'a rien à voir. Je l'aime depuis que j'ai l'âge de Danaé, mais il ne faut pas confondre l'amour et la politique, Sarabian. Émouchet avait une idée derrière la tête en partant, et votre excellent ministre des Affaires étrangères ici présent doit être au courant.

— Moi ? protesta vertueusement Oscagne.

— Oui, vous, Oscagne. Des sirènes ! Vous ne pensiez tout de même pas que j'allais gober cette histoire ! Là, je dois dire que vous m'avez déçue. Je m'attendais à mieux, de votre part.

— J'ai été un peu pris de court, Majesté, admit-il avec embarras. Le prince Émouchet était pressé de partir. Est-ce cette histoire de temps qui vous a mis la puce à l'oreille ?

— Pas vraiment. Mon bien-aimé s'est pris les pieds dans le tapis tout seul, fit-elle en tendant la lettre. Je connais sa prose, figurez-vous. Il donne toujours l'impression d'écrire à la pointe de l'épée. Le style de cette missive, ainsi que des précédentes, brille comme s'il les avait léchées. Je suis touchée qu'il se soit donné tant de mal, mais je n'en crois pas un mot. Bon, où est-il et que fait-il ?

— Il n'a pas voulu nous le dire, Majesté. Il m'a seulement annoncé qu'il avait besoin d'un prétexte pour s'absenter pendant quelques semaines.

— C'est parfait, Oscagne, répondit-elle avec un doux sourire. Je le découvrirai bien toute seule. Et ce sera beaucoup plus amusant comme ça.

— C'est un grand bâtiment, raconta Stragen, le lendemain matin. Il faudra du temps pour le fouiller de fond en comble.

Ils venaient de rentrer, Caalador, Mirtaï et lui, de leur nuit de cambriolage infructueux. Ils portaient encore leur justaucorps noir et avaient l'air épuisé.

— Où en êtes-vous ? demanda Sarabian.

— Nous avons exploré les deux étages du haut, Majesté, répondit Caalador, vautré dans un fauteuil. Nous attaquons le troisième cette nuit. Seigneur, je suis crevé, moi. Je suis trop vieux pour ce genre de facéties.

Il bâilla de plus belle pendant que Stragen déroulait un jeu de plans jaunis par le temps.

— Je suis persuadé que la réponse est là, dit-il. Au lieu de fouiller partout à l'aveuglette, nous devrions comparer les dimensions réelles des pièces avec ce plan.

— Tu as de mauvaises lectures, c'est tout ce que ça prouve, lâcha Caalador en s'étirant. Ces Thalésiens lisent trop de mauvaises histoires de fantômes et de passages secrets.

— Il fallait bien que les scribouillards d'Emsat trouvent quelque chose après avoir épuisé les autres genres, répliqua Stragen. Les histoires de cimetières et de maisons hantées sont très populaires dans les quartiers chauds. Les catins en raffolent, et j'imagine que les agents de l'Intérieur partagent ce goût. Après tout, que sont-ils, sinon des catins d'une espèce un peu particulière ?

— Caalador, arrêtez de bâiller comme ça, vous me faites mal ! s'exclama Mirtaï. Vous allez finir par vous décrocher la mâchoire.

— J'ai sommeil, mon petit chou. Je devrais être au lit depuis des heures.

— Eh bien, qu'est-ce que vous attendez pour y aller, au lieu d'ouvrir la bouche comme un four ?

— Allez tous vous coucher, ordonna Ehlana. Vous êtes maintenant les cambrioleurs officiels de la Couronne et nous serions fort marris, Sarabian et moi, que vous vous endormiez au milieu d'une de vos missions.

— Bon, vous voulez qu'on passe aux choses sérieuses ? proposa Caalador en se levant. Je pourrais faire venir deux douzaines de professionnels d'ici ce soir, et demain matin le ministère de l'Intérieur n'aurait plus de secrets pour nous.

— Mais, demain après-midi, l'Intérieur saurait que nous savons, objecta Stragen. Tant que nous n'aurons pas débarrassé notre réseau de tous les agents que Krager a probablement retournés, il faudra faire attention.

— De toute façon, rien ne presse, messieurs, reprit Ehlana. Même si nous trouvons ce que nous cachent les agents de l'Intérieur, nous ne pourrons rien faire tant que mon époux vagabond n'aura pas jugé bon de réintégrer le foyer familial.

— Pourquoi êtes-vous si sûr qu'Émouchet vous raconte des craques, Ehlana ? demanda Sarabian.

— C'est tout à fait son caractère. Émouchet a passé sa vie entière à me protéger. C'est plutôt gentil, en fait, même si c'est parfois embêtant. Il me prend toujours pour une petite fille, bien que j'aie eu de multiples occasions de lui prouver son erreur. Il fait quelque chose de dangereux et il ne veut pas que je m'inquiète. Il n'avait qu'à me dire ce qu'il mijotait et m'exposer les raisons pour lesquelles il estimait sa mission nécessaire. Je sais que vous avez du mal à le croire, mais les femmes peuvent parfois être rationnelles – et elles ont l'esprit beaucoup plus pratique que vous.

— Vous êtes dure, Ehlana, fit Sarabian d'un ton accusateur.

— Non, je suis réaliste. J'aurai beau dire, Émouchet fera toujours ce qu'il croit être son devoir, et j'ai appris à l'accepter. Quoi que nous découvrions, nous ne pourrons rien en faire tant qu'Émouchet et les autres seront en vadrouille. Nous allons démanteler l'Intérieur, jeter le quart des fonctionnaires de l'empire en prison, déclarer la loi martiale en Tamoulie et charger les Atans de l'appliquer. Le continent Darésien va ressembler à une ruche renversée par une charge de cavalerie. Je ne sais pas ce que fait Émouchet, j'ignore donc quel impact ce chaos pourrait avoir sur lui. Il est probable qu'il s'est déjà fourré dans une situation impossible, et je ne vous permettrai pas d'aggraver les choses.

— Je vais vous dire, Ehlana, reprit Sarabian. Vous le maternez plus encore que lui ne vous protège.

— Évidemment. C'est ça, le mariage.

— Aucun des miens ne ressemble à ça, fit-il dans un soupir.

— C'est parce que vous avez trop de femmes, Sarabian. Vous dispersez votre affection, et une femme ne peut pas rendre plus d'amour qu'elle n'en reçoit. Vous estimez peut-être que c'est une mesure de sécurité, mais ça finit par devenir fastidieux. C'est très excitant d'éprouver une passion dévorante pour un unique objet. On a l'impression de vivre au bord d'un volcan.

— Quelle perspective exaltante, fit-il en frissonnant.

— C'est assez amusant, répondit-elle avec un sourire.

La baronne Mélidéré s'était retirée tôt, en invoquant un affreux mal de tête. En réalité, elle avait une décision importante à prendre, et ne pouvait plus la différer. Elle devait décider de la conduite à adopter envers Stragen.

Mélidéré n'était pas une sainte nitouche. Les femmes

de la cour le sont rarement. Une oie blanche n'a pas le choix, dans ses relations avec le sexe opposé ; une fine mouche décide. Le problème de Mélidéré était le suivant : Stragen ferait un parfait soupirant, évidemment. Il était tout à fait décoratif, intéressant et raffiné. Une liaison avec lui ne ternirait pas la réputation de Mélidéré, au contraire. Si c'était ce qu'elle voulait, le moment était venu de lui ouvrir la porte de sa chambre. Leur relation pourrait être brève, ou reprendre chaque fois que Stragen passerait à Cimmura. Leur liaison deviendrait en quelque sorte officielle et ils resteraient libres de s'amuser ailleurs si bon leur semblait, selon la coutume en vigueur à la cour. L'ennui, c'est que Mélidéré n'était pas sûre de vouloir ça. Elle songeait de plus en plus souvent, ces temps-ci, à un arrangement plus durable, et c'est là que reposait le dilemme.

Les histoires de cœur sont soumises à un rythme comparable à celui des marées. C'est à la femme qu'il incombe d'émettre le moment voulu, en direction de sa proie, un ensemble de signaux menant à la chambre à coucher, puis à l'autel. Mélidéré ne pouvait tergiverser plus longtemps. Elle devait se décider.

Stragen l'intriguait. Il émettait une aura de danger fort excitante, qui attirait Mélidéré. Cette excitation pouvait être grisante, à la limite de l'ivresse, mais il se pouvait qu'elle finisse par disparaître au fil des années.

Et puis il y avait le problème personnel de Stragen. La modestie de ses origines, sa bâtardise, l'avaient rendu exagérément susceptible, et il se croyait sans cesse en butte à des affronts imaginaires. Il rôdait en marge de la cour d'Ehlana, comme un intrus qu'on n'a pas invité au banquet et qui craint de se faire éjecter sans ménagement. Les nobles l'effrayaient, et il donnait l'impression de voir dans les aristocrates des êtres d'une espèce étrange. Si elle décidait de l'épouser, Mélidéré devrait s'attaquer avant tout à ce problème. Elle était bien placée pour savoir que les titres ne voulaient rien dire et que la noblesse s'achetait, mais comment en persuader Stragen ? Elle pourrait aisément lui offrir un titre qui réglerait définitivement la question, mais ça l'obligerait à révéler le secret qu'elle gardait depuis son enfance. Mélidéré avait toujours caché le fait qu'elle était l'une des personnes les plus riches de la cour, surtout parce que l'origine de sa fortune fabuleuse n'était pas tout à fait légale.

La voilà, la solution ! Elle éclata de rire en réalisant la simplicité de la chose : si elle voulait épouser Stragen, elle n'avait qu'à partager son secret avec lui. Ça les mettrait sur un pied d'égalité en abattant une barrière imaginaire.

Mélidéré était une vraie baronne, mais le titre n'était pas dans la famille depuis très longtemps. Son père était forgeron à Cardos, c'était un homme aux épaules de taureau et à la crinière blonde. Il avait fait fortune grâce à une découverte toute simple : la plupart des gens considéraient les pièces d'or comme dotées d'une valeur intrinsèque, inaltérable, mais leur seule valeur résidait, par suite d'un accord social, dans les chiffres gravés dessus, et ces chiffres ne changeaient pas même si le bord de la pièce avait été légèrement limé avec une râpe ou une bonne lame. Oh, pas beaucoup à la fois. Les minuscules copeaux d'or prélevés sur une pièce ne pesaient pas lourd, mais quand on en rognait des milliers, ça finissait par compter. Les gouvernements s'efforcent de décourager cette pratique en crénelant le tour des pièces, pour dissuader les amateurs de les limer ou de les écorner. Le père de Mélidéré avait trouvé le moyen de contourner la difficulté en fabriquant un ensemble de moules, un par taille de pièce. Un forgeron n'aurait pas l'occasion de manipuler assez de pièces dans toute sa vie pour amortir un équipement pareil, mais le père de Mélidéré était un génie. Il ne fit pas ces moules pour son usage personnel, il ne les vendit pas ; il les loua, de même que les services d'opérateurs qualifiés, en prélevant un petit pourcentage au passage.

Mélidéré sourit. Elle pouvait affirmer que peu de pièces dans toute l'Éosie étaient de bon aloi. Cinq pour cent de la différence entre leur valeur faciale et leur vraie valeur étaient entreposés sous forme de lingots dans la chambre forte de son propre manoir, près de Cardos. Quand Stragen aurait compris qu'elle était une arnaqueuse d'une autre envergure que lui, le reste serait facile. Ses illusions sur la noblesse s'envoleraient, laissant place à un respect salutaire pour son habileté. Elle pourrait même lui montrer l'origine de sa fortune, car elle avait toujours conservé le plus cher souvenir de son enfance, les moules de son père. Ces joyaux d'acier poli plus précieux que des diamants étaient, en ce moment même, nichés dans un coffret de bois de rose sculpté posé sur sa coiffeuse.

Elle tenait donc le moyen d'épouser Stragen. Et elle comprit, en se disant cela, que sa décision était prise.

Elle allait l'épouser. C'est le signal qu'elle émettrait, la prochaine fois qu'elle le verrait.

Puis elle eut une autre idée. Son père avait limité ses activités au continent éosien. La Tamoulie entière regorgeait de pièces vierges, qu'aucune lime n'avait jamais violées. Quand il comprendrait ça, Stragen ne marcherait pas vers l'autel, il y courrait.

Mélidéré sourit, prit sa brosse et la passa dans ses cheveux de miel en fredonnant doucement. En bonne Élène, elle avait abordé le problème rationnellement, et comme toujours, la logique avait prévalu. La logique était une compagne amicale et réconfortante. D'autant qu'elle n'entrait pas en conflit avec la morale.

— Stop ! chuchota Stragen alors qu'ils descendaient l'escalier menant au troisième étage. Il y a encore quelqu'un !

— Que fait-il là si tard ? demanda Mirtaï sur le même ton. Il y a des heures que les autres sont rentrés chez eux.

— Posons-lui la question, suggéra Caalador.

— Ne dis pas de bêtises. C'est peut-être un veilleur de nuit.

— Je n'en sais rien, répondit Stragen. Je ne le vois pas. J'ai juste aperçu la lueur d'une chandelle. Quelqu'un a ouvert une porte, en bas.

— Un gratte-papier qui fait des heures supplémentaires ?

— Bon, qu'est-ce qu'on fait ? demanda Mirtaï.

— On attend, répondit Caalador en s'asseyant sur une marche.

— Restez ici, tous les deux, proposa Stragen. Je vais jeter un coup d'œil. Je ne me vois pas camper sur ces marches jusqu'à demain matin, s'il a décidé de passer la nuit à travailler.

Il descendit les marches de nacre sans faire de bruit avec ses semelles de cuir souples comme des gants. En arrivant au palier inférieur, il vit un rai de lumière sous une porte, tout au bout. Il avança rapidement, avec assurance. Parvenu devant la porte, il entendit des voix.

Stragen ne songea même pas à écouter à la porte. C'était bon pour les débutants. Il se glissa dans la pièce voisine et colla son oreille au mur.

Il n'entendit rien. Il jura tout bas, ressortit dans le couloir et entra dans la pièce située de l'autre côté de la porte éclairée. Il entendit presque aussitôt les voix de deux hommes.

— Notre estimé Premier ministre commence à comprendre la situation, disait une voix éraillée. Mais ça n'ira pas tout seul. Ce Pondia Subat perd pied au moindre imprévu.

— Bah, le Premier ministre est une potiche, comme l'empereur, répondit son interlocuteur, et Stragen reconnut la voix de Téovin, le chef de la police secrète.

— Vous avez remarqué, ironisa l'homme à la voix éraillée.

— Subat ne posera pas de questions. Tant que nous le tiendrons informé des grandes lignes de la situation, il nous laissera mener les choses sans se préoccuper des détails, comme nous l'avons toujours voulu. Vous avez avancé, avec les autres ?

— Un peu. Je marche comme sur des œufs, vous imaginez bien. La putain élène s'est fait beaucoup d'amis à la cour. Mais j'ai leur oreille. Il faut dire que ça aide, de tenir les clés du trésor ! La plupart des ministres ne jouent qu'un rôle de façade, et je n'ai pas voulu perdre de temps avec eux. La Culture et l'Éducation ne nous seront guère utiles.

— Quant à l'Éducation, Excellence, ça reste à voir. Ce ministère contrôle les universités. Nous devons penser à l'avenir. Vous ne voulez pas, j'imagine, que des générations de citoyens pensent que l'Intérieur et l'Échiquier sont noyautés par des traîtres. Pratiquement, nous agissons à rencontre des vœux de l'empereur.

— Je vous l'accorde, mais l'Intérieur contrôle la police et les Finances édictent et collectent les taxes. Nous serons toujours populaires, quoi que nous fassions. Enfin, vous avez raison : si les professeurs d'histoire se mettaient à raconter aux étudiants que nous sommes des félons, le peuple pourrait se faire un devoir de résister aux représentants de la loi, et trouver patriotique de cesser de payer ses impôts.

— Ce qui soulève un point important, Gashon, reprit Téovin. Vous avez des agents, n'est-ce pas ? Des gaillards aux gros bras qui accompagnent vos collecteurs d'impôts pour veiller à ce que les gens paient leur dû ?

— Absolument. Tout le monde finit par payer, d'une façon ou d'une autre. En espèces sonnantes et trébuchantes, ou de sa vie.

— Eh bien, suivez-moi : les Élènes savent maintenant que l'Intérieur, et sans doute aussi l'Armée, leur sont opposés, et l'on peut compter sur eux pour nous tailler des croupières. Je voudrais mettre certains de mes meilleurs agents au frais. Me permettriez-vous de les transférer dans vos services de recouvrement ? Je conserverais ainsi une force opérationnelle, même si les Élènes se mettaient à brûler les postes de police.

— Je vais vous arranger ça, Téovin. Vous voulez autre chose ?

— De l'argent, Gashon.

Il y eut un silence douloureux.

— Vous ne pourriez pas plutôt vous contenter d'une indéfectible amitié ?

— Je crains que non, Votre Excellence. J'ai quelques pattes à graisser. Mais je pourrais me contenter, dans la plupart des cas, d'exemptions de taxes.

— Exemption ? Je ne connais pas ce mot.

— Nous consentirions des avantages fiscaux à certaines personnes en échange de leur coopération.

— C'est immoral ! hoqueta Gashon. Que cette idée ne sorte jamais d'ici, surtout ! J'en ai le sang qui se caille dans les veines. Bon, si nous sortions d'ici ? Les postes de police me mettent mal à l'aise, je ne sais pourquoi.

— Eh bien, Excellence, je pense que nous avons à peu près fait le tour des problèmes...

Stragen resta assis dans le bureau obscur pendant que les deux hommes repoussaient leur fauteuil et sortaient dans le couloir. Il entendit Téovin refermer la porte à clé. Il attendit encore une dizaine de minutes avant de s'approcher du pied de l'escalier.

— La voix est libre ! appela-t-il dans un rauque murmure.

Mirtaï et Caalador descendirent.

— Qui était-ce ? demanda Caalador.

— Téovin, le chef de la police secrète, et Gashon, le chancelier de l'Échiquier, répondit Stragen. C'était une conversation très édifiante. Téovin recrute. Il a réussi à convaincre plusieurs ministres de faire cause commune avec lui.

— Nous nous occuperons des problèmes politiques plus tard, déclara Caalador. Il est près de minuit. Mettons-nous au travail.

— Pas besoin, fit Stragen. J'ai trouvé ce que nous cherchions.

— Et il nous annonce ça comme si de rien n'était ! remarqua Caalador en grinçant des dents. Très bien, Stragen, éblouis-nous par ton génie. Fais-nous pâmer d'admiration.

— Je n'ai pas beaucoup de mérite, avoua Stragen. Je suis tombé dessus par hasard. J'avais raison, il y a bien une pièce secrète, mais nous devons encore en trouver la porte, et vérifier que les documents sont dedans.

— Où se trouve-t-elle ? demanda Mirtaï.

— Juste à côté du bureau de Téovin. J'aurais dû y penser tout de suite.

— Évidemment, approuva Caalador. Comment l'as-tu trouvée ?

— Eh bien, je ne l'ai pas encore trouvée, mais j'ai déduit son existence.

— Ne jetez pas vos chaussures souples et vos vêtements noirs tout de suite, leur conseilla Mirtaï.

— Vous me faites beaucoup de peine, mon chou.

— J'ai déjà vu des Élènes raisonner comme des cloches fêlées. Bon, que s'est-il passé, au juste ?

— Je voulais faire de l'espionnage constructif, alors je suis entré dans le bureau voisin pour écouter la conversation de nos deux comploteurs.

— Et alors ?

— Alors je n'ai rien entendu.

— Les murs sont en pierre de taille, Stragen, objecta la géante. Et ils sont plaqués de nacre.

— Il n'y a pas de mur à l'abri des oreilles indiscrètes, Mirtaï : quand je suis passé dans l'autre pièce, j'ai tout entendu. Croyez-moi, il y a un vide entre le premier bureau et celui de Téovin.

— Ça colle, fit Caalador. La porte de cette pièce secrète doit donner dans le bureau de Téovin. S'il s'agit de documents sensibles, comme nous le pensons, il ne doit pas tenir à ce que n'importe qui y ait accès. Si nous avions pris le temps de réfléchir, nous aurions gagné beaucoup de temps.

— Je n'ai pas perdu le mien, répliqua Mirtaï avec un sourire. J'ai appris l'art de la cambriole, et gagné votre amitié. Je ne me suis jamais autant amusée de toute ma vie. Et si la porte de la pièce secrète est verrouillée ?

— Aucun problème, mon petit chou, assura Caalador en brandissant un instrument fin comme une aiguille et recourbé au bout.

— Je propose que nous nous y mettions tout de suite, reprit Stragen. Il est minuit, et les Dieux seuls savent combien de temps il va nous falloir pour trouver ce que nous cherchons.

— Vous voulez rire ! s'esclaffa Ehlana.

— Que le cul me pèle si je mens, Votre Majesté, fit Caalador. On se croirait dans un mauvais roman populaire, non ?

— Ne dis pas de mal d'un genre qui répond aux besoins des indigents d'esprit, protesta Stragen. Dans toutes ces histoires de fantômes et de manoir hanté, l'entrée des cabinets et autres passages secrets est inévitablement dissimulée derrière une bibliothèque. Le truc est tellement éculé que, pour un peu, je serais passé devant sans rien voir. Je me demande si Téovin y a pensé tout seul ou s'il s'est inspiré de ses lectures, fit-il en riant. Dans le second cas, il a très mauvais goût.

— Ce genre littéraire est-il si largement diffusé, en Éosie ? s'informa Oscagne avec intérêt. Les livres sont horriblement chers, ici.

— C'est l'une des conséquences de la politique de notre Sainte Mère qui prônait, au cours du siècle dernier, l'éducation de masse. L'Église voulait que ses enfants puissent prendre connaissance de son message, et des hordes de prêtres itinérants ont appris à lire au peuple.

— L'ennui, c'est qu'on a vite fait le tour du message en question, poursuivit Stragen. Et que des tas de gens se sont retrouvés avec un don inutile. Ça explique l'explosion de la littérature qui a suivi l'invention du papier. La copie des livres est peu onéreuse ; c'est le coût du parchemin qui rendait le prix des livres prohibitif. Le papier a permis de les mettre à la portée de tous. Dans la plupart des grandes cités, des bataillons entiers de scribes crachent les livres à la pelle. C'est un métier lucratif. Les livres n'ont ni enluminures ni lettrines, le lettrage est un peu bâclé, mais ils sont lisibles – et leur prix est abordable. Seulement il ne suffit pas de savoir lire pour avoir bon goût. Toutes sortes d'auteurs épouvantables se sont mis à écrire des récits d'aventures, des histoires de fantômes, des fantaisies héroïques, et ce genre d'ouvrage que l'on n'exhibe pas ostensiblement dans sa bibliothèque. L'Église encourage la diffusion des vies de saints et de la poésie religieuse, mais personne ne les lit vraiment. Les livres les plus populaires actuellement sont les histoires de fantômes – surtout en Thalésie. Ça doit être une caractéristique ethnique. Je crains, ma Reine, qu'il ne nous faille un temps fou pour extraire toutes les informations du cabinet secret de Téovin. Ce cagibi contient des kyrielles de documents, et je ne puis faire passer des escouades de gens par-dessus les toits pendant des nuits entières. Il faudra que nous lisions tout ça nous-mêmes, Mirtaï, Caalador et moi.

— Peut-être pas, mon cher petit, objecta Ehlana avec un sourire. J'étais sûre que vous trouveriez tôt ou tard ce que nous cherchions. En réfléchissant à la question, j'ai repensé à la façon dont Émouchet avait fait apparaître une image de Krager à la surface d'une cuvette d'eau afin de permettre à Talen de faire son portrait. Séphrénia refusant d'apprendre à lire l'élène, ils avaient mis au point, Émouchet et elle, un moyen de pallier cette lacune. Elle peut jeter un coup d'œil sur une page de livre et la reproduire sur un miroir ou à la surface d'une cuvette des heures ou des jours plus tard. L'un des Pandions de notre suite, messire Alvor, connaît le sort. C'est un jeune homme agile, il vous suivra sans problème sur les toits. Emmenez-le avec vous dans le cabinet de Téovin. Je ne serais pas étonnée qu'il emmène cette bibliothèque avec lui en un seul soir.

— Ça marche vraiment, Majesté ? demanda Caalador, dubitatif.

— Oh oui, Caalador. J'ai tendu à Alvor un livre qu'il n'avait jamais vu. Il l'a feuilleté pendant quelques minutes et l'a fait apparaître sur ce miroir, page après page. Je les ai comparées à celles du livre : la reproduction était d'une précision troublante. On y retrouvait même les marques de doigts et les taches de nourriture.

— Ces Pandions ont vraiment de la ressource, admit Caalador.

— C'est exactement ce que je me dis tous les jours, convint-elle avec un sourire. Il y en a un, surtout, dont je ne pourrais plus me passer.

13

— Nous n'avons pas le choix, ma tant aimée, dit Vanion. Nous avons essayé plusieurs fois de rebrousser chemin et nous allons toujours dans la même direction. Nous devons faire appel au Bhelliom.

Il regarda le torrent de montagne qui bondissait sur les rochers entre les parois d'une gorge couverte de verdure. Des volutes de brume montaient des flots rugissants.

— Non, Vanion, répondit Séphrénia d'un ton sans réplique. C'est exactement ce qu'ils attendent. Les Delphae veulent le Bhelliom et, dès qu'Émouchet tentera de l'utiliser, ils nous attaqueront pour s'en emparer.

— S'ils font ça, ils vont le regretter, commenta Émouchet.

— Peut-être, mais ce n'est pas certain. Nous ignorons de quoi ils sont capables. Tant que je ne saurai pas comment ils s'y prennent pour nous abuser, je ne pourrai me prononcer sur les autres moyens à leur disposition. Il y a trop d'incertitudes pour que nous prenions le moindre risque.

— C'est ce qu'on appelle une impasse, non ? remarqua Khalad. Nous avons beau faire, nous montons vers le nord, et nous ne savons pas ce qui nous attend si Émouchet demande au Bhelliom de nous sortir de là. Et si nous nous arrêtions ?

— Nous devons retourner à Mathérion, Khalad, objecta Émouchet.

— Mais nous n'y allons pas, messire. Il y a maintenant deux jours que nous errons dans ces montagnes et chaque pas nous rapproche de Delphaeus, alors à quoi bon continuer à avancer ? Trouvons plutôt un coin confortable où établir le campement et attendons qu'ils viennent à nous plutôt que le contraire.

— Ce n'est pas bête, messire Vanion, approuva Itagne. Tant que nous marcherons, les Delphae n'auront qu'à nous pousser dans la bonne direction, comme un troupeau de moutons. Tandis que, si nous cessons de bouger, il faudra qu'ils essaient autre chose, ce qui donnera peut-être à Dame Séphrénia des indices sur leurs facultés. C'est ce qu'on appelle, dans les cercles diplomatiques, rester dans une prudente expectative.

— Et si les Delphae décident d'attendre ? objecta Ulath. L'automne n'est pas le meilleur moment pour traîner dans les montagnes. Tout allait bien dans le désert, mais, à présent que nous commençons à monter, le temps commence à compter.

— Je serais étonné qu'ils attendent, remarqua Itagne.

— Et pourquoi pas ? Tous les atouts sont dans leur jeu, non ?

— Appelons ça l'instinct diplomatique. J'ai cru discerner une certaine urgence dans leur démarche. Ils veulent que nous allions à Delphae, certes, mais ils veulent aussi que nous y allions vite.

— Je voudrais bien savoir d'où vous déduisez cela, fit Kalten d'un air dubitatif.

— D'un millier de petites choses, messire Kalten : le ton de la voix, d'infimes changements d'expression, de posture ou de rythme de la respiration. Les Delphae n'étaient pas si sûrs d'eux qu'il y paraissait, et ils sont pressés. Tant que nous avançons, ils n'ont aucune raison de reprendre contact, mais je pense que si nous restons sur place ils reviendront nous voir et commenceront à faire des concessions. J'ai vu ça plus d'une fois.

— L'apprentissage de la diplomatie est-il long, Votre Excellence ? demanda Talen avec avidité.

— C'est une question d'aptitudes personnelles, maître Talen.

— J'apprends vite. Ça paraît être un jeu amusant.

— Je n'en connais pas de plus beau, approuva Itagne.

— Envisagerais-tu de changer de carrière ? demanda Khalad.

— Je ne ferai jamais un très bon chevalier. Il faudrait qu'Émouchet demande au Bhelliom de faire en sorte que je devienne quatre fois plus grand qu'aujourd'hui.

— C'est la troisième profession que tu envisages d'épouser depuis le début de l'année, remarqua Émouchet. As-tu renoncé à devenir empereur des voleurs ou archiprélat du larcin ?

— J'ai encore le temps d'arrêter une décision, Émouchet. Est-il vrai, Votre Excellence, que la police ne peut pas arrêter un diplomate, quoi qu'il fasse ? reprit Talen comme s'il avait une idée derrière la tête.

— C'est une très ancienne coutume, maître Talen. Si je jette vos diplomates aux oubliettes, vous en ferez autant avec les miens, n'est-ce pas ? Les diplomates sont plus ou moins au-dessus des lois, en effet.

— Eh bien, c'est à prendre en considération, fit Talen avec un sourire béat.

— J'adore les grottes, déclara Ulath.

— Tu es sûr de ne pas être à moitié Troll ? ironisa Kalten.

— Même les Trolls et les Ogres peuvent avoir une bonne idée de temps à autre. Le toit est très pratique quand le temps se gâte, et personne ne peut te prendre à revers. C'est une très bonne grotte, et elle a déjà servi. Quelqu'un s'est donné la peine de construire un mur autour de cette fontaine, de sorte qu'on a toute l'eau que l'on veut.

— Et si ce quelqu'un revient et veut récupérer sa grotte ?

— J'en doute. Il a laissé ça en partant, répondit Ulath en brandissant une pointe de lance ouvragée. Je dirais qu'il est trop vieux pour nous chercher noise : quinze ou vingt mille ans, au moins. N'empêche qu'il travaillait bien, le bougre, ajouta-t-il en passant le pouce sur le bord acéré de l'objet. Il a aussi fait des dessins sur la paroi. Des animaux, surtout.

— Je vais avoir l'impression de m'installer dans une tombe, objecta Kalten en réprimant un frisson.

Mais non. Le temps est d'un seul bloc, Kalten. Le passé est toujours avec nous. La grotte a été très utile au gaillard qui a réalisé cette pointe de lance, et la qualité de son travail m'incite à faire confiance à son jugement. Il y a tout ce qu'il faut, ici : un abri, de l'eau, du bois pas loin, sans compter une prairie en pente à une centaine de toises au sud, avec tout le fourrage dont les chevaux auront besoin.

— Et nous, qu'allons-nous manger quand nous aurons épuisé nos réserves, d'ici quelques semaines ? De la soupe aux cailloux, peut-être ?

— Il y a du gibier dans le voisinage, messire Kalten, fit Khalad. J'ai vu des cerfs près de la rivière et un troupeau de chèvres sauvages plus haut, sur la pente.

— Des chèvres ? releva Kalten avec une grimace.

— Ça vaut la soupe aux cailloux, non ?

— Ulath a raison, remarqua Bévier. La grotte se trouve dans une position défensive. Apparemment, tant que les Delphae ne nous touchent pas, ils ne peuvent nous faire du mal. Un champ de pieux pointus plantés sur la pente menant à la rivière devrait les tenir à distance respectable. Si, comme le dit l'ambassadeur Itagne, les Delphae sont pressés, ça devrait les encourager à s'asseoir à la table des négociations.

— Faisons ça, décida Vanion. Et vite. Les Delphae sortent la nuit, et il serait bon que nous ayons un moyen de défense en place avant le coucher du soleil.

Le lendemain matin, le ciel qui était bouché depuis une semaine s'était dégagé et le soleil automnal brillait de mille feux, faisant vibrer les feuilles dorées des peupliers, de l'autre côté de la gorge. Tout semblait se dessiner avec une netteté surnaturelle. Dans l'eau d'un vert sombre, qui étincelait au soleil, les pierres du torrent étaient d'une blancheur d'ossements. Partout des oiseaux pépiaient et des écureuils babillards se chamaillaient.

Les chevaliers améliorèrent la sécurité de leur repaire en érigeant un épais muret de pierres à hauteur de poitrine le long de l'épaulement semi-circulaire qui partait de l'entrée de la caverne, et en plantant une forêt de pieux pointus sur la pente abrupte qui descendait vers la rivière.

Ils laissaient paître leurs chevaux dans la prairie et les ramenaient à la fin de la journée dans le fort improvisé. Ils se baignaient et lavaient leurs vêtements dans le torrent, chassaient le cerf et les chèvres dans la forêt. Ils montaient la garde à tour de rôle la nuit, mais les Delphae ne se montrèrent pas.

Ils restèrent là quatre jours, plus fébriles à chaque heure qui passait.

— Si c'est ainsi que les Delphae traitent les problèmes urgents, je préfère ignorer ce qui se passe quand ils ont tout leur temps, déclara Talen à Itagne, le matin du quatrième jour. Ils ne n'ont même pas envoyé un espion pour voir ce que nous faisions.

— Ils sont là, maître Talen, répondit Itagne avec assurance.

— Alors pourquoi ne les avons-nous pas vus ? Ils sont difficiles à rater, la nuit.

— Pas forcément, rectifia Kalten. Ils brillaient dans le brouillard la première fois qu'ils sont venus nous voir, mais la seconde fois ils ont attendu d'être à vingt pas de nous pour s'illuminer. On dirait qu'ils ont le pouvoir de contrôler leur luminescence.

— Ils sont là, répéta Itagne. Et plus ils attendront, mieux ça vaudra.

— Je ne vous suis pas, avoua Talen.

— Ils savent maintenant que nous n'avons pas l'intention de bouger, et débattent entre eux de ce qu'ils vont nous proposer. Certains sont prêts à lâcher plus que les autres, et plus longtemps nous resterons là, plus nous renforcerons la position de cette faction.

— Seriez-vous soudain devenu clairvoyant, Itagne ? demanda Séphrénia.

— Non, Dame Séphrénia. C'est juste une question d'expérience. Cette attente se pratique lors de toute négociation. Je suis dans mon élément, là. Nous avons choisi la bonne stratégie.

— Que pouvons-nous faire ? demanda Kalten.

— Rien, messire chevalier. La balle est dans leur camp, maintenant.

Elle monta de la rivière en plein jour, gravit avec agilité la pente abrupte, rocailleuse. Elle avait les pieds chaussés de sandales et portait une robe à capuchon gris. Elle était indéniablement tamoul, mais n'avait pas la peau dorée caractéristique de ce peuple. Plus que pâle, elle était incolore. Même ses cheveux longs étaient blancs. Elle avait pourtant l'allure d'une toute jeune fille. Une jeune fille dont les yeux gris reflétaient une profonde sagesse.

Émouchet et ses compagnons la regardèrent s'avancer dans la lumière vibrante. Elle traversa la prairie où paissaient les chevaux. Ch'iel, la jument de Séphrénia, s'approcha, intriguée, de la femme incolore, et celle-ci lui effleura doucement le museau d'une main incroyablement fine.

— N'approchez pas davantage, hurla Vanion. Que voulez-vous ?

— Je m'appelle Xanetia, répondit la jeune femme d'une voix douce, mais avec un écho vibrant caractéristique : c'était une Delphae. Je suis, messire Vanion, la garante de ta sécurité.

— Tu me connais ?

— Nous te connaissons tous, messire Vanion, ainsi que chacun de tes compagnons. Il te répugne de venir à

Delphaeus, de crainte que nous ne te voulions du mal. Ma vie sera garante de notre bonne foi.

— Ne l'écoute pas, Vanion ! siffla Séphrénia, le regard dur.

— Aurais-tu peur, prêtresse ? répliqua calmement Xanetia. Ta Déesse ne partage point ta crainte. Si, comme je crois le percevoir, c'est ta peur qui s'oppose à ce qui doit être, je remets ma vie entre tes mains pour que tu en uses comme bon te semblera. Si tu dois me tuer pour étancher ta haine, ainsi soit-il.

— Tu sais que je ne ferais jamais une chose pareille, fit Séphrénia, le visage d'une pâleur mortelle.

— Or donc remets la sentence de mort entre les mains d'un autre. Tu pourras ainsi ordonner ma mort sans être souillée. N'est-ce point la coutume de ta race, Styrique ? Tu resteras pure, et ta vengeance sera malgré tout assouvie. Tu pourras te présenter devant ta Déesse et protester de ton innocence, car point ne seras à blâmer. Mon sang rejaillira sur tes Élènes, et leur âme est d'un piètre prix, s'il faut en croire tes pareils. Voici l'instrument de mon trépas, Séphrénia, reprit-elle en tirant de sa robe un poignard de pierre luisant comme un joyau. Il est d'obsidienne, de sorte que le contact haïssable de l'acier ne te souillera ni les mains ni l'âme quand tu m'ôteras la vie.

Xanetia parlait d'une voix douce, mais ses paroles atteignirent Séphrénia en plein cœur.

— Je n'en entendrai pas davantage ! lança-t-elle avec fureur.

— Oh que si, Séphrénia, répondit Xanetia en souriant. Je te connais, Styrique, je sais que mes paroles se sont imprimées dans ton âme comme si on les y avait gravées au fer rouge. Tu les entendras encore et toujours, elles te reviendront dans le silence de la nuit et s'enfonceront plus profondément chaque fois. En vérité, je te le dis, elles retentiront dans ton âme tant que tu vivras, chaque jour de ta vie.

Séphrénia ne put réprimer un gémissement. Son visage se convulsa et elle se réfugia en courant dans la grotte.

Itagne reparut sur le sentier étroit montant de la prairie vers le devant de la grotte.

— Je lui ai trouvé des accents très convaincants, commenta-t-il, troublé.

— Il se peut qu'elle ignore les véritables motifs de son peuple, avança prudemment Bévier. Sans doute n'est-elle qu'un pion sur l'échiquier.

— Elle est en quelque sorte princesse chez les Delphae, messire Bévier, rectifia Itagne. C'est elle qui sera Anarae à la mort de l'Anari.

— C'est un nom ou un titre ? s'enquit Ulath.

— Un titre. L'Anari – ou, dans le cas de Xanetia, l'Anarae – est le chef spirituel et temporel des Delphae. L'Anari actuel s'appelle Cedon.

— Elle nous raconte peut-être des histoires, avança Talen. Qu'est-ce qui nous prouve qu'elle joue vraiment un rôle important chez eux ? Si ça se trouve, elle n'est qu'une bergère ou une petite bonne.

— Je ne pense pas, répondit Itagne. Au risque de paraître immodeste, je vous dirai que l'on ne peut longtemps m'abuser. Si elle dit qu'elle sera Anarae, je la crois. C'est une démarche logique, en diplomatie. Un otage doit être important. Cela vous laisse imaginer le désespoir des Delphae. Pour moi, Xanetia dit vrai, et si tel est le cas, elle est ce qu'ils ont de plus précieux au monde. Ça va à rencontre de tout ce que j'ai entendu dire depuis ma plus tendre enfance sur Ceux-qui-brillent, mais je suggère que nous leur fassions confiance pour le moment.

Vanion interrogea Émouchet du regard.

— Je dirais que nous n'avons pas le choix. Et toi, qu'en penses-tu ?

— Ulath a raison. Nous ne pouvons pas rester tout l'hiver ici, les bras croisés, et de quelque côté que nous allions, nous nous rapprochons de Delphaeus. Disons que la présence de Xanetia plaide en faveur de leur bonne foi.

— Tu es prêt à t'en contenter ?

— Il faudra bien. Je doute que nous puissions en tirer davantage.

— Non, Kalten ! s'écria Séphrénia.

— Et qui le fera, sinon ? répliqua le chevalier blond d'un air buté. La confiance, ça va dans les deux sens. Bon, vous n'avez rien à me dire avant que je vous aide à monter en selle ? demanda-t-il en regardant Xanetia bien en face. Un avertissement, peut-être ?

— Tu es brave, doux sire Kalten, répondit-elle.

— C'est pour ça qu'on me paye. Alors, reprit-il en haussant les épaules, je ne vais pas me liquéfier si je vous touche ?

— Que non point.

— Bien. C'est la première fois que vous montez à cheval ?

— Point n'avons de chevaux. Nous quittons rarement notre vallée, aussi n'en avons-nous guère besoin.

— Ce sont de braves bêtes. Méfiez-vous quand même de celui d'Émouchet. Il mord. Bon, celui-ci est vieux et connaît son métier. Il ne gaspillera pas son énergie à faire des bonds et autres bêtises. Il a l'habitude de suivre les autres, vous n'avez pas besoin de le guider. Si vous voulez qu'il aille plus vite, enfoncez-lui vos talons dans les côtes. Pour ralentir, tirez un peu sur les rênes. Pour vous arrêter, tirez plus fort. Ce sac de selle risque de ne pas être très confortable, alors dites-nous si vous voulez vous arrêter un peu. Vous vous y ferez, au bout de quelques jours. Si le voyage se prolonge aussi longtemps.

Elle lui tendit les mains, les poignets croisés.

— Veux-tu maintenant m'attacher, doux sire ?

— Pour quoi faire ?

— Je suis votre prisonnière.

— Ne dites pas de bêtises ! Comment vous retiendriez-vous, les mains liées ?

Il serra les dents, tendit les bras et la prit par la taille. Elle ne pesait pas plus lourd qu'une plume. Il la déposa sur le dos du cheval de bât, puis il tendit les mains devant lui et les regarda.

— Jusque-là, ça va, commenta-t-il. Au moins, j'ai toujours mes ongles. Bon, je reste près de vous ; si vous sentez que vous glissez, dites-le-moi.

— Décidément, il nous étonnera toujours, souffla Vanion à l'oreille d'Émouchet.

— C'est vrai qu'il gagne à être connu.

Ils quittèrent leur grotte fortifiée et remontèrent le torrent, Émouchet et Vanion menant la marche, devant Kalten et Xanetia. Séphrénia, qui affectait de maintenir la plus grande distance possible avec leur otage, chevauchait à l'arrière avec Bérit, le visage de marbre.

— C'est loin ? demanda Kalten. Je veux dire, combien de temps nous faudra-t-il pour arriver là où nous allons ?

— Du temps et de l'espace, doux sire, point ne devras t'enquérir, répondit Xanetia. Les Delphae sont des parias, des réprouvés, il serait malavisé de faire connaître l'emplacement de notre vallée.

— Nous avons l'habitude de voyager, ma Dame, répondit Kalten. Les détails du paysage nous sont familiers. Si vous nous emmenez à Delphaeus, nous pourrons y retourner en partant de cette caverne.

— Il y a une faille dans ton plan, doux sire, dit-elle gentiment. Tu perdrais ta vie à tenter de retrouver cette grotte. Il nous sied de dissimuler les environs de Delphaeus plutôt que Delphaeus elle-même.

— Il ne doit pas être facile de dissimuler toute une chaîne de montagne.

— C'est ce qui nous est vite apparu, doux sire Kalten, répondit-elle sans l'ombre d'un sourire. Aussi préférons-nous dissimuler le ciel. Sans soleil pour te guider, onc ne saurais retrouver ton chemin.

— C'est possible ? demanda Émouchet.

— Moi, j'en serais incapable, répondit Vanion. Peut-être Séphrénia pourrait-elle le faire, mais, étant donné les circonstances, je ne me risquerai pas à le lui demander. J'en sais assez pour savoir que c'est contre les règles, c'est tout. Nous ne sommes pas censés tripatouiller le temps.

— Plutôt que de couvrir le ciel de nuages, doux sire Vanion, ce sont les yeux que nous obscurcissons, rectifia Xanetia. Nous avons le pouvoir de faire voir aux autres ce qu'il nous sied de leur faire voir.

— Je vous en prie, Anarae, fit Ulath d'un ton chagrin, faites-nous grâce des détails. Vous allez susciter un de ces débats fastidieux sur l'illusion et la réalité, et vraiment c'est au-dessus de mes forces.

Le soleil étant maintenant bien visible, ils constatèrent qu'ils suivaient en gros la direction du nord-est.

Kalten tenait leur prisonnière – ou leur ravisseuse – à l'œil, et ordonnait des haltes plus fréquentes qu'à l'ordinaire. Quand ils s'arrêtaient, il aidait l'étrange femme pâle à mettre pied à terre et marchait à côté d'elle alors qu'ils poursuivaient en menant leur cheval par la bride.

— Tu es fort soucieux de mon confort, doux sire Kalten, le gourmanda-t-elle gentiment.

— Oh, ce n'est pas pour vous, ma Dame, mentit-il. La montée est un peu raide, par ici, et nous ne voulons pas épuiser les chevaux.

— Nous allons de surprise en surprise, pas vrai ? murmura Vanion à l'oreille d'Émouchet.

— On pourrait passer sa vie entière à observer un individu sans en faire le tour.

— Quelle perception subtile des choses, fit sèchement Vanion.

— Pas aujourd'hui, Vanion, je t'en prie, soupira Émouchet.

Émouchet était troublé. Il était clair que Xanetia jouait avec le temps et l'espace de la même façon qu'Aphraël. Si elle avait maintenu l'illusion d'un ciel couvert, il ne l'aurait pas remarqué, mais il voyait bien, aux bonds que faisait le soleil dans le ciel, qu'il y avait des trous dans sa perception du temps. Cela dit, même si Xanetia le faisait mal, le seul fait qu'elle le fasse était troublant. Émouchet commença à revoir son jugement. Cette faculté n'était donc pas limitée aux Dieux. La présentation qu'Itagne leur avait faite des Delphae renfermait au moins une part de vérité. Il y avait bien une « magie delphaïque » et, pour autant qu'Émouchet le sache, elle allait plus loin que la magie styrique et s'aventurait sur un terrain que les Styriques n'abordaient pas volontiers. À supposer qu'ils en soient capables.

Il restait sur ses gardes, mais il s'abstint de faire part à ses amis de ses observations.

C'était une soirée d'automne comme il y en a peu. Les oiseaux chantaient rêveusement dans les arbres. Un crépuscule glorieux teintait les pics en mauve au-dessus d'eux. Ils gravissaient une piste rocailleuse qui serpentait autour des rochers massifs et montait vers une encoche en forme de V située très haut dans les montagnes. Xanetia avait insisté pour qu'ils poursuivent leur chemin, ce soir-là, et Kalten avait pressé les autres d'avancer. Le visage habituellement placide de la femme semblait plus animé, comme si elle se réjouissait à l'avance.

Ils s'arrêtèrent au bout de la piste, leurs silhouettes se découpant en ombre chinoise sur les dernières lueurs roses du soleil couchant.

— Bonté divine ! s'exclama Kalten. Émouchet, viens un peu voir ça !

Émouchet et Vanion talonnèrent leurs chevaux et les rejoignirent.

Il y avait une vallée, tout en bas. Une vallée ronde, pareille à une sorte de puits, comme souvent dans les montagnes. Des arbres sombres couvraient les pentes. Au fond, des maisons aux fenêtres éclairées par des chandelles étaient serrées les unes contre les autres. Des panaches de fumée bleu pâle montaient tout droit dans l'air du soir. Le fait qu'une ville d'une taille significative soit nichée dans ces montagnes inaccessibles était déjà une surprise, mais ce n'était pas le plus étonnant.

Au centre de la vallée, il y avait un petit lac. Ce ne sont pas les lacs qui manquent dans les montagnes. À la fonte des neiges, l'eau ruisselle dans les vallées et les bassins, s'accumule dans les endroits en contrebas. Sa présence n'avait donc rien de surprenant. Ce qui les stupéfiait et éveillait en eux une peur vestigielle, superstitieuse, et leur donnait la chair de poule, c'est que le lac brillait dans le crépuscule. Il ne luisait pas de la lueur verdâtre, malsaine, provoquée par la décomposition des matières végétales ; il émettait une lumière blanche, claire, régulière. Le lac étincelait comme une lune perdue, répondant à la lumière de sa sœur nouvellement levée qui brillait au-dessus d'eux sur l'horizon, à l'est.

— Voici Delphaeus, dit simplement Xanetia, et quand ils la regardèrent, ils virent qu'elle rayonnait elle aussi d'une lumière blanche, pure, qui semblait émaner d'elle et irradiait à travers ses vêtements et sa peau comme si cette lumière pâle, qui ne vacillait pas, était issue de son âme même.

14

Émouchet se sentait tous les sens en éveil, d'une acuité surnaturelle, inexplicable, et en même temps son esprit semblait détaché, incapable d'émotion. Il observait, il entendait, il analysait, mais il ne ressentait rien. Cet état ne lui était pas inconnu, mais les circonstances dans lesquelles il s'y était replongé étaient inhabituelles. Il n'y avait pas d'hommes armés en face de lui, pourtant son corps et son esprit s'apprêtaient au combat.

Il sentit que les muscles de Faran se nouaient, et le bruit de ses sabots ferrés se modifia imperceptiblement, devint plus sec, plus délibéré.

— Du calme, murmura-t-il en caressant le cou de l'animal. Je te dirai quand ce sera le moment.

Le grand cheval rouan s'ébroua comme s'il chassait un insecte importun et poursuivit sa marche prudente.

— Faran ne mérite pas sa réputation de brute, fit

Émouchet, voyant que Vanion avait repéré sa nervosité. C'est une brave bête, au fond. Il se donne un mal fou pour me faire plaisir. Nous sommes tellement habitués l'un à l'autre qu'il devine ce que je pense, et il s'efforce d'accorder son attitude à la mienne. C'est moi qui suis une brute, et c'est lui qu'on accuse. Il se comporte comme un chiot quand Aphraël monte sur son dos.

— Te sentirais-tu d'humeur belliqueuse en ce moment ?

— Je n'aime pas qu'on me mène par le bout du nez, mais il n'y a rien de précis. Tu m'as surentraîné, Vanion. Chaque fois qu'il se passe quelque chose d'inhabituel, je m'apprête à livrer combat. Faran le sent et il agit de même.

Xanetia et Kalten menèrent la marche vers la prairie qui descendait en pente douce vers le lac luminescent et l'étrange ville nichée sur la rive. La pâle Delphaïque brillait toujours de cette mystérieuse lueur. Aux sens exacerbés d'Émouchet, le halo qui l'entourait faisait l'impression d'être une sorte d'aura, un signe de grâce plutôt que d'horrible contamination.

— C'est un seul et unique bâtiment, tu as vu ? murmura Talen. De loin, on dirait une ville comme les autres, mais quand on se rapproche, on voit que les maisons sont toutes reliées les unes aux autres.

— C'est une idée stupide, grommela Khalad. Tu imagines, s'il y avait un incendie ? Toute la ville brûlerait comme une torche.

— C'est de la pierre, alors, avant qu'elle brûle...

— Les toits sont en chaume, regarde. Je t'assure, c'est stupide.

Il n'y avait pas, à Delphaeus, de séparation entre les maisons. Celles du pourtour étaient tournées vers l'intérieur et présentaient au monde extérieur une façade arrière aveugle. Émouchet et ses compagnons suivirent Xanetia sous une arcade large et profonde menant vers la cité. Une odeur de foin coupé planait dans l'air. Les rues étroites et tortueuses traversaient souvent les bâtiments proprement dits, passaient sous de lourdes arches, empruntaient des couloirs voûtés et ressortaient de l'autre côté. Comme l'avait remarqué Talen, Delphaeus n'était qu'un immense bâtiment, et ce qu'ailleurs on aurait appelé des rues étaient ici des couloirs à l'air libre.

Les habitants n'évitaient pas leur groupe, mais ne faisaient pas non plus d'effort particulier pour s'en approcher. Ils dérivaient, tels de pâles fantômes, dans le labyrinthe ténébreux.

— Pas de torches, nota Bérit en regardant autour de lui.

— Pas besoin, grommela Ulath.

— C'est vrai, acquiesça le jeune chevalier. Tu as remarqué comme ça change l'odeur de l'endroit ? À Chyrellos, même en plein jour, ça sent la poix brûlante. Ça fait drôle de se retrouver dans un endroit où cette odeur graisseuse ne s'accroche pas à toute chose.

— Le monde n'est pas prêt à accueillir des êtres luminescents, Bérit. La mode ne prendra jamais. Il y a trop d'inconvénients !

— Où allons-nous, ma Dame ? demanda Kalten à la pâle femme lumineuse qui chevauchait à son côté.

La situation de Kalten était particulière. Il protégeait

Xanetia. Il s'inquiétait de son bien-être. Mais il la tuerait au moindre signe d'hostilité de la part de son peuple.

— Chez l'Anari, répondit Xanetia. Il a une proposition à faire à l'Anakha qui, seul, peut donner des ordres au Bhelliom.

— Tu nous aurais évité bien du dérangement en venant ici tout seul, Émouchet, ironisa Talen.

— Peut-être, mais c'est plus amusant de voyager en compagnie. Et puis, pense à tout ce que tu aurais raté. C'était drôle de sauter de cette falaise et de planer dans le vide, à mille pieds au-dessus de la mer, non ?

— Moi qui essayais désespérément d'oublier ça, répondit le garçon d'un ton chagrin.

Ils mirent pied à terre dans un couloir voûté où de jeunes Delphae qui rappelaient plutôt de petits pâtres que des garçons d'écurie les débarrassèrent de leurs chevaux, puis ils suivirent Xanetia. Émouchet la regarda attentivement, toujours en proie à ce curieux détachement. Elle n'était pas beaucoup plus grande que Séphrénia et c'était une très jolie femme, mais ce fait n'avait aucune importance, il n'aurait su dire pourquoi. Elle aurait aussi bien pu être asexuée. Elle ouvrit une antique porte peinte en noir et les mena dans un couloir le long duquel s'ouvraient des portes très espacées, creusées dans l'épaisseur du mur. Le couloir était illuminé par des globes de verre emplis d'un liquide luminescent. L'eau du lac, se dit Émouchet.

Au bout du couloir, Xanetia s'arrêta devant une porte, et son regard devint distant.

— Cedon nous prie d'entrer, dit-elle bientôt. Elle ouvrit la porte.

— La cour de Cedon, Anari des Delphae, annonça-t-elle de cette voix à l'écho particulier qui semblait être l'une des caractéristiques de sa race.

Trois marches de pierre usées descendaient vers le centre d'une vaste salle éclairée par des globes lumineux. Le plafond bas, voûté, était supporté par de lourdes arches. Les murs légèrement incurvés vers l'intérieur étaient chaulés et les meubles bas, lourds, étaient garnis de laine de mouton neigeuse. Un petit feu brûlait dans une cheminée voûtée elle aussi, à l'autre bout de la salle.

Émouchet se sentit soudain balourd avec sa cotte de mailles et sa grosse épée. Un intrus, un barbare. Il n'était pas à sa place dans cette demeure où tout trahissait la présence débonnaire d'un saint homme. Ses compagnons bardés de vilain tissu gris, de cuir et d'acier, semblaient planer autour de lui comme les monolithes grossiers d'une culture ancienne, archaïque et primitive.

Un frêle vieillard entra à l'autre bout de la pièce. Il avançait d'un pas traînant, courbé sur un long bâton. Ses cheveux vaporeux, d'un blanc de neige, trahissaient son grand âge plutôt que son appartenance ethnique. Il portait une sorte de châle sur sa robe de laine écrue.

Xanetia s'approcha de lui, effleura d'une main douce son visage ridé. Ses yeux étaient pleins de sollicitude, mais elle ne dit mot.

— Bienvenue, doux sires, fit le vieillard en élène, avec un léger accent. Et bienvenue à toi aussi, ma chère sœur, ajouta-t-il à l'intention de Séphrénia, dans un styrique presque sans accent, bien qu'un peu archaïque.

Il s'exprimait d'une voix fluette, grinçante, comme s'il avait rarement l'occasion de parler.

— Je ne suis pas ta sœur, vieillard, répliqua Séphrénia, le visage fermé.

— Nous sommes tous frères et sœurs, Séphrénia d'Ylara, Grande Prêtresse d'Aphraël. Notre fraternité réside dans notre commune humanité.

— C'était peut-être vrai jadis, répondit-elle d'un ton glacial. Mais les Delphae ne sont plus humains.

— Peut-être, soupira-t-il. Il est difficile de dire exactement ce que nous sommes – ou ce que nous deviendrons. Mais trêve d'inimitié, Séphrénia d'Ylara. Il ne te sera fait aucun mal ici, et pour une fois nos intentions se rejoignent. Tu voudrais nous écarter du reste de l'humanité, et tel est notre désir. Ne pourrions-nous unir nos efforts pour atteindre ce but ?

Elle lui tourna le dos. Itagne, toujours diplomate, s'avança pour combler le vide ainsi créé.

— Cedon, je présume ? demanda-t-il aimablement.

Le vieil homme acquiesça d'un hochement de tête.

— Je dois avouer, ô Vénérable, que Delphaeus m'intrigue. Les Tamouls ne savent à peu près rien de votre peuple, et pourtant les Delphae sont les héros d'un genre littéraire d'une vitalité prodigieuse. J'ai toujours pensé que la littérature delphaïque, comme on l'appelle, avait été enfantée par des poètes de troisième zone à l'imagination pervertie. Il aura fallu que je vienne à Delphaeus pour découvrir que toutes sortes de choses que je croyais purement fictives étaient fondées.

Itagne était d'une habileté redoutable. Émouchet commençait même à se demander s'il n'était pas plus doué que son frère, Oscagne.

— Nous avons fait de notre mieux, Itagne de Mathérion, répondit l'Anari avec un petit sourire. Je t'accorde que les vers sont épouvantables et d'une mièvrerie atterrante, mais *Xadane* a rempli le but escompté. Elle a atténué et détourné les préjugés antidelphaïques largement suscités par les Styriques. Les Tamouls contrôlent les Atans, et nous ne voulions pas la confrontation avec nos gigantesques voisins. Il me répugne de te l'avouer, mais j'ai joué un rôle non négligeable dans la composition de *Xadane.*

Itagne accusa le coup.

— Cedon, parlons-nous du même poème ? La *Xadane* que j'ai étudiée en classe a été écrite il y a sept cents ans.

— Tant que ça ? Comme le temps passe ! J'ai adoré mon séjour à Mathérion. L'université était un endroit passionnant.

Itagne était trop bien entraîné pour trahir sa stupeur.

— Vos traits sont tamouls, Cedon, mais votre peau a une coloration... étrange.

— Les Tamouls sont trop civilisés pour affecter de remarquer un handicap. Tout le monde crut que j'étais albinos. Ce n'est pas un cas isolé. Un de mes collègues – un Styrique – avait un pied bot. Chose plutôt étonnante, nous nous entendions bien. Je remarque que le tamoul qu'on parle aujourd'hui n'est pas celui que je parlais lorsque je séjournais parmi ton peuple. Il me serait difficile de retourner à Mathérion. Accepte, je t'en prie, mes excuses pour *Xadane.* C'est une véritable abomination, mais, comme je te l'ai dit, elle a atteint son but.

— J'aurais dû m'en douter, intervint Séphrénia. Toute la littérature delphaïque a été créée pour nourrir le sentiment antistyrique.

— Et dans quelle intention les Styriques ont-ils abreuvé les Tamouls de mensonges pendant des siècles et des siècles, sinon pour instiller dans leur esprit l'idée que les Delphae étaient des sous-hommes ? rétorqua Cedon en se laissant tomber dans un fauteuil capitonné de laine.

— Fallait-il que vous nous haïssiez pour aller jusqu'à contaminer l'esprit d'une race entière ! rétorqua Séphrénia.

— Et de quelle intensité est ta haine, Séphrénia d'Ylara ? Ne t'efforces-tu pas, en ce moment même, d'empoisonner contre nous l'esprit de ces simples Élènes ? La haine qui nous oppose est trop profonde pour jamais guérir, conclut l'Anari en passant une main lasse sur son visage. Et ça nous amène au problème qui nous met aujourd'hui en présence. Notre vœu est de rester à l'écart du monde.

— Parce que vous êtes tellement supérieurs à tous les autres peuples ? avança Séphrénia d'un ton méprisant.

— Pas supérieurs, Princesse, différents. Nous laissons cette prétention grotesque à ceux de ta race.

— Si vous voulez éplucher les vieux légumes,

comme on dit en Arjuna, je propose que nous vous laissions entre vous, coupa froidement Vanion. Vous vous passerez très bien de nous.

— Tu ne peux savoir ce qu'ils ont fait, Vanion, fit Séphrénia avec un regard implorant.

— Franchement, ma tant aimée, je me fiche pas mal de ce qui s'est passé il y a des milliers d'années. Si tu veux remâcher une haine recuite, libre à toi. Mais je crois que vous aviez un autre échange en tête, Cedon. Nous vous laisserions bien vous entre-tuer, Séphrénia et vous, mais nous n'en avons pas le temps. Les affaires d'État, vous comprenez.

Même Émouchet manqua s'étrangler en entendant cela.

— Voilà, messire Vanion, qui est assez abrupt, commenta Cedon d'un ton réprobateur.

— Je suis un soldat, vénérable Anari. Les échanges d'invectives m'ennuient à périr. Si vous voulez vraiment en découdre, Séphrénia et vous, faites plutôt ça à la masse d'armes.

— Avez-vous souvent eu l'occasion de traiter avec les Élènes, vénérable Anari ? demanda Itagne avec courtoisie.

— Presque jamais.

— Heureux homme. Les Élènes ont cette tendance affligeante à aller droit au but. C'est effroyablement vulgaire, évidemment, mais d'un autre côté ça fait gagner du temps. Je pense que vous aviez une proposition à faire à notre Anakha. Le voici. Je me permets de vous avertir qu'à côté de lui, messire Vanion est la délicatesse incarnée. Mais Émouchet est Anakha, alors, tôt ou tard, il faudra bien que vous traitiez avec lui.

— Eh bien, puisque nous avons tous décidé d'être désagréables, je doute que nous allions très loin ce soir, intervint Émouchet. Dites-moi ce que vous voulez, Cedon, et ce que vous êtes disposé à offrir en retour. J'y réfléchirai cette nuit et nous pourrons en reparler demain matin, quand nous aurons retrouvé nos bonnes manières.

— C'est peut-être le plus sage, Anakha, acquiesça le vieil homme. L'orage approche, en Tamoulie.

— Oui, nous avons remarqué.

— C'est toi qui es menacé, Anakha, et non l'empire. Tu as été attiré ici parce que tu détiens les clés du Bhelliom. Tes ennemis convoitent le joyau.

— Nous le savons aussi. Ne tournez pas autour du pot, Cedon. Où voulez-vous en venir ?

— Nous t'aiderons dans ton combat, et je t'assure que, sans notre aide, tu ne peux l'emporter.

— Ça reste à voir, mais nous en parlerons une autre fois. Que voulez-vous en échange ?

— Nous voudrions que tu demandes au Bhelliom de sceller cette vallée.

— C'est tout ?

— C'est tout. Fais en sorte que nous soyons coupés du monde. Chacun y trouvera son compte : les Élènes, les Tamouls, les Styriques et les Delphae. Utilise les pouvoirs infinis du Bhelliom pour dresser une barrière entre le monde et nous afin que nous puissions poursuivre notre voyage sans encombre.

— Votre voyage ?

— C'est une figure de style, Anakha. Notre voyage se mesure en générations, non en lieues.

— C'est donnant donnant, alors ? Vous nous aidez à nous débarrasser de nos ennemis si je vous promets de sceller cette vallée afin que personne ne puisse plus y entrer ou en sortir ?

— Un échange de bons procédés, Anakha.

— Très bien. Je vais y réfléchir.

— Elle ne veut pas m'en parler, Émouchet, soupira Vanion. Je devrais plutôt dire qu'elle ne veut pas me parler tout court.

Les deux hommes s'entretenaient discrètement dans une petite pièce située un peu plus loin dans le couloir sur lequel donnaient les petites cellules où ils avaient passé la nuit.

— On ne peut pas dire que tu aies été très diplomate, hier soir, nota Émouchet.

— Les comportements irrationnels me mettent en rage. Je regrette qu'Aphraël ne soit pas là. Elle aurait vite fait de remettre les idées en place à Séphrénia.

— Ce n'est pas certain, fit Émouchet en changeant de position dans son fauteuil. J'ai même l'impression qu'elle ne s'en mêlerait pas. Avant de partir, elle m'a dit que Séphrénia devait surmonter le problème toute seule.

— Itagne pourrait peut-être nous expliquer la raison de cet antagonisme entre les Styriques et les Delphae.

— Je ne vois pas ce qu'il pourrait encore nous dire que nous ne sachions déjà. L'affaire remonte, apparemment, à la guerre avec les Cyrgaïs qui a eu lieu il y a dix mille ans, alors tu penses si les faits sont vagues. Les

Styriques et les Delphae avaient conclu une alliance, et il semblerait qu'il y ait eu une trahison d'un côté ou de l'autre.

— C'est aussi ce que j'ai compris, mais Itagne sait peut-être qui a trahi l'autre camp ?

— Non. Les Styriques se sont rendus utiles aux Tamouls au fil des siècles, comme ils ont servi la soupe à l'Église en Éosie. Ils ont veillé à faire entrer dans les annales tamoules leur version des événements. D'après ce que Cedon nous a dit hier soir, je déduis que les Delphae ont noyauté l'université de Mathérion et introduit la littérature delphaïque dans la culture tamoul pour la même raison. Les événements qui se sont déroulés il y a dix mille ans sont enfouis sous une épaisse couche de mythe et de propagande. Les Styriques et les Delphae se sont si bien ingéniés à troubler l'eau du marigot qu'on peut se demander si l'on saura jamais la vérité. Je ne sais pas si c'est important, ajouta-t-il avec un sourire, mais les Styriques ont manipulé les historiens pendant que les Delphae influençaient plutôt les poètes. La nuance est intéressante, non ?

— Aphraël doit bien connaître la vérité.

— Sans doute, mais je la connais assez pour savoir qu'elle ne parlera pas. Elle préfère manifestement que nous ignorions l'auteur de la faute originelle afin de ne pas pouvoir prendre parti. J'ignore pourquoi. Je sais seulement que ça nous met en porte à faux. Je me demande si nous connaîtrons jamais la raison de cet antagonisme ancestral. Enfin, quelle importance ? Je doute que Séphrénia ou l'Anari la connaissent eux-mêmes. Quatre cents générations d'intoxication hystérique ont scellé leurs préjugés dans la pierre. Non, le problème, c'est que les Delphae ont probablement les moyens de nous retenir ici jusqu'à la fin des temps. Si nous tentons de fuir, ils nous feront tourner en bourrique et revenir ici, et nous serons obligés de négocier avec eux. Mais nous aimons tous Séphrénia, et si nous négocions avec eux, elle va exploser.

— J'ai remarqué. Que dois-je faire, Émouchet ? Quand elle se pique le doigt, c'est moi qui saigne.

— Tu n'es pas obligé de lui dire la vérité, répondit Émouchet en haussant les épaules.

— Émouchet !

— Renonce à ton objectivité légendaire et prends discrètement son parti. C'est moi qui suis responsable du Bhelliom, c'est donc avec moi que Cedon doit traiter. Tu n'es qu'en seconde ligne ici, Vanion. Fais-moi les gros yeux de temps à autre, émets des objections. Séphrénia se comporte de façon irrationnelle, de sorte que les autres lui opposeront leur logique élène. Ne l'isolons pas complètement. Tu es la personne qui compte le plus au monde, pour elle. Si tu lui donnes l'impression de te dresser toi aussi contre elle, tu lui briseras le cœur. J'espère qu'elle ne me changera pas en crapaud au beau milieu des négociations, ajouta-t-il avec un sourire un peu crispé.

— Prenons un peu de recul, si vous le voulez bien, vénérable Anari, suggéra Émouchet alors qu'ils étaient à nouveau réunis dans la grande pièce voûtée. Je voudrais savoir à quoi je m'engage. Je ne veux rien faire qui puisse nuire aux Styriques. Ils n'ont pas un caractère facile, mais, je ne sais pas pourquoi, je les aime bien, fit-il avec un sourire propitiatoire à l'intention de Séphrénia. Vous avez parlé d'un voyage. Où allez-vous ?

— Nous changeons, Anakha. Quand le monde s'est dressé contre nous, nous avons imploré Edaemus, notre Dieu, de nous protéger. Nous étions un peuple futile et inculte avant la guerre avec les Cyrgaïs, et Edaemus vivait parmi nous. Il partageait nos joies simples et nos chagrins fugaces. De tous les peuples de ce monde, nous étions les moins faits pour la guerre. Je n'offenserai pas ta tutrice en vous révélant la vérité sur ce qui a fait de nous des parias, ajouta-t-il en regardant Séphrénia.

— La vérité, on la connaît, fit Séphrénia avec raideur.

— Ta vérité est assez différente de la nôtre. Tu crois qu'il s'est passé une chose et nous croyons qu'il s'en est passé une autre. Mais la controverse, Séphrénia d'Ylara, ne concerne point ces Élènes. En vérité, ma Dame, ni les Styriques ni les Delphae n'ont de quoi être fiers de leur attitude dans cette malheureuse affaire. Pour quelque raison que ce soit, Anakha, tous les hommes se sont dressés contre nous. Nous avons fait appel à Edaemus, et il a répondu en nous jetant une malédiction.

— Curieuse façon de témoigner son affection à son peuple, nota Ulath.

— C'était la seule façon de nous protéger, doux sire. Nous ne sommes pas un peuple belliqueux. Nous ne sommes pas faits pour utiliser les armes avec lesquelles les autres hommes s'entre-tuent. La malédiction d'Edaemus a fait de notre corps une arme. Les autres hommes ont bientôt découvert que le contact de notre main, pour eux, signifiait la mort.

— Alors pourquoi suis-je encore en vie, Cedon ? demanda Kalten. Il y a plusieurs jours maintenant que j'aide Xanetia à monter en selle et à mettre pied à terre et je me porte comme un charme.

— Nous avons appris, doux sire, à contrôler la malédiction. Cela faisait partie du plan d'Edaemus quand il a levé la main sur notre lac.

— Le lac ?

— Ne pouvant se résoudre à lancer sa malédiction sur nous, Edaemus frappa les eaux du lac. Quand nous sommes arrivés dans cette vallée, l'esprit d'Edaemus était aussi vain que le nôtre. C'est par jeu qu'il a donné aux eaux du lac l'essence particulière qui nous illumine. Nous buvons l'eau du lac qui imprègne notre corps. L'amour d'Edaemus nous a faits à l'image des Dieux. C'était un jeu inoffensif, et nous lui avons vite pardonné. Quand le reste du monde s'est tourné contre nous, cependant, Edaemus a maudit le lac, et ses eaux nous ont modifiés à notre tour. Mais le contact mortel qui tient nos ennemis à distance n'est qu'un infime aspect du dessein de notre Dieu. Les circonstances nous ont éloignés du monde, et l'intention d'Edaemus est de nous en éloigner davantage encore. Nous changeons, mes amis. Nos corps sont différents, de même que nos esprits et nos âmes. Nous ne sommes plus comme vous, ni comme nous étions naguère. À chaque génération, cette évolution gagne du terrain, inexorablement.

Xanetia, ma chère, ma douce Xanetia, me surpasse tant que je ne puis appréhender la portée de sa pensée. Avec le temps, je pense qu'elle égalera, qu'elle éclipsera peut-être les Dieux eux-mêmes.

— Et que vous nous supplanterez, fit Séphrénia d'un ton accusateur. Comme les Trolls ont supplanté les Hommes-de-l'aube, et comme nous dominons les Trolls. Vous deviendrez nos maîtres, méprisables Delphae, écartant nos Dieux et nous reléguant tels des chiens dans des déserts inhabitables pendant que vous profiterez des fruits de la terre. Les Styriques subissent la domination des Élènes depuis des générations, ils ont compris la leçon. Vous ne nous écraserez pas si facilement, Cedon, nous refuserons de vous adorer, de ramper à vos pieds, pareils à des chiens couchants.

— Comment pourrions-nous te dominer et régner sur ton monde, Séphrénia d'Ylara ? Nous sommes liés à notre lac et ne pouvons en vivre longtemps éloignés. Quel intérêt aurions-nous à te soumettre quand nous ne serons plus là ? Car nous montons vers la lumière, nous devenons la lumière. Ma Xanetia, qui sera Anarae, pourrait déjà la rejoindre. Elle reste pour ceux d'entre nous qui n'ont point encore atteint sa perfection. Quand nous serons morts, rien ne la retiendra plus et elle mènera les Delphae parmi les étoiles, près d'Edaemus, qui nous a précédés pour préparer notre séjour.

— Où vous serez des Dieux, ajouta Séphrénia avec un reniflement méprisant.

— Ce mot n'a point de sens pour nous, Séphrénia d'Ylara, répondit calmement Xanetia. Nous poursuivons tous, hommes et Dieux, le même but. Edaemus nous a précédés, nous le suivrons. Nous attendrons ta venue avec amour, et nous te pardonnerons même le mal que tu nous as fait.

— Me pardonner ! explosa Séphrénia. Quelle condescendance ! Je ne te pardonnerai jamais et je refuse ton pardon !

— Tu l'accepteras, Séphrénia. En ce moment même, ton cœur doute en ton sein. Tu ne sais que penser. Je te connais, douce Séphrénia, je sais que ta haine, comme le givre hivernal, s'incruste à l'ombre, dans les ténèbres de ton âme. Je t'assure qu'elle fondra au chaud soleil de ta nature aimante, tout comme ma propre haine entame, en ce moment même, sa pénible fusion. Ne te méprends point, Séphrénia d'Ylara, je hais les Styriques tout comme tu hais les Delphae. On renonce difficilement à cent siècles d'inimitié. Je hais les perfides Styriques, mais je ne te hais point. Je connais ton âme, chère sœur, car elle est comme la mienne. Avec le temps nous renoncerons à cette haine puérile et nous vivrons ensemble en paix.

— Jamais !

— Jamais, chère sœur ? Ça fait beaucoup, beaucoup de temps.

— Je pense que nous nous égarons, là, intervint Émouchet. Dois-je comprendre que vous me demandez de sceller la vallée pour l'éternité ?

— Ce ne sera pas la peine, Anakha, répondit l'Anari. Quand nous serons partis, Edaemus lèvera la malédiction qui pèse sur le lac, ses eaux redeviendront normales et les autres hommes pourront s'approcher sans crainte.

— Je dois vous prévenir que, si le Bhelliom scelle la vallée, ce sera pour de bon. Les Delphae n'en sortiront plus jamais. Si vous devez vous changer en rayons de lune ou de soleil, ça ne vous gênera pas, mais si vous avez une autre idée derrière la tête, si votre Edaemus nourrit secrètement des projets de vengeance contre les Styriques, par exemple, vous pouvez faire une croix dessus tout de suite. Le Bhelliom mange des Dieux à la cuiller au petit déjeuner, Azash en a fait la triste expérience. Vous voulez toujours que je ferme la vallée ?

— Oui, répondit Cedon sans hésitation.

— Et toi, Séphrénia ? demanda Émouchet. Cette garantie te satisferait-elle ?

— Ils vont t'avoir, Émouchet. C'est une race fourbe.

— Tu connais le Bhelliom, Séphrénia. Tu le connais peut-être mieux que moi. Crois-tu que quiconque, homme ou Dieu, puisse l'abuser ? Si je lui demande d'enfermer les Delphae dans la vallée et d'en interdire l'entrée à quiconque, tout le monde restera dehors, toi, moi, Aphraël, Edaemus et le Dieu des Élènes ; personne n'y mettra les pieds, le Bhelliom les en empêchera. S'il ferme cette vallée, elle n'est pas près de se rouvrir. Même les vers et les oiseaux ne pourront en sortir. Serais-tu satisfaite, alors ?

Elle refusa de croiser son regard.

— J'ai besoin d'une réponse, petite mère, et je préférerais ne pas l'attendre toute l'année. Cela te satisferait-il ?

— Tu es un monstre, Émouchet.

— J'ai beaucoup de soucis en ce moment. Réfléchis

et fais-moi part de ta décision. Très bien, Anari, reprit-il, je sais ce que vous voulez. Maintenant, question suivante : et moi, qu'est-ce que j'ai à gagner, là-dedans ?

— Notre assistance dans ton combat contre tes ennemis, Anakha.

— Ce n'est pas très précis, Cedon. J'ai le Bhelliom. Que pourriez-vous faire pour moi que je ne puisse faire seul ?

— La coopération du joyau t'est nécessaire, Anakha. Tu ne peux le forcer à te servir. Or il ne t'aime point et il lui arrive de se méprendre délibérément sur tes intentions. Songe au jour où il vous a emmenés, la Déesse-Enfant et toi, à Démos alors que vous vouliez aller à Delo, en Arjuna.

— Comment le savez-vous ? demanda Émouchet, surpris.

— Je lis dans ton esprit à livre ouvert, Anakha. Comme dans tous les esprits. C'est l'un des autres services que nous pouvons te rendre. Ne te serait-il pas utile de savoir ce que pensent ceux qui t'entourent ?

— Certainement, Cedon, mais il y a d'autres moyens d'arracher la vérité aux hommes.

— Un homme soumis à la torture sait ce qu'il a révélé. Notre façon d'agir est plus subtile.

— Un point pour lui, fit Kalten. Vous pouvez dire à quoi je pense en ce moment, Cedon ?

— Tu es troublé, doux sire, par l'obligation de tuer Xanetia si nous tentons de nuire à tes proches. Ton esprit est favorablement disposé envers elle.

— Là, il a raison, confirma Kalten. Je crois que ces gens ont le pouvoir d'entendre nos pensées.

— Nous avons d'autres facultés, doux sire, poursuivit Cedon. Et nous les mettons volontiers à ta disposition. Je crains, ma chère sœur, de t'occasionner une grande souffrance et d'endurcir encore ton cœur contre nous lorsque tu auras la révélation de ce dont nous sommes capables, ajouta-t-il en regardant Séphrénia avec tristesse.

— Je-ne-suis-pas-votre-sœur ! scanda-t-elle. Je ne pourrais davantage vous haïr, ton peuple et toi-même.

— Que non point, Séphrénia d'Ylara, objecta Xanetia. Tu es troublée parce que tu ne reconnais aucune perversité en ceux de notre race, que tu rencontres pour la première fois. Tu as du mal à entretenir une haine qui découle plus de ta fidélité envers les tiens que d'une rancune personnelle. Je confesse volontiers un trouble comparable. Je suis portée à éprouver de l'amour pour toi, et tu es encline au même sentiment à mon endroit.

— Ça suffit ! éclata Séphrénia. Ne fourrez pas vos sales pattes dans mes pensées !

— Elle a la tête dure, hein ? murmura Ulath.

— Les Dieux Cadets du Styricum ont pour coutume de protéger leurs enfants contre leur propre folie, nota l'Anari. C'est ainsi que les Styriques doivent appeler leurs Dieux à l'aide avec des sorts et des prières, quand ils excéderaient les pouvoirs des autres hommes. N'est-ce point le cas, Séphrénia d'Ylara ?

— C'est l'essence même de la magie styrique, Cedon, intervint Vanion comme elle refusait de répondre.

Elle le foudroya du regard, et Émouchet gémit intérieurement. Il ne pouvait pas fermer sa grande bouche, celui-là ?

L'Anari opina du chef.

— Edaemus nous ayant, comme je le disais, précédés pour préparer la voie, il ne peut plus veiller sur nous. C'est pourquoi il a accordé à certains d'entre nous le pouvoir de faire ce qu'il fallait sans son aide.

— Une magie sans contrôle ? s'exclama Séphrénia. Vous détenez librement un pouvoir divin entre vos mains ?

— Certains d'entre nous, du moins.

— C'est monstrueux ! L'esprit humain ne peut appréhender la nature d'un tel pouvoir. Nous ne sommes même pas capables d'imaginer ce qui pourrait arriver si nous le déchaînions pour satisfaire nos caprices infantiles.

— Ta Déesse t'a bien dressée, Séphrénia d'Ylara, nota Xanetia. C'est ce qu'elle veut te faire croire.

— Ta Déesse te garde dans l'état d'enfance, chère sœur, reprit Cedon. Car, tant que tu resteras une enfant, elle sera assurée de ton amour. Je te le dis, en vérité, Edaemus nous aime autant qu'Aphraël t'aime. Mais son amour nous oblige à grandir. Il a remis son pouvoir entre nos mains, et nous devons accepter les conséquences de nos actes lorsque nous les employons. C'est une façon différente d'aimer. Edaemus n'est plus ici pour nous guider, et nous pouvons faire ce que notre esprit est en mesure d'appréhender. Pardonnez-moi, mes amis, fit-il avec un doux sourire, mais quand on a mon âge on n'a plus qu'un sujet de préoccupation : le passage des ans, fit-il en levant une main et en la regardant avec une curieuse tristesse. Et le désespoir apporté par les altérations qu'il entraîne.

Un changement miraculeux se produisit sous leurs yeux. Sa main fripée se lissa, ses jointures noueuses retrouvèrent leur souplesse. Ses rides s'estompèrent. Et pas seulement sur sa main. Sa peau se tendit sur son visage. Ses joues creuses se remplirent, ses cheveux duveteux se changèrent en une toison abondante. Tous le regardèrent en ouvrant de grands yeux alors que sans effort apparent il inversait l'outrage des ans, redevenait un jeune homme vigoureux. Sa peau claire, sa main, son visage étaient fermes et sans marques. Puis il se mit à rapetisser, ses membres rétrécirent sous ses vêtements. La barbe qui hérissait ses joues et son menton disparurent et, alors qu'il régressait encore, sa tête sembla grossir tandis que son corps diminuait encore de taille.

— Allons, ça suffit, dit-il d'une petite voix enfantine. Il eut un sourire étrange, qui semblait venir de très loin dans le temps, un sourire parfaitement déplacé sur ce visage de petit garçon.

— En vérité, la moindre maladresse en cet instant pourrait me réduire à néant. J'y ai songé, mais j'ai encore des travaux et des responsabilités à assumer. Xanetia a ses propres missions à mener à bien, et je ne voudrais point la charger de mon propre fardeau.

Émouchet déglutit péniblement.

— Je pense avoir compris, Cedon, dit-il d'une voix étranglée. Vous pouvez faire des choses dont nous sommes incapables. Je vois déjà d'ici les arguments que vous allez m'opposer, poursuivit-il en s'adressant à ses compagnons et en évitant délibérément le regard de Séphrénia. Et, quoi que nous décidions, nous conserverons tous probablement de sérieux doutes.

— Nous pourrions toujours prier, suggéra Bévier.

— Ou jouer ça aux dés, avança Ulath.

— Pas avec les tiens, en tout cas, objecta Kalten.

— Nous pourrions en débattre logiquement, proposa Vanion, mais Émouchet a raison. Par quelque moyen que nous tentions d'arrêter une résolution, nous pourrions en parler tout l'hiver sans nous mettre d'accord.

Il évitait lui aussi de regarder Séphrénia.

— Très bien, fit Émouchet en plongeant la main dans sa tunique. Comme Aphraël n'est pas là pour trancher, je propose que nous nous en remettions au Bhelliom.

Il posa la cassette d'or sur la table, devant lui.

— Émouchet ! fit Séphrénia dans un hoquet.

— Non, Anakha ! s'exclama Xanetia.

— Le Bhelliom n'aime aucun de nous, dit-il. C'est une neutralité comme une autre. Nous avons besoin de conseils, et ni Edaemus ni Aphraël ne sont là pour nous aider. De toute façon, je ne sais pas si je les écouterais, compte tenu des circonstances. Nous voulons un avis objectif, alors pourquoi ne pas demander au Bhelliom ce qu'il pense de la situation ?

15

— Rose bleue, dit Émouchet en langue troll au joyau niché dans ses mains ; C'est moi, Anakha. Tu me reconnais ?

La lueur qui émanait du Bhelliom vacilla et Émouchet sentit que la pierre rechignait à se laisser dominer par lui. Une idée lui traversa l'esprit.

— Nous avons à parler, tous les deux, reprit-il en élène, cette fois. Et je ne crois pas souhaitable que Khwaj et les autres entendent ce que nous allons nous dire. Tu me comprends, quand je parle cette langue ?

La lueur pulsatile exprima cette fois une vague curiosité.

— Bien. Comment pourrais-tu communiquer avec moi ? Nous avons une décision à prendre et c'est trop important pour que je me contente de t'imposer ma volonté, car il se pourrait que je me trompe. Je sais que tu ne m'aimes pas beaucoup – tu n'aimes aucune créature en ce monde –, mais il se pourrait que nos intérêts convergent, cette fois.

— Laisse-moi partir.

Ce n'était qu'un murmure, mais il connaissait cette voix un peu traînante.

Émouchet se retourna d'un bloc. Kalten était paralysé par la surprise. Les paroles sortaient de ses lèvres raides.

— Pourquoi, Anakha ? Pourquoi m'as-tu réduit en esclavage ?

Les paroles en vieil élène ne pouvaient venir de Kalten, mais pourquoi le Bhelliom avait-il choisi de s'exprimer par cette bouche ?

Émouchet revit soigneusement sa façon de penser et s'efforça d'exprimer ses idées dans le langage formel que la pierre avait choisi pour s'adresser à lui. Aussitôt, tout un pan de perception lui apparut. C'était comme si la compréhension latente dans son esprit n'attendait que cette clé particulière pour se déverrouiller. Il s'émerveilla que la conscience soit liée au langage, et quand il eut effectué le passage conscient de l'élène contemporain, avec ses imprécisions désinvoltes, à ce langage archaïque, au rythme plus lent, à la formulation plus précise, cette partie jusqu'alors fermée de son esprit s'ouvrit.

— Ce n'est pas moi qui t'ai réduit en esclavage, Rose bleue. Par inadvertance, tu t'es retrouvé dans la périlleuse proximité du rouge métal qui a cristallisé ton essence en son état présent, et c'est Ghwerig qui t'a arraché à la terre puis ciselé à l'image d'une fleur enclose dans les cruelles contraintes du diamant.

Un gémissement étouffé émana des lèvres de Kalten, qui semblait plongé dans une sorte de transe. Un gémissement de douleur cent et mille fois remémorée.

— C'est moi, Rose bleue, poursuivit Émouchet. Je suis Anakha, ta créature. Tu m'as donné vie pour que je sois l'instrument de ta libération. Je ne trahirai point ta confiance. Je suis né de ta pensée, c'est moi qui suis ton esclave. Tu as distingué ma destinée, faisant de moi un étranger envers les Dieux de ce monde et de tous les autres hommes. Mais, pour être ton esclave, je n'en suis pas moins de ce monde, et je ne permettrai point qu'il soit détruit ou que son peuple soit écrasé par de vils oppresseurs. Je t'ai libéré de Ghwerig et de son emprise. N'est-ce point une preuve de ma fidélité ? Et, unis dans ce but commun, n'avons-nous point détruit Azash, qui nous aurait contraints tous les deux à un esclavage plus dur que celui qui nous lie aujourd'hui l'un à l'autre ?

Ne te méprends point, Rose bleue, si tu es mon esclave, je suis aussi le tien. Nous sommes à nouveau enchaînés par un but commun, et ne nous appartiendrons ni l'un ni l'autre tant que nous n'aurons point atteint ce but. Alors nous serons libres de poursuivre notre chemin, moi de rester et toi d'aller où bon te semble, de reprendre ton voyage éternel vers la plus lointaine étoile.

— Tu as beaucoup appris, Anakha, fit le Bhelliom, comme à regret. Mais ta conscience de la situation ne s'est jamais exprimée dans tes pensées où j'aurais pu la percevoir. Je désespérais, me croyant perdu.

Le regard de Séphrénia allait d'Émouchet à Kalten, et son visage pâle, sans une ride, trahissait un profond désespoir. Xanetia avait l'air tout aussi bouleversée. Émouchet éprouva une brève satisfaction. Les deux femmes se ressemblaient beaucoup, au fond, par leur attitude supérieure, condescendante, sans doute inconsciente. En acquérant la perception soudaine, inattendue, de choses depuis longtemps tapies dans un recoin de son esprit, Émouchet avait ébranlé leur prétention irritante. Il venait enfin de comprendre ce que signifiait le fait d'être Anakha, il avait de lui une vision dont ni Séphrénia ni Xanetia n'avaient idée. Il s'était passé d'elles pour communiquer avec le Bhelliom, il avait à un certain degré uni sa pensée à celle du joyau, et ça, ni l'une ni l'autre n'en serait jamais capable.

— L'erreur n'était point de ton fait, Rose bleue, reprit-il. En projetant ta pensée dans ce langage particulier tu m'as amené à faire l'effort de m'exprimer ainsi, et ma propre conscience s'est ouverte. Je propose à présent que nous allions plus loin. Mes ennemis sont aussi les tiens car ils te réduiraient à la servitude autant que moi. Aucun de nous deux ne sera en sécurité tant qu'ils ne seront pas anéantis. Me l'accordes-tu ?

— Voilà, Anakha, qui est sainement raisonné, ce me semble.

— Un point pour nous, murmura Émouchet.

Kalten arbora une expression froide et réprobatrice.

— Mes excuses, reprit Émouchet d'un ton contrit. La force de l'habitude, j'imagine. Puisque nous avons les mêmes ennemis, un même but, et que nos pensées sont liées par la chaîne que tu as toi-même forgée, la raison nous inciterait à faire cause commune. La victoire nous libérera. Nos ennemis et notre but commun cesseront d'exister et la chaîne qui nous lie tombera d'elle-même. Je fais serment, lors de l'achèvement de cette tâche, de te libérer afin de te permettre de mener ta mission à bien. Tu tiens assurément ma vie dans ton poing, et tu pourrais me détruire si je venais à te manquer.

— Je lis dans ton cœur, Anakha, et le trouve pur. J'appuierai ton bras, pour autant qu'aucun de tes proches ne cherchera à te détourner de ton dessein et à te faire rompre ton serment. Nous avons partie liée.

— Marché conclu ! s'exclama Émouchet.

— Marché conclu, répéta le Bhelliom par les lèvres de Kalten, et la voix jusque-là sèche et froide exultait à présent.

— Venons-en maintenant à la décision qu'il nous incombe de prendre.

— Émouchet..., commença Séphrénia d'une voix incertaine.

— Je regrette, petite mère, dit-il, ce n'est pas à toi que je parle. Ne m'interromps pas, s'il te plaît.

Émouchet ne savait pas très bien s'il devait poser la question à la rose de saphir ou à Kalten, qui semblait possédé par l'esprit de la pierre. Il résolut de s'adresser à un point situé entre les deux.

— Les Delphae nous offrent leur aide en échange d'un certain service, dit-il. Ils voudraient que nous scellions leur vallée afin que personne n'y puisse entrer ou n'en puisse sortir. Ce marché est-il honnête et sincère ?

Émouchet entendit Xanetia étouffer un hoquet de surprise.

— Il l'est, Émouchet, confirma le Bhelliom. Il n'y a point de fausseté dans leur proposition.

— Je préférais en avoir le cœur net. Leur proposition est donc pur sucre.

— Anakha, fit la voix avec fermeté. Quand tu parles ainsi, ton esprit m'est celé. Notre alliance est jeune encore. Il est peu judicieux de ta part de susciter le doute en moi en parlant un langage qui m'est étranger.

Émouchet éclata de rire.

— Pardonne-moi, Rose bleue, je me suis laissé aller. Nous pouvons donc faire confiance aux Delphae ?

— Pour le moment, du moins. Ils sont, présentement, sans malice. Mais rien ne permet de dire ce qu'il en sera demain. Ceux de votre race manquent de constance, Anakha. N'y vois point de critique, reprit la voix de Kalten après une brève hésitation. Pour l'instant, tu peux remettre ton sort entre leurs mains comme ils peuvent se fier à toi. Ce qui arrivera par la suite repose entre les mains du hasard.

— Le hasard existe donc ? demanda Émouchet, un peu surpris. On nous dit que tout est prédéterminé par les Dieux.

— Celui qui t'a dit ça se trompait.

Bévier étouffa un cri de surprise.

— Mon voyage, ma tâche ont été interrompus par le hasard, poursuivit le Bhelliom. Si je puis être détourné de mon but, pourquoi ne pourrais-tu l'être ? En vérité je te le dis, Anakha, nous devons faire cause commune avec les Delphae, faute de quoi nous échouerons dans notre entreprise. Il dépendra des circonstances que l'un de nous manque à l'autre. En ce moment, le cœur des Delphae est pur, tout comme le tien. Cela peut changer. Mais, bon gré mal gré, nous devons unir nos forces, faute de quoi l'ennemi vaincra et nous languirons pour l'éternité sous les fers les plus vils.

— Tu l'as entendu, Bévier, disait Séphrénia plus tard, alors qu'Émouchet entrait sans bruit dans une pièce. Ils adorent le lac, la source de la contamination qui fait d'eux des parias.

— Il a parlé d'un Dieu, petite mère, protesta doucement Bévier. Un Dieu nommé Edaemus, si j'ai bien compris.

— Edaemus les a abandonnés, il les a maudits et leur a tourné le dos.

— Anari a affirmé qu'Edaemus était parti préparer leur séjour. Il a dit qu'ils changeaient, ajouta Bévier, conscient de la faiblesse de son objection. Ils se changent en lumière.

— Mensonges ! lança-t-elle. La lumière qu'ils

émettent n'est pas la marque d'une bénédiction, mais d'une malédiction. Cedon s'efforce de présenter les Delphae comme des êtres sacrés, mais c'est tout le contraire.

— Ils ont des pouvoirs magiques, Séphrénia, et d'une sorte inconnue de moi. Je n'aurais jamais cru qu'on puisse retomber en enfance si je ne l'avais vu de mes propres yeux.

— C'est exactement ce que je veux dire, Bévier. Ils font usage de sorcellerie, pas de magie. Tu ne m'as jamais vue imiter un Dieu, que je sache ?

Émouchet regagna discrètement le couloir et entra dans la cellule sans porte qu'occupait Vanion.

— Nous avons un problème, annonça-t-il.

— Ah bon ? Un seul ?

— Séphrénia essaie de convaincre Bévier que les Delphae pratiquent la sorcellerie. Tu connais Bévier. À ce seul mot, les yeux lui sortent de la figure.

— Elle ne peut pas lui foutre la paix, non ! s'exclama Vanion en levant les bras au ciel. La parole du Bhelliom ne lui suffit donc pas ?

— Elle refuse de le croire, Vanion, soupira Émouchet. C'est la même chose chaque fois que nous essayons de convaincre des Élènes de la campagne que les Styriques ne naissent pas avec des cornes et la queue fourchue.

— Si quelqu'un devrait être dégagé de ces préjugés, c'est bien elle.

— Les Styriques sont trop doués pour la haine, que veux-tu... Enfin, comment allons-nous régler ça ?

— Je vais lui dire deux mots.

— Elle va te changer en crapaud.

— Je te rappelle que j'ai vécu à Sarsos. Une Styrique ne peut pas faire une chose pareille sans le consentement de son Dieu, et Aphraël m'aime bien. Enfin, j'espère.

— Je vais emmener les autres faire un tour. Comme ça, tu pourras lui parler en privé.

— Non, Émouchet. Je veux qu'ils soient là. Elle essaie de les convertir derrière notre dos. Ils doivent savoir qu'il ne faut pas lui faire confiance dans ces conditions particulières.

— Tu ne préfères pas lui parler avant de l'humilier en public ?

Vanion secoua la tête avec obstination.

— Je veux régler ça une fois pour toute.

— Eh bien, j'espère pour toi qu'Aphraël t'a à la bonne, murmura Émouchet.

— Ils ont sombré dans un paganisme absolu, fit Séphrénia d'un ton buté. Ils adoreraient aussi bien des arbres ou des pierres d'une forme bizarre. Ils n'ont aucune foi, aucune doctrine, aucune règle. Le fait qu'ils pratiquent la sorcellerie le prouve.

Ils étaient réunis, à la demande de Vanion, dans une grande pièce au bout du couloir, et Séphrénia argumentait avec véhémence, d'une voix presque stridente.

— Et alors ? objecta Talen en haussant les épaules. La magie, la sorcellerie, c'est pareil, non ?

— La magie est d'essence divine, Talen, expliqua Bévier. Notre Sainte Mère, dans sa sagesse, a permis aux chevaliers de l'Église d'apprendre les secrets du

Styricum afin de mieux la servir. Certaines contraintes nous sont imposées, il y a des domaines qui nous sont interdits. La sorcellerie est sans limites parce qu'elle est d'origine maléfique.

— Diabolique, tu veux dire ? Je n'ai jamais vraiment cru au Diable. Il y a assez de mal en l'homme pour que nous n'allions pas inventer une explication pareille. J'ai connu des gens très mauvais, Bévier.

— L'existence du Malin a été prouvée.

— Pas à moi.

— Nous nous égarons, remarqua Ulath. Les Delphae peuvent bien adorer ce qu'ils veulent. Nous avons fait alliance avec toutes sortes de gens, dans le passé, pour arriver à nos fins. Le Bhelliom dit que nous devons nous allier aux Delphae faute de quoi nous perdrons. Je n'aime pas perdre, alors, en ce qui me concerne, le choix est vite fait.

— Le Bhelliom ne connaît rien à ce monde, Ulath, reprit Séphrénia.

— Tant mieux. Ça a le mérite de la simplicité. Quand je me réfugie derrière un arbre pour éviter d'être emporté par une avalanche, je ne prends pas le temps d'interroger l'arbre sur ses croyances.

— Le Bhelliom ferait ou dirait n'importe quoi pour obtenir sa liberté, affirma Séphrénia. C'est pour ça que j'étais opposée à son utilisation, dès le départ.

— Nous devons le croire, Séphrénia, répondit Vanion qui faisait manifestement un effort sur lui-même pour garder son calme. Ça n'a pas de sens ! Nous lui confions nos vies et nous refuserions de croire ce qu'il nous dit ? Il nous a rendu de fiers services dans le passé, rappelle-toi.

— Parce qu'il ne pouvait pas faire autrement, Vanion. Le Bhelliom ne se soumet que contraint et forcé. Il m'inspire encore plus de méfiance que les Delphae. Il est étranger à notre monde, nous n'avons aucun moyen de connaître ses intentions. Tant que nous le tenons en laisse et que nous l'obligeons à nous obéir, ça va. Mais si nous commençons à l'écouter, nous pouvons nous attendre au pire.

— Ça vaut pour nous aussi, les Élènes, pas vrai, petite mère ? demanda-t-il tristement. Nous avons assez souvent prouvé que l'on ne pouvait pas nous faire confiance. Tu voudrais aussi nous tenir en laisse, pour nous forcer à t'obéir ?

— Ne dis pas de bêtises. Le Bhelliom n'est pas un individu.

— Mais les Delphae sont des gens, n'est-ce pas ?

— Non !

— C'est complètement irrationnel, Séphrénia. Les Delphae sont des hommes. Nous n'aimons pas beaucoup les Zémochs ou les Rendors, mais nous n'avons jamais prétendu qu'ils n'étaient pas humains. Les Élènes qui détestent les Styriques ne vont pas jusqu'à nier leur humanité. Ça pose un problème, ma tant aimée, fit-il avec un gros soupir. Si tu veux dénier l'humanité des Delphae, comment puis-je être sûr que tu n'éprouves pas secrètement le même rejet à mon encontre ? J'ai vécu à Sarsos, et bien des Styriques, là-bas, m'auraient volontiers traité comme un sous-homme. Partageais-tu leur point de vue, Séphrénia ?

Serais-je une sorte d'animal de compagnie, un chien, peut-être, ou un singe savant ? C'est une question de morale. Nier l'humanité de qui que ce soit, c'est ouvrir la porte à une horreur sans nom. Tu ne comprends pas ça ?

— Les Delphae sont différents.

— Personne n'est différent ! Nous devons le croire, parce que, sinon, c'est notre propre humanité que nous nions. Tu ne veux pas comprendre ça ?

— C'est bien joli, Vanion, c'est très noble, répondit-elle, le visage très pâle, mais ça n'a rien à faire avec les Delphae. Tu ignores tout d'eux. Tu ne sais pas de quoi tu parles. Tu t'en remettais à moi, autrefois, quand tu te rendais compte que ton ignorance constituait un danger pour toi. Dois-je penser que tu ne le feras plus ?

— C'est ridicule, voyons.

— Pas du tout. C'est même très sérieux. As-tu décidé d'ignorer mon avis, désormais ? Vas-tu t'allier à ces monstres, en dépit de mon avis ?

— Tu refuses de voir que nous n'avons pas le choix. Le Bhelliom dit que, sans ça, nous échouerons, et nous ne pouvons pas nous le permettre. C'est le sort du monde qui en dépend.

— Eh bien, tu n'as plus besoin de moi. Tu aurais pu me le dire avant, c'eût été plus courtois. Ça m'aurait évité de venir dans cette maudite vallée. Mais j'imagine qu'il est stupide d'attendre la moindre courtoisie de la part d'un Élène. Dès que nous rentrerons à Mathérion, je prendrai mes dispositions pour regagner Sarsos, que je n'aurais jamais dû quitter.

— Séphrénia...

— Non. Ça suffit. J'ai fidèlement servi l'ordre des Pandions pendant trois cents ans, et je te remercie pour la générosité avec laquelle tu as rémunéré mes années de travail. Mais c'est fini, Vanion. C'est fini entre nous. Je te souhaite une longue et heureuse vie. Mais, heureux ou non, tu vivras sans moi.

Elle tourna les talons et quitta la pièce.

— Ce sera très dangereux, Anari, avertit Itagne. Et Xanetia est la personne la plus importante de votre peuple. Est-il bien prudent de lui faire risquer sa vie ?

— En vérité, Itagne de Mathérion, acquiesça le vieil homme, Xanetia nous est infiniment précieuse, car elle sera Anarae. Mais c'est la plus douée d'entre nous, et il se pourrait que ses dons fassent pencher la balance en notre faveur dans notre combat contre l'ennemi.

Cedon avait tenu à rencontrer Émouchet, Vanion et Itagne avant leur départ de Delphaeus. C'était une belle matinée d'automne. Le givre fondait au soleil, et une légère brume planait sur la prairie. L'ombre, sous les pins au-delà de la prairie, était d'un bleu profond.

— Mathérion est un endroit plein de dangers, Anari, reprit Itagne. L'apparition d'une Delphae risque de faire vivement réagir les gens frustes, ignorants qui peuplent cette splendide cité. Votre douce Xanetia est une créature éthérée, une enfant d'un autre monde. Le fait qu'elle soit une Delphae la protégera jusqu'à un certain point contre les agressions physiques, mais êtes-vous prêt à l'exposer aux invectives, aux imprécations et à toutes les violences verbales auxquelles elle sera en butte hors d'ici ?

L'Anari eut un sourire.

— Tu te fais une fausse idée de Xanetia, Itagne de Mathérion. La prends-tu vraiment pour une enfant ? Serais-tu rassuré si je te disais qu'elle a depuis longtemps fêté son premier siècle d'existence ?

Itagne le regarda en ouvrant de grands yeux et dévisagea Xanetia qui était tranquillement assise près de la fenêtre.

— Vous êtes de drôles de gens, Anari, dit-il. Je ne lui aurais pas donné plus de seize ans.

— Il est impoli de demander l'âge des dames, Itagne de Mathérion, intervint l'intéressée avec un sourire.

— Pardon, Anarae, répondit Itagne avec une courbette cérémonieuse.

— Son Excellence vient de soulever un point important, Anari, reprit Vanion, qui paraissait encore affecté par sa conversation de la veille avec Séphrénia. La Dame ne passera inaperçue ni à Mathérion ni durant notre voyage. Ne pourrait-elle se déguiser afin que tous les villages que nous traverserons ne sombrent pas dans la panique ? Pour rien au monde je ne voudrais vous offenser, Anarae, mais vous offrez une vision assez frappante.

— Je te remercie, doux sire, du compliment.

— Tu veux t'en occuper, Émouchet ? demanda Vanion. J'ai l'impression que, plus je parle, plus je m'enfonce.

— Nous sommes des soldats, Xanetia, lâcha abruptement Émouchet, et nous n'avons pas pour habitude de tergiverser. Nous pourrions nous frayer un chemin au fil de l'épée, s'il le fallait, mais je doute que ça vous plaise. Cela vous offenserait-il de dissimuler votre luminescence ? Certains membres de votre peuple se sont approchés de nous avant de se mettre à luire. Avez-vous le pouvoir d'atténuer votre feu intérieur ?

— Nous pouvons le contrôler, confirma Cedon. Et Xanetia, qui est la plus douée d'entre nous, mieux que la plupart – bien que ça lui soit assez pénible. Ce n'est point naturel pour nous.

— La douleur est sans importance, Anakha, lui assura Xanetia.

— Pour vous, peut-être, mais pas pour moi. Nous tâcherons d'y remédier. Mais revenons-en à la couleur de votre peau. Si vos traits sont tamouls, votre peau, vos cheveux, sont d'une couleur inhabituelle. Qu'en pensez-vous, Itagne ? Pourrait-elle passer pour une Tamoul si elle se teignait la peau et les cheveux ?

— Ce ne sera pas la peine, Anakha, répondit Xanetia.

Elle plissa le front comme si elle se concentrait. Peu à peu, ses joues prirent une légère teinte rosée, puis dorée, tandis que ses cheveux blancs devenaient d'un blond pâle et continuaient à foncer.

— La couleur est une qualité de la lumière, expliqua-t-elle calmement en passant la main dans ses cheveux, d'un bel auburn à présent. De même que je puis contrôler la lumière qui émane de moi, je puis changer ma couleur. En la modifiant plutôt qu'en la supprimant complètement, je parviens à atténuer la douleur. C'est une solution fort satisfaisante tant pour moi que pour vous, puisque vous semblez vous préoccuper de ma souffrance. Le changement de forme est beaucoup plus pénible, et le changement de sexe davantage encore.

— Le quoi ? releva Itagne en s'étranglant.

— Je ne m'y livre que rarement, et bien à contrecœur, confirma-t-elle. Edaemus n'a pas voulu que je sois un homme, et je trouve fort inconfortable le corps lourd et malpropre du mâle.

Elle tendit le bras et l'examina avec soin. Sa peau était maintenant du même doré que celle d'Itagne et elle avait les cheveux noirs.

— La couleur me semble correcte, observa-t-elle. Qu'en dites-vous, Itagne ? Passerai-je inaperçue à Mathérion ?

— Sans doute pas, divine Xanetia, répondit-il en souriant. Il est à craindre que, sur votre passage dans les rues de la cité aux dômes de feu, tous les cœurs cessent de battre et que les hommes soient frappés de cécité, car votre beauté est éblouissante, en vérité.

— Mmm, très joli, murmura Émouchet.

— Tes paroles me coulent dans les oreilles comme du miel, Itagne, répondit Xanetia avec un sourire. Tu es, ce me semble, passé maître dans l'art de la flatterie.

— Notre Itagne n'est pas diplomate pour rien, Anarae, intervint Vanion. Il ne faut pas toujours croire ce qu'il dit. Cette fois, pourtant, il disait vrai. Vous êtes une femme d'une beauté exceptionnelle.

Elle le regarda gravement.

— Ton cœur saigne, doux sire Vanion, n'est-ce pas ? observa-t-elle.

— Ça, Anarae, c'est mon problème, soupira-t-il.

— Que non point, doux sire. Nous formons un groupe, à présent, et les souffrances de l'un sont les souffrances de tous. Mais ton trouble est d'une plus grande gravité et il nous cause à tous un souci qui dépasse notre seule fraternité. La faille ouverte entre ta bien-aimée et toi-même met notre cause en péril, et tant qu'elle ne sera pas comblée, notre but commun sera menacé.

Ils partirent vers l'est, suivant une piste qui semblait tracée par des animaux sauvages. Séphrénia fermait la marche avec Bévier et le jeune Bérit. La petite femme avait le visage figé et les yeux durs comme du silex.

Émouchet et Vanion marchaient en tête, suivant occasionnellement les instructions de Xanetia, qui était juste derrière eux, sous la garde vigilante de Kalten.

— Laisse-lui un peu de temps, Vanion, disait Émouchet. Les femmes aiment proférer des ultimatums et des déclarations de guerre. Chaque fois qu'Ehlana se sent délaissée, elle dit des choses qui dépassent sa pensée pour attirer mon attention.

— Je crains que ce ne soit un peu plus grave, cette fois, répondit Vanion. Séphrénia est une Styrique, mais c'est la première fois qu'elle se montre aussi irrationnelle. Si nous pouvions mettre le doigt sur la raison de cette haine implacable, nous pourrions y remédier, mais nous n'avons jamais pu lui tirer une parole sensée sur la question. Elle déteste les Delphae parce qu'elle les déteste, un point c'est tout.

— Aphraël mettra bon ordre à tout ça, lui assura

Émouchet. Dès que nous serons à Mathérion, j'aurai une petite conversation avec Danaé et...

Il s'interrompit. Une pensée terrifiante lui glaça le sang dans les veines.

— Il faut que je parle avec Xanetia, déclara-t-il en faisant brusquement tourner bride à Faran.

— Des ennuis ? appela Kalten en voyant approcher Émouchet.

— Rien de précis pour le moment, répondit Émouchet. Si tu tenais un peu compagnie à Vanion ? J'ai deux mots à dire à Xanetia.

Kalten lui jeta un regard interrogateur, mais talonna son cheval et remonta la colonne sans poser de question.

— Tu parais inquiet, Anakha, observa Xanetia.

— Un peu, oui. Vous savez à quoi je pense, n'est-ce pas ?

Elle acquiesça d'un hochement de tête.

— Alors vous savez qui est ma fille ?

— Oui.

— C'est un secret, Anarae. Aphraël n'a pas demandé l'avis de ma femme quand elle a choisi sa présente incarnation. Il est très important qu'Ehlana ne l'apprenne pas. Je pense que sa santé mentale en dépend.

— Ton secret est bien gardé, Anakha. Je te jure de garder le silence.

— Que s'est-il passé entre les Styriques et les Delphae, Xanetia ? Et je vous préviens, je ne veux pas connaître votre version ou celle de Séphrénia, c'est la vérité que je veux.

— Tu n'es pas fait pour la connaître, Anakha. Une

partie de ta tâche est de résoudre le problème sans approcher la vérité.

— Je suis un élène, Xanetia, répondit-il d'une voix peinée. Pour prendre des décisions, je dois connaître les faits.

— Il est donc dans ton intention de juger ? De condamner les Styriques ou les Delphae ?

— Non. Je veux seulement comprendre le comportement de Séphrénia pour l'amener à changer d'avis.

— C'est tellement important pour toi ?

— Pourquoi poser des questions dont vous connaissez déjà la réponse ?

— Mes questions ont pour objet de t'aider à formuler ta pensée, Anakha.

— Je suis un chevalier pandion, Xanetia. Séphrénia a été la mère de notre ordre pendant trois siècles. Nous donnerions notre vie pour elle sans hésitation. Nous l'aimons, mais nous ne partageons pas tous ses préjugés. Je n'attendrai pas éternellement, Xanetia. Si je ne puis obtenir la vérité de vous – ou de Séphrénia –, je la demanderai au Bhelliom.

— Tu ne ferais pas ça ! fit-elle, et ses yeux maintenant noirs s'emplirent d'une soudaine détresse.

— Je suis un soldat, Xanetia. Je n'ai pas l'habitude de ce genre de finasseries. Vous voulez bien m'excuser ? Je vais parler avec Séphrénia.

— Dirgis, annonça Xanetia alors qu'ils parvenaient au sommet d'une colline d'où ils dominaient une ville typiquement atana étalée dans une vallée.

— Ah, enfin ! s'exclama Vanion. Nous savons maintenant où nous sommes.

Il regarda un instant sa carte et scruta le ciel. Le soir tombait.

— Il est trop tard pour continuer, hein, Émouchet ?

— Non, messire, répondit Émouchet. Il y a encore beaucoup de lumière.

— Tu n'as pas réglé ce problème avec le Bhelliom ? ronchonna Ulath.

— Nous n'avons pas eu l'occasion d'en discuter, répliqua Émouchet. Le Bhelliom est trop repérable quand il est à nu, je le garde donc dans sa petite maison – juste au cas où.

— C'est à plus de trois cents lieues, Émouchet, objecta Vanion. Il sera plus tard, là-bas.

— Je ne m'y ferai jamais, gémit Kalten d'un ton funèbre.

— C'est très simple, voyons, fit Ulath. Bon, alors, quand le soleil se couche à Mathérion, il est encore...

— Je t'en prie, Ulath, coupa Kalten. N'essaie pas de m'expliquer. Ça ne fait qu'empirer les choses. J'ai l'impression de sentir le monde remuer sous mes pieds et je n'aime pas ça. Dis-moi simplement qu'il est plus tard là-bas, et restons-en là. Je n'ai pas besoin de savoir *pourquoi* il est plus tard.

— C'est le chevalier idéal, commenta Khalad. Il ne veut même pas connaître le pourquoi et le comment des choses.

— C'est ça qui est merveilleux, Khalad, répliqua Talen. Quand nous aurons subi le merveilleux entraînement qu'on a prévu pour nous, nous serons exactement comme Kalten. Tu te rends compte comme la vie sera facile pour nous, quand nous n'éprouverons plus le besoin de comprendre quoi que ce soit ?

— Il va bientôt faire nuit noire à Mathérion, Émouchet, reprit Vanion. Nous ferions peut-être mieux d'attendre le matin.

— Écoute, Vanion, le moment viendra, tôt ou tard, où nous devrons faire l'un de ces sauts après le coucher du soleil. Il n'y a rien qui presse, maintenant, je dirais donc que c'est le moment où jamais de résoudre notre problème.

— Écoutez, Émouchet, poursuivit Khalad. Si vous avez une question à poser au Bhelliom, pourquoi ne pas le faire ? Vous êtes copains, maintenant, tous les deux. Est-ce que ça ne serait pas plus simple et plus sûr que de tenter des expériences ? Mathérion est sur la côte, si je me souviens bien. Je n'aimerais pas me retrouver à une centaine de lieues en pleine mer.

Émouchet se sentit un peu idiot. Il tira la petite boîte d'or de sa tunique et ouvrit le couvercle. Il se figea un moment, posa sa question en élène ancien.

— Je serais heureux, Rose bleue, de recueillir ton avis sur un certain sujet, dit-il.

— Quelle est ta question, Anakha ?

Cette fois, la pierre parlait par les lèvres de Khalad.

— C'est un soulagement, souffla Kalten à l'oreille d'Ulath. La dernière fois, j'ai failli me mordre la langue avec toutes ces phrases ampoulées.

— Est-il prudent d'aller d'un endroit à l'autre quand le dais noir de la nuit couvre la terre ? demanda Émouchet.

— Il n'y a pas de nuit pour moi, Anakha.

— Je l'ignorais.

— Tu n'avais qu'à le demander.

— Je m'en rends compte, à présent. Ma compréhension augmente à chaque heure qui passe. Sur la côte est de la lointaine Tamoulie se trouve une route qui va vers le sud en partant de Mathérion aux dômes de feu.

— Oui.

— Quand nous avons contemplé Mathérion pour la première fois, mes compagnons et moi-même, nous sommes arrivés en vue de la ville après avoir gravi une longue colline.

— Oui. Je me souviens de l'endroit.

— Pourrais-tu nous y emmener, bien que l'obscurité règne sur la terre ?

— Je le pourrais.

Émouchet s'apprêtait à prendre l'anneau de sa femme dans la boîte, puis il se ravisa.

— Nous partageons une communauté d'intérêts et nous sommes amis. Il me répugne de te contraindre à faire quoi que ce soit par le pouvoir des anneaux de Ghwerig. Je ne te l'ordonne donc pas, je te le demande, Rose bleue : veux-tu nous emmener à cet endroit que nous connaissons tous les deux, par amitié et dans notre intérêt commun ?

— Je le ferai, Anakha.

16

Ils transitèrent par la même grisaille que lors de leurs précédents déplacements en plein jour. La nuit, le jour semblaient ne plus rien vouloir dire. Émouchet eut la vague impression que le Bhelliom les faisait passer par un ailleurs voisin de tous les autres endroits, une sorte de porte qui donnait partout.

— Messire Vanion avait raison, commenta Kalten en regardant le ciel clouté d'étoiles. Il est plus tard ici. Ça ne va pas, ma Dame ? demanda-t-il à Xanetia qui vacillait sur sa selle.

— Rien de grave, doux sire. Un léger vertige, peut-être.

— Vous vous y ferez. Les premières fois, ça fait drôle, mais on s'y habitue.

Khalad tendit le coffret à Émouchet qui y remit le Bhelliom.

— Ne crois pas que je veuille t'emprisonner, lui dit-il. Nos ennemis peuvent sentir ta présence quand tu es au-dehors, et ce réceptacle te dissimule à leur attention.

Le Bhelliom palpita doucement, comme en signe d'accord.

Émouchet referma le couvercle de sa bague et le coffret qu'il remit dans sa tunique.

Mathérion semblait ensanglantée par la lumière des torches. La lune venait de se lever, traçant sur la mer de Tamoulie un pâle sentier lumineux qui allait de l'horizon à sa porte. Une route de plus vers la cité que les Tamouls appelaient le centre du monde.

— Je peux faire une suggestion, Émouchet ? demanda Talen.

— J'ai l'impression d'entendre Tynian.

— Je sais. Je joue son rôle pendant son absence. Il y a un moment que nous avons quitté Mathérion et nous ignorons ce qui a pu arriver en notre absence. Si j'allais jeter un coup d'œil en ville ? je pourrais poser quelques questions, prendre la température, le truc habituel.

— Bonne idée, approuva Émouchet.

— C'est tout ? Juste « bonne idée » ? Pas de protestations, d'objections, de sermon d'une heure sur la nécessité d'être prudent ? Je suis très déçu, Émouchet.

— Tu m'écouterais si je protestais ou si je te faisais un sermon ?

— Ben, non, mais...

— Alors à quoi bon perdre du temps ? Tu sais ce que tu as à faire et comment le faire. N'y passe pas la nuit, c'est tout.

Talen mit pied à terre et tira de ses sacs de selle une robe de tissu grossier, rapiécée de partout, qu'il enfila par-dessus ses vêtements. Puis il se pencha, passa la main dans la poussière et se noircit artistiquement la figure, s'ébouriffa les cheveux et se versa dessus une poignée de paille prélevée sur le bord de la route.

— Qu'en pensez-vous ? demanda-t-il à la cantonade.

— Pas mal, répondit Émouchet en haussant les épaules.

— Rabat-joie, marmonna Talen en remontant à

cheval. Khalad, viens par ici. Tu garderas mon cheval pendant que je fouinerai par-ci, par-là.

Les deux hommes s'éloignèrent vers le bas de la colline.

— Cet enfant aurait-il un don particulier ? s'étonna Xanetia.

— Il n'aimerait pas vous entendre le traiter d'enfant, ma Dame, rétorqua Kalten. Et je ne connais personne qui soit aussi près d'avoir le don de se rendre invisible.

Ils attendirent, un peu à l'écart de la route. Une heure plus tard, Talen et son frère revenaient.

— Les choses n'ont pas beaucoup changé depuis notre départ, raconta le gamin.

— Tu veux dire que ce n'est pas la bataille rangée dans les rues ? s'esclaffa Ulath.

— Pas encore. Cela dit, c'est un peu la panique, au palais. Une histoire de documents, si j'ai bien compris. Le gouvernement est en ébullition. Personne n'a pu m'en dire plus long. Enfin, les chevaliers de l'Église et les Atans ont encore le contrôle de la situation. Nous pourrions aller d'ici à la cour du château d'Ehlana d'un bond, si vous le vouliez.

Émouchet secoua la tête.

— Allons-y à cheval. Je suis sûr qu'il y a encore des Tamouls dans les murs, dont une moitié d'espions. Ne vendons pas la mèche si nous pouvons faire autrement. Sarabian est toujours au château ?

Talen opina du chef.

— Votre femme lui a probablement appris quelques tours : assis, debout, couché, ce genre de choses.

— Talen ! s'exclama Itagne.

— Votre Excellence ne connaît pas encore notre reine, n'est-ce pas ? reprit Talen avec un sourire d'une oreille à l'autre. Eh bien, vous allez faire une sacrée expérience...

— C'est à cause du nouveau système de classement, expliqua le jeune chevalier pandion qui montait la garde au pont-levis. Nous avions besoin de place pour réorganiser les choses, et avons donc étalé tous les dossiers du gouvernement sur les pelouses.

— Et s'il pleut ? demanda Vanion.

— Ah, ça simplifierait beaucoup les choses, messire.

Ils mirent pied à terre dans la cour, gravirent les larges marches menant à l'immense porte sculptée, s'arrêtèrent le temps d'enfiler les chaussons moletonnés afin de protéger la nacre du sol et entrèrent.

La reine Ehlana, que l'on avait avertie de leur arrivée, les attendait à la porte de la salle du trône. Le cœur d'Émouchet fit un bond dans sa poitrine lorsqu'il l'aperçut.

— C'est fort aimable de vous être arrêté en passant, messire Émouchet, dit-elle d'un ton glacial avant de se jeter à son cou.

— Désolé d'arriver si tard, ma tendresse. Nos plans de voyage ont été un peu bouleversés, s'excusa-t-il après un baiser formel.

Il ne tenait pas à se donner en spectacle devant la demi-douzaine de Tamouls qui s'efforçaient de passer inaperçus et les écoutaient, en réalité, les oreilles traînant jusque par terre.

— Si nous montions, ma Reine ? proposa-t-il enfin. Nous avons beaucoup de choses à nous dire, et j'aimerais quitter ce jaseran avant qu'il ne s'incruste définitivement dans ma chair.

— Tu n'entreras pas dans ma chambre avec ce truc puant, Émouchet. Si je me souviens bien, les bains sont par là. Faites-en bon usage, tes amis odorants et toi-même. Ces dames peuvent me suivre. Retrouvons-nous dans les appartements royaux d'ici une heure. J'ai hâte d'entendre l'explication de votre retard. Je suis sûr que ce sera absolument fascinant.

Émouchet se sentit bien mieux après avoir pris un bain et revêtu une tenue confortable. Il gravit ensuite, avec ses amis, l'escalier menant à la tour centrale où étaient situés les appartements royaux.

— Vous êtes en retard, Émouchet, fit observer Mirtaï quand ils arrivèrent en haut des marches.

— Ma femme me l'a déjà fait remarquer. Entrez. Je veux que vous entendiez ça, vous aussi.

Ehlana et les autres étaient réunis dans le grand salon tendu de bleu. L'absence de Séphrénia et de Danaé se faisait toutefois sentir.

— Ah, enfin ! s'exclama l'empereur Sarabian à leur entrée. Nous allons pouvoir passer à l'étape suivante : le renversement du gouvernement !

Pour un peu, Émouchet ne l'aurait pas reconnu : il n'avait plus les cheveux dans la figure mais noués sur la nuque, il portait des chausses noires et une chemise de lin à manches longues. Il avait l'air plus jeune et tenait une rapière avec l'aisance que seule confère une longue pratique.

— Qu'est-ce que tu as encore fait, Ehlana ? demanda Émouchet.

— Nous avons élargi notre horizon, Sarabian et moi, répondit-elle d'un petit ton détaché.

— Je savais que je n'aurais pas dû te laisser aussi longtemps seule.

— Je suis contente que tu abordes le sujet. C'est aussi ce que je me dis, depuis un moment.

— Tu pourrais faire l'économie d'une scène désagréable, Émouchet, fit Kalten. Montre-lui pourquoi nous avons dû partir en voyage.

— Bonne idée.

Émouchet plongea la main dans son pourpoint et en retira la boîte d'or sculptée.

— Les choses commençaient à nous échapper, Ehlana, aussi avons-nous décidé d'aller chercher des renforts.

— Je pensais que c'était la mission de Tynian.

— La situation exigeait une aide un peu plus significative que celle des chevaliers de l'Église, répondit Émouchet en effleurant le couvercle de la cassette avec son anneau. Ouvre-toi ! ordonna-t-il en le maintenant à demi fermé pour que sa femme ne voie pas que sa bague se trouvait aussi à l'intérieur.

— Qu'as-tu fait à ta bague, Émouchet ? demanda-t-elle en regardant le couvercle qui dissimulait la pierre.

— Tu vas tout comprendre dans un instant, ma tendresse. Voilà pourquoi nous avons dû partir, dit-il en sortant le Bhelliom du coffret.

— Émouchet ! hoqueta Ehlana en devenant d'une pâleur mortelle.

— Quelle belle pierre ! s'exclama Sarabian en tendant machinalement la main vers la rose de saphir.

— Je ne vous conseille pas de faire ça, Majesté, l'avertit Itagne. C'est le Bhelliom. Il tolère Émouchet, mais il pourrait constituer un danger pour tout autre.

— Le Bhelliom est un mythe, Itagne.

— J'ai revu ma position concernant divers mythes, Majesté. Émouchet a détruit Azash rien qu'en l'effleurant avec le Bhelliom. Il serait imprudent d'y mettre la main. Vous avez prouvé, dernièrement, qu'on pourrait faire quelque chose de vous si les petits cochons ne vous mangeaient pas avant, et nous serions fort marris de vous perdre maintenant.

— Itagne ! s'étrangla Oscagne. Ce ne sont pas des manières !

— Nous sommes là pour conseiller l'empereur, vieux frère, pas pour lui faire des ronds de jambe. À propos, Oscagne, quand tu m'as envoyé à Cynestra, c'était avec les pleins pouvoirs, tu te souviens ? Nous regarderons mon ordre de mission, si tu veux, mais je suis à peu près sûr que tu m'avais investi d'une autorité de ce genre. Comme d'habitude. Bref, j'espère que tu ne m'en voudras pas, mais j'ai conclu quelques alliances en cours de route. Enfin, c'est plutôt Émouchet qui a fait le boulot, rectifia-t-il, mais mes lettres de créance conféraient une sorte de légitimité à l'affaire.

— Tu n'as pas fait ça sans en référer à Mathérion ! s'exclama Oscagne en devenant rouge vif.

— Un peu de sérieux, mon vieux. Je me suis contenté

de saisir quelques occasions qui se présentaient, et je n'étais guère en position de dire à Émouchet ce qu'il pouvait ou ne pouvait pas faire. J'avais la situation plus ou moins en main, à Cynestra, quand il a débarqué avec ses amis. Nous sommes partis et...

— Attends un peu, Itagne. Qu'as-tu fait à Cynestra ?

— Il y a des moments où je te trouve vraiment pénible, Oscagne, soupira Itagne. J'ai découvert que l'ambassadeur Taubel fricotait avec Kanzad, le chef de la police. Ils manipulaient le roi Jaluah comme une marionnette.

— Taubel est viré ! répliqua Oscagne en blêmissant.

— C'est ce que je viens de te dire. D'ailleurs, tu ferais bien de procéder rapidement à l'évaluation de tes autres ambassades. Kolata n'a pas perdu de temps. Enfin, j'ai fichu Taubel, Kanzad, tous leurs agents et le personnel de l'ambassade aux oubliettes, déclaré la loi martiale et remis les clés du pouvoir à la garnison d'Atan.

— Quoi ? Qu'est-ce que tu as fait ?

— Pff, je te consignerai tout ça par écrit un de ces jours. Tu me connais assez pour savoir que j'ai agi pour le mieux.

— Tu as outrepassé tes prérogatives, Itagne !

— Tu m'avais laissé carte blanche, vieux. Tout ce que tu m'avais demandé, c'était de jeter un coup d'œil, de faire ce qu'il fallait, et je l'ai fait.

— Comment as-tu réussi à convaincre les Atans de te suivre sans autorisation écrite ?

— Le commandant de la garnison locale est une commandante, répondit Itagne en haussant le sourcil. Une très jolie femme, en fait, assez musclée. Je l'ai séduite. Elle ne s'est pas fait prier, je dois dire. Tu devrais peut-être noter dans mon dossier que je suis prêt à me sacrifier pour l'empire et tout ce qui s'ensuit. Bref, je ne lui ai pas totalement laissé la bride sur le cou. La chère enfant voulait m'offrir les têtes de Taubel et de Kanzad sur un plateau, mais j'ai refusé. Il n'y a plus de place sur les murs de ma carrée, à l'Université, pour des trophées. Je lui ai demandé de les enfermer à double tour et de tenir le roi Jaluah à l'œil jusqu'à l'arrivée du remplaçant de Taubel. Pas d'affolement, vieux. J'ai toute confiance en elle.

— Itagne, tu as mis à bas vingt années d'efforts diplomatiques avec la Cynesga, geignit Oscagne d'une voix mourante.

— Quelles relations ? renifla Itagne. Les Cynesgans ne comprennent que la force brutale ; je leur ai parlé la langue qu'ils connaissent.

— Vous parliez d'alliances, Itagne, intervint Sarabian en dardant la pointe de sa rapière dans le vide. Qui avez-vous assuré de ma confiance et de mon affection, au juste ?

— J'y arrivais, Majesté. En quittant Cynestra, nous sommes passés par Delphaeus. Nous avons parlé avec leur chef, l'Anari – un vieillard appelé Cedon –, et il nous a proposé son aide. Émouchet s'occupera de notre partie du marché, de sorte que ça ne coûtera rien à l'empire.

— Ça doit venir du côté de notre mère, Majesté, fit

Oscagne en secouant la tête avec accablement. Elle avait un oncle un peu bizarre.

— De quoi parlez-vous, Oscagne ?

— De la folie de mon frère, Majesté. Il paraît que c'est souvent héréditaire. Par bonheur, je tiens plutôt de notre père. Dis-moi, Itagne, est-ce que tu entends aussi des voix ? Vois-tu des girafes violettes ?

— Bon, Émouchet, si vous nous disiez ce qui s'est passé ? demanda Sarabian.

— Itagne vous a à peu près tout raconté, Majesté. Je suppose que les Tamouls ont certains préjugés envers Ceux-qui-brillent.

— Non, protesta Oscagne. Je ne dirais pas ça. Comment pourrions-nous avoir des préjugés envers des gens qui n'existent pas ?

— Nous pourrions en débattre toute la nuit, fit Kalten en se tournant vers Xanetia, qui était tranquillement assise à côté de lui. Cela ne vous ennuierait pas, ma Dame, de leur montrer qui vous êtes ? Sinon, nous en avons pour la nuit.

— Si tel est ton bon plaisir, doux sire, répondit-elle.

— Quel formalisme, ma chère ! nota Sarabian avec un sourire. Ici, à Mathérion, nous n'utilisons ce langage que lors des mariages, des enterrements et des couronnements, entre autres funestes événements.

— Nous sommes isolés depuis longtemps, Sarabian de Tamoulie, répondit-elle, et nous avons été épargnés par le vent des modes et les marées inconstantes des usages. Tu peux m'en croire, nous nous exprimons sans contrainte dans un langage qui doit te paraître d'un archaïsme forcé. Il vient librement à nos lèvres et constitue notre mode d'expression normal – en ces rares occasions où le langage est nécessaire entre nous.

La porte s'ouvrit, à l'autre bout de la pièce, et la princesse Danaé parut, traînant Rollo derrière elle, Aleanne sur ses talons.

Xanetia ouvrit de grands yeux et parut rigoureusement épouvantée.

— Elle s'est endormie, annonça la petite princesse.

— Comment allait-elle ? demanda Ehlana.

— Dame Séphrénia était très fatiguée, ma Reine, répondit Aleanne. Elle a pris son bain et s'est aussitôt couchée. Elle n'a même pas voulu manger.

— Il vaut sûrement mieux la laisser dormir, répondit Ehlana. J'irai la voir plus tard.

L'empereur Sarabian avait manifestement profité de cette brève interruption pour concocter un petit discours, car, lorsqu'il reprit la parole, ce fut dans un langage archaïque assez étudié.

— Ô noble Dame, fit-il en regardant Xanetia, tes paroles comblent mon oreille. M'est avis que tu nous a privés de grandes joies en t'éloignant : tu es belle, et ton parler élégant eût ajouté du lustre à notre cour. L'éclat de tes yeux, la douceur de ton comportement rayonnent au-delà de toi, et eussent bien instruit par l'exemple tous ceux de mon entourage.

— Que voilà de beaux discours élégamment tournés, répondit Xanetia en inclinant poliment la tête. Et je comprends, Sarabian, que tu es un flatteur consommé.

— Que non point ! se récria-t-il. C'est mon cœur qui s'exprime par ma bouche, crois-le bien !

Il s'amusait visiblement beaucoup.

— Je crains que ton opinion ne change sitôt que tu m'auras contemplée sous mon véritable aspect, dit-elle en soupirant. J'ai modifié mon apparence par nécessité, afin de ne point effrayer tes sujets. Car, cela me navre de l'avouer, si ton peuple me voyait telle que je suis, moult citoyens prendraient la fuite en hurlant de terreur.

— Je ne puis croire, douce enfant, que tu inspires une telle crainte, objecta-t-il en souriant. Point ne puis accorder crédit à tes paroles. M'est avis que, si tu apparaissais dans les rues de Mathérion aux dômes de feu, mes sujets courraient, en vérité, mais vers toi.

— Tu en jugeras par toi-même, Sarabian de Tamoulie.

— Euh, avant qu'il ne soit trop tard, puis-je m'enquérir de l'état de santé de Sa Majesté ? demanda prudemment Itagne.

— Je suis en pleine forme, Itagne.

— Pas d'essoufflements, Majesté ? Pas d'oppression ou de pincements dans la région du cœur ?

— Je vous dis que je me porte à merveille, Itagne, lança sèchement Sarabian.

— Espérons-le. Puis-je me permettre, Majesté, de vous présenter Dame Xanetia, l'Anarae des Delphae ?

— Je pense que votre frère a raison, Itagne. On dirait que vous avez... Seigneur ! hoqueta Sarabian en regardant Xanetia avec effroi.

Comme eût déteint un tissu bon marché, toute couleur abandonnait sa peau et ses cheveux, et la lueur qui émanait naturellement d'elle reparut. Elle se leva et Kalten se dressa à côté d'elle.

— L'étoffe de tes cauchemars a pris chair, Sarabian de Tamoulie, constata tristement Xanetia. Voilà qui, ou ce que, je suis. Ton serviteur, Itagne, a dit vrai et t'a exposé sincèrement ce qui se cachait dans la Delphaeus des fables. Je te donnerais acte d'allégeance ainsi qu'il sied à ton rang si, comme tous les Delphae, je n'étais une proscrite, et donc point ta sujette. Je suis ici pour m'acquitter de la mission dont s'est investi mon peuple par suite de son pacte avec Anakha, que tu appelles Émouchet d'Élénie. Ne me crains point, Sarabian, car je suis ici pour te servir et non pour te détruire.

Mirtaï s'était levée d'un bond, le visage pâle comme la mort. Elle fit un rempart de son corps à sa maîtresse et tira son épée.

— Courez, Ehlana, dit-elle, les dents serrées. Je la retiens.

— Ce ne sera pas la peine, Mirtaï d'Atan, lui assura Xanetia. Je te l'ai dit, point ne veux nuire à ceux qui te sont chers. Rengaine ta lame.

— Et comment, maudite ! Je vais la plonger dans ton cœur immonde ! s'écria Mirtaï en levant la pointe de son épée.

Puis, comme si elle avait été frappée par un poing formidable, elle tomba à la renverse.

Kring et Engessa se précipitèrent aussitôt en portant la main à la poignée de leur épée.

— Je ne leur veux aucun mal, Anakha, lança Xanetia avec détermination, mais force m'est de protéger ma personne afin de respecter le pacte conclu entre mon peuple et toi.

— Remettez vos armes au fourreau ! aboya Vanion. Cette femme est notre amie !

— Mais..., protesta Kring.

— Je vous ai donné l'ordre de rengainer vos armes ! répéta Vanion dans un rugissement qui obligea Kring et Engessa à s'arrêter net.

Mais Émouchet avait vu un autre danger. Danaé avançait sur la Delphaïque, les yeux embrasés de haine et le visage crispé.

— Ma petite Danaé ! s'écria-t-il en s'approchant avec une rapidité qui contredisait la désinvolture de son ton. Donne un baiser à ton pauvre vieux père.

Il intercepta la petite princesse vengeresse, la souleva comme une plume et étouffa son cri indigné en collant ses lèvres aux siennes.

— Lâche-moi, Émouchet ! dit-elle tout bas.

— Quand tu auras repris tes esprits, marmonna-t-il, la bouche toujours collée à celle de l'enfant.

— Elle a fait du mal à Mirtaï.

— Mais non. Mirtaï sait tomber sans se faire mal. Ne fais pas de bêtise. Tu savais que ça allait arriver. Nous avons la situation bien en main, alors ne t'excite pas, pour l'amour du ciel. Tu veux que ta mère devine ton identité ?

— Il ne parle pas vraiment ! coupa Ehlana tandis qu'Émouchet lui racontait ce qui s'était passé à Delphaeus.

— Pas tout seul, non, confirma Émouchet. Il parle par l'intermédiaire de Kalten. Enfin, c'est ce qu'il a fait la première fois.

— Kalten ?

— Ne me demande pas pourquoi. Il doit prendre le premier qui lui tombe sous la main. Il utilise un langage archaïque et ampoulé, qui ressemble beaucoup à celui de Xanetia, et veut que je lui réponde de la même façon. Les formes revêtent apparemment une grande importance. C'est très curieux, mais, dès que j'ai commencé à parler – et à penser – en élène du XIIe siècle, j'ai eu l'impression que mon esprit s'ouvrait. Pour la première fois, j'ai su que j'étais Anakha et que nous étions intimement liés, le Bhelliom et moi. Tu vois, ma tendresse, tu es mariée à deux personnes différentes, ajouta-t-il avec une grimace comique. J'espère que tu aimeras bien Anakha. Ça n'a pas l'air d'être un mauvais bougre, une fois qu'on s'est fait à sa façon de parler.

— Je crois que je vais devenir dingue, déclara-t-elle. Ce serait peut-être plus facile que d'essayer de comprendre ce qui se passe. Combien d'autres étrangers prévois-tu d'amener dans mon lit, ce soir ?

— Je lui dis, pour Séphrénia ? demanda Émouchet à l'oreille de Vanion.

— Vas-y, soupira-t-il. Ils s'en apercevront vite, de toute façon.

Émouchet prit les mains de sa femme entre les siennes et la regarda dans les yeux.

— Quand tu parleras à Séphrénia, fais bien attention à ce que tu dis, ma tendresse, commença-t-il. Il y a une antique inimitié entre les Styriques et les Delphae, et Séphrénia perd la boule quand elle en voit un. Xanetia a aussi des problèmes avec les Styriques, mais elle se contrôle mieux.

— C'est ce qu'il te semble, Anakha, objecta Xanetia.

Elle avait repris ses couleurs – par souci des autres, songea Émouchet. Mirtaï était assise non loin d'elle, l'œil aux aguets, la main sur la poignée de son épée.

— Pour rien au monde je ne voudrais vous offenser, Anarae, fit-il d'un ton d'excuse. J'essaie simplement de leur expliquer la situation, pour qu'ils ne soient pas surpris quand vous essaierez de vous arracher les yeux, Séphrénia et vous.

— Je suis sûre, Anarae, que vous êtes impressionnée par le tact de mon mari, ironisa Ehlana. Nous avons parfois du mal à nous en remettre.

Xanetia partit d'un rire chaleureux et regarda Itagne.

— M'est avis que ces Élènes sont un peuple complexe. Je perçois une grande agilité de pensée derrière ces manières abruptes, et des raffinements insoupçonnables emmy ces gens qui taillent leurs atours dans l'acier.

Émouchet s'appuya au dossier de son fauteuil.

— Je vous ai raconté les grandes lignes de ce qui nous était arrivé. Et pendant ce temps-là, que s'est-il passé ici ?

— Bah, la routine..., répondit Ehlana en haussant les épaules. Si vous lui racontiez, messire Stragen ? Notre Émouchet s'offusque de m'entendre aborder certains détails sordides.

Stragen portait son pourpoint favori de satin blanc. Il était vautré dans un fauteuil, les pieds sur une table.

— Ce coup d'État avorté avait éveillé nos doutes :

l'affaire devait comporter des aspects plus triviaux que ces histoires de croque-mitaines et autres monstres sortis de la tombe, commença-t-il. Nous savions que Kolata était impliqué, ce qui nous ramenait à un problème politique banal : savoir à quel point le ministère de l'Intérieur était corrompu. Tous les policiers du monde sont des fanatiques de la paperasse, et nous avions de bonne raison de penser que des tas de gens auxquels il serait intéressant de parler étaient fichés quelque part dans cette taupinière. Seulement nous ne pouvions pas frapper à la porte et demander à voir les dossiers sans révéler que nous savions ce qu'ils mijotaient, et que Kolata était notre prisonnier et non un invité. La baronne Mélidéré eut l'idée d'un nouveau système de classement qui nous a donné accès aux dossiers de tous les ministères.

— Ce fut l'horreur, fit Oscagne en frémissant. Nous avons désorganisé toute l'administration pour dissimuler le fait que nous ne nous intéressions qu'aux dossiers de l'Intérieur. Messire Stragen et la baronne ont concocté un système complètement irrationnel et d'une absurdité ahurissante, mais qui, curieusement, donne l'impression de fonctionner. J'ai réussi à mettre la main sur tous les papiers possibles en moins d'une heure.

— Bref, poursuivit Stragen, grâce à ce stratagème, nous avons fouillé les dossiers de l'Intérieur pendant une bonne semaine, mais ils se déplaçaient mystérieusement la nuit, et nous devions repartir de zéro tous les matins. Nous avons alors décidé de transférer le théâtre des opérations à l'extérieur : nous avons fait sortir tous les papiers et les avons étalés sur les pelouses, ce qui a posé des problèmes énormes dans tous les services, mais les dossiers critiques de l'Intérieur restaient cachés. Nous avons dû nous rabattre sur l'effraction, Caalador et moi. Nous avons bénéficié de l'aide inattendue de Mirtaï. Je suppose que la Reine l'avait chargée de nous accompagner afin de nous rappeler que nous cherchions des documents et non des valeurs diverses. Enfin, nous avons fini par trouver le cabinet secret où étaient dissimulés les dossiers qui nous intéressaient.

— Ils n'ont pas remarqué leur disparition, le lendemain ? s'enquit Bévier.

— Nous n'y avons pas touché, messire Chevalier, répondit Caalador. Un jeune Pandion a pu, grâce à un sortilège styrique, rapporter les informations qu'ils contenaient sans toucher aux documents. Nous avons obtenu, ni vu ni connu, le nom de tous les espions, informateurs, agents de la police secrète et conspirateurs de tout poil que l'Intérieur a infiltrés en Tamoulie.

— Nous attendions votre retour pour passer à l'étape suivante, poursuivit Sarabian avec un sourire en coin. Je vais dissoudre le ministère de l'Intérieur, rafler tous ces gens et déclarer la loi martiale. J'ai pris contact avec Betuana. Je n'ai qu'un mot à dire pour que les Atans prennent le contrôle de l'empire. Ce jour-là, je serai vraiment l'empereur de Tamoulie et non plus une mascotte qu'on sort pour les réceptions officielles.

— Eh bien, vous ne vous êtes pas ennuyés, commenta Vanion.

— Il faut bien faire passer le temps, messire, répondit Caalador d'un ton désinvolte. Mais nous n'en sommes pas restés là. Krager savait manifestement que nous utilisions la pègre de Mathérion comme réseau d'espionnage, mais nous ignorions s'il était au courant de notre organisation secrète. S'il la croyait localisée, ce n'était pas grave. Mais s'il savait que je pouvais ordonner, de Mathérion, l'élimination d'un individu à Chyrellos, c'était une autre paire de manches.

— Qu'avez-vous découvert ? demanda Ulath.

— C'est assez difficile à dire, convint-il en faisant osciller sa main comme un bateau sur les vagues. Nous avons un peu avancé en mettant des noms sur les nationalistes les plus enragés de tous les coins de Tamoulie – enfin, nous pensons avoir avancé, parce que, si Krager sait vraiment ce que nous préparons, il a pu nous faire refiler de faux tuyaux. Nous attendions votre retour pour tester les informations recueillies.

— Comment peut-on tester une chose pareille ? demanda Bévier.

— En donnant l'ordre de zigouiller un client, un chef de la police ou un dirigeant nationaliste, par exemple, et en regardant s'ils essaient de le protéger, répondit Stragen. Au fait, Émouchet, nous avons découvert qu'Elron était le mystérieux Sabre. N'est-ce pas stupéfiant ?

— C'est vraiment incroyable ! s'exclama Émouchet, feignant l'étonnement.

— Caalador est partisan de nous débarrasser du dénommé Scarpa, poursuivit Stragen, mais mon candidat serait plutôt Elron. Prenez ça pour une sorte de critique littéraire. J'estime qu'Elron mérite d'être éliminé plus pour sa poésie détestable que pour ses opinions politiques.

— Le monde supportera quelques mauvais vers de plus, décréta Caalador. C'est Scarpa, le plus dangereux. Je voudrais bien savoir qui est Rebal, mais il nous a glissé entre les doigts, jusque-là.

— Son vrai nom est Amador, révéla Talen. Il est marchand de rubans à Jorsan, sur la côte ouest d'édom.

— Comment avez-vous découvert ça ? s'exclama Caalador, stupéfait.

— Par pur hasard, pour être tout à fait honnête. Nous avons vu Rebal faire un discours à des paysans dans la forêt. Puis, plus tard, alors que nous étions à Jorsan, il y a eu un orage et je me suis abrité dans sa boutique. Il n'y a pas de quoi se mettre martel en tête. C'est un charlatan. Il utilise des trucs de kermesse villageoise pour faire croire aux paysans qu'il a suscité le fantôme d'Incetes. D'après Séphrénia, ça voudrait dire que nos ennemis sont répartis en couche mince dans la population. Ils n'ont pas assez de vrais magiciens pour provoquer de vraies apparitions, alors ils se rabattent sur des artifices médiocres.

— Que faisais-tu en Édom, Émouchet ? demanda Ehlana.

— Nous y sommes passés en allant récupérer le Bhelliom.

— Comment t'y es-tu pris pour aller et revenir aussi vite.

— Aphraël nous a aidés. Elle est très coopérative. La plupart du temps, ajouta-t-il en évitant de regarder sa fille en face. Bon, fit-il en se levant. Nous sommes un peu fatigués, ce soir. Je vous propose d'en rester là pour le moment et d'aller nous reposer afin d'être d'attaque demain matin. Nous pourrons reprendre à partir de là.

— Bonne idée, acquiesça Ehlana en se levant à son tour. Et puis je brûle de curiosité. J'ai hâte de découvrir cet Anakha avec qui je vais, euh, dormir...

— Elle dort encore, fit Danaé en refermant sans bruit la porte de la chambre de Séphrénia.

— Elle va bien ? demanda Émouchet.

— Comment peux-tu demander ça, Émouchet ? Elle a le cœur brisé.

— Viens avec moi. Il faut que nous parlions.

— Je n'en ai pas envie pour l'instant, Père. Je suis fâchée contre toi.

— Je survivrai.

— Là, tu t'avances peut-être.

— Viens, fit-il en la prenant par la main.

Ils gravirent l'interminable escalier menant au sommet de la tour. Il verrouilla la porte derrière eux, par prudence.

— Tu as fait une gaffe, Aphraël, dit-il.

Elle leva le menton et le foudroya du regard.

— Oh, tu peux toujours jouer les impératrices outragées, tu as fait une gaffe. Tu n'aurais jamais dû laisser Séphrénia se rendre à Delphaeus.

— Il le fallait. Elle devait supporter cette épreuve.

— Elle ne la surmontera pas. Tu lui en demandes trop.

— Elle est plus forte qu'elle n'en a l'air.

— Tu n'as donc pas de cœur ? Tu ne vois pas comme elle souffre ?

— Bien sûr que je le vois, et ça me fait encore plus mal qu'à elle.

— Tu vas tuer Vanion par la même occasion, tu sais.

— Lui aussi, il s'en remettra. Pourquoi vous êtes-vous tous ligués contre elle, à Delphaeus ? Il a suffi de deux ou trois mots aimables de Xanetia pour que vous jetiez à bas trois cents ans d'amour et de dévotion. Est-ce ainsi que les Élènes ont l'habitude de traiter leurs amis ?

— C'est elle qui l'a voulu, Aphraël. Elle s'est mise à proférer des anathèmes. Tu n'imagines pas à quel point elle hait les Delphae. Elle est devenue complètement dingue. Et pourquoi, tu vas me le dire, à la fin ?

— Ça ne te regarde pas.

— Je crois que si. Que s'est-il passé, en réalité, pendant la guerre avec les Cyrgaïs ?

— Ne compte pas sur moi pour te le dire.

— Aurais-tu peur de la vérité, Déesse ?

Émouchet fit volte-face en poussant un juron de surprise. C'était Xanetia. Sa silhouette luminescente se dressait juste derrière eux, sur le parapet.

— Ce n'est pas ton affaire, Xanetia, lâcha froidement Aphraël.

— Je dois connaître ta position, Déesse. Si l'inimitié de ta sœur ne me pose point de réel problème, la tienne serait fort préoccupante. Es-tu aussi mal disposée qu'elle envers moi ?

— Fouille mes pensées, tu le sauras !

— Tu sais que je ne le puis, Aphraël. Ton esprit m'est fermé.

— Je suis heureuse que tu t'en sois aperçue.

— Du calme, fit fermement Émouchet en regardant sévèrement sa fille.

— Ne te mêle pas de ça, Émouchet.

— Là, Danaé, je te demande pardon, mais je crois que, au contraire, je vais me mêler de ça. As-tu quelque chose à voir dans l'attitude de Séphrénia à Delphaeus ?

— C'est absurde ! Je l'ai envoyée là-bas pour la guérir de cette haine irraisonnée.

— Tu es sûre, Aphraël ? Tu ne te conduis pas très bien toi-même, en ce moment, tu sais.

— Je n'aime ni Edaemus ni son peuple. J'essaie de guérir Séphrénia par amour pour elle, pas pour les Delphae.

— Tu as pris parti pour nous et contre ton peuple au début de tout cela, Déesse, objecta Xanetia.

— Ce n'était pas par amour pour ta race, Xanetia. Ma famille avait tort, et je me suis opposée à elle par principe. Mais vous ne pouvez pas comprendre ça, hein ? C'est une question d'amour, et les Delphae sont au-delà de l'amour, n'est-ce pas ?

— Tu te trompes à notre sujet, Déesse, fit tristement Xanetia.

— Puisque nous parlons à cœur ouvert, Anarae, j'ai noté des préjugés antistyriques dans certaines de vos propres remarques, remarqua Émouchet.

— J'ai mes raisons, Anakha. Bien des raisons.

— Oh, j'en suis sûr, comme je suis sûr que Séphrénia aussi a ses raisons. Mais il importe peu que nous nous aimions ou non ; ce n'est pas la question. J'ai du pain sur la planche, et je ne pourrai pas venir à bout de ma tâche si vous vous crêpez le chignon. Vous ferez la paix, même si pour cela je dois utiliser le Bhelliom.

— Émouchet ! s'exclama Danaé, choquée.

— Personne ne veut me dire ce qui s'est passé pendant les guerres cyrgaïques, et c'est peut-être aussi bien. Au début, ce n'était que de la curiosité de ma part, mais plus maintenant. Désormais, gentes dames, je me fiche pas mal de tirer l'affaire au clair. La façon dont vous agissez les unes et les autres prouve qu'aucune de vous n'a les mains très propres. Je veux que ces bagarres méprisables cessent, et tout de suite. Vous vous comportez comme de sales gosses, et je commence à en avoir par-dessus la tête.

17

Le lendemain matin, Séphrénia avait les yeux cernés et le teint brouillé. Elle portait, sur sa robe styrique, un mantelet sans manche d'un noir funèbre qu'Émouchet ne lui avait jamais vu et dont la coupe autant que la couleur semblaient de mauvais augure. Elle n'avait consenti à paraître à la table du petit déjeuner que sur ordre exprès d'Ehlana. Elle s'assit un peu à l'écart des autres en arborant un air de bête blessée. Elle évitait ostensiblement le regard de Vanion et refusa de manger, malgré les objurgations d'Aleanne.

Vanion avait l'air tout aussi malheureux. Il avait les traits tirés, le visage livide, presque aussi pâle que lorsqu'il portait le fardeau de l'épée, et ses yeux exprimaient une infinie douleur.

Compte tenu des circonstances, ils quittèrent la table avec soulagement, sitôt la dernière bouchée avalée. Ils allèrent tout droit vers le salon bleu et se remirent au travail.

— Les autres, Rebal, Sabre, le baron Parok, sont du menu fretin, reprit Caalador. Ils se contentent d'exploiter l'hostilité latente. Alors que, pour Scarpa, c'est différent : la situation a toujours été troublée en Arjuna, et il en profite au maximum. Dans les royaumes élènes de l'ouest de la Tamoulie, qui sont très peuplés, les conspirateurs doivent faire preuve d'un minimum de prudence. Le sud-est de l'Arjuna, au contraire, est une vaste jungle où Scarpa peut trouver tous les repaires fortifiés qu'il veut. Il affiche un certain nationalisme, comme les autres, mais ce n'est pas sa préoccupation première. Les Arjunis sont beaucoup plus rusés que les paysans élènes et les serfs de l'Ouest.

— Vous avez quelque chose sur lui ? demanda Ulath. D'où il vient, ce qu'il faisait avant d'ouvrir son fond de commerce, par exemple ?

— Ce n'était pas très difficile à trouver, acquiesça Caalador. Scarpa était bien connu dans certains milieux avant de rejoindre la conspiration. Conspiration... ce mot a des consonances tellement mélodramatiques, commenta-t-il en secouant la tête. Enfin, Scarpa est un bâtard. Je n'emploie pas ce terme dans son acception figurée, messire Bévier, ajouta-t-il en voyant que l'autre manquait s'étrangler, mais dans son sens légal, celui de l'état civil. Scarpa est le fruit des amours entre une fille de salle d'une familiarité militante et d'un Styrique renégat. C'était une curieuse association, et elle a produit un drôle de gaillard.

— Fais attention à ce que tu dis, Caalador, laissa tomber Stragen d'un ton menaçant.

— Du calme, Stragen. Tu n'es pas le seul à avoir une hérédité mélangée. Si l'on va par là, je ne suis pas très sûr non plus de savoir qui était mon père. La bâtardise n'est pas un grand inconvénient pour un homme qui a de la tête et du talent.

— Messire Stragen est très chatouilleux sur ce chapitre, expliqua la baronne Mélidéré d'un petit ton léger. J'en ai parlé plusieurs fois avec lui, mais il fait toujours un complexe. Enfin, ce n'est peut-être pas une mauvaise chose. Il est si stupéfiant à tous les autres points de vue que cet infime travers l'empêche d'être irrémédiablement insupportable.

Stragen se leva et la gratifia d'une révérence théâtrale.

— Ça va, Stragen. Couché ! lança-t-elle.

— Où en étais-je ? reprit Caalador. Ah oui. Ce Scarpa a grandi dans une taverne sordide, au bord d'une route, en Arjuna et il a évolué comme tous les gens de cet acabit quand ils grandissent dans un endroit où les contraintes morales sont faibles et où tout le monde vit plus ou moins en marge de la légalité. Il avait de bonnes dispositions, mais il ne s'est jamais vraiment spécialisé. C'est un touche-à-tout, précisa-t-il avec une moue réprobatrice. Un vide-gousset et un escroc d'un certain talent. Enfin, c'était un bon garçon qui entretenait sa mère et ses nombreuses demi-sœurs, lesquelles, à en croire la rumeur publique, marchaient rapidement sur les brisées de leur mère. Contrairement aux amants d'un jour de sa mère, le père styrique de Scarpa revint voir son fils de temps à autre, de sorte que Scarpa a pu acquérir un vernis d'éducation styrique. Un jour, il commit le genre d'erreur que commettent tous les amateurs : dans une taverne, il a essayé de faire main basse sur la bourse d'un client qui n'était pas aussi ivre qu'il en avait l'air. Le gars s'est rebiffé et Scarpa a révélé le côté arjuni de sa nature. Il a tiré un petit couteau très aiguisé et déversé les boyaux de l'homme sur le plancher de la taverne. Une mouche du coche est allée trouver la police et Scarpa a quitté précipitamment le foyer natal. Il avait une douzaine d'années.

— Précoce, murmura Talen. Il n'a reçu aucun entraînement professionnel pendant ses années de formation ?

— Apparemment, il s'agissait d'un autodidacte, confirma Caalador. S'il avait eu de bons maîtres, il serait sûrement devenu le roi des voleurs. Bref, après avoir tué ce premier homme, il n'est pas resté en place pendant quelques années et, à quatorze ans, il a reparu dans une sorte de troupe ambulante. Il se faisait passer pour magicien. Il pratiquait les trucs habituels, mais il faisait parfois appel à quelques sorts styriques pour effectuer de vrais tours de magie. Il s'était laissé pousser la barbe – chose très inhabituelle chez les Tamouls, qui sont à peu près imberbes. Comme les Styriques, d'ailleurs, maintenant que j'y pense. Scarpa était un hybride, et le croisement entre une Tamoul du Sud et un Styrique a vraiment donné un curieux mélange. Il n'avait aucune caractéristique de l'une ou de l'autre de ces deux races. Tenez, fit-il en tirant de l'intérieur de son pourpoint un papier qu'il déplia. Jugez-en par vous-mêmes.

Le dessin était le portrait grossier, presque caricatural, d'un homme au visage fascinant, aux yeux profondément enfoncés sous d'épais sourcils. Les pommettes étaient hautes et proéminentes, le nez aquilin et la bouche sensuelle. La barbe noire, fournie, était soigneusement taillée et d'une forme compliquée.

— On dirait qu'il s'épile poil par poil, observa Kalten. Ça doit lui prendre un temps fou. C'est marrant, reprit-il en fronçant les sourcils, il me rappelle quelqu'un. C'est peut-être les yeux...

— On reconnaît que c'est un être humain, c'est déjà bien, fit Talen en reniflant. La technique est absolument épouvantable.

— La fille n'avait pas appris à dessiner, répondit Caalador, prenant la défense de l'artiste. Cela dit, elle était très douée dans son métier.

— Et quel est-il, maître Caalador ? demanda Ehlana.

— Putain, Majesté, répondit-il avec un sourire radieux. Le dessin n'est qu'une activité marginale. Elle aime garder des portraits de ses clients. Certains sont étrangement expressifs.

— Je peux voir ? demanda soudain Séphrénia.

— Évidemment, Dame Séphrénia, répondit Caalador, un peu surpris, en lui apportant le dessin. Vous connaissez Djukta, Émouchet ? demanda-t-il.

— Je l'ai rencontré une fois.

— Ça, c'est un barbu ! On dirait un buisson ambulant. Il a des poils jusque sur les paupières. Enfin, Scarpa a suivi la troupe ambulante pendant plusieurs saisons et, il y a cinq ans, il a disparu pendant un an à peu près. Quand il a reparu, il s'était engagé dans la politique, si l'on peut dire. Il affirme un certain nationalisme, comme Rebal, Parok et Sabre, mais c'est seulement pour le bénéfice des culs-terreux d'Arjuna. Le héros national du coin est celui qui a jeté les bases du commerce des esclaves, un certain Sheguan. C'est une activité assez méprisable, de sorte que peu d'Arjunis se targuent de le suivre.

— Ça ne les empêche pas de continuer à pratiquer ce trafic, remarqua Mirtaï entre ses dents.

— En effet, mon petit chou, acquiesça Caalador.

— Ami Caalador, grinça Kring, je pensais que nous étions tombés d'accord pour que vous cessiez d'appeler Mirtaï de cette façon.

— Bah, ça veut rien dire, Kring. C'est juste un petit nom d'amitié. Bon, où j'en étais, moi ?

— Tu allais enfin en venir au fait, répondit suavement Stragen.

— Ben, mon vieux, on est gracieux, ce matin, répondit Caalador d'un ton débonnaire. D'après nos gens, Scarpa serait beaucoup plus dangereux que les trois enthousiaste de l'Ouest. Les voleurs Arjunis ne sont pas de vulgaires malfrats ; ils sont assez retors et un certain nombre d'entre eux ont infiltré l'organisation de Scarpa pour se faire de l'argent en s'amusant. Bref, les Arjunis étant ce qu'il sont, je ne sais pas jusqu'où il faut le croire, mais un bandit des grands chemins de la région prétend avoir fait partie du premier cercle des intimes de Scarpa pendant un moment et, s'il faut l'en croire, notre homme serait un peu dérangé. Il opérerait à partir des ruines de Natayos, dans les jungles du Sud. La ville a été détruite par les Atans au XVIIe siècle, et Scarpa occupe la place – au sens militaire du terme. Il a fait renforcer les vieilles murailles écroulées pour en faire une sorte de forteresse. À un moment, Scarpa se serait mis à délirer et il aurait dit à ses comparses que Cyrgon voulait faire de ses concitoyens les maîtres du monde, mais que les Cyrgaïs étaient trop stupides pour gouverner un empire. Scarpa n'aime pas la façon dont l'empire est organisé, surtout au sommet. Il est fermement persuadé qu'après avoir conquis le monde les Cyrgaïs vont se retirer dans leur splendide isolement ; il faudra bien que quelqu'un prenne la direction des opérations, et Scarpa a un candidat en tête pour le poste.

— C'est dingue ! s'exclama Bévier.

— C'est bien ce que j'ai dit, je crois. Scarpa semble penser qu'il ferait un très bon empereur.

— La place est déjà prise, remarqua froidement Sarabian.

— Il compte sur Cyrgon pour la libérer, Majesté. Il raconte à son peuple que les Cyrgaïs ne sont pas doués pour l'administration et qu'il leur faudra quelqu'un pour diriger à leur place les territoires conquis. Il est prêt à leur rendre ce service. Il s'agenouillera devant Cyrgon une fois de temps à autre, pour la forme, et il dirigera les choses à sa guise. C'est un garçon ambitieux, il faut lui laisser ça.

— Ça ne te dit rien, Émouchet ? demanda Kalten avec un sourire un peu forcé. Martel et Annias avaient plus ou moins la même idée, non ?

— Mon Dieu oui, acquiesça Ehlana. J'ai l'impression d'avoir déjà vécu tout ça.

— Et que vient faire Krager dans l'affaire ? demanda Émouchet.

— Il jouerait plus ou moins les messieurs bons offices, répondit Caalador. Il voyage beaucoup, il transmet messages et instructions. Ce n'est qu'une supposition, mais nous pensons qu'il y a une strate de commandement entre Cyrgon et les instruments comme Scarpa, Parok, Rebal et Sabre. Ils connaissent tous Krager et ça authentifie les messages. Il semble avoir trouvé sa niche écologique. Selon la reine Ehlana, il rendait les mêmes services à Martel et Annias, ainsi qu'en Éosie, quand il transmettait les instructions du comte Gerrich aux bandits des montagnes, à l'est de Cardos.

— Il faudrait vraiment que nous mettions le grappin sur ce Krager, grommela Ulath. Il suffit de le regarder en fronçant les sourcils pour qu'il se mette à parler, et il sait des tas de choses sur des sujets intéressants.

— C'est pour ça qu'il a réussi à rester en vie jusque-là, maugréa Kalten. Il se débrouille toujours pour avoir des informations intéressantes afin qu'on hésite à le tuer.

— Il n'y aura qu'à le tuer quand il aura parlé, suggéra Khalad.

— Il nous a fait promettre de l'épargner.

— Et alors ?

— Alors, nous sommes des chevaliers, Khalad, répondit Kalten. Et un chevalier ne revient pas sur la parole donnée.

— Vous n'avez pas l'intention de m'ordonner chevalier dans un proche avenir, messire Vanion ? demanda Khalad.

— Ce serait un peu prématuré, Khalad.

— Ça veut dire que je suis toujours un paysan, n'est-ce pas ?

— Eh bien... pratiquement, oui.

— Alors vous pouvez considérer le problème comme résolu, fit Khalad avec un petit rire qui leur donna la chair de poule. Attrapez-le, messire Kalten. Promettez-lui tout ce que vous voudrez pour le faire parler. Et confiez-le-moi. Personne ne s'attend à ce qu'un paysan tienne parole.

— Je crois que ce garçon va me plaire, Émouchet, fit Kalten avec un grand sourire.

— Zalasta vient me chercher, Émouchet, annonça Séphrénia. Il va me ramener à Sarsos.

Elle avait refusé d'entrer dans la salle où ils se réunissaient à nouveau après déjeuner.

— C'est de l'enfantillage. Tu le sais, n'est-ce pas, Séphrénia ?

— Je ne sers plus à rien ici, et je fréquente les Élènes depuis assez longtemps pour savoir ce qu'il est prudent de faire, en pareil cas, quand on est styrique. Tant qu'on est utile, on est relativement en sûreté parmi eux. Après, on devient encombrant et les Élènes ont une façon assez expéditive de traiter les gens encombrants. Je n'aimerais pas que vous me glissiez une lame entre les côtes.

— Arrête, Séphrénia. Ce genre de conversation m'ennuie. Nous t'aimons, et ça n'a rien à voir avec les services que tu peux ou ne peux pas nous rendre. Tu es en train de briser le cœur de Vanion, tu le sais ?

— Et alors ? Il a bien brisé le mien. Tu n'auras qu'à t'en remettre à Xanetia pour résoudre tes problèmes, puisque vous vous entendez si bien.

— C'est indigne de toi, petite mère.

— Compte tenu des circonstances, je préférerais que tu ne m'appelles plus ainsi, Émouchet, répondit-elle en levant le menton. C'est un peu grotesque. Je serai dans ma chambre – si c'est encore la mienne. Dans le cas contraire, j'irai vivre dans la communauté styrique de Mathérion. Tu voudras bien me faire prévenir quand Zalasta arrivera, si ce n'est pas trop te demander.

Elle tourna les talons et s'éloigna dans le couloir, drapée dans sa douleur.

Émouchet jura tout bas. Puis il vit Kalten et Aleanne qui arrivaient dans le couloir. Voilà au moins un problème résolu. La fille aux yeux de biche lui avait ri au nez quand il lui avait proposé en bredouillant de laisser la place à Bérit, et avait apparemment réussi à le convaincre que son attention ne s'était jamais détournée de lui.

— Mais vous ne la quittez pas d'une semelle, messire Kalten, faisait-elle d'un ton accusateur. Vous lui tournez sans cesse autour et vous veillez en permanence à la satisfaction du moindre de ses désirs.

— C'est un devoir, Aleanne, expliquait Kalten. Je ne le fais pas par affection pour elle.

— Vous vous acquittez de ce devoir avec un zèle un peu trop assidu à mon goût, messire Chevalier, reprit Aleanne, et sa voix, ce merveilleux instrument, en disait plus long qu'un roman.

— Seigneur, gémit Émouchet.

Pourquoi fallait-il toujours qu'il se retrouve impliqué dans des problèmes personnels ? Il s'avança rapidement pour mettre fin au drame avant qu'il ne prenne des proportions démesurées. Il se planta devant eux dans le couloir.

— Si on réglait ça tout de suite ? suggéra-t-il sans détours.

— Ça quoi ? demanda Kalten. Et puis ce ne sont pas tes oignons, Émouchet.

— Si, ça me regarde. Tu es content qu'Aleanne n'ait pas le béguin pour Bérit ? Bon, reprit-il tandis que Kalten et la fille échangeaient un coup d'œil un peu penaud. Félicitations. Maintenant, passons tout de suite à l'affaire Xanetia. Kalten vous dit la vérité, Aleanne. Ou plutôt, il vous l'aurait dite si vous l'aviez laissé parler. Il reste près d'elle par devoir, pour qu'il ne lui arrive aucun mal. Nous avons conclu un accord avec son peuple, et elle est notre otage. Elle nous garantit que les Delphae ne reviendront pas sur leur parole. S'ils tentaient une quelconque traîtrise, Kalten la tuerait. Voilà pourquoi il ne la quitte pas d'une semelle.

— Il la tuerait ? répéta la fille en ouvrant de grands yeux.

— C'est la règle, Aleanne, confirma Kalten. Elle ne me plaît pas beaucoup, mais on ne me demande pas mon avis.

— Vous ne feriez pas ça !

— Seulement en dernier recours et bien malgré moi, mais les otages sont faits pour ça. J'ai l'impression que c'est toujours sur moi que retombent les corvées.

— Comment pouvez-vous accepter ça ? fit Aleanne à Émouchet. Comment avez-vous pu faire ça à votre plus vieil ami ?

— Les décisions militaires ne sont pas toujours faciles à prendre, répondit Émouchet. Bon, vous êtes contente de savoir que Kalten ne court pas la prétentaine ? Vous savez qu'il a essayé de se faire tuer quand il s'est imaginé que vous vous étiez amourachée de Bérit ?

— Tu n'avais pas besoin de lui raconter ça, Émouchet, protesta Kalten.

— Espèce d'idiot ! fit Aleanne, sa voix montant de plusieurs octaves, et elle se lança dans une interminable diatribe pendant que Kalten se dandinait d'un pied sur l'autre comme un gamin désobéissant.

— Bien, reprit Émouchet. Si vous alliez discuter de tout ça dans un endroit plus tranquille ?

— Avec votre permission, prince Émouchet, fit Aleanne avec une petite courbette assez sèche. Vous ! lança-t-elle à Kalten. Venez avec moi !

— Oui, ma mie, fit docilement Kalten en la suivant comme un petit chien.

— C'était Aleanne, non ? fit la baronne Mélidéré en passant la tête par une porte. Où vont-ils ? demanda-t-elle en les regardant s'éloigner au bout du couloir.

— Ils ont une affaire importante à régler.

— Plus importante que ce dont nous discutons, en ce moment, ici ?

— C'est ce qu'ils semblent croire, baronne. C'est une affaire qui a besoin d'être tirée au clair tout de suite.

— Oh. Encore une de ces affaires. Enfin, on peut compter sur Aleanne pour tout arranger, conclut Mélidéré avec confiance.

— En effet. Et comment votre campagne personnelle avance-t-elle, baronne ? Je ne voudrais pas être indiscret, comprenez-moi bien, mais ces histoires nuisent à ma concentration, et je tiens à les évacuer afin qu'elles ne remontent pas à la surface quand je m'y attendrai le moins.

— Tout est programmé, prince Émouchet.

— Parfait. Vous l'avez prévenu ?

— Bien sûr que non. Il n'a pas besoin de le savoir tout de suite. Je le lui annoncerai en douceur, le moment venu. C'est plus gentil comme ça. S'il l'apprend trop tôt, il va s'inquiéter. Faites-moi confiance, Votre Altesse. J'ai la situation bien en main.

— Je voudrais tirer quelque chose au clair avant de continuer, Anarae, dit Stragen. Les Tamouls croyaient que les Cyrgaïs étaient éteints, mais Krager et Scarpa prétendent le contraire.

— Il sied aux Cyrgaïs que le monde croie à leur

disparition, répondit Xanetia. Après leur marche désastreuse sur Sarsos, ils sont rentrés chez eux et se sont consacrés à la reprise en main de leurs esclaves, les Cynesgans, qui avaient été virtuellement anéantis par les Styriques.

— C'est ce qu'il paraît, confirma Caalador. Les Cyrgaïs se seraient consacrés à cette tâche à l'exclusion de toute autre, au point que leurs propres femmes n'étaient plus d'âge à procréer quand ils ont réalisé leur erreur.

— C'est la vérité même, maître Caalador, et l'on estime généralement en Tamoulie que la race cyrgaïe s'est éteinte il y a une dizaine de siècles. Mais cette croyance est erronée. Cyrgon est un Dieu. Quand il a constaté que sa race élue s'éteignait, il a changé le cours naturel des choses et les Cyrgaïes ont retrouvé leur fertilité – bien que la plupart soient mortes en couches. C'est ainsi que l'espèce s'est perpétuée.

— Quel gâchis, murmura Oscagne.

— Conscient de la diminution du nombre de ses adorateurs ainsi que de la malédiction styrique qui les emprisonnait dans leur territoire aride et les mettait en péril, Cyrgon a fait en sorte de protéger son peuple. Les Cynesgans reçurent l'ordre de confirmer les autres peuples tamouls dans la certitude que les Cyrgaïs avaient cessé d'être, et la cité maudite de Cyrga elle-même fut dissimulée aux yeux des hommes.

— De la même façon que Delphaeus ? avança Vanion.

— Que non point, messire. Nous sommes plus subtils que Cyrgon. Nous dissimulons Delphaeus en égarant les voyageurs. Cyrgon cache Cyrga dans les hautes terres du centre de la Cynesga au moyen d'un enchantement. Tu pourrais t'y rendre et passer tout près de Cyrga sans la voir.

— Une cité invisible ? demanda Talen, incrédule.

— Les Cyrgaïs peuvent la voir, répondit-elle, et quand ça leur sied, leurs sujets Cynesgans aussi. Mais pour tous les autres, Cyrga a cessé d'être.

— Ça présente un énorme avantage stratégique, nota Bévier d'un ton professionnel. Les Cyrgaïs disposent d'une forteresse absolument imprenable dans laquelle ils peuvent se retirer si les choses tournent mal.

— Piètre avantage en vérité, objecta Xanetia. Ne pouvant franchir la frontière de leur terre natale, ils n'ont qu'une possibilité : ravager la Cynesga, qui est leur territoire, et n'est qu'un désert inculte au demeurant. La malédiction des Styriques est toujours en vigueur, les rois des Cyrgaïs s'en assurent périodiquement. On emmène des combattants âgés à la ligne de démarcation et on leur ordonne de la franchir. Ils meurent au passage.

Sarabian plissa les yeux, ce qui lui donna une expression rusée.

— J'aimerais, Anarae, en savoir un peu plus long sur la question. Tu dis que les Cynesgans sont assujettis aux Cyrgaïs. *Tous* les Cynesgans ?

— Ceux qui détiennent un pouvoir, ô Sarabian de Tamoulie.

— Le roi ? Le gouvernement ? L'armée ?

Elle opina du chef.

— Et leurs ambassadeurs ? risqua Oscagne.

— Très bien, Oscagne, murmura Itagne. Très, très bien.

— Là, il y a quelque chose qui m'échappe, convint Ulath.

— Moi, j'ai compris, dit Stragen. Nous ferions mieux de vérifier ça, Caalador.

— Je m'en occupe.

— Ce n'est pas si compliqué, Ulath, expliqua Ehlana. L'ambassade de Cynesga à Mathérion grouille de gens qui prennent leurs ordres auprès des Cyrgaïs. Je ne serais pas surprise d'apprendre qu'elle hébergeait le quartier général de ceux qui ont comploté le récent coup d'État...

— Et s'il n'a pas quitté la ville, nous pourrions même y trouver Krager, fit Khalad d'un ton rêveur. Talen, combien de temps te faudrait-il pour m'apprendre à fracturer une serrure ?

— Toi, tu as une idée derrière la tête, avança Émouchet.

— Je pourrais peut-être m'introduire dans cette ambassade et enlever Krager, messire. Puisque l'Anarae Xanetia peut lire dans ses pensées, nous n'aurions même pas besoin de lui écraser les doigts pour le faire parler – ou de lui faire toutes sortes de promesses embarrassantes que nous n'aurions aucune intention de tenir, de toute façon.

— Je perçois ton mécontentement, Anakha, dit Xanetia, un moment plus tard, alors qu'ils avaient regagné le sommet de la tour centrale du château d'Ehlana, Émouchet, Danaé et elle.

— Je me suis fait avoir, Anarae, dit-il amèrement.

— Je ne comprends pas cette expression.

— Il veut dire qu'il a été abusé, traduisit Danaé. Et il a l'incorrection de laisser entendre que je l'ai été moi aussi, ajouta-t-elle avec un petit sourire suffisant. Je te l'avais dit, Émouchet.

— Écoute, Danaé, ce n'est vraiment pas le jour.

— Oh si, Père. Tu me donnes une merveilleuse occasion d'exulter et je ne m'en priverai pas. Si j'ai bonne mémoire – et j'ai une *excellente* mémoire –, j'étais depuis le début contre l'idée d'aller récupérer le Bhelliom. Je savais que c'était une erreur, mais tu m'y as obligée.

Il ignora ses propos.

— Y avait-il quelque chose de vrai dans tout ça ? Les Dieux trolls ? Drychtnath ? Les monstres ? Ou n'était-ce qu'un vaste canular destiné à me faire amener le Bhelliom en Tamoulie ?

— Il y avait sans doute du vrai là-dedans, Émouchet, mais tu as probablement mis le doigt sur la vraie raison de tout ça.

— Tu crois donc, Anakha, que Cyrgon a manœuvré pour te faire amener le Bhelliom à sa portée ? avança Xanetia.

— Pourquoi poser la question, Anarae ? Vous savez pertinemment ce que je pense. Cyrgon croit qu'il pourrait utiliser le Bhelliom pour rompre la malédiction et permettre à son peuple de recommencer à envahir ses voisins.

— Je te l'avais bien dit, lui répéta Danaé.

— Oh, je t'en prie. J'aimerais avoir une opinion

divine, à ce stade, fit-il en contemplant la cité étincelante. Il n'y a pas longtemps, nous pensions tous que le Bhelliom n'était qu'un objet – puissant, mais rien qu'un objet. Nous savons maintenant que ce n'est pas le cas. Le Bhelliom a une personnalité et une volonté propres. C'est plutôt un allié qu'une arme. Et au-delà de ça – ne t'offense pas, Aphraël – je me demande s'il ne serait pas, dans une certaine mesure, plus puissant que les Dieux de ce monde.

— Je suis offensée, Émouchet, déclara-t-elle d'un petit ton pincé. Et je n'ai pas fini de répéter que je te l'avais bien dit.

Il éclata de rire, la serra contre lui et l'embrassa.

— Je t'aime ! s'écria-t-il en riant.

— C'est un bon garçon, au fond, fit Danaé en prenant Xanetia à témoin.

Celle-ci répondit d'un sourire.

— Je continue : se pourrait-il que Cyrgon ait été au courant de la vraie nature du Bhelliom ? Azash ne l'était sûrement pas, lui. Pour parler comme une Déesse, qui pourrait vouloir d'un instrument doté d'un libre arbitre, susceptible de décider qu'il ne t'aime pas beaucoup ?

— Pas moi, répondit-elle. Mais Cyrgon pourrait être d'un autre avis. Son arrogance est telle qu'il se serait peut-être imaginé pouvoir en faire ce qu'il voulait.

— Sauf que ça ne marcherait pas. C'est ce qu'Azash a cru. Il ne s'intéressait même pas aux anneaux. Les anneaux peuvent contraindre le Bhelliom, parce qu'ils font partie de lui. Mais Cyrgon pourrait-il être aussi stupide qu'Azash ?

— Émouchet, tu parles d'un de mes lointains parents. Je te prierai de te montrer un peu plus respectueux, protesta Danaé, le front soucieux, et elle embrassa distraitement son père.

— Arrête un peu, dit-il. C'est sérieux.

— Je sais. Mais ça m'aide à réfléchir. Le Bhelliom s'est bien gardé de se dévoiler plus tôt. Tu as probablement raison, Émouchet. Azash n'était pas très futé. Cyrgon a à peu près la même personnalité, et il a fait plusieurs gaffes dans le passé. C'est l'un des inconvénients de la divinité. On n'a pas besoin d'être très malin. Nous étions tous au courant, pour le pouvoir du Bhelliom, mais aucun de nous n'a imaginé qu'il pouvait avoir une volonté propre. Est-ce qu'il a vraiment parlé à Émouchet, Xanetia ? D'égal à égal, je veux dire ?

— Plus qu'à un égal, Déesse, répondit Xanetia. Le Bhelliom et Anakha sont des alliés, non des amis. Et aucun n'est le maître de l'autre.

— Où cela nous mène-t-il, Émouchet ? demanda Danaé.

— Je ne sais pas très bien. Cyrgon a peut-être fait encore une bêtise. Si ça se trouve, il m'a manipulé pour que je rapporte la seule chose capable de le détruire. Nous tenons peut-être un atout, mais du diable si je sais comment le jouer.

— Je te déteste, Émouchet, fit Danaé.

— Pardon ?

— Tu viens de me priver du plaisir de te dire tous les « je te l'avais bien dit » que je tenais en réserve.

Zalasta arriva à Mathérion deux jours plus tard. Après des salutations réduites au minimum, il alla retrouver Séphrénia dans sa chambre.

— Il va t'arranger ça en deux coups de cuiller à pot, Vanion, lui assura Émouchet. C'est son plus vieil ami et il est beaucoup trop intelligent pour succomber à des préjugés irrationnels.

— À ta place, je n'en serais pas si sûr, répondit Vanion, la face lugubre. Je la croyais trop intelligente pour ça, et tu as vu... Cette haine aveugle pourrait bien infecter toute la race styrique. Si Zalasta est dans le même état d'esprit que Séphrénia, il ne va faire que renforcer ses préjugés.

— Mais non, voyons. Zalasta est au-dessus de ça. Il n'a aucune raison de faire confiance aux Élènes non plus, et tu admettras qu'il fait tout pour nous aider. C'est un réaliste ; même s'il partage ses sentiments, il les mettra en sourdine au nom de la Realpolitik. Et je ne serais pas étonné qu'il persuade Séphrénia d'en faire autant. On ne l'oblige pas à aimer Xanetia. Tout ce qu'on lui demande, c'est d'accepter que nous ayons besoin d'elle. Quand Zalasta l'en aura convaincue, vous devriez arriver à vous raccommoder, tous les deux.

— Mouais. Peut-être.

Plusieurs heures plus tard, Zalasta sortit seul de la chambre de Séphrénia, la mine sinistre.

— Ce ne sera pas facile, prince Émouchet, dit-il quand ils se rencontrèrent dans le couloir. Elle est profondément blessée. Je me demande vraiment à quoi pensait Aphraël.

— Qui comprendra jamais les motivations d'Aphraël,

ô Très Sage ? répondit Émouchet avec un pauvre sourire. C'est la personne la plus capricieuse et la plus exaspérante que j'aie jamais connue. Si j'ai bien compris, elle n'approuve pas les préjugés de Séphrénia, et agit dans son intérêt. L'expression « faire quelque chose à quelqu'un pour son bien » implique toujours une certaine dose de brutalité, hélas. Vous avez pu lui faire entendre raison ?

— J'ai approché la question par la bande. Séphrénia est encore sous le choc. Ce n'est guère le moment de la heurter de front. J'ai au moins réussi à la convaincre de retarder son retour à Sarsos.

— C'est déjà ça. Enfin, rejoignons les autres. Il s'est passé beaucoup de choses pendant votre absence.

— Les rapports émanent de sources sûres, Anarae, répondit fraîchement Zalasta.

— Je t'assure, Zalasta du Styricum, qu'ils n'en sont pas moins faux. Aucun Delphae n'a quitté notre vallée depuis plus de cent ans, si ce n'est pour délivrer notre invitation à Anakha.

— C'est déjà arrivé, Zalasta, fit Kalten. Nous avons vu Rebal recourir à des trucs grossiers quand il parlait à un groupe de paysans édomites.

— Vraiment ?

— Des supercheries comme on en voit dans les fêtes villageoises, Très Sage, précisa Talen. L'un de ses comparses a jeté quelque chose dans un feu ; il y a eu un éclair, un nuage de fumée ; et puis un homme costumé à la mode d'autrefois a surgi de sa cachette et s'est mis à beugler dans une langue archaïque. Les paysans ont cru voir Incetes revenir d'outre-tombe.

— Les gens qui ont observé Ceux-qui-brillent étaient moins crédules, maître Talen, objecta Zalasta.

— Le gaillard qui les a abusés devait être un peu plus habile, objecta le gamin. Un bon charlatan peut faire croire à peu près n'importe quoi, tant qu'on est trop loin pour voir les ficelles. Selon Séphrénia, ça voudrait dire que l'autre côté est un peu à court de vrais magiciens, ce qui l'oblige à recourir à ces trucs.

— C'est possible, évidemment, convint Zalasta en fronçant les sourcils. Les apparitions étaient brèves et jamais très proches. Êtes-vous sûre de ce que vous dites, Anarae ? Ne se pourrait-il que certains représentants de votre peuple vivent à l'écart des autres ? Des Delphae qui auraient quitté Delphaeus et fait cause commune avec nos ennemis ?

— Ce ne seraient plus des Delphae, Zalasta du Styricum. Nous sommes liés à notre lac. C'est lui qui nous fait ce que nous sommes, et je te le dis, en vérité, la lumière qui nous illumine n'est que la moindre des choses qui nous distingue des autres. Tu es styrique, Zalasta d'Ylara ; tu dois bien être conscient des conséquences qu'implique le fait de différer de ses voisins.

— Certes, convint-il. Pour notre plus grand chagrin.

— La décision de coexister avec les autres races de l'homme peut convenir aux Styriques, reprit-elle. Mais, pour mon peuple, ce ne fut point possible. Les Styriques sont souvent en butte au mépris et à la dérision, mais ils ne constituent point une menace pour leurs voisins élènes ou tamouls. Les Delphae, au contraire, inspirent la terreur aux autres. M'est avis qu'avec le temps, ta race sera acceptée de tous. Le vent du changement a déjà commencé à souffler, engendré dans une large mesure par cette alliance fortuite entre l'Église de Chyrellos et toi-même. Les chevaliers de cette Église sont favorablement disposés envers le Styricum, et leur puissance pourrait modifier les préjugés élènes. Mais de tels accommodements sont impossibles avec Delphaeus. Notre apparence même nous place à jamais à part des autres, et cette position est au cœur de notre alliance actuelle. Nous sommes allés chercher Anakha et lui avons proposé notre aide dans son combat contre Cyrgon. En échange, nous lui demandons de brandir le Bhelliom et de nous séparer à jamais de tous les autres hommes afin que personne ne puisse plus se dresser contre nous et que nous ne puissions plus nuire à qui que ce soit. Ainsi chacun sera en sûreté.

— C'est peut-être une sage décision, Anarae, convint Zalasta. C'est un choix que nous avons jadis envisagé. Les Delphae sont toutefois en nombre limité, et votre vallée cachée les contiendra tous aisément. Les Styriques sont plus nombreux et plus dispersés. Nos voisins ne considéreraient pas avec bienveillance une nation styrique limitrophe de leurs propres frontière. Nous ne pouvons suivre votre exemple et devons vivre dans le monde.

Elle se leva et posa la main sur l'épaule de Kalten.

— Reste, doux sire, dit-elle. Je dois m'entretenir un instant avec Anakha. S'il détectait la moindre duplicité en moi, il saurait me tuer.

Émouchet lui ouvrit la porte. Danaé les suivit dans le couloir, traînant Rollo derrière elle.

— Qu'y a-t-il, Anarae ? demanda Émouchet.

— Rendons-nous à cet endroit élevé où nous pouvons parler, répondit-elle. Ce que j'ai à te dire ne doit être entendu que de tes seules oreilles.

Danaé lui jeta un regard noir.

— Tu peux aussi entendre mes paroles, ô Altesse, fit Xanetia.

— Trop aimable.

— Nous ne pourrions les lui dissimuler, de toute façon, Xanetia, fit Émouchet. Quand bien même nous grimperions au sommet de la plus haute tour de Mathérion, elle volerait jusqu'à nous pour nous espionner.

— Peux-tu vraiment voler, ô Altesse ? demanda Xanetia, surprise.

— Comme tout le monde, non ?

— Du calme ! lança Émouchet.

— Anakha, je dois t'énoncer une vérité que tu auras peut-être peine à croire, commença solennellement Xanetia lorsqu'ils furent en haut de la tour. Ce n'en est pas moins la vérité.

— Ça commence mal, commenta Danaé.

— Je dois t'énoncer cette vérité conformément à notre pacte, Anakha, reprit Xanetia, car elle pourrait avoir un grave impact sur notre dessein commun.

— J'ai l'impression que j'ai intérêt à me cramponner, fit Émouchet avec un sourire en coin.

— Comme tu voudras, Anakha. Mais je me dois de te prévenir que ta confiance en Zalasta du Styricum est on ne peut plus mal placée.

— Quoi ?

— Il t'a abusé, Anakha. Son cœur, son esprit, appartiennent à Cyrgon.

18

— C'est absolument impossible ! s'exclama Danaé. Zalasta nous adore, ma sœur et moi ! Jamais il ne nous trahirait !

— Il aime ta sœur au-delà de toute raison, Déesse, répondit Xanetia. Mais ses sentiments pour toi sont moins bienveillants, tu peux m'en croire. Il te hait.

— C'est un mensonge !

Émouchet était un soldat, et les soldats qui ne peuvent surmonter les surprises rapidement ne font pas de vieux os.

— Tu n'étais pas à Delphaeus, Aphraël, lui rappela-t-il. Le Bhelliom nous a garanti la sincérité de Xanetia.

— Elle essaie seulement de semer la zizanie entre Zalasta et nous.

— Je ne crois pas, objecta Émouchet, un certain nombre de choses se mettant rapidement en place dans son esprit. Les Delphae attachent une grande importance à notre alliance. Ils ne la mettraient pas en péril pour une peccadille pareille. Non, ce qu'elle vient de nous dire explique certaines choses jusqu'alors incompréhensibles. Écoutons ce qu'elle a à nous dire. Si la loyauté de Zalasta est suspecte, autant le savoir tout de suite. Qu'avez-vous découvert au juste dans son esprit, Anarae ?

— Une grande confusion, Anakha, répondit tristement Xanetia. L'esprit de Zalasta a pu être noble, mais il est au bord de la folie, consumé d'un seule pensée et d'un unique désir. Il aime ta sœur depuis sa plus tendre enfance, Déesse, mais son amour n'est pas l'affection fraternelle que tu penses, j'en ai la certitude. Il ressort de toutes ses pensées qu'il la considère comme sa promise.

— C'est absurde ! s'exclama Danaé. Elle ne le voit absolument pas ainsi.

— Non, mais c'est ainsi qu'il la voit, lui. Je n'ai que brièvement effleuré ses pensées, aussi ne sais-je point tout encore, mais, sitôt que j'ai perçu sa traîtrise, mon serment m'imposait de la révéler à Anakha. Avec le temps, j'en saurai davantage.

— Et qu'est-ce qui vous a incitée à sonder son esprit plutôt que celui d'une des autres personnes présentes dans la pièce ? À moins que vous n'entendiez tout le monde en même temps, auquel cas vous auriez pu confondre. Comment votre don se traduit-il, au juste ? Est-ce comme si vous aviez une paire d'oreilles supplémentaire ? Entendez-vous simultanément ce que pensent tous les gens qui vous entourent ?

— Que non point, Anakha, répondit-elle avec un pâle sourire. Ce serait, comme tu le dis, une source de confusion. Nos oreilles ne choisissent point ce qu'elles veulent entendre, tandis que, pour percevoir les pensées d'autrui, je dois diriger ma conscience vers elles, à moins qu'elles ne soient si intenses qu'elles s'imposent comme un cri. C'est ce qui s'est passé avec Zalasta. Son esprit hurle sans cesse le nom de Séphrénia ainsi que le tien, Déesse, mais lorsqu'il crie ton nom c'est avec haine, car pour lui tu es une voleuse. Tu as ravi tous ses espoirs de joie.

— Moi, une voleuse ? C'est lui qui essayait de me dépouiller ! C'est moi qui ai amené ma sœur en ce monde. Elle est à moi ! Elle a toujours été à moi ! Comment ose-t-il ? s'écria Danaé avec rage, ses yeux noirs lançant des éclairs.

— Ce n'est pas l'un des aspects les plus séduisants de ta nature, ô Divine, remarqua Émouchet. Les gens ne peuvent pas en posséder d'autres.

— Je ne suis pas les gens, Émouchet ! Je possède qui je veux !

— Là, tu t'enfonces. À ta place, je ne poursuivrais pas sur ce terrain dangereux.

— Eh bien, si, Père ! J'ai consacré des centaines d'années à Séphrénia, et durant tout ce temps Zalasta rôdait derrière mon dos, à essayer de me la voler !

— Aphraël, dit-il gentiment, cesse de penser en Styrique. Tu es une élène dans cette incarnation particulière ; il y a des choses qu'une Élène digne de ce nom ne peut pas faire, et tu es en train de faire l'une de ces choses en ce moment précis. Séphrénia s'appartient, elle n'est ni à toi ni à Zalasta, ni même à Vanion. Son âme est à elle.

— Mais je l'aime ! protesta Danaé, dans un gémissement.

— Je ne suis pas fait pour ça, marmonna Émouchet.

Comment un être humain peut-il espérer être le père d'une Déesse ?

— Tu m'aimes, Père ? demanda-t-elle d'une petite voix.

— Évidemment, que je t'aime.

— Alors tu es à moi, toi aussi. Pourquoi ces chicaneries ?

— Tu es une primitive.

— Bien sûr. C'est ce qu'on attend de nous. Pendant toutes ces années, Zalasta a fait semblant de m'aimer, il m'a souri, embrassée. J'ai dormi dans ses bras. Le maudit ! Le sale menteur ! Il me paiera ce forfait ! Je lui dévorerai le cœur !

— Jamais de la vie ! Ma fille n'est pas une cannibale. Tu refuses de manger du porc, ce n'est pas pour te mettre à manger de l'homme.

— Pardon, fit-elle d'un petit ton contrit. Je me suis laissée emporter.

— Et puis, je pense que Vanion a un droit de préemption sur les entrailles de Zalasta.

— Pauvre, pauvre Vanion..., s'écria-t-elle, deux grosses larmes perlant à ses yeux. Je passerai le reste de ses jours à tenter de me faire pardonner.

— Laisse Séphrénia régler le problème, va. Contente-toi de les raccommoder. Il n'en demande pas davantage. Quand même, Xanetia, ça ne colle pas. Zalasta est peut-être amoureux de Séphrénia, mais il n'est pas à la solde de Cyrgon. C'est lui qui nous a sauvés de ces Trolls, dans les montagnes d'Atan, et pas seulement des Trolls. Il y avait des choses plus horribles encore, là-bas.

— Les Trolls pèsent d'un faible poids dans les plans de Cyrgon, Anakha. Il pouvait se permettre d'en perdre une centaine. Le reste n'était qu'une illusion forgée par Zalasta lui-même pour effacer les soupçons que nourrissaient certains de tes compagnons. Il a cherché à gagner ta confiance en détruisant des ombres qu'il avait lui-même suscitées.

— Ça, en revanche, ça colle, répondit Émouchet, un peu ébranlé. Je crois que Vanion devrait entendre ça. Il est concerné au premier chef, et nous devons aviser. Je peux vous laisser un moment seules, mesdames ? Vous ne vous sauterez pas à la gorge ?

— Tout ira bien, Anakha, lui assura Xanetia. Nous avons moult sujets de discussion, la Divine Aphraël et moi.

— Très bien. Je vous demande une seule chose : si vous vous tapez dessus, tâchez de ne pas crier trop fort. Vous ameuteriez tout le château.

Il repartit en direction de l'escalier.

Dans les appartements royaux, la réunion avait été provisoirement ajournée. Émouchet trouva son ami assis dans un coin, la face dans les mains.

— J'ai besoin de toi, Vanion, commença Émouchet. Il y a du nouveau.

— Encore des ennuis ? demanda Vanion en levant son visage ravagé.

— On peut dire ça. Xanetia vient de me révéler que... Mais je préfère qu'elle te raconte ça elle-même. Elle est en haut de la tour, avec Danaé. Inutile d'ébruiter l'affaire. Pas avant d'avoir arrêté une conduite, en tout cas. Où est Zalasta ?

— Avec Séphrénia. Il lui est d'un grand réconfort.

Émouchet émit un grommellement peu compromettant.

Ils retrouvèrent Xanetia et Danaé sur les remparts, en train de regarder la ville. Le soleil descendait dans le ciel d'un bleu intense vers l'horizon déchiqueté. À l'odeur salée de la brise venant de la mer se mêlait le chaud parfum de l'automne mûrissant.

— Xanetia, je voudrais que vous répétiez à Vanion ce que vous m'avez dit, demanda Émouchet. Après quoi nous aurons certaines décisions à prendre.

À la grande surprise d'Émouchet, Vanion ne perdit pas de temps en vaines protestations lorsque Xanetia lui eut révélé la duplicité de Zalasta.

— Tu n'as pas l'air très étonné, Vanion, constata Émouchet.

— Eh bien non. Il y a toujours eu quelque chose, chez Zalasta, qui sonnait faux. Il avait du mal à dissimuler ses émotions quand nous nous sommes installés, Séphrénia et moi, à Sarsos. Il avait beau faire, je voyais bien qu'il voyait ça d'un mauvais œil, et quand je dis « ça », je ne fais pas allusion à l'amoralité de nos relations, qui aurait pu susciter la réprobation d'un homme de principes.

— Que de complications ! observa Danaé. Si deux personnes s'aiment, il est normal qu'elles passent à l'acte, et le plus commode, dans ce cas-là, c'est encore d'habiter ensemble, non ?

— Il y a des formes à respecter, expliqua sèchement Émouchet.

— Tu veux dire des cérémonies, comme quand le paon fait la roue devant la femelle avant de commencer à construire le nid ?

— Plus ou moins, confirma Vanion en soupirant. J'ai l'impression que mon plumage n'inspire plus que dégoût à Séphrénia.

— C'est inexact, doux sire, objecta Xanetia. Elle t'aime toujours profondément, et la brèche qui s'est ouverte entre vous lui fend le cœur.

— Oui, et l'on peut compter sur Zalasta pour la colmater, ajouta Émouchet d'un ton sardonique. Comment suggères-tu que nous procédions, Vanion ? C'est toi qui es le plus concerné. Rien de ce que nous pourrions dire ne convaincra jamais Séphrénia que Zalasta est un traître, tu t'en doutes.

— Il faudra qu'elle en prenne conscience toute seule, approuva Vanion. Jusqu'où avez-vous pu plonger dans son esprit, Anarae ?

— Je lis à livre ouvert dans ses pensées. Ses souvenirs sont moins accessibles. La proximité, le temps devraient me permettre d'en apprendre davantage.

— Autre problème, reprit Vanion. Ehlana et Sarabian voulaient démanteler le gouvernement tout de suite. Si Zalasta est dans les parages quand ils commenceront, nous courons au désastre. Il ne manquerait plus qu'il ait vent de nos projets.

— Qu'il les perce à jour, fit Danaé dans un reniflement. Ça ne lui servira pas à grand-chose quand j'aurai fini mon casse-croûte.

— De quoi s'agit-il ? demanda Vanion.

— Cette petite sauvage projette de dévorer le cœur de Zalasta, répondit Émouchet.

— Sous ses yeux, précisa la Déesse-Enfant. Je veux qu'il me voie lui dévorer le cœur.

— Tu crois qu'elle pourrait faire ça ? s'émerveilla Vanion.

— Elle en serait bien capable, répondit Émouchet. Mais je ne la laisserai pas faire.

— Je ne t'ai pas demandé ton avis, Père, répliqua Danaé.

— Inutile. Je te l'ai donné et c'est non. Laisse tomber.

— Savez-vous, Anarae, quand Zalasta a conclu son pacte avec Cyrgon ? coupa Vanion.

— Ce n'est pas encore très clair, messire, répondit-elle. Je vais poursuivre mes investigations. M'est avis toutefois que leur alliance remonte à bon nombre d'années et que le Bhelliom est impliqué d'une façon ou d'une autre.

— Zalasta était très ennuyé d'apprendre que nous l'avions jeté à la mer, fit Émouchet d'un ton méditatif. Mais je ne veux rien en déduire pour l'instant. Je propose que nous demandions à Ehlana et Sarabian d'attendre, pour passer à l'action, que Zalasta ait révélé sa duplicité et que Séphrénia ait échappé à son influence. Mieux vaudrait que tout ça reste entre nous. Zalasta est très rusé et Séphrénia nous connaît comme si elle nous avait faits. Si les autres ont une idée de ce que nous fabriquons, Séphrénia le saura tout de suite, et Zalasta sera au courant cinq minutes après.

— Tu as un plan, Anakha ? risqua Xanetia.

— En quelque sorte. Mais j'ai encore quelques détails à peaufiner. C'est assez compliqué.

— Ah, ces Élènes, soupira en levant les yeux au ciel.

— Il n'en est pas question ! décréta Ehlana d'un ton définitif. Il nous est trop précieux pour que nous mettions sa vie en jeu.

Elle était assise près de la fenêtre, et le soleil matinal coulant sur elle faisait briller l'or pâle de ses cheveux.

— Il n'y a plus de danger, ma tendresse, lui assura Émouchet. Le nuage et l'ombre ont à jamais disparu. Nous y avons veillé, le Bhelliom et moi.

Le hic, c'est qu'il n'en était pas si sûr que ça.

— Il a raison, ma Reine, confirma Kalten. Il a réduit le nuage en lambeaux et dissous l'ombre comme du sel dans de l'eau bouillante.

— Je voudrais, moi aussi, interroger Kolata, intervint Sarabian. Je ne vois pas l'intérêt de continuer à le nourrir si nous ne pouvons rien en tirer. Nous n'attendions que ça, ma chère, l'assurance qu'il ne serait pas réduit en lambeaux à la minute où il ouvrirait la bouche.

— Tu en es absolument sûr ? demanda Ehlana.

— Fais-moi confiance, fit Émouchet en prenant la cassette dans son pourpoint. Mon lumineux ami que voici veillera à ce que Kolata reste en un seul morceau, quoi qu'il puisse nous dire. Je vais vous demander une faveur, ô Très Sage, ajouta-t-il en se tournant vers Zalasta. Je voudrais que Séphrénia assiste à l'interrogatoire. Peut-être le fait d'entendre la confession de

Kolata l'aidera-t-il à sortir de sa prostration et à reprendre goût à la vie.

— Vous ne vous rendez pas compte, prince Émouchet, qu'elle est bouleversée, répondit Zalasta en s'efforçant de dissimuler son trouble. Je vous déconseille fortement d'exiger sa présence lorsque vous interrogerez Kolata. Ça ne ferait que creuser le fossé qui s'est ouvert entre vous.

— Cette réponse est inacceptable, Zalasta, trancha Ehlana. Séphrénia est membre du Conseil royal d'Élénie. C'est moi qui l'ai nommée à ce poste en accédant au trône. Ses états d'âme ne regardent qu'elle. J'ai besoin d'elle, et elle viendra. S'il le faut, je demanderai à Kalten et à Ulath de lui signifier cet ordre et de veiller à ce qu'elle obtempère.

Pour un peu Émouchet aurait eu pitié de Zalasta, à ce moment-là. Leur décision, leurs requêtes étaient parfaitement raisonnables et il ne pouvait faire autrement que de s'y soumettre. Le témoignage de Kolata serait un désastre absolu pour le premier citoyen du Styricum, mais il ne pouvait l'empêcher de parler sans se trahir. Il se leva.

— Je vais essayer de lui faire entendre raison, Majesté, dit-il en s'inclinant devant Ehlana, et il quitta la pièce.

— Je ne comprends pas pourquoi vous refusez de le mettre au courant, protesta Kalten. C'est un ami, après tout.

— C'est aussi un Styrique, Kalten, répondit doucement Vanion. Nous ne savons pas ce qu'il pense des Delphae, au fond de lui-même. Il n'apprécierait peut-être pas de savoir que Xanetia lit dans nos pensées comme Talen fouille dans les poches des honnêtes citoyens.

— Séphrénia le lui a probablement déjà dit, messire Vanion, remarqua Bévier.

Émouchet interrogea discrètement Xanetia du regard. Elle secoua la tête. Séphrénia n'avait pas prévenu Zalasta de son étrange faculté.

— Je ne crois pas, Bévier, disait Vanion. Il n'a témoigné aucune réticence à se trouver dans la même pièce que l'Anarae, ce qui laisse supposer qu'il n'est pas au courant. Bon, maintenant, qui va interroger Kolata ? Je propose qu'un seul d'entre nous s'en charge. Si nous l'interrogeons tous en même temps, ses pensées risquent d'être tellement confuses que Xanetia ne pourra rien en déduire.

— Itagne est très doué pour les débats et les controverses, suggéra Oscagne. Les universitaires ont l'habitude de couper les cheveux en quatre.

— On appelle ça avoir le souci du détail, vieux, rectifia Itagne. Kolata est ministre.

— Plus maintenant, objecta Sarabian.

— Bon, enfin, il était ministre, Majesté. Je suggère que nous laissions Oscagne mener l'interrogatoire. Il est du même rang que Kolata ; ça lui permettra de l'aborder d'égal à égal.

— Je peux faire une suggestion ? demanda Stragen.

— Nous vous écoutons, messer Stragen, répondit l'empereur.

— Téovin s'efforce sournoisement de corrompre tous les chefs du gouvernement de Sa Majesté. Si nous faisions de l'interrogatoire de Kolata une manifestation officielle et non pas une sorte de chambre étoilée ? La présence de tous les ministres et de leurs adjoints ôterait à Téovin toute chance de se défiler.

— C'est une idée intéressante. Qu'en dites-vous, Ehlana ? demanda Sarabian, songeur.

— Très intéressant, acquiesça-t-elle. Mais je propose que nous retardions l'interrogatoire, le temps que nos coureurs atans aient pris un peu d'avance. Ce coup-ci, ça y est, Sarabian, ajouta-t-elle avec gravité. Jusque-là, ce n'étaient que des spéculations. Quand Kolata se mettra à table devant tous vos ministres, vous ne pourrez plus reculer. Vous êtes prêt à vous jeter à l'eau ?

L'empereur respira un bon coup.

— Oui, Ehlana. Je crois, fit-il d'une voix ferme, mais tout bas.

— Eh bien, allez-y. Déclarez la loi martiale. Lâchez les Atans.

Sarabian déglutit péniblement.

— Vous êtes sûr que ça va marcher, Atan Engessa ? demanda-t-il.

— Ça a toujours marché, Sarabian-Empereur, répondit le géant à la peau dorée. Les feux sont prêts. L'ordre se répandra dans toute la Tamoulie comme une traînée de poudre. Le lendemain matin, tous les Atans sortiront de leurs garnisons.

Sarabian regarda longuement le sol à ses pieds. Puis il releva les yeux.

— Eh bien, allons-y, dit-il.

Le plus difficile fut de convaincre Sarabian et Ehlana de ne pas prévenir Zalasta de ce qui se passait.

— Il n'a pas besoin de le savoir, répéta patiemment Émouchet.

— Je ne peux pas croire que tu te méfies de lui, Émouchet, protesta Ehlana. Il nous a prouvé sa loyauté à plusieurs reprises.

— Certes, mais c'est un Styrique, et notre manœuvre va mettre toute la Tamoulie sens dessus dessous. Il serait naturel qu'il tente de prévenir la diaspora styrique, qu'il l'avertisse de prendre des précautions ou Dieu sait quoi. Or nous ne pouvons pas nous permettre de prendre le moindre risque. La réussite de notre plan repose sur l'effet de surprise. Et puis il y a Styrique et Styrique.

— Que voulez-vous dire, Émouchet ? lança Sarabian, un peu irrité.

— Nous devons partir du principe que, si nous mettons Zalasta au courant, nous prévenons tout le Styricum, d'accord ? Nous connaissons Zalasta, mais nous ne connaissons pas tous les Styriques du continent. Certains, à Sarsos, vendraient leur âme au diable s'ils pensaient que ça leur donnerait une chance de se venger des Élènes.

— Il va se vexer, tu sais, l'avertit Ehlana.

— Il s'en remettra. Notre seule chance, c'est la discrétion.

On frappa discrètement à la porte. C'était Mirtaï.

— Oscagne et l'autre sont de retour, annonça-t-elle.

— Faites-les entrer, Atana, je vous en prie, demanda Sarabian.

Le visage du ministre des Affaires étrangères et de son frère trahissait une secrète jubilation. Émouchet fut un peu surpris par leur ressemblance.

— On dirait deux chats qui ont de la crème sur les moustaches, constata Sarabian.

— C'est le coup du siècle, Majesté, répondit Itagne.

— Du millénaire, renchérit Oscagne. Tout s'annonce on ne peut mieux. Nous avons annoncé une « réunion du Conseil impérial », sans autre précision. Itagne a insinué que vous pensiez instaurer une fête nationale le jour de votre anniversaire. C'est le genre de caprice stupide dont la famille de Votre Majesté avait la spécialité.

— Je vous en prie, Oscagne. Ce n'est pas le jour, murmura Sarabian qui avait appris cette expression élène pendant son séjour au château d'Ehlana.

— Pardon, Majesté, s'excusa Oscagne. Nous avons présenté ça comme une réunion de pure routine : une grand-messe avec beaucoup de palabres et rien d'important.

— Je pourrais vous emprunter votre salle du trône, Ehlana ? demanda Sarabian.

— Avec plaisir. Couronne et manteau de cour, je présume ? ajouta-t-elle avec un sourire.

— Absolument. Nous mettrons nos plus belles robes.

— Majesté ! protesta Oscagne. Le mantelet de cérémonie tamoul n'est pas une robe !

— Pff, un truc long, c'est un truc long. Franchement, je préfère le pourpoint et les chausses. Et, étant donné les circonstances, la rapière. Stragen a raison. Quand on a pris l'habitude d'en porter une, on se sent tout nu quand on la pose.

— Je propose qu'Émouchet et ses amis portent leur armure, reprit Ehlana. Autant que nos invités en aient pour leur argent.

— Excellente idée, approuva Sarabian. Et puis, comme ça ils seront parés si ça tourne au vinaigre.

Ils passèrent le restant de la journée à mettre au point le déménagement des meubles dans la salle du trône. La reine d'Élénie veilla aux préparatifs avec sa minutie habituelle.

— Des bouquets, Ehlana ? s'exclama Émouchet. Des bouquets ?

— C'est important pour le coup d'œil, répondit-elle en renvoyant ses cheveux en arrière d'un gracieux mouvement de tête. Oui, je sais, Émouchet. C'est frivole et même un peu idiot, mais j'y tiens. Et je veux aussi que chaque ministre soit accueilli par une sonnerie de trompe. Ça vous crée tout de suite une ambiance. Le but est que la manifestation ait l'air tellement officielle que personne ne puisse imaginer un instant qu'il se prépare quelque chose de sérieux. Nous tendons un piège, mon cœur, et les bouquets font partie de l'appât. C'est ce qui s'appelle veiller au moindre détail. La réussite des meilleurs plans dépend de détails de ce genre.

— Tu adores ça, hein ?

— Et comment ! Le pont-levis est levé ? Très bien.

Pas question que quiconque sorte du château et aille divulguer nos petits secrets au-dehors. Demain, nous ferons entrer les ministres, puis nous relèverons le pont-levis. Je tiens à ce que nous gardions le contrôle absolu de la situation.

— Oui, ma tendresse.

— Ne te fiche pas de moi, Émouchet, fit-elle d'un ton menaçant.

— Plutôt mourir, ma tendresse.

À la tombée du soleil, Zalasta entra dans la salle du trône et prit Émouchet à part.

— Je dois partir, prince Émouchet, dit-il d'un ton plaintif, le regard hanté. C'est une affaire de la plus haute importance.

— Je ne peux rien faire pour vous, Zalasta, répondit Émouchet. Vous connaissez ma femme. Quand elle commence à employer le nous de majesté, il n'y a pas moyen de lui faire entendre raison.

— J'ai des choses à faire, Votre Altesse. Des choses vitales pour la réussite du plan de l'empereur.

— Je vais essayer de lui parler, mais je n'ai guère d'espoir. La situation se présente assez bien, je dois dire. Les Atans savent ce qu'ils ont à faire en dehors de ce château, et les chevaliers de l'Église sont maîtres des lieux à l'intérieur. Nous nous interrogeons sur la loyauté de certains ministres et de quelques fonctionnaires haut placés, vous comprenez. Nous ne savons pas exactement ce que va donner l'interrogatoire du ministre de l'Intérieur. Il ne manquerait plus que ces gens nous échappent pour commettre on ne sait quels méfaits.

— Vous ne comprenez pas, Émouchet ! fit Zalasta, manifestement désespéré.

— Je ne vous promets rien, Zalasta, mais je vais faire de mon mieux, répondit Émouchet.

19

L'architecte tamoul qui avait conçu les plans du château d'Ehlana avait manifestement consacré sa vie à l'étude des monuments élènes, et comme tous les êtres sans génie, il en avait servilement imité la forme sans en saisir l'esprit. La salle du trône était une étude de cas. Les châteaux élènes répondaient à deux exigences : rester debout et empêcher l'intrusion des importuns, deux missions idéalement remplies par mère Nature lorsqu'elle bâtissait des montagnes. Le château d'Ehlana était construit sur ce modèle. Puis, au fil des siècles, certains Élènes s'étaient efforcés d'enjoliver le décor. Résultat : la salle du trône du château tamoul d'Ehlana était une merveille de redondance. Les arches intérieures eussent empêché les murs de tomber, quand bien même le château aurait essuyé un déluge de pierres, et la voûte en plein cintre était en outre soutenue par des piliers massifs au socle et au chapiteau sculptés. Chaque pouce de la pièce était couvert de nacre, comme tout à Mathérion. Ehlana n'avait pas choisi les bouquets au hasard, et les murs aux reflets chatoyants étaient maintenant le théâtre d'une tempête de couleurs. Les tentures de velours bleu de quarante pieds de long qui encadraient les étroites fenêtres étaient soulignées de satin blanc, les murs disparaissaient sous les fanions et les étendards multicolores, des tapis de couleurs vives couraient le long des ailes et les colonnes et les contreforts étaient entourés de soie écarlate. *Le décorateur est mort fou,* songea Émouchet en pénétrant dans les lieux. Mais il n'y connaissait rien, bien sûr.

— Ça en jette, observa Ulath en fourbissant les cornes d'ogre de son casque avec un bout de chiffon.

— Le mot est faible, soupira Émouchet.

Il portait son armure noire de cérémonie et un surcot argenté. Le forgeron tamoul qui avait réparé les entailles et reverni les panneaux minutieusement ciselés avait frotté l'intérieur et les courroies de cuir avec des pétales de rose écrasés, en une sorte de muet refus de l'odeur naturelle du métal. Le parfum résultant était curieux.

— Comment allons-nous justifier la présence de tous ces gardes autour d'Ehlana et de Sarabian ? demanda Ulath.

— Nous n'avons pas à nous justifier, répliqua Émouchet avec un haussement d'épaules. Nous sommes des Élènes et le monde entier nous prend pour des barbares aux coutumes étranges, incompréhensibles par tout être civilisé. Il n'est pas question que ma femme reste ici sans protection quand Sarabian annoncera la dissolution du gouvernement tamoul.

— Sage décision, acquiesça Ulath en regardant son ami. Séphrénia fait des histoires. Elle voudrait être assise à côté de Zalasta.

Émouchet secoua la tête.

— Zalasta est conseiller du gouvernement. Il doit siéger sur l'estrade, avec les ministres. Séphrénia restera sur le côté, avec les autres. Danaé sera auprès d'elle.

— Ça facilitera peut-être un peu les choses. La présence de ta fille semble la calmer. Tant que Xanetia ne se retrouve pas dans les parages... Engessa a-t-il eu confirmation que tout le monde avait bien reçu son signal ?

— Il en est sûr. Il y a des siècles que les Atans utilisent des feux pour transmettre leurs ordres.

— Je ne m'en remettrais pas à des feux sur des collines pour transmettre mes instructions, Émouchet.

— Écoute, Ulath, c'est le rayon d'Engessa. Même si quelques régions reculées n'ont pas reçu le signal d'ici demain matin, ce n'est pas grave.

— Tu as sans doute raison. J'imagine que nous avons fait tout ce qui était en notre pouvoir. J'espère que rien ne clochera au dernier moment.

— Et qu'est-ce qui pourrait clocher ?

— C'est le genre d'idée qui remplit les cimetières, Émouchet. Je vais leur dire d'abaisser le pont-levis. Le moment de passer à l'action approche.

Stragen avait bien chapitré la douzaine de joueurs de trompettes et autres instruments tamouls, concluant la leçon par des menaces pittoresques et une visite instructive à la chambre de tortures artistiquement aménagée au sous-sol. Les musiciens avaient pieusement juré de jouer les notes prévues et de renoncer à l'improvisation. C'est Ehlana qui avait eu l'idée de saluer par une sonnerie de trompe l'arrivée de chaque ministre du gouvernement impérial. C'est toujours flatteur pour l'ego, et le client oublie de regarder où il met les pieds. Ehlana était très douée pour tendre des chausse-trapes. Son instinct politique stupéfiait parfois Émouchet.

La solennité de la cérémonie justifiait la présence des chevaliers de l'Église postés à intervalles réguliers le long des murs. Un observateur distrait aurait pu croire qu'ils faisaient partie du décor. Il se serait trompé. Les hommes immobiles, en armure d'acier, étaient là pour empêcher les membres du gouvernement de quitter la salle sans permission. Et le pont-levis, qui devait être relevé après l'entrée de tous les invités, garantissait doublement que personne ne s'en irait, quand bien même il périrait d'ennui. Le Conseil impérial de Tamoulie s'était hypertrophié au fil des siècles. Au départ, seuls y participaient les ministres, puis ceux-ci y avaient amené leurs secrétaires, lesquels y avaient convié leurs sous-secrétaires. À présent, les sous-secrétaires par intérim des sous-sous-assistants en second y assistaient aussi. Le titre de « membre du Conseil impérial » ne voulait plus rien dire. Le nombre phénoménal de participants signifiait toutefois que tous les traîtres de la cité impériale se retrouveraient au château d'Ehlana. Leur snobisme allait se retourner contre eux.

— Alors ? demanda nerveusement Ehlana tandis qu'Émouchet faisait son entrée dans les appartements royaux.

Elle portait une robe crème rehaussée d'or, un manteau de velours bleu nuit bordé d'hermine et une sorte de bonnet en filigrane d'or incrusté de gemmes multicolores. Malgré son apparence aérienne, Émouchet savait – pour l'avoir soulevé plusieurs fois – qu'il était presque aussi lourd que la couronne officielle qui était restée dans une chambre forte à Cimmura.

— Ils arrivent, annonça Émouchet. Itagne les accueille. Il connaît les membres importants du gouvernement. Il saura quand tout le monde sera arrivé et fera remonter le pont-levis. Ça ne devrait plus être long, Majesté, fit-il en se tournant vers Sarabian, qui se rongeait les ongles dans un coin. Vous ne deviez pas vous changer ?

— Le mantelet tamoul a été conçu pour dissimuler les défauts les plus variés, Émouchet. Sous ce cache-misère, on ne verra ni que je suis vêtu à l'occidentale ni que j'ai ma rapière. Je ne vais pas entrer là-dedans désarmé.

— Nous veillons sur vous, Sarabian, lui promit Ehlana.

— Je suis de taille à me défendre, maman, répondit l'empereur avec un petit rire nerveux. Pardon, mais il y a une part de vérité là-dedans, Ehlana : vous m'avez fait sortir de l'enfance politique. Vous êtes donc ma mère, de ce point de vue.

— Si Sa Majesté m'appelle encore une fois maman, je ne lui adresse plus jamais la parole de ma vie.

— Ma Majesté préférerait crever, Ehlana.

— Quelle est la procédure habituelle, Majesté ? demanda Émouchet en regardant par la fente ménagée entre deux tentures.

— Dès que tout le monde sera assis, Subat déclarera la séance ouverte, répondit Sarabian. Et je ferai mon entrée, salué par ce qui passe ici pour de la musique.

— Stragen a veillé à ce que votre entrée soit vraiment grandiose, lui promit Ehlana. Il a lui-même composé la sonnerie.

— Tous les voleurs élènes sont donc artistes, remarqua Sarabian. Caalador joue la comédie, Talen peint, Stragen compose de la musique...

— Nous avons tous les talents, hein ? commenta Ehlana avec un sourire.

— Dois-je expliquer la présence de nos gardes sur l'estrade ? demanda Sarabian.

— Ne vous justifiez jamais, Sarabian, gronda-t-elle. Ce serait interprété comme un signe de faiblesse. Je vais entrer à votre bras et tout le monde se traînera à nos pieds.

— On appelle ça se prosterner, Ehlana.

— Si vous voulez, convint-elle de bonne grâce. Quand ils se relèveront, nous serons assis, entourés par Mirtaï et Engessa, et vous prendrez aussitôt la parole sans laisser le temps à Subat de prononcer un mot. Nous avons un programme chargé ; pas question de l'écouter bavasser sur les perspectives de la récolte de blé dans les plaines d'Édom. Ça va ?

— Je suis un peu nerveux. C'est la première fois que je renverse mon propre gouvernement.

— Je ne l'ai jamais fait non plus. À moins que... Ça compte, émouchet, que j'aie nommé Dolmant archiprélat ?

— Elle n'a pas vraiment fait ça, Émouchet ?

— Si, si, Majesté. Et toute seule. C'était magnifique.

— Ne vous laissez pas interrompre, Sarabian, reprit Ehlana. Si quelqu'un tente de vous couper la parole, faites le taire en criant plus fort. Au diable les bonnes manières. C'est votre petite fête. Vous ne concourez pas pour le prix de camaraderie. La rage froide me semble de mise. Vous savez vous exprimer en public ?

— Comment le saurais-je ? Je ne prends la parole qu'aux remises de diplômes universitaires.

— Parlez doucement. La moitié du talent de l'orateur consiste à prendre son temps. Ménagez des pauses. Variez le ton, passez du murmure au tonnerre. Soyez mélodramatique. Faites-leur un grand numéro.

— Vous êtes une fumiste, Ehlana ! s'esclaffa-t-il.

— Et que croyez-vous, Sarabian ? C'est ça, la politique : des trucs, des ruses et des artifices !

— Mais c'est horrible !

— Évidemment. C'est bien pour ça que c'est drôle.

L'airain retentissant sous les voûtes à l'entrée de chaque ministre produisit l'effet escompté. Les ministres en mantelet d'argent paraissaient tous un peu effrayés par leur sublime importance. Ils gagnaient lentement leur place, l'air grave, parfois exalté. Pondia Subat, le Premier ministre, semblait particulièrement impressionné par sa propre personne. Il siégeait dans un splendide isolement, sur le côté de l'estrade, non loin des trônes, et contemplait d'un œil impérial les seconds couteaux affalés dans les fauteuils capitonnés de rouge, alignés des deux côtés de la large allée centrale.

Gashon, le chancelier de l'Échiquier, était assis avec Téovin, le chef de la police secrète, et quelques autres ministres. Le petit groupe murmurait avec agitation.

— J'imagine que ce sont les comploteurs en chef, observa Ehlana. Téovin est sûrement mouillé jusqu'au cou, et les autres doivent être plus ou moins impliqués. Faites très attention à eux, ordonna-t-elle à Talen qui était planté derrière elle, dans une livrée de page. Surveillez leurs réactions. Nous devrions arriver à déterminer leur degré de culpabilité rien qu'en regardant la tête qu'ils feront.

— Oui, ma reine.

Puis Itagne apparut brièvement devant la porte de la salle du trône et fit signe à Ulath que toutes les personnalités attendues étaient arrivées.

Ulath, qui se dressait maintenant sur le côté de l'estrade, acquiesça d'un discret hochement de tête et porta sa corne d'Ogre à ses lèvres.

Le son barbare, rauque et profond, se réverbéra sur les murs de nacre, plongeant la salle dans un silence stupéfait, frémissant. L'énorme porte se referma avec fracas et deux chevaliers, un Cyrinique tout de blanc vêtu et un Pandion à l'armure noire, se placèrent devant les deux vantaux.

Le Premier ministre se leva.

Ulath frappa trois fois le sol avec le bout de sa hache pour imposer le calme à l'assistance pétrifiée.

L'empereur cilla.

— Il y a quelque chose qui ne va pas ? demanda Mirtaï.

— Votre Ulath vient de fendre plusieurs plaques de nacre de mon sol.

— Vous n'aurez qu'à les remplacer par de l'os. Il devrait y en avoir pas mal dans le coin, d'ici la fin de la journée.

— Le Conseil est-il prêt à siéger ? entonna Pondia Subat.

Ulath frappa à nouveau le sol.

Émouchet parcourut la salle du regard. Tout le monde était à sa place, Séphrénia au fond, entre Danaé et Caalador, Xanetia sur le devant, avec Kalten et Bérit. Mélidéré siégeait dans une petite galerie, avec les neuf épouses impériales. La fine mouche s'était insinuée dans les bonnes grâces de la première femme de Sarabian, Cieronna, la mère du prince héritier. Elles s'entendaient si bien qu'elle invitait Mélidéré à toutes les réceptions officielles auxquelles elle était elle-même conviée. La présence de la baronne parmi elles avait un but précis. Il se pouvait que certaines des femmes de Sarabian se soient laissé corrompre. Émouchet était assez sûr que ce n'était pas le genre d'Elysoun, la Valésienne aux seins nus. Elle était trop occupée pour faire de la politique. Gahenas, la Tégane, était une puritaine obsédée de vertu, une républicaine pure et dure, ce qui en faisait une mauvaise recrue pour les conspirateurs, mais Torellia, l'Arjunie, et Chacole, la Cynesgane, qui avaient une véritable cour de nobles venant de leurs patries d'origine, étaient suspectes. Mélidéré était chargée de guetter leurs réactions à l'annonce de la vérité au sujet de Zalasta.

Émouchet poussa un soupir. Tout était si compliqué...

Rien ne distinguait les amis des ennemis. Au bout du compte, il se pouvait que le don exceptionnel de Xanetia se révélât plus précieux que le soutien d'une armée entière.

Vanion qui s'était discrètement posté avec ses chevaliers, le long des murs, abaissa sa visière et la releva selon un signal convenu. Bien. Leurs hommes étaient en place. Stragen, qui avait pris place parmi les sonneurs de trompe, à l'arrière de l'estrade, accusa réception d'un discret hochement de tête.

Émouchet regarda ensuite Zalasta, l'invité d'honneur de la fête, à ceci près qu'il l'ignorait. Sa robe blanche tranchait sur les mantelets de soie chamarrés des ministres. Il avait l'air inquiet. Il sentait bien que quelque chose se tramait, mais il ne savait pas quoi. C'était toujours ça. Au moins, aucun membre du cercle intérieur n'était passé à l'ennemi. Émouchet repoussa cette pensée avec irritation. Étant donné les circonstances, une certaine méfiance était de mise, mais ça devenait maladif. Il esquissa une grimace à l'abri de son heaume. Encore une journée et il ne se ferait plus confiance à lui-même.

— Le Conseil est prêt à siéger ! décréta Pondia Subat.

Ulath brisa encore quelques plaques de nacre.

— Par ordre de Sa Majesté impériale, l'empereur Sarabian, je déclare la séance ouverte !

— Au nom du ciel, gémit Sarabian. Cet animal va détruire le sol de toute la salle !

— Sa Majesté impériale, Sarabian de Tamoulie !

Une trompe esquissa un thème vibrant, majestueux,

aussitôt repris par une seconde, puis une troisième, une tierce plus haut chaque fois. Enfin, toutes les trompes s'unirent en un grand crescendo, une tierce plus haut encore, et emplirent la salle d'échos tonitruants.

— Très impressionnant, commenta Sarabian. Bon, on y va ?

— Pas encore, répondit Ehlana. La musique va changer et ce sera à nous. Faites attention aux pressions de ma main sur votre bras. Laissez-moi fixer la cadence. Et ne bondissez pas quand vous verrez les trônes. Stragen a tout un orchestre de cuivres dissimulé en différents endroits de la salle. Les dernières notes seront assourdissantes. Tenez-vous droit, bombez le torse, les épaules en arrière, et prenez votre air le plus majestueux. Faites comme si vous étiez un véritable Dieu.

— Vous vous amusez bien, hein, Ehlana ?

Elle eut un petit sourire malicieux et lui dédia un clin d'œil.

— Là, dit-elle. Les flûtes du fond de la salle ont repris le thème. Ça va être à nous. Bonne chance, mon ami, fit-elle en lui plantant un baiser sur la joue, puis elle posa la main sur son bras. Un, dit-elle en écoutant la musique. Deux, compta-t-elle en respirant profondément. Maintenant !

L'empereur de Tamoulie et la reine d'Élénie prirent pied sur l'estrade et s'avancèrent majestueusement vers les trônes d'or, tandis que les flûtes, au fond de la salle, soulignaient plaintivement, en mineur, le thème principal de Stragen. Émouchet, Mirtaï, Engessa et Bévier leur emboîtèrent le pas, bientôt suivis par Talen, Aleanne et Itagne, encore un peu essoufflé car il avait parcouru les couloirs du château au pas de course.

Au moment où Sarabian et Ehlana atteignaient leurs trônes, l'orchestre invisible – conduit par Stragen qui dirigeait avec sa rapière – reprit le thème principal, fortissimo, cette fois. Le bruit fut renversant – au sens propre du terme. On peut se demander si les membres du Conseil impérial se jetèrent à plat ventre par habitude ou s'ils furent couchés à terre par le vacarme. Stragen donna un coup d'estoc et les musiciens s'interrompirent, comme si la lame leur avait coupé la chique, laissant les derniers échos planer dans l'air, tels des fantômes.

Pondia Subat se leva.

— Votre Majesté veut-elle adresser quelques paroles à l'assemblée avant l'ouverture de la séance ? demanda-t-il d'un ton presque insolent.

La question était rituelle, de pure forme. L'empereur ne disait jamais rien lors de ces réunions.

— Eh bien, oui, mon vieux. Je crois que je vais profiter de l'occasion, répondit Sarabian en se relevant. C'est gentil de me le proposer. Il y a un problème ? ajouta-t-il en voyant que l'autre le regardait, incrédule.

— C'est parfaitement irrégulier, Majesté !

— Je sais. Ça change, hein ? Mais nous avons beaucoup de sujets à aborder aujourd'hui, alors au trot, Subat !

— Votre Majesté ne m'a pas consulté. Comment puis-je procéder si je ne connais pas les questions...

— Assis, Subat ! ordonna Sarabian d'un ton impérieux. Et taisez-vous ! Vous parlerez quand je vous le demanderai.

— Vous ne pouvez...

— Je vous dis de vous asseoir !

Subat se laissa tomber sur son fauteuil, vaincu, la face livide.

— Votre tête ne tient qu'à un fil. Pondia Subat, reprit Sarabian d'un ton menaçant. Et si vous me prenez à rebrousse-poil, elle pourrait bien tomber. Vous vous apprêtiez à me trahir, et j'en ai plus qu'assez, gronda-t-il en arpentant l'estrade, le visage sombre comme un nuage d'orage.

— Seigneur, faites qu'il reste un peu tranquille, souffla Ehlana. Il ne peut pas faire un bon discours s'il tourne en rond comme un ours en cage.

— Messieurs, je ne vais pas perdre de temps en platitudes, lâcha l'empereur en se plantant au bord de l'estrade. Nous avions une crise sur les bras et je comptais sur vous pour la résoudre. Vous m'avez lâché, peut-être parce que vous étiez trop absorbés par vos politicailleries. L'empire a besoin de géants et vous êtes des nains. Vous m'avez obligé à régler personnellement le problème, et c'est ce que j'ai fait. Il y a plusieurs mois maintenant que, le gouvernement, c'est moi. Vous êtes virés, messieurs.

Des cris outragés montèrent de l'assistance.

— Il va trop vite ! s'exclama tout bas Ehlana. Il aurait dû attendre pour lâcher le morceau !

— Cesse de le critiquer, fit Émouchet. C'est son discours. Laisse-le parler comme il le sent.

— Silence ! déclara Sarabian.

Mais le Conseil ne tint pas compte de son rappel au calme et les conciliabules excités se poursuivirent. L'empereur releva le pan de son manteau de cour, révélant sa tenue élène, et tira sa rapière.

— J'ai dit SILENCE ! rugit-il.

Les ministres rentrèrent la tête dans les épaules. On aurait entendu voler une mouche, tout à coup.

— C'est mieux, commenta Sarabian en fendant l'air avec sa lame, ce qui produisit un sifflement inquiétant. Ne bougez plus. Le premier qui l'ouvre, je le cloue au mur comme un papillon, reprit-il en plantant sa rapière dans l'estrade et en posant les mains sur le pommeau. Pendant des siècles, ma famille a compté sur le gouvernement pour assurer la bonne marche des affaires. Il faut croire que nous avions mal placé notre confiance. Vous faisiez illusion quand tout allait bien, mais, quand la crise a éclaté, vous vous êtes mis à courir en tous sens comme des poulets à qui l'on a coupé le cou, plus préoccupés par la préservation de vos fortunes et de vos privilèges que par le bien de l'empire. Obsédés comme vous l'étiez par vos petites rivalités mesquines, vous avez oublié une chose, messieurs. C'est *mon* empire. Ma famille n'en a jamais fait un fromage, mais je pense qu'il est temps de vous le rappeler. Vous êtes à mon service, ne vous en déplaise.

Tous regardaient, bouche bée, l'homme qu'ils croyaient n'être qu'un excentrique inoffensif. Émouchet perçut un mouvement vers le centre de la salle. Un fauteuil était vide, sur le devant. Téovin, le chef de la police secrète, avait compris plus vite que ses collègues. Faisant fi de toute dignité, il fonçait à quatre pattes vers la plus proche sortie. Gashon, le chancelier de l'Échiquier, un homme mince, anémique, au crâne dégarni, assis à côté du fauteuil déserté, contemplait Sarabian avec épouvante.

Émouchet jeta un rapide coup d'œil à Vanion qui acquiesça d'un imperceptible mouvement de tête. Il avait repéré le fuyard.

— Quand je me suis rendu compte que mon royaume était administré par des médiocres, poursuivait Sarabian, sachant que les plus avisés en matière de surnaturel étaient les Styriques, je me suis adressé à Zalasta. C'est lui qui m'a recommandé d'en appeler à l'archiprélat Dolmant, de l'Église de Chyrellos, pour requérir l'aide du prince Émouchet d'Élénie. Les Tamouls s'enorgueillissent de leur finesse et de leur sophistication, mais je vous assure que nous sommes des enfants à côté des Élènes. La visite d'État de ma chère sœur Ehlana n'était qu'un subterfuge destiné à dissimuler la venue de son mari, messire Émouchet, à Mathérion. Nous nous sommes bien amusés, la reine Ehlana et moi-même, à vous abuser – ce n'était pas bien difficile – tandis que le Prince Émouchet et ses amis cherchaient la source de nos problèmes en Tamoulie. Comme nous l'avions prévu, nos ennemis ont réagi.

Il y eut un bref instant de confusion près d'une porte latérale. Vanion et Khalad empêchaient fermement le chef de la police secrète de sortir.

— Vous avez un rendez-vous, Téovin ? appela Sarabian d'un ton ironique.

Téovin braqua sur son empereur un regard égaré par la haine.

— S'il y a quelque chose qui cloche, Téovin, je me ferai un plaisir de régler ça avec vous quand nous en aurons fini ici, promit Sarabian en décrivant des moulinets avec sa rapière. En attendant, veuillez reprendre votre place.

Vanion prit l'homme par un bras, le fit pivoter et lui indiqua le siège qu'il avait abandonné. Puis, d'une poussée, il le mit en mouvement.

— Bien, messieurs, je vous propose d'en venir au fait, annonça Sarabian. La tentative de coup d'État qui a ébranlé Mathérion était la réponse directe à l'arrivée de messire Émouchet. Les troubles qui ont obligé les Atans à courir d'un bout à l'autre du continent, ces dernières années, avaient une seule origine. Nous avons un ennemi, qui a fomenté une conspiration destinée à renverser le gouvernement et à me jeter à bas du trône. Et – c'était prévisible, compte tenu de la nature de ceux qui prétendent me servir – il a des complices au sein même du gouvernement.

Certains dignitaires hoquetèrent ; d'autres prirent l'air penaud.

— Faites très attention, messieurs, poursuivit Sarabian. C'est là que ça devient intéressant. Nombre d'entre vous se sont interrogés sur la longue absence de Kolata, le ministre de l'Intérieur. Vous serez ravis, j'en suis sûr, d'apprendre que Kolata va maintenant nous rejoindre. Faites entrer le ministre de l'Intérieur, demanda-t-il en se tournant vers Ulath.

Celui-ci s'inclina et Kalten se leva pour l'accompagner.

— Le chef de la police doit en savoir long sur les

activités des criminels, reprit Sarabian. Je suis persuadé que son analyse de la situation sera très édifiante.

Kalten et Ulath revinrent, tenant chacun Kolata par un bras. Il avait un visage de cendre. Mais ce n'est pas son air désespéré qui fit pousser les hauts cris à l'assistance ; c'est plutôt le fait qu'il était enchaîné.

L'empereur Sarabian attendit, impavide, que le brouhaha s'apaise.

— Je m'en sors bien, jusque-là, Ehlana ? demanda-t-il du coin des lèvres.

— Je m'y serais prise autrement, mais ce n'est qu'une question de style. Je vous fournirai une analyse complète quand vous aurez fini, répondit-elle tout bas en regardant les fonctionnaires qui s'étaient levés et parlaient avec animation. Rappelez-leur fermement qui est le chef. N'en faites pas trop, quand même.

— Oui, maman, souffla-t-il en souriant, puis il inspira profondément, silence ! rugit-il d'une grosse voix.

Un silence étonné se fit dans la salle.

— Je ne tolérerai plus la moindre interruption, décréta Sarabian. Les règles ont changé, messieurs. L'heure n'est plus aux faux-semblants. Je vais vous dire ce que vous allez faire, et vous le ferez. Je vous rappelle que non seulement vous me devez obéissance, mais encore que, si vous vivez, c'est parce que je le veux bien. Le ministre de l'Intérieur a été convaincu de haute trahison. Vous noterez qu'il n'y a pas eu de procès. Kolata est coupable parce que je le dis. Mon pouvoir en Tamoulie est absolu. Je suis le gouvernement et la loi. Nous allons soumettre Kolata à un interrogatoire. Écoutez bien ses réponses, messieurs. Votre position au gouvernement, votre vie même, en dépendent peut-être. Le ministre des Affaires étrangères, Oscagne, va interroger Kolata, non au sujet de sa culpabilité, qui a déjà été établie, mais sur ses complices. Nous allons tirer l'affaire au clair une bonne fois pour toutes. Vous pouvez y aller, Oscagne.

Sarabian se rassit tandis qu'Oscagne se levait avec une lenteur délibérée. Il portait un manteau de soie noire, et ce n'était pas un hasard. Les juges et les procureurs impériaux sont toujours vêtus de noir. Cette teinte sombre accentuait sa pâleur et la sévérité de son expression.

Khalad posa un tabouret de bois sur le devant de l'estrade. Kalten et Ulath firent avancer le ministère de l'Intérieur et l'obligèrent sans ménagement à s'asseoir.

— Vous comprenez la situation, Kolata ? demanda Oscagne.

— Vous n'avez pas le droit de m'interroger, répondit aussitôt le prisonnier.

— Casse-lui les doigts, Khalad, ordonna Émouchet, debout juste derrière Ehlana.

— Certainement, messire, répondit Khalad. Combien ?

— Un pour commencer. Chaque fois qu'il parlera de ce qu'Oscagne a ou n'a pas le droit de faire, tu lui en casses un autre.

— Oui, messire, fit Khalad en saisissant le poignet du prisonnier.

— Arrêtez ! piaula Kolata, terrorisé. À l'aide ! Ne le laissez pas faire !

— Kalten, Ulath, reprit Émouchet. Tuez le premier qui bouge.

Kalten tira son épée. Ulath leva sa hache.

— Vous voyez, mon pauvre vieux, fit Oscagne. Vous n'avez jamais été très populaire, et les instructions du prince Émouchet viennent de dissiper la maigre sympathie que l'assistance pouvait encore éprouver à votre égard. Vous allez parler, Kolata. Tôt ou tard, vous parlerez. Ce sera plus ou moins facile, mais vous répondrez à mes questions, grinça Oscagne, et son expression était devenue implacable.

— Ils vont me tuer, Oscagne ! implora Kolata. Si je parle, je suis mort.

— Alors, là, Kolata, vous êtes mal parti. Parce que, si vous ne parlez pas, c'est nous qui vous tuerons. Vous prenez vos ordres de Cyrgon, n'est-ce pas ?

— Cyrgon ? C'est absurde ! bredouilla Kolata. Cyrgon est un mythe.

— Ah oui, vraiment ? Ne jouez pas à ce jeu-là avec moi, Kolata. Je n'ai pas de temps à perdre. Vous recevez vos ordres de l'ambassade de Cynesga, et la plupart du temps ils vous sont transmis par un dénommé Krager.

Kolata le regarda en étouffant un hoquet.

— Fermez la bouche, Kolata. On dirait un débile mental quand vous restez le bec ouvert comme ça. Nous savons déjà beaucoup de choses sur votre trahison. Nous ne voulons qu'un ou deux détails complémentaires. Vous avez été contacté au départ par un homme que vous respectiez et en qui vous aviez toutes les raisons d'avoir confiance. Ce qui élimine les Cynesgans, les Tamouls n'ayant que du mépris pour eux. Étant donné notre complexe de supériorité congénital, on peut aussi faire une croix sur les Arjunis ou les Élènes des royaumes de l'Ouest. Ce doit donc être un autre Tamoul, peut-être un Atan, ou encore... un Styrique ! s'exclama Oscagne en ouvrant de grands yeux sidérés.

— C'est absurde, répéta Kolata avec un pauvre petit rire, mais son regard errait en tous sens, affolé, comme s'il cherchait une issue improbable.

Émouchet jeta un coup d'œil à Zalasta. Le sorcier était d'une pâleur mortelle, mais il semblait encore maître de lui-même. Il en faudrait davantage pour l'affoler. Il posa la main sur la poignée de son épée. Encore un signal convenu, destiné, cette fois, à Oscagne.

— Ça ne nous mène nulle part, mon pauvre vieux, reprit Oscagne comme s'il revenait de sa feinte surprise. Je vois que vous avez besoin d'encouragements. Si c'était un effet de votre bonté, Anarae..., fit-il en se tournant vers Xanetia. Notre estimé ministre de l'Intérieur semble réticent à partager ses secrets avec nous. Peut-être pourriez-vous l'amener à changer d'avis ?

— Je vais essayer, Oscagne de Mathérion, répondit Xanetia en se levant.

Elle s'avança vers l'estrade, choisissant d'approcher le prisonnier par le côté où Séphrénia était assise plutôt que par celui d'où elle observait elle-même la scène.

— Tu as peur, Kolata de Mathérion, dit-elle gravement, de son étrange voix qui semblait se réverbérer sur une distance infinie. Et la peur te donne du courage, car les souffrances que pourraient t'infliger ceux qui gardent ton corps captif ne sont rien à côté de celles que pourrait te faire subir celui qui tient ton âme prisonnière. Tu vas à présent affronter une plus grande épouvante encore. Regarde-moi, Kolata de Mathérion, et tremble, car c'est l'horreur suprême qui t'attend. Parleras-tu enfin ?

— Je ne peux pas ! gémit Kolata.

— Alors tu es perdu. Regarde-moi telle que je suis et considère bien ton destin, car je suis la mort, Kolata de Mathérion, une mort plus redoutable que tout ce que tu peux imaginer.

Elle perdit lentement toute couleur et se mit à luire, faiblement au départ. Elle le regarda, le menton levé, et une expression de profonde tristesse s'inscrivit dans ses yeux alors qu'elle devenait de plus en plus brillante.

Kolata poussa un cri.

Tous les fonctionnaires se levèrent comme un seul homme, en proie à une terreur indicible, et les discours confus se muèrent en cris perçants.

— Asseyez-vous ! hurla Sarabian. Et taisez-vous !

Quelques-uns obéirent piteusement. Mais la plupart avaient trop peur. Ils reculèrent, terrorisés, devant Xanetia en poussant des clameurs stridentes.

— Messire Vanion ! hurla Sarabian pour couvrir le tumulte. Vous voulez bien rétablir l'ordre, s'il vous plaît ?

— À vos ordres, Majesté.

Vanion abaissa sa visière, tira son épée et leva son bouclier.

— Aux armes ! aboya-t-il, et un cliquetis d'acier accompagna son ordre alors que ses hommes dégainaient à leur tour. En avant !

Les chevaliers postés le long des murs avancèrent comme un seul homme sur les fonctionnaires épouvantés. Vanion tendit son bras gainé d'acier et enfonça la pointe de son épée dans la gorge du Premier ministre.

— L'empereur vous demande de vous asseoir, Pondia Subat, dit-il. Alors faites-le, et tout de suite !

L'homme se laissa tomber dans son fauteuil, soudain plus terrifié par Vanion que par Xanetia.

Il fallut pourchasser quelques-uns des membres du Conseil et les ramener de force à leur fauteuil. Un spécimen plutôt athlétique – le ministre des Sports, songea Émouchet – ne consentit à descendre de la tenture à laquelle il était accroché que sous la menace de l'arbalète de Khalad. Quand l'ordre fut enfin rétabli, on découvrit le chancelier de l'Échiquier étalé par terre, les yeux vitreux et l'écume à la bouche. Vanion examina le cadavre, pour la forme.

— Du poison, dit-il laconiquement. Et il l'a pris tout seul, apparemment.

Ehlana frémit.

— Je t'en prie, Anarae, reprit Sarabian. Poursuis ton interrogatoire.

— À vos ordres, Majesté... Veux-tu parler, Kolata de Mathérion ? demanda-t-elle en se tournant vers le prisonnier qui se recroquevilla, épouvanté. Ainsi soit-il, fit-elle en avançant vers lui, la main tendue. La malédiction d'Edaemus est sur moi, et je porte sa marque. Je partagerai cette malédiction avec toi. Tu regretteras assurément ton silence quand ta chair se décomposera et fondra comme de la cire sur tes os. Le moment est venu de te décider, Kolata de Mathérion : parler ou mourir. Qui a ravi ta loyauté ? Qui t'a détourné de ton maître ? demanda-t-elle, sa main plus mortelle que l'épée de Vanion à quelques pouces seulement du visage blême de Kolata.

— Non ! hurla-t-il. Non ! Je vais parler.

Le nuage apparut soudain dans l'air au-dessus du ministre balbutiant, mais Émouchet se tenait prêt. À demi dissimulé derrière le trône d'Ehlana, il avait discrètement ôté son gantelet et tiré la rose de saphir de sa cassette.

— Rose bleue ! ordonna-t-il sèchement. Détruis le nuage !

Le Bhelliom palpita dans sa main, et l'apparition d'un noir intense, presque palpable, se déchiqueta comme un étendard dans une tornade. Les fragments se dispersèrent et disparurent.

Zalasta se retrouva collé au dossier de son fauteuil. Il se redressa, mais retomba sur son siège et se mit à gémir sous l'effet du choc en retour. Son fauteuil se renversa et il se tordit par terre, comme en proie à une crise de haut mal.

— C'était lui ! hurla Kolata en tendant une main tremblante. C'était Zalasta ! C'est lui qui m'a obligé à faire ça !

Séphrénia étouffa un petit cri. Émouchet la regarda. Elle était presque aussi ébranlée que Zalasta. Ses yeux exprimaient un mélange d'horreur et d'incrédulité. Émouchet remarqua que Danaé lui parlait très vite, en tenant le visage de sa sœur entre ses petites mains.

— Maudit sois-tu, Émouchet ! coassa Zalasta tandis qu'on l'aidait à se relever puis à se tenir sur ses jambes tremblantes. Tu es à moi, Séphrénia ! À moi ! hurla-t-il rageusement, le visage convulsé par la frustration. Il y a une éternité que je me languis de toi, que je te convoite, et il a fallu que ta Déesse, cette sale petite traînée, te ravisse à moi ! Mais il n'en sera point ainsi ! Que soient à jamais bannies la Déesse-Enfant et l'emprise qu'elle a sur toi ! Meurs, Aphraël ! piaula-t-il d'une voix stridente.

Il leva son bâton mortel et décrivit une arabesque dans le vide.

Séphrénia referma instinctivement ses bras sur Danaé et se retourna, faisant un rempart de son corps à la petite fille, offrant son dos à la fureur de Zalasta.

Le cœur d'Émouchet se figea dans sa poitrine tandis qu'une boule de feu jaillissait de la pointe du bâton.

— Non ! s'écria Vanion en se jetant sur elle.

Mais Xanetia l'avait devancé. Sa décision d'approcher Kolata du côté de Séphrénia était manifestement influencée par ce qu'elle avait lu dans l'esprit de Zalasta. Elle s'était délibérément placée en position de protéger son ennemie. Sans crainte, elle se dressa devant le Styrique hagard. La boule de feu crépitante stria l'air silencieux de la salle du trône, emportant avec lui la haine plusieurs fois centenaire de Zalasta.

Xanetia tendit la main et, comme un oiseau apprivoisé retournant vers la main qui le nourrit, la sphère incandescente se posa dans sa paume. Avec une ébauche de sourire, la petite femme referma le poing sur la haine cristallisée de Zalasta. L'espace d'un instant, des flammes incandescentes jaillirent d'entre ses doigts pâles, puis sa lumière intérieure absorba le feu du farouche messager, le consumant intégralement.

— Et maintenant, Zalasta du Styricum ? demanda-t-elle au sorcier en furie. Que proposes-tu ? Lutteras-tu avec moi au péril de ta vie ? Ou, tel le chien couchant que tu es, fuiras-tu en rampant devant moi ? Terrible sera ma vengeance, car je te connais. C'est ta langue empoisonnée qui a dressé contre moi le cœur de ma sœur. Fuis, maître des mensonges ! N'abuse plus Séphrénia de tes sordides calomnies. Va, Zalasta. Je te proscris. Va !

Zalasta poussa un cri bestial, un hurlement qui exprimait une vie entière de désir inassouvi et le plus noir désespoir.

Puis il disparut.

20

L'empereur Sarabian regarda les vestiges de son gouvernement avec un détachement surnaturel. Certains fonctionnaires semblaient abasourdis ; d'autres tentaient de fuir – mais où ? – en bredouillant. Plusieurs étaient massés devant la grande porte et imploraient les chevaliers de les laisser sortir.

Oscagne, imperturbable – il n'était pas diplomate pour rien –, s'approcha de l'estrade.

— Les événements ont pris une tournure assez

inattendue, commenta-t-il comme s'il avait parlé de la pluie et du beau temps.

Il ajusta méticuleusement son manteau noir, et l'on eût vraiment dit un juge.

— Oui, acquiesça Sarabian, perdu dans ses pensées. Mais j'étais en train de me dire que nous pourrions exploiter la situation. Émouchet, les oubliettes sont-elles opérationnelles ?

— Absolument, Majesté. L'architecte a fait les choses sérieusement.

— Parfait.

— Vous, vous avez une idée derrière la tête, nota Ehlana.

Il lui dédia un grand sourire, ce qui lui conféra soudain une expression très enfantine.

— J'vous dis rein, mon p'tit chou, répondit-il en une imitation grotesque du patois de Caalador. J'voudrions pâs vous gâcher la surprise.

— Je vous en prie, Sarabian, soupira-t-elle avec accablement.

— R'gardez seulement, Vot'Mâjesteté, chuis en train d'préparer un p'tit coup à mâ fâçon ! Vous allez voir si j'ai bien appris ma leçon, poursuivit-il en se levant. Messire Vanion ! Pourriez-vous demander à nos invités de regagner leur place ?

Vanion obtempéra aussitôt. Il avait été prévenu de la traîtrise de Zalasta et contrôlait parfaitement la situation. Il aboya quelques ordres et les chevaliers de l'Église ramenèrent fermement les fonctionnaires assommés vers leurs fauteuils.

— Qu'est-ce qu'il lui a pris ? souffla Ehlana à

l'oreille d'Émouchet. Pourquoi a-t-il essayé de s'en prendre à Danaé ?

— Pas du tout, ma tendresse, répondit très vite Émouchet. C'est après Aphraël qu'il en avait. Et comme elle était juste à côté de Séphrénia...

— Aphraël ?

— Comment, tu ne l'as pas vue ? Après tout, nous étions peut-être seuls à la voir, Zalasta et moi. Pourquoi crois-tu qu'il a décampé comme ça ? Aphraël s'apprêtait à lui arracher le cœur et à le dévorer tout cru.

Elle réprima un frisson.

— Reprenons les choses dans l'ordre, messieurs, dit sèchement Sarabian en se plantant sur le devant de l'estrade. J'imagine que vous avez, ou du moins que certains d'entre vous ont été surpris par la révélation des véritables motivations de Zalasta. Eh bien, messieurs, vous me décevez, la plupart d'entre vous pour leur manque de discernement, les autres pour n'avoir pas compris que je voyais clair en Zalasta – et en vous-mêmes. Cela fait de certains d'entre vous des traîtres, et des autres des imbéciles. L'État n'a besoin ni des uns ni des autres. J'ai le plaisir de vous annoncer qu'au lever du soleil, tous les Atans de l'empire sortiront de leur garnison et que les officiers remplaceront les représentants de l'État. La loi martiale est déclarée dans l'empire entier, à l'exception de Mathérion. Atan Engessa, appela Sarabian, tandis que les autres le dévisageaient, les yeux hors de la figure. Vous voudrez bien remédier à cette exception. Emmenez vos Atans en ville et prenez le contrôle de la capitale. Soyez ferme, Engessa. Je compte sur vous pour montrer l'autorité de l'État à ses sujets.

— À vos ordres, Sarabian-Empereur, répondit Engessa avec un sourire d'une oreille à l'autre.

— Majesté..., protesta faiblement Pondia Subat en se levant à demi.

— Je suis occupé, Subat, répliqua Sarabian en dardant sur lui un regard glacial. Nous aurons l'occasion de nous entretenir plus tard. J'ai hâte de savoir comment et pourquoi tous ces événements ont pu se passer sous votre nez sans troubler votre sieste de plusieurs dizaines d'années. Pour l'instant, bouclez-la.

Le Premier ministre retomba sur son fauteuil, l'air affolé.

— Bien. La Tamoulie tout entière est donc maintenant sous loi martiale, poursuivit l'empereur. Vos manquements m'ayant contraint à prendre moi-même les mesures qui s'imposaient, je ne vois pas à quoi vous servez, messieurs. En conclusion, vous êtes tous démis de vos fonctions.

Il y eut des hoquets, et certains ministres, parmi les plus anciens et les plus convaincus de leur quasi-divinité, poussèrent des cris d'orfraie.

— Ce n'est pas tout, messieurs, reprit Sarabian, coupant court à leurs protestations. La trahison de Zalasta jette un doute sur la loyauté de chacun de vous. Vous allez faire votre examen de conscience, messieurs, et ce soir même, parce que vous allez être interrogés dès demain. Nous attendons de vous la vérité pleine et entière. L'heure n'est plus aux échappatoires. N'espérez pas fuir vos responsabilités ou nier votre culpabilité. Je ne saurais trop vous recommander de vous montrer sincères et coopératifs. Vous regretteriez amèrement tout mensonge ou toute tentative d'esquive.

Ulath tira une longue pierre à aiguiser de sa ceinture et commença à la passer lentement sur le tranchant de sa hache, produisant un grincement très agaçant pour les dents.

— Dans ma grande mansuétude, poursuivit Sarabian, j'ai pris des dispositions pour vous faire loger ici ce soir. J'ai pensé qu'une retraite spirituelle vous mettrait dans les meilleures dispositions pour répondre à nos questions, demain. Vous voudrez bien, messire Vanion, faire escorter nos invités jusqu'à leurs quartiers, dans les oubliettes, ordonna Sarabian.

— Tout de suite, Majesté, répondit Vanion en appliquant son poing gainé d'acier sur son pectoral en signe de salut.

— Ah, messire Vanion ! intervint Ehlana. Je vous suggère de faire fouiller nos invités avant de les envoyer au lit. Nous ne tenons pas à ce qu'ils se fassent mal, comme le chancelier de l'Échiquier, n'est-ce pas ?

— Excellente idée, Majesté, approuva chaleureusement Sarabian. Enlevez-leur tous leurs jouets, messire Vanion. Ôtez-leur tout ce qui pourrait les distraire. En fait, je pense que nous devrions aider nos invités à se concentrer. J'ai lu, un jour, que les locataires des oubliettes élènes portaient une sorte d'uniforme qui les mettait en condition.

— Oui, Majesté, acquiesça Vanion, imperturbable. C'est une robe sans manche taillée dans une grosse toile grise avec une bande rouge vif peinte dans le dos de sorte qu'on puisse les repérer aisément au cas où ils s'égareraient au-dehors.

— Bien. Trouvez-leur des tenues de ce genre. Ne leur laissez aucun bijou. Les bijoux laissent aux gens une fausse impression d'importance. Ce ne sont que de chétifs insectes, il serait temps qu'ils le comprennent. Et s'il faut absolument les nourrir... Que mange-t-on généralement, en prison ?

— De l'eau et du pain, Majesté. Parfois un peu de gruau.

— Parfait. Débarrassez-moi d'eux, Vanion. Leur seule vision me donne la nausée.

Vanion donna quelques ordres brefs, et les chevaliers encerclèrent les ex-membres du gouvernement. Chacun fut escorté – parfois brutalement – par une garde d'honneur composée d'hommes en armes et emmené vers les soubassements du château.

— Ah, Téovin, un instant ! fit aimablement l'empereur. Vous aviez quelque chose à me dire, je crois ?

— Non, non, Majesté, fit Téovin d'un ton morne.

— Allons, allons, mon vieux. Nous sommes entre amis, ici. Si vous avez été en aucune façon offensé par ce que j'ai dit ou fait ici, aujourd'hui, dites-le. Messire Stragen sera heureux de vous prêter sa rapière et nous allons nous expliquer tout de suite. Je suis sûr que vous trouverez mes arguments très pertinents. Eh bien ? fit-il avec un petit sourire glacial en laissant glisser son manteau de cour à terre.

— Tout acte de violence perpétré à l'encontre de Sa Majesté est considéré comme un acte de haute trahison, marmonna Téovin.

— Voyons, Téovin ! Il y a des années maintenant que la trahison est une seconde nature pour vous ; vous n'allez pas vous arrêter à ce genre d'argument ! Tirons l'épée, mon ami. Pour une fois, juste une fois, affrontez-moi à visage découvert. Je vous donnerai une leçon d'escrime. Une leçon dont vous vous souviendrez jusqu'à la fin de vos jours. Ce qui ne veut pas dire grand-chose, je vous l'accorde, ladite fin étant peut-être proche.

— Je ne lèverai pas la main sur mon empereur, décréta Téovin.

— Vous me décevez vraiment, mon vieux. Allez, fichez le camp.

Vanion l'empoigna par le bras et l'entraîna hors de la salle du trône.

L'empereur de Tamoulie brandit son épée au-dessus de sa tête, se dressa sur la pointe des pieds et décrivit une petite pirouette éblouissante. Puis il tendit une jambe en avant et s'inclina avec extravagance devant Ehlana en fouettant l'air à son côté de la pointe de sa lame.

— Et voilà, chère petite maman, comment on renverse un gouvernement !

— Non, Dame Séphrénia, fit sèchement Ehlana, un peu plus tard, alors qu'ils étaient à nouveau réunis dans les appartements royaux. Vous n'avez pas la permission de vous retirer. Vous êtes membre du Conseil royal d'Élénie et nous avons besoin de vous.

— À vos ordres, Majesté, lâcha Séphrénia avec

raideur, son visage pâle figé dans une expression douloureuse.

— Oh, ça suffit, Séphrénia, la situation est grave. Nous nous préoccuperons de vos états d'âme une autre fois. Zalasta n'a pas trahi que vous ; nous sommes tous logés à la même enseigne. Maintenant, nous devons essayer de limiter les dégâts.

— Tu n'es pas juste, Mère, fit Danaé d'un ton accusateur.

— Je n'ai pas à l'être. Tu seras reine un jour, Danaé, ferme ton bec, regarde et prends-en de la graine.

Danaé encaissa le coup, surprise, puis leva son petit menton et s'inclina.

— Très bien, Majesté, dit-elle.

— C'est mieux. Nous ferons quelque chose de toi. Une reine, peut-être. Messire Bévier ? Ordonnez à vos Cyriniques de préparer les catapultes. Vanion, placez les autres chevaliers sur les murailles et mettez la poix à bouillir. Zalasta est dans la nature, Dieu sait où. Il a complètement déjanté et nous ignorons de quelles forces il dispose. Compte tenu de son état d'esprit actuel, nous pouvons nous attendre à tout.

— J'ai l'impression d'entendre parler un général en campagne, remarqua Sarabian.

— C'est ce que je suis, répondit-elle distraitement. C'est un de mes titres. Émouchet, le Bhelliom a-t-il le pouvoir de contrer tous les sortilèges dont Zalasta pourrait user contre nous ?

— Aisément, ma Reine. Mais je doute qu'il tente quoi que ce soit. Nous avons vu ce qui lui est arrivé quand le Bhelliom a dissipé son nuage. Il est très pénible de voir l'un de ses propres sorts se retourner contre soi. Séphrénia le connaît mieux que moi. Elle devrait pouvoir nous dire s'il est ou non assez désespéré pour tenter une nouvelle manœuvre de ce genre.

— Eh bien, Séphrénia ? demanda Ehlana.

— Je n'en sais trop rien, répondit la petite Styrique après un instant de réflexion. C'est un aspect de sa nature que j'ignorais. Je crois honnêtement qu'il est devenu fou. Il est capable de n'importe quoi.

— Eh bien, tenons-nous sur nos gardes. Mirtaï, demande à Kalten et Ulath d'amener Kolata ici. Je veux savoir jusqu'où s'étend cette conspiration.

Émouchet prit Séphrénia à part.

— Comment Zalasta a-t-il su, pour Danaé ? demanda-t-il. Il connaît manifestement son identité réelle. C'est toi qui l'as mis au courant ?

— Non. Elle m'avait toujours interdit de le faire.

— Ça, c'est bizarre. Il faudra que je lui parle. Elle a peut-être eu une de ces intuitions dont elle a le secret. À moins que ce ne soit toi qu'il ait essayé de tuer. J'ai eu l'impression qu'il visait Danaé avec sa boule de feu, mais c'était peut-être après toi qu'il en avait.

— Je ne le croirai jamais, Émouchet.

— Au point où nous en sommes, je suis prêt à croire n'importe quoi. Xanetia était au courant pour lui, ajouta-t-il après réflexion. Elle nous l'a dit tout à l'heure.

— Pourquoi ne m'as-tu pas avertie ? fit-elle, outrée.

— Parce que tu n'aurais jamais accordé foi à ses paroles, Séphrénia. Il fallait que tu constates la traîtrise de Zalasta de tes propres yeux. D'ailleurs, elle t'a sauvé la vie ; tu voudras peut-être t'en souvenir...

— Ne me fais pas la morale, Émouchet, dit-elle avec un pâle sourire. La situation est déjà assez pénible pour moi comme ça.

— Je sais. Et je ne vois pas comment nous pourrions te faciliter les choses.

Kolata se révéla très coopératif. Sa semaine d'isolement l'avait beaucoup abattu, et le fait que Zalasta ait tenté de le tuer avait réduit à néant le peu de loyauté qu'il aurait encore pu éprouver à son égard.

— Je ne sais pas tout, répondit-il en réponse à la question d'Oscagne. Téovin doit être mieux informé que moi. C'est lui qui m'a transmis la proposition de Zalasta, au départ.

— Alors vous n'étiez pas dans le coup, quand vous avez été nommé à votre poste ?

— Je doute que la conjuration remonte aussi loin. Je ne peux rien affirmer, mais, pour moi, tout a commencé il y a cinq ou six ans.

— Vous recrutez des gens depuis plus longtemps que ça.

— C'était la routine de la politique tamoule, Oscagne. J'ai compris que le Premier ministre était un imbécile le jour de mon entrée en fonction. Vous étiez mon seul adversaire digne de ce nom. J'ai recruté des gens pour contrer vos projets, et notamment l'idée absurde selon laquelle les royaumes assujettis de Darésie étaient des nations étrangères et ne faisaient pas partie intégrante de la Tamoulie métropolitaine.

— Bon, nous poursuivrons une autre fois cette

controverse sur la responsabilité juridictionnelle. Votre contact avec l'ennemi était donc Téovin ?

— Téovin et un ivrogne de mauvaise réputation appelé Krager, confirma Kolata. Krager est éosien ; il avait déjà eu affaire au prince Émouchet, si j'ai bien compris. Tout le monde dans notre organisation informelle le connaît, c'était le messager idéal. Quand il était à jeun.

— Brave Krager, acquiesça Kalten.

— Que vous avait proposé Zalasta, au juste ? reprit Oscagne.

— Les choses habituelles : le pouvoir, la fortune... Vous êtes ministre, Oscagne, vous connaissez la musique. Nous prenions tous l'empereur pour une potiche, un brave homme un peu fantasque et pas très bien informé – pardon, Majesté, mais c'est ce que nous pensions.

— Merci, répondit Sarabian. C'est ce que vous étiez censé croire. Je suis quand même surpris qu'aucun de vous n'ait pris en considération la loyauté des Atans. Ils m'étaient personnellement attachés.

— Nous avons sous-estimé Votre Majesté. Nous n'aurions jamais cru que vous aviez pris la mesure du pouvoir dont vous disposiez. Si nous nous en étions doutés, nous vous aurions éliminé.

— C'est bien ce que je pensais. C'est pour ça que j'ai fait semblant d'être un peu simple d'esprit.

— Zalasta vous a dit qui était derrière tout ça ? poursuivit Oscagne.

— Il prétendait parler au nom de Cyrgon, répondit Kolata. Mais nous ne prenions pas ça très au sérieux.

Les Styriques sont des gens particuliers. Ils voudraient toujours nous faire croire qu'ils incarnent on ne sait quel pouvoir surnaturel. Ils ne veulent jamais assumer les responsabilités. Pour ce que j'en sais, c'est Zalasta qui avait tout combiné.

— Il serait peut-être temps que nous écoutions ce que Zalasta a à dire, proposa Vanion. Kalten, si tu ramenais le ministre de l'Intérieur à ses appartements ? Je lui trouve une petite mine.

— J'ai encore des questions à lui poser, objecta Oscagne.

— Ton défaut, c'est que tu pinailles, Oscagne. Nous allons savoir ce que nous voulons, plus vite, et de façon plus détaillée, tu vas voir, lui assura Itagne.

— Nous vous avons dit que Xanetia savait ce que les autres pensaient, reprit Vanion quand Kalten et Ulath eurent fait sortir Kolata. Elle ne se contente pas de traduire de vagues impressions. Elle peut répéter nos pensées mot pour mot. Comme il est probable que certains d'entre vous en doutent, je vous propose une petite démonstration. Anarae, voulez-vous nous dire ce que la reine Ehlana pense en ce moment précis ?

— Assurément, doux sire, répondit Xanetia. Sa Majesté s'amuse beaucoup en ce moment, quoique ton interruption lui déplaise. Elle se réjouit des progrès de l'empereur Sarabian et se dit que l'on peut raisonnablement espérer un peu de compétence de sa part. Par ailleurs, elle caresse certains projets d'une nature intime concernant son mari, car l'activité politique émoustille toujours cette partie de sa personnalité.

— Voulez-vous vous taire ! s'exclama Ehlana en rougissant comme une pivoine.

— Pardon, Majesté, fit Vanion. Je n'avais pas prévu cette dernière chose. Xanetia a-t-elle déchiffré vos pensées ?

— Je ne répondrai pas à cette question, répliqua la reine, les joues en feu.

— Sa Majesté conviendra-t-elle au moins que l'Anarae a vu juste ?

— Je l'avais entendu dire, fit Sarabian d'un ton rêveur. Mais je pensais que c'était une de ces histoires abracadabrantes qu'on raconte sur les Delphae.

— Le Bhelliom l'a confirmé, Sarabian, fit Émouchet. Xanetia lit dans les pensées comme nous lisons dans un livre. J'imagine qu'elle a lu Zalasta de la première à la dernière page. Elle devrait pouvoir nous dire ce que nous voulons savoir. Pourriez-vous, Anarae, nous fournir une sorte de résumé de la vie de Zalasta ? Séphrénia est particulièrement affectée par les révélations dont la salle du trône a été le théâtre. Peut-être comprendra-t-elle mieux si elle connaît les raisons de ses actes.

— Je peux parler pour moi-même, Émouchet, fit Séphrénia d'un ton sec.

— J'en suis sûr, petite mère. Je me faisais simplement ton interprète, eu égard à l'antique inimitié qui t'oppose à Xanetia.

— Comment cela ? s'étonna Sarabian.

— Il s'agit d'une haine si ancienne que nul être vivant n'en connaît plus l'origine, Majesté, expliqua Xanetia.

— Je la connais, moi, fit Séphrénia d'un ton âpre, et elle n'est pas si ancienne que ça.

— Peut-être, Séphrénia d'Ylara, mais plongeons dans l'esprit de Zalasta, et tu en jugeras par toi-même.

Kalten et Ulath revinrent sur ces entrefaites et s'assirent sans bruit.

— Zalasta est né il y a plusieurs siècles, dans le village styrique d'Ylara, qui se trouve dans la forêt, près de Cenae, au nord de l'Astel, commença Xanetia. Il avait sept ans quand naquit celle que nous connaissons sous le nom de Séphrénia, l'une des Mille du Styricum, instructrice des chevaliers pandions dans les secrets du Styricum, membre du Conseil d'Élénie et bien-aimée du précepteur Vanion.

— Ce n'est plus vrai, coupa sèchement Séphrénia.

— J'ai parlé des sentiments de messire Vanion pour toi, Séphrénia, et non point de ceux qu'il t'inspire. La famille de Zalasta était amie de celle de Séphrénia, et il fut conclu que, lorsque Séphrénia et Zalasta seraient d'âge à se marier, ils seraient unis.

— J'avais oublié ça ! s'exclama Séphrénia. Je n'ai jamais pensé à lui comme à un futur époux.

— C'était pourtant l'essence même de sa vie, je puis te l'assurer. Quand tu étais dans ta neuvième année, ta mère eut une autre enfant, qui était en vérité Aphraël, la Déesse-Enfant du Styricum. Sa naissance ruina tous les espoirs de Zalasta, car tu as pour jamais consacré ta vie à ta sœur cadette. La colère de Zalasta ne connut point de bornes, et il se cacha dans la forêt de crainte de trahir ses pensées intimes. Il voyagea beaucoup, cherchant les magiciens les plus puissants du Styricum, et même, au péril de son âme, les maudits et les réprouvés. Sa quête n'avait qu'un but, découvrir les moyens par lesquels un homme peut anéantir un Dieu. Car son désespoir l'avait poussé à une haine irraisonnée de la Déesse-Enfant. Et plus que tout il souhaitait sa mort.

La princesse Danaé étouffa un petit cri de surprise.

— Tu étais censée écouter sans rien dire, protesta sa mère.

— J'ai été surprise, Mère.

— Il ne faut jamais le montrer. Garde toujours tes émotions pour toi.

— Oui, Mère.

— Dans la sixième année de la vie de la Déesse-Enfant sous son incarnation actuelle, Zalasta apprit que son but passait les facultés humaines. Il en conçut une vive frustration et opta pour des moyens plus radicaux. Se disant qu'en raison de sa jeunesse la Déesse-Enfant pouvait n'être point encore en possession de tous ses pouvoirs, il mit au point un plan désespéré. La Déesse elle-même est immortelle, mais son incarnation pouvait peut-être périr, ce qui la forcerait à chercher un autre véhicule pour son incarnation.

— Tu crois que ça aurait pu marcher ? demanda Kalten à Émouchet.

— Comment veux-tu que je le sache ? répliqua celui-ci en interrogeant discrètement sa fille du regard.

Danaé acquiesça d'un imperceptible hochement de tête.

— Pour mener à bien ce plan hâtif et mal conçu, Zalasta prit l'aspect d'un homme d'Église élène et fit le tour des pauvres villages de serfs de la région en dénonçant les Styriques de son propre village, et en les décrivant comme des idolâtres et des adorateurs du démon qui exigeaient, pour leurs rites immondes, le sang de vierges élènes. Il embrasa si bien les esprits avec ses discours fallacieux qu'un certain jour, les serfs ignorants attaquèrent cet innocent village styrique, massacrant tous ses habitants et incendiant leurs maisons.

— Mais c'était aussi le village de Séphrénia ! s'exclama Ehlana. Comment pouvait-il être sûr qu'elle ne serait pas tuée ?

— Point ne s'en souciait, Ehlana d'Élénie. En vérité, il la préférait morte plutôt qu'au service d'Aphraël. Mieux valait un chagrin éphémère qu'un désir à jamais inassouvi. Mais il se trouve que, ce matin-là, la Déesse-Enfant et sa sœur étaient allées dans la forêt cueillir des fleurs sauvages, et elles n'étaient pas là quand les Élènes assaillirent le village.

— Zalasta m'a raconté l'histoire, une fois, coupa Émouchet. Il m'a dit qu'il se trouvait en compagnie de Séphrénia et d'Aphraël dans la forêt.

— Que non point, Anakha. Il était au village et c'est lui qui dirigeait les recherches des deux sœurs.

— Mais pourquoi a-t-il raconté un tel mensonge ?

— Peut-être se mentait-il à lui-même, répondit Xanetia. Il commit, ce jour-là, des actes monstrueux, et il est dans la nature humaine d'obscurcir ce genre de souvenir. Tu comprendras la profondeur de sa haine et de son désespoir lorsque tu sauras que sa famille fut massacrée ce jour-là. En vérité, son père, sa mère et ses sœurs périrent devant ses yeux, sous les gourdins et les faux des bêtes assoiffées de sang qu'il avait déchaînées.

— Je ne te crois pas ! éclata Séphrénia.

— Le Bhelliom confirmera la véracité de mes dires, Séphrénia, répondit calmement Xanetia. Et si j'ai rompu mon serment en mentant, le doux sire Kalten versera mon sang. Mets-moi à l'épreuve, ma sœur.

— Il nous a dit que les serfs avaient été montés contre notre village par ton peuple – par les Delphae !

— Il t'a menti, Séphrénia. Indicible fut sa souffrance quand il découvrit que vous étiez encore en vie, Aphraël et toi-même. Il en rejeta la faute sur mon peuple, sachant que tu croirais volontiers le pire de la part d'un peuple que tu étais déjà préparée à haïr. Il t'a abusée depuis l'enfance, Séphrénia d'Ylara, et il t'abuserait encore si Anakha ne l'avait obligé à révéler sa vraie nature !

— Voilà donc pourquoi vous haïssez les Delphae, n'est-ce pas, Séphrénia ? demanda Ehlana. Vous pensiez que c'étaient eux qui avaient tué vos parents.

— Zalasta ne manqua pas une occasion de lui rappeler ce mensonge afin de dissimuler sa propre culpabilité, reprit Xanetia. Il lui a empoisonné le cœur pendant des siècles, lui emplissant l'âme de haine contre les Delphae, de peur qu'elle ne le questionne sur son propre rôle dans l'affaire.

Séphrénia enfouit son visage dans ses mains et éclata en sanglots.

— La vérité a rouvert sa blessure, soupira Xanetia. Elle pleure ses parents, morts depuis tant de siècles. Emmène-la à l'écart, douce enfant, demanda-t-elle à Aleanne, et réconforte-la. Elle a besoin d'affection féminine, en ce moment. L'orage de ses pleurs aura tôt fait de s'apaiser, et bientôt elle retournera sa haine contre Zalasta, en souhaitant ardemment qu'il lui tombe entre les mains.

— Ou entre les miennes, ajouta Vanion d'un ton sinistre.

— L'huile bouillante est un bon remède, messire, suggéra Kalten. Faisons-le frire tout vif.

— J'aime bien les crochets, personnellement, intervint Ulath. De longs crochets avec des barbes bien piquantes.

— Vous n'y songez pas vraiment ? fit Sarabian en frémissant.

— Zalasta a fait souffrir Séphrénia, Majesté, répondit Kalten. Vingt-cinq mille chevaliers pandions, et quelques chevaliers des autres ordres, vont prendre ça pour une injure personnelle. Zalasta pourrait se faire pousser des montagnes sur la tête que nous le retrouverions un jour. Les chevaliers de l'Église ne sont pas très civilisés, et quand on fait du mal à ceux qu'ils aiment, ça fait ressortir leurs plus mauvais instincts.

— Comme c'est bien dit, murmura Émouchet.

— Nous nous égarons, messieurs, fit Ehlana. Nous déciderons du châtiment à infliger à Zalasta quand nous l'aurons capturé. Quand s'est-il impliqué dans les affaires courantes, Xanetia ? Il a vraiment fait alliance avec Cyrgon ?

— L'alliance a été initiée par Zalasta, Ehlana d'Élénie. Son échec dans la forêt d'Astel, le sentiment de sa propre culpabilité, l'avaient plongé dans le plus noir désespoir. Il parcourut le monde, tantôt s'abîmant dans la plus vile débauche, tantôt vivant tel un ermite dans les régions désolées de ce monde pendant des décennies d'affilée. Il s'attacha à rencontrer tous les magiciens styriques d'une certaine réputation – bonne ou mauvaise – et recueillit leurs secrets. En vérité, de tous les Styriques qui virent jamais le jour en quarante siècles d'existence, Zalasta était le plus doué. Mais toute la science du monde ne pouvait le consoler. Aphraël était toujours en vie et Séphrénia lui était indéfectiblement liée.

« Ses connaissances illimitées lui suggérèrent un moyen de renouer ce lien. À l'aube de l'humanité, dans la lointaine Thalésie, Ghwerig, le Troll nain, avait taillé le Bhelliom, et Zalasta savait qu'avec l'aide de la pierre il pourrait conquérir ce à quoi son cœur aspirait.

« La naissance d'Anakha fut le signe que le Bhelliom ne tarderait plus à émerger de l'endroit où il gisait caché. Des Styriques réprouvés perçurent sa naissance et conseillèrent à Zalasta de se rendre en Éosie afin de l'observer pendant son enfance et sa jeunesse, dans le but de le mieux connaître. Zalasta nourrissait l'espoir, le jour où Anakha amènerait le joyau qui était une fleur à la lumière, de le lui arracher et d'obtenir ainsi le moyen d'imposer sa volonté à la Déesse-Enfant. Il perçut son erreur le jour où l'anneau arriva en possession d'Anakha. Les Dieux des Trolls avaient sagement agi en guidant les mains de Ghwerig lorsqu'il créa la rose de saphir. L'homme est capricieux et inconstant, la convoitise gît toujours en son cœur, et les Trolls ne sont que les reflets de ce qu'il y a de pire en lui. Craignant que quiconque acquière une emprise sur lui, les Dieux des Trolls avaient fait des anneaux la clé du Bhelliom. C'est ainsi qu'Aphraël désarma Ghwerig en volant les anneaux, et qu'elle divisa le pouvoir du joyau de sorte qu'aucun mortel ne le puisse commander. Se croyant dotés d'un pouvoir absolu, les Dieux des Trolls se désintéressèrent de la gemme-fleur et, se méfiant les uns des autres, placèrent sur la pierre des enchantements tels que nul ne la puisse prendre à moins que tous ne s'en emparent. Ils avaient conçu le Bhelliom afin que des Dieux, agissant de concert, puissent lui donner des ordres sans recourir aux anneaux.

Elle s'interrompit pour réfléchir, se dit Émouchet, aux spécificités des Dieux des Trolls.

— Maintenant, en vérité, reprit-elle, les Dieux des Trolls sont élémentaires et si limités que l'esprit de chacun ne peut être considéré comme plein et entier. Ils ne parvenaient qu'en s'unissant, ce qui arrivait rarement, à l'achèvement que l'on observe chez le plus simple des enfançons. Mais, pour les autres Dieux, il n'en était point ainsi. L'esprit d'Azash était complet, bien qu'il fût estropié, et dans sa complétude il avait le pouvoir de se faire obéir du Bhelliom sans les anneaux. Tel était le péril qui te menaçait, Anakha, quand tu fis route vers Zémoch pour l'affronter. Si Azash t'avait arraché le Bhelliom, il aurait pu le plier à sa volonté et le contraindre à unir son pouvoir au sien.

— Ce qui aurait posé certains problèmes, nota Kalten.

— Je ne comprends pas, intervint Talen. Émouchet a réussi dernièrement à faire faire au Bhelliom ce qu'il voulait sans l'aide des anneaux. Cela signifie qu'Émouchet est un Dieu ?

— Que non point, jeune seigneur, répondit Xanetia avec un sourire. Anakha est la créature du Bhelliom et fait donc, dans une certaine mesure, partie de lui, tout comme les anneaux. Zalasta l'a perçu. Quand Anakha a tué Ghwerig et pris possession du Bhelliom, Zalasta a intensifié sa surveillance, tout en utilisant les anneaux comme des phares pour le guider. C'est ainsi qu'il a suivi les progrès d'Anakha et observé sa compagne.

— Très bien, Émouchet, fit Ehlana d'un ton menaçant. Comment as-tu obtenu ma bague ? Et qu'est-ce que c'est que ça ? Un vulgaire bout de verre ? s'écria-t-elle en lui montrant le rubis qui ornait son doigt.

— Ce n'était qu'un emprunt, soupira-t-il. C'est Aphraël qui a fourni l'anneau de remplacement. Je doute qu'elle ait utilisé un bout de verre, comme tu dis.

Elle ôta sa bague et la lança à l'autre bout de la pièce.

— Rends-la-moi ! Rends-moi ma bague, espèce de sale voleur !

— Je ne te l'ai pas volée, Ehlana, protesta-t-il. C'est Aphraël qui l'a fait.

— Tu l'as bien prise quand elle te l'a donnée, non ? Ça fait de toi son complice. Rends-moi ma bague !

— Oui, ma tendresse, répondit-il docilement. J'en avais bien l'intention, et puis ça m'est sorti de l'esprit. Ouvre-toi ! ordonna-t-il à la boîte sans toucher le couvercle avec son anneau.

Il voulait savoir si elle obéirait à sa seule voix.

Ça marcha. Il prit la bague de sa femme et la lui tendit.

— Remets-la à sa place ! lui ordonna-t-elle.

— Très bien. Tiens-moi ça.

Il lui donna la boîte, glissa l'anneau à son doigt, puis tendit la main pour récupérer le coffret.

— Pas encore, fit-elle en le mettant hors de sa portée. Il sait qui je suis ? demanda-t-elle en regardant le Bhelliom.

— Je pense que oui. Tu n'as qu'à le lui demander. Appelle-le Rose bleue. C'est le nom que lui donnait Ghwerig ; il lui est familier.

— Rose bleue ! appela Ehlana. Tu sais qui je suis ?

Il y eut un instant de silence. La lueur azurée du Bhelliom se mit à palpiter.

— Anakha, fit Talen comme s'il avait les lèvres de bois, désires-tu que je réponde aux questions de ta compagne ?

— Il serait bon que tu le fasses, Rose bleue, répondit Émouchet. Nous sommes si étroitement liés, elle et moi, que ses pensées sont les miennes comme les miennes lui appartiennent. Que nous le voulions ou non, nous sommes trois. Il me semble que vous devriez apprendre à vous connaître, elle et toi.

— Telle n'était pas mon intention, Anakha, fit la voix de Talen d'un ton réprobateur.

— Il n'est de dessein si parfait qu'il ne puisse être amélioré, intervint Ehlana, calquant son discours sur celui d'Émouchet. D'aucuns, ici, craignent que je ne mette ma vie en péril si je te touche. Cette crainte est-elle fondée ?

L'expression figée de Talen laissa place à une détermination de fer.

— Elle l'est en vérité, compagne d'Anakha, fit sa voix avec une détermination glaciale. J'ai cédé une fois, mais ce sera la dernière. Après avoir passé des éternités prisonnier de la terre, j'ai permis à Ghwerig de m'arracher à l'endroit où je reposais. Il en est résulté cette forme grotesque, qui te plaît tant. Par l'instrument du cruel diamant et le rouge du fer maudit, Ghwerig m'a façonné tout vif. Force m'est de me soumettre au contact des Dieux ; j'ai accepté le contact d'Anakha dans l'espoir et désormais la certitude qu'il me libérera de cet aspect qui est devenu ma prison. Pour tout autre, me toucher, c'est la mort assurée.

— Ne pourrais-tu... ? commença-t-elle, mais elle n'acheva pas sa question.

— Non, coupa-t-il d'un ton sans réplique. Je n'ai nulle raison de faire confiance aux créatures de ce monde. Mon contact demeurera mortel, comme demeurera aussi l'irrésistible désir de me toucher. Quiconque me voit meurt littéralement d'envie de me toucher. Les morts n'ont pas le désir de me réduire en esclavage ; aux vivants, l'on ne peut se fier.

— Tu es dure, Rose bleue, dit Ehlana en soupirant.

— J'ai mes raisons, compagne d'Anakha.

— Un jour, peut-être, tu apprendras la confiance.

— À quoi bon ? La réalisation de notre but n'en dépend pas.

Elle soupira à nouveau et rendit la cassette à son mari.

— Continuez, Xanetia, je vous en prie. Cette ombre

qui nous persécutait, Émouchet et moi, c'était donc Zalasta ? Nous avons d'abord cru que c'était Azash, puis, plus tard, les Dieux des Trolls.

— L'ombre était l'esprit de Zalasta, confirma Xanetia. Un sort styrique connu de quelques-uns lui permettait d'observer et d'écouter sans être vu.

— Sans être vu... ce n'est pas tout à fait vrai : je l'ai chaque fois aperçu du coin de l'œil. Ce doit être un sort très difficile à maîtriser.

— C'était l'effet du Bhelliom. Il voulait avertir Anakha de la présence de Zalasta en le rendant partiellement visible. Comme tu portais l'un des anneaux, l'ombre de son esprit était aussi visible pour toi. Zalasta avait peur, ajouta-t-elle après une pause. Les séides d'Azash avaient formé le dessein d'attirer Anakha – et le Bhelliom – au Zémoch, afin que leur Dieu lui prenne le joyau. Si cela avait dû arriver, l'espoir qu'avait Zalasta de vaincre Aphraël et de posséder Séphrénia eût été à jamais anéanti. Sache-le, Anakha, tous les obstacles qui se sont dressés sur ton chemin, lorsque tu es allé au Zémoch, étaient l'œuvre de Zalasta.

— Ça m'intriguait, justement, fit Émouchet, songeur. Martel était insignifiant, et ça lui ressemblait bien peu. Il avait, le plus souvent, autant d'imagination qu'une avalanche. Nous avions attribué ces maléfices aux Dieux des Trolls. Ils avaient toutes sortes de raisons pour ne pas vouloir que le Bhelliom tombe entre les mains d'Azash.

— Zalasta voulait aussi que tu le croies, Anakha. C'était encore un moyen de dissimuler sa duplicité à Séphrénia, et il était vital qu'elle ait une bonne opinion de lui. En bref, tu as réussi à te frayer un chemin jusqu'au Zémoch et à détruire Azash – ainsi que divers autres.

— C'est le moins que l'on puisse dire, murmura Ulath. Tout un tas de divers autres.

— Zalasta en conçut un grand trouble, poursuivit Xanetia. Anakha avait compris qu'il détenait le pouvoir de contrôler le Bhelliom, et il était devenu aussi dangereux qu'un Dieu. Zalasta ne pouvait pas plus l'affronter qu'Aphraël. C'est ainsi qu'il se sépara de tous les autres hommes afin d'imaginer la meilleure ligne de conduite possible. Il consulta certains réprouvés de sa connaissance. La destruction d'Azash avait confirmé leurs suppositions : le Bhelliom avait le pouvoir d'anéantir les Dieux. S'il parvenait à s'en emparer, il tenait le moyen de mettre Aphraël à mort. Mais ce moyen était détenu par le plus dangereux de tous les hommes. Pour y parvenir, il était clair que Zalasta devait faire alliance avec un Dieu.

— Cyrgon, avança Kalten.

— En effet, ô mon protecteur. Les Dieux Aînés du Styricum, nous l'avions découvert, étaient sans pouvoir, faute d'adorateurs. Les Dieux des Trolls étaient prisonniers, le Dieu des Élènes inaccessible, de même qu'Edaemus, le Dieu des Delphae. Les Dieux tamouls étaient trop frivoles, le Dieu des Atans trop hostile pour sauver ses propres enfants. Seul restait Cyrgon. Zalasta entrevit aussitôt un moyen de passer un marché avec le Dieu des Cyrgaïs. Le Bhelliom permettrait à Cyrgon de lever la malédiction qui confinait ses enfants et de les déchaîner sur le monde. En retour, Zalasta pensait que

Cyrgon lui permettrait de demander au Bhelliom de détruire Aphraël, ou le brandirait lui-même contre Aphraël avec sa divine main.

— Ce qui aurait constitué une base raisonnable de négociation, concéda Oscagne. Il pouvait au moins espérer être écouté.

— Mouais, répondit Itagne d'un ton dubitatif. À condition de vivre assez vieux pour venir s'asseoir à la table des négociations. Je doute que l'apparition d'un Styrique à Cyrga ait suscité des démonstrations enthousiastes de la part de la population.

— L'entreprise était risquée, en vérité, Itagne de Mathérion. En recourant à divers subterfuges, Zalasta parvint à entrer dans le Temple de Cyrgon, au cœur de la cité occulte, et y affronta l'esprit embrasé du Dieu lui-même. Il apaisa sa fureur vengeresse en lui offrant la libération des Cyrgaïs. Les anciens ennemis firent soudain cause commune et décidèrent d'attirer Anakha en Darésie. Point ne voulaient risquer la confrontation avec le Dieu des Élènes à qui ses innombrables adorateurs conféraient un pouvoir énorme. C'est ainsi qu'ils conçurent un plan complexe visant à briser la Tamoulie en suscitant une insurrection. Moult apparitions devaient amener le gouvernement impérial à requérir de l'aide. La confiance dont jouissait Zalasta lui permettrait assurément de diriger l'attention du gouvernement vers Anakha et de suggérer des accommodements avec l'Église de Chyrellos. Susciter des apparitions ne posait guère de problème à Zalasta du Styricum et à ses amis réprouvés. Non plus que le stratagème grâce auquel Cyrgon persuada les Trolls que leurs Dieux leur ordonnaient de gagner la côte nord de Tamoulie en traversant les glaces du pôle. Leur plan reposait sur l'agitation qui secouait si gravement la Tamoulie depuis des années. Un soulèvement, pour réussir, doit être étroitement contrôlé. L'histoire avait persuadé Zalasta que le succès de son projet reposait sur la personnalité de celui qui unirait les divers peuples de l'empire et les embraserait par la force de son zèle. Zalasta n'eut pas loin à chercher pour trouver cet homme. En quittant Cyrga il se rendit en Arjuna et exposa son plan à un certain Scarpa.

— Attendez un peu ! objecta Stragen. Le plan de Zalasta relevait pour le moins de la haute trahison. Il prévoyait probablement des crimes qui n'ont même pas de nom, la collusion avec les forces des ténèbres et je ne sais quoi encore. Comment a-t-il su qu'il pouvait se fier à Scarpa ?

— Il avait les meilleures raisons du monde pour ça, Stragen d'Emsat, répondit-elle. Zalasta savait pouvoir s'en remettre à Scarpa plus qu'à tout autre homme au monde. C'est que, vois-tu, Scarpa n'est autre que son fils.

TROISIÈME PARTIE

XANETIA

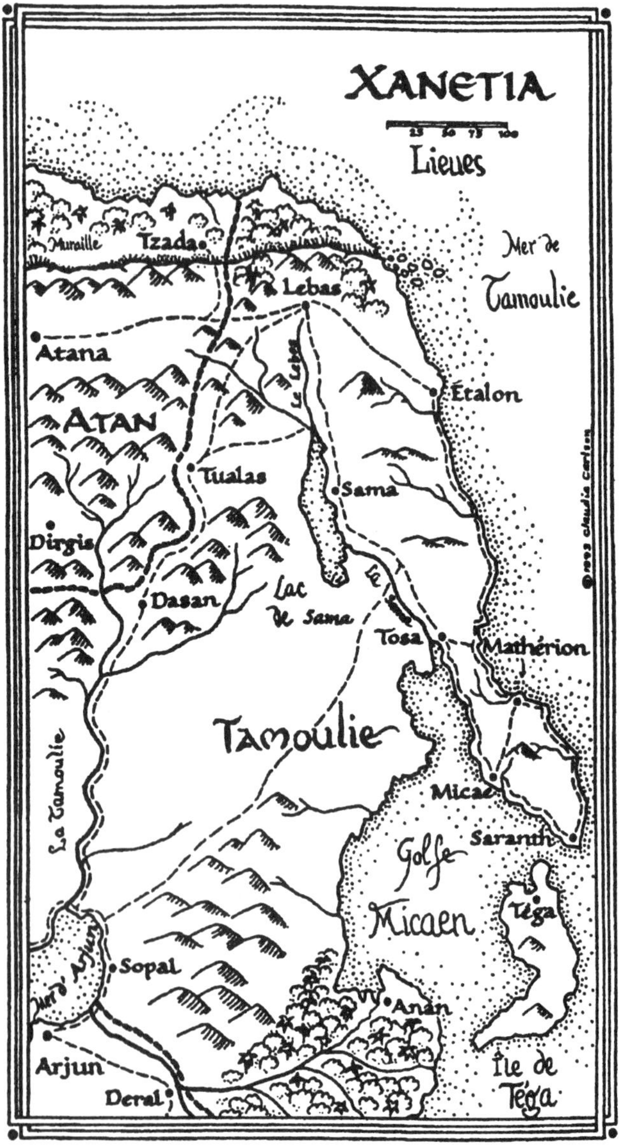
XANETIA
25 50 75 100
Lieues
Mer de
Tamoulie
Muraille
Tzada
Lebas
Atana
Le Lebas
Étalon
ATAN
Tualas
Sama
Dirgis
Dasan
Lac
de Sama
Tosa
Mathérion
Tamoulie
La Tamoulie
Micae
Saranth
Golfe
Micaen
Téga
Sopal
Anan
Arjun
Deral
Île de
Téga
© 1993 claudia carlson

21

Séphrénia était assise sur son lit. Seule. L'isolement qu'elle s'imposait – elle en avait tristement conscience – ne prendrait fin qu'avec sa propre mort. Elle avait parlé avec haine et colère, et cette solitude en était la conséquence. Elle poussa un soupir.

Séphrénia d'Ylara... Elle trouvait étrange que Xanetia et Cedon soient allés chercher dans le passé ce nom archaïque, et plus étrange encore qu'il l'émeuve si profondément.

Ylara n'était pas un grand village, même selon les critères styriques. Les Styriques s'efforçaient toujours de détourner l'hostilité des Élènes en affectant la plus grande pauvreté, en vivant dans des taudis et en portant des hardes tissées à la main. Mais Ylara, avec son unique rue de terre battue, ses huttes de pisé, était son village natal. Séphrénia y avait vécu une enfance pleine d'amour, un amour qui avait atteint son apogée à la naissance de sa sœur. Séphrénia avait marqué l'achèvement et le but de sa vie.

Le souvenir chaleureux de ce pauvre petit village l'avait soutenue pendant les jours les plus noirs de sa vie. C'était son refuge quand la pression du monde, avec toute sa laideur, devenait trop forte.

Et voilà qu'il s'était évanoui en fumée. La traîtrise de Zalasta avait à jamais profané son souvenir le plus précieux. Quand elle pensait à Ylara, le visage de Zalasta s'imposait à elle. Et maintenant elle le voyait tel qu'il était vraiment : un masque rusé, lubrique, animé par une haine perverse envers la Déesse-Enfant qui était la vie même de Séphrénia.

Ylara avait survécu, préservé par sa mémoire. La révélation de la duplicité de Zalasta l'avait irrémédiablement détruit.

Et de grosses larmes roulaient sur les joues de Séphrénia.

Émouchet et Vanion trouvèrent la princesse Danaé en train de ruminer au fond d'un grand fauteuil, dans une pièce obscure.

— Non, répondit-elle fermement à leur requête. Je ne m'en mêlerai pas.

— Aphraël, implora Vanion, les larmes aux yeux. Elle va en mourir.

— Eh bien, tant pis ! Je ne peux rien faire pour elle. Il faut qu'elle surmonte ça toute seule. Si j'interviens, cela ne voudra plus rien dire, et je l'aime trop pour la materner et la priver de la signification de ce qu'elle endure.

— Ça ne t'ennuie pas qu'on essaie de l'aider, nous ? répliqua sardoniquement Émouchet.

— Allez-y. Tant que vous ne faites pas appel au Bhelliom.

— Tu es une petite fille très cruelle, tu sais ça ? Si on m'avait dit que j'élevais un monstre...

— Ce n'est pas en m'insultant que tu me feras changer d'avis, Émouchet. Tu peux lui tenir la main, lui offrir des fleurs ou la couvrir de baisers si tu veux, mais n'espère pas utiliser le Bhelliom en douce. Maintenant, fichez-moi la paix, tous les deux. Et ne croyez pas que ça m'amuse.

Elle se recroquevilla dans son fauteuil avec le pauvre vieux Rollo, une douleur millénaire ternissant l'éclat liquide de ses yeux noirs.

— Depuis combien de temps Zalasta intervient-il dans nos actions, Anarae ? demanda Bévier. Si c'est lui qui suscitait le nuage et l'ombre, ça signifie qu'il était impliqué dans la guerre du Zémoch, non ?

En entrant, le lendemain matin, dans le salon bleu, ils constatèrent qu'un buffet avait été disposé sur une longue table, le long d'un mur. La reine Ehlana ne voyait pas pourquoi la vie – et surtout la vie politique – s'arrêterait pendant les repas, et ça valait pour le petit déjeuner. Ils avaient tous revêtu une tenue plus informelle et plus confortable. Le pourpoint bleu de Bévier était ouvert sur le devant, et il était affalé dans un fauteuil, les jambes étendues devant lui.

— Depuis plusieurs siècles, messire chevalier, répondit Xanetia. La passion de Zalasta pour Séphrénia remonte à l'enfance, ainsi que sa haine pour Aphraël, qui a réduit tous ses espoirs à néant. Il savait que, s'il s'opposait ouvertement à la Déesse-Enfant, elle pouvait l'anéantir d'une seule pensée. Il savait aussi que son désir serait mal accueilli, et qu'aucun Dieu ne lui prêterait son concours dans son combat contre Aphraël. Après y avoir longtemps réfléchi, il finit par conclure que son dessein exigeait l'appui d'une source de pouvoir dénuée de conscience ou de volonté propre.

— Le Bhelliom, avança Émouchet. C'est ainsi que tout le monde le considérait. Nous savons à quoi nous en tenir, maintenant.

— En effet, approuva-t-elle. Zalasta partageait le préjugé erroné mais répandu selon lequel le joyau n'était qu'un instrument de pouvoir. Il croyait que le Bhelliom, ignorant toute morale, lui obéirait aveuglément et détruirait son ennemie mortelle, lui permettant ainsi de posséder l'objet de son désir – car, il ne faut point s'y tromper, c'est la possession de Séphrenia qu'il guignait, non son amour.

— C'est immonde, souffla Mélidéré avec un frisson de dégoût.

Xanetia hocha la tête en signe d'approbation.

— Zalasta savait que les anneaux étaient nécessaires pour commander au Bhelliom, reprit-elle. Le Styricum tout entier savait que la preste Déesse elle-même les avait subtilisés à Ghwerig, le Troll nain, pour l'empêcher d'élever le Bhelliom contre les Styriques. Zalasta feignit donc l'amitié pour Séphrénia et sa sœur, espérant ainsi apprendre où se trouvaient les anneaux et donc la clé du Bhelliom. Des signes et augures avaient annoncé aux Dieux et à quelques hommes qu'un jour Anakha, l'instrument du Bhelliom, apparaîtrait, et qu'il naîtrait dans la maison d'Émouchet.

« Aphraël était fort troublée, car la maison d'Émouchet était élène, or les Élènes étaient mal disposés envers le Styricum. Le jour où Anakha viendrait, il brandirait le Bhelliom au grand jour et le plierait à ses propres desseins – ainsi qu'à ceux du Bhelliom lui-même. Si Anakha éprouvait pour le Styricum le mépris répandu parmi ses compatriotes, il était à craindre qu'il ne brandisse le joyau contre ses adorateurs. Elle s'efforça d'amoindrir ce péril en remettant l'un des anneaux entre les mains de l'ancêtre d'Anakha et en cachant l'autre en un lieu inconnu, de sorte que, lorsque le premier anneau reviendrait en possession d'Anakha, elle puisse examiner son cœur et son esprit et déterminer s'il était avisé de remettre le second entre ses mains.

— Les histoires sont bien plus intéressantes quand on connaît les protagonistes, hein ? nota Talen en remplissant son assiette pour la troisième fois.

Il était en pleine croissance et mangeait à peu près tout le temps. Mais il avait été bien élevé : aussi proposa-t-il une assiette de fruits et un verre de lait à Xanetia avant de s'asseoir pour se caler les joues.

— Je crois, Anarae, me rappeler vous avoir entendu dire que vous ne pouviez entendre les pensées des Dieux, commença prudemment Émouchet. Comment savez-vous ce que pense Aphraël ?

— Il est vrai, Anakha, que les pensées des Dieux me sont celées, mais Aphraël a peu de secrets pour sa sœur, et c'est dans ses souvenirs que j'ai recueilli ce que je vous révèle aujourd'hui. L'ancêtre d'Anakha, poursuivit-elle, était un chevalier pandion qui vivait avec ses frères dans la maison de son ordre, à Démos, en Élénie. Il servit le jeune roi fougueux, Antor, qui guerroyait contre certains barons rebelles. Or donc il advint que le chevalier et le roi, séparés de leurs compagnons, tombèrent, gravement blessés, sur le champ de bataille. Comme la nuit descendait, Séphrénia d'Ylara vint, sur l'ordre de sa sœur, panser leurs blessures et remettre un anneau à chacun d'eux. Elle dissimula leur véritable importance, les présentant comme des gages d'amitié, et au moyen d'un sort styrique les marqua du sang mêlé des deux blessés. C'est ainsi qu'elle unit les deux maisons, préparant le chemin de l'union entre Anakha et sa reine.

Ehlana regarda son mari avec un petit sourire entendu.

— C'est ce que je t'ai toujours dit.

— Quoi donc ?

— Que notre mariage était prédestiné. Et toi qui prétendais le contraire !

— C'était pour l'amour de la discussion. Et puis je me disais que tu aurais pu mieux faire, répondit-il avec désinvolture pour dissimuler sa surprise.

Le choc était rude. Il était évident qu'Aphraël les manipulait sans aucun scrupule. Anakha était la créature du Bhelliom, et la Déesse-Enfant, ne sachant si elle pouvait se fier à lui, avait fait en sorte de devenir sa fille afin de le contrôler...

— Zalasta conçut une vive angoisse quand il comprit l'intention d'Aphraël, poursuivit Xanetia. Il espérait subtiliser le Bhelliom à Anakha avant que celui-ci ne comprenne la portée de son union avec la pierre, mais Aphraël avait à nouveau fait obstacle à son dessein. Grâce aux anneaux et à la maîtrise du Bhelliom qu'ils lui conféraient, Anakha était désormais invincible.

— Zalasta était donc bloqué, grommela Ulath. Qu'a-t-il fait, alors ?

— Il y a toujours eu dans le Styricum des êtres qui, comme les Dieux Aînés eux-mêmes, ont utilisé des pouvoirs magiques diversement acquis pour satisfaire des désirs impies. Les Dieux Cadets sont de véritables enfants en ce domaine ; ils ignorent dans quels abîmes ces êtres peuvent volontairement s'abîmer. Grande est leur révolte au spectacle de la perversité de la nature humaine, et les Styriques qui s'y adonnent sont proscrits. Ces réprouvés vivent solitaires et désolés dans la nature sauvage ou, sans vergogne, cherchent à assouvir leur vils désirs dans les lieux de débauche de toutes les cités du monde. C'est vers eux que se tourna Zalasta, dans son désespoir, et à Verel, la plus corrompue des cités du sud de la Daconie, il trouva celui qu'il cherchait.

— J'ai habité Verel, intervint Mirtaï. Si l'on veut rencontrer des dégénérés, c'est l'endroit rêvé.

— Dans ce repaire d'iniquité, reprit Xanetia, Zalasta fit la connaissance d'un vieux débauché nommé Ogerajin. Cet Ogerajin était maintenant doublement perverti car, grâce à certains sortilèges interdits, il avait sombré dans les ténèbres de l'ultime corruption qui règne dans le cœur des Dieux Aînés. Percevant chez Zalasta une avidité comparable à la sienne et le reconnaissant pour son frère, Ogerajin lui conseilla d'approcher Otha du Zémoch. C'est ainsi que Zalasta s'aventura dans la cité même de Zémoch pour faire alliance avec Otha.

— Attendez un peu, fit Kalten. Vous ne nous aviez pas dit que Zalasta s'efforçait de nous empêcher de rencontrer Otha et Azash ?

— Zalasta conclut des alliances pour parvenir à ses propres fins. Il se moquait bien de ses alliés, confirma-t-elle. Avec l'aide d'Otha, il confia à des réprouvés styriques d'Éosie la tâche d'espionner la famille d'Émouchet, et plus particulièrement après la naissance d'Anakha de détecter ses points faibles.

« On le conçoit aisément, Aphraël fit également observer les ascendants d'Émouchet et, faisant taire ses protestations, elle envoya sa sœur à Démos afin d'instruire les chevaliers pandions dans les secrets du Styricum.

— J'ai l'impression que notre chère petite Aphraël fait parfois preuve d'une dureté impitoyable, nota Stragen. Quand on pense à ce que les serfs élènes d'Astel ont infligé aux parents de Séphrénia, l'envoyer à Démos témoigne d'un certain manque de considération.

— Qui peut déchiffrer les desseins d'un Dieu ? soupira Xanetia en passant une main lasse sur ses yeux.

— Vous ne vous sentez pas bien ? demanda Kalten, inquiet.

— Je suis un peu lasse, messire Kalten, avoua-t-elle. L'esprit de Séphrénia était en proie au plus grand trouble quand j'ai recueilli ses souvenirs, et j'ai grand-peine à leur donner une certaine cohésion.

— C'est comme ça que ça marche, Anarae ?

demanda Sarabian, perplexe. Vous effleurez un esprit et vous l'avalez tout rond ?

— La métaphore est inexacte, Sarabian de Tamoulie, dit-elle d'un ton réprobateur.

— Mille excuses, Anarae. Je me suis mal exprimé. Il semblerait, si j'ai bien compris, que vous absorbiez, par un seul contact, le contenu entier de la conscience et des souvenirs d'autrui.

— C'est à peu près ça, en effet.

— Combien d'esprits avez-vous en stock ? demanda Talen.

— Pas loin d'un millier, jeune maître, fit-elle en haussant les épaules.

— Où trouvez-vous la place ? fit-il avant de reprendre, un peu embarrassé : Ça doit être affreusement encombré, là-dedans, au bout d'un moment, non ?

— L'esprit est sans limites, jeune maître.

— Le vôtre, peut-être, Anarae, répondit Kalten avec un sourire. J'ai l'impression que le mien est cruellement limité.

— Pensez-vous que Séphrénia s'en remettra ? demanda Vanion, le front soucieux.

— Elle souffre le martyre, soupira Xanetia. La traîtrise de Zalasta l'a blessée jusques au fond du cœur, et l'idée erronée que vous l'avez tous abandonnée l'a profondément déprimée.

— Je vais la voir, fit Vanion en se levant d'un bond.

— Non, messire, objecta Kalten. Ce n'est pas une bonne idée. Vous êtes trop proche d'elle et vous ne ferez qu'aggraver les choses. Laissez-moi plutôt faire.

— C'est à moi d'y aller, Kalten.

— Pas si ça doit accroître sa souffrance. Pour le moment, elle a besoin de savoir que nous l'aimons toujours, et ça veut dire qu'elle a besoin de quelqu'un d'affectueux et de pas très intelligent. Mon portrait tout craché, au cas où vous ne l'auriez pas remarqué.

— Taisez-vous ! éclata Aleanne. Je ne vous permets pas de dire des choses pareilles !

Elle s'interrompit en réalisant qu'ils n'étaient pas seuls et piqua un fard.

— Il a raison, Vanion, intervint gravement Ehlana. Messire Kalten a peut-être des défauts, mais c'est un homme droit et honnête. Séphrénia sait qu'il est sans malice. Il est juste un peu trop... trop...

— Stupide ? proposa Kalten.

— Ce n'est pas le mot que j'aurais choisi.

— Ça m'est égal, ma Reine. Je ne suis pas payé pour réfléchir, mais pour obéir aux ordres. Chaque fois que j'essaie de réfléchir, je m'attire des ennuis, alors j'ai appris à ne pas trop penser. Je préfère me fier à mes impressions. Séphrénia me connaît, elle sait que je ne pourrais la tromper, même si je le voulais.

— C'est ce qu'on appelle la sincérité, mon ami, nota Émouchet avec un sourire.

— Il n'y a qu'à dire ça, fit Kalten avec un haussement d'épaules. Je vais me glisser dans sachambre et la gaver de sincérité. Elle devrait se sentir mieux après.

— C'est moi, Kalten. Ouvre-moi, Séphrénia.

— Fiche le camp, répondit-elle d'une voix assourdie.

— C'est important.

— Laisse-moi tranquille.

Kalten soupira. La journée allait être longue...

— Je t'en prie, petite mère, insista-t-il.

— Va-t'en, je te dis !

— Si tu n'ouvres pas la porte, je vais le faire par magie.

— De la magie, toi ! lança-t-elle avec un rire méprisant.

Kalten se pencha en arrière, leva la jambe droite, appliqua un bon coup du talon de sa botte sur la poignée de la porte et répéta deux fois la manœuvre. Le panneau de bois vola en éclats.

— Qu'est-ce que tu fais ? s'écria-t-elle, horrifiée.

— C'est la première fois que tu assistes à une démonstration de magie élène, petite mère ? demanda-t-il d'un ton innocent. Nous nous en servons tout le temps. Je peux entrer ? Tu n'as rien contre moi personnellement, hein ? fit-il en pénétrant dans la pièce. Nous pensions que tu devais te sentir seule et que tu serais peut-être contente de t'en prendre à quelqu'un. Vanion voulait venir, mais je ne l'ai pas laissé faire.

— Toi ? Et depuis quand donnes-tu des ordres à Vanion ?

— Je suis plus grand que lui. Et plus jeune, aussi.

— Sors d'ici tout de suite !

— Désolé, mais je ne peux pas. Hé, tu as une belle vue, d'ici, fit-il en jetant un coup d'œil par la fenêtre. On voit même le port. Bon, si on commençait ? Tu peux hurler et me taper dessus, mais je t'en prie, petite mère, ne me change pas en crapaud. Aleanne n'aimerait pas ça.

— Qui t'envoie, Kalten ?

— Je viens de te le dire. C'était mon idée. Je ne voulais pas laisser venir Vanion parce que tu es en colère, en ce moment. Tu lui aurais dit des choses que tu aurais regrettées par la suite. Alors qu'à moi, tu peux dire tout ce que tu veux, Séphrénia, tu ne risques pas de me vexer.

— Va-t'en !

— Pas question. Tu veux que je te fasse une bonne tasse de thé ?

— Laisse-moi tranquille, c'est tout ce que je te demande !

— Je t'ai déjà dit que je ne partirais pas.

Il la prit par les épaules et la serra contre lui comme un ours. Elle se débattit, mais il tint bon.

— Tes cheveux sentent bon, remarqua-t-il.

Elle commença à lui donner des coups de poing sur les épaules.

— Je te déteste !

— Mais non, mais non, répondit-il calmement. Tu ne pourrais pas me détester, même si tu le voulais. L'automne a été très doux, hein ? poursuivit-il sans la lâcher.

— Fiche-moi la paix, Kalten, je t'en prie.

— Non.

Elle se mit à pleurer, les deux mains crispées sur son pourpoint, le visage collé à sa poitrine.

— J'ai tellement honte ! dit-elle entre deux sanglots.

— De quoi ? Tu n'as rien fait de mal. Zalasta t'a trompée, c'est tout. Ou plutôt non, nous nous sommes tous fait avoir, et tu n'es pas plus à blâmer que nous.

— J'ai brisé le cœur de Vanion !

— Meuh noon, voyons. Tu le connais. Il en a vu d'autres. L'orage de ses pleurs se déchaîna un moment encore, ainsi que l'avait plus ou moins prévu Kalten. Il tira un mouchoir de sa manche et le lui tendit, sans desserrer son étreinte.

— Je ne pourrai plus jamais les regarder en face, gémit-elle.

— Qui ça ? Les autres, tu veux dire ? Bien sûr que si, voyons. Tu t'es ridiculisée, bon, et alors ? Ça nous arrive à tous, de temps en temps.

— Comment oses-tu ! s'exclama-t-elle en se remettant à lui taper sur la poitrine.

Kalten avait hâte qu'elle arrive au bout de cette partie du programme.

— C'est un peu vrai quand même, non ? reprit-il, doucement. Personne ne te reproche rien, mais ce n'est pas complètement faux. Tu as fait ce que tu croyais juste, tu t'es trompée, ça arrive à tout le monde de temps à autre, tu sais. Nul n'est parfait.

— J'ai tellement honte !

— Tu l'as déjà dit. Tu es sûre de ne pas vouloir une bonne tasse de thé ?

— Vous devriez vous reposer, maintenant, Anarae, dit Sarabian avec sollicitude. Je n'avais pas compris à quel point ce serait pénible pour vous.

— Tu es bon, Sarabian de Tamoulie, répondit-elle avec un sourire. Mais je puis poursuivre un moment encore. Zalasta avait l'intention de corrompre Anakha dans ses jeunes années, ce qui lui aurait permis d'avoir accès au Bhelliom sans risquer une confrontation périlleuse, mais Séphrénia et Aphraël veillèrent soigneusement sur leur protégé durant toute son enfance et sa jeunesse, s'opposant ainsi encore une fois, à leur insu, aux desseins de Zalasta.

« Zalasta comprit alors qu'il n'avait pas le choix. Force lui serait d'affronter Anakha en ennemi et non point en converti. Il s'entretint avec Ogerajin et Otha puis alla à Cimmura chercher des alliés. À cette fin, il se fit passer pour l'un des nombreux Styriques qu'Otha avait envoyés dans les royaumes élènes afin d'y semer le trouble et la dissension.

— Ce n'étaient pas les fauteurs de troubles qui manquaient, confirma Ulath. Et ces Styriques n'étaient pas avares de belles promesses.

— En vérité, acquiesça Xanetia. Mais Zalasta était plus subtil et beaucoup plus patient. Il trouva un élève doué en la personne du jeune chapelain de la maison royale d'Élénie, un prêtre nommé Annias.

— Annias ! s'exclama Ehlana. J'ignorais qu'il avait été chapelain de la maison royale.

— Tu n'étais pas née, confirma Émouchet.

— Voilà donc pourquoi il avait un tel ascendant sur mon père ! Vous voulez dire, Anarae, qu'il était manipulé par Zalasta ?

Xanetia acquiesça d'un hochement de tête.

— Il n'est pas si facile de corrompre un jeune prêtre, protesta Bévier. Ce sont d'ordinaire des idéalistes pleins de zèle.

— Annias ne faisait pas exception à la règle, confirma Xanetia. Il était ambitieux, mais, dans sa jeunesse, il vouait une grande foi aux idéaux de son Église.

Cet idéalisme fit pièce aux ambitions de Zalasta jusqu'à ce qu'il trouve le moyen de le pervertir. Je ne veux point t'offenser, Ehlana d'Élénie, reprit-elle, un peu gênée, mais ta tante était une femme lubrique.

— Ça ne m'offense pas le moins du monde, Anarae, la rassura Ehlana. Les appétits d'Arissa étaient légendaires à Cimmura, et je ne l'ai jamais beaucoup aimée, de toute façon.

— Quel rapport ? demanda Mélidéré.

— Eh bien, baronne, reprit Xanetia, c'est par la princesse Arissa que Zalasta fit la conquête d'Annias. Dûment instruit par le licencieux Ogerajin, Zalasta introduisit la princesse lascive...

Xanetia s'interrompit, confuse.

— Vous n'avez pas besoin d'entrer dans les détails, Xanetia, fit Ehlana. Nous avons tous connu Arissa ; elle n'avait pas froid aux yeux. Et quand je dis aux yeux...

— C'était une élève zélée, coupa Xanetia. Annias étant le confesseur de ton père, Zalasta pensait qu'il pourrait lui être utile. C'est ainsi qu'il implanta fermement dans l'esprit de ta tante corrompue l'idée que rien ne saurait être plus vil que de séduire un jeune prêtre. Cette notion obséda Arissa et, avec le temps, elle porta ses fruits. Dans sa douzième année, Arissa pervertit le chapelain de ton père.

— À douze ans ! murmura Mélidéré. Elle était précoce, non ?

— Puis Annias fut consumé par le remords, poursuivit Xanetia.

— Annias, du remords ? ironisa Ehlana. Il ignorait ce mot.

— Là, ma Reine, il se pourrait que vous vous trompiez, objecta Vanion. Je l'ai connu quand il était jeune. Il était entièrement acquis aux principes de l'Église. Puis il se mit à changer. Nous nous étions toujours demandé ce qui lui était arrivé.

— Il lui était arrivé Arissa, et voilà tout, fit Ehlana d'un petit ton pincé. C'est donc ma tante qui aurait permis à Zalasta d'avoir barre sur Annias ?

Xanetia opina du chef.

— Le jeune prêtre, après moult prières et méditation, résolut de renoncer à ses vœux et d'épouser la princesse au blason terni.

— Un mariage béni des Dieux, nota sardoniquement Ulath.

— Mais Arissa ne voulut point de cette union. Elle était insatiable et se fatigua bientôt de son soupirant ecclésiastique. Elle lui reprocha son manque de tempérament et ses prouesses médiocres. Sur la suggestion de Zalasta, elle le conduisit à une certaine maison de Cimmura où Zalasta lui laissa entendre qu'il pourrait restaurer sa vitalité grâce à des enchantements styriques. C'est ainsi qu'il acquit une emprise indéfectible sur l'âme de celui qui devait devenir primat de Cimmura.

— Nous savions qu'Annias avait reçu l'appui d'un des Styriques d'Otha, confirma Émouchet. Mais nous n'imaginions pas qu'il s'agissait de Zalasta. Il était partout, celui-là.

— Il est d'une intelligence redoutable, Anakha. Il entraîna patiemment ses deux élèves zélés dans les abîmes de dépravation où il avait lui-même été amené par Ogerajin de Verel. Son plan reposait sur le chapelain de la maison du roi et il s'appliqua à le pervertir au-delà de tout espoir de rédemption.

— Il a assez bien joué cette partie du plan, confirma Ehlana d'un ton sinistre.

— Pas à pas, guidée par Zalasta, Arissa mena le chapelain toujours plus bas dans la déchéance. Le Styrique lui proposa alors l'ultime perversion : la princesse lubrique, aidée par son soupirant maintenant tout aussi corrompu, devait séduire ton père, son propre frère, et quand il serait complètement prisonnier de ses rets, elle insinuerait en lui l'idée d'un mariage incestueux. Zalasta savait que le père d'Anakha s'opposerait à pareille abomination jusqu'à la mort, et il espérait ainsi séparer la maison d'Émouchet de la maison royale d'Élénie. Mais il avait mal perçu la volonté de fer des Émouchet, ainsi que la faiblesse du roi Aldréas. Le père d'Émouchet poussa ton père à en épouser une autre, mais Zalasta avait atteint son but. Une brèche était ouverte entre les deux maisons.

— Nous l'avons bien comblée, pas vrai, Émouchet ? fit Ehlana avec un sourire chaleureux.

— Et plus d'une fois, répondit-il.

— Que puis-je faire ? gémit Séphrénia en se tordant les mains.

— D'abord, tu pourrais arrêter de faire ça, répondit Kalten en lui prenant doucement les poignets. Je viens de découvrir que tu as les ongles très acérés, et je ne voudrais pas que tu te lacères la peau.

Elle regarda d'un air coupable les estafilades qui striaient son visage.

— Mon cher petit... je t'ai fait mal, n'est-ce pas ?

— Ce n'est rien. Les chevaliers pandions sont habitués à verser leur sang.

— J'ai si mal agi envers Vanion, reprit-elle d'un ton funèbre. Il ne me le pardonnera jamais, et je l'aime tant...

— Eh bien, tu n'as qu'à le lui dire. Ouvre-lui ton cœur. Dis-lui que tu es désolée, que tu regrettes, et tout redeviendra comme avant.

— Ce ne sera plus jamais pareil.

— Mais si, voyons. Dès que vous serez réconciliés, Vanion oubliera même qu'il s'est passé quelque chose. C'est ça, l'amour, petite mère, fit-il en retournant ses mains dans ses grosses pattes pour lui embrasser les paumes. Nous faisons tous des erreurs. Les gens qui nous aiment les oublient. Et ceux qui refusent de nous pardonner ne comptent pas, hein ?

— Eh bien... non, mais...

— Il n'y a pas de mais, Séphrénia. C'est si simple que même moi je le comprends. Nous nous fions à nos sentiments, Aleanne et moi, et ça n'a pas l'air de si mal marcher. On n'a pas besoin d'une logique très compliquée quand tout se ramène à quelque chose d'aussi simple que l'amour.

— Tu es bon, Kalten.

— Beuh, pas très, fit Kalten d'un petit ton contrit. Je bois trop, je mange trop. Je ne suis pas très raffiné, je n'ai aucune suite dans les idées. Dieu sait que j'ai des défauts, mais Aleanne les connaît, et elle me pardonne. Elle sait que je ne suis qu'un soldat, alors elle ne m'en demande pas trop. Bon, si on se la buvait, cette tasse de thé, maintenant ?

— Ce serait bien agréable, fit-elle en souriant.

— Ça, alors, c'est une surprise ! fit Vanion. Mais pourquoi Martel ?

— Zalasta avait compris que, de tous les Pandions, Martel était le plus susceptible de s'opposer à Anakha, répondit Xanetia. Et l'intérêt de Martel pour les secrets du Styricum fournissait à Zalasta une bonne entrée en matière. Il se fit passer pour un Zémoch illettré et cupide, et accepta l'or de Martel avec une feinte avidité. C'est ainsi qu'il pervertit le jeune Pandion arrogant, au point que celui-ci ne put plus faire demi-tour.

— Et pendant tout ce temps il s'est fait passer pour un émissaire d'Otha, rappela Bévier.

— En effet, doux sire. Il servit les desseins d'Otha tant qu'ils coïncidaient avec ses propres fins, mais son cœur, son esprit, demeuraient siens. Il s'ingénia à pervertir le primat Annias et le Pandion Martel en vue du jour où Anakha tirerait le Bhelliom de sa cachette.

— Mais ce n'est pas Anakha qui l'en a tiré, Anarae. C'était Aphraël, et cela, Zalasta ne pouvait le prévoir, si soigneusement qu'il ait peaufiné ses plans.

Ils se retournèrent avec ensemble en entendant une voix familière. Séphrénia, les traits encore tirés, se tenait sur le seuil de la porte, Kalten derrière elle.

— Zalasta aurait pu prendre la pierre à Émouchet, mais non à Aphraël. Soudain, tout s'écroulait sous ses pieds. Il ne pouvait admettre que quelqu'un – fut-ce un Dieu – puisse de son plein gré remettre le Bhelliom à un autre que lui. J'espère avoir un jour l'occasion de le lui expliquer.

— J'ai lu dans l'esprit de Zalasta, Séphrénia d'Ylara, reprit Xanetia. Il ne pouvait comprendre une telle chose.

— Je la lui ferai comprendre, Anarae, insista Séphrénia d'une voix implacable. J'ai toute cette bande de grands sauvages élènes qui m'aiment, ou qui prétendent m'aimer. Je suis sûre que, si je le leur demande gentiment, ils le lui feront entrer dans la tête. Par la force, s'il le faut.

Et elle eut un pauvre petit sourire.

22

Ehlana se leva et vint embrasser la paume des mains de Séphrénia en signe de bienvenue. Émouchet s'émerveillait souvent de l'instinct avec lequel sa jeune épouse savait trouver le mot ou le geste justes.

— Vous nous avez manqué, petite mère, dit-elle simplement. Vous vous sentez mieux ?

— Qu'entendez-vous par *mieux,* Ehlana ? répliqua-t-elle en souriant, puis elle la regarda attentivement. Vous ne dormez pas assez.

— Je vous trouve l'air un peu fatigué, vous aussi, répondit Ehlana. Enfin, j'imagine que nous avons toutes les deux suffisamment d'excuses.

— Ça oui, fit Séphrénia en défiant les autres du

regard, et en remarquant leur appréhension. Oh, ça va ! s'exclama-t-elle, agacée. Je ne vais pas piquer une crise. Je me suis mal conduite, fit-elle en effleurant la joue de Kalten. Mon grand ami ici présent me dit que ça n'a pas d'importance, mais je tiens à vous présenter mes excuses.

— Il y avait de quoi être troublée, fit Émouchet. Nous ne t'avons pas ménagée, petite mère.

— Ce n'est pas une raison, mon cher petit, dit-elle, puis elle respira un bon coup, redressa ses épaules et s'approcha de Xanetia comme on se jette à l'eau. Rien ne nous oblige à nous aimer, Anarae, dit-elle, mais nous pouvons au moins être courtoises l'une envers l'autre. Je ne l'ai pas été. Je regrette.

— Le courage te sied, Séphrénia d'Ylara. Je t'avoue que je serais bien en peine de reconnaître ainsi mes torts envers autrui.

— Que vous a dit messire Kalten pour vous faire ainsi changer d'attitude, Dame Séphrénia ? s'enquit Sarabian avec curiosité. Vous étiez dans le trente-sixième dessous, et Kalten n'était pas précisément celui que j'aurais choisi pour vous réconforter.

— C'est parce que vous ne le connaissez pas, Sarabian. Il a un cœur gros comme ça, et une façon très directe de montrer son affection. Il a ouvert ma porte à coups de pied, m'a serrée contre lui, puis il m'a dit et répété qu'il m'aimait. Je l'ai couvert d'injures pendant un moment, puis je lui ai tapé dessus, mais taper sur Kalten, c'est un peu comme donner des coups de poing dans un mur de briques. Alors j'ai essayé de pleurer – c'est ma spécialité –, mais il s'est contenté de me proposer une tasse de thé. Au bout d'un moment, conclut-elle avec un haussement d'épaules, je me suis rendue à l'évidence : il continuerait à m'aimer quoi que je puisse lui faire, et je ne réussirais qu'à me ridiculiser. Alors me voilà. Je ne sais pas si vous vous en rendez compte, ma chère, ajouta-t-elle à l'intention d'Aleanne, mais vous êtes peut-être la femme la plus heureuse du monde. Ne le laissez pas partir.

— Ne craignez rien, Dame Séphrénia, répondit la fille aux yeux de biche en rosissant délicatement.

Séphrénia les considéra ensuite tous d'un air professionnel et compétent.

— Bon, nous avons sûrement des choses plus importantes à faire que de commenter mes états d'âme. J'ai raté beaucoup de choses ?

— Pas vraiment, répondit Stragen d'une voix traînante. Jusqu'ici, nous avons découvert que Zalasta était responsable d'à peu près toutes les catastrophes de l'histoire, à part le péché originel. Nous n'avons pas encore réussi à lui coller ça sur le dos.

— Mais ça va venir, ajouta Caalador.

Émouchet résuma rapidement ce que Xanetia leur avait révélé quant à la personnalité cachée de Zalasta. Séphrénia apprit avec stupeur que c'était lui qui avait détourné Martel du droit chemin.

— Je ne voudrais pas t'offenser, petite mère, reprit Stragen, mais les Dieux Cadets n'ont pas été assez stricts avec ces Styriques renégats. Il semble qu'ils aient été mêlés à tous les méfaits de l'humanité, ou à peu près. On est obligé de se demander s'il n'aurait pas fallu trouver une solution plus radicale que le bannissement.

— Ce n'est pas le genre des Dieux Cadets, Stragen.

— C'est bien dommage, murmura-t-il. Il va donc falloir que nous nous en occupions. Ces gens sont trop doués pour semer la zizanie. Eh, c'est une idée ! reprit-il avec une expression rusée. Vous devriez me fournir une liste et je m'occuperais de tous les détails compromettants. Nous n'irions pas embêter les Dieux Cadets ou le reste du Styricum pour si peu. Vous proposez, et je dispose. Appelez ça une faveur personnelle, si vous voulez.

— Qu'a fait Zalasta quand Émouchet a détruit Azash ? demanda Talen. Il n'a pas compris qu'il était déconseillé de s'y frotter ?

— Il était complètement désespéré, jeune maître, répondit Xanetia. Anakha avait anéanti en une nuit des décennies de patients efforts. Le Bhelliom étant en son pouvoir, il était désormais invincible. Zalasta perdit tout espoir de lui arracher le joyau et quitta précipitamment Zémoch, dans un état de grande fureur et de vive déception.

— Du coup, il n'a pas vu Émouchet lancer le Bhelliom dans la mer, ajouta le jeune homme. Il croyait qu'il l'avait toujours dans sa poche.

— En effet. Zalasta retourna alors à Verel s'entretenir avec Ogerajin et divers autres renégats de la tournure désastreuse des événements.

— Combien sont-ils, ma Dame ? s'enquit Kalten. Et à quoi ressemblent-ils ? Il est toujours bon de connaître ses ennemis.

— Ils sont nombreux, messire Kalten, mais Zalasta et Ogerajin s'appuient sur les quatre individus les plus puissants et les plus corrompus du Styricum. Ogerajin est de loin le plus perverti, mais il est atteint d'un mal répugnant qui lui ronge l'esprit. C'est l'une de ces maladies dont souffrent ceux qui s'adonnent à la débauche, ajouta-t-elle, mal à l'aise.

— Bah, fit Sarabian, volant à son secours, nous n'avons pas besoin d'un diagnostic plus précis sur la maladie d'Ogerajin. Disons qu'il est très diminué et restons-en là. Qui sont les autres, Anarae ?

— Cyzada d'Esos est le plus versé dans les aspects les plus sombres de la magie styrique, répondit-elle en le gratifiant d'un regard reconnaissant. Il habitait près de la frontière est du Zémoch, de sorte qu'il avait de fréquents contacts avec les sorciers mi-styriques, mi-élènes de cette terre maudite, et il apprit beaucoup auprès d'eux. Il a libre accès aux ténèbres qui entouraient l'esprit d'Azash, et peut susciter certaines des créatures qui servaient le Dieu Aîné.

— Des Damorks ? demanda Bérit. Des Fureteurs ?

— Les Damorks sont morts avec leur maître, messire chevalier. On s'interroge sur ce qu'il est advenu des Fureteurs. Cyzada redoutait de les susciter, car seul Otha avait le pouvoir de les contrôler.

— C'est déjà ça, nota Khalad. J'ai entendu des histoires dont je préfère ne pas avoir la confirmation *de visu.*

— Zalasta et Ogerajin s'étaient en outre alliés avec Ptaga de Jura, Ynak de Lydros et Djarian de Samar, poursuivit Xanetia.

— J'ai entendu parler d'eux, confirma Séphrénia

d'un ton sombre. Je n'aurais jamais cru que Zalasta puisse tomber aussi bas.

— Ptaga est un maître de l'illusion qui a le don de brouiller la frontière entre l'imaginaire et la réalité. On dit qu'il suscite, moyennant finances, pour le plaisir de certains dégénérés, des images de femmes plus convaincantes que la réalité.

— Il s'est diversifié, nota Oscagne. Les dernières créatures qu'il a fait apparaître n'étaient pas des jolies filles, mais des monstres. Ça expliquerait les vampires et autres joyeusetés.

— Ynak a la réputation d'être l'homme le plus querelleur du monde, poursuivit Séphrénia. Il serait en mesure de susciter des querelles ancestrales rien qu'en passant devant chez les gens. C'est probablement lui qui a fomenté les troubles dans les royaumes élènes de l'Ouest. Quant à Djarian, c'est probablement le plus puissant nécromancien du monde. On dit qu'il réveillerait d'entre les morts des gens qui n'ont jamais existé.

— Des armées entières ? avança Ulath. Comme ces antiques Lamorks, ou les Cyrgaïs ?

— Comment savoir ? Zalasta nous a dit que c'était impossible, mais il mentait peut-être.

— J'ai une question, Anarae, intervint Talen. Pouvez-vous voir ce que pensait Zalasta aussi bien que vous l'entendez ?

— À un certain degré, jeune maître.

— Où veux-tu en venir, Talen ? demanda Émouchet.

— Vous vous souvenez du sort que vous avez employé pour faire apparaître le visage de Krager dans cette cuvette d'eau, chez Platime, à Cimmura ? Un nom n'est qu'un nom, et il est probable que ces Styriques particuliers ne crient pas le leur sur les toits. Nous pourrions peut-être aider Stragen à les éliminer en lui montrant à quoi ils ressemblent. Si Xanetia pouvait voir leur bobine dans les souvenirs de Zalasta et si elle me permettait de la voir aussi, je pourrais les portraiturer. Puis Stragen n'aurait qu'à envoyer les images à Verel, ou dans tous les endroits où ces Styriques sont susceptibles de se trouver, et Zalasta perdrait alors de nombreux complices sur lesquels il doit beaucoup compter. Je pense que nous lui devons bien ça.

— J'aime bien la façon de penser de ce garçon, murmura Ulath avec un sourire hilare.

— Il y a une faille dans ton plan, jeune maître, répondit Xanetia. Le sort dont tu parles est un sort styrique, et je ne le connais pas.

— Séphrénia pourrait vous l'enseigner, répondit-il avec un haussement d'épaules.

— Tu demandes l'impossible, Talen, coupa Bévier. Séphrénia et Xanetia viennent seulement de conclure un armistice aux termes duquel elles peuvent se retrouver dans la même pièce sans se sauter à la gorge. Enseigner – et apprendre – des sorts exige une bonne dose de confiance et de complicité.

Mais Séphrénia et Xanetia avaient échangé un long regard troublé.

— Pas si vite, Bévier, murmura Séphrénia. C'est une idée, Anarae, déclara-t-elle d'un ton un peu incertain. Elle vous donne probablement autant la chair de poule qu'à moi-même, mais, si nous pouvions apprendre à nous faire confiance et combiner nos deux magies, nous réaliserions sans doute des choses étonnantes.

Xanetia esquissa une moue étrangement semblable à celle de Séphrénia. Elle réfléchissait si intensément à la proposition qu'elle en oublia de se contrôler, et son visage se mit à luire légèrement.

— L'alliance entre nos deux races a bien failli mettre les Cyrgaïs à genoux, nota-t-elle, aussi timidement.

— Dans les cercles diplomatiques, en un tel moment, les négociateurs ajournent la réunion pour consulter leur gouvernements, susurra Oscagne.

— Certes, Votre Excellence, mais l'Anarae et moi-même ne sommes pas obligées d'en référer à Sarsos ou à Delphaeus, rétorqua Séphrénia.

— Pas plus que la plupart des diplomates, convint-il avec un haussement d'épaules. Déclarer que l'on doit consulter son gouvernement n'est qu'une façon aimable de dire : « Votre suggestion est intéressante. Permettez-moi de me retirer sous ma tente pour y réfléchir. » Vous vous aventurez en terrain inconnu, mesdames. Je vous conseille de ne pas précipiter les choses.

— Qu'en dis-tu, Séphrénia d'Ylara ? demanda Xanetia avec un petit sourire timide. Devons-nous nous interrompre pour une consultation fictive de Sarsos et de Delphaeus ?

— Ce ne serait pas une mauvaise idée, Xanetia de Delphaeus, acquiesça Séphrénia. Et puisque nous savons toutes les deux que c'est un prétexte, nous n'aurons pas besoin d'attendre le retour de messagers inexistants pour en reparler.

— Après l'anéantissement de la cité de Zémoch et de tous ses habitants, Zalasta et ses hordes se retrouvèrent à Verel pour réviser leur stratégie, reprit Xanetia après une brève interruption. Ils conclurent aussitôt qu'ils n'étaient pas de taille à lutter contre Anakha et le Bhelliom. Ogerajin reprocha dédaigneusement à Zalasta d'avoir fait alliance avec Otha et non point avec Azash. Zalasta en conçut une rancœur qui perdure encore.

— Excellent, observa Vanion. On peut toujours essayer d'exploiter la dissension entre ses ennemis.

— La présence du belliqueux Ynak aggrava le différend. Ogerajin prit Zalasta à partie, l'accusant de se croire l'égal d'un Dieu, car Ogerajin considère Anakha comme tel, pour ce qu'il est maître du Bhelliom.

— Quel effet ça fait d'être marié à un Dieu, Ehlana ? demanda Sarabian d'un ton taquin.

— Ah, ce n'est pas mal, répondit-elle en souriant.

— Cyzada d'Esos suggéra alors l'alliance avec un ou plusieurs des demi-Dieux qui hantent le monde souterrain, mais ses complices ne lui firent pas confiance, car lui seul connaît les sortilèges zémochs qui permettent de susciter et de contrôler ces créatures des ténèbres. En vérité, ces compagnons peu recommandables se méfient les uns des autres. Zalasta leur a fait miroiter la chose la plus précieuse du monde et il sait que chacun convoite secrètement la possession du joyau. Leur alliance est, au mieux, fragile.

— Qu'ont-ils finalement décidé de faire, Anarae ? demanda Kring.

Émouchet avait remarqué que le domi parlait peu

lors de ces réunions. Il n'était pas vraiment à l'aise entre quatre murs, et les subtilités de la politique qui faisaient les délices d'Ehlana et de Sarabian l'ennuyaient à périr. La politique péloï était simple, directe et généralement sanglante.

— Ils conclurent qu'ils pouvaient espérer trouver, moyennant espèces sonnantes et trébuchantes, des complicités dans le gouvernement impérial, répondit Xanetia.

— Ce en quoi ils avaient raison, commenta amèrement Sarabian. J'ai eu la confirmation hier que mes ministres faisaient la queue pour me trahir.

— N'y voyez rien de personnel, Majesté, lui assura Oscagne. Nous nous trahissions mutuellement, vous n'étiez pas en cause.

— Quelqu'un vous a fait des avances ?

— Des tas de gens. Mais comme ils n'avaient rien à m'offrir qui me fasse véritablement envie...

— Que signifie cet accès de sincérité, Oscagne ? protesta son frère avec une feinte indignation. Tu es en train de créer un précédent regrettable en politique, tu sais ?

— Ouvre les yeux, Itagne, rétorqua Oscagne. On ne peut pas tromper Sarabian. Il se croit génial, et il se pourrait bien qu'il ait raison. En tout cas, il le sera dès que nous lui aurons ôté ses dernières illusions.

— Que voulez-vous ? s'esclaffa Sarabian en prenant Ehlana à témoin. J'ai trop besoin de lui pour l'envoyer dans les mines de sel. Si vous me racontiez ça, Oscagne ?

— Ça s'est passé alors que vous faisiez encore

semblant d'être stupide, Majesté. Si ça se trouve, j'ai rencontré cet Ynak dont vous parliez, Anarae. L'un des hommes qui m'ont fait des propositions était styrique, et je n'ai jamais rencontré un individu plus désagréable. Il puait comme trente-six boucs et il était absolument hideux. Il avait un œil qui disait merde à l'autre et des dents pourries plantées dans tous les sens. On aurait dit qu'il avait des grains de blé charançonnés dans la bouche.

— Cette description correspond au souvenir qu'en avait Zalasta.

— C'gâillârd d'vrait pas êt' difficile â r'trouver, remarqua Caalador dans son patois paysan. J'peux envoyer tout d'suite un messâge â Verel si vous voulez. Vot' Ynâk manquerâ point â grand monde s'il est aussi âgréâb' qu'vous l'dites.

— Mon collègue aime se faire passer pour un culterreux, expliqua Stragen en réponse au regard intrigué de Xanetia. Il dit que c'est pour passer inaperçu, mais je pense qu'il le fait surtout pour m'énerver.

— Tes Élènes sont bizarres et fantasques, Séphrénia d'Ylara, constata Xanetia.

— On ne saurait mieux dire, approuva Séphrénia avec un sourire. C'est l'une des croix que je porte.

— Comment Votre Excellence a-t-elle réussi à se débarrasser de ce drôle sans se retrouver un couteau entre les omoplates ? s'enquit Talen. Refuser ce genre de proposition est souvent fatal.

— Je lui ai dit que le prix ne me convenait pas, mais s'il avait une meilleure offre à me faire, qu'il ne se gêne pas, surtout.

— Pas bête, approuva Caalador. Et sous quel prétexte vous a-t-il approché ?

— Il a fait allusion à une vague opération de contrebande à l'échelle planétaire et m'a affirmé que je pouvais compter sur l'aide des Affaires étrangères pour arrondir les angles dans divers royaumes. Il m'a laissé entendre qu'il s'était déjà assuré la coopération du ministère de l'Intérieur et des responsables des douanes du chancelier de l'Échiquier.

— Il mentait, Votre Excellence, affirma Stragen. La contrebande n'est pas une entreprise rentable. C'est un gros risque pour un maigre profit.

— C'est aussi ce que je me suis dit, convint Oscagne en se calant confortablement dans son fauteuil. Ces comploteurs styriques de Verel se croient peut-être à la coule, mais ce sont des enfants à côté de la vraie pègre et des négociants internationaux. Leur histoire n'était pas crédible. Ce qu'ils voulaient, en réalité, c'était avoir leurs grandes et leurs petites entrées au gouvernement, et divers ministres capables de renverser le gouvernement. Il fallait que l'État soit au bord de l'effondrement pour que je coure chercher le prince Émouchet en Éosie.

— Ça n'a pas mal marché, je dois dire, commenta abruptement Itagne.

— Sans doute, mais, personnellement, j'aurais eu honte de devoir ma réussite à un plan aussi bâclé. C'est une question de style, Itagne. Un amateur peut remporter un triomphe occasionnel. Le vrai professionnel contrôle assez bien la situation pour ne pas avoir à compter sur la chance.

Ils se séparèrent peu après pour aller se coucher. Émouchet observa discrètement Séphrenia et Vanion alors que tout le monde quittait le salon. Ils échangèrent quelques regards, comme autant de coups de sonde, mais aucun ne semblait prêt à faire le premier pas.

Ils se retrouvèrent le lendemain matin pour le petit déjeuner, au cours duquel Talen et Kalten leur donnèrent l'impression de concourir pour la médaille du plus gros mangeur, puis se remirent au travail.

— Après la tentative de coup d'État, Krager m'a rendu visite ici même, raconta Émouchet. Disait-il vrai en affirmant que Cyrgon était impliqué ?

— Cyrgon a moult raisons de haïr les Styriques et leurs Dieux, acquiesça Xanetia. La malédiction qui a emprisonné ses Cyrgaïs pendant dix siècles l'a fait enrager au-delà de toute mesure. Les Styriques réprouvés de Verel partageaient son exécration, car eux aussi s'estimaient maltraités. Nous avons tous des raisons de détester Zalasta, ajouta-t-elle, mais point ne pouvons mettre son courage en doute. Au péril de sa vie, il se rendit à la Cité occulte de Cyrga afin d'énoncer la proposition des renégats devant Cyrgon. Elle était simple : grâce au Bhelliom, la malédiction pourrait être levée et les Cyrgaïs ravageraient à nouveau le monde. Les Styriques seraient écrasés, perspective plaisante pour Cyrgon en même temps que pour les réprouvés. Les Cyrgaïs établiraient leur domination sur le monde et occuperaient des positions d'honneur et de pouvoir jusqu'alors réservées à Ogerajin et ses amis. Et Aphraël serait détruite, ce qui permettrait à Zalasta de s'assurer la possession de Séphrénia.

— Tout le monde y trouvait son compte, résuma sèchement Sarabian.

— C'est ce que pensaient Ogerajin et Zalasta, acquiesça Xanetia. Mais c'était compter sans la nature de Cyrgon. Ils s'aperçurent bientôt qu'il ne consentirait point au rôle secondaire qu'ils envisageaient de lui réserver. Cyrgon commande ; point n'obéit. Il mit son grand prêtre, un certain Ekatas, à la disposition de ses nouveaux alliés, et leur déclara qu'Ekatas parlait, en toute chose, en son nom. Zalasta se rit secrètement de la naïveté du Dieu, pensant que ledit Ekatas périrait, comme tous les Cyrgaïs, sitôt qu'il tenterait de franchir la ligne invisible tracée dans le sable. Mais Ekatas voyageait en esprit, observait et commandait à tous sans que son corps quitte Cyrga. En vérité, l'esprit d'Ekatas pouvait parcourir de vastes distances pour transmettre la volonté de Cyrgon ou informer les diverses factions de ce qui s'était passé en d'autres lieux.

— Voilà comment l'annonce de notre venue était parvenue si vite en Cynesga, commenta Bévier.

— Or donc, continua Xanetia, pour être proscrits, Ogerajin et ses complices n'en demeurent pas moins styriques, et les Styriques ne sont point un peuple belliqueux. Ils avaient jusqu'alors borné leurs efforts à tromper et à désorienter. Mais Cyrgon est un Dieu de guerre, et il leur ordonna de lever des armées pour affronter les Atans, qui sont le bras armé de l'empire. À ces mots, les réprouvés de Verel furent déconcertés, car Cyrgon donna l'ordre, mais aucune autre directive. Zalasta suggéra à Ekatas de demander à Cyrgon d'en faire accroire aux Trolls afin de les amener au nord de la Tamoulie, et Cyrgon y consentit. Il incita ensuite Ynak de Lydros, qui semait toujours la dissension sur son passage, à souffler sur les braises du mécontentement dans toute la Tamoulie, mais il était d'une nature tellement querelleuse que nul ne voulut le suivre. Les armées ont besoin d'un général, et les Styriques n'ont aucun talent pour ce métier. Loin de moi l'intention de t'offenser, Séphrénia, ajouta-t-elle rapidement, car Xanetia et Séphrénia prenaient de grandes précautions l'une envers l'autre.

— Il n'y a pas d'offense, Xanetia. J'ai toujours pensé que le monde serait un meilleur endroit s'il n'y avait pas de soldats. Enfin, je n'ai rien contre certains d'entre eux, ajouta Séphrénia en dardant un coup d'œil vers Vanion.

— Par désespoir – car Cyrgon commençait à s'impatienter –, poursuivit Xanetia avec un sourire, Zalasta se rendit en Arjuna pour enrôler son fils, Scarpa, dans l'entreprise. Contrairement à son père, Scarpa recourait volontiers à la violence. Il avait appris, au cours des années qu'il avait passées à jouer dans des troupes villageoises, les tours qui captivent les foules. Mais son art était tenu dans le plus grand mépris, ce qui le chagrinait fort, car Scarpa avait une très haute opinion de lui-même.

— Si ce que les voleurs d'Arjuna m'ont dit est vrai, confirma Caalador, Scarpa se croit capable de voler ou de marcher sur les eaux.

— En effet, acquiesça-t-elle. Il a, en outre, un profond mépris pour les Dieux et une véritable exécration pour les femmes.

— Ce n'est pas rare chez les bâtards, acquiesça Stragen d'un ton clinique. Certains tiennent leur mère – ou leur Dieu – pour responsable de leur exclusion sociale. Par bonheur, je ne suis jamais tombé dans le panneau. Mais il faut dire que, étant charmant et plein d'esprit, je ne souffre pas des handicaps qui expliquent ce travers.

— Je ne supporte pas quand il parle comme ça, nota la baronne Mélidéré.

— Ce n'est que la vérité, ma chère, fit-il avec un grand sourire. La fausse modestie est d'un vulgaire, vous ne trouvez pas ?

— Vous badinerez à un autre moment, fit Ehlana. Poursuivez, Anarae.

— Zalasta fit part à son fils de tous les détails de la conspiration. Une franchise surprenante, compte tenu de leur nature à tous deux, s'était établie entre eux. Mais Scarpa était bien jeune et il surestimait sa propre intelligence. Zalasta comprit vite que les sorts styriques rudimentaires qu'il avait enseignés à son fils suffiraient pour abuser les paysans, mais non pour atteindre son but. C'est pourquoi il emmena son fils à Verel et le confia à la tutelle d'Ogerajin.

— À quelle époque cela s'est-il passé ? s'enquit Caalador.

— Il y a peut-être cinq ans, maître Caalador.

— Alors ça colle avec ce que nous avons appris par ailleurs. C'est à cette époque que Scarpa a disparu d'Arjuna. Puis, quelques années plus tard, il est revenu et a commencé à fomenter la révolte.

— Son éducation avait été brève, commenta Xanetia, mais Scarpa apprenait vite. En vérité, c'est Ogerajin qui mit fin à son entraînement, car il s'offusquait fort de l'arrogance du jeune homme.

— Scarpa, l'homme qu'on aimerait haïr, ironisa Talen. Je ne l'ai jamais rencontré et il m'est déjà odieux.

— Zalasta fut aussi un peu déconcerté par la nature abrupte de son propre fils, reprit Xanetia. Il pensa lui inculquer quelques mesures de civilité en lui faisant peur. Aussi l'emmena-t-il à Cyrga pour lui présenter leur maître commun. Cyrgon soumit le jeune homme à un interrogatoire serré et, manifestement satisfait, lui apprit à quelle tâche il le destinait. Scarpa en sortit sans plus de respect pour le Dieu des Cyrgaïs qu'il n'en éprouvait auparavant, et Zalasta perdit le peu de considération que son fils pouvait lui inspirer. Il était maintenant d'avis que, si leur conspiration réussissait, Scarpa ne survivrait pas longtemps à la victoire. Et s'il te plaît de le considérer, Séphrénia, ajouta-t-elle après réflexion, ta vengeance connaît déjà une amorce d'exécution. Zalasta est une coquille vide, sans Dieu, sans personne au monde à aimer ou qui lui donne le nom d'ami. La maigre affection qu'il dispensait à son fils a cessé d'être. Il est maintenant seul.

Deux grosses larmes perlèrent aux yeux de Séphrénia, mais elle les chassa rapidement d'un revers de main.

— Je ne m'en contenterai pas, dit-elle d'un ton implacable.

— Tu as trop longtemps vécu parmi les Élènes, petite mère, remarqua Sarabian, à la grande surprise d'Émouchet qui se demanda si le Tamoul brillant mais déroutant avait délibérément utilisé ce terme d'affection, ou s'il s'agissait d'un lapsus.

— Qui a recruté les autres, Anarae ? demanda Vanion, changeant de sujet en douceur.

— Scarpa, messire Vanion. Sur l'ordre de Cyrgon qui lui avait enjoint de susciter la rébellion en Tamoulie de l'Ouest afin de barrer la route à Anakha s'il revenait avec les armées de l'Église. Car Cyrgon n'aurait pas opposé de gaieté de cœur son cher peuple à un tel ennemi. Or donc Scarpa connaissait un noble dacite qui, ruiné par des dettes de jeu, avait précipitamment quitté la Daconie et cherché un moment refuge dans la même kermesse arjunie où Scarpa s'était produit. Scarpa alla retrouver ce baron Parok, puisque tel était son nom. N'ayant plus rien à perdre, l'homme renonça à tout pour suivre Scarpa, celui-ci lui ayant fait miroiter des avantages considérables. Scarpa le présenta alors aux Styriques débauchés de Verel et, sur leur conseil, alla chercher le marchand Amador en Édom et le poète Elron en Astel, les deux hommes étant également mécontents du sort que leur avait réservé le destin.

— Nous les avons rencontrés, Anarae, acquiesça Bévier, et aucun ne m'a fait l'effet d'un grand meneur d'hommes. Scarpa n'a pas pu trouver mieux ?

— C'est leur volonté de coopérer qui faisait d'eux de bonnes recrues, doux sire. Le don d'entraîner les hommes par la présence et la force des mots peut être accru par certains sorts styriques. Ils ne payaient pas de mine, mais, pour Scarpa, c'était la qualité de leur désespoir qui faisait leur valeur. Amador et Elron souffraient le martyre en raison de leur insignifiance, et ils étaient prêts à tout pour s'élever.

— On voit ça sans arrêt en Thalésie, confirma Ulath. Avin Wargunsson en est un parfait exemple. Il a préféré crever plutôt que de rester ignoré.

— Comment le comte Gerrich du Lamorkand est-il entré dans la danse, Anarae ? Et pourquoi ?

— Il a été recruté par Scarpa sur l'ordre de Zalasta. Celui-ci avait imaginé de semer le trouble et la discorde sur le continent éosien en persuadant l'Église de Chyrellos d'envoyer Anakha en Tamoulie afin d'exhumer les racines des problèmes. Zalasta avait un pied sur chacun des deux continents : Il avait compris la façon de penser de ton Église, sire Ulath. En vérité, Elron et Amador ne sont que des pions, qui connaissent peu de chose du complot auquel ils ont adhéré. Le baron Parok est un peu plus informé, mais il n'en connaît pas encore tous les tenants et aboutissants. Le comte Gerrich n'a qu'une importance marginale. Il a ses propres motivations, qui rejoignent occasionnellement les buts des conjurés ici, en Tamoulie.

— Pour un peu, on les admirerait, fit Caalador. C'est le complot le plus compliqué et le mieux organisé dont j'aie jamais eu connaissance.

— Et tout s'est écroulé quand Xanetia a plongé dans l'esprit de Zalasta et que nous avons découvert qu'il était dans l'autre camp depuis le début, reprit Kalten. À propos, fit-il, sautant du coq à l'âne, comment Krager s'est-il retrouvé impliqué dans l'affaire ?

— C'est le comte Gerrich qui l'a recommandé à Scarpa, répondit Xanetia. Gerrich lui avait naguère trouvé certaine utilité.

— C'est vrai, confirma Ulath. Nous l'avons vu à l'œuvre dans les parages du château du baron Alstrom, au Lamorkand. On dirait que Martel revient nous hanter, n'est-ce pas, Émouchet ?

— De tout cela, que savent Kolata et les autres traîtres, Anarae ? demanda Sarabian.

— Peu de chose, Sarabian de Tamoulie, Pour l'essentiel, ils croyaient que leurs activités faisaient partie du combat entre Oscagne, le ministre des Affaires étrangères, et Kolata, le ministre de l'Intérieur. Kolata leur avait proposé monts et merveilles pour qu'ils le suivent.

— La politique de palais habituelle, donc, conclut rêveusement Sarabian. Je m'en souviendrai lors de leurs procès. Ce n'étaient pas de vrais traîtres ; ils étaient seulement corrompus jusques au tréfonds des moelles.

— Tous sauf Kolata, Majesté, objecta Itagne. Il devait être beaucoup plus impliqué, vous ne pensez pas ?

— Kolata était le dindon de la farce, Itagne de Mathérion, rectifia Xanetia. L'instrument de Zalasta à la cour était Téovin. C'est à lui que ledit Krager transmettait les instructions de Zalasta, et Téovin ne racontait à Kolata que ce qu'il estimait devoir lui dire.

— Ce qui nous ramène à la tentative de coup d'État,

fit Ehlana. Krager a raconté à Émouchet qu'il n'était pas destiné à réussir, que son seul but était de nous forcer à révéler nos points faibles. Était-ce la vérité ?

— En partie, Majesté, répondit Xanetia. Surtout, Zalasta ne savait pas s'il devait croire qu'Anakha avait véritablement lancé le Bhelliom dans la mer. Il espérait, en fomentant la rébellion dans les rues de Mathérion, et en risquant ainsi la vie des êtres les plus chers au cœur d'Anakha, l'amener à révéler s'il était ou non en possession du joyau.

— Nous avons donc fait son jeu en allant le chercher ? suggéra Khalad.

— Je ne pense pas, objecta Émouchet. Nous n'aurions jamais découvert la conscience du Bhelliom s'il était resté au fond de l'eau. Personne n'était au courant, à l'exception peut-être d'Aphraël. Azash l'ignorait, de même que Cyrgon. Ils s'y seraient sûrement beaucoup moins intéressés s'ils avaient su qu'il pouvait leur résister au point de réduire ce monde à néant.

— Très bien, reprit Khalad. Nous savons maintenant ce qui a mené à tout cela. Et maintenant ?

— Ça, Khalad de Démos, c'est l'avenir, répondit Xanetia. Et l'avenir est celé à tous. Sache pourtant que nos ennemis sont dans le plus grand désarroi. La position de Zalasta comme conseiller du gouvernement impérial était au cœur de tous leurs plans.

— Combien de temps lui faudra-t-il pour reprendre le dessus, Séphrénia ? demanda Ehlana. Vous le connaissez mieux que personne. Croyez-vous qu'il s'en remette vite ?

— C'est possible, répondit Séphrénia. Mais, quoi

qu'il fasse, il devra sûrement improviser. Les Styriques réagissent mal aux surprises. Avant de reprendre de l'empire sur lui-même il connaîtra un moment de flottement au cours duquel il détruira des montagnes et incendiera des lacs.

— Nous devrions frapper sans attendre qu'il retrouve ses esprits, observa Bévier.

— Bonne idée, acquiesça Sarabian. Après avoir étudié les dossiers secrets du ministère de l'Intérieur, nous avons décidé d'arrêter seulement les conspirateurs qui sont au-dessus du panier, essentiellement les chefs de la police et les administrateurs des différentes villes, sans nous intéresser aux simples exécutants et aux informateurs, d'autant que nous n'avons pas assez de place dans nos prisons. Je suis à peu près convaincu, maintenant, que Kolata était au cœur de la conspiration, et que Zalasta et ses amis vont être sérieusement handicapés par ce coup de filet. Si je demande aux Atans de procéder à un plus large ratissage, Zalasta risque d'être encore plus déstabilisé, non ?

— Attendez qu'il se calme un peu, Sarabian, conseilla Séphrénia. Pour l'instant, il doit être tellement enragé qu'il ne s'en rendrait même pas compte.

— Norkan est toujours à Téga ? demanda soudain Vanion.

— Non, répondit Ehlana. Quand j'en ai eu marre des fausses lettres qu'il m'envoyait de là-bas, je l'ai réexpédié en Atan.

— Parfait. Je pense que nous devrions le prévenir de la traîtrise de Zalasta afin qu'il en informe Betuana.

— Je m'en occupe, Vanion-Précepteur, proposa Engessa.

— Merci, Engessa-Atan. Si la petite démonstration dont il nous a gratifiés dans la salle du trône est révélatrice de son état d'esprit actuel, Zalasta doit avoir complètement perdu la tête à l'heure qu'il est.

— Pour moi, il n'est plus fou furieux, mais fou tout court, acquiesça Séphrénia.

C'était la première fois depuis leur brouille qu'elle adressait la parole à Vanion. Émouchet en conçut un léger espoir.

— Il va bien falloir qu'il fasse quelque chose, non ? répondit Vanion. Dans son état actuel, l'inaction doit être insupportable.

— Il finira par réagir d'une façon ou d'une autre, confirma-t-elle. Et comme il ne s'attendait pas du tout à ce qui est arrivé, quoi qu'il fasse, ce sera forcément le fruit de l'improvisation.

— Il est probable que ça impliquera la force brutale, ajouta Émouchet. Quand on est en colère, on a souvent tendance à tout casser.

— Il vaudrait mieux prévenir Norkan et Betuana de cette éventualité, Engessa-Atan, ordonna Sarabian.

— À vos ordres, Sarabian-Empereur.

Vanion se mit à faire les cent pas dans la pièce.

— Zalasta est encore plus ou moins maître de la situation, reprit-il. Et il le restera tant que Cyrgon le voudra bien, c'est-à-dire tant qu'il n'aura pas commis une erreur fatale. Si nous le laissions piquer sa crise, tout casser et battre le rappel des conspirateurs mineurs ? Donnons un bon coup de pied dans la fourmilière. S'ils nous voient démolir méthodiquement tout ce qu'ils ont échafaudé avec tant de peine et rafler tous leurs amis, ils commenceront à réfléchir à leur propre mortalité. À ce moment-là, je serais étonné que Cyrgon ne pointe pas le bout de son nez, et Émouchet pourrait déchaîner sur lui le feu du Bhelliom.

— Je déteste quand il est comme ça, souffla Séphrénia à l'oreille de Xanetia. Il est si sûr de lui. Et il a sans doute raison. Les hommes sont beaucoup plus attirants quand ce ne sont que des petits garçons sans défense.

Cette remarque avait quelque chose de surprenant. Séphrénia surmontait visiblement le vieil antagonisme racial entre les Styriques et les Delphae et parlait à Xanetia de femme à femme.

— Alors nous n'avons qu'à attendre ici, les bras croisés, le prochain mouvement de Zalasta, observa Sarabian. Je me demande ce qu'il va inventer...

La réponse ne se fit pas attendre. Quelques jours plus tard, un Atan franchissait le pont-levis en titubant, à bout de forces. Il apportait un message urgent de l'ambassadeur Norkan. Un message d'un laconisme caractéristique :

« Oscagne, rassemble tous les Atans que tu pourras trouver et envoie-les-moi. Les Trolls ont entrepris de démantibuler le nord de l'Atan, pierre par pierre. »

23

— Nous ne pouvons pas faire ça, Engessa-Atan, répondit Sarabian. Il faut qu'ils restent là où ils sont. C'est la seule chose qui assure la cohésion de l'empire.

Engessa acquiesça.

— Je comprends la situation, Sarabian-Empereur, mais Betuana-Reine ne pourra pas attendre éternellement. Si les terres des Atans sont en péril, elle n'aura pas le choix, elle devra prendre des mesures. Elle ordonnera aux Atans de rentrer, malgré ses accords avec vous.

— Elle sera peut-être obligée de rapatrier son peuple vers le centre du pays, suggéra Vanion. Elle n'a pas assez de guerriers pour défendre le Nord contre les Trolls, il se pourrait donc qu'elle doive l'évacuer provisoirement. Nous ne pourrons pas envoyer des garnisons entières à son aide, mais nous pouvons lui envoyer un ou deux bataillons de chaque garnison. Ça fera plusieurs milliers d'hommes au total, mais il leur faudra un moment pour arriver en Atan parce qu'ils sont très dispersés. Elle n'aura qu'à reculer un peu, le temps que nous arrivions.

— Nous sommes des Atans, Vanion-Précepteur. Et les Atans ne battent pas en retraite.

— Ce n'est pas ce que j'ai dit, Engessa-Atan. J'ai dit que votre reine devrait repositionner ses forces. Elle ne peut pas tenir le Nord pour le moment, et il n'y a aucune raison de gâcher des vies humaines pour s'en assurer. Le mieux que nous puissions faire pour elle, en attendant, c'est de lui envoyer des conseillers génidiens et l'assistance technique des Cyriniques.

— Pas seulement, ami Vanion, intervint Kring. Je vais aller voir Tikumé, dans le centre de l'Astel. Les Péloïs de l'Est ont moins peur des forêts que mes enfants, et Tikumé apprécie autant que moi les bonnes bagarres ; il amènera sûrement plusieurs milliers de cavaliers avec lui. Je vais réunir quelques centaines d'archers et je gagnerai l'Atan avec le gros de ses troupes.

— C'est une offre généreuse, ami Kring, fit Engessa.

— C'est un devoir, Engessa-Atan. Tu fais office de père pour Mirtaï, ce qui fait de nous des parents. Je crois que les archers ont leur importance, reprit-il en caressant distraitement son crâne rasé. Les Atans ont des préjugés sur l'utilisation de l'arc au combat, mais, quand nous rencontrerons ces Trolls dans l'est de l'Astel, il constateront qu'il vaut mieux leur envoyer quelques flèches avant de les affronter.

— À propos, Engessa-Atan, quelle est l'opinion de votre peuple au sujet de ces choses ? intervint Khalad en lui tendant son arbalète.

— C'est une invention nouvelle, ici, en Tamoulie, répondit-il avec une moue évasive. Nous ne nous sommes pas encore formé une opinion. Certains peuvent l'accepter ; d'autres non.

— Ce serait une façon élégante de recycler les arbalètes que nous avons raflées lors de cette tentative de coup d'État... J'en ai mis un bon paquet hors service, mais il ne me faudrait pas longtemps pour les rafistoler.

Je vais accompagner Engessa-Atan et les conseillers techniques. Si Engessa arrive à convaincre ses hommes que l'arbalète est une arme de guerre légitime, je leur apprendrai à s'en servir.

— Je vous rejoindrai plus tard à Atana, annonça Kring. Il faut que je mène les archers de Tikumé en ville. Les Péloïs ont du mal à s'orienter dans les forêts.

— Tu sais que, pour toi, c'est non, Mirtaï, intervint Ehlana, remarquant la lueur qui s'était soudain allumée dans les yeux de la géante. J'ai trop besoin de toi ici.

— Mon promis et mon père partent pour la guerre, Ehlana, protesta Mirtaï. Vous n'espérez pas que je vais rester ici, les bras croisés ?

— Oh que si. Les bras croisés ou non, tu resteras ici, un point c'est tout.

— Vous voulez bien m'excuser ? demanda Mirtaï avec raideur.

— Comme tu voudras.

Mirtaï se précipita vers la porte.

— Ne casse pas tout le mobilier ! fit Ehlana, dans son dos.

Ce n'était qu'une petite crise domestique, mais c'était une crise tout de même. La princesse royale Danaé avait déclaré qu'elle mourrait si l'on ne retrouvait pas immédiatement son chaton qui avait disparu. Elle errait dans la salle du trône, en larmes, grimpant sur les genoux des gens, les implorant et leur faisant des mamours. Ce qui permit à Émouchet d'observer les effets dévastateurs que sa fille pouvait avoir sur le discernement des gens quand elle se blottissait dans leur giron.

— Je t'en prie, Sarabian, aide-moi à retrouver mon chat, dit-elle en lui caressant la joue.

Émouchet avait appris depuis longtemps que la règle numéro un, avec cette satanée Danaé, était de ne jamais se laisser toucher. La moindre caresse et on était cuit.

— Ça nous fera le plus grand bien de prendre l'air, annonça Sarabian à la cantonade. Il y a plus d'une semaine que nous n'avons pas mis le nez dehors. Je propose que nous levions la séance et que nous cherchions le chat de la princesse Danaé. Nous serons tous beaucoup plus en forme quand nous reviendrons.

Danaé avait gagné. Émouchet ne put retenir un sourire.

— Le temps est magnifique, poursuivit Sarabian. Si nous en profitions pour faire un pique-nique ? Je vais prévenir les cuisines. Nous fêterons ainsi les retrouvailles de Mmrr et de sa petite maîtresse, conclut-il avec un grand sourire à Danaé, qui avait réussi à l'entortiller autour de son petit doigt.

— Ça, c'est une idée ! s'exclama Danaé en applaudissant. Tu es vraiment génial, Sarabian !

Tous se levèrent avec un sourire indulgent. Émouchet admit en privé que l'empereur n'avait peut-être pas tort, en fin de compte. Il commençait à avoir la cervelle embrumée. Il s'approcha de sa fille et la prit dans ses bras.

— Je peux marcher, Père ! protesta-t-elle.

— Je sais, mais j'ai les jambes plus longues et je marche plus vite que toi, or nous souhaitons retrouver

Mmrr le plus vite possible, hmm ? Tu les manipules tous, hein ? murmura-t-il tandis qu'elle le foudroyait du regard. Tu n'as pas besoin de les mener à la baguette comme des moutons. Qu'est-ce que c'est que cette histoire ? Tu pouvais faire revenir Mmrr d'un claquement de doigts. Qu'est-ce que tu mijotes, en réalité ?

— Je voulais régler certaines choses avant que nous soyons trop occupés, Émouchet, et je ne peux rien faire quand vous êtes tous les uns sur les autres comme ça. Il fallait que vous sortiez d'ici.

— Mmrr est vraiment perdu ?

— Bien sûr que non, qu'est-ce que tu crois ? Je lui ai juste dit d'aller un peu chasser les souris.

— Je vois. Et que veux-tu régler, au juste ?

— Regarde, Émouchet, répondit-elle. Regarde, écoute, et prends-en de la graine.

— Ça ne se fait pas, Kalten, un point c'est tout, fit Aleanne d'un ton résigné alors qu'ils passaient le pont-levis devant Émouchet et Danaé.

— Comment ça, « ça ne se fait pas » ?

— Vous êtes un chevalier et je ne suis qu'une petite paysanne. Pourquoi ne pas en rester là ?

— Parce que je veux vous épouser.

— Je donnerais n'importe quoi pour me marier avec vous, mais c'est impossible, fit-elle en lui caressant tendrement la joue.

— Je voudrais bien savoir ce qui nous en empêcherait.

— Je viens de vous le dire. Nous ne sommes pas du même milieu social. Les filles de paysans n'épousent pas les chevaliers. Les gens se moqueraient de nous et raconteraient des horreurs sur moi.

— Ils ne recommenceraient pas deux fois, fit-il en serrant les poings.

— Vous ne pouvez pas vous battre avec le monde entier, mon ami, fit-elle en soupirant.

— Et comment ! Surtout si le monde en question est la cour de Cimmura. Cette bande de parasites ! Je pourrais en tuer une douzaine avant le déjeuner.

— Non ! lança-t-elle sèchement. Pas d'effusions de sang ! Vous ne comprenez pas que les gens en viendraient à me haïr ? Nous n'aurions pas un seul ami. Ça vous serait égal parce que vous seriez occupé à faire ce que le prince Émouchet ou messire Vanion vous enverraient faire, mais je serais complètement isolée. Je ne le supporterais pas.

— Je veux vous épouser ! dit-il un ton plus haut.

— C'est aussi mon plus cher désir, mon ami, répondit-elle en soupirant. Mais ce n'est pas possible.

— Je voudrais que tu arranges ça, Émouchet, fit Danaé, tout haut.

— Silence ! Ils vont nous entendre.

— Ils ne peuvent pas nous entendre, Émouchet. Ni nous voir, d'ailleurs.

— Encore un de tes trucs, j'imagine.

— Évidemment. C'est un petit sort très commode qui nous fait passer inaperçus des gens. Ils savent que nous sommes là, mais leur esprit nous oublie.

— Je vois. Tu sais que c'est vilain, d'écouter aux portes ?

— De quoi parles-tu, Émouchet ? C'est très bien,

d'écouter aux portes. Je le fais sans arrêt. Comment voudrais-tu que je sache ce que font les gens, sans ça ? Demande à ma mère de donner un titre à Aleanne, de sorte qu'ils puissent se marier, Kalten et elle. Je le lui demanderais bien, mais je suis un peu bousculée en ce moment, alors tu vas t'en occuper.

— C'est le genre de chose dont tu parlais tout à l'heure ?

— En partie. Ne perdons pas de temps avec ces questions futiles, Émouchet. Nous avons beaucoup à faire, aujourd'hui.

— Je vous aime, Bérit-Chevalier, fit un peu tristement l'impératrice Elysoun, mais je l'aime aussi.

— Et combien d'autres en aimez-vous, Elysoun ? demanda Bérit d'un petit ton acide.

— J'ai perdu le compte, répondit l'impératrice aux seins nus avec un gracieux haussement d'épaules. Si Sarabian s'en moque, pourquoi vous en soucieriez-vous ?

— Alors c'est fini ? Vous ne voulez plus me voir ?

— Ne soyez pas ridicule, Bérit-Chevalier. Je serai toujours heureuse de vous revoir. Le plus souvent possible. Seulement, il y aura des moments où je serai occupée avec lui. Je n'étais pas obligée de vous le dire, mais vous êtes si gentil que je ne voulais pas faire ça derrière votre dos.

— Vous allez donc me tromper, lâcha-t-il abruptement.

— Moi ? Je suis la femme la plus fidèle de la cour ! s'exclama-t-elle, indignée. Je suis fidèle à une douzaine de jeunes gens au moins en même temps.

Il éclata de rire.

— Qu'y a-t-il de si drôle ? demanda-t-elle.

— Oh, rien, Elysoun, répondit-il avec une sincère affection. Vous êtes délicieuse.

— La vie serait tellement plus simple si les hommes ne prenaient pas ces choses-là au tragique, soupira-t-elle. L'amour devrait être une source de joie, et vous passez votre temps à froncer les sourcils et à lever les bras au ciel. Allez aimer quelqu'un d'autre pendant un moment. Ça m'est égal. Tant que tout le monde est content, qu'importe que le bonheur vienne de l'un ou de l'autre ?

Il sourit à nouveau.

— Vous m'aimez encore, n'est-ce pas, Bérit-Chevalier ?

— Évidemment, Elysoun.

— Bon. Alors tout va bien ?

— Qu'est-ce que c'est que cette histoire ? demanda Émouchet à sa fille.

Ils étaient plantés non loin de Bérit et d'Elysoun. Si près, en fait, qu'Émouchet était un peu gêné.

— Bérit s'attachait un peu trop à cette petite exhibitionniste, répondit Danaé. Elle lui a appris tout ce qu'il devait savoir ; il est temps que leur relation se calme un peu. J'ai d'autres projets pour lui.

— Tu n'as jamais pensé qu'il pourrait avoir des projets personnels ?

— Ne dis pas de bêtises, Émouchet. Il aurait tout gâché. Je m'occupe toujours de ces affaires. C'est l'une des choses pour lesquelles je suis la plus douée. Mais nous ferions mieux de nous dépêcher. Il faut que je m'occupe de Kring et de Mirtaï. Il va lui dire une chose qui ne va pas lui faire plaisir, et je préfère être là pour recoller les morceaux.

Ils trouvèrent Kring et Mirtaï assis sur la pelouse, sous un gros arbre qu'embrasaient toutes les couleurs de l'automne. Mirtaï avait ouvert le panier que leur avaient préparé les cuisines et regardait à l'intérieur.

— Une sorte d'oiseau mort, annonça-t-elle.

Kring fit la grimace.

— Je suppose que c'est ce qu'on appelle la nourriture civilisée, dit-il en essayant de présenter la chose sous des dehors favorables.

— Nous sommes des guerriers, mon bien-aimé, répondit-elle, l'air aussi navrée que lui. Nous devrions manger de la viande crue.

— Stragen m'a dit une fois que tu avais mangé un loup quand tu étais plus jeune, rapporta Kring.

— C'est vrai, répondit-elle simplement.

— Tu as vraiment fait ça ? insista-t-il, l'air sidéré. Je pensais qu'il me faisait marcher.

— Bah, j'avais faim et j'étais pressée. La viande de loup n'a pas très bon goût, mais je n'avais pas le temps de m'arrêter pour le faire cuire.

— Tu es une drôle de femme, ma douce.

— Mais c'est pour ça que tu m'aimes.

— C'est l'une des raisons. Tu ne veux vraiment pas que nous parlions de... ?

Il abordait manifestement un sujet qu'ils avaient déjà évoqué auparavant. Et plusieurs fois.

— Il n'y a rien à dire. Nous devons nous marier

deux fois : une fois en Atana, et une autre fois quand nous rentrerons en Pélosie. Nous ne serons pas vraiment mariés avant ces deux cérémonies.

— Nous serons à moitié mariés après la cérémonie à Atana, n'est-ce pas ?

— Je suis vierge, Kring, et j'ai tué trop d'hommes afin de le rester pour me contenter d'un demi-mariage. Tu attendras.

— Le temps va me sembler long, fit-il avec un soupir funèbre.

— Atana n'est pas si loin de chez toi. Je t'y emmènerai en courant.

— Ce n'est pas le voyage qui me semblera long, Mirtaï. C'est les deux mois que tu devras passer sous la tente de ma mère avant le mariage en Pélosie, afin d'apprendre nos pratiques et nos cérémonies.

Elle le regarda longuement, sans ciller.

— Il faudra que je *quoi* ? fit-elle d'un ton inquiétant.

— C'est la coutume. Une promise péloï vit toujours deux mois avec la mère de son promis avant la cérémonie.

— Pourquoi ?

— Pour tout apprendre sur lui.

— Je sais déjà tout ce que j'ai à savoir sur toi.

— Eh bien... oui, sans doute, mais c'est la coutume.

— C'est ridicule !

— Les coutumes sont souvent ridicules, mais je suis domi, tu seras doma et nous devons donner l'exemple. Les femmes péloïs n'auraient aucun respect pour toi si tu ne respectais pas la coutume.

— Je leur apprendrai le respect, fit-elle, le regard dur comme le silex.

Il se laissa aller en arrière et s'appuya sur ses coudes.

— J'avais peur que tu ne le prennes mal, avoua-t-il.

— C'est pour ça, sans doute, que tu as omis de m'en parler.

— J'attendais le moment propice. Il n'y a pas de vin dans ce panier ? Je prendrais bien un petit remontant.

— Plus tard. Quand tu m'auras tout dit. Qu'est-ce que c'est que cette absurdité ?

— Je vais essayer de t'expliquer. Quand mon peuple dit que la fiancée « doit tout apprendre sur son mari », ça ne veut pas dire qu'elle doit apprendre ce qu'il mange au petit déjeuner ou ce genre de chose. Le problème, c'est qu'il y a du bien en cause.

— Je n'ai aucun bien, Kring. Je suis une esclave.

— Tu ne seras plus une esclave quand nous serons mariés. Tu seras une femme très riche.

— Que veux-tu dire ?

— Les hommes péloïs possèdent leurs armes et leurs chevaux. Tout le reste appartient aux femmes. Jusque-là, chaque fois que je volais quelque chose – du bétail, le plus souvent –, je le donnais à ma mère. Elle conservait mes biens pour le jour où je me marierais. Une partie lui reviendra. C'est à ça que servent les deux mois en question. À vous laisser le temps de vous mettre d'accord sur la répartition.

— Il ne faut pas deux mois pour ça.

— Sans doute pas. Ma mère est une femme raisonnable. Mais il faudra aussi que vous trouviez des maris à mes sœurs. Et ce ne serait pas si difficile s'il n'y en avait pas autant.

— Combien ? demanda-t-elle d'une voix polaire.

— Euh... huit, je crois.

— Tu crois ?

— Mon père était un grand nerveux.

— Et ta mère avait de la santé. Tes sœurs sont-elles regardables ?

— Plus ou moins. Elles ne t'arrivent pas à la cheville, mais ça, hein... ?

— Nous en reparlerons plus tard. Il y a un problème avec tes sœurs, hein ?

— Qu'est-ce qui te fait dire ça ? rétorqua Kring en accusant le coup.

— Je te connais, Kring. Si tu ne m'as pas parlé plus tôt de cette tripotée de sœurs, c'est qu'il y a un problème. Alors ?

— Elles se croient riches. Ce qui fait qu'elles se donnent de grands airs.

— C'est tout ?

— Elles sont très arrogantes, Mirtaï.

— Je leur apprendrai l'humilité, lâcha-t-elle froidement. Elles ne sont que huit, ce sera vite vu. Une petite heure dans la plus proche pâture devrait suffire. Elles seront plus plates que des carpettes quand nous rentrerons, et prêtes à épouser tous les hommes que nous leur choisirons, ta mère et moi. En fait, elles ne devraient plus avoir qu'une envie : aller s'installer le plus loin possible de ma personne. Bon, nous réglons le problème de la division des biens dans la matinée, ta mère et moi. Je dresse tes sœurs l'après-midi, ça nous laisse toute la soirée pour nous marier.

— Ce n'est pas comme ça que ça se passe, ma douce.

— Cette fois, c'est comme ça que ça se passera. Je n'ai pas plus envie d'attendre que toi. Bon, si tu m'embrassais un peu ? Tout est réglé ; il faut fêter ça.

Il lui dédia un grand sourire.

— C'est exactement ce que je pense, ma douce.

Il la prit dans ses bras et l'embrassa. Assez fraternellement au départ, puis le baiser se prolongea et les choses devinrent bientôt plus sauvages.

— Bon, ça devrait s'arranger en douceur, fit Danaé d'un petit ton supérieur. Je me demandais comment Mirtaï allait prendre l'idée de vivre avec la mère de Kring, mais elle tient la situation bien en main, maintenant.

— Les Péloïs risquent de ne pas apprécier, tu sais, remarqua Émouchet.

— Ils s'en remettront, lâcha la princesse. Ils sont trop incrustés dans leurs habitudes. Mirtaï leur ouvrira les yeux sur le monde moderne et ça leur fera le plus grand bien. Bon, allons-y, Émouchet. Nous n'avons pas fini.

— Ça dure depuis combien de temps ? demanda Stragen d'une voix un peu étranglée.

— Depuis que je suis toute petite, répondit Mélidéré. J'avais six ou sept ans quand mon père a fabriqué les empreintes.

— Vous vous rendez compte de ce que vous me dites, baronne ?

— Je pensais, sire Stragen, que nous pourrions oublier un peu l'étiquette, répondit-elle avec un sourire.

Il ignora ses amabilités.

— Vous avez porté un coup direct à l'économie de tous les royaumes d'Éosie. C'est monstrueux !

— Allons, Stragen, un peu de sérieux !

— Vous avez déprécié la monnaie !

— Pas vraiment, mais quand bien même, qu'est-ce que ça pourrait vous faire ?

— Qu'est-ce que ça pourrait faire à un voleur de mon espèce, hein ? Eh bien, vous avez dévalué tout ce que j'ai volé !

— Mais non, voyons. La valeur des pièces n'a pas grand-chose à voir avec leur vrai poids. C'est une question de confiance. Si le gouvernement dit qu'une pièce vaut une demi-couronne, c'est ce qu'elle vaut. Sa valeur est basée sur un consensus, pas sur son poids. Même un peu laminée, toute pièce a la valeur portée dessus. Je n'ai rien volé à proprement parler.

— C'est un crime, Mélidéré !

— Je vous répète que je n'ai volé personne !

— Et si l'on découvrait ce que vous avez fait ?

— Et alors ? Si l'on me disait ou si l'on essayait de me faire quoi que ce soit, je raconterais ma petite histoire et tous les gouvernements d'Éosie s'effondreraient parce que personne n'aurait plus confiance dans la monnaie. Vous êtes vraiment innocent, Stragen, poursuivit-elle en lui caressant la joue. Je pense que c'est pour ça que vous me plaisez. Vous prétendez être dépravé, mais en fait vous n'êtes qu'un petit garçon.

— Pourquoi me racontez-vous tout ça ?

— Parce que j'ai besoin d'un associé. Je ne peux pas m'occuper à la fois de l'Éosie et de la Tamoulie. Vous avez des contacts ici. Je vous apprendrai le métier, je vous achèterai un titre et je mettrai les choses en route pour que vous puissiez commencer immédiatement.

— Pourquoi ? demanda-t-il en plissant les yeux d'un air méfiant. Pourquoi êtes-vous si généreuse ?

— Ce n'est pas de la générosité, Stragen. Vous paierez votre dîme tous les mois, j'y veillerai. Et pas en pièces, Stragen, en bons et beaux lingots d'or sonnant et trébuchant. Et ne songez même pas à y mêler du cuivre ; je vous ferais couper le cou si vous faisiez ça.

— Vous êtes dure, Mélidéré, fit-il d'un ton un peu effrayé.

— Pas partout. Il y a des endroits assez tendres, répondit-elle avec le plus grand sérieux. Oh, à propos ! nous allons nous marier.

— Pardon ?

— Les associations ne sont pas bénies des Dieux, messire, alors que les mariages, si. Je vous tiendrai mieux quand nous serons mariés.

— Et si je ne veux pas me marier ? demanda-t-il d'une voix un peu étranglée.

— Ce serait vraiment dommage, Stragen. Parce que vous allez m'épouser, que ça vous plaise ou non.

— Et si je refuse, vous me ferez éliminer, j'imagine.

— Évidemment. Je ne vais pas vous laisser courir partout avec cette information. Vous vous y ferez, messire. J'ai tout ce qu'il faut pour vous rendre affreusement heureux. Et fabuleusement riche, en plus. Vous a-t-on jamais fait une offre plus alléchante ?

Le regard de Stragen exprimait à présent une authentique panique.

— Je n'avais pas prévu ça, murmura Danaé en traversant la pelouse avec Émouchet.

Émouchet était presque trop sonné pour répondre.

— Tu veux dire que tu n'étais pas au courant du petit passe-temps de Mélidéré ? demanda-t-il, encore interloqué.

— Bien sûr que si, Émouchet. Comment crois-tu que Mélidéré a acheté son entrée au service de ma mère ?

— Acheté ?

— Elle a payé une vieille comtesse pour qu'elle se retire et lui laisse la place. Non, ce que je n'avais pas prévu, c'est qu'elle aborderait Stragen à la hussarde. Je pensais qu'elle y mettrait un peu de romantisme, mais c'est une vraie femme d'affaires. Elle lui a passé la corde au cou sans lui laisser la moindre marge de manœuvre. Je l'avais mal jugée.

— C'est Stragen que tu as mal jugé. Elle a utilisé la seule technique qui avait une chance de marcher avec lui. Stragen est fuyant comme une anguille. Il faut le clouer sur l'assiette pour avoir une chance de le découper. Il n'aurait probablement pas écouté une demande en mariage traditionnelle, et c'est pour ça qu'elle a abordé la chose sous l'angle professionnel. Le mariage n'est que la cerise sur le gâteau.

— Pas pour elle.

— Je sais. Enfin, elle s'y est prise de la seule façon possible. Il va falloir que j'en parle à ta mère, tu sais.

— Pas question. Elle n'y comprendrait rien. Tu ne ferais que l'inquiéter.

— Ils volent des millions, Aphraël.

— Ils ne volent rien du tout, Émouchet. Ils ne changent pas la valeur de la monnaie. Si tu veux tout savoir, je dirais même qu'ils sont créateurs de richesses. Ça profite à tout le monde.

— Je ne comprends pas.

— Ça ne fait rien, Père, dit-elle d'une voix melliflue. Crois-moi sur parole. Bon, maintenant, on va là-bas, fit-elle en tendant le doigt.

« Là-bas », c'était à côté des douves, où Séphrénia et Vanion marchaient côte à côte, le long du talus couvert d'herbe. Émouchet commençait à s'habituer à leur invisibilité *de facto,* mais il trouvait encore étrange de voir son ami regarder dans sa direction sans remarquer sa présence.

— Tout dépend du genre de poissons qu'on y trouverait, disait Vanion.

Émouchet comprit au ton de sa voix qu'il « expliquait » quelque chose. Vanion avait endormi des générations entières de novices pandions dans les salles de cours comme dans la chapelle.

— Pourquoi parle-t-il comme ça ? s'étonna Danaé.

— Parce qu'il a peur, répondit Émouchet en soupirant.

— De Séphrénia ? Vanion n'a peur de rien. Et sûrement pas d'elle. Il l'adore.

— C'est pour ça qu'il a peur. Il ne sait pas quoi lui dire. Il craint, s'il laisse échapper une bêtise, de tout gâcher à nouveau.

— Non, poursuivait Vanion de ce ton pontifiant. Il y a des poissons d'eaux tropicales et des poissons d'eaux froides. Les carpes aiment les eaux assez chaudes alors que les truites préfèrent les courants plus froids.

Séphrénia luttait manifestement pour garder les yeux ouverts.

— L'eau des douves, qui reste au soleil, doit être assez chaude, ce qui interdit plus ou moins d'y mettre des truites, tu ne penses pas ?

— Si. Non. Enfin, oui, je crois, dit-elle en étouffant un bâillement.

— Mais ça ne veut pas dire qu'on ne pourrait pas y mettre d'autres espèces de poissons. Un bon cuisinier peut faire des merveilles avec une carpe. Et l'avantage de la carpe, c'est qu'elle nettoie les eaux. Il n'y a rien de tel qu'un banc de carpes pour empêcher l'eau de croupir.

— C'est sûr, acquiesça-t-elle mollement.

— Mais qu'est-ce qui lui prend ? explosa Danaé.

— On appelle ça marcher sur des œufs, expliqua Émouchet. J'imagine qu'il lui parle beaucoup du temps, aussi.

— Ils n'arriveront jamais à rien s'il n'entre pas dans le vif du sujet.

— Il ne faut pas compter sur lui pour ça. J'imagine que c'est Séphrénia qui devra faire le premier pas.

— Je l'ai trouvé ! beugla Talen, de l'autre bout du parc. Il est dans un arbre !

— Et merde ! lança Danaé, furieuse. Il n'était pas

censé le trouver si vite. Et qu'est-ce qu'il faisait dans un arbre, de toute façon ? Il n'a pas le droit de grimper aux arbres.

— Nous ferions aussi bien d'y aller, suggéra Émouchet. Tout le monde se dirige par là. Tu ferais mieux de faire tourner le sort.

— Et Vanion et Séphrénia ?

— Si on les laissait se débrouiller tout seuls ?

— Si on le laisse faire, il va la bassiner avec ses poissons pendant dix ans.

— Séphrénia finira bien par mettre les pieds dans le plat. Et puis Vanion ne parle pas vraiment de poissons ; il lui dit qu'il est prêt à faire la paix si elle le veut bien.

— Tu parles ! Il n'a rien dit de pareil. Un peu plus et il lui donnait la recette de la carpe farcie.

— C'est ce que tu as entendu, mais ce n'est pas ce qu'il disait en réalité. Il faudrait que tu apprennes à écouter avec tes deux oreilles, Danaé.

— Ah, ces Élènes ! fit-elle en levant les yeux au ciel.

Puis ils entendirent Kalten crier : « Attention ! »

Les autres étaient massés autour d'un grand érable. Talen était grimpé tout en haut et il avançait lentement sur une mince branche vers Mmrr qui ouvrait des yeux comme des soucoupes. Les choses ne se passaient pas très bien. La branche était assez solide pour supporter Mmrr, mais Talen était trop lourd. La branche ployait d'une façon inquiétante, et des craquements inquiétants émanaient de l'endroit où elle se raccordait au tronc.

— Arrête, Talen ! Reviens ! cria à nouveau Kalten.

Trop tard. La branche ne se sépara pas du tronc. Elle se fendit à la base et s'éplucha sur tout le côté de l'arbre. Talen essaya frénétiquement de se raccrocher, empoigna d'une main le chaton affolé et plongea la tête la première à travers les branches de l'arbre.

La situation n'était pas encore désespérée. Les chevaliers de l'Église étaient versés dans toutes sortes de magies. Séphrénia se trouvait là, et Aphraël en personne était perchée sur les épaules d'Émouchet. Le problème était que personne ne pouvait voir Talen. Les feuilles d'érable sont énormes, le gamin tombait entre les branches et disparaissait donc complètement dans le feuillage. Ils l'entendirent heurter les branches dans sa chute, une série de chocs et de frottements accompagnés par des grognements et des cris étouffés. Puis il émergea des branches inférieures, tomba à terre avec un choc sourd et resta étalé dans l'herbe sous l'arbre, Mmrr blotti dans les mains. Il ne bougeait pas.

— Talen ! s'écria Danaé, épouvantée.

Séphrénia était d'accord avec le médecin de Sarabian. Talen n'était pas gravement blessé. Il était couvert de contusions, il avait mal partout et son front arborait une vilaine bosse consécutive à la rencontre avec une branche qui n'avait pas voulu céder et avait gagné par K.-O. technique, mais Séphrénia leur affirma qu'en dehors d'un mal de tête à tout casser il ne conserverait aucune séquelle de sa chute.

Seulement la princesse Danaé n'était pas d'humeur à se laisser rassurer aussi facilement. Elle resta à son chevet, réagissant par de petits cris alarmés chaque fois que le pauvre garçon faisait un mouvement ou émettait le moindre son.

Émouchet finit par la cueillir sous un bras et l'emporter comme un ballot de linge sale hors de la chambre. Il y avait des gens qui n'avaient pas besoin d'assister à des miracles.

— Ça t'a échappé, hein, Aphraël ? observa-t-il à l'intention de la Déesse-Enfant aux abois.

— De quoi parles-tu ?

— Tu n'as pas pu t'empêcher d'intervenir, hein ? Il a fallu que tu essaies d'arranger des choses qui se seraient très bien passées toutes seules si tu ne t'en étais pas mêlée. Et tu as manqué tuer Talen.

— Ce n'est pas ma faute s'il est tombé de l'arbre.

— La faute à qui, alors ?

Il savait qu'il était assez injuste, mais il se disait qu'il était peut-être temps encore de reprendre la petite Déesse touche-à-tout en main.

— Tu es trop directive, Aphraël, poursuivit-il. Il faut laisser les gens vivre leur vie, commettre leurs propres erreurs et réparer leurs bêtises eux-mêmes. Ce n'est pas parce que tu peux faire les choses qu'il faut que tu les fasses. Tu devrais méditer un peu là-dessus.

Elle le regarda un moment comme si elle voulait le foudroyer du regard, puis elle fondit en larmes.

— Les archers de Tikumé vont nous aider, annonça Vanion, un peu plus tard, sur les remparts. Ulath avait raison, pour les Trolls. Il vaut mieux les ralentir avant de les affronter.

— Et Khalad a eu une bonne idée avec ces arbalètes, répondit Émouchet.

— C'est vrai. Je suis bien content que tu les aies amenés, ces deux-là. J'aimerais que tu t'occupes personnellement de l'éducation de Khalad quand nous rentrerons à Cimmura. Il faudra qu'il reçoive une bonne formation militaire, mais aussi politique et diplomatique, et que les lois de l'Église n'aient plus de secret pour lui. Je pense qu'il ira loin dans l'Ordre, et je voudrais qu'il soit prêt à assumer n'importe quelle position.

— Même la tienne.

— On a vu des choses plus bizarres.

Émouchet pensa à sa conférence sur les poissons, le matin même.

— Ça va mieux, avec Séphrénia ? demanda-t-il.

— Nous nous parlons courtoisement, si c'est ce que tu veux dire.

— Ce n'est pas ce que je voulais dire, justement. Si vous vous parliez pour de bon ? De choses un peu plus sérieuses que le temps, les poissons et les petits oiseaux ?

— Et si tu t'occupais de tes affaires ? rétorqua Vanion en lui jetant un regard noir.

— Ce sont *mes* affaires, Vanion. Tant qu'il y aura cette barrière entre vous, elle ne sera bonne à rien. Et toi non plus, d'ailleurs. Or j'ai besoin de vous deux.

— Je fais ce que je peux, Émouchet. Mais un seul faux pas ficherait tout par terre.

— On peut dire la même chose si tu restes sur place. Elle attend que tu lui tendes la main. Ne la fais pas attendre trop longtemps.

Stragen s'avança vers eux sur les remparts.

— Il a repris connaissance, annonça-t-il. Il n'a pas les idées très claires et il n'y voit pas grand-chose, mais il est conscient. Votre fille en fait tout un plat, Émouchet.

— Elle l'aime beaucoup, répondit Émouchet en haussant les épaules. Elle raconte à tout le monde qu'elle l'épousera plus tard.

— Les petites filles sont parfois bizarres, hein ?

— Ça oui, et Danaé est encore plus bizarre que la moyenne.

— Je suis content de vous trouver tous les deux, reprit Stragen. Je voulais vous parler de quelque chose avant d'aborder le sujet devant les autres.

Stragen jouait machinalement avec deux demi-couronnes d'or, passant doucement le doigt sur les bords, les soupesant discrètement comme s'il essayait d'en estimer le poids. La confession de la baronne Mélidéré semblait l'avoir un peu déstabilisé.

— Le petit coup de folie de Zalasta n'était pas aussi irrationnel que prévu. Je ne vois pas ce qu'il aurait pu nous faire de plus embêtant que de lâcher les Trolls sur le nord de l'Atan. Il va falloir que nous nous en occupions, évidemment, mais je crois que nous devrions essayer de prévoir son prochain mouvement. Une fois mis sur la bonne direction, les Trolls n'ont pas besoin de beaucoup d'explications, ce qui devrait laisser les coudées franches à Zalasta pour nous faire d'autres misères, vous ne croyez pas ?

— Possible, acquiesça Émouchet.

— Bon, enfin, je me trompe peut-être, mais...

— Mais tu crois avoir raison, finit Vanion d'un ton sardonique.

— Il est encore de bon poil, aujourd'hui, hein ? fit Stragen.

— Il en a gros sur la patate, confirma Émouchet.

— Enfin, quoi que Zalasta puisse inventer, ça aura sûrement un rapport avec ces conspirateurs que Sarabian et Ehlana ont laissés en liberté, faute de place dans les prisons.

— Ça pourrait aussi impliquer les armées que Parok, Amador et Elron ont levées dans l'ouest de la Tamoulie, objecta Vanion.

Stragen secoua la tête.

— Ces armées ont été levées sur l'ordre exprès de Cyrgon, pour empêcher les chevaliers de l'Église de prendre pied sur le continent. Si Zalasta leur fait risquer leur vie maintenant, il aura des comptes à rendre à Cyrgon, et je doute qu'il en ait encore le courage.

— Tu as peut-être raison, convint Vanion. Très bien, disons qu'il fera appel à ses seconds couteaux. Sarabian et Ehlana ont déjà pris les mesures nécessaires pour les faire ratisser.

— Pourquoi prendre cette peine, messire ?

— D'abord, pour qu'ils ne traînent plus dans les rues. Ensuite, parce qu'ils se sont rendus coupables de haute trahison, au cas où tu aurais oublié ce petit détail. Il faut les faire juger et condamner.

— Pourquoi ?

— Eh bien, ne serait-ce que pour l'exemple, andouille ! lança Vanion.

— Bon, je suis d'accord pour qu'on ne les laisse pas

traîner dans les rues. C'est important. Mais il y a des moyens plus efficaces et plus inquiétants de faire un exemple. Quand les gens d'armes viennent arrêter les gens, ça fait du bruit, les clients les entendent de loin et réussissent généralement à prendre la poudre d'escampette. Et puis, les procès, ça coûte cher, ça prend du temps, et l'on n'est jamais sûr du résultat.

— J'imagine que tu as mieux à nous proposer, avança Émouchet.

— En effet. Et si on les exécutait avant de les juger ?

Ils le regardèrent en ouvrant de grands yeux.

— Ce n'est qu'un prolongement de l'idée que j'ai eue l'autre jour, reprit Stragen. Nous avons accès, Caalador et moi, à un certain nombre de professionnels qui n'ont pas froid aux yeux et qui pourraient procéder discrètement aux exécutions.

— Ça, Stragen, ça s'appelle un meurtre, accusa Vanion.

— Admettons. N'empêche que le but des « exemples » est de dissuader les amateurs éventuels de commettre le même crime. L'ennui, c'est que les criminels savent que le risque d'être pris et punis est très mince. Ce n'est que l'un des avatars du métier, ajouta-t-il avec un mouvement de tête désabusé. À côté de ça, les professionnels qui passent leur temps à violer la loi n'enfreignent pas la loi du milieu. Pourquoi ? Parce que ceux qui s'amusent à ça n'ont pas le luxe d'un beau procès ; ils sont purement et simplement éliminés. Pas d'acquittements, de pardons, d'évasions audacieuses. La mort. Point final. Affaire classée. La justice des sociétés régulières est lente est incertaine. La nôtre est tout le contraire. Si vous voulez convaincre par la terreur les gens de rester dans la légalité, autant que ce soit une vraie terreur.

— Il y a quelque chose là-dedans, concéda prudemment Émouchet.

— Tu n'y songes pas, j'espère ? se récria Vanion. Il y a des milliers de gens impliqués ! Ce serait le plus grand massacre de l'histoire.

— Ben, j'aimerais entrer dans le livre des records, répliqua Stragen. Nous allons probablement le faire, de toute façon, Caalador et moi. Je ne vous aurais pas ennuyé avec ça, si je n'avais souhaité recueillir votre avis sur un point : devons-nous ou non en parler à Sarabian et Ehlana ? Les sermons et les discours moralisateurs me barbifient. Ce que je crois, c'est que nous devons trouver quelque chose pour mettre Zalasta hors de lui, et je pense avoir trouvé la solution. Imaginez qu'en se réveillant, un beau matin, il se retrouve absolument et totalement isolé : vous ne croyez pas que ça pourrait l'amener à s'interroger sur la pertinence de sa stratégie ? Autre chose : je vous ai emprunté Bérit et Xanetia. Ils font un petit tour du côté de l'ambassade de Cynesga afin que Xanetia puisse plonger son épuisette dans l'esprit des gens qui sont dedans. Nous espérons qu'elle en rapportera des noms. Nous en avons déjà quelques-uns, mais vous pensez bien qu'il y en a d'autres.

— Elle n'a pas besoin d'être dans la même pièce que les gens, pour explorer leur esprit ? demanda Vanion.

— Elle n'en est pas sûre. Elle n'a jamais eu l'occasion de tester les limites de son pouvoir. L'expédition d'aujourd'hui a également valeur d'expérience. Nous espérons qu'elle réussira. Sinon, je trouverai un moyen de la faire entrer, de sorte qu'elle puisse pêcher les informations dont nous avons besoin, Caalador et moi. C'est une affaire très compliquée que de programmer le plus grand génocide de l'histoire ; autant éviter de nous y reprendre à deux fois.

24

— C'est une diversion, déclara Ulath, le lendemain matin, en se penchant sur l'une des dépêches que Sarabian avait apportées avec lui. Ces loups-garous, goules et vampires ne sont que des illusions inoffensives. La routine, quoi.

— Il a raison, acquiesça Émouchet. Ces attaques-suicides sur les garnisons atanas n'ont d'autre but que d'entretenir la confusion et d'obliger les Atans à rester où ils sont.

— Le résultat est malheureusement atteint, commenta Bévier. Avec tout ça, nous ne pouvons guère envoyer d'aide à Betuana.

— Messire Vanion a proposé de détacher quelques bataillons des autres garnisons : ça devrait la soulager un peu, objecta Sarabian.

— Oui, Majesté, mais est-ce que ça suffira ? répliqua Bévier.

— Il faudra bien, répliqua Vanion. Nous ne pouvons pas faire plus pour le moment. Enfin, avec les Atans, le nombre ne veut pas dire grand-chose. Un Atan vaut une demi-armée à lui tout seul.

Stragen fit discrètement signe à Émouchet et s'approcha de la table du petit déjeuner où il sélectionna avec soin une pâtisserie.

— Ça marche, dit-il tout bas. Xanetia doit voir la personne dont elle sonde les pensées, mais Bérit a trouvé une maison dont les fenêtres donnent sur l'ambassade et elle recueille toutes sortes d'informations précieuses.

— Pourquoi ne pas le dire aux autres ?

— Parce que nous allons utiliser ces renseignements, Caalador et moi, pour établir ce nouveau record mondial dont je vous parlais hier. Sarabian ne l'a pas encore autorisé, alors ne l'embêtons pas avec des formalités. Il sera temps de le mettre au courant quand nous aurons fait de jolies piles de cadavres.

Le lendemain, la princesse Danaé tomba malade. Rien de précis. Pas de fièvre, d'éruption ou de toux, j'uste une sorte de langueur. La princesse était léthargique et manquait d'appétit.

— C'est la même chose que le mois dernier, assura Mirtaï aux parents angoissés. Il faut lui donner un fortifiant, c'est tout.

Mais Émouchet savait que Mirtaï se trompait. Le mois précédent, Danaé n'était pas vraiment malade.

Elle parlait à la légère de sa faculté de se trouver en deux endroits à la fois, mais son père savait que, lorsqu'elle se concentrait sur ce qui se passait en un endroit, elle était dans un état semi-comateux dans l'autre. La maladie, c'était autre chose.

— Tu devrais essayer de lui donner un remontant, Ehlana, suggéra-t-il. Je vais parler avec Séphrénia. Elle aura peut-être une autre idée.

Il la trouva dans sa chambre. Elle était assise devant la fenêtre et regardait le paysage sans le voir.

— Nous avons un problème, petite mère, dit Émouchet en refermant la porte derrière lui. Danaé est malade.

Elle sortit de sa morosité et se tourna vivement vers lui, surprise.

— C'est ridicule, Émouchet. Elle ne peut pas être malade.

— C'est ce que je pensais aussi, mais elle est malade tout de même. Il n'y a rien de précis, aucun symptôme particulier, mais elle ne va pas bien, c'est sûr.

Séphrénia se leva précipitamment.

— Je vais la voir, dit-elle. Je pourrai peut-être lui faire dire ce qui ne va pas. Elle est seule ?

— Ehlana est avec elle, et je doute qu'elle accepte de s'éloigner. Ça risque de compliquer les choses ?

— Je vais m'en occuper avant que ça ne devienne sérieux.

L'inquiétude de Séphrénia acheva d'affoler Émouchet. Il la suivit jusqu'aux appartements royaux avec une anxiété croissante. Elle avait raison sur un point : Aphraël ne pouvait attraper une maladie humaine ; ce n'était donc pas une fièvre saisonnière ou l'une des innombrables maladies infantiles qui affectent les humains. On pouvait tout de suite faire une croix sur la notion d'éternuement divin.

Séphrénia ne perdit pas de temps. Elle commença à entonner le sort styrique avant même d'entrer dans la chambre de Danaé.

— Ah, Séphrénia ! Grâce au ciel, vous êtes venue ! s'exclama Ehlana en se levant. J'étais tellement...

Séphrénia libéra le sort d'un curieux mouvement de la main et les yeux d'Ehlana devinrent vitreux. Elle se figea sur place, à moitié assise encore, une main tendue devant elle.

Séphrénia s'assit au bord du lit et prit la petite fille dans ses bras.

— Aphraël, réveille-toi. C'est moi, Séphrénia.

La Déesse-Enfant ouvrit les yeux et se mit à pleurer.

— Qu'y a-t-il ? demanda Séphrénia en serrant la petite fille sur son cœur et en la berçant doucement.

— Ils tuent mes enfants, Séphrénia ! gémit Aphraël. Dans toute l'Éosie, les Élènes sont en train de tuer mes enfants ! Je veux mourir !

— Je dois aller à Sarsos, annonça Séphrénia à Émouchet et à Vanion, un peu plus tard, quand ils se retrouvèrent seuls. Il faut que je parle aux Mille.

— Je sais que ça lui brise le cœur, fit Vanion, mais ça ne peut pas vraiment lui faire du mal, si ?

— Ça pourrait la tuer, Vanion. Les Dieux Cadets sont si proches de leurs adorateurs que leur vie dépend d'eux. Je t'en prie, Émouchet, demande au Bhelliom de nous emmener tout de suite à Sarsos.

Émouchet hocha lugubrement la tête, sortit la cassette et l'ouvrit.

— Rose bleue, commença-t-il, nous avons un gros problème. La Déesse-Enfant est très affectée par le meurtre de ses adorateurs dans la lointaine Éosie. Nous devons aller à Sarsos immédiatement afin de permettre à Séphrénia de consulter les Mille du Styricum sur les possibilités de traitement.

— Il en sera fait selon tes désirs, Anakha, les paroles venant de la bouche de Vanion qui prit une expression distante. Sied-il que je vous exprime, à ta compagne et à toi-même, la compassion que m'inspire la maladie de votre enfant unique ?

— J'apprécie ta sollicitude, Rose bleue.

— Ma sollicitude n'est pas le fruit de la seule bienveillance, Anakha. Deux fois, la douce main de la Déesse-Enfant m'a effleuré, et je ne suis point immunisé contre la subtile magie de son contact. Pour l'amour que nous lui portons tous, allons à Sarsos afin qu'elle recouvre la santé.

Le monde sembla se brouiller, et ils se retrouvèrent tous les trois à Sarsos, devant le bâtiment de marbre blanc qui hébergeait la salle du Conseil. L'automne était plus avancé à Sarsos, et la forêt de bouleaux qui se dressait à la périphérie de la cité était un incendie de couleurs.

— Attendez-moi ici, tous les deux, demanda Séphrénia. Inutile de souffler sur les braises de la discorde en vous faisant à nouveau entrer dans la salle du Conseil.

Émouchet acquiesça d'un hochement de tête et ouvrit la cassette du Bhelliom pour en sortir le joyau.

— Non, Anakha, dit le Bhelliom par les lèvres de Vanion. Je saurai comment sera reçue la proposition de Séphrénia.

— Comme il te plaira, Rose bleue, répondit Émouchet. Séphrénia gravit rapidement les marches de marbre et disparut dans le bâtiment.

— Il fait plus froid ici, nota Vanion en refermant sa cape sur lui.

— Oui, acquiesça Émouchet. On est plus au nord.

— Bon, maintenant que nous avons fait le tour de la question, arrête de te ronger les sangs, Émouchet. Séphrénia a beaucoup d'influence sur les Mille. Je suis sûr qu'ils accepteront de l'aider.

De longues minutes passèrent. Ils attendaient toujours.

Une demi-heure plus tard, Émouchet sentit une soudaine tension, une pulsation parcourir le Bhelliom.

— Viens avec moi, Anakha ! fit-il d'un ton impérieux, par la bouche de Vanion.

— Que se passe-t-il ?

— Des Styriques et de leur amour pour les discussions interminables j'ai grande lassitude. Je passerai outre l'avis des Mille et m'entretiendrai directement avec les Dieux Cadets. Ces chicaneurs vont priver Aphraël de vie.

Vanion s'engouffra dans le bâtiment comme un vent de tempête, d'une démarche qui semblait ne plus lui appartenir. Émouchet lui emboîta le pas, un peu surpris. Les portes de bronze de la salle du Conseil devaient être verrouillées. C'est ce que suggéra en tout cas le fracas de métal torturé qui accompagna la violence avec laquelle Vanion les ouvrit.

Séphrénia se tenait debout devant le Conseil dans une attitude implorante. Elle vit, interdite, Vanion faire irruption dans la salle.

— Les délibérations sont interdites aux Élènes ! s'écria en styrique l'un des hommes qui siégeaient sur les bancs.

Un silence stupéfait emplit alors la salle. Vanion se mit à grandir, à grossir et devint gigantesque tandis que se formait autour de lui une aura frémissante, d'un bleu intense parcouru d'éclairs lumineux. Des cascades de rires tonitruants se réverbérèrent sur les murs de marbre. Séphrénia considéra Vanion avec une soudaine épouvante.

Répondant à une incitation muette qu'il était seul à entendre, Émouchet brandit la rose de saphir étincelante.

— Contemplez le Bhelliom ! rugit-il, et entendez sa voix puissante !

De l'être immense qui était, un instant plus tôt, Vanion, monta une voix énorme. Une voix qui aurait imposé le respect à des montagnes. Vagues et torrents se seraient figés pour l'écouter.

— Entendez mes paroles, ô Mille du Styricum ! Je veux parler avec vos Dieux ! Vous êtes trop petits et trop prisonniers de vos bavardages insignifiants pour considérer cette affaire !

Émouchet cilla. Décidément, le Bhelliom n'était pas très diplomate...

— C'est un outrage ! bredouilla l'un des conseillers en se levant. Nous n'avons pas à...

Soudain, il disparut et à la place de l'homme en robe blanche se dressa un personnage confus qui semblait avoir été surpris au milieu de sa toilette. Il regardait, tout nu et dégoulinant, l'immense présence entourée du halo bleu et le joyau étincelant qu'Émouchet tenait à la main.

— Mais qu'est-ce que..., protesta-t-il.

— Setras ! lança sèchement la voix prodigieuse. Quelle est la profondeur de ton amour pour ta cousine Aphraël ?

— C'est parfaitement irrégulier ! protesta le jeune Dieu.

— Jusqu'où va ton amour ? demanda inexorablement la voix.

— Je l'adore, évidemment. Comme chacun de nous. Mais...

— Que donnerais-tu pour lui sauver la vie ?

— Tout ce qu'elle me demanderait, évidemment. Mais comment sa vie pourrait-elle être en danger ?

— Tu sais que Zalasta du Styricum est un traître, n'est-ce pas ?

Il y eut des hoquets dans l'assistance.

— C'est Aphraël qui le dit, répondit le Dieu. Mais nous pensons qu'elle s'est un peu monté la tête. Vous savez comment elle est, parfois.

— Elle dit vrai, Setras. En ce moment même, les séides de Zalasta massacrent ses adorateurs dans la lointaine Éosie. À chaque mort elle s'affaiblit. Si l'on ne fait rien pour empêcher cela, elle cessera bientôt d'être.

Le Dieu Setras se raidit et ses yeux lancèrent des éclairs.

— C'est monstrueux !

— Que donnerais-tu pour qu'elle vive ?

— Ma propre vie, s'il le fallait ! répondit Setras avec un formalisme archaïque.

— Lui ferais-tu don de tes propres adorateurs ?

Setras regarda le Bhelliom étincelant en ouvrant de grands yeux, le visage figé dans une expression chagrine.

— Vite, Setras ! En ce moment même, Aphraël se vide de sa vie.

Le Dieu inspira profondément.

— Il n'y a pas d'autre solution ? demanda-t-il d'un ton geignard.

— Aucune. La Déesse-Enfant ne se nourrit que d'amour. Donne-lui l'amour de tes enfants pendant un moment, de sorte qu'elle redevienne elle-même.

— Je le veux ! déclara Setras en se redressant, une lueur déterminée brillant dans ses yeux divins. Bien que ça me déchire le cœur. Et sois assuré, Faiseur de Mondes, que mes enfants ne seront pas les seuls à soutenir de leur amour notre bien-aimée cousine. Tous y contribueront également.

— Marché conclu ! répondit le Bhelliom.

— Euh..., fit Setras, d'un ton préoccupé, en retrouvant un langage moins formel. Elle me les rendra, hein ?

— Tu as mon assurance, Divin Setras, promit Séphrénia avec un sourire.

Le Dieu Cadet parut soulagé. Puis il étrécit légèrement les yeux.

— Anakha, dit-il fraîchement.

— Oui, ô Divin ?

— Il nous faut protéger les enfants survivants d'Aphraël. Quelles seraient les meilleures mesures à prendre dans ce but ?

— Conseillez-leur de chercher asile dans les maisons capitulâmes des chevaliers de l'Église, répondit Émouchet. Ils y seront protégés.

— Et qui commande à ces chevaliers ?

— L'archiprélat Donnant, j'imagine, répondit Émouchet d'un ton dubitatif. C'est lui qui exerce l'autorité suprême.

— Je lui parlerai. Où peut-on le trouver ?

— Il doit être dans la basilique de Chyrellos, ô Divin.

— Je m'en vais l'entretenir de la question.

Émouchet manqua s'étouffer en songeant aux implications théologiques de cette suggestion. Puis il regarda Séphrénia. Elle contemplait encore Vanion avec une sorte de vénération. Il eut soudain l'impression d'entendre cliqueter les rouages de son cerveau. Elle venait de prendre une décision. Tout dans son attitude, dans son expression, l'annonçait plus fort que des mots.

— Fais un peu attention, Ulath, ronchonna Kalten. Je ne sais pas à quoi tu penses depuis deux semaines. Qu'est-ce qui t'arrive ?

— Je n'aime pas les nouvelles qui nous parviennent des Atans, fit Ulath.

La princesse Danaé était assise sur ses genoux, Rollo

et Mmrr dans les bras. C'était la première fois qu'elle quittait la chambre depuis dix jours et elle se livrait à l'un de ses passe-temps préférés : changer de genoux. Émouchet savait que la plupart de ses amis n'en avaient pas conscience ; ils la prenaient machinalement dans leurs bras en réponse à de petits signes discrets. Mais, en réalité, Aphraël passait de giron en giron pour rétablir le contact avec ceux qui avaient pu échapper à son emprise pendant sa maladie. Ils se faisaient des mamours, comme toujours, mais ce n'étaient pas vraiment les petites démonstrations d'affection spontanée qu'on aurait pu croire. Aphraël avait le pouvoir de changer l'état d'esprit des gens d'un seul contact. Il lui suffisait d'un baiser pour prendre instantanément possession du cœur et de l'âme d'un individu. Quand Émouchet voulait lui parler, il veillait toujours à maintenir un meuble entre eux.

— Les choses ne marchent pas comme prévu, fit Ulath d'un ton funèbre. Les Trolls apprennent à éviter les flèches et les carreaux d'arbalètes.

— Ah, tu vois qu'ils sont capables de comprendre certaines choses, remarqua Talen.

Il se plaignait encore parfois de maux de tête, mais, en dehors de cela, semblait complètement remis de sa chute.

— Non, objecta Ulath. C'est tout le problème. Les Trolls ne comprennent jamais rien. Peut-être parce que leurs Dieux en sont incapables eux-mêmes. Les Trolls d'aujourd'hui ont exactement la même chose dans la cervelle que le premier Troll qui a jamais vu le jour, ni plus ni moins. C'est Cyrgon qui fait joujou avec eux.

S'il arrive à faire piger des choses aux Trolls, l'humanité est mal partie.

— Ce n'est pas tout, hein, Ulath ? insista Bévier, qui avait décidément des antennes. Tu as cette expression théologique depuis plusieurs jours, maintenant. Tu es en proie à un dilemme moral, c'est ça ?

— Je crains que ça ne mette tout le monde mal à l'aise, soupira-t-il. Enfin, essayons d'en tirer quelque chose de positif...

— Eh bien, ça promet, murmura Stragen. Tu ferais mieux de nous annoncer ça en douceur.

— Je me demande comment on pourrait en parler avec douceur. D'après les dépêches de Betuana, les Trolls ne montrent plus le bout de leur nez. Les Atans à cheval ne peuvent les atteindre avec leurs lances, les flèches et les carreaux d'arbalètes font plus de dégâts dans les arbres que parmi ces sales bêtes. Ils ont même mis le feu aux herbes afin de se cacher dans la fumée. Betuana s'apprête à rappeler tous ses Atans, et sans eux, nous n'avons plus d'armée.

— Je suppose, sire Ulath, commença Oscagne, que ce préambule sinistre annonce une proposition choquante. Je pense que nous sommes suffisamment préparés. Allez-y, lâchez le morceau.

— Nous devons reprendre les Trolls à Cyrgon, répondit Ulath en grattouillant distraitement les oreilles de Mmrr. Nous ne pouvons lui permettre de leur apprendre des tactiques, même rudimentaires, et les laisser coopérer entre eux comme ils l'ont fait.

— Et comment comptes-tu faire, au juste, pour

reprendre à un Dieu des brutes rigoureusement ingouvernables ? demanda Stragen.

— Je pensais plus ou moins confier cette tâche à leurs propres Dieux. Nous les avons sous la main, après tout, Ghwerig les ayant emprisonnés dans le Bhelliom qu'Émouchet tient bien au chaud dans sa chemise. J'imagine qu'ils feraient à peu près n'importe quoi en échange de leur liberté.

— Tu es fou ! s'exclama Stragen en laissant tomber les pièces d'or qu'il tripotait constamment. Nous ne pouvons pas les relâcher ! C'est impensable !

— Je serais très heureux d'étudier toute proposition, répondit acidement Ulath. L'Atan est sérieusement menacé, et plus longtemps Cyrgon manipulera les Trolls, plus ils apprendront de choses intéressantes. Tôt ou tard, ils finiront par rentrer en Thalesie. Vous voulez vraiment retrouver une armée de Trolls entraînés devant les portes d'Emsat ? Avec les Dieux des Trolls, nous avons au moins une monnaie d'échange : leur liberté, alors qu'avec Cyrgon nous n'avons que le Bhelliom lui-même, et personnellement je préfère traiter avec les Dieux des Trolls.

— Pourquoi ne pas demander à Émouchet d'emmener le Bhelliom au nord de l'Atan et d'exterminer les Trolls avec son aide ?

— Le Bhelliom ne fera jamais ça, Stragen, se récria Émouchet. Jamais il n'acceptera d'anéantir une espèce entière. J'en suis sûr.

— Tu pourrais le forcer à faire ce que tu veux avec les anneaux.

— Pas question. Je refuse de contraindre le Bhelliom à faire quoi que ce soit. S'il nous aide, ce sera de son plein gré.

— Nous ne pouvons pas lâcher les Dieux des Trolls dans la nature, Émouchet. Je suis peut-être un voleur, mais je suis aussi un Thalésien. Ne compte pas sur moi pour rester ici, les bras croisés, pendant que les Trolls ravagent la péninsule.

— Si nous demandions l'avis de leurs Dieux avant d'arrêter une décision ? suggéra Ulath. Il faut que nous agissions en vitesse, sinon nous allons bientôt voir de longues colonnes d'Atans sortir de leurs baraquements et rentrer chez eux au pas.

Danaé se laissa glisser à terre et ramassa les pièces que Stragen avait laissé tomber.

— Tiens, tu as perdu ça. Je rêve, ou l'une des pièces n'est-elle pas un peu plus légère que l'autre ? demanda-t-elle en fronçant le sourcil.

Stragen la regarda avec un air de bête blessée.

Un peu plus tard, Émouchet et Vanion ramenèrent Séphrénia à sa chambre. Lorsqu'ils s'arrêtèrent devant sa porte, elle explosa.

— Oh, c'est grotesque ! lâcha-t-elle, exaspérée. Vanion, va chercher tes affaires et réintègre cette chambre d'où tu n'aurais jamais dû partir !

— Mais... je..., bredouilla Vanion, pantois.

— Exécution ! Et toi, pas un mot ! ajouta-t-elle en regardant Émouchet d'un œil noir.

— Moi ?

— Va emballer tes affaires, espèce d'ahuri, au lieu de rester planté là, le bec ouvert.

— J'y vais tout de suite.

— C'est ça. Et dépêche-toi. Ah, les hommes ! conclut-elle en levant les bras au ciel. Il faut vraiment que je te fasse un dessin ? C'est tout juste si je n'ai pas fait des signaux de fumée et soufflé dans des trompettes, et toi, tout ce dont tu réussis à me parler, c'est du temps ou des petits poissons. Qu'est-ce que tu attendais pour en venir au fait ?

— Eh bien... je..., balbutia-t-il. Tu m'en voulais vraiment, Séphrénia.

— Bon, mais c'était avant. Maintenant, je ne suis plus fâchée. Tu peux revenir. J'ai quelque chose à dire à Danaé et je veux te voir dans notre chambre quand je reviendrai.

— Oui, ma tant aimée, bêla-t-il.

Elle le regarda sévèrement pendant un moment, puis elle tourna les talons et repartit le long du couloir en parlant toute seule et en levant beaucoup les bras au ciel.

— Krager est revenu, annonça Talen alors qu'ils se réunissaient un peu plus tard, dans l'après-midi. Un mendiant l'a vu, il y a une paire d'heures, se glisser par la porte de service de l'ambassade de Cynesga. Enfin, je ferais peut-être mieux de dire « tituber ». Il était soûl comme une vache.

— Sacré Krager ! Il commençait à nous manquer, ironisa Kalten.

— Je ne comprends pas que Zalasta ait pu faire confiance à un ivrogne pareil, fit Oscagne.

— Krager est un futé quand il oublie de boire,

expliqua Émouchet. C'est pour ça que Martel s'était acoquiné avec lui. Euh... Anarae, serait-ce abuser que de vous demander de regagner votre poste d'observation près de l'ambassade ? Non, pas tout de suite, reprit-il en la voyant se lever avec empressement. En ce moment, il dessoûle ; il sera amplement temps, demain matin, de voir quelles instructions il ramène à l'ambassadeur de Cynesga.

— Ce n'est pas tout, poursuivit Stragen. Nous ignorons encore si Krager sait que nous avons réquisitionné la pègre comme réseau de renseignement. Il a découvert que nous faisions appel à Platime, à Cimmura, et que nous avions des contacts avec les malfrats d'autres cités d'Éosie, mais il faudrait que nous sachions s'il a fait la relation entre les deux continents.

— Il nous a plus ou moins laissé entendre qu'il le savait quand nous avons parlé avec lui après la tentative de coup d'État, lui rappela Émouchet.

— Nous n'allons pas saborder tout le dispositif pour une vague allusion, objecta Stragen. Je voudrais vraiment savoir s'il se doute que nous pouvons confier au milieu autre chose que des missions d'espionnage.

— Je sonderai très profondément son esprit, promit Xanetia.

— Où sont Vanion et Séphrénia, Émouchet ? demanda soudain Ehlana. Ils devraient être là depuis une heure.

— Oh, pardon, ma tendresse. J'oubliais ! Ils m'ont demandé de les excuser pour la journée. Ils avaient quelque chose d'important à régler.

— Et quoi donc ?

— Euh..., ils ont enfin fait la paix. J'imagine qu'ils sont en train d'en parler. En profondeur.

— Oh, fit-elle d'un ton neutre, les joues un peu roses. Et qu'est-ce qui les a décidés à enterrer la hache de guerre ?

— Séphrénia en a eu marre de bouder dans son coin, répondit-il en haussant les épaules, et elle a sommé Vanion de réintégrer ses pénates. Je dois dire qu'elle n'a pas pris de gants. Elle a même réussi à présenter les choses comme si tout était de sa faute. Tu sais comment c'est.

— Nous vous remercions, messire chevalier, dit-elle fermement.

— Oui, Majesté. À vos ordres, Majesté.

— Ce Krager sait-il où se trouve Zalasta ? intervint diplomatiquement Oscagne.

— J'en suis sûr, répondit Émouchet. Zalasta préférerait probablement qu'il l'ignore, compte tenu de la nature du personnage, mais il est bien difficile de cacher quelque chose à Krager quand il n'est pas soûl.

— Il pourrait nous être extrêmement précieux, prince Émouchet. Surtout à la lumière du don très particulier de l'Anarae.

— Je vous suggère d'en tirer le maximum, et en vitesse, suggéra Talen. Parce que, dès que mon frère rentrera d'Atan, il est probable qu'il lui fera la peau. Une affaire personnelle, Votre Excellence, ajouta-t-il devant l'air intrigué d'Oscagne. Krager a joué un certain rôle dans la mort de notre père, et Khalad veut lui faire payer ça.

— Je suis persuadé que nous saurons le convaincre d'attendre un peu, mon jeune ami.

— À votre place, Votre Excellence, je n'en serais pas si sûr.

— Ça fait partie de nous depuis si longtemps, Anarae, que sans cela nous ne serions plus des Styriques, fit Séphrénia d'un petit ton attristé.

Le soir tombait sur Mathérion. Émouchet et sa fille avaient rejoint Séphrénia, Vanion et Xanetia en haut de la tour afin de pouvoir parler de certaines choses qui n'étaient pas destinées à toutes les oreilles.

— C'est la même chose pour nous, Séphrénia d'Ylara, avoua Xanetia. Notre haine de ta race définit aussi en partie les Delphae.

— On raconte aux enfants que les Delphae sont des voleurs d'âmes, reprit Séphrénia. On dit que votre lueur provient des âmes que vous dévorez, et que les gens que vous touchez pourrissent parce que vous les privez d'âme.

— Et nous, nous disons à nos jeunes que les Styriques sont des goules qui violent les tombes pour se nourrir. Enfin, quand ils n'ont pas d'enfants delphaïques sous la main pour apaiser leur faim, ajouta Xanetia avec un sourire.

— Je connais une enfant d'origine vaguement styrique qui envisageait, il n'y a pas longtemps, de se mettre au cannibalisme, nota rêveusement Émouchet.

— Cafteur ! souffla Danaé.

— Quelle est cette histoire ? s'étonna Séphrénia.

— La Déesse-Enfant a été très irritée d'apprendre

que Zalasta s'était fichu d'elle, répondit Émouchet d'un petit ton détaché. Et plus encore de découvrir qu'il voulait t'arracher à son affection. Elle a déclaré qu'elle allait lui extirper le cœur et le manger tout cru, sous ses propres yeux.

— Bah, je disais cela comme ça ; je ne l'aurais sûrement pas fait, laissa tomber Aphraël pour évacuer le problème.

— Sûrement pas ? releva Séphrénia.

— Il a le cœur tellement pourri que ça m'aurait rendu malade.

Séphrénia lui lança un long regard réprobateur.

— Oh, ça va ! Je n'en pensais pas un mot, soupira la Déesse-Enfant, puis elle regarda pensivement Séphrénia et Xanetia. Toute cette haine et ces histoires épouvantables que les Styriques et les Delphae racontent à leurs enfants sur leurs ennemis ne sont pas naturelles, vous devez bien vous en rendre compte. On vous pousse à penser de cette façon. Il y a eu une vraie querelle entre ma famille et Edaemus, mais elle portait sur des choses que vous ne pourriez comprendre. C'était une dispute stupide, comme la plupart des disputes, mais les Dieux sont incapables de garder leurs différends pour eux. Les humains se sont retrouvés impliqués dans un conflit qui ne les concernait pas. Comme la plupart de nos désaccords, celui-ci a dérivé de l'endroit du monde où nous vivons dans le vôtre, soupira-t-elle. C'était notre problème, et vous n'auriez jamais dû y être mêlés.

— Où se trouve votre pays, Aphraël ? demanda Vanion, intrigué.

— Ici même, répondit-elle d'un ton évasif. Tout autour de nous, mais vous ne pouvez pas le voir. Il eût mieux valu que nous ayons un endroit à nous, mais c'est trop tard, maintenant. J'aurais dû parler de cette ridicule affaire à Séphrénia quand nous étions petites et que je l'entendais répéter comme un perroquet certaines de ces stupidités sur les Delphae, mais les serfs élènes ont détruit notre village et tué nos parents, Zalasta a rejeté la faute sur les Delphae, et tous les préjugés se sont retrouvés gravés dans la pierre. J'ai toujours su qu'il y avait quelque chose qui sonnait faux dans l'histoire de Zalasta, ajouta-t-elle d'un ton songeur, mais je ne pouvais entrer dans ses pensées pour découvrir ce que c'était.

— Et pourquoi pas ? s'étonna Vanion. Tout est possible à une Déesse, non ?

— Ah, tu as remarqué ! s'exclama-t-elle. Quelle découverte stupéfiante ça a dû être pour toi !

— Est-ce que ce sont des manières ! protesta Émouchet en lui faisant les gros yeux

— Pardon, Vanion, s'excusa-t-elle. C'était très vilain de ma part. Je ne peux lire que dans les pensées de mes enfants, et Zalasta n'était pas l'un d'eux. Dis donc, Séphrénia, c'est intéressant, non ? Je suis limitée, et pas Xanetia.

— Nous procédons actuellement à l'inventaire de nos différences, répondit Séphrénia avec un sourire. Et toutes celles que nous avons passées en revue jusque-là se sont révélées imaginaires.

— En effet, acquiesça Xanetia.

Émouchet n'avait qu'une vague idée de l'effort que

représentaient ces petites avancées vers la paix pour ces deux femmes pourtant étrangement semblables. La mise à bas de préjugés ancestraux évoquait pour lui la démolition d'une maison cent fois centenaire.

— Vanion, mon tant aimé, demanda Séphrénia, je commence à sentir le froid.

— Je vais te chercher ta cape.

— Mais non, Vanion, soupira-t-elle. Ce n'est pas d'une cape que j'ai besoin. Je voudrais que tu passes ton bras sur mes épaules.

— Oh, dit-il. J'aurais dû y penser tout seul.

— Oui, acquiesça-t-elle. Tu devrais y penser plus souvent.

Il sourit et la prit dans ses bras.

— Ah, c'est bien mieux, fit-elle en se blottissant contre lui.

— Je voulais te demander quelque chose, intervint Émouchet en regardant sa fille. En dehors de l'instigateur du coup, ceux qui ont attaqué Ylara étaient des Élènes. Comment as-tu réussi à convaincre Séphrénia d'enseigner les secrets du Styricum aux Pandions ? Elle devait haïr les Élènes.

— Elle les exécrait, confirma la Déesse-Enfant en hochant lentement la tête. Je ne vous aimais pas beaucoup moi-même, mais j'avais les bagues de Ghwerig, et il fallait absolument que je les passe aux doigts du roi Antor et du premier Émouchet – sans ça, je ne serais pas ici. Eh, mais... C'est intolérable ! s'exclama-t-elle en plissant les yeux.

— Quoi donc ?

— C'est le Bhelliom qui m'a manipulée ! Quand

j'ai volé les bagues de Ghwerig – ou peut-être même avant. Il a dû implanter cette idée dans les anneaux. Je comprends, maintenant ! À la seconde où je les ai pris, l'idée m'est venue de les séparer en donnant l'un des deux à ton ancêtre et l'autre à celui d'Ehlana. C'était un stratagème du Bhelliom ! Ce... ce caillou m'a utilisée !

— Eh bien, dis donc..., fit Émouchet d'une voix atone.

— Il a fait ça avec une telle habileté ! fulmina-t-elle. Ça paraissait une si bonne idée ! Il va falloir que nous ayons une petite conversation à ce sujet, ton ami bleu et moi !

— Tu allais nous raconter comment tu avais obligé Séphrénia à devenir notre tutrice, je crois, fit Émouchet.

— La manière douce ayant échoué, je le lui ai ordonné. D'abord, je lui ai demandé d'emporter les anneaux chez ces deux sauvages assoiffés de sang, puis je l'ai emmenée à ta maison natale, à Démos et je l'ai obligée à devenir ta tutrice. Je voulais qu'elle veille à ce que ta famille reste sur le droit chemin et j'avais besoin d'une sorte de prise sur toi. Sans ça, le Bhelliom t'aurait entièrement possédé, et je n'avais pas assez confiance en lui pour permettre ça.

— Tu avais donc tout prévu, fit Émouchet un peu tristement.

— Il se pourrait que le Bhelliom l'ait prévu avant moi, fit-elle d'un ton sinistre. J'étais absolument sûre que c'était mon idée, mais... je pensais que, si j'étais ta fille, au moins, tu ferais attention à moi.

— Alors tout était calculé dans les moindres détails, soupira Émouchet.

— Oui, mais ça n'a rien à voir avec les sentiments que je peux éprouver pour toi. J'ai eu beaucoup à faire pour t'inventer, Émouchet. Alors tu penses si je t'aime. Tu étais un adorable bébé. J'ai failli pulvériser Kalten quand il t'a cassé le nez. C'est Séphrénia qui m'en a dissuadée. Quant à ma mère... tu étais mignon, mais elle, elle était vraiment à croquer. Je l'ai aimée depuis le premier instant où je l'ai vue, et j'ai su que vous étiez faits pour vous entendre, tous les deux. Je suis assez fière de la façon dont les choses ont tourné. Je pense même que le Bhelliom l'approuve – sauf qu'il ne l'admettra jamais, naturellement. Il est parfois très imbu de lui-même.

— Ton cousin Setras est-il vraiment allé à la Basilique parler avec Dolmant ? demanda-t-il à brûle-pourpoint.

— Oui.

— Et comment Dolmant a-t-il pris ça ?

— Étonnamment bien. Il est vrai que Setras peut être charmant quand il le veut, et Dolmant m'aime beaucoup. Je pense, ajouta-t-elle, songeuse, que son archiprélature va initier de profonds changements dans ton Église, Vanion. L'esprit de Dolmant n'est pas figé dans la pierre, comme celui d'Ortzel. La théologie élène va beaucoup changer, avec lui.

— Les conservateurs ne vont pas aimer ça.

— Ils n'aiment jamais rien. Ils ne changeraient pas de sous-vêtements s'ils n'y étaient contraints et forcés.

— C'est extrêmement spécieux du point de vue légal, Majesté, objecta Oscagne. Je ne mets pas votre parole en doute, Anarae, ajouta-t-il très vite, mais vous voyez tous le problème. Nous n'avons, en guise de preuve, que le témoignage informel de Xanetia sur les pensées d'un certain individu. Le plus tolérant des juges risque d'avoir du mal à avaler ça. Le dossier serait indéfendable. D'autant que certains des accusés appartiennent aux plus grandes familles de Tamoulie.

— Tu ferais aussi bien de cracher le morceau, Stragen, suggéra Émouchet. Tu as décidé de mettre ton plan à exécution, de toute façon, et si tu ne le leur dis pas, ils vont palabrer pendant des semaines.

Stragen fit la grimace.

— Je regrette que tu aies mis ça sur le tapis, dit-il d'un ton chagrin. Les personnages officiels sont plus ou moins obligés de respecter la lettre et la loi. Je suis sûr qu'ils préféreraient ignorer les détails.

— J'en suis également persuadé, mais nous n'avons pas de temps à perdre en arguties juridiques. Nous avons des problèmes autrement urgents à régler.

— De quoi s'agit-il ? demanda Sarabian.

— Sire Stragen et maître Caalador envisagent de prendre ce que vous pourriez appeler des mesures expéditives, Majesté. Tu veux raconter cela toi-même, Stragen, ou tu préfères que je le fasse ?

— Vas-y. Ça sonnera peut-être mieux venant de toi, fit Stragen en se calant dans son fauteuil, la mine sombre.

Il jouait toujours avec ses deux pièces d'or.

— Leur plan est très simple, Majesté, reprit Émouchet. Ils se proposent, au lieu d'arrêter tous ces conspirateurs, espions et autres informateurs, de les exécuter.

— Quoi ? s'exclama Sarabian.

— C'est une façon assez abrupte de présenter les choses, Émouchet, protesta Stragen.

— Je suis un homme abrupt, répondit Émouchet en haussant les épaules. En fait, Majesté, je suis plus ou moins d'accord sur le principe. La justice est une drôle de chose. Elle s'attache moins au châtiment des coupables qu'à la dissuasion. Elle se plaît à infliger des choses désagréables, en public, aux criminels qui se font prendre afin d'effrayer les gens et de les dissuader de s'adonner au crime. Mais, comme le souligne Stragen, la plupart des criminels savent qu'ils ont peu de chance de se faire pincer, aussi la police et les tribunaux ne servent-ils en réalité qu'à justifier leur propre existence. C'est pourquoi il suggère qu'au lieu de nous reposer sur ces instances nous fassions appel à des justiciers, un de ces jours, ou plutôt une de ces nuits. Le lendemain matin, tous ceux qui ont quelque chose à voir, même de loin, avec Zalasta et ses Styriques renégats seront retrouvés la gorge tranchée. Voilà qui devrait être dissuasif. Il n'y aurait pas d'acquittements, d'appels ou de grâce impériale pour brouiller le message. Cela dit, si j'approuve l'idée, c'est pour des raisons stratégiques. Je laisse la justice aux tribunaux – ou aux Dieux. Cette idée me plaît à cause des ravages qu'elle introduirait chez Zalasta. Il a mis au point un dispositif très élaboré pour parvenir à ses fins sans confrontation directe. Le plan de Stragen l'anéantirait en une seule nuit, ce qui l'obligerait à se battre à visage découvert. Il n'est pas très bon à ce j'eu-là, mais nous le sommes.

Nous nous retrouverions sur notre propre terrain, et c'est toujours un énorme avantage tactique.

— Ça nous permettrait de choisir notre moment, ajouta Caalador. Ce qui est très important.

— L'effet de surprise devrait jouer à fond ; c'est toujours ça, nota Itagne.

— La civilisation est fondée sur des lois, Itagne, objecta Oscagne. Si nous les enfreignons, comment pouvons-nous espérer que les autres les respectent ?

— C'est tout le problème, vieux. Pour le moment, les lois protègent les criminels et non la société. Nous pourrons toujours ergoter, trouver des justifications légales après. Non, ma seule objection c'est que nos... euh, ces agents du gouvernement, dirons-nous, n'auront pas de mandat officiel. Enfin, nous devrions pouvoir résoudre ce problème en nommant messire Stragen ministre de l'Intérieur et maître Caalador chef de la police secrète.

— Vraiment secrète, Votre Excellence, fit Caalador en riant. Je ne connais à peu près aucun des hommes de main.

— Ce sont les meilleurs, j'imagine, fit Itagne en souriant, puis il regarda l'empereur. Ça conférerait une légère teinture légale à toute l'affaire. Dans l'hypothèse où Sa Majesté déciderait d'en passer par là.

Sarabian se pencha pensivement sur l'accoudoir de son fauteuil.

— Je suis très tenté. Pareil bain de sang assurerait la tranquillité en Tamoulie pour un siècle au moins, déclara-t-il, puis il écarta toute nostalgie et se redressa. C'est quand même un peu trop barbare. Je ne puis approuver une chose pareille alors que Dame Séphrénia et l'Anarae Xanetia me regardent et me jugent.

— Qu'en pensez-vous, Xanetia ? demanda timidement Séphrénia.

— Les Delphae ne s'embarrassent guère de subtilités et de théories, Séphrénia.

— C'est ce que je pensais. Le bien, c'est le bien, et le mal, c'est le mal, pas vrai ?

— C'est aussi ce qu'il me semble.

— À moi aussi. Zalasta nous a fait souffrir toutes les deux, et le massacre prévu par Stragen le mettrait à la torture. Comment pourrions-nous y être opposées ?

Xanetia eut un sourire.

— La décision vous appartient, Sarabian, conclut Séphrénia. Si vous cherchez un prétexte pour ne pas le faire, ce n'est pas chez Xanetia et moi que vous le trouverez. Nous n'avons rien contre ce plan.

— Moi qui comptais sur vous pour me tirer cette épine du pied... Vous me décevez profondément. Vous êtes ma dernière chance, Ehlana. Cette monstrueuse idée ne vous caille pas le sang dans les veines ?

— Pas spécialement, répondit-elle avec une moue comique, mais je suis une Élène. Et une politicienne. Tant que nous ne nous faisons pas pincer la main dans le sac – ou plutôt le couteau à la main –, nous arrivons toujours à nous en tirer.

— Personne ne veut m'aider ? fit Sarabian d'un ton plaintif.

Oscagne jeta à son empereur un regard pénétrant.

— C'est à vous de décider, Majesté, déclara-t-il.

Personnellement, je n'aime pas beaucoup ça, mais ce n'est pas moi qui dois donner l'ordre.

— C'est toujours comme ça, Ehlana ? gémit Sarabian.

— Souvent, répondit-elle calmement. Et quand ce n'est pas comme ça, c'est pire.

L'empereur contempla longuement le mur du fond sans le voir.

— Très bien, Stragen, dit-il enfin. Allez-y, faites-le.

— Bon garçon, fit Ehlana, tout attendrie.

25

— Non, Caalador, dit Émouchet. Ça ne prendra pas trois ou quatre semaines. Je dispose d'un moyen de déplacement rapide.

— Ça ne servira à rien, Émouchet, objecta le Cammorien. Les agents du gouvernement secret ne prendront pas d'ordres de vous.

— Ce n'est pas moi qui donnerai les ordres, Caalador. C'est vous.

— Vous êtes sûr que c'est bien prudent, de voyager comme ça ? demanda-t-il en déglutissant péniblement.

— Faites-moi confiance. Combien de personnes devrons-nous voir ?

Caalador jeta un regard gêné en direction de Sarabian.

— Je n'ai pas le droit de le dire.

— Je n'utiliserai pas l'information, Caalador, lui assura l'empereur.

— Nous le savons tous les deux, Majesté, mais la règle, c'est la règle. Nous aimons laisser planer un certain flou sur nos effectifs, c'est tout.

— Nous voulons juste un ordre d'idée, Caalador, soupira Ehlana. Une centaine ? Cinq cents ?

— Pas tant qu'çâ, mon p'tit chou, s'esclaffa-t-il, retrouvant son accent péquenaud. Y'â aucune tarte qu'on peut couper en autant d'morceaux. Disons plus de vingt et moins d'une centaine, si çâ vous vâ, fit-il en coulant un regard un peu anxieux vers Stragen. J'ai pas envie de m'faire couper l'cou.

— C'est assez vague, fit Stragen en riant. Je ne te balancerai pas pour ça, Caalador.

— Merci.

— Y a pas de quoi.

— Bon, donc deux ou trois jours, répondit Émouchet.

— Attendons pour faire passer le mot que l'Anarae ait sondé l'esprit de Krager, demain matin, suggéra Stragen en retrouvant sa gravité. S'il est au courant, pour notre gouvernement secret, il l'a probablement infiltré, et il y aura des gens à qui il vaudra mieux ne pas parler de tout ça.

— Et nous ajouterons leur nom à la liste, poursuivit Caalador.

— Quelle longueur fait-elle, maître Caalador ? demanda Oscagne.

— Si on vous le demande, vous direz que vous ne le savez pas, répondit Caalador d'un ton sans réplique. Arrêtons plutôt une date susceptible de rester imprimée dans l'esprit des gens. Les voleurs et les égorgeurs ne sont pas très doués pour lire les calendriers.

— Que diriez-vous de la Fête des Moissons ? suggéra Itagne. Ce n'est que dans trois semaines, et on la célèbre dans tout l'empire.

— Pas mal, acquiesça Caalador en interrogeant les autres du regard. Nos agents disposeraient de trois nuits au lieu d'une pour faire le boulot, et il y a beaucoup de bruit et de confusion pendant les festivités.

— Et l'on boit pas mal, ajouta Itagne. Tout le continent est ivre mort.

— C'est la liesse générale, alors ? avança Bévier.

— Théoriquement, c'est une fête religieuse, expliqua Itagne. Nous sommes censés remercier les Dieux pour l'abondance des récoltes. La plupart des gens règlent ça en deux minutes, ce qui leur laisse trois jours et trois nuits pour s'attirer toutes sortes d'ennuis. Les moissonneurs ont touché leur paye, ils prennent leur bain de l'année et ils se dirigent vers la ville la plus proche, à la recherche de bêtises à faire.

— On dirait qu'ils ont inventé ça en pensant à nous, nota Caalador.

— Aurez-vous assez de trois semaines pour déplacer vos forces contre les Trolls ? s'informa Sarabian.

— Largement, Majesté, répondit Vanion. Chaque garnison n'envoie qu'une section de combat, et l'on déplace plus vite une section qu'un bataillon. Les hommes prennent déjà position le long de la frontière atana.

— Quelle est la manœuvre prévue ? s'informa Kalten.

— Il y a trois solutions, intervint Émouchet. Soit nous frappons d'abord les Trolls et nous attirons l'attention de Zalasta vers le nord de l'Atan, soit nous assassinons d'abord les conspirateurs, et l'envoyons ainsi courir dans tous les coins du continent afin de sauver ce qu'il peut de son organisation, soit, troisième hypothèse, nous faisons tout ça en même temps, histoire de voir s'il peut se trouver en une centaine d'endroits à la fois.

— Nous avons le temps de réfléchir, nota Sarabian. Prévenons d'abord nos exécuteurs des hautes œuvres qu'ils devront intervenir pendant la Fête des Moissons. La situation militaire est plus fluide.

— Disons que notre objectif numéro un est d'éliminer Sabre, Parok et Rebal, puisque les Atans les ont ratés lors du dernier ratissage, poursuivit Stragen. Tynian doit traverser les royaumes élènes de l'ouest de la Tamoulie pour arriver à Mathérion, et tant que ces brandons de discorde seront vivants, ils lui mèneront la vie dure. Y a-t-il un moyen d'avoir aussi Scarpa ?

— Il est retranché à Natayos, répondit Caalador en secouant la tête. Il en a fait une véritable forteresse défendue par une armée de fanatiques. Il n'y a pas assez d'argent dans le monde pour convaincre un assassin de le tuer. La seule façon de l'avoir serait de monter une expédition militaire.

— Dommage, murmura Séphrénia. La mort de son seul fils lui crèverait vraiment le cœur.

— Sauvage, accusa tendrement Vanion.

— Zalasta a tué ma famille, Vanion, répondit-elle. Je veux seulement lui rendre la pareille.

— Ça me paraît juste, en effet, fit-il avec un sourire.

— Je suis encore tout à fait contre, fit obstinément Stragen quand ils se retrouvèrent, Émouchet, Ulath et lui, dans le couloir, un peu plus tard.

— Sois raisonnable, Stragen, fit Ulath. Ça pourrait être intéressant de connaître leur point de vue, non ? Je ne vais pas les lâcher dans la nature sans précautions, tu sais.

— Ils accepteront n'importe quoi pour recouvrer la liberté, Ulath. Ils te promettront de faire sortir les Trolls d'Atan et même de nous aider à régler leur compte à Zalasta et Cyrgon si tu le leur demandes, mais qu'est-ce qui les obligera à tenir leurs promesses une fois qu'ils seront rentrés en Thalésie ? Nous ne sommes pas de la même race que leurs adorateurs. Nous ne sommes que des animaux, pour eux. Tu te sentirais obligé de respecter la parole que tu aurais donnée à un ours ?

— Disons que ça dépendrait de l'ours.

— Les Dieux des Trolls pourraient nous rouler dans la farine, intervint Émouchet, mais ils ne s'en sortiraient pas comme ça avec le Bhelliom, parce qu'il pourrait les réabsorber s'ils lui jouaient un tour.

— Bon, reprit Stragen d'un ton dubitatif, je veux que tout le monde sache que cette idée ne me dit rien qui vaille, mais, si vous tenez absolument à écouter ce qu'ils ont à dire, j'insiste pour être présent. Je veux savoir ce que tu leur promettras, Ulath.

— Tu ne comprends pas la langue troll.

— J'espère bien que non, confirma Stragen avec un

frisson. Mais Séphrénia sera avec nous. Elle me traduira vos paroles.

— Parce que tu es sûr de pouvoir lui faire confiance ?

— Tu devrais avoir honte, Ulath.

— Pff... C'était pour rire ! Quand veux-tu faire ça, Émouchet ?

— Il n'y a pas le feu. Je dois d'abord emmener Caalador parler avec ses amis. Attendons que l'opération soit sur pied et que les Atans de Vanion soient arrivés à bon port avant de réveiller les Dieux des Trolls. Inutile de les exciter prématurément.

— Je propose que nous fassions ça à la campagne, reprit Ulath. Quand nous leur dirons que Cyrgon leur a piqué leurs ouailles, leurs cris de rage pourraient décoller toutes les plaques de nacre des murs de Mathérion.

— Son esprit est très embrumé par l'alcool, rapporta Xanetia, le lendemain matin, en rentrant de l'ambassade de Cynesga avec Bérit. Et il est difficile d'y déchiffrer une pensée cohérente.

— A-t-il des soupçons, Anarae ? demanda Stragen, l'air préoccupé.

— Il sait, doux sire, que tu as jadis chargé des voleurs et des mendiants de le surveiller, répondit-elle. Mais il pense que vous devez renouveler, le jeune Talen et toi-même, ces arrangements dans chaque cité, et que l'un de vous doit s'y rendre pour parler avec chaque chef individuellement.

— Il ne sait donc rien du gouvernement secret ? insista Caalador.

— Il n'a qu'une vague compréhension de ta société, maître Caalador. Une telle coopération dépasse son entendement, car Krager lui-même serait incapable de l'envisager, n'étant guidé que par l'intérêt immédiat.

— Prions pour que ce sac à vin ne dessoûle jamais ! exulta Stragen.

— Amen, acquiesça Caalador avec ferveur. Eh bien, Émouchet, si vous demandiez à votre joyau de nous emmener faire ce petit tour de Tamoulie ? Nous avons des tas de gens à voir et de cous à couper.

Xanetia prit une expression tragique.

Caalador fut assez secoué la première fois que le Bhelliom lui fit traverser la moitié du continent, mais par la suite il sembla presque amorphe. Il lui fallait près d'une demi-heure à chaque arrêt pour transmettre ses instructions aux divers chefs de la pègre, et Émouchet soupçonnait fortement le Cammorien au visage rougeaud de soigner ses nerfs ébranlés à l'aide de calmants alcoolisés, mais il ne pouvait en être sûr, évidemment, puisqu'il était fermement tenu à l'écart des discussions.

— Vous n'avez pas besoin de savoir qui sont ces gens, Émouchet, disait Caalador, et votre présence ne ferait que les énerver.

De petits détachements d'Atans venaient de tous les coins de la Tamoulie se masser dans divers camps, le long de la frontière atana. Tikumé avait promis plusieurs milliers de Péloïs de l'Est en plus des trois mille archers que Kring avait personnellement escortés jusqu'à Atana. Le Bhelliom emmena Émouchet et

Vanion à la capitale de l'Atan afin de rassurer Betuana et de lui expliquer pourquoi ils concentraient la majeure partie de cette aide à la frontière.

— Les Trolls ne comprendraient pas la signification de ces renforts, Betuana-Reine, lui dit Vanion, mais Cyrgon est très versé en stratégie. Il comprendrait tout de suite notre tactique. Ne lui laissons pas soupçonner ce que nous mijotons tant que nous ne serons pas prêts à frapper.

— Vous espérez vraiment pouvoir surprendre un Dieu, Vanion-Précepteur ? demanda-t-elle.

Betuana portait ce qui passait pour une armure chez les Atans, et il était clair qu'elle dormait peu depuis plusieurs semaines.

— En tout cas, je vais essayer, Betuana-Reine, répondit Vanion en souriant. Je pense qu'on peut tranquillement estimer que Cyrgon n'a pas eu une idée neuve depuis les vingt mille dernières années. L'art de la guerre a beaucoup évolué depuis cette époque, et je doute qu'il comprenne grand-chose à ce que nous préparons. Enfin, j'espère, ajouta-t-il avec un soupir.

Puis le moment vint de mettre l'idée d'Ulath à l'épreuve. Aucun d'eux n'était enchanté par l'idée de bavarder avec les Dieux des Trolls, mais ils ne pouvaient plus tergiverser.

Une heure avant l'aube, le jour fatidique, émouchet et Vanion se faufilèrent dans la chambre de Séphrénia pour s'entretenir avec Xanetia et Danaé. La discussion commença presque aussitôt par une escarmouche.

— Il faut que je vous accompagne, Émouchet, insista Danaé.

— C'est hors de question, dit-il très fermement. Ulath et Stragen viennent avec nous. Tu ne voudrais pas leur laisser deviner ta véritable identité ?

— Ils ne découvriront rien du tout, Père, répondit-elle avec une patience teintée d'exaspération. Ce ne sera pas Danaé qui vous accompagnera.

— Oh. Alors c'est différent.

— Comment penses-tu t'y prendre au juste, émouchet ? demanda Vanion. Crois-tu pouvoir parlementer avec les Dieux des Trolls sans les libérer ?

— D'après le Bhelliom, ce ne sera pas nécessaire. Les Dieux des Trolls resteront captifs. Leur esprit a toujours été libre de vagabonder, sauf quand le Bhelliom est enfermé dans de l'or ou de l'acier. J'imagine qu'ils conservent un certain nombre de pouvoirs limités, mais leur vrai pouvoir est prisonnier avec eux du Bhelliom.

— Ne vaudrait-il pas mieux les convaincre d'utiliser ce pouvoir limité plutôt que de les libérer complètement ? suggéra Vanion.

— Ça ne marcherait pas, mon tant aimé, répondit Séphrénia. Il se pourrait que les Dieux des Trolls affrontent Cyrgon et, dans ce cas, il auraient besoin de tous leurs pouvoirs.

— De plus, ajouta Xanetia, je crois fermement qu'ils percevront notre besoin et marchanderont âprement.

— C'est toi qui vas leur parler, Émouchet ? demanda Vanion.

Émouchet secoua la tête.

— Ulath connaît les Trolls, leurs Dieux et leur langue

bien mieux que moi. Je tiendrai le Bhelliom et j'inviterai les Dieux des Trolls à sortir, après quoi ce sera à lui de jouer. Bon, c'est bientôt l'aube, fit-il en regardant par la fenêtre. Nous ferions mieux d'y aller. Ulath et Stragen nous retrouveront dans la cour.

— Retournez-vous, ordonna Danaé.

— Pardon ? s'étonna son père.

— Tourne-toi, Émouchet. Tu n'as pas besoin de voir ça.

— C'est un de ses caprices, expliqua Séphrénia. Elle ne veut pas qu'on connaisse son véritable aspect.

— Je sais déjà de quoi Flûte a l'air.

— Il y a une transition entre Danaé et Flûte, Émouchet. Elle redevient elle-même en passant de l'une à l'autre.

— Combien sont-elles, en tout ? soupira Émouchet.

— Des milliers, j'imagine.

— C'est déprimant. J'ai une fille et je ne la connais pas vraiment.

— Ne dis pas de bêtises, protesta Danaé. Bien sûr que tu me connais.

— Non. Je ne connais que l'une d'entre vous. Moins du millième de celle que tu es vraiment. Ça ne fait pas beaucoup.

Il poussa un nouveau soupir et lui tourna le dos.

— Ce n'est pas rien, Émouchet, rétorqua Danaé, et sa voix changea pendant qu'elle parlait, devint plus riche, plus vibrante ; une voix de femme.

Il y avait un miroir de laiton poli au mur. Émouchet, y jetant un coup d'œil, aperçut le reflet mouvant d'une silhouette debout derrière lui. Il détourna rapidement les yeux.

— Vas-y, Émouchet, ne te gêne pas. Ce n'est pas un très bon miroir, alors tu ne verras pas grand-chose.

Il leva les yeux. L'image était si déformée qu'il n'eut, en réalité, qu'une vague idée de sa silhouette et de sa taille. Aphraël était sensiblement plus grande que Séphrénia. Elle avait les cheveux longs, très noirs, et la peau très blanche. Chose étrange, dans ses traits vagues, imprécis, il distingua nettement ses yeux. Son regard trahissait une sagesse insondable, mais aussi une sorte de joie et d'amour éternel.

— Je ne ferais pas ça pour n'importe qui, Émouchet, fit la voix de la femme. Mais tu es le meilleur père que j'aie jamais eu, alors je me permets certaines libertés pour toi.

— Tu ne portes rien ? demanda-t-il.

— Pour quoi faire ? Je ne risque pas de m'enrhumer, tu sais.

— C'est une question de pudeur, Aphraël. Je suis ton père, après tout, et je me sens concerné par ce genre de chose.

Elle éclata de rire et s'approcha de lui. Une main lui effleura la joue. Il saisit une odeur d'herbe coupée, mais elle était subtilement différente du parfum familier qui planait toujours autour de Flûte et de Danaé. Celle qui se dressait derrière lui n'était pas une petite fille, loin de là.

— C'est comme ça que tu apparais au reste de ta famille ? demanda-t-il.

— Rarement. Je préfère qu'ils pensent à moi comme

à une enfant. J'en obtiens bien davantage sous cette forme. Beaucoup plus de baisers, en particulier.

— Et il est important pour toi d'obtenir ce que tu veux, hein, Aphraël ?

— Comme pour tout le monde, non ? Je suis meilleure à ce jeu que la plupart des gens, c'est tout. Il n'y en a probablement jamais eu de plus douée que moi en la matière, renchérit-elle avec un rire de gorge, grave et profond.

— J'avais remarqué, nota-t-il sèchement.

— Enfin, je bavarderais bien encore un moment avec toi, mais il ne faut pas faire attendre Ulath et Stragen, dit-elle, et son reflet vacilla, se brouilla et s'amenuisa tandis qu'elle retombait en enfance. Allons régler notre affaire avec les Dieux des Trolls, fit la voix familière de Flûte.

Il faisait un sale temps ce matin-là, et de vilains nuages gris filaient dans le ciel. Les rues étaient désertes. Émouchet et ses compagnons quittèrent la cité impériale et suivirent la longue avenue menant à la porte ouest, puis ils sortirent de la ville et gravirent la colline d'où ils avaient pour la première fois contemplé la cité aux dômes de feu.

— Comment prévois-tu de les approcher ? demanda Stragen à Ulath alors qu'ils atteignaient le sommet de la colline.

— Avec prudence et circonspection, grommela Ulath. Je n'ai pas envie de me faire bouffer tout cru. J'ai déjà eu l'occasion de leur parler, alors ils se souviennent peut-être de moi, et le fait qu'Émouchet tienne le Bhelliom dans la main les incitera peut-être à la mansuétude.

— Tu aimerais un endroit en particulier ? demanda Vanion.

— Un champ. Pas trop dégagé. Avec des arbres à proximité, que je puisse y grimper si ça tourne au vinaigre. À ce propos, si je me mets à courir, je vous déconseille de rester sur la trajectoire.

— Là-bas ? proposa Émouchet en indiquant une prairie au bord d'un bosquet de pins.

— Ce n'est pas idéal, fit Ulath en plissant les paupières, mais aucun endroit ne le sera. Finissons-en. Je ne sais pas pourquoi, j'ai les nerfs en boule, ce matin.

Ils s'avancèrent dans la pâture et mirent pied à terre.

— Bon, l'un de vous a quelque chose à dire avant que nous commencions ? demanda Émouchet.

— C'est à toi de jouer, Émouchet, répondit Flûte. À toi et à Ulath. Nous ne sommes là qu'à titre d'observateurs.

— Merci, lâcha-t-il sèchement.

— Y a pas de quoi, fit-elle avec une petite révérence.

Émouchet prit le coffret d'or dans sa tunique, effleura le couvercle avec son anneau et lui ordonna de s'ouvrir.

— Rose bleue..., commença-t-il en élène.

— Je t'entends, Anakha, répondit le Bhelliom par les lèvres de Vanion.

— Je sens en toi la présence des Dieux des Trolls. Peuvent-ils comprendre mes paroles quand je m'exprime dans cette langue ?

— Non, Anakha.

— Parfait. Cyrgon a, par la ruse et en usant d'un subterfuge, abusé les Trolls. Il les a attirés ici, en Darésie, afin d'attaquer nos alliés atans. Nous songeons à demander aux Dieux des Trolls de réaffirmer leur autorité sur leur peuple. Crois-tu qu'ils soient prêts à entendre notre requête ?

— Tout Dieu écoute attentivement la moindre parole concernant ses adorateurs, Anakha.

— C'est bien ce qu'il me semblait. Es-tu comme moi d'avis qu'ils seront furieux d'apprendre que Cyrgon a volé leurs Trolls ?

— Ils seront marris au-delà de toute mesure, Anakha.

— Comment penses-tu qu'il faille procéder avec eux ?

— Informe-les en paroles simples de ce qui s'est passé. Ne parle pas trop vite, n'use point de mots compliqués, car ils ont du mal à comprendre.

— Je m'en suis aperçu lors de mes précédents contacts avec eux.

— Songes-tu à leur parler toi-même ? Souffre que je te le dise, tu n'as, de leur langue, qu'une maîtrise fort imparfaite.

— C'est toi qui dis ça, Vanion ? demanda Émouchet d'un ton accusateur.

Vanion cilla et changea subtilement d'expression, comme s'il échappait un instant à l'influence du Bhelliom.

— Moi ? Sûrement pas ! Je serais bien en peine de critiquer ta façon de parler le troll.

— Pardonne ma stupidité, Rose bleue. Mon instructrice était pressée quand elle m'a enseigné la langue des hommes-bêtes.

— Émouchet ! protesta Séphrénia.

— Mon compagnon Ulath est plus familiarisé que moi avec les Trolls et leur langage. C'est lui qui informera les Dieux des Trolls que Cyrgon leur a volé leurs créatures.

— J'ouvrirai leur esprit de sorte que ton compagnon puisse s'adresser à eux.

La pierre palpita dans sa main et les présences gigantesques qu'Émouchet avait perçues dans le temple d'Azash devinrent visibles, ce qu'il regretta avec ferveur. Comme leur réalité était encore prisonnière du Bhelliom, leur forme était auréolée d'une lueur bleutée qui brouillait les détails. Ils se dressaient, énormes, devant lui, leur faciès de brute mu par une rage irrépressible, mais leur fureur contenue par le pouvoir du Bhelliom.

— Tu as intérêt à être convaincant, Ulath, fit Émouchet. La situation m'a l'air tendue.

Le grand gaillard aux tresses blondes prit une profonde inspiration et fit un pas en avant.

— Je suis Ulath de Thalésie, dit-il en troll. Je parle au nom d'Anakha, l'enfant du Bhelliom. Je suis porteur d'un message de vos propres enfants. Voulez-vous l'entendre ?

— Parle, Ulath de Thalésie.

Émouchet comprit, en entendant le crépitement mêlé à l'énorme voix, qu'ils avaient affaire à Khwadj, le Dieu troll du Feu.

— Nous sommes stupéfaits de ce que vous avez fait, reprit Ulath en adoptant une expression légèrement réprobatrice. Pourquoi avez-vous donné vos enfants à Cyrgon ?

— Quoi ? rugit Khwadj.

— Nous avons compris que tel était votre souhait, poursuivit Ulath, feignant la surprise. N'avez-vous point ordonné à vos enfants de quitter leur domaine ancestral et de marcher durant de nombreux sommeils à travers les glaces qui ne fondent jamais vers cet endroit étranger ?

Khwadj poussa un hurlement et se mit à frapper le sol de ses poings de singe, soulevant un nuage de poussière et de fumée.

— Quand cela s'est-il passé ? demanda une autre voix, caractérisée, celle-ci, par une sorte de gargouillis monstrueux.

— Il y a bien deux changements de saison, Ghnomb, fit Ulath en réponse à la question du Dieu du Manger. Nous pensions que vous le saviez. Rose bleue vous a fait venir afin que vous nous disiez pourquoi vous aviez fait cela. Nos Dieux veulent savoir pourquoi vous avez rompu le compact.

— Le compact ? releva Stragen après la traduction de Séphrénia.

— Une sorte d'accord, expliqua Flûte. Comme nous ne voulions pas vraiment exterminer les Trolls, nous avons promis à leurs Dieux que nous les laisserions tranquilles s'ils restaient dans les montagnes de Thalésie.

— Quand est-ce arrivé ?

— Il y a vingt-cinq mille ans, à peu de chose près.

Stragen déglutit péniblement.

— Pourquoi vos enfants obéissent-ils à Cyrgon si vous ne le leur avez pas ordonné ? demanda Ulath.

L'une des immenses silhouettes étendit un bras d'une longueur prodigieuse et l'énorme main disparut dans une sorte de vide, un peu comme un bâton qu'on plonge dans un étang. Quand la main reparut, elle tenait un Troll qui se débattait. L'énorme Dieu émit un rugissement hargneux sur un ton impérieux, menaçant.

— Ça, c'est intéressant, murmura Ulath. On dirait que même le troll a changé au fil des années.

— Que dit-il ? demanda Émouchet.

— Je n'ai pas tout compris, répondit Ulath. La langue est tellement archaïque que la plupart des mots me sont inconnus, mais Zoka exigeait manifestement des explications.

— Zoka ?

— Le Dieu de la Fertilité, expliqua Ulath. Le Troll n'y comprend rien, traduisit-il au bout d'un moment. Il dit qu'ils étaient tous persuadés d'obéir à leurs Dieux. Le déguisement de Cyrgon devait être vraiment convaincant pour que les Trolls, qui sont très proches de leurs Dieux, ne se soient pas rendu compte du subterfuge.

Zoka se mit à rugir, et renvoya le Troll hurlant dans le néant.

— Anakha ! appela l'un des immenses Dieux.

— C'est lequel, celui-là ? marmonna Émouchet.

— Ghworg, répondit tout bas Ulath. Le Dieu du Tuer. Méfie-toi de lui. Il est très soupe au lait.

— Oui, Ghworg, répondit Émouchet.

— Demande à ton père de relâcher son étreinte. Laisse-nous partir. Nous devons récupérer nos enfants.

Les griffes du Dieu du Tuer étaient trempées de sang. Le sang de qui, ou de quoi ? Émouchet se refusait à l'imaginer.

— Laisse-moi répondre, souffla Ulath. Ce n'est pas en son pouvoir, Ghworg, répondit-il tout haut. Le sort qui vous a emprisonnés était l'œuvre de Ghwerig. C'est un sort troll et Anakha ne le connaît pas.

— Nous le lui enseignerons.

— Non ! intervint soudain Flûte. Ce sont mes enfants. Je ne permettrai pas qu'ils soient contaminés par des sorts trolls !

— Nous t'implorons, Déesse-Enfant, de nous libérer ! Nos enfants se sont égarés !

— Ma famille n'acceptera jamais. Vos enfants considèrent nos enfants comme de la nourriture. Si Anakha vous libère, vos enfants dévoreront les nôtres. Il ne peut en être ainsi.

— Ghnomb ! rugit Khwadj. Donne-lui-en l'assurance !

Le Dieu du Manger poussa ce qui devait passer pour un gémissement chez les Trolls et son immense faciès se convulsa.

— Je ne peux pas ! hurla-t-il. J'en serais diminué ! Nos enfants doivent manger ! Tout ce qui vit doit être de la nourriture !

— Si tu refuses, nos enfants sont perdus !

L'herbe, autour des pieds du Dieu du Feu, se mit à fumer.

— Je vais y aller sur la pointe des pieds, mais je crois que j'ai une idée, souffla Ulath en élène, puis il reprit en troll : Il y a du vrai dans les paroles de Ghnomb. Pourquoi devrait-il seul être amoindri ? Chacun doit accepter de l'être. Ghnomb n'acceptera pas, sans cela.

— En vérité ! beugla Ghnomb. Je ne me laisserai pas affaiblir seul.

Les quatre autres Dieux des Trolls se tortillèrent, leur faciès reflétant la même angoisse que celui de Ghnomb.

— Que veux-tu ? demanda le Dieu qui n'avait pas encore parlé, d'une voix qui charriait des blizzards.

— Schlee, le Dieu de la Glace, expliqua Ulath.

— Amoindrissez-vous ! exigea Ghnomb. Je refuse de me sacrifier seul !

— Ah, ces Trolls, soupira Aphraël en levant les yeux au ciel. Voulez-vous accepter ma médiation dans cette affaire ? demanda-t-elle aux monstrueuses divinités.

— Nous entendrons tes paroles, Aphraël, répondit Ghword avec circonspection.

— Nos intentions sont convergentes, commença-t-elle.

— Elle va prononcer une allocution, gémit Émouchet. Comme si c'était le moment...

— Ta gueule, Émouchet ! lança la Déesse-Enfant. Je sais ce que je fais. Cyrgon a trompé vos enfants, reprit-elle à l'adresse des gigantesques déités. Il leur a fait traverser les glaces qui ne fondent jamais et les a amenés en cet endroit pour massacrer mes enfants. Cyrgon doit être puni !

Les Dieux des Trolls étaient bien d'accord. Ils le dirent dans un rugissement.

— Vous joindrez-vous à nous pour faire payer ses méfaits à Cyrgon ?

— Compte sur nous pour les lui faire payer, Aphraël, lança Ghworg dans une sorte d'aboiement.

— Et combien de vos enfants mourront-ils si vous faites cela ? Mes enfants peuvent poursuivre ceux de Cyrgon dans les terres du soleil, où les vôtres mourraient. Si nous n'unissons pas nos forces, Cyrgon en souffrira-t-il davantage ?

— Il y a de la sagesse dans ses paroles, dit Schlee, son souffle se cristallisant dans l'air pourtant pas vraiment froid.

— Ghnomb doit promettre que vos enfants ne mangeront plus les miens, insista Aphraël. S'il refuse, jamais Anakha ne demandera à son père de vous libérer.

Ghnomb poussa un gémissement.

— Ghnomb doit le faire, insista-t-elle. Sinon, je ne per mettrai pas à Anakha de vous libérer, et Cyrgon gardera vos enfants. Ghnomb refusera, si vous n'acceptez pas chacun un égal amoindrissement. Ghworg ! Tu dois interdire à tes enfants de tuer les miens !

Ghworg leva les bras au ciel et poussa un hurlement.

— Khwadj ! continua-t-elle inexorablement. Tu dois maîtriser les feux qui font rage tous les ans dans les forêts de Thalésie, quand le soleil retourne vers les pays du Nord.

Khwadj étouffa un sanglot.

— Schlee ! lança Aphraël. Tu dois retenir les rivières de glace qui dévalent les flancs des montagnes. Laisse-les fondre quand elles arrivent dans les vallées !

— Non ! geignit Schlee, et des flocons de neige scintillants apparurent dans le vide pour se poser sur ses énormes épaules.

— Alors tu peux dire adieu à tous tes enfants. Retiens les glaces, ou tu pleureras seul dans les étendues désolées du Nord. Zoka ! Chaque femme Troll ne pourra porter plus de deux rejetons !

— Jamais ! mugit Zoka. Mes enfants doivent s'accoupler !

— Tes enfants sont maintenant ceux de Cyrgon. Aiderez-vous Cyrgon à accroître sa force ? Je veux votre accord à tous, ou je ne permettrai pas à Anakha de vous libérer.

— Qu'exiges-tu, Aphraël ? demanda Schlee de sa voix prise par les glaces.

— Tes enfants sont immortels. Les miens ne le sont pas. Tes enfants doivent mourir aussi, chacun à son heure.

Ils explosèrent de rage.

— Remets-les dans leur prison, Anakha, fit Aphraël. Ils ne veulent rien entendre. Le marché n'est pas conclu, dit-elle en langue troll, de façon à être comprise par les Dieux en furie.

— Attends ! hurla Khwadj. Attends !

— Eh bien ? dit-elle.

— Souffre que nous nous isolions un moment afin de considérer ta monstrueuse requête.

— Dépêchez-vous, répliqua-t-elle. Je n'ai pas que ça à faire, moi.

Les cinq prodigieuses entités s'éloignèrent un peu dans la pâture.

— Tu y vas fort, là, objecta Séphrénia. Avec cette demande, tu as probablement anéanti toutes les chances d'arriver à un accord.

— Mais non, tu vas voir, répondit Aphraël. Les Dieux des Trolls sont incapables de se projeter aussi loin dans l'avenir. Ils vivent dans l'instant présent, et pour le moment, le plus important pour eux est de reprendre leurs Trolls à Cyrgon. La dernière requête est la plus importante, en fait, ajouta-t-elle dans un soupir. Les humains et les Trolls ne peuvent cohabiter dans le même monde. Il faudra que les uns ou les autres le quittent et j'aimerais autant que ce soient les Trolls, pas toi ?

— Tu es impitoyable, Aphraël. Tu demandes aux Dieux des Trolls de consentir à la disparition de leurs propres adorateurs.

— Ils sont condamnés, de toute façon, soupira la Déesse-Enfant. Il y a déjà trop d'êtres humains dans le monde. Si les Trolls deviennent mortels, ils s'en iront paisiblement tandis que, si les humains doivent les tuer un à un, la moitié périront avec eux. Je suis aussi morale que les autres Dieux. J'aime mes enfants et je ne veux pas les voir crever dans les montagnes de Thalésie, massacrés par les Trolls.

— Dis-moi, Émouchet, fit Stragen, quand nous traversions la Pélosie en allant au Zémoch, Khwadj a bien fait une chose qui t'a permis d'observer Martel et de l'écouter parler ? Tu crois qu'Aphraël pourrait en faire autant ?

— Je suis là, Stragen, susurra Flûte. Pourquoi ne me poses-tu pas directement la question ?

— Nous n'avons pas été présentés comme il convient, ô Divine, répondit-il avec une révérence comique. Tu pourrais le faire ? Tu pourrais communiquer avec un individu qui se trouve à l'autre bout du monde, je veux dire ?

— Je n'aime pas faire ça, répondit-elle. Je préfère être près des gens pour leur parler.

— Ma Déesse attache une grande importance au contact, Stragen, expliqua Séphrénia.

— Je vois. Bon, alors voilà : quand les Dieux des Trolls reviendront – et si jamais ils accèdent à nos requêtes invraisemblables –, j'aimerais qu'Émouchet ou Ulath demandent à Khwadj de me rendre un service. Je voudrais parler à Platime, à Cimmura.

— Les voilà, avertit Xanetia.

Les monstrueuses créatures revenaient dans la pâture dorée par l'automne.

— Tu ne nous laisses pas le choix, Aphraël, fit Khwadj d'une voix brisée. Force nous est d'accepter tes exigences impitoyables. Nous devons arracher nos enfants à Cyrgon.

— Vous ne tuerez plus mes enfants pour les dévorer ? insista-t-elle.

— Nous ne le ferons plus.

— Vous n'incendierez plus les forêts de Thalésie ?

Khwadj poussa un gémissement et hocha la tête.

— Vous ne comblerez plus les vallées de glaciers ?

Schlee acquiesça dans un sanglot.

— Vous ne vous reproduirez plus comme des lapins ?

Zoka émit une plainte lugubre.

— Vos enfants vieilliront et mourront comme toutes les autres créatures ?

Khwadj s'enfouit la face dans les mains.

— Oui, dit-il en pleurant.

— Alors nous nous joindrons à vous pour combattre Cyrgon. D'abord, vous rentrerez dans le cœur du Bhelliom. Anakha vous emmènera à l'endroit où vos enfants se languissent sous le joug de Cyrgon. Là, il vous libérera afin que vous arrachiez vos enfants à l'immonde emprise de Cyrgon, après quoi nous unirons nos forces pour le faire souffrir comme Azash a souffert.

— OUI ! hurlèrent les Dieux des Trolls à l'unisson.

— Ainsi soit-il ! déclara Aphraël d'une voix vibrante. Encore une preuve de bonne volonté, Khwadj, pour sceller notre alliance nouvellement conclue. Cet enfant à moi que voici voudrait parler avec un certain Platime, à Cimmura, dans la lointaine Élénie. Fais en sorte qu'il le puisse.

— Je vais le faire, Aphraël, promit Khwadj.

Il tendit son énorme main et un rideau de flammes tomba du bout de ses doigts.

Derrière le brasier apparut une chambre à coucher où une énorme masse gisant sur un énorme lit ronflait comme un sonneur.

— Réveille-toi, Platime ! fit Stragen d'une voix sèche.

— Au feu ! glapit Platime en se redressant précipitamment.

— Oh, ça va ! lança Stragen. Il n'y a pas le feu. C'est de la magie.

— Stragen ? C'est toi ? Où es-tu ?

— Derrière les flammes. Tu ne peux probablement pas me voir.

— Tu t'es mis à la magie, maintenant ?

— Bah, comme ça, répondit modestement Stragen. Bon, écoute-moi bien, je ne sais pas combien de temps l'enchantement va durer. Prends contact avec Arnag, à Kadach, et dis-lui de tuer le comte Gerrich. Je n'ai pas le temps de t'expliquer. C'est important, Platime. Ça fait partie du plan que nous mettons en œuvre ici, en Tamoulie.

— Gerrich ? répéta Platime d'un air dubitatif. Ça va coûter un paquet, Stragen.

— Demande de l'argent à Lenda. Dis-lui qu'Ehlana est d'accord.

— C'est vrai, ça ?

— Eh bien... elle serait d'accord si elle était au courant. Je lui en parlerai quand je la reverrai. Bon, maintenant, écoute, Platime : Gerrich doit mourir dans quinze jours exactement, pas quatorze ou seize, quinze. La date est primordiale.

— C'est bon. Je vais m'en occuper. Dis à Ehlana qu'elle sera débarrassée de Gerrich dans quinze jours exactement. Il y a autre chose ? Ton feu magique me met très mal à l'aise.

— Tâche d'identifier tous ceux avec qui Gerrich était en affaires et envoie-les *ad patres*. Il doit y avoir les barons de Pélosie et des autres royaumes qui avaient fait alliance avec lui, comme le comte de Belton. Tu vois ce que je veux dire ?

— Tu veux qu'on les exécute tous le même jour ?

— Dans toute la mesure du possible. Mais le plus important, c'est Gerrich. Tant que tu y seras, reprit Stragen en fronçant les sourcils, tu devrais en profiter pour régler le problème d'Avin Wargunsson. Comme ça, on serait tranquilles.

— C'est comme si c'était fait, Stragen.

— Tu es un véritable ami, Platime.

— Un ami, mon cul ! Je te compterai ça au tarif habituel.

— Pff.... Bon, c'est d'accord, fit Stragen d'un ton funèbre.

— Tu tiens vraiment à ton Dieu élène, Stragen ? demanda Aphraël alors qu'ils redescendaient vers Mathérion.

— Je suis agnostique, ô Divine.

— Voilà une déclaration d'une logique stupéfiante, remarqua Vanion, amusé.

— La logique, messire, est le propre des esprits étriqués, rétorqua Stragen d'un petit ton léger. Pourquoi cette question, Aphraël ?

— Alors tu n'appartiens à aucun Dieu, c'est ça ?

— C'est ça. Enfin, plus ou moins.

Séphrénia s'apprêtait à répondre, mais Aphraël leva sa petite main pour l'interrompre.

— Connais-tu les avantages qu'il y aurait pour toi

à me servir ? Je pourrais faire toutes sortes de choses merveilleuses pour toi.

— Tu n'as pas le droit de faire ça, Aphraël ! protesta Séphrénia.

— Chut, Séphrénia. C'est entre Stragen et moi. Je pense qu'il serait temps que j'élargisse mes horizons. Les Styriques sont très, très gentils, mais les Élènes sont beaucoup plus drôles. Et puis nous sommes tous les deux des voleurs, Stragen et moi. Nous avons beaucoup de choses en commun. Tu devrais y réfléchir, reprit-elle en regardant le grand gaillard. Je ne suis pas difficile à servir. Quelques baisers, un bouquet de temps à autre, je n'en demande pas davantage.

— Elle raconte des histoires, l'avertit Émouchet. S'enrôler au service d'Aphraël, c'est assumer l'esclavage le plus abject qui se puisse imaginer.

— Bon, ce n'est pas faux, quand on va au fond des choses, admit la Déesse-Enfant d'un ton dédaigneux, mais tant qu'on s'amuse, qu'est-ce que ça peut faire ?

26

Il faisait encore nuit noire quand Mirtaï entra dans la chambre à coucher royale – sans frapper, comme d'habitude.

— Vous devriez vous lever, déclara la géante à la peau dorée.

Émouchet se redressa aussitôt.

— Que se passe-t-il ? demanda-t-il.

— Si toute une flotte de bateaux n'approche pas du port, c'est que les Delphae ont appris à marcher sur l'eau : il y a assez de lanternes sur l'horizon, à l'est, pour éclairer une ville. Habillez-vous, Émouchet. Je vais réveiller les autres.

Elle tourna les talons et partit comme elle était venue.

— Elle ne pourrait pas apprendre à frapper, non ? marmonna Émouchet en repoussant ses couvertures.

— C'est toi qui es chargé de vérifier que la porte est verrouillée, lui rappela Ehlana. Des ennuis en perspective, tu crois ?

— Sais pas. Sarabian t'a dit qu'il attendait des renforts ?

— Il ne m'en a pas parlé, répondit-elle en se levant à son tour.

— Je vais aux nouvelles, décida-t-il en prenant sa cape. Tu n'as pas besoin de sortir, ma tendresse. Il fait froid, sur les remparts.

— Je veux voir ça de mes propres yeux.

Ils quittèrent la chambre. La princesse Danaé apparut, en chemise de nuit. Elle se frottait les yeux d'une main et de l'autre traînait Rollo derrière elle. Elle s'approcha d'Émouchet sans mot dire et il la prit machinalement dans ses bras.

Ils gravirent ensemble l'escalier menant en haut de la tour.

Kalten et Sarabian étaient déjà sur les remparts et ils regardaient entre les créneaux les lumières qui marquaient l'horizon à l'est.

— Vous avez une idée de ce que ça peut être ? demanda Émouchet en s'approchant.

— Pas la moindre, répondit Kalten.

— Ça ne pourrait pas être la marine tamoule ? demanda Ehlana.

— C'est possible, répondit Sarabian, mais ils ne répondent pas aux messages que j'ai fait envoyer.

Émouchet recula de quelques pas.

— À qui sont ces navires ? demanda-t-il tout bas à sa fille.

— J'te l'dirai pas, mon p'tit chou, fit-elle avec un petit rictus ironique.

— Arrête ça. Je te demande qui c'est.

— Tu le sauras d'ici quelques heures, répondit-elle en lorgnant les lumières qui barraient l'horizon. Et n'insiste pas, je ne te dirai rien. On ne peut pas tout avoir, dans la vie.

— Seigneur..., gémit Émouchet.

— Oui ? répondit-elle innocemment. Il y a un problème ?

Une aube rouge se leva sur Mathérion. Il n'y avait pas un souffle de vent et la fumée des cheminées planait, immobile, au-dessus des dômes de feu, voilant la lumière de l'est. Émouchet et ses compagnons alertèrent la garnison atana, enfilèrent leur armure et, à cheval, se rendirent au port.

Les navires qui approchaient venaient manifestement des chantiers navals cammoriens, mais des rangées d'avirons avaient été rajoutées sur les flancs.

— On dirait que ces gens étaient pressés d'arriver,

commenta Ulath. Par vent arrière, un vaisseau cammorien peut faire trente lieues par jour. Si l'on y ajoute des avirons, il montera bien à cinquante lieues.

— Combien y a-t-il de bâtiments ? demanda Kalten en observant la flotte.

— Pas loin d'une centaine, répondit Ulath.

— On peut en mettre, des gens, sur une centaine de bâtiments, remarqua Sarabian.

— Un peu trop pour ma tranquillité d'esprit, Majesté, acquiesça Vanion.

Mais, alors que les navires entraient dans le port, les bannières rouge et or de l'Église montèrent aux mâts, puis Émouchet reconnut deux silhouettes familières dressées à la proue du vaisseau de tête. L'un des hommes avait les épaules et la poitrine larges. Son visage rond était fendu en un large sourire. L'autre était moins grand, mais plus rebondi. Il souriait lui aussi d'une oreille à l'autre.

— Qu'est-ce qui vous a retardés comme ça ? hurla Ulath.

— Un problème de lutte des classes, répondit Tynian sur le même ton. Les chevaliers, ces grands seigneurs, ne voulaient pas ramer, figure-toi.

— Tu as fait ramer des chevaliers ? releva Vanion, incrédule.

— Ça fait partie du nouveau programme de mise en condition, messire Vanion, brailla le patriarche Emban. L'archiprélat Dolmant a remarqué que les soldats de Dieu prenaient du ventre et se ramollissaient. Ils sont beaucoup plus en forme maintenant qu'au départ de Sarinium.

Le navire vint à quai et les marins larguèrent les amarres.

Tynian bondit à terre. Emban lui jeta un regard écœuré et roula jusqu'au milieu du bâtiment en attendant que les matelots déploient la passerelle.

— Comment va ton épaule ? demanda Ulath.

— Beaucoup mieux, répondit le Deiran, radieux. Et puis c'est très pratique : maintenant, je sais quand il va pleuvoir. Komier, Darellon et Abriel mènent les chevaliers de l'Église vers l'est, messire, ajouta-t-il en saluant Vanion. Le patriarche Bergsten les accompagne. Le patriarche Emban est venu avec moi par la mer, comme vous le voyez. Nous nous sommes dit que vous pourriez avoir besoin de quelques chevaliers de plus, ici.

— Bien raisonné, messire Tynian. Combien en avez-vous ?

— Cinq mille, messire.

— C'est impossible, Tynian. On ne peut faire monter autant d'hommes et de chevaux à bord d'une centaine de bâtiments.

— Nous nous en sommes vite aperçus, messire, acquiesça Tynian. Les chevaliers ont été très déçus quand ils ont compris qu'ils ne pourraient pas emmener leurs montures.

— Tynian, objecta Kalten, sans cheval, un chevalier n'en est plus un.

— Il y a des tas de chevaux ici, Kalten. Pourquoi en amener d'autres ?

— Les chevaux tamouls ne sont pas dressés.

— Eh bien, nous allons y remédier. J'avais une centaine de bâtiments. Je pouvais emmener quinze cents hommes avec leurs montures ou cinq mille à pied. Disons que les trois mille cinq cents places supplémentaires sont la cerise sur le gâteau.

— Comment as-tu réussi à les convaincre de prendre les avirons ? s'intéressa Ulath.

— Bof, nous avons acheté des fouets, répondit Tynian. Nous devons l'idée des avirons à un capitaine qui écume la mer Intérieure. Un certain Sorgi.

— Brave vieux Sorgi, fit Émouchet en riant.

— Tu le connais ?

— Et comment !

— Eh bien, vous allez pouvoir renouer une vieille amitié. Il est venu avec son bâtiment. Nous aurions bien fait la traversée avec lui, mais le patriarche Emban n'aimait pas beaucoup l'allure de son bateau. Il est assez délabré, et rapiécé de partout.

— Il est vieux. Les paris sont ouverts sur celui qui partira le premier : sa coque de noix ou lui.

— Sa cervelle est encore très au point. C'est lui qui nous a suggéré d'équiper les navires d'avirons quand nous lui avons demandé comment faire pour accélérer l'allure. Si ça ne se fait pas plus souvent, c'est à cause du coût des rameurs et parce qu'ils prennent la place habituellement réservée à la cargaison. Mais j'ai décidé de ne pas prendre de fret et les chevaliers de l'Église ont fait vœu de pauvreté, de sorte que je n'avais pas à les payer. Tout cela s'est assez bien goupillé, en fin de compte.

Ils se retrouvèrent quelques heures plus tard dans le salon bleu d'Ehlana pour écouter le rapport d'Emban et de Tynian sur la situation en Éosie.

— Ortzel a manqué faire une crise d'apoplexie quand Dolmant a rappelé tous les chevaliers du Rendor, leur annonça Emban, confortablement installé dans un fauteuil, une chope de bière dans sa grosse petite patte dodue. Ortzel était vraiment déterminé à ramener les Rendors dans le giron de notre Sainte Mère. Dolmant, qui semblait le soutenir, s'est ravisé un beau matin. Personne n'a pu fournir d'explication à ce soudain revirement d'opinion.

— Il a reçu un message, lui expliqua Séphrénia avec un sourire. Apporté par un messager très impressionnant.

— Oh ?

— Il y avait urgence, Votre Grâce, expliqua Vanion. Zalasta a fait prévenir ses complices en Éosie, et ils se sont mis à tuer les adorateurs d'Aphraël, mettant sa propre vie en danger. Nous avons parlé avec Setras, l'un des Dieux Cadets. Il a accepté de confier quelques-uns de ses enfants à Aphraël, puis d'aller à Chyrellos demander à Dolmant d'offrir le sanctuaire aux adorateurs survivants d'Aphraël et de nous envoyer les chevaliers de l'Église. Il faut croire qu'il s'est montré convaincant.

— Vous voulez dire qu'un Dieu styrique est entré dans la Basilique ? s'exclama Emban.

— Il a dit qu'il allait le faire, confirma Émouchet en changeant sa fille de place sur ses genoux.

— Aucun Dieu styrique n'est jamais entré dans la Basilique !

— Là, il se trompe, murmura la princesse Danaé à l'oreille de son père. J'y suis bien entrée trois douzaines de fois.

— Je sais, répondit Émouchet sur le même ton. Mais la visite de Setras était officielle. Dis donc, Setras n'est allé à Chyrellos que tout récemment, ajouta-t-il comme si cette idée lui passait par la tête. Même avec des rameurs, la flotte de Tynian n'a pu arriver aussi vite à Mathérion. Tu as encore joué avec le temps ?

— Qui ça, moi ? fit-elle en ouvrant de grands yeux innocents.

— Oui, toi. Je te vois très bien faire ça.

— Si tu connais déjà la réponse, pourquoi poses-tu la question ? Ne me fais pas perdre mon temps, Émouchet. Je suis très occupée, tu sais.

— La situation est critique au Lamorkand, poursuivit Tynian. Les forces du comte Gerrich ont pris Vraden et Agnak dans le nord du pays et le roi Friedahl a appelé les autres monarques à la rescousse.

— Ça devrait s'arranger, répondit Stragen. Je suis entré en contact avec Platime, et il va faire en sorte que Gerrich et les divers barons qui lui ont apporté leur aide aient des accidents mortels.

La porte s'ouvrit devant Bérit et Xanetia.

— Vous avez appris quelque chose ? demanda Séphrénia d'une voix tendue.

— La sortie de ce matin a été très profitable, petite mère, répondit Bérit. Ynak, l'un des associés de Zalasta, s'est pointé à l'ambassade de Cynesga, et l'Anarae a pu sonder son esprit. Je pense que nous avons la plupart des détails de leur plan, maintenant.

— C'est la dame avec le don précieux ? avança Emban.

— Décidément, je manque à tous mes devoirs, fit

Vanion. Anarae Xanetia, je vous présente messire Tynian de Deira et le patriarche Emban, de l'Église de Chyrellos. Messieurs, voici Xanetia, l'Anarae du peuple de Delphaeus.

Tynian et Emban s'inclinèrent en ouvrant de grands yeux curieux.

— Alors, Anarae, que préparent nos amis de l'ambassade ? demanda Sarabian.

— Il est fort désagréable de plonger dans un esprit si vil, Sarabian de Tamoulie, néanmoins l'exploration de celui d'Ynak s'est révélée très fructueuse, répondit-elle. Comme nous le supposions, les réprouvés styriques de Verel savaient que la plus grande menace envers leurs projets viendrait d'Éosie. Ils souhaitaient la venue d'Anakha en Tamoulie, mais assurément point à la tête de cent mille chevaliers de l'Église. Les troubles fomentés dans l'ouest de la Tamoulie étaient destinés à leur barrer la route. Tout le reste était annexe. Les attaques des Trolls dans le nord de l'Atan n'étaient qu'une diversion. C'est du Sud que nos ennemis projettent de donner l'assaut principal. En ce moment, les troupes cynesganes s'infiltrent à travers la frontière non gardée et rejoignent les forces de Scarpa dans les jungles d'Arjuna. Les Élènes de l'ouest de la Tamoulie font voile vers le sud de l'Arjuna afin de grossir les hordes de Scarpa. Les diversions créées à l'ouest et en Atan avaient pour but d'épuiser les forces impériales, ouvrant ainsi la voie à Scarpa qui devait traverser la Tamoulie et assiéger Mathérion. Ynak et ses complices furent fort chagrinés par la révélation de la traîtrise de Zalasta, car elle a anéanti toute possibilité de nous nuire par des informations erronées et des conseils fallacieux.

— Quel est le vrai but du siège de Mathérion, Dame Xanetia ? demanda Emban. C'est une belle ville, certes, mais enfin...

Nos ennemis espéraient ainsi forcer le gouvernement impérial à leur livrer Anakha, Emban d'Ucera. Ils comptaient sur des fonctionnaires corrompus pour convaincre le Premier ministre d'épargner ainsi Mathérion.

— Ça aurait pu marcher, nota Sarabian. Pondia Subat n'est pas un héros. Zalasta et ses quatre amis avaient vu juste.

— Les amis ne sont plus que trois, Majesté, fit Bérit avec un grand sourire. L'Anarae m'apprend que le dénommé Ptaga a ravalé son bulletin de naissance il y a quelques jours.

— Le conjureur de monstres ? demanda Kalten. Que lui est-il arrivé ?

— Eh bien, il a eu des ennuis au sud de la Tamoulie, dans les montagnes entre Amar et la Sarna. Il braillait et gesticulait en créant une illusion de Ceux-qui-brillent afin d'effrayer les foules, quand un vrai Delphae qui rôdait dans le coin est tombé sur la petite fête et s'est discrètement glissé parmi les simulacres.

Bérit eut un petit sourire assez malsain.

— Et alors ? demanda impatiemment Kalten. Que s'est-il passé ?

— Ptaga inspectait ses créatures et, quand il est arrivé devant le vrai Delphae, il n'a pas vu la différence. L'éclaireur delphaïque a tendu la main et l'a touché. Ptaga a lancé sa dernière illusion. Il était en cours de liquéfaction quand l'éclaireur a quitté la zone.

— Ynak de Lydros est fort ennuyé par la disparition de son associé, ajouta Xanetia. Car, sans les illusions de Ptaga, nos ennemis doivent produire de vraies forces pour nous affronter.

— Ça nous ramène à un problème dont nous devons parler, observa Oscagne. L'arrivée de messire Tynian et du patriarche Emban avec cinq mille chevaliers, l'élimination de ces illusions qui terrorisaient la population, le fait que nous soyons prévenus de l'attaque prévue par le sud, tout cela change radicalement la situation. Je pense que nous devrions revoir notre stratégie en fonction de ces nouvelles données.

— Vous avez évidemment raison, Oscagne, fit Sarabian en regardant Émouchet du coin de l'œil. Pourriez-vous aller chercher Betuana à Atana et la ramener ici ? Betuana fait une bonne tête de plus que moi, et je ne voudrais pas l'insulter en la tenant à l'écart de nos discussions.

Betuana, la reine des Atans, gouvernait plus ou moins par défaut. Le roi Androl, son mari, était un guerrier stupéfiant, ce qui posait certains problèmes. Il était tellement génial que les préoccupations ordinaires des chefs militaires – comme l'infériorité numérique, par exemple – lui échappaient complètement. Les hommes irrémédiablement convaincus de leur invincibilité font rarement de bons généraux, alors que Betuana était un bon général, peut-être l'un des meilleurs du monde –, et la société atana, qui ignorait toute discrimination sexuelle, lui permettait de donner la pleine mesure de son talent. Loin d'en prendre ombrage, Androl était extraordinairement fier de sa femme. Émouchet soupçonnait parfois Betuana de regretter qu'il n'en soit pas autrement, mais c'était une femme réaliste.

Elle avait, en outre, le don de faire confiance à un point stupéfiant. Émouchet avait, à titre de précaution, élaboré toutes sortes d'explications sur la nécessité de réunir un conseil de guerre et sur leur mode de transport, mais ses justifications se révélèrent totalement superflues.

— Très bien, répondit-elle calmement quand il lui dit que le Bhelliom les conduirait instantanément à Mathérion.

— Vous ne voulez pas connaître les détails, Majesté ? demanda-t-il, déconcerté.

— Pourquoi perdre du temps en explications que je ne comprendrais pas, de toute façon ? demanda-t-elle en haussant les épaules. Si vous me dites que le joyau peut nous emmener à Mathérion, je vous crois sur parole. Vous n'avez pas de raison de me mentir. Laissez-moi seulement le temps d'informer Androl de mon départ et de me changer. Ma tenue de travail met Sarabian-Empereur mal à l'aise, dit-elle en indiquant son armure.

— Il a pas mal changé, Majesté.

— C'est ce que dit Norkan. J'ai hâte de voir ce que votre femme en a fait. Je reviens tout de suite, fit-elle en quittant la salle d'un pas martial.

— Vous vous y ferez, Émouchet, promit Khalad.

Elle n'aime pas parler pour ne rien dire et ne perd pas de temps à poser des questions sur des choses qu'elle estime n'avoir pas besoin de savoir. C'est assez rafraîchissant, en vérité.

— Je t'en prie, Khalad, ce n'est vraiment pas le jour, grommela Émouchet.

L'ambassadeur Norkan était un peu tendu, mais Kring et Engessa paraissaient aussi calmes que la reine.

— Seigneur ! s'exclama Sarabian alors que la vague de flou habituelle refluait et que les arbres d'Atan disparaissaient, laissant place au salon bleu d'Ehlana. Vous auriez pu annoncer votre arrivée, Émouchet !

— Je ne vois pas comment, Majesté, rétorqua l'intéressé.

— C'est très perturbant de voir un groupe de gens sortir du néant comme ça. Que se serait-il passé si je m'étais trouvé exactement à l'endroit où vous êtes apparu ? Nous serions-nous combinés en une seule personne ?

— J'avoue, Majesté, que je l'ignore.

— Dis-lui que c'est impossible, Anakha, répondit le Bhelliom par la voix de Vanion. Onc ne commettrais pareille erreur, et il est peu fréquent que deux choses se trouvent au même endroit en même temps.

— Peu fréquent ? releva Sarabian. Vous voulez dire que ça pourrait arriver ?

— Je t'en prie, Anakha, demande-lui de ne point poursuivre l'interrogatoire. Les réponses le dérangeraient grandement.

— Vous avez l'air en forme, Sarabian-Empereur,

déclara Betuana. Vous avez beaucoup changé. Vous savez manier cette épée ?

— La rapière ? Oh oui, Betuana. Pas mal du tout, même.

— L'arme est légère à mon goût, mais chacun doit choisir celle qui lui convient le mieux. Émouchet-Chevalier et Vanion-Précepteur me disent qu'il s'est passé bien des choses. Considérons la nouvelle donne et revoyons nos plans en conséquence. Ma sœur et reine tendrement aimée est très en beauté, fit-elle en regardant Ehlana avec un sourire. Le climat de Mathérion semble lui réussir.

— Vous êtes toujours aussi belle, chère sœur, répondit chaleureusement Ehlana. Votre robe est sensationnelle.

— Elle vous plaît ? demanda Betuana en tournant sur elle-même comme une petite fille pour se faire admirer.

Elle portait une robe atana bleu nuit qui dénudait l'une de ses épaules dorées et était ceinte, à la taille, d'une chaîne d'or.

— Elle est absolument formidable, Betuana. Le bleu vous va décidément très bien.

Betuana se rengorgea sous le compliment.

— Enfin, Sarabian, reprit-elle, retrouvant soudain sa gravité professionnelle. Que s'est-il passé, et qu'allons-nous faire pour y remédier ?

— Je ne trouve pas ça drôle du tout, Sarabian-Empereur, déclara Betuana, courroucée.

— Je ne dis pas cela pour rire, Betuana. J'ai eu un peu la même impression, au début. J'ai envoyé chercher la dame. Vous allez pouvoir vous en assurer de vos propres yeux.

— Me prendriez-vous pour une enfant effrayée par les histoires de fantômes et de croque-mitaines ?

— Bien sûr que non, mais je vous assure : Xanetia est vraiment une Delphae.

— Et elle brille ?

— Quand ça l'arrange. Elle supprime sa lueur – pour notre tranquillité d'esprit – et elle a modifié la coloration de sa peau. On dirait une Tamoul comme les autres, mais, croyez-moi, ce n'est pas une femme ordinaire.

— Je pense, Sarabian-Empereur, que vous avez perdu l'esprit.

— Vous verrez ben, mon p'tit chou. Non, rien, l'humour local, répondit-il avec un haussement d'épaules devant son regard interloqué.

La porte s'ouvrit devant Xanetia, Danaé et Séphrénia.

La princesse Danaé, arborant un petit air soigneusement innocent, s'avança vers Betuana et lui tendit les bras. Betuana lui sourit et la prit sur ses genoux.

— Comment allez-vous, jeune princesse ? demanda-t-elle en élène.

— Très bien, Betuana, répondit la petite fille en tamoul. Séphrénia nous a appris la langue des humains. J'ai été un peu malade, mais je vais mieux, maintenant. C'est vraiment ennuyeux d'être malade, n'est-ce pas ?

— C'est ce que j'ai toujours pensé aussi, Danaé.

— Alors je ne le serai plus. Tu ne m'as pas encore embrassée.

— Oh pardon ! fit Betuana avec un sourire, et elle répara son oubli.

Sarabian changea de position sur son trône.

— Reine Betuana d'Atan, j'ai l'honneur de vous présenter l'Anarae Xanetia de Delphaeus. Ça ne vous ennuie pas de montrer à la reine qui vous êtes, Anarae ?

— Avec plaisir, Sarabian de Tamoulie, répondit Xanetia.

— C'est une expérience surprenante au début, Majesté, fit Emban en croisant ses petites mains replètes sur sa bedaine. Mais on finit par s'y habituer.

— Ton peuple et le mien sont cousins, Betuana-Reine, fit gravement Xanetia. Mais il y a longtemps que nous sommes séparés. Je ne te veux point de mal, aussi ne me crains point.

— Point ne te crains, répondit Betuana en adoptant machinalement le parler archaïque de la Delphaïque.

— Force m'est de me dissimuler ici, à Mathérion, Betuana-Reine. Contemple mon véritable aspect.

Les cheveux et le visage de Xanetia perdirent toute couleur et une lueur surnaturelle commença à irradier de sa peau.

Danaé tendit calmement la main vers le visage de Betuana. Émouchet dissimula un sourire.

— Je sais ce que vous ressentez, Betuana, fit doucement Séphrénia. Vous imaginez ce que nous avons pu penser, Xanetia et moi, quand nous nous sommes rencontrées pour la première fois. Vous êtes au courant de l'inimitié qui oppose nos deux races, n'est-ce pas ?

Betuana se contenta de hocher la tête comme si elle avait perdu la voix.

— Je vais faire quelque chose de peu naturel, Anarae, dit alors Séphrénia. Mais je pense que Betuana-Atana a besoin d'être rassurée. Essayons toutes les deux de contrôler nos réactions.

Puis, sans hésitation ou répugnance apparente, elle serra la femme luisante contre son cœur. Émouchet, qui la connaissait bien, vit un muscle frémir sur sa mâchoire. Séphrénia avait bandé tous ses muscles avant de plonger les mains dans le feu.

Xanetia prit timidement Séphrénia par les épaules.

— Loué soit le jour de notre rencontre, ma sœur, murmura-t-elle.

— Loué soit-il en vérité, répondit Séphrénia.

— Vous avez remarqué que le monde ne s'est pas écroulé, Betuana ? demanda Ehlana.

— Je pense l'avoir senti trembler sous mes pieds, nota Sarabian.

— Le problème de ces gens, c'est l'intelligence, fit Séphrénia avec un sourire. Ils sont trop spirituels pour nous.

— Un défaut de jeunesse, ma sœur. La maturité tempérera cette propension à tourner toute chose en dérision.

Betuana se redressa dans son fauteuil et posa Danaé à terre.

— Cette alliance a-t-elle votre approbation, Sarabian-Empereur ? demanda-t-elle d'un ton guindé.

— Absolument, Betuana-Reine.

— Alors je m'y conformerai.

Elle s'approcha des deux sorcières, les bras tendus. Séphrénia et Xanetia lui prirent les mains, formant une ronde, et les trois femmes restèrent ainsi pendant une longue minute.

— Tu es brave, Betuana-Reine, nota Xanetia.

— Je suis une Atana, Anarae, répondit Betuana d'un ton désinvolte, puis elle se tourna vers Engessa. Pourquoi ne m'as-tu rien dit ? demanda-t-elle sévèrement.

— On me l'avait interdit, Betuana-Reine, répondit-il. Sarabian-Empereur m'avait dit que tu refuserais d'accorder foi à nos propos tant que tu n'aurais pas vu Xanetia-Anarae. Il voulait aussi être présent lors de votre rencontre. Il adore étonner les autres. Il est un peu bizarre.

— Engessa ! protesta Sarabian.

— Je me dois de dire la vérité à ma reine, Sarabian-Empereur.

— D'accord, mais vous pourriez y mettre les formes, non ?

— Très bien, résuma Vanion. Nous partons vers le nord avec les chevaliers, la majorité des garnisons atanas locales et la garde impériale. Nous faisons beaucoup de bruit afin qu'Ekatas, le grand prêtre de Cyrgon, prévienne Zalasta et Cyrgon que nous avons pris la route. Tout le monde ayant les yeux braqués sur nous, les meurtriers de Stragen devraient avoir les coudées franches. Après la Fête des Moissons et la découverte des cadavres, on peut supposer que nos « amis » auront le moral à zéro. À ce moment-là, Émouchet part pour le nord de l'Atan avec le Bhelliom et libère les Dieux des Trolls. Du coup, la région étant parfaitement sûre, nous faisons demi-tour, nous rejoignons le gros des Atans et nous repartons vers le sud à la rencontre de Scarpa. Ça vous va, jusque-là ?

— Pas du tout, Vanion-Précepteur, dit fermement Betuana. La Fête des Moissons sera célébrée dans deux semaines et, d'ici là, les Trolls arpenteront les rues d'Atana. Nous devons trouver un moyen de les ralentir.

— Des forts, murmura Ulath.

— Ça doit être contagieux, s'esclaffa Kalten. Cette fois, j'ai compris ce que tu racontais.

— Moi aussi, acquiesça Sarabian, mais les Trolls pourraient contourner les fortifications et poursuivre leur marche vers Atana.

— Les Trolls, peut-être, Majesté, objecta Émouchet, mais Cyrgon, sûrement pas. Cyrgon est un guerrier de la vieille école, et un soldat ne peut pas laisser une place forte ennemie derrière ses lignes. Faire ça, c'est perdre la bataille à coup sûr. Si nous édifions des forteresses, il lui faudra les prendre d'assaut l'une après l'autre.

— Et si les forteresses se trouvent en rase campagne, les Trolls ne pourront pas se cacher dans la forêt, ajouta Bévier. Il faudra qu'ils sortent à découvert, en vue des archers péloïs, de mes catapultes et des arbalétriers de Khalad. Même s'ils élevaient un rideau de fumée, nous devrions arriver à en abattre un bon nombre à l'aveuglette.

— Mes Atans n'aiment pas s'embusquer derrière des murs, objecta Betuana, d'un ton buté.

— Nous sommes tous amenés de temps en temps à faire des choses qui nous déplaisent, Betuana, reprit

Ehlana. Mieux vaut un soldat embusqué derrière une muraille qu'un soldat mort qui ne peut plus servir à rien.

— Si, de casse-croûte aux Trolls, ironisa Talen. Eh, il y a de l'idée là-dedans, Émouchet. Si tu pouvais entraîner tes Pandions à dévorer leurs ennemis, on n'aurait plus besoin d'organiser leur ravitaillement.

— Je t'en prie, fit Émouchet d'un ton acide.

— Il y a un autre problème, objecta Betuana. Les Trolls sont trop près de mes armées. Elles n'auront pas le temps d'ériger des fortifications.

— Nous pourrions les construire à quelques lieues en arrière de la ligne de front et vos hommes s'y réfugieraient en reculant, suggéra Émouchet.

— Vous avez souvent eu affaire aux Trolls, Émouchet-Chevalier ? demanda-t-elle sèchement. Vous savez à quelle vitesse ils courent ? Ils seront sur vous avant que vous ayez eu le temps de monter les murs.

— Ils ne pourront courir nulle part si le temps s'arrête, Majesté. C'est un procédé que nous avons utilisé en allant au Zémoch. Le Dieu troll du Manger peut figer des gens – ou des Trolls – dans l'espace qui sépare une seconde de la suivante. Nous avons découvert que, lorsque nous étions dans cet espace, le reste du monde restait immobile. Nous aurions tout le temps nécessaire pour construire des forts.

— Vous pourriez vérifier ça avec le Bhelliom, Émouchet ? suggéra Emban. Assurons-nous que ça marche, avant de fonder toute une stratégie là-dessus.

Ils découvrirent que le Bhelliom avait plusieurs réserves à émettre.

— Ton projet présente une faille, Anakha, répondit-il à la question d'Émouchet.

La main de Vanion souleva la tasse à thé de Séphrénia et la lâcha. Elle resta suspendue dans le vide.

— Repose le récipient, Anakha, ordonna la voix de Vanion.

Émouchet prit la tasse et s'aperçut qu'il ne pouvait la déplacer. Il eut beau faire, elle resta obstinément à sa place.

— Tu ne pourrais soulever une plume, Anakha, décréta le Bhelliom. Tu te déplacerais aisément dans ce moment figé, mais, pour mouvoir d'autres objets, c'est l'univers entier que tu devrais mettre en mouvement.

— Je vois, fit Émouchet d'un ton sinistre. Nous ne pourrions donc ni abattre des arbres ni construire des palissades ?

— Ces structures sont-elles importantes pour toi ? Une obscure coutume exige-t-elle leur érection ?

— Non, Rose bleue. Elles sont destinées à faire obstacle aux Trolls de sorte qu'ils ne puissent attaquer nos amis, les Atans.

— Puis-je te faire une suggestion sans t'offusquer ?

Ulath jeta un coup d'œil acéré à Tynian.

— Aurais-tu secrètement parlé à cette pauvre pierre ? demanda-t-il d'un ton accusateur.

— Très drôle, rétorqua aigrement Tynian.

— Je ne comprends pas, fit fraîchement la voix qui parlait par les lèvres de Vanion.

— Il n'y a rien à comprendre, Rose bleue, expliqua Émouchet en foudroyant ses deux compagnons du regard. Je serai heureux d'entendre ta suggestion, mon ami.

— Est-il indispensable d'atteindre les Trolls dans leur chair, Anakha ? S'ils ne pouvaient plus accéder au pays de tes amis, les Atans, serais-tu obligé de les tuer ?

— En vérité, Rose bleue, nous préférerions ne point leur faire de mal. Quand leurs Dieux les auront arrachés à la domination de Cyrgon, ils seront nos alliés.

— Te siérait-il que j'érige devant eux une barrière infranchissable ?

— Absolument. En vérité, nous t'en serions fort reconnaissants.

— Rendons-nous donc en Atan et mettons-nous à la tâche. Veillons à ne pas détruire inutilement des vies. Ma fille m'aidera sûrement et, à nous deux, nous barrerons la route aux Trolls et les empêcherons d'avancer plus avant.

— Tu as donc une fille, Rose bleue ? releva Émouchet, stupéfait.

— J'en ai des millions, Anakha, et chacune m'est aussi précieuse que la tienne peut l'être à ton cœur. Allons en Atan, et que cesse le bain de sang !

Le nord de l'Atan était couvert de forêts, mais les montagnes avaient été érodées par les glaciers et les âges, de sorte que le sol descendait doucement vers la mer du Nord et les glaces éternelles qui couvraient les pôles. Émouchet regarda rapidement autour de lui. Le Bhelliom avait répondu à sa question non formulée : seuls des hommes d'armes les avaient accompagnés, le

Bhelliom et lui, vers cette forêt septentrionale. Il aurait des explications à fournir aux autres en rentrant, se dit-il en réprimant un soupir.

— Engessa-Atan ! fit Vanion d'un ton sec, autoritaire. Une idée absurde traversa l'esprit d'Émouchet. Il se demanda soudain si le Bhelliom avait jamais commandé des troupes.

— Oui, Vanion-Précepteur ? répondit l'Atan.

— Ordonne à tes pareils de se retirer à une lieue de l'endroit où ils sont présentement engagés.

Engessa regarda attentivement Vanion et comprit que ce n'était pas lui qui avait parlé.

— Ça prendra un moment, Rose bleue, expliqua-t-il. Les Atans affrontent les Trolls tout le long du cap Nord. Il va falloir que j'envoie des messagers.

— Contente-toi d'articuler l'ordre, Engessa-Atan. Tous t'entendront, sois-en assuré.

— À ta place, ami Engessa, je ne discuterais pas, lui conseilla Kring. C'est le joyau qui arrête le soleil. S'il le dit, tu peux le croire.

— On va bien voir, dit-il en levant le visage au ciel. Retirez-vous ! Reculez d'une lieue et regroupez-vous ! hurla-t-il, et son rugissement retentit à travers toute la forêt où il se réverbéra interminablement.

— Là, Engessa-Atan, je pense qu'on t'a entendu jusqu'à l'autre bout du monde, remarqua Kalten.

— Noon, tu crois vraiment, Kalten-Chevalier ? répondit modestement Engessa.

— Tu es meilleur juge que moi de la vitesse à laquelle se déplacent tes hommes, Engessa-Atan, reprit le Bhelliom. Informe-moi quand ils seront en sûreté.

Point ne voudrais qu'ils soient prisonniers au nord de la muraille.

— La muraille ? releva Ulath.

— La barrière dont je parlais, répondit Vanion en se penchant pour effleurer le sol du bout des doigts avec une douceur étonnante. C'est bien, Anakha, nous sommes à l'endroit voulu.

— J'ai toujours eu une confiance absolue dans ton habileté à trouver un endroit précis, Rose bleue.

— Toujours, Anakha ? – et un petit sourire ironique effleura les lèvres de Vanion. Je crois t'avoir entendu dire que tu craignais de te retrouver sur la Lune lorsque nous avons commencé à nous déplacer ainsi.

— C'est vrai que tu as dit ça, Émouchet, confirma Kalten.

— Tu parlais de ta fille, Rose bleue, fit très vite Émouchet. Aurons-nous le privilège de la rencontrer ?

— Tu la connais déjà, Anakha. Tu te dresses, en ce moment même, sur son sein verdoyant, fit Vanion en flattant tendrement le sol de la main.

— La terre ? demanda Bévier d'un ton incrédule.

— N'est-elle pas belle ? fit la voix avec une note de fierté, puis Vanion se redressa. Reculons un peu, Anakha. Ce que je vais faire ici se déroulera à trois de tes lieues de profondeur, et les effets en surface sont difficilement prévisibles, mais il y aura des désordres en cet endroit précis. Point ne voudrais vous mettre en danger, tes compagnons et toi-même. Pouvons-nous commencer, Engessa-Atan ?

— Tout Atan qui n'a pas couvert une lieue à présent

ne mérite pas le nom d'Atan, acquiesça solennellement Engessa.

Ils s'éloignèrent de quelques centaines de pas vers le sud et s'arrêtèrent.

— Parcours la même distance à nouveau, je t'en prie, Anakha, après quoi il serait bon que vous vous allongiez sur le sol, tes compagnons et toi-même. Les perturbations risquent d'être assez profondes.

— Ton copain commence à m'inquiéter, Émouchet, avoua Tynian alors qu'ils repartaient toujours plus loin vers le sud. Que mijote-t-il, au juste ?

— Ça, l'ami, tu en sais autant que moi.

Un grondement souterrain sembla soudain monter du cœur de la terre et ce fut comme si le sol s'ébrouait sous leurs pieds.

— Un tremblement de terre ! s'écria Kalten, alarmé.

— Voilà la réponse à ta question, Tynian, grommela Ulath.

— Ce n'est pas simple, Anakha, observa le Bhelliom d'un ton presque clinique. Les pressions sont extrêmes et doivent être ajustées avec une grande précision afin de produire le résultat escompté.

Lors de la secousse suivante, ils manquèrent tomber. Le sol se soulevait et retombait tandis que le grondement sourd, terrible, s'amplifiait.

— C'est le moment, Anakha. Les désordres auxquels je faisais allusion tout à l'heure vont s'amorcer.

— S'amorcer ? s'exclama Bévier. Je ne tiens déjà plus debout !

— Nous ferions mieux de faire ce qu'il nous dit, s'écria Émouchet en se laissant tomber à plat ventre sur le tapis de feuilles mortes. La prochaine secousse risque d'être spectaculaire.

La prochaine secousse dura dix bonnes minutes. Aucun bipède n'aurait pu se tenir debout sur le sol pris de convulsions. Puis, dans un bruit de tonnerre, la terre se fendit à moins de cinquante pas. Le sol au-delà de cette faille béante, ouverte dans la croûte terrestre, sembla s'effondrer tandis que le sol frémissant auquel ils se cramponnaient se soulevait, montait toujours plus haut, s'élevait puissamment tout en se ridant comme une bannière agitée par le vent. De grands nuages d'oiseaux surgirent en poussant des cris effrayés des arbres agités par une tempête monstrueuse.

Puis la fureur des éléments s'apaisa lentement. Les tremblements devinrent moins violents, leur fréquence s'espaça. Seuls subsistèrent des secousses intermittentes. Le grondement terrifiant s'assourdit, se réverbérant dans la roche comme le souvenir d'un cauchemar. D'énormes nuages de poussière s'élevèrent en bouillonnant sur la lèvre du précipice nouvellement formé.

— Tu peux à présent contempler mon œuvre, Anakha, dit le Bhelliom d'une voix calme bien qu'empreinte de fierté. Parle, en vérité, car point ne m'offenserai si tu vois des défauts dans mon œuvre. Je m'efforcerai, au contraire, d'y remédier.

Émouchet s'abstint prudemment de se lever. Il était sûr de se casser la figure, tant il avait les jambes flageolantes. Il rampa, suivi par ses amis, vers le rebord abrupt qui n'était pas là un quart d'heure plus tôt.

Une falaise rectiligne comme si elle avait été taillée d'un coup d'épée plongeait à plus de mille pieds de profondeur et s'étendait à perte de vue, à l'est et à l'ouest. Un gigantesque à-pic, une paroi monstrueuse, séparait maintenant les marches du Nord du reste de la Tamoulie.

— Qu'en penses-tu ? demanda le Bhelliom d'un ton un peu anxieux. Ma muraille empêchera-t-elle les Trolls d'accéder aux terres de tes amis ? Je puis la rehausser, si tel est ton désir.

— Non, Rose bleue, fit Émouchet d'une voix sourde. N'en fais rien, je t'en prie. Pour une muraille, c'est vraiment une belle muraille.

C'était une chose ridicule à dire, mais Émouchet était très ébranlé.

Le Bhelliom ne parut pas lui en tenir rigueur. Au contraire, à la stupéfaction d'Émouchet, le visage de Vanion se creusa soudain d'un timide sourire.

— Elle est fort inadéquate, dit-il. J'ai cru percevoir une certaine urgence dans ta requête, aussi n'ai-je point pris le temps de la former et de la façonner comme il aurait fallu. M'est avis néanmoins qu'elle devrait remplir son office. Mais, la prochaine fois que tu souhaiteras me faire modifier la configuration de la planète, je te serais reconnaissant de m'en informer à l'avance. Le travail fait à la va-vite ne donne jamais tout à fait satisfaction.

— Je mettrai un point d'honneur à m'en souvenir, Rose bleue.

27

— C’est moins grave, ici, dit Mirtaï pour consoler l’empereur accablé. Grâce au tapis, les plaques qui sont tombées ne se sont pas toutes cassées.

À quatre pattes, elle ramassait les petites plaques irisées, quand Émouchet et ses compagnons émergèrent de ce néant grisâtre.

— Émouchet ! s’exclama Sarabian en sursautant, ébranlé. Vous ne pourriez pas sonner de la trompe ou je ne sais quoi quand vous reparaissez ?

— Que s’est-il passé, Majesté ? demanda Vanion en regardant le tapis jonché de plaques de nacre.

— Il y a eu un tremblement de terre ! Et voilà, en plus de tout le reste, maintenant j’ai une catastrophe naturelle sur les bras.

— Comment, on l’a ressenti jusqu’ici ? s’étonna Vanion.

— C’était épouvantable, Vanion, fit Séphrénia. Je n’ai jamais vu un séisme aussi violent.

— Ici ?

— Si tu répètes ça encore une fois, je vais m’énerver. Évidemment, qu’on l’a ressenti ici. Regarde les murs.

— On dirait qu’ils ont eu la vérole, nota Kalten.

— Les plaques de nacre sautaient des murs comme des sauterelles, raconta Sarabian, consterné. Dieu sait à quoi ressemble le reste de la ville. Je vais me retrouver sur la paille.

— C’est à plus de quatre cents lieues ! fit Vanion d’une voix étranglée.

— Mais de quoi parle-t-il, Émouchet ? demanda Ehlana.

— L'épicentre du tremblement de terre se situait au nord de l'Atan, répondit Émouchet. C'est là que nous étions.

— C'est vous qui m'avez fait ça, Émouchet ? demanda Sarabian.

— Pas moi, Majesté, le Bhelliom. Les Atans n'ont plus rien à craindre des Trolls.

— Le Bhelliom les a pulvérisés ?

— Non, Majesté, répondit Émouchet avec un petit sourire. Il a érigé une muraille au travers du pôle Nord.

— Les Trolls ne pourront pas l'escalader ? demanda Betuana.

— J'en doute, Majesté, reprit Vanion. Elle mesure près de mille pieds de haut et se dresse depuis la mer de Tamoulie jusqu'à la côte, au nord-ouest de Sarsos. Les Trolls ne pourront plus descendre vers le sud.

— Qu'entendez-vous au juste par « muraille », Vanion ? s'enquit le patriarche Emban.

— C'est une immense falaise, Votre Grâce. Une paroi abrupte qui traverse toute la calotte polaire. C'est ce qui a provoqué le tremblement de terre.

— Cyrgon ne pourra pas défaire ce que le Bhelliom a fait ? demanda Séphrénia.

— Le Bhelliom assure que non, petite mère, répondit Émouchet. Dieu ou pas, il n'est pas assez fort. Ce qui s'est passé était trop énorme. Le Bhelliom prétend avoir provoqué à trois lieues de profondeur des mouvements qui se seraient produits de toute façon, mais qu'il a déclenchés tous en même temps. On peut penser que l'escarpement va devenir une chaîne de montagnes sous l'effet de l'érosion. C'est trop compliqué pour Cyrgon, et les forces en cause passent de loin son pouvoir.

— Au nom du ciel, qu'avez-vous fait, Émouchet ? s'exclama Emban. Le monde part en morceaux !

— Dis-leur, Anakha, de ne point s'inquiéter, intervint le Bhelliom par la bouche de Vanion. J'aime trop ma fille pour lui faire du mal, quoi qu'elle soit parfois capricieuse et fantasque. C'est une enfant sujette à des crises et encline à une douce vanité. Mais vois comme elle se pare au printemps et se drape dans la blanche étole de l'hiver. Les tensions que j'ai libérées en élevant la muraille lui causaient, en vérité, bien du tourment depuis des âges sans nombre. Elle est fort soulagée à présent et prend grand plaisir à sa nouvelle parure.

— Où est Kring ? demanda soudain Mirtaï.

— Nous l'avons laissé là-bas avec Engessa et Khalad, répondit Émouchet. L'excellente muraille du Bhelliom empêche les Trolls de nous attaquer, mais elle nous interdit aussi de nous approcher d'eux. Nous devons trouver un moyen de permettre aux Dieux des Trolls de la franchir afin qu'ils reprennent possession de leurs ouailles.

— Tu as le Bhelliom, Émouchet, tu n'as qu'à sauter pardessus.

— Le Bhelliom nous le déconseille, répondit Émouchet en secouant la tête. Le sol est encore un peu instable, dans la région. Si nous sautons en trop grand nombre dans les parages, nous risquons de déclencher d'autres tremblements de terre.

— Seigneur ! s'exclama Sarabian. Ne faites jamais ça ! Vous allez à nouveau ébranler tout le continent !

— C'est justement pour éviter cela qu'Engessa, Kring et Khalad sont restés là-bas. Si nous ne pouvons pas descendre au pied de l'escarpement, nous pourrons peut-être le contourner par l'est avec la flotte de Tynian.

— Nous pensions, Émouchet et moi, à créer une diversion, ajouta Vanion. Nous pourrions marcher vers le nord à la tête de cinq mille chevaliers brandissant des bannières. Ça devrait attirer suffisamment l'attention de Zalasta pour l'empêcher de s'intéresser, par exemple, à la façon dont Stragen envisage de célébrer la Fête des Moissons. Les deux idées comportent un élément de surprise. Nous nous demandions seulement laquelle des deux a le plus de chances de déstabiliser Zalasta.

Le dressage des chevaux tamouls commença sans tarder, émaillé par les inévitables jérémiades et récriminations des chevaliers de Tynian. Les chevaux de selle des nobles tamouls étaient trop fragiles pour supporter le poids des hommes en armure, et les énormes chevaux de labour des fermiers trop placides pour faire de bons chevaux de bataille.

Ils n'avaient plus de temps à perdre. Caalador avait lancé l'opération, et rien ne pourrait plus l'arrêter. Le « nettoyage » aurait lieu pendant la Fête des Moissons, qu'ils soient parés sur les autres plans ou non, et l'échéance se rapprochait inéluctablement.

Cinq jours après l'expédition d'Émouchet et de ses compagnons dans le nord de l'Atan, un message de

Khalad arriva à Mathérion. Mirtaï introduisit le coureur épuisé dans le salon où Émouchet et Vanion discutaient des mérites relatifs de leurs plans. L'homme tendit la dépêche à Émouchet qui la lut tout haut :

Messire, le tremblement de terre a bouleversé la côte, au nord. Ne vous fiez plus aux cartes de la région. Mais il vous faudra venir par mer. Il n'y a pas moyen de descendre l'escarpement, d'autant que les Trolls sont massés au pied. Je vous attends avec Engessa, Kring, les Atans et les Péloïs de Tikumé un peu au sud de l'endroit où la paroi plonge dans la mer de Tamoulie. Ne tardez pas trop. L'autre côté prépare quelque chose.

— Les deux plans sont plus ou moins impraticables, non ? nota Sarabian. Par voie terrestre, vous ne pouvez pas descendre la paroi ; et par voie maritime, la mer grouille de récifs qui ne figurent pas sur les cartes.

— Nous n'avons plus que deux jours devant nous, ajouta Itagne. Les hommes que nous envoyons vers le nord devraient partir une semaine au moins avant la Fête si nous voulons qu'ils atteignent la calotte polaire à temps pour déclencher la seconde surprise que nous destinons à Zalasta.

— Je vais parler au capitaine Sorgi, annonça Émouchet en se levant.

— Il est dans le cellier avec Caalador, susurra Stragen. Ce ne sont pas des Cammoriens pour rien. Ces gens-là aiment les endroits où il y a à boire à manger.

Caalador et Sorgi s'entendaient comme larrons en foire. Ils se ressemblaient beaucoup, en fait. C'étaient deux grands gaillards aux épaules larges, aux mains comme des battoirs et aux cheveux ondulés, bien que ceux de Sorgi fussent presque argentés maintenant.

— Alors, maître Cluff, fit Sorgi avec emphase en voyant Émouchet et Vanion entrer dans la vaste arrière-cuisine, avez-vous résolu tous les problèmes du monde ?

Le capitaine Sorgi donnait toujours à Émouchet le faux nom que celui-ci avait fourni lors de leur première rencontre.

— Presque, Sorgi. Et le dernier, vous pourrez peut-être le résoudre pour nous.

— Règle d'abord la question d'argent, Sorgi, lui conseilla Caalador. Ce brave Émouchet a tendance à perdre la mémoire quand le moment vient de payer ses dettes.

— Bah, un conseil ne coûte rien. Chez moi, le compteur commence à tourner quand je lève l'ancre.

— Nous devons aller à un endroit où il vient d'y avoir un tremblement de terre, commença Émouchet. Le fils de Kurik vient de me faire passer un message. Les cartes sont devenues inutilisables.

— Ça arrive tout le temps, commenta Sorgi. L'estuaire de Vardenais change de fond tous les hivers. On s'en sort en mettant à l'eau une chaloupe avec un marin costaud pour ramer et un petit futé pour manier la ligne de sonde et repérer un chenal navigable.

— Ça doit prendre un temps fou, non ?

— Moins que d'essayer de manœuvrer un bateau qui coule. La zone perturbée par le tremblement de terre est vaste ?

— C'est difficile à dire.

— Bon, maître Cluff, racontez-moi ce qui s'est passé, et tâchez de me délimiter approximativement la zone dangereuse.

Émouchet lui expliqua les causes du récent changement intervenu dans la ligne de côte et lui décrivit la naissance de l'escarpement.

— À mon avis, vous n'avez pas à vous inquiéter des récifs situés au nord de votre falaise : il n'y en a pas, lui assura Sorgi. J'ai déjà vu ça sur la côte ouest du Rendor. Votre falaise se poursuit au large, sous la mer. Au nord, la profondeur doit être d'un millier de pieds. Je ne connais pas beaucoup de vaisseaux qui aient un pareil tirant d'eau. Je vais quand même prendre quelques cartes. À une dizaine de lieues au large, nous mettrons cap au nord. Je procéderai à des relevés réguliers et, à six ou huit lieues au nord du nouvel escarpement, nous mettrons cap à l'ouest et nous dirigerons tout droit vers la plage. Vos hommes toucheront terre sans encombre.

— C'est l'inconvénient de ton plan, Émouchet, remarqua Vanion. Nous n'avons qu'une centaine de navires. Si tu emmènes les chevaliers et leurs chevaux, tu ne pourras en mettre que quinze cents en face des Trolls.

— Vous ne pouvez pas vous empêcher de vous bagarrer, hein ? fit Caalador dans un soupir aviné.

— Nous cherchons le meilleur moyen de procéder, protesta Émouchet.

— Ben, pourquoi vous ne combinez pas les deux plans ? Sorgi part pour le nord dès demain matin et vous en faites autant avec vos armées dès que vous êtes prêts. Arrivé à dix lieues environ au sud de la muraille, Sorgi repère le chemin vers le rivage. Vous vous retrouvez là-bas, il vous fait contourner les récifs et vous dépose au nord du mur. Puis il vous attend en pêchant tranquillement pendant que vous faites joujou avec vos Trolls.

Émouchet et Vanion échangèrent un regard penaud.

— C'est bien c'que j'disais, Sorgi, reprit Caalador avec son accent paysan. Ces aristos manquent complèt'ment d'sens prâtique. J'crois qu'c'est pâsqu'y z'ont pas là place pour pus d'une idée â là fois dans l'crâne.

Peu avant l'aube, le matin du jour où la colonne de renforts devait partir pour l'Atan, Mirtaï fit irruption dans la chambre du couple royal d'Élénie.

— C'est l'heure, Émouchet. Debout ! annonça-t-elle.

— Vous ne pourriez pas frapper ? ronchonna Émouchet en s'adossant à ses oreillers.

— Pourquoi ? J'arrive au mauvais moment ?

— Mais non, Mirtaï, soupira-t-il. C'est l'usage, c'est tout.

— Absurde. Tout le monde sait ce qui se passe dans une chambre à coucher.

— Vous ne devez pas bientôt vous marier, Kring et vous ?

— Vous avez hâte de vous débarrasser de moi, hein ?

— Mais non, voyons.

— Nous avons décidé d'attendre que tout ça soit fini. Nos mariages seront un peu compliqués. Il y aura deux cérémonies dans deux parties du monde. Kring n'est pas enchanté de devoir attendre si longtemps.

— Je me demande bien pourquoi, fit innocemment Ehlana.

— Les hommes sont parfois bizarres, répondit Mirtaï en haussant les épaules.

— Ça, c'est bien vrai. D'un autre côté, s'ils n'existaient pas, il faudrait les inventer.

Émouchet enfila lentement, à regret, les sous-vêtements rembourrés, tachés de rouille, et lorgna son armure vernie de noir avec un dégoût ostensible.

— Tu as emporté des vêtements chauds ? demanda Ehlana. Les nuits sont fraîches, ici, alors, dans le Nord, il va faire un froid de canard.

— J'en ai pris, grommela-t-il. Pour ce que ça va me servir... On peut mettre ce qu'on veut, c'est pareil. Je sais que c'est paradoxal, mais on commence à suer dès l'instant où l'on enfile son armure et l'on continue à suer même quand on gèle et que des glaçons se forment à l'intérieur. Quel métier... Je commence à en avoir marre de gagner ma vie en tapant sur les gens.

— Eh bien, tu es encore de bonne humeur, ce matin...

— Pff, j'ai de plus en plus de mal à me lever. Ça ira quand je serai sur la route.

— Fais attention à toi, Émouchet. S'il t'arrivait quelque chose, j'en mourrais.

— Bah, ça ne devrait pas être si dangereux, ma tendresse. J'ai le Bhelliom, et il pourrait casser le soleil en deux sur son genou s'il le voulait. C'est plutôt Cyrgon et Zalasta qui ont intérêt à numéroter leurs abattis.

— Oui, eh bien, fais attention quand même.

— Ne t'inquiète pas. J'ai tous les atouts dans mon

jeu. Nous allons gagner, Ehlana. Rien au monde ne pourrait nous en empêcher. Nous n'avons plus qu'à négocier le chemin fastidieux qui mène au festin de la victoire.

— Bon, si tu m'embrassais avant de mettre ton armure ? Ça m'éviterait d'avoir des bleus pendant des semaines...

— Tiens, c'est une idée, approuva-t-il avec un grand sourire. Allez, on le fait !

Une colonne de plusieurs lieues de long, composée de chevaliers de l'Église, d'Atans, de Péloïs et de quelques régiments de Tamouls aux uniformes chamarrés, serpentait à travers les collines sur la rive est du lac Sama.

C'était une magnifique journée d'automne. Une douce brise poussait devant elle de jolis petits nuages blancs dans le ciel d'un bleu intense, et les ombres énormes de ces nuages couraient sur le paysage mamelonné de sorte que l'armée d'Émouchet chevauchait tantôt au soleil, tantôt à l'ombre. Les étendards multicolores claquaient au vent, infligeant des secousses aux lances et aux perches auxquels ils étaient fixés.

— Vous êtes sûr, Émouchet-Chevalier ? demanda la reine Betuana qui marchait à la hauteur de Faran. Les Trolls-Bêtes sont des animaux, et tous les animaux savent nager. Même les chats.

— Mais pas de bon cœur, Betuana-Reine, répondit Émouchet avec un sourire en songeant au plongeon de Mmrr dans le bassin à poissons rouges de Sarsos. Ulath-Chevalier assure que nous n'avons pas à craindre de voir les Trolls-Bêtes contourner l'escarpement à la nage. Ils peuvent traverser une rivière, un étang à la rigueur, mais ils ont peur de la mer. À cause des vagues, sans doute.

— Ne pourrions-nous presser l'allure ? reprit-elle avec impatience.

— Nous tenons, Majesté, à ce que les espions de Zalasta nous repèrent, répliqua Vanion. C'est notre but essentiel.

— Les batailles élènes prennent toujours des proportions impressionnantes, observa-t-elle.

— Nous préférons les petites bagarres, mais Zalasta a des visées à l'échelle du continent, et il faut bien faire avec.

Séphrénia ouvrait la marche, Flûte dans ses bras. Xanetia chevauchait à côté d'elles. Entre les deux femmes naissait une amitié timide, moins méfiante que prudente : chacune était soucieuse de ne pas offenser l'autre par inadvertance. Pour Émouchet c'était un changement profond, et positif.

— Nous en avons eu assez de toutes ces histoires, dit Séphrénia à Vanion. Je me demande quel est le plus hâbleur, de Tynian ou d'Ulath. Chacun en rajoute dans l'exagération pour convaincre l'autre qu'il a raté l'aventure du siècle.

— C'est une façon de se témoigner leur affection, petite mère, expliqua Émouchet. Ils sont trop pudiques pour se dire combien ils tiennent l'un à l'autre, alors ils se racontent des histoires ahurissantes.

— Vous comprenez ça, Xanetia ? demanda Séphrénia en souriant.

— Quel individu raisonnable prétendrait comprendre la façon dont les hommes expriment leur amour, ma sœur ?

— Les hommes ne savent pas par quel bout prendre l'amour, convint Émouchet. Surtout quand il s'adresse à un autre homme.

— C'est pourtant bien d'amour qu'il s'agit, insista Séphrénia.

— Sans doute, mais nous sommes mal à l'aise avec cette notion, c'est tout.

— Je voulais vous parler, Anarae, commença Betuana.

— C'est avec joie que j'écouterai tes paroles, Betuana d'Atan.

— Les jeunes Atans se sont efforcés de repérer Delphaeus afin de l'anéantir, ainsi que son peuple. Je suis navrée d'avoir permis qu'il en soit ainsi.

— C'est sans importance, Betuana d'Atan, répondit Xanetia en souriant. Ce n'était qu'une démonstration d'enthousiasme adolescent. Je dois avouer que nos propres jeunes se distraient en trompant et en abusant les tiens, et en les détournant de leur but initial par des enchantements et des artifices rudimentaires. Il me vient tout soudain à l'esprit qu'ainsi nous sommes mêmement soulagées de l'obligation de divertir nos enfants, qui, par suite de leur jeunesse, de leur inexpérience et de leur manque d'imagination, se plaignent continuellement de n'avoir rien à faire – ou, du moins, rien qui soit digne de ce qu'ils croient être leurs immenses talents.

Betuana éclata de rire.

— Vos enfants expriment donc aussi cette plainte, Anarae ?

— Tous les enfants passent leur temps à se lamenter, affirma Séphrénia. C'est pourquoi leurs parents vieillissent si vite.

— C'est bien vu, acquiesça Émouchet en évitant soigneusement de regarder Flûte.

Ils atteignirent Lebas, au nord de la Tamoulie, deux jours plus tard. Le Bhelliom avait permis à Émouchet d'expliquer à l'armée qu'il leur arriverait de parcourir de vastes distances en un instant. En réalité, c'est à Flûte qu'incombait la tâche de régler leur avance lors de cette expédition.

À Lebas ils trouvèrent un messager atan porteur d'une dépêche de Khalad au ton assez offensant, car elle suggérait que le coureur leur avait été envoyé afin de les guider vers la plage où Kring et Engessa les attendaient avec leurs forces, comme si les chevaliers n'étaient pas capables de retrouver leur chemin dans une forêt. Les préjugés de Khalad avaient la vie dure.

Aucune vraie route n'allait vers le nord à partir de Lebas, mais les pistes étaient clairement marquées. Quand ils parvinrent à la lisière de l'immense forêt qui couvrait le quart nord-est du continent, les cent Péloïs que Kring avait amenés avec lui d'Éosie se rapprochèrent de leurs alliés et ne les quittèrent pas d'une semelle. Les Péloïs de l'Ouest, qui étaient des habitants des plaines, se sentaient très mal à l'aise dans les forêts.

— Ça doit être à cause du ciel, expliqua Tynian aux autres.

— On ne voit pas le ciel quand on est dans la forêt, Tynian, objecta Kalten.

— C'est bien ce que je dis. Les Péloïs de l'Ouest ont l'habitude d'avoir le ciel au-dessus de leur tête. Quand ils sont sous les arbres ils ne peuvent plus le voir et ça les rend nerveux.

Ils ne surent jamais si Betuana était directement visée ou si c'était le fait du hasard. Ils avaient parcouru une centaine de lieues dans la forêt et établi le campement pour la nuit. Une grande tente avait été dressée un peu à part afin d'assurer un semblant d'intimité aux dames.

Les assassins – ils étaient quatre – émergèrent des fourrés, l'épée tirée, alors que Betuana et Xanetia sortaient de la tente. Betuana réagit instantanément. Elle dégaina et plongea son épée droit dans le ventre de l'un des assaillants. Elle dégagea son arme, roula à terre et envoya ses deux pieds dans la face d'un autre.

Émouchet et ses compagnons se précipitèrent, alertés par un cri de Séphrénia, mais Betuana semblait dominer la situation. Elle para un coup d'estoc un peu bâclé, fendit le crâne de son maladroit auteur et s'attaqua au dernier assaillant.

— Attention ! hurla Bérit en se ruant vers elle.

L'homme qu'elle avait renversé en lui envoyant ses pieds dans la figure se relevait, le nez en sang, une dague à la main, juste dans son dos.

Jusqu'alors, quand Xanetia redevenait elle-même, le changement était lent, ses couleurs s'estompaient graduellement. Mais cette fois elle se mit à briller tout d'un coup, et pas d'une vague lueur : comme une nova.

L'homme au nez en sang aurait pu fuir s'il avait eu toute sa tête. Mais Betuana n'y était pas allée avec le dos de la cuiller. Le coup qu'il avait pris dans la figure avait dû lui embrouiller sérieusement les idées.

Lorsque la main de Xanetia l'effleura, il poussa un cri d'horreur qui mourut dans une sorte de râle bulleux. Il regarda bouche bée, les yeux exorbités, la forme aveuglante de celle qui venait de le tuer, mais cela ne dura qu'un instant. Très vite, il fut impossible de distinguer son expression. La chair de son visage se liquéfia, coula comme une bougie, changée par ce terrible contact en un liquide sanieux. Sa mâchoire tomba, cependant que ses joues et ses lèvres dégoulinaient sur son menton. Il essaya de crier à nouveau, mais la putréfaction avait atteint sa gorge, et de sa bouche sans lèvres n'émergea qu'un gargouillis. La chair glissa de sa main, dénudant ses os, et sa main squelettique lâcha sa dague.

Ses jambes le lâchèrent tandis que le résidu visqueux de ce qui avait été sa peau, ses nerfs et ses tendons coulait de ses vêtements.

Le cadavre pourrissant s'affaissa mollement sur le sol tapissé de feuilles mortes où il continua à se décomposer, la malédiction de Xanetia poursuivant son œuvre inexorable.

Le feu qui émanait d'elle diminua d'intensité. Elle enfouit son visage luisant dans ses mains embrasées et se mit à pleurer.

28

Il pleuvait à Esos, une pluie pénétrante, glaciale, qui descendait des montagnes du Zémoch tous les automnes. Mais les réjouissances n'en souffrirent pas. Lors de la Fête des Moissons, la plupart des gens étaient trop ivres pour remarquer le temps qu'il faisait.

Stolg n'était pas ivre. Il travaillait, et n'avait que du mépris pour ceux qui se soûlaient en travaillant. Stolg était un homme comme les autres, habillé comme tout le monde, avec ses cheveux courts et ses grosses pattes. Il se dirigeait vers le quartier riche de la ville en jouant des coudes dans la foule en liesse. Bien malin qui l'aurait remarqué.

Stolg et Ruta, sa femme, avaient eu des mots ce matin-là, ce qui le mettait toujours de mauvais poil. Ruta n'avait vraiment pas de quoi se plaindre, se dit-il en laissant passer un groupe de jeunes aristocrates éméchés. Il gagnait bien sa vie, et leur belle petite maison, dans les faubourgs de la ville, faisait l'envie de tous leurs amis. Leur fils était apprenti chez un charpentier, et leur fille allait sans doute faire un beau mariage. Stolg aimait Ruta, mais elle faisait parfois des histoires pour rien. Cette fois, elle était revenue sur l'histoire du verrou de la porte d'entrée de leur maison qui ne fermait pas bien. Il avait eu beau lui dire et lui répéter qu'ils étaient les derniers à avoir besoin d'un verrou, elle ne voulait rien entendre.

Stolg attendit dans un renfoncement le passage des chevaliers du gué. En temps normal, Djukta aurait graissé la patte des gardes pour que Stolg soit tranquille, mais c'était la Fête des Moissons ; le bruit et la confusion couvriraient les cris éventuels. Djukta n'était pas du genre à jeter l'argent par les fenêtres. On disait dans les bouges d'Esos qu'il s'était laissé pousser la barbe pour faire l'économie d'un manteau.

Stolg vit la maison de son client et se glissa dans la ruelle puante qui passait derrière. Bien. L'échelle était là. Il grimpa rapidement jusqu'à une fenêtre du premier étage qu'il ouvrit discrètement. Il suivit un couloir jusqu'au bout et entra dans une chambre. Une ex-servante de la maison lui avait dessiné un plan rudimentaire et indiqué la chambre du propriétaire des lieux, un nobliau appelé Kinad, comte de son état. Une fois dans la chambre, Stolg s'allongea sur le lit. Il ne savait pas combien de temps il aurait à attendre, alors autant s'installer confortablement. Le bruit d'une fête à tout casser montait du rez-de-chaussée.

Allongé là, il décida de poser le verrou que lui demandait Ruta. Ça ne coûterait pas cher, et la paix des ménages valait bien ça.

Une demi-heure plus tard, quelqu'un gravit l'escalier d'un pas lourd, mal assuré. Il se laissa vivement glisser à bas du lit, s'approcha sans bruit de la porte et colla son oreille au panneau.

— Ça ne m'ennuie pas du tout, disait un homme d'une voix pâteuse. J'en ai une copie dans ma chambre.

— Je vous crois sur parole, comte Kinad, répondit une femme, d'en bas.

— Non, non, ma chère, je veux que vous lisiez de

vos propres yeux la proclamation de Sa Majesté. Je n'ai jamais rien vu de plus stupide.

La porte s'ouvrit devant un homme tenant une chandelle. C'était celui qu'on avait indiqué à Stolg deux jours auparavant. Stolg se demanda distraitement ce que le comte Kinad avait fait pour déplaire à quelqu'un au point de justifier l'intervention d'un professionnel comme lui. Il écarta cette pensée. Ce n'était pas son affaire.

Stolg était un professionnel compétent. Il avait le choix entre plusieurs techniques, mais ce Kinad lui tournait le dos, aussi opta-t-il pour sa méthode favorite. Il tira un long poignard de sa ceinture, s'approcha de l'homme par-derrière et lui enfonça la longue lame mince à la base du crâne. Il y eut un crissement sinistre. Il rattrapa le corps qui s'affaissait et le déposa à terre sans un bruit. Un coup de couteau dans le cerveau ne pardonnait pas, c'était rapide, silencieux et les effets secondaires répugnants étaient réduits au minimum. Ruta avait horreur de laver les vêtements de travail de son mari quand il se couvrait de sang. Stolg posa le pied entre les épaules du cadavre et récupéra son poignard. C'était la partie la plus compliquée du travail. Extirper un poignard d'une boîte crânienne exigeait de la force.

Stolg retourna le mort et regarda attentivement son visage. Un professionnel s'assure toujours qu'un client a été servi pour de bon.

Il fut amplement rassuré. Le comte avait le regard vitreux, le visage cyanosé et un filet de sang lui coulait des narines. Stolg essuya son poignard, le rangea et repartit comme il était venu.

Il y avait deux autres noms sur la liste que Djukta lui avait donnée. Avec un peu de chance, il aurait pu en rayer encore un cette nuit même. Mais il pleuvait, et Stolg n'aimait pas travailler sous la pluie. Il décida de rentrer tôt et d'annoncer à Ruta qu'elle avait gagné : il allait s'occuper de ce fichu verrou. Puis il se dit que ce serait bien de l'emmener à la taverne, au bout de la rue, et de s'octroyer quelques chopes de bière avec leurs voisins. C'était la Fête des Moissons, après tout, et un honnête homme se devait de la célébrer avec sa famille et ses amis.

Sherrok était un petit bonhomme qui ne payait pas de mine avec son crâne bosselé, dégarni. Il trottait comme une souris dans les rues bondées de Verel, une ville du sud de la Daconie. Le jour, Sherrok officiait au bureau des douanes. C'était un petit fonctionnaire qui rongeait son frein en exécutant les ordres de ses supérieurs tamouls. Sherrok vomissait les Tamouls et l'idée qu'il serait toujours leur subalterne le rendait malade. C'est ce qui l'avait poussé à vendre des informations à Ogerajin, le Styrique pervers à qui un ami commun l'avait présenté. Quand Ogerajin, après quelques questions prudentes, avait laissé entendre que certaines informations pourraient valoir un peu d'argent, Sherrok avait sauté sur cette occasion de trahir ses supérieurs exécrés et de mettre du beurre dans ses épinards par la même occasion.

Ce soir-là, il avait une nouvelle de la première importance pour Ogerajin. Les Tamouls, ces suceurs de sang, allaient augmenter les droits de douane de zéro virgule vingt-cinq pour cent, tout ça. Une telle information vaudrait de l'or pour Ogerajin.

Sherrok se passa la langue sur les lèvres en se faufilant dans la foule avinée. Il avait repéré, au marché aux esclaves, une Astellienne de huit ans, une gosse ravissante aux yeux agrandis par la peur. Si Ogerajin se révélait assez généreux, Sherrok pourrait se la payer. Il n'avait jamais possédé de gamine aussi jeune et à cette seule pensée ses jambes se dérobaient sous son poids.

Il ne pensait qu'à ça quand il passa devant une ruelle puante, de sorte qu'il ne se méfia pas. Jusqu'à ce qu'il sente le lacet de chanvre se resserrer autour de son cou.

Il se débattit, évidemment, mais ça ne servit pas à grand-chose. L'assassin l'entraîna dans l'allée et l'étrangla méthodiquement. Sa dernière pensée fut pour la gamine. Elle semblait se moquer de lui.

— Tu ne vaux pas le mal que je me donne pour toi, tu sais, disait Bersola au cadavre étalé à la proue de la barque.

Bersola parlait toujours aux hommes qu'il venait de tuer. Ses collègues le croyaient fou. Ils avaient probablement raison.

Bersola était un routinier. Il enfonçait toujours son couteau entre la troisième et la quatrième côte du client, selon un angle précis. Au moins, comme ça, il était sûr de ne pas rater le cœur. Et puis Bersola ne laissait jamais le corps à l'endroit où il tombait. C'était un maniaque de la propreté qui ne pouvait se résoudre à laisser traîner des saletés derrière lui. Par chance, Bersola vivait et travaillait à Ederus, une ville de Daconie située au bord de la mer d'Édom, où il n'était pas difficile de se débarrasser des ordures encombrantes. Un petit tour en barque, quelques pierres attachées aux chevilles du *de cujus* et tout rentrait dans l'ordre. Et comme cet obsédé de Bersola immergeait toujours les corps au même endroit, ses collègues avaient donné en riant le nom d'Écueil de Bersola à un endroit au fond de l'eau où étaient censées s'empiler les carcasses. Le terme était passé dans le langage commun et il arrivait à des gens qui ignoraient toute l'affaire de parler de l'Écueil de Bersola.

— Tu ne l'as pas volé, hein ? dit-il au cadavre en ramant vers son récif. Il a fallu que tu embêtes quelqu'un. Si tu avais fait attention, tu n'en serais pas là.

Le cadavre ne répondit pas. Ils ne répondaient jamais.

Bersola leva les rames et regarda autour de lui. Il avait des points de repère : le fanal de la jetée d'Ederus à bâbord, le feu allumé sur le promontoire, derrière lui, et la fenêtre allumée de la taverne de Fanna sur la rive opposée.

— Tu es arrivé, annonça Bersola au cadavre. Tu ne vas pas t'ennuyer ; tu as des tas de copains en bas.

Il posa les avirons et vérifia les nœuds qui retenaient la grosse pierre aux chevilles du mort.

— Je suis vraiment désolé, mais tu n'as qu'à t'en prendre à toi-même, après tout. Bon, ajouta-t-il en soulevant la pierre et en la faisant passer par-dessus bord, tu n'as rien à dire avant de descendre ?

Le délai de réponse étant passé, il fit basculer les jambes du cadavre par-dessus le bord de la barque et lui lâcha les épaules. Le corps glissa mollement dans l'eau noire du lac.

Bersola regagna Ederus en sifflotant son air préféré.

Avin Wargunsson était dans un état de rage indescriptible. Le patriarche Bergsten avait quitté le pays sans le prévenir. C'était intolérable ! Il n'avait aucune considération pour la dignité du prince régent de Thalésie. Il serait roi un jour, après tout – dès que le fou qui délirait dans la tour nord aurait fini de délirer – et il méritait certains égards. Les gens l'ignoraient toujours ! Ce mépris lui embrasait l'âme. Avec ses cinq pieds de haut, dans ce royaume peuplé de grands blonds qui faisaient tous deux têtes de plus que lui, il passait totalement inaperçu. Il avait passé son enfance à courir comme une souris entre les jambes des grands gaillards qui lui marchaient dessus sans le voir, et qui refusaient de baisser les yeux sur lui.

Il y avait des moments où ça le plongeait dans une fureur telle qu'il se retenait pour ne pas crier.

Puis, sans prendre la peine de frapper, deux malfrats blonds ouvrirent la porte et poussèrent un tonneau devant eux.

— Voilà le tonneau de vin d'Arcie que vous avez demandé, Avin, annonça l'un d'eux.

Le barbare ignorant ne savait même pas comment il convenait de s'adresser à son roi.

— Je n'ai jamais commandé de vin ! protesta Avin.

— Le chef des gardes a dit que vous vouliez un tonneau de rouge d'Arcie, insista l'autre sauvage blond en refermant la porte. Nous, on fait ce qu'on nous dit de faire. Où vous voulez qu'on le mette ?

— Oh, laissez-le là, répondit Avin, de guerre lasse.

Ils roulèrent le tonneau vers un coin de la pièce et le redressèrent.

— Je ne vous connais pas, vous deux, nota Avin.

— On est nouveaux, répondit le premier en haussant les épaules. On est entrés dans la garde royale la semaine dernière.

Il posa un sac de toile par terre, en sortit un pied de biche et l'inséra soigneusement sous le couvercle du tonneau.

— Qu'est-ce que vous faites ? ronchonna Avin.

— Ben, si vous voulez en boire, faut l'ouvrir, s'pas ? répliqua le gaillard. On a les outils nécessaires, alors tant qu'à faire...

Avin constata que l'homme était rasé de près. C'était toujours ça. La plupart des gardes donnaient l'impression d'avoir les joues couvertes de lichen doré.

— Tu ferais mieux d'y goûter pour voir s'il a pas suri, Brok.

— Exact, approuva l'autre homme.

Il prit un peu de vin dans sa main en coupe et le goûta avec un grand « schlurps ». Avin frémit.

— Je le trouve bien. Dis donc, Tel, si on en remplissait un seau ? suggéra-t-il. C'était un sacré boulot de monter ce tonneau dans les escaliers et j'ai comme une petite soif.

— Bonne idée, approuva le dénommé Tel.

Il ramassa le seau en bois serti de cuivre qu'Avin utilisait comme corbeille à papiers.

— Je peux prendre ça, Avin ? demanda-t-il.

Avin Wargunsson manqua s'étrangler. Ça allait trop loin – même pour la Thalésie.

Le grand gaillard renversa la corbeille à papier sur le dessus du bureau d'Avin, la plongea dans le tonneau et la reposa à terre.

— Bon, ben, je crois qu'on peut y aller, dit-il.

— Parfait, répondit Tel. On y va.

— Qu'est-ce que vous faites ? demanda Avin d'une voix stridente en voyant les deux hommes s'approcher de lui.

Ils ne prirent pas la peine de lui répondre. C'était intolérable ! Il était le prince régent, tout de même ! On n'avait pas le droit de le traiter comme ça !

Ils le traînèrent jusqu'au tonneau, ignorant ses cris, ses protestations et ses coups de pied.

— Allez, tu rentres là-dedans, fit plaisamment le dénommé Tel sur le ton qu'il aurait employé pour faire rentrer un cheval à l'écurie.

Les deux hommes soulevèrent Avin Wargunsson comme s'il ne pesait pas plus lourd qu'une plume et le fourrèrent dans le tonneau. Celui qui s'appelait Brok le maintint pendant que Tel prenait un marteau et une poignée de clous dans son sac de toile et remettait le couvercle du tonneau. Il le posa sur la tête d'Avin, appuya dessus et donna des coups de marteau sur le tour pour l'enfoncer.

Seuls le front et les yeux d'Avin dépassaient à la

surface du vin. Il retint son souffle et tapa sur le dessous du couvercle avec ses deux poings, impuissant.

Puis il y eut d'autres chocs quand Tel cloua calmement le couvercle du tonneau.

Les dames donnèrent fermement congé à Kalten lorsqu'elles se remirent en route le lendemain, après la tentative d'attentat sur la personne de Betuana. Kalten prenait très au sérieux sa mission de protecteur de Xanetia, et il fut un peu vexé qu'on l'envoie promener aussi cavalièrement.

— Elles veulent qu'on leur fiche la paix, conclut Vanion. Dispose quelques chevaliers sur les côtés pour les protéger, mais qu'ils les laissent respirer ! Xanetia aura besoin d'un peu de temps pour se remettre.

Pour un soldat, Vanion avait parfois une vision assez pénétrante des choses. Émouchet regarda par-dessus son épaule. Séphrénia chevauchait à côté de Xanetia, éplorée, tête basse, Flûte dans ses bras. Betuana était à pied, de l'autre côté. Les femmes resserraient les rangs autour de leur compagne blessée. Séphrénia tendait souvent la main pour lui effleurer le bras. Les différences raciales, les siècles d'inimitié avaient cédé devant la solidarité féminine. Séphrénia avait abattu toutes ces barrières sans même y songer pour consoler son ennemie. Betuana était tout aussi pleine de sollicitude envers Xanetia, malgré la terrible démonstration des effets de son contact.

Aphraël dominait parfaitement la situation, évidemment. Elle avait passé les bras autour de la taille de Xanetia, et son toucher était l'une des forces les plus puissantes au monde. Émouchet était sûr que Xanetia ne souffrait pas tant que ça. La Déesse-Enfant ne l'aurait pas permis. L'Anarae affichait l'horreur, le remords que lui inspirait son geste pour le profit, surtout, de ses deux consolatrices. Aphraël effaçait délibérément l'animosité raciale de Séphrénia et l'aversion superstitieuse de Betuana en recourant à un expédient très simple – en incitant Xanetia à faire étalage d'un chagrin démesuré.

On était tenté de sous-estimer Aphraël quand elle apparaissait sous l'incarnation d'une petite fille capricieuse, et c'était probablement la raison principale pour laquelle elle avait adopté la forme de la Déesse-Enfant. Mais Émouchet avait vu le reflet mouvant de la vraie Aphraël à Mathérion, et elle n'était ni enfantine ni capricieuse. Il était persuadé qu'Aphraël savait exactement ce qu'elle faisait, et arrivait généralement à ses fins. Émouchet fixa fermement l'image mouvante de la vraie Aphraël dans son esprit afin de l'y retrouver quand les fossettes et les baisers amoindriraient son jugement.

Les jours étaient sensiblement plus courts dans ces régions septentrionales. Le soleil se levait loin au sud-est, montait à peine au-dessus de l'horizon et redescendait. Le givre des longues nuits s'accumulait sur le sol car le soleil était trop pâle pour le faire fondre.

Le soir tombait quand un immense Atan dévala en courant un sentier couvert de givre, vint tout droit vers la reine Betuana, se frappa la poitrine en guise de salut et parla d'un ton pressant.

— Un message d'Engessa-Atan, traduisit Betuana

d'une voix tendue. Des ennemis se massent sur la côte, à l'extrémité est de la muraille.

— Des Trolls ? supposa aussitôt Vanion.

— Non, Vanion-Seigneur, répondit l'immense Atan. Des Élènes. Et la plupart ne sont pas des guerriers. Ils abattent des arbres.

— Pour ériger des fortifications ? risqua Bévier.

— Non, chevalier de l'Église. Ils attachent les troncs ensemble pour faire des choses qui flottent.

— Des radeaux ? fit Tynian. Ulath, tu disais que les Trolls avaient peur de la mer. Tu crois qu'ils monteraient sur des radeaux pour contourner l'escarpement ?

— C'est difficile à dire. Ghwerig a traversé le lac Venne en bateau, et il a failli s'embarquer avec le roi Sarak pour aller de Thalésie en Pélosie pendant la guerre du Zémoch. Mais Ghwerig n'était pas un Troll comme les autres. Ces radeaux, ils les construisent au nord de la muraille, ou de ce côté-ci ?

— De ce côté-ci, répondit l'Atan.

— Ça n'a pas de sens, remarqua Kalten.

— Je pense que nous ferions mieux d'aller jeter un coup d'œil, Émouchet, décida Vanion. L'attaque dont Betuana a été victime hier soir prouve que Zalasta est au courant de notre arrivée. Notre petite promenade dans les bois a donc atteint son but. Rejoignons Engessa et Kring. L'hiver ne va pas tarder, et je pense que vous préférerez tous en avoir fini avec les Trolls avant que le soleil se couche pour toujours.

— Tu veux bien t'en occuper, ô Divine ? demanda Émouchet. Je demanderais volontiers ce service au Bhelliom, mais tu fais ce genre de choses magnifiquement, et je ne voudrais pas te froisser en changeant de fournisseur à ce stade.

— Ne pousse pas le bouchon trop loin, Émouchet, dit-elle d'un ton menaçant en plissant les paupières.

Émouchet ne devait jamais savoir si Aphraël les avait déplacés pendant la nuit ou entre le moment où ils étaient remontés en selle et celui où leurs montures avaient fait leurs premiers pas. La Déesse-Enfant était trop douée pour se faire prendre à jouer avec l'espace-temps.

La colline était celle qui se dressait au nord-ouest du campement la veille au soir, quand ils s'étaient arrêtés ; c'est du moins ce qu'il leur semblait. Mais quand ils parvinrent au sommet, une demi-heure après s'être remis en route, la forêt ininterrompue qui aurait dû se trouver de l'autre côté avait laissé place à une longue plage de sable fin et à la grisaille infinie de la mer de Tamoulie.

— On a fait vite, dites donc, commenta Talen en regardant autour de lui.

Émouchet se demandait encore pourquoi Talen les avait accompagnés dans cette expédition et il soupçonnait Aphraël d'avoir quelque chose à voir là-dedans.

— On a de la visite, annonça Ulath en tendant le doigt vers un cavalier qui longeait les flots, au nord.

— Khalad, répondit Talen en haussant les épaules.

— Comment le sais-tu ?

— C'est mon frère. Et puis je reconnais sa cape.

Ils descendirent la colline et s'avancèrent sur le sable.

— Qu'est-ce qui vous a retardés ? demanda Khalad dès qu'ils furent à portée de voix.

— Moi aussi, je suis content de te voir, Khalad.

— Ce n'est pas le moment de faire de l'esprit, Émouchet. Il y a dix jours que je me bagarre pour empêcher Engessa et ses Atans de contourner l'escarpement à la nage et d'attaquer les Trolls à main nue. Comment a marché le plan de Stragen ?

— Difficile à dire, répondit Talen. Nous étions sur les routes au moment de la Fête des Moissons. Mais je connais suffisamment Stragen et Caalador pour imaginer que la plupart des gens après qui ils en avaient ne doivent plus avoir mal aux dents à l'heure qu'il est. Nous avons pris notre temps parce que nous voulions être sûrs que les hommes de Zalasta nous avaient repérés. Notre but était de faire diversion pour laisser les coudées franches aux meurtriers de Caalador.

— Où sont les Trolls ? demanda Ulath.

— Il semblerait qu'ils soient massés autour du village abandonné de Tzada, de l'autre côté de la frontière, répondit Khalad. Ils ont essayé d'escalader la muraille pendant un moment, puis ils ont reculé. Engessa a placé des éclaireurs en haut de l'escarpement ; ils nous préviendront si les Trolls bougent.

— Où sont Engessa et Kring ? demanda Vanion.

— Sur la plage, à une demi-lieue à peu près. Nous avons établi le campement à l'orée de la forêt. Tikumé nous a rejoints il y a quelques jours avec plusieurs milliers de Péloïs.

— Et Sorgi ? demanda Émouchet.

— Il sonde les récifs, répondit Khalad. Il a envoyé une chaloupe pour nous prévenir de son arrivée.

— Qu'est-ce que c'est que cette histoire de radeaux ? demanda Vanion.

— Ce ne sont pas des radeaux, messire, mais des sections de pont flottant.

— Quoi ? Un pont flottant pour aller où ?

— Nous l'ignorons encore. Nous n'avons pas osé approcher, de crainte de nous faire repérer par les paysans édomites qui le construisent.

— De mieux en mieux. Que font des Édomites de ce côté du continent ? s'étonna Kalten.

— Un pont, messire Kalten, vous n'avez pas entendu ? Le vieux copain de Talen – Amador, Rebal, ou quel que soit son nom – serait plus ou moins responsable du chantier, mais Incetes est là aussi, et c'est lui qui fait la grosse impression. Il gueule des ordres en vieil élène et il décervelle tous ceux qui font mine de ne pas le comprendre, ou qui ne courent pas assez vite.

— C'est le simulacre que nous avons vu dans les bois près de Jorsan ? demanda Talen.

— Je ne crois pas. Celui-ci paraît sensiblement plus grand et il a un bon contingent d'hommes en armure de bronze avec lui. J'ai l'impression que quelqu'un a de nouveau ressuscité des hommes du passé.

— Sans doute Djarian de Samar, avança Séphrénia. Il est peut-être capable de conjurer des armées entières, après tout.

— Il peut le faire, à condition que Cyrgon lui donne un coup de main, ajouta Aphraël.

Elle semblait somnoler dans les bras de sa sœur, mais

elle écoutait, manifestement. Elle ouvrit ses grands yeux noirs.

— Salut, Khalad, dit-elle. Tu as pris un coup de vent, on dirait.

— Nous avons essuyé des tempêtes venues de la mer de Tamoulie, ô Divine. Le vent charrie une forte odeur de glace.

— Voilà donc ce qu'ils préparent ! s'exclama Ulath en claquant les doigts.

— Il fait toujours ça ? nota Tynian. J'espérais que vous l'en auriez guéri, depuis le temps.

— Ulath aime parler par énigmes, commenta calmement Séphrénia. Il reviendra dans un moment ou deux combler les blancs pour notre édification.

— Il fait froid depuis longtemps, par ici ? reprit Ulath.

— Il ne faisait pas particulièrement chaud quand nous sommes arrivés, répondit Khalad.

— Il y a de la glace qui se forme dans les andins et le long de la plage, la nuit ?

— Un peu. Mais elle n'est pas très épaisse, et la marée montante la rompt sans lui laisser le temps de s'étendre.

— N'empêche qu'à une demi-lieue au large, la glace flottante doit tenir, poursuivit Ulath. Elle doit bien faire un pied d'épaisseur, à présent. Les Édomites ne construisent ni des radeaux ni un pont flottant, mais une jetée sur la glace, mes amis. Vous pouvez être sûrs qu'il y en a une autre au nord de la muraille. Les Trolls n'ont pas peur de la glace. Ils en ont assez vu en venant de Thalésie. Cyrgon ordonnera aux Trolls d'emprunter la jetée au nord de l'escarpement puis de marcher sur la glace, et ils atteindront le rivage en suivant la jetée du sud.

— Et là, ils se jetteront à nouveau sur les Atans, poursuivit Vanion d'un ton sinistre. Quelle épaisseur la glace doit-elle avoir pour supporter le poids des Trolls ?

— Deux pieds, environ. S'il continue à faire froid comme ça, le temps que les jetées soient finies, elle sera assez épaisse.

— On peut compter sur Cyrgon pour y veiller, nota Tynian.

— Ce n'est pas tout, reprit Khalad. Si Cyrgon continue à jouer comme ça avec le temps, les navires de Sorgi seront bientôt bloqués par les glaces. Nous avons intérêt à inventer quelque chose en vitesse, ou nous allons nous retrouver dans les Trolls jusqu'au cou.

— Allons discuter de ça avec Kring et Engessa, proposa Émouchet.

29

— La plage a changé, ami Émouchet, dit Kring. Près de la falaise, ce qui était le fond de la mer se retrouve à présent hors de l'eau sur une demi-lieue environ.

— C'est comme si le Bhelliom avait fait glisser la terre au nord de la faille sous le reste du continent pour former la falaise, expliqua Khalad. C'est ce qui a soulevé le fond de la mer de ce côté tandis que le sol, au nord de la faille, s'enfonçait, et que la mer avançait de plusieurs lieues vers l'intérieur des terres. Le haut des arbres dépasse de l'eau. La faille était propre et nette à l'endroit où nous étions quand le tremblement de terre a commencé, mais il y a eu des glissements de terrain ici, le long de la côte. De grosses pierres dépassent de l'eau, au nord de la falaise.

— Où sont les Édomites ? demanda Vanion.

— Vers le haut de la falaise, messire. Ils abattent les arbres et font rouler les troncs vers le bord de l'eau. C'est là qu'ils construisent les radeaux. Ce ne sont pas de très bons radeaux, ajouta-t-il d'un ton critique. Si les Trolls montent dessus, ils risquent d'avoir les pieds mouillés.

— C'est bien le fils de son père, s'esclaffa Kalten. Qu'est-ce que ça peut fiche, que les Trolls aient les pieds mouillés ?

— Quand on fait quelque chose, on le fait bien, messire Kalten, répondit Khalad, buté. Je déteste le travail salopé.

— Et les Trolls ? demanda Vanion.

— Ils sont regroupés près d'un village d'Atan appelé Tzada, répondit Engessa. Quant à savoir ce qu'ils font, c'est un peu difficile à dire du haut de la falaise.

— Où passe la frontière entre la Tamoulie et l'Atan ? s'enquit Tynian.

— Elle n'est pas matérialisée, répondit la reine Betuana. Ce n'est qu'une ligne sur la carte, et ne signifie pas grand-chose. Un pays où le soleil se couche à la fin de l'automne et ne reparaît qu'au printemps n'a rien pour susciter les convoitises. Le sol appartient à celui qui est assez fou pour vivre si loin au nord.

— La frontière est à cent cinquante lieues de Tzada, précisa Engessa.

— Ça fait une bonne semaine de marche pour un Troll, nota Ulath. Résumons-nous : d'ici une semaine, les Édomites devraient avoir fini leur jetée ; dans dix jours, la glace sera assez épaisse pour supporter le poids des Trolls. S'ils partent de Tzada d'ici trois jours, le temps qu'ils arrivent, ce sera prêt. C'est magnifiquement calculé.

— N'est-ce pas ? acquiesça Bévier.

— Nous avons toutes sortes d'options, nota Vanion. Nous pourrions détruire la jetée sud et laisser les Trolls échoués sur la glace, ou bien attendre qu'ils arrivent sur ce rivage pour les massacrer, ou les attaquer avec les navires de Sorgi pendant qu'ils seront sur la jetée, ou encore...

— Nous n'avons pas le temps, objecta Betuana. Quelle est actuellement la longueur du jour, dans la région, Engessa-Atan ?

— Pas plus de cinq heures, Betuana-Reine.

— Dans dix jours, la durée d'ensoleillement sera encore plus courte. Vous voulez combattre ces Trolls dans le noir ?

— Pas vraiment, Majesté, répondit Ulath en frémissant. En réalité, nous ne voulons pas les combattre du tout, mais les récupérer. Dans le fond, nous pourrions faire fi de ces travaux de construction. Les vaisseaux de Sorgi n'auraient qu'à nous faire contourner tout ce petit monde et nous déposer assez loin au nord de l'escarpement pour que le Bhelliom ne déclenche pas une nouvelle série de tremblements de terre, après quoi il suffirait que nous lui demandions de nous transporter directement à Tzada.

— C'est une bonne idée, Ulath-Chevalier, acquiesça Betuana. Sauf que la glace se forme déjà là-haut, vous savez.

— Aphraël, demanda Émouchet, tu pourrais fondre cette glace pour nous ?

— S'il le fallait vraiment... mais ce ne serait pas poli. La glace fait partie de l'hiver, et l'hiver appartient à la terre qui est l'enfant du Bhelliom et non la mienne. Tu ferais mieux de négocier ça avec lui.

— Et que veux-tu que je lui demande ?

— Laisse-le se débrouiller. Dis-lui que la glace t'embête et fais-lui confiance. Tu as beaucoup à apprendre sur la façon de gérer ce genre de situations, Émouchet.

— Certes, convint-il de bonne grâce, mais c'est un problème qui ne se présente pas tous les jours, alors je manque de pratique.

— Vous voyez ce que je voulais dire, Émouchet ? demanda Khalad. Ces rondins de bois vert s'enfoncent tellement dans l'eau qu'on ne pourrait pas faire avancer un âne dessus sans qu'il en ait jusqu'aux jarrets. Ils auraient dû superposer deux couches de troncs d'arbres.

Ils étaient tapis en haut d'une butte, dissimulés sous des buissons, et regardaient travailler les paysans édomites. Une première partie de jetée était déjà en place et s'avançait dans l'eau couverte de fraisil. D'autres radeaux étaient prêts à s'y ajouter.

— Voilà Incetes, reprit Khalad en indiquant un énorme personnage en jaseran de bronze et casque à cornes. Ses guerriers préhistoriques font trimer ces pauvres paysans comme des esclaves. Rebal court dans tous les sens en agitant les bras et en essayant de prendre l'air important, mais le vrai chef, c'est Incetes. Les paysans ne comprennent pas ce qu'il raconte, alors il leur parle par signes. Vous savez, Émouchet, si on le tuait, ses guerriers disparaîtraient et les chevaliers n'auraient qu'à se montrer pour repousser Rebal et ses paysans à mi-chemin de l'Édom.

— C'est une idée séduisante, mais comment veux-tu que nous nous rapprochions suffisamment pour le tuer ?

— J'en suis assez près, Émouchet. Je pourrais le tuer d'ici.

— Il est à deux cent cinquante toises, Khalad. Ton père disait que la portée maximale d'une arbalète est de deux cents toises, et encore.

— Je tire mieux que mon père, fit Khalad en soulevant son arbalète. J'ai modifié les visées et rallongé un peu les bras. Incetes est à ma portée, croyez-moi. D'ici, je pourrais lui planter un carreau dans le nez.

— Belle image. Allons voir ce que Vanion en pense.

Ils quittèrent discrètement leur poste d'observation et retrouvèrent les autres au campement. Émouchet leur exposa rapidement le plan de son écuyer.

— Si Khalad assure pouvoir l'atteindre à cette

distance, je le crois, fit Vanion, d'un ton un peu dubitatif quand même. On peut toujours tenter le coup. Ça ne nous coûtera qu'un carreau d'arbalète et une charge de cavalerie. Le trouble qui s'ensuivra chez nos ennemis vaut bien ça.

Kring et Tikumé reparurent en haut de la colline. Ils revenaient de la plage. Le capitaine Sorgi les suivait à une certaine distance. Il n'était pas très bon cavalier et se cramponnait désespérément au pommeau de sa selle.

— L'ami Sorgi a touché terre dans un de ces bateaux à rames, annonça Kring. Ses grands bateaux sont encore à une demi-lieue au large.

— Des navires, ami Kring, rectifia Sorgi d'un ton chagrin. Un bateau, c'est tout petit. À partir d'une certaine taille, on dit un navire.

— Quelle différence cela fait-il, ami Sorgi ?

— Un navire a un capitaine ; un bateau avance par consentement mutuel, expliqua patiemment Sorgi. Nous avons un problème, maître Cluff. La glace se forme juste derrière mes bâtiments. Je pourrais les amener près du rivage, mais je doute qu'ils vous servent à grand-chose. J'ai fait effectuer des sondages, et nous devrions naviguer à une bonne lieue au large pour contourner le récif. Nous n'avons plus cette latitude. La glace avance très vite vers le rivage.

— Tu ferais mieux de parler au Bhelliom, Émouchet, dit Aphraël. Je croyais te l'avoir dit, ce matin.

— Oui, approuva-t-il. C'est vrai.

— Alors pourquoi ne l'as-tu pas fait ?

— J'avais d'autres problèmes et ça m'est sorti de la tête.

— Tu vois comment ils deviennent en grandissant ? s'écria Séphrénia. On ne peut plus rien en tirer. Il suffit qu'on leur dise une chose pour qu'ils fassent exactement le contraire. C'est d'ailleurs comme ça que je m'en sors, généralement, avec eux : en leur ordonnant l'opposé de ce que je veux qu'ils fassent en réalité.

— Très bien, fit la Déesse-Enfant d'un ton dubitatif. Je trouve ça complètement idiot, mais si c'est la seule façon d'y arriver... Émouchet ! dit-elle d'un ton autoritaire en se redressant de toute sa hauteur. Je t'interdis d'adresser la parole au Bhelliom !

— J'espère que Dolmant pourra me trouver un petit boulot dans un monastère quand nous rentrerons à la maison, fit Émouchet avec un soupir funèbre.

Émouchet et Vanion s'éloignèrent un peu, Flûte sur leurs talons.

— Rose Bleue, commença Émouchet après avoir ordonné au coffret de s'ouvrir, l'hiver approche avec une hâte suspecte, et la mer gèle, ce qui fait obstacle à nos projets. Nous nous sommes sensiblement écartés de ton excellente muraille afin que nos mouvements ne perturbent pas ta fille.

— C'est fort délicat de ta part, Anakha, répondit le Bhelliom par la voix de Vanion.

— Sa courtoisie n'est pas dénuée d'intérêt, Gemme-Fleur, nota Aphraël avec un petit air entendu. Quand ta fille frémit, ça lui retourne l'estomac.

— Tu n'avais pas besoin de dire ça, Aphraël, protesta Emouchet. C'est toi qui vas le faire ?

— Non. Je suis trop bien élevée pour ça. Je suis

seulement venue parce que je dois des excuses au Bhelliom et que je voudrais des éclaircissements.

Elle jeta un coup d'œil dans la cassette d'or, et la lueur azurée du joyau illumina son visage. Elle s'adressa directement à lui dans une langue qu'Émouchet ne comprit pas, bien qu'elle lui fût d'une familiarité agaçante. Elle marquait des pauses pendant lesquelles Émouchet présuma que la pierre communiquait avec elle d'une voix qu'elle était seule à entendre. À un moment donné, elle éclata d'un petit rire perlé qui sembla pétiller dans l'air glacé.

— Très bien, Émouchet, dit-elle enfin. Nous nous sommes expliqués, le Bhelliom et moi. Tu peux lui exposer ton problème.

— Trop aimable, murmura-t-il.

— Je t'en prie, Émouchet, ce n'est pas le jour.

— Souffre, Rose bleue, que je t'ennuie encore avec nos problèmes triviaux, dit alors Émouchet, mais il appert que l'arrivée de la glace hivernale a été hâtée par la main de Cyrgon, et il est au-delà de notre pouvoir d'y remédier.

— M'est avis, Anakha, que Cyrgon n'aura pas volé une leçon de savoir-vivre, répondit le Bhelliom d'un ton rigoureux. Je vais lui tirer les oreilles, pour cela. Il y a des rivières dans la mer, et il les a détournées de leur cours pour geler cette côte plus tôt qu'il ne se devait. Je vais lui rendre la politesse et amener la chaleur torride des tropiques vers ce rivage septentrional afin d'en consumer la glace. Aphraël applaudit avec un petit rire extatique.

— Cyrgon va en être malade, s'esclaffa-t-elle. Ton intelligence passe toute mesure, Gemme-Fleur !

— Louée sois-tu, Aphraël, pour tes éloges, même si je crois y discerner une nuance de flatterie.

— Eh bien, reprit-elle, ce n'est peut-être pas faux, mais est-ce pécher que de caresser ceux qu'on aime dans le sens du poil ?

— Prends garde, Anakha, conseilla le Bhelliom. La Déesse-Enfant va te voler le cœur quand tu t'y attendras le moins.

— Il y a des années que c'est fait, Rose bleue, répondit Émouchet.

— Je m'en sortirai très bien tout seul, Émouchet, murmura Khalad. Je n'ai pas besoin d'un chaperon.

Ils étaient tapis derrière un arbre abattu, en haut de la butte d'où, la veille, ils avaient observé les Édomites. Les malheureux paysans s'échinaient à la lumière fumeuse de brasiers alimentés avec du bois vert. La pleine lune semblait irradier de sa pâle lueur la fumée montant des feux.

— Je suis seulement venu admirer l'expert au travail, Khalad, répondit innocemment Émouchet. Et puis je dois donner le signal à Ulath dès que tu auras envoyé Incetes rejoindre ses ancêtres. Nous sommes en avance, non ? fit-il en frissonnant. Le jour ne va pas se lever avant une bonne heure. On se les gèle, ici.

— Vous voulez le faire ?

— Non. À cette distance, je n'ai aucune chance de l'atteindre.

— Alors je vous suggère de la fermer et de me laisser faire.

— Tu es bien grognon pour un jeune homme, Khalad. Ce genre de réaction caractérise généralement les vieilles badernes.

— J'ai vieilli prématurément au contact des chevaliers.

— Ta nouvelle visée marche bien ?

— Faites-moi confiance, Émouchet. Mes calculs sont exacts.

— Tu veux dire que tu as tout calculé par écrit ?

— Le papier coûte moins cher qu'un seau de carreaux d'arbalète.

— J'ai l'impression que tu passes plus de temps à faire des calculs qu'à t'exercer au tir.

— C'est vrai. Quand on a bien calculé, une flèche suffit.

— Bon, mais pourquoi sommes-nous venus ici si tôt ?

— Pour laisser le temps à ma vue de s'accoutumer à la lumière. L'éclairage sera très particulier, le moment venu. Il y aura la lune, les feux de camp, les premières lueurs de l'aube ; tout ça changera en même temps et je veux permettre à mes yeux de s'y habituer. Il faut aussi que je repère Incetes. Si je tue son petit cousin, ça ne fera pas le même effet.

— Tu penses toujours à tout, hein ?

— Il faut bien.

Ils attendirent donc. Sous la lumière blafarde de la lune, le sable de la plage découverte par la marée basse brillait comme de la neige. Il faisait un froid glacial.

— Baissez la tête, Émouchet, ou cessez de respirer. La buée pourrait trahir notre présence si quelqu'un regardait par ici.

— Ils sont à deux cent cinquante toises, Khalad.

— Inutile de courir des risques, répliqua Khalad en observant attentivement les silhouettes grosses comme des fourmis qui s'agitaient à la lisière des arbres. L'impératrice Elysoun court toujours après Bérit ? demanda-t-il au bout d'un moment.

— Je crois même qu'elle l'a rattrapé une ou deux fois. Enfin, elle donne l'impression de relâcher un peu la pression.

— Parfait. Bérit était terriblement rigide quand il était plus jeune. Il est amoureux de votre femme, vous le savez.

— Oui. Nous en avons parlé il y a quelques années.

— Et ça ne vous ennuie pas ?

— Non. Ce n'est qu'une toquade de jeunesse. Ça lui passera.

— J'aime bien Bérit. Il fera un excellent chevalier. Quand je l'aurai débarrassé de ce qui lui reste de noblesse. Les titres ont tendance à abêtir les gens. Ah, ça commence à s'éclaircir, vers l'est, fit-il avec un mouvement de menton, puis il ouvrit sa besace, en sortit une longueur de saucisse et tira sa dague. Petit déjeuner, messire ?

— Pourquoi pas ?

La lueur qui effleurait l'horizon à l'est disparut et la nuit reprit ses droits. Encore une fausse aurore. Personne n'avait jamais réussi à expliquer ce phénomène à

Émouchet qui avait eu de nombreuses occasions de l'observer au cours de son exil au Rendor.

— Nous avons encore une bonne heure devant nous, souffla-t-il.

Khalad acquiesça d'un grognement, s'adossa au rondin et ferma les yeux.

— Je croyais que tu étais venu observer les environs, remarqua Émouchet. Comment veux-tu voir quoi que ce soit, si tu dors ?

— Je ne dors pas, Émouchet, je me repose les yeux. Et puisque vous êtes là, je vous propose de monter la garde à votre tour.

L'aube, la vraie, se leva enfin. Émouchet effleura l'épaule de Khalad.

— Réveille-toi, dit-il tout bas.

— Je ne dors pas, objecta Khalad en ouvrant instantanément les yeux.

— Alors pourquoi ronflais-tu ?

— Je ne ronflais pas. Je m'éclaircissais la gorge, c'est tout.

— Pendant une demi-heure ?

Khalad se redressa et scruta les environs par-dessus le rondin.

— Attendons que le soleil atteigne ces gens, suggéra-t-il. Le pectoral de bronze d'Incetes brillant au soleil devrait faire une cible idéale.

— C'est toi qui sais, hein.

— Eh, je viens d'avoir une idée, fit Khalad en observant les paysans qui s'affairaient en bas. Ce serait dommage de gâcher tous ces beaux radeaux, non ?

— C'est quoi, cette idée ?

— Même si le Bhelliom fait fondre la glace de Cyrgon, il faudra quelques jours au capitaine Sorgi pour nous emmener de l'autre côté de ce récif. Pourquoi ne pas utiliser ces radeaux ? Sorgi pourrait déposer la moitié des hommes sur la plage, à quelques milles au nord de la jetée qui est probablement déjà construite de l'autre côté de la muraille. Pendant ce temps-là, les autres feraient le tour du récif par ce côté-ci avec les radeaux. Comme ça, nous les prendrions en tenaille.

— Je pensais qu'ils ne te plaisaient pas, ces radeaux ?

— Il suffirait d'en mettre deux l'un sur l'autre pour en faire un bon. Cyrgon a peut-être prévu des renforts plus haut, sur la calotte polaire. Autant l'empêcher de faire main basse sur ces radeaux.

— Pas bête. Il faudra en parler à Vanion. Ah, voilà le soleil...

Khalad roula sur lui-même et appuya son arbalète sur le rondin. Il vérifia soigneusement les réglages du mécanisme de visée et cala la crosse contre son épaule.

Incetes était planté sur une souche d'arbre, dans la pleine lumière du soleil levant. Il agitait les bras en beuglant des exhortations incompréhensibles à ses hommes épuisés.

— Prêt ? demanda Khalad en appuyant sa joue contre la crosse et en collant l'œil à la visée.

— Moi, oui. C'est plutôt à toi qu'il faut demander ça.

— Bon, plus un mot. Je me concentre.

Khalad inspira un bon coup, expira partiellement et cessa tout à fait de respirer.

Incetes braillait et gesticulait dans le soleil levant. À cette distance, le titan de la préhistoire avait l'air d'un jouet.

Khalad pressa doucement mais fermement la détente. L'arbalète émit un choc sourd. Le boyau épais comme une corde claqua avec un bruit sec et grave. Émouchet suivit du regard le carreau qui montait en décrivant un arc.

— Je l'ai eu, fit Khalad avec une certaine satisfaction.

— La flèche ne l'a pas encore atteint, objecta Émouchet.

— C'est comme si c'était fait. Incetes est mort. La flèche va lui percer le cœur. Allez-y, faites signe à Ulath qu'il peut donner l'assaut.

— Tu ne crois pas que tu y vas un peu...

Une immense clameur monta de la foule, à la lisière de la forêt. Incetes s'incurva lentement en arrière. À l'instant où il toucha le sol, les guerriers de l'âge de bronze qui l'entouraient vacillèrent et s'estompèrent.

— Faites-moi confiance, Émouchet. Quand je vous dis que quelqu'un est mort, c'est qu'il est mort. Même s'il ne le sait pas encore. Bon, vous prévoyez de faire signe à Ulath, un de ces jours ?

— Oh, j'allais oublier !

— C'est triste de vieillir...

— Tous mes ministres sont corrompus, Ehlana. Je suis le premier à l'admettre ; mais si je dois rebâtir le gouvernement de fond en comble, j'y passerai ma vie et je ne ferai rien d'autre, dit Sarabian d'un ton pensif.

— Ce Pondia Subat est parfaitement incompétent, objecta Ehlana.

— Justement, ma chère. Les rôles seront inversés. C'est moi qui tirerai les ficelles et lui qui dansera comme un pantin. Les autres ont l'habitude de lui obéir, ça ne les changera pas de l'avoir comme Premier ministre. J'écrirai ses discours et je le terroriserai au point qu'il n'osera pas y changer un mot. Il n'osera même plus changer de vêtements ou se raser sans ma permission. C'est pour ça que je veux qu'il entende messire Stragen exposer la façon originale dont il a résolu certains de nos problèmes. Je veux qu'il sente les poignards lui entrer dans la chair chaque fois qu'il aura une idée personnelle.

— Je peux faire une suggestion, Majesté ? demanda Stragen.

— Absolument, Stragen, répondit Sarabian avec un sourire. Le stupéfiant succès de votre plan vous vaut un certain quota d'indulgence impériale.

Stragen se mit à faire les cent pas en soupesant machinalement une pièce d'or. Ehlana se demanda où il avait pris cette manie.

— Il n'y a pas de castes dans la société des voleurs, Majesté, commença-t-il. Nous croyons fermement à l'aristocratie du talent, et le talent apparaît dans les endroits les plus invraisemblables. Il n'y a que des Tamouls, au gouvernement. La pureté raciale est une bien belle chose, mais le fait qu'à partir d'un certain rang tous les fonctionnaires soient tamouls suscite un ressentiment qui fait le lit des Zalasta et autres félons de son espèce. Vous devriez vous montrer plus œcuménique. Si un homme ambitieux croit avoir une chance d'avancement, il sera moins enclin à rejeter le joug des diables jaunes.

— C'est une approche intéressante, convint Sarabian en se calant contre le dossier de son fauteuil. D'abord, j'écrase la rébellion sans pitié, puis j'invite les rebelles à participer au gouvernement. Ça devrait au moins semer le trouble dans les idées.

Mirtaï ouvrit la porte, faisant entrer Caalador.

— Que se passe-t-il ? demanda Ehlana.

— C'est la panique à l'ambassade du Cynesga, Majesté, annonça-t-il. La façon dont nous avons fêté les Moissons semble les avoir quelque peu déstabilisés. Ils font des provisions et renforcent frénétiquement les portes. On dirait qu'ils s'apprêtent à soutenir un siège.

— S'ils veulent s'enterrer vivants, ça les regarde, commenta Sarabian en haussant les épaules. Ça m'évitera de le faire.

— Krager est toujours à l'intérieur ? demanda Ehlana.

— Je l'ai vu traverser la cour ce matin même.

— Tenez-le à l'œil, Caalador, lui ordonna-t-elle.

— Comptez sur moi, Majesté, fit-il avec un grand sourire.

Vanion mena la charge sur la plage. L'es chevaliers et les Péloïs s'abattirent sur les équipes de travail démoralisées en une ruée tempétueuse pendant que les Atans d'Engessa couraient le long de l'eau jusqu'au pied de la jetée de bois afin de couper toute retraite aux hommes qui étendaient le pont flottant sur les eaux glacées.

Amador, le marchand de ruban, braillait des ordres depuis la jetée, mais personne ne l'écoutait. Quelques-uns des ouvriers qui coupaient les arbres tentèrent de résister, mais la plupart s'enfuirent en courant dans la forêt. Il ne fallut que quelques minutes à ceux qui avaient choisi de se battre pour réaliser que c'était une mauvaise décision. Ils lâchèrent leurs armes et levèrent les bras au ciel. Les chevaliers acceptèrent leur reddition, selon la coutume. Les Péloïs de Tikumé les imitèrent à regret ; mais les Atans, sur la jetée, ignorèrent ceux qui imploraient merci – conformément à *leur* coutume. Betuana et Engessa menèrent l'avance des Atans sur la jetée, tuant impitoyablement ceux qui faisaient mine de résister et balançant les autres dans les eaux glacées. Les hommes tombés à l'eau s'efforçaient de regagner le rivage où les soldats tamouls de la garnison impériale de Mathérion les regroupaient. La présence des soldats était plus symbolique qu'autre chose : c'étaient des troupes d'apparat, très mal préparées au combat. Leur rôle se bornait à encercler les hommes qui émergeaient en tremblant, bleus de froid, des eaux mêlées de glace.

— Je dirais que le courant chaud du Bhelliom n'est pas encore arrivé, observa Khalad.

— Je dirais que tu as raison, acquiesça Émouchet. Descendons. Les jours sont très courts, maintenant, et j'aimerais m'occuper de la jetée nord tant qu'on y voit encore quelque chose.

— S'il y a une jetée nord, objecta Khalad.

— Il y en a forcément une, Khalad.

— Ça ne vous ennuie pas que j'aille vérifier ça du

haut de la falaise ? La logique, c'est bien joli, mais j'ai toujours pensé qu'un bon coup d'œil valait mieux qu'une mauvaise impasse.

Ils redescendirent de la butte et rejoignirent leurs amis.

— Ce n'était pas un combat formidable, pesta Kalten en regardant d'un air dédaigneux les prisonniers terrifiés.

— Ce sont les meilleurs, rétorqua Tynian.

— Ah, voilà Sorgi ! fit Ulath en constatant que la flotte approchait du rivage. Dès que Betuana et Engessa auront dégagé la jetée, nous pourrons y aller.

Les Atans avaient parcouru la moitié du chemin, et les Édomites terrifiés se marchaient sur les pieds en reculant devant leur avance inexorable.

— L'eau est toujours aussi froide ? demanda Talen. Je veux dire, elle n'a pas commencé à se réchauffer ?

— Pas de façon sensible, répondit Ulath. Tout à l'heure, j'ai vu passer un poisson en manteau de fourrure.

— Tu penses qu'un homme pourrait rejoindre le rivage à la nage depuis le bout du pont flottant ?

— Tout est possible, répondit Ulath. Pourquoi ? Tu veux tenter l'expérience ?

Rebal était tout au bout de la jetée, à présent, et il poussait des cris de plus en plus stridents, mais les Atans avançaient toujours, la lance à l'horizontale devant eux. Ils ne se donnaient même pas le mal de tuer les Édomites. Ils tombaient tout seuls dans l'eau glacée. Un gros paquet d'hommes, au bout de la jetée, s'abattit dans les flots, ceux qui se trouvaient tout au bout entraînant leurs camarades dans leur chute. Les Atans s'alignaient sur les bords et au bout de la jetée pour empêcher les hommes de retrouver la sécurité. Ce n'était pas un comportement très civilisé, mais Émouchet ne voyait pas comment il aurait pu présenter ses objections à la reine Betuana de façon diplomatique : il serra donc les dents, et laissa faire.

Il y eut beaucoup de gerbes d'eau et d'éclaboussures au début, mais cela ne dura pas très longtemps. Les paysans gelés se laissèrent emporter par les vagues, seuls ou par groupes. Les plus athlétiques réussirent à gagner des hauts-fonds, mais seule une poignée retrouva cette sécurité précaire.

Amador, nota Émouchet, ne figurait pas parmi les rares survivants que les Tamouls avaient encerclés à la lisière de l'eau.

Les vaisseaux de Sorgi avaient mouillé l'ancre tout près de la plage, maintenant. La situation évoluait conformément aux plans qu'ils avaient échafaudés la veille au soir.

Mais il y avait une chose qu'ils n'avaient pas prévue. Khalad, qui était allé au bord de la falaise jeter un coup d'œil vers le nord, revint en fronçant les sourcils.

— Il y a bien une jetée au nord de la muraille, annonça-t-il en mettant pied à terre. Mais nous avons un problème qui vient du sud. Le courant chaud du Bhelliom est en train d'arriver.

— Et alors ?

— On dirait que le Bhelliom y est allé un peu fort. Le bord du courant a l'air bouillant.

— Et alors ?

— Alors, que se passe-t-il quand on verse de l'eau bouillante sur la glace, Émouchet ?

— Je suppose que ça fait de la vapeur.

— Très juste. La glace est en train de fondre, là-bas, mais ça soulève pas mal de vapeur. Et quel est l'autre nom de la vapeur, messire ?

— Je t'en prie, Khalad, ce n'est pas le jour. Quelle est la largeur du banc de brouillard ?

— Je n'en ai pas vu le bout, messire. Il est si épais qu'on pourrait marcher dessus. D'ailleurs vous allez pouvoir le constater vous-même : il arrive, fit Khalad en indiquant le large.

Le brouillard avançait sur la mer comme une épaisse couverture grise, son front pareil à une muraille compacte engloutissant tout sur son passage.

Émouchet se mit à jurer.

— Vous êtes bien mélancolique, ma reine, dit Aleanne quand les dames furent seules.

— Je n'aime pas être séparée d'Émouchet, soupira Ehlana. Nous l'avons été pendant de trop longues années quand il était en exil.

— Vous l'aimez depuis longtemps, n'est-ce pas, ma reine ?

— Je l'aime depuis ma naissance. C'est beaucoup plus commode comme ça. On ne perd pas de temps avec des hordes de prétendants. On peut consacrer toute son attention à celui qu'on va épouser et veiller à lui barrer toutes les portes de sortie.

On frappa à la porte. Mirtaï alla ouvrir, la main sur la

poignée de son épée. C'était Stragen, vêtu comme un manœuvre.

— Que faisiez-vous, messire, au nom du ciel ? demanda Mélidéré.

— Je poussais une brouette chargée de pavés, baronne, répondit-il d'un petit ton dégagé, et je crois à la nécessité de garder de bonnes habitudes de travail, d'où cette tenue. Je me suis fait passer pour un ouvrier du ministère des Travaux publics qui réparait la chaussée devant l'ambassade de Cynesga. Nous avons joué ça aux dés avec Caalador ; il a gagné le droit de rester assis sur un toit pour monter la garde pendant que je trimais comme un forçat.

— Il y a du nouveau ? avança Ehlana.

— En effet, ma Reine. L'ennui, c'est que nous ignorons quoi au juste. Toutes les cheminées crachaient de la fumée comme s'ils brûlaient des documents, ce qui est généralement signe de fuite imminente.

— Ils ignorent donc qu'ils n'ont pas une chance de quitter la ville ? demanda Mirtaï.

— On dirait qu'ils ont malgré tout l'intention de courir leur chance. Ce n'est qu'une hypothèse, mais tout semble indiquer qu'ils projettent une chose susceptible de déplaire fortement aux autorités. Je suggère que nous renforcions nos mesures de sécurité, ma Reine. Tous ces préparatifs ne me disent rien qui vaille et je n'aimerais pas être pris au dépourvu.

— Je vais en parler à Sarabian, décida Ehlana. Tant que Xanetia était là pour écouter aux portes, cet ambassade nous était utile. Maintenant qu'elle est partie avec Émouchet, ce n'est qu'une source de contrariété. Je pense qu'il serait temps d'envoyer des Atans les mettre hors d'état de nuire.

— C'est une ambassade, Majesté, objecta Méliddéré. On ne peut pas mettre tout le monde aux fers. C'est contre toutes les règles de la civilisation.

— Oui, et alors ?

— Nous n'avons guère le choix, maître Cluff, dit gravement Sorgi. Quand ce genre de brouillard se lève en pleine mer, on mouille l'ancre marine et on serre les fesses en faisant des vœux pour ne pas s'échouer sur une île. Vous ne pourrez jamais contourner ce récif avec ces radeaux, et si je tentais de me glisser dans le chenal entre les récifs et la glace j'y laisserais la coque de la moitié de mes navires. Il va falloir attendre qu'il se lève.

— Et combien de temps ça va prendre ? demanda Émouchet.

— Ça, bien malin qui le dira.

— L'air est plus froid que l'eau, Émouchet, expliqua Khalad. C'est ce qui provoque le brouillard. Il y a peu de chance qu'il se lève tant que l'air ne se réchauffera pas. Nous ne partirons pas d'ici avant demain, au mieux. En attendant, je vais tâcher d'arranger un peu ces radeaux afin de pouvoir y faire monter des chevaux et des hommes. En les utilisant tels qu'ils sont, nous devrions les déplacer à demi immergés.

— Occupe-t'en, Khalad, ordonna Vanion. Nous allons bavarder avec Séphrénia et Aphraël. Je crois qu'une petite intervention divine serait la bienvenue. Tu viens, Émouchet ?

Les deux hommes redescendirent sur la plage.

Séphrénia était assise sur un rondin, sa sœur sur ses genoux, près du feu que Kalten avait allumé pour elles.

— Bon, le brouillard nous pose un gros problème, commença Vanion. Nous ne pouvons pas contourner le bout de la falaise tant qu'il ne se sera pas levé, et le temps presse. Nous devons arriver à Tzada avant que les Trolls se mettent en marche. Quelqu'un a une idée ?

— Des tas, répondit Aphraël, mais il faudrait d'abord parler au Bhelliom. Il faut y mettre les formes, tu comprends.

— Non, soupira Émouchet. Je ne comprends pas, mais je te crois sur parole.

— Oh, merci, Émouchet, fit-elle d'un ton sucré. Je propose que nous discutions de ça en privé, le Bhelliom et moi. Ouvre la boîte et donne-la-moi.

La Déesse-Enfant s'éloigna un peu sur la plage avec la cassette ouverte. Elle resta un moment à regarder la mer envahie de brouillard, sans rien dire, comme si elle parlait silencieusement à la pierre. Elle revint une dizaine de minutes plus tard et rendit le coffret à Émouchet.

— C'est arrangé, dit-elle d'un petit ton dégagé. Quand voulez-vous partir ?

— Demain matin ? suggéra Émouchet en interrogeant Vanion du regard.

— Ça devrait laisser le temps à Khalad de modifier les radeaux, et de faire monter les chevaliers et leurs chevaux à bord des vaisseaux de Sorgi. Oui, nous devrions être prêts à partir demain matin.

— Très bien, acquiesça Aphraël. Maintenant, si

vous demandiez à Ulath qui est de corvée de popote ? Je meurs de faim.

Ce n'était pas une brise énorme, mais elle dissipa partiellement le brouillard. Au moins voyaient-ils où ils allaient, et les lambeaux restants les dissimuleraient aux regards lorsqu'ils contourneraient la pointe du récif.

Khalad avait décidé que le moyen le plus simple et le plus rapide de modifier les radeaux était de les doubler en les plaçant l'un sur l'autre afin d'améliorer leur flottabilité. Ce qui les rendait très difficiles à manœuvrer, évidemment, et leur progression le long du récif fut d'une lenteur éprouvante.

Khalad et Bérit, qui étaient partis en éclaireurs à bord d'un esquif, revinrent une heure plus tard.

— Nous avons marqué le chenal, annonça Khalad. L'eau bouillante a bel et bien éliminé la glace, de sorte qu'il y a toute la place de contourner la pointe.

— Nous avons vu passer les vaisseaux du capitaine Sorgi, ajouta Bérit. On dirait qu'il ne fait pas tellement confiance au vent. Il faut dire qu'il est un peu capricieux... Euh, vous ne direz pas à Aphraël que j'ai dit ça, hein ? Bref, Sorgi a mis les chevaliers à la rame. Ils devraient rejoindre la plage, au nord de la jetée, un peu avant que nous atteignions le rivage.

— Les arbres qui dépassent de l'eau ne risquent pas de poser un problème ? demanda Kalten.

— Pas si on reste près de la falaise, répondit Khalad. Les glissements de terrain provoqués par le tremblement de terre du Bhelliom ont fait tomber tous les arbres sur près d'une centaine de toises tout du long. Ceux qui se trouvent au-delà nous dissimuleront. Avec ce qui reste de brouillard, je doute qu'on nous voie venir du rivage.

— Ça ne se passe donc pas trop mal, en fin de compte, grommela Ulath en poussant sur une perche de vingt pieds de long. En dehors de ça, bien sûr.

— Tu peux y aller à la nage si tu préfères, proposa Tynian.

— Non, non, Tynian. J'aime beaucoup manœuvrer la perche, tout compte fait.

Quand ils atteignirent la pointe du récif, la flottille de radeaux se sépara en deux. Betuana et Engessa menèrent les Atans vers la jetée qui s'avançait dans la mer pendant qu'Émouchet et ses amis emmenaient le long de la falaise les Péloïs et les chevaliers qui n'avaient pu prendre place à bord des vaisseaux de Sorgi, et que Khalad et Bérit partaient en éclaireurs dans leur esquif. Tout le monde n'ayant pu embarquer sur les navires de Sorgi et sur les radeaux, une partie importante de l'armée était restée sur la plage, au sud, avec Talen et les femmes.

— Le fond commence à remonter, annonça Ulath au bout d'une demi-heure. Je pense que nous nous rapprochons du rivage.

— Je ne serai pas fâché de retrouver le plancher des vaches, commenta Kalten. Je suppose que, pour un radeau, celui-ci n'est pas mal, mais avancer sur l'eau avec une perche de vingt pieds, c'est comme essayer de renverser une maison.

L'esquif sortit du brouillard, tel un fantôme.

— Parlez moins fort, fit Khalad dans un rauque murmure. Nous approchons. Nous avons de la chance. Il devait y avoir une route parallèle à la plage car il y a un chenal entre les arbres. Nous n'avons qu'à le suivre pour parvenir presque au-dessus des bûcherons. Nous avons entendu le bruit de leurs haches comme s'ils n'étaient pas à plus de dix pas.

— Vous avez reconnu leur accent ? demanda Vanion. C'étaient des Édomites, comme de l'autre côté ?

— Non, messire. Au nord, ce sont des Astelans. Nous ne les avons pas vus, mais j'imagine que leurs chefs viennent de l'armée d'Ayachin et pas de chez Incetes.

— Eh bien, allons-y, fit Kalten en soulevant sa perche.

— Vous êtes prêts ? demanda Émouchet en regardant la rangée de radeaux qui s'étendait à perte de vue.

— Prêts à quoi ? rétorqua Kalten. Les serfs astelans ne peuvent pas être moins timorés que les paysans édomites. Ulath n'aurait qu'à sortir du brouillard en soufflant dans sa corne d'Ogre pour qu'ils grimpent tous dans les arbres.

— Bon, fit Émouchet, puis il projeta sa pensée vers sa fille. *Aphraël, tu m'écoutes ?*

Évidemment que je t'écoute, Émouchet.

Il décida de tenter une approche différente et projeta respectueusement sa requête en styrique.

Souffre, ô Divine Aphraël, que j'implore ton aide.

Tu te sens bien ? demanda-t-elle d'un ton suspicieux.

Je n'ai qu'un désir, ô Divine : te témoigner mon inaliénable considération et mon immense respect !

Non, mais tu te moques de moi, là ?

Oh, pas du tout. Je viens de réaliser que je te manquais par trop de respect, ces temps derniers. Tout est paré. Nous allons faire avancer les radeaux vers le rivage. Dès que les gens serons prêts à descendre sur la plage, Ulath donnera le signal de l'attaque. J'apprécierais un bon coup de vent à ce moment-là, si c'était un effet de ta bonté...

Je vais y réfléchir.

Tu entendras la corne d'Ulath ? Ou tu préfères que je te prévienne quand nous aurons besoin du coup de vent ?

Émouchet, j'entendrais marcher une araignée au plafond d'une maison à Cimmura. Je soufflerai aussitôt après Ulath.

C'est une façon amusante de présenter la chose.

Vas-y, Émouchet, ou tu vas manquer de lumière.

Oui, m'dame.

Il se tourna vers ses amis.

— Allons-y. La Divine Aphraël a commencé à inspirer. Comme je la connais, ce brouillard va se retrouver au pôle en moins de deux.

Ils firent lentement avancer les radeaux, en prenant garde à rester sur la même ligne, de façon à sortir du brouillard tous en même temps.

Ils entendirent bientôt, sur le rivage, des voix qui s'exprimaient en élène et, sur leur gauche, le doux clapotis des vaguelettes léchant les racines des arbres.

— Six pieds, souffla Kalten en ôtant sa perche de l'eau. À quatre, nous pourrons charger à cheval.

— Pourvu que le brouillard tienne jusque-là, tempéra Bévier.

Ils se rapprochaient du rivage et le fond continuait à monter sous leurs radeaux, pouce par pouce, lorsqu'ils entendirent un coup sourd et des jurons en élène ancien.

— C'est l'un des hommes d'Ayachin, chuchota Khalad.

— Ayachin ne peut pas être là en personne, nota Bérit.

— Incetes y était bien ; pourquoi l'autre n'y serait-il pas ?

— Si Ayachin est là, je veux que vous vous occupiez d'Elron, tous les deux, ordonna Émouchet. Ne le laissez pas s'enfuir. Ou se faire tuer. Nous n'avons pas réussi à cuisiner Amador, mais j'aimerais bien que Xanetia nous dise ce qu'Elron a dans le crâne.

— Trois pieds ! murmura Kalten avec exultation. Nous pourrons charger dès que nous les apercevrons.

Les radeaux avancèrent encore imperceptiblement. Les voix étaient de plus en plus fortes.

— Je vois quelque chose, fit Khalad en indiquant une forme indistincte, vers l'avant.

— À quelle distance ? demanda Émouchet en scrutant les blanches ténèbres qui s'étendaient devant lui.

— Une trentaine de pas.

Puis Émouchet aperçut des formes sombres dans le brouillard, et il entendit des hommes qui pataugeaient au bord de l'eau.

— À cheval, vite ! ordonna-t-il tout bas. Prévenez les autres.

Ils montèrent en selle en prenant garde à ne faire aucun bruit.

— Très bien, Ulath, dit Émouchet, tout haut. C'est parti ! Ulath eut un grand sourire et porta sa corne d'Ogre à ses lèvres.

30

En fait de brise, c'est un vent de tempête qui surgit en hurlant de nulle part, courbant les pins et dépouillant les bouleaux et les peupliers de leurs dernières feuilles. Le brouillard disparut dans un tourbillon piqueté de feuilles. Les vagues énormes, coiffées d'écume, se ruèrent sur le rivage d'herbe et de broussailles à demi submergées où des milliers de serfs en haillons s'affairaient au milieu des souches d'arbres.

— Des chevaliers hérétiques ! hurla un homme qui portait les lambeaux rouillés d'une antique armure.

Il resta planté au bord de l'eau et regarda, sidéré, l'immense horde de cavaliers qui avait surgi de nulle part lorsque le vent avait chassé le brouillard.

La corne d'Ulath poursuivit sa plainte barbare. Les Péloïs de Tikumé et les chevaliers déboulèrent des radeaux, leurs montures soulevant d'énormes gerbes d'eau écumeuse, pareilles à des ailes de glace.

— Que devons-nous faire, noble Ayachin ? hurla

l'homme en armure rudimentaire à l'adresse d'un cavalier étique qui portait un harnachement plus complet mais tout aussi archaïque, constitué d'un jaseran de bronze et d'un pectoral d'acier.

— Sus à l'ennemi ! rugit-il. Détruisez les envahisseurs hérétiques ! Battez-vous, pour l'Astel et pour notre sainte foi !

Émouchet tira brutalement sur les rênes de Faran et fonça sur le héros astelan ressuscité.

Son casque n'avait pas de visière à proprement parler, mais une pièce descendant sur le devant du visage lui protégeait le nez. Ce visage reflétait une intelligence acérée et une passion ardente. Mais son regard était celui d'un fanatique. Il s'arc-bouta, leva sa lourde épée et éperonna son cheval blanc pour se ruer sur Émouchet.

Les deux bêtes se heurtèrent violemment, et le cheval blanc recula sous le choc. Faran était plus gros, et rompu au combat. Il heurta de l'épaule la monture d'Ayachin et lui arracha de grands lambeaux du cou avec ses dents. Émouchet para un coup de l'antique épée du héros avec son bouclier et contra par un coup de sa propre épée porté au-dessus de sa tête, heurtant le bouclier massif, levé à la hâte.

— Hérétique ! beugla Ayachin. Suppôt de l'enfer ! Démon ! Sorcier !

— Laisse tomber ! répliqua Émouchet. Tu ne fais pas le poids !

Il venait de se rendre compte qu'il n'avait pas vraiment envie de tuer cet homme qui se battait pour défendre sa terre natale et sa foi dans une politique cléricale depuis longtemps caduque. Il n'avait rien contre lui personnellement.

Ayachin beugla d'un ton de défi et balança à nouveau son épée. Il était assez habile bretteur, mais il n'était pas de taille à lutter contre le chevalier pandion, d'acier noir vêtu, qui se dressait devant lui. Émouchet para avec son bouclier et porta un coup du tranchant de sa lame à l'épaule de son adversaire.

— Va-t'en, Ayachin ! hurla-t-il. Je ne veux pas te tuer. Tu as été abusé par un Dieu étranger et projeté des milliers d'années dans l'avenir. Ce n'est pas ton combat ! Emmène ton peuple et fuyez !

Mais il était trop tard. Émouchet lisait la folie dans les yeux de son adversaire. Il avait mené trop de combats pour s'y méprendre. Il poussa un soupir, projeta Faran contre le cheval blanc et entama une séquence de coups qu'il avait si souvent portés qu'une fois amorcée, leur succession devenait automatique.

L'antique guerrier se battit avec bravoure, malgré sa cuirasse désuète, mais l'issue était inévitable. Les coups qu'il encaissait étaient de plus en plus puissants et chacun arrachait un nouveau lambeau de ce qui lui tenait lieu d'armure.

Pour lui éviter une blessure grotesque, au lieu d'assener le coup de taille qui concluait normalement l'échange et qui aurait fendu la tête de son adversaire, Émouchet frappa d'estoc. La pointe de son épée transperça l'armure rudimentaire et entra dans la poitrine d'Ayachin comme dans du beurre.

Le feu disparut de l'antique visage. Le héros se raidit et glissa lentement de sa selle.

Émouchet leva la garde de son épée devant son visage en un salut silencieux et attristé.

Un grand cri monta des serfs astelans lorsque l'armée d'Ayachin disparut. Un gros serf, au bord de l'eau, aboyait des ordres contradictoires en agitant les bras comme un moulin à vent. Bérit se pencha sur sa selle et l'estourbit d'un coup du plat de sa hache sur le crâne.

Quelques hommes tentèrent de résister, mais le cœur n'y était pas. La plupart détalèrent sans demander leur reste. Betuana et ses Atans évacuèrent la jetée et laissèrent fuir les serfs dans la forêt. Émouchet se dressa sur ses étriers et regarda vers le nord. Les chevaliers descendus des navires de Sorgi menaient les pauvres gens abusés de l'autre côté de la jetée, entre les arbres.

La bataille – si l'on peut dire – avait pris fin.

La reine des Atans mit pied à terre et s'approcha d'Émouchet.

— Ce n'était pas un très bon combat, Émouchet-Chevalier, dit-elle d'un ton accusateur.

— Je suis navré, Majesté, fit-il d'un ton d'excuse. J'essaierai de faire mieux la prochaine fois.

Elle lui dédia un sourire soudain, éblouissant.

— Je vous taquinais, Émouchet-Chevalier. Un bon plan limite l'affrontement et vous avez fait un excellent travail de préparation.

— Votre Majesté est trop aimable.

— Combien de temps faudra-t-il au capitaine cammorien pour amener le reste de notre armée de ce côté de la muraille ?

— Le restant de la journée et la majeure partie de la journée de demain, j'imagine.

— Pouvons-nous vraiment attendre si longtemps ? Nous devions être à Tzada avant que les Trolls-Bêtes ne se mettent en marche.

— Je vais parler avec Aphraël et le Bhelliom, Majesté, dit-il. Ils vont nous dire ce que font les Trolls.

Khalad arriva à bride abattue.

— Nous n'avons pas trouvé trace d'Elron, Émouchet. Nous avons capturé quelques-uns de ses serfs, et aucun ne l'a vu.

— Qui était le chef, alors ?

— La brute que Bérit a endormie d'un coup de hache, apparemment.

— Réveillez cet animal et tâchez de le faire parler. Sans insister. S'il se montre récalcitrant, nous attendrons l'arrivée de Xanetia. Elle saura, sans douleur, tirer de lui ce qu'il sait.

Khalad fit volter sa monture et repartit à la recherche de Bérit.

— Vous êtes fort bienveillant, pour un combattant, Émouchet-Chevalier, observa Betuana.

— Ces serfs ne sont pas nos vrais ennemis, Betuana-Reine. Je vous montrerai une autre facette de ma personnalité quand nous aurons capturé Zalasta.

— Il s'appelle Torbik, rapporta Khalad lorsqu'il les rejoignit dans le pavillon des dames. C'était l'un des premiers complices de Sabre. Je pense que c'est un serf du baron Kotyk. Il n'a pas voulu me le dire, mais pour moi il sait qu'Elron et Sabre ne sont qu'une seule et même personne.

— Il sait pourquoi Elron l'a envoyé au lieu de venir lui-même ? demanda Tynian.

— Il prétend l'ignorer, répondit Khalad. Xanetia pourra fouiller dans sa cervelle et nous le dire. Pardon, Anarae, pour cette image barbare. Nous essayons tous de comprendre ce que vous faites quand vous lisez dans les pensées. Nous risquerions sûrement moins de vous choquer par le recours à des expressions inadaptées si vous nous disiez quel terme vous employez vous-même.

Xanetia, qui était arrivée avec Séphrénia, Talen et Flûte sur le vaisseau de Sorgi, eut un sourire.

— Je me demandais lequel d'entre vous me le demanderait le premier, dit-elle. J'aurais dû savoir que ce serait toi, jeune maître, car tu as l'esprit fort pratique, en vérité. À ce modeste don, nous donnons le nom de « partage ». Point n'aspirons les pensées d'autrui, point ne les puisons comme des poissons frémissant dans les eaux noires de la conscience. Nous les partageons.

— Bref, reprit Khalad, le rôle de Torbik était avant tout d'empêcher les serfs astelans de trop parler avec les guerriers d'Ayachin. La situation aurait facilement pu mal tourner. Elron ne voulait pas que les deux groupes se mettent à comparer leurs notes.

— Il sait où est Elron en ce moment ? demanda Kalten.

— Il ne sait même pas où il se trouve, lui. Elron a fait une vague allusion à l'Astel oriental et il en est resté là. Torbik n'était pas vraiment le chef, ici, pas plus qu'Ayachin. Il y avait un Styrique avec eux, et c'est lui qui donnait les ordres. Il a probablement été le premier à fuir dans les bois quand nous avons pris pied sur le rivage.

— C'était probablement Djarian, le nécromancien de Zalasta, risqua Bévier. Il a bien fallu que quelqu'un ramène Ayachin du IXe siècle.

— Possible, répondit Séphrénia, mais je crois plutôt que c'était l'un de ses élèves. C'est le sort initial qui est difficile à maîtriser. Une fois qu'on a réussi à évoquer des personnages du passé, il est assez simple de les faire revenir à nouveau. Tout m'incite à penser qu'Incetes et ses hommes on été conjurés par un autre Styrique posté au sud de la muraille. Zalasta et Ogerajin disposent d'un vivier inépuisable de renégats.

Le capitaine Sorgi passa la tête par le rabat de la tente pour annoncer que les derniers chevaliers arriveraient le lendemain matin, régler divers problèmes d'intendance et demander à « maître Cluff » s'il pourrait lui dire deux mots en privé. Émouchet se leva et le suivit au-dehors.

— Voilà, commença Sorgi, je voulais savoir si vous aviez des projets pour ces radeaux, quand tout sera fini.

— Je ne crois pas. Pourquoi ?

— Eh bien, voilà, maître Cluff. Ces radeaux sont faits de très bon bois. Plutôt que de les laisser perdre, je vais demander à mes hommes de les attacher. Je reviendrai chercher ce train de bois quand je vous aurai déposés à Mathérion et nous le vendrons au marché d'Étalon – ou peut-être même à Mathérion. Je devrais en tirer un bon prix.

— Brave vieux Sorgi ! s'esclaffa Émouchet en lui flanquant une bonne bourrade. Vous ne perdez pas le nord, hein ? Prenez ces rondins, vous avez ma bénédiction.

— Vous êtes un homme généreux, maître Cluff. La prochaine fois que vous aurez besoin d'un navire, venez me voir. Je vous emmènerai où vous voudrez. À moitié prix, ajouta-t-il prudemment.

Le village de Tzada avait été abandonné des années auparavant, et les Trolls en goguette avaient achevé de le détruire. Il se trouvait à la limite d'un immense marécage dominé, au sud, par l'escarpement. La lande couverte de givre étincelait sous les rayons obliques du soleil levant.

— La prairie est-elle vaste, Majesté ? demanda Vanion.

— Deux lieues de large et six ou huit de longueur, répondit Betuana. Ça fera un bon champ de bataille.

— Nous espérions plus ou moins éviter l'affrontement, lui rappela Vanion.

Engessa demanda à ses éclaireurs la position exacte des Trolls.

— On les aperçoit du haut de l'escarpement, annonça-t-il à Vanion. Depuis plusieurs semaines, ils se massent tous les jours au milieu de la prairie, mais ils sont trop loin pour que nous voyions ce qu'ils font au juste. Les éclaireurs vont nous indiquer leur position exacte.

— Quel est le plan, ami Émouchet ? demanda Kring en caressant machinalement la poignée de son sabre.

On fonce dans le tas et on leur lâche leurs Dieux dessus au dernier moment ?

— Pas si vite, intervint Aphraël. Je voudrais d'abord parler avec les Dieux des Trolls, histoire de m'assurer qu'ils ont bien compris les conditions de leur libération.

— Il serait souhaitable que les Trolls viennent à nous plutôt que le contraire, n'est-ce pas, Émouchet ? avança Vanion

— Absolument, et je propose que nous les attirions par une feinte, confirma Émouchet. Nous pourrions, par exemple, avancer d'une demi-lieue dans la prairie pour qu'ils nous voient, puis adopter une formation classique – les chevaliers au centre, les Atans sur les côtés et les Péloïs sur les flancs. Cyrgon a l'esprit militaire ; cette formation est plus vieille que le monde. Il croira que nous nous apprêtons à donner l'assaut. Les Cyrgaïs, qui sont un peuple belliqueux, ne résisteraient pas à la tentation d'attaquer les premiers. Je pense que l'on peut compter sur Cyrgon pour agir comme il l'a toujours fait, même s'il commande cette fois les Trolls et non son propre peuple.

— Il a intérêt, commenta Ulath. Quoi qu'il leur dise, ils attaqueront dès qu'ils nous verront, ça ne fait pas un pli. Ils nous considèrent comme de la nourriture et, généralement, celui qui reste assis sur son derrière en attendant le dîner se couche l'estomac vide.

— Parfait, commenta Vanion. Nous les laissons approcher à quelques centaines de toises et nous libérons leurs Dieux. Ils récupèrent leurs Trolls et Cyrgon se retrouve seul, au milieu de la plaine.

— Peut-être pas tout à fait seul, rectifia Séphrénia. Il se pourrait que Zalasta soit avec lui. Enfin, je l'espère.

— Sauvage, dit affectueusement Vanion.

— Éloignons-nous un peu pour parler aux Dieux des Trolls, suggéra Émouchet. Inutile de semer la panique parmi nos propres troupes.

Il mena ses compagnons dans une clairière, de l'autre côté du village. Il avait délibérément laissé la cassette ouverte après que le Bhelliom les eut amenés à Tzada. Cette fois, il voulait que ses ennemis sachent où il était.

— Rose bleue, dit-il courtoisement, ne vois-tu aucune faille dans notre plan ?

— Il me paraît bon, Anakha, répondit la pierre, par les lèvres de Vanion. Peut-être serait-il prudent d'aviser les Dieux des Trolls que Cyrgon pourrait aller chercher des renforts dans l'Antiquité lorsqu'il s'apercevra que les Trolls ne sont plus abusés par son subterfuge.

— Voilà qui est fort sage, mon ami, répondit Émouchet. Nous les préviendrons. Et toi, ne provoque pas d'incident, dit-il en regardant Aphraël. Tâchons de nous entendre avec nos alliés – au moins jusqu'à la fin des hostilités.

— Fais-moi confiance, dit-elle. Comme si tu avais le choix, d'ailleurs... Suscite les Dieux des Trolls, Émouchet. Allez ! le jour ne durera pas éternellement, tu sais.

Il marmonna entre ses dents.

— Je n'ai pas entendu ce que tu as dit, fit-elle.

— Tu n'étais pas censée l'entendre. Rose bleue mon amie, dit-il en levant la gemme étincelante, fais-les venir, je t'en prie. La Déesse-Enfant commence à s'impatienter.

— Je l'avais remarqué, Anakha.

Les Dieux des Trolls se matérialisèrent, immense présence environnée d'une lueur bleue.

— Le moment est venu, annonça Émouchet en langue troll. C'est l'endroit où Cyrgon a amené vos enfants. Unissons nos efforts pour lui faire payer son forfait.

— Oui ! exulta Ghworg.

— Je vous rappelle le compact, fit Aphraël. Vous nous avez fait des promesses. Je saurai vous obliger à les tenir.

— Nous les tiendrons, Aphraël, fit Ghworg d'un ton funèbre.

— Répétons-les donc, proposa-t-elle, finement. Les promesses hâtives sont souvent oubliées. Vos enfants ne mangeront plus mes enfants. Vous êtes d'accord ?

Ghnomb acquiesça dans un sanglot.

— Khwaj retiendra son feu et Schlee sa glace, c'est dit ? Ghworg interdira à vos enfants de tuer les miens et Zoka ne permettra plus à chaque femme Troll que d'avoir deux enfants. C'est entendu ?

— Entendu, entendu, répéta impatiemment Ghworg. Libère-nous.

— Tout de suite. Vous acceptez aussi que vos enfants deviennent mortels ? Qu'ils vieillissent et meurent comme les miens ?

Ils poussèrent un rugissement de fureur. Ils espéraient manifestement, dans leurs pauvres esprits embrumés, qu'elle avait oublié cette promesse.

— Vous acceptez ? insista-t-elle d'une voix un tantinet menaçante.

— C'est bon, fit Schlee, à contrecœur.

— Tu peux les libérer, Émouchet.

— Dans un instant, fit-il avant de s'adresser directement aux Dieux des Trolls. Notre intention est d'affliger grandement Cyrgon, leur rappela-t-il. Laissons-le croire que la victoire est à sa portée avant de la lui arracher. Sa souffrance n'en sera que plus grande.

— C'est bien dit, fit Schlee à l'attention de ses compères. Entendons ses paroles. Voyons si nous pouvons réduire Cyrgon au désespoir.

Émouchet leur dévoila les grandes lignes de son plan de bataille.

— Ainsi, conclut-il, quand vos enfants seront à dix fois dix pas des enfants d'Aphraël et que Cyrgon exultera, vous apparaîtrez et arracherez à son emprise vos enfants volés. Dans son agonie, il est possible qu'il fasse revenir ses propres enfants du passé ténébreux pour nous affronter. J'en appellerai à la Déesse-Enfant et lui demanderai de mettre aussitôt fin à cette ignominie et de laisser vos enfants se repaître de ceux de Cyrgon, et Cyrgon lui-même sentira leurs crocs dans sa chair alors qu'ils dévoreront ses enfants.

— C'est bien parlé, Anakha, approuva Schlee. M'est avis que tu es presque digne d'être un Troll.

— Loué sois-tu de cette pensée flatteuse, répondit Émouchet d'un ton quelque peu dubitatif.

L'armée se mit en marche. Les chevaliers de l'Église s'avancèrent dans la plaine, leurs armures étincelant aux rayons obliques du soleil levant, les étendards flottant au bout de leurs lances, leurs farouches chevaux de bataille couchant l'herbe haute sous leurs sabots. Les Atans couraient sur les côtés, encadrés par les Péloïs de Tikumé, qui étaient peut-être la meilleure cavalerie légère du monde. Malgré les objections véhémentes de Vanion, Séphrénia et Xanetia chevauchaient avec les chevaliers. Flûte, pour une raison obscure, montait cette fois avec Talen.

Au bout d'une lieue, Vanion leva la main et donna le signal de la halte. Ulath souffla dans sa corne d'Ogre pour passer la consigne.

Engessa, Betuana et Kring les rejoignirent.

— Nos éclaireurs nous ont rapporté des informations, annonça Betuana. Cyrgon exhorte les Trolls-Bêtes, et il y a plusieurs Styriques avec lui. Mon peuple ne connaît pas le langage de ces monstres, aussi n'ont-ils pu comprendre ce que disait Cyrgon.

— Ce n'est pas difficile à deviner, fit Tynian en haussant les épaules. Cyrgon pense que nous projetons d'attaquer et il prépare les Trolls au combat.

— Vos éclaireurs pourraient-ils reconnaître un ou plusieurs des Styriques, Betuana ? demanda Séphrénia d'une voix tendue.

La reine des Atans secoua la tête.

— Ils n'ont pas pu se rapprocher suffisamment.

— Zalasta est là, Séphrénia, dit Xanetia. J'ai senti la présence de son esprit.

— Avez-vous entendu ses pensées, Anarae ? demanda Bévier.

— Pas clairement, messire chevalier. Il était trop loin.

— Je voudrais bien être sûr que notre ruse a marché, fit Vanion en fronçant le sourcil. Ça pourrait très mal tourner si Zalasta avait une idée de ce que nous préparons. Vos éclaireurs vous ont-ils dit combien de Trolls étaient massés là-bas, Majesté ?

— Ils estiment leur nombre à quinze cents, Vanion-Précepteur.

— Le troupeau au grand complet, quoi, observa Ulath en faisant la grimace. Les Trolls ne sont pas très nombreux, mais ça suffit amplement. En cas de bagarre, un Troll vaut une foule à lui seul.

— Si nous étions obligés de livrer combat, aurions-nous assez d'hommes ? demanda Tynian.

Ulath fit tanguer sa main comme une barque sur une mer agitée.

— Ce serait juste. Nous ne sommes que douze mille. Us ont l'avantage du nombre. Largement.

— Notre ruse est donc crédible, commenta Vanion. Cyrgon et Zalasta ne devraient pas avoir de raison de soupçonner un piège.

Ils attendirent. Les chevaux étaient nerveux et certains devinrent difficiles à tenir au fur et à mesure que les minutes passaient.

Puis une Atana arriva en courant à travers la prairie givrée.

— Ils avancent, Betuana-Reine ! hurla-t-elle quand elle fut à portée de voix.

— Ça a marché ! fit Talen, radieux.

— On va voir, répondit prudemment Khalad. Ne vendons pas la peau du Troll.

— Dis-nous ce que tu as vu, ordonna Betuana à l'éclaireuse qui se rapprochait.

— Les Trolls-Bêtes viennent vers nous, Betuana-Reine, répondit la femme. Ils avancent séparément, certains loin devant, d'autres très en arrière.

— Les Trolls ignorent que l'union fait la force, remarqua Ulath.

— Qui les commande ? demanda Betuana.

— Une chose immense et très, très laide, Betuana-Reine, répondit l'éclaireuse. Les Trolls-Bêtes qui l'entourent sont plus grands que le plus grand des Atans et ils lui arrivent à peine à la taille. Il y a aussi des Styriques avec eux. J'en ai compté huit.

— L'un d'eux a-t-il les cheveux et la barbe argentés ? demanda avidement Séphrénia.

— Deux d'entre eux correspondent à cette description. Un mince et un gros. Le mince est tout près de la grande chose immonde.

— C'est Zalasta, dit-elle d'une voix étouffée.

— Je veux que tu me fasses une promesse, Séphrénia, dit fermement Vanion.

— La décence m'interdit de t'expliquer où tu peux te coller tes promesses, Vanion, répliqua-t-elle sèchement en fléchissant les doigts d'une façon inquiétante.

— Tu avais raison, Émouchet-Chevalier, commenta Engessa avec un petit sourire. Tu m'as dit, l'été dernier, à Sarsos, que Séphrénia faisait deux cents pieds de haut. Plus on la connaît, plus on la trouve grande. Je n'aimerais pas être à la place de Zalasta en ce moment.

— Moi non plus, acquiesça Émouchet. Il doit y avoir des endroits plus confortables.

— Tu veux bien réfléchir un tout petit peu, avant de t'empoigner avec Zalasta ? implora Vanion. Pour l'amour de moi ? Mon cœur cesse de battre quand tu es en danger.

— Tu es vraiment adorable, Vanion, fit-elle avec un doux sourire. Mais ce n'est pas moi qui suis en danger, là.

C'est alors qu'ils entendirent un son morne, rythmé, le battement de centaines, de milliers de pieds monstrueux marchant au pas, et ce martèlement était accompagné par un grognement sourd, bestial. Puis le bruit de pas et les grognements s'arrêtèrent net, et un ululement strident, lugubre, s'éleva dans l'air glacé.

— Kring ! aboya Ulath. Allons jeter un coup d'œil !

Les deux hommes s'éloignèrent au galop dans la prairie gelée.

— Qu'y a-t-il ? demanda Vanion.

— De très mauvaises nouvelles, répondit Kalten d'une voix étranglée. Nous avons déjà entendu ce bruit. Quand nous étions en route pour le Zémoch, nous sommes tombés sur des créatures que Séphrénia a appelées les Hommes-de-l'aube. À côté d'eux, les Trolls sont de braves petits chiots.

— Et les Dieux des Trolls n'ont aucune autorité sur eux, ajouta Séphrénia. Il faut que nous battions en retraite.

— Jamais ! hurla Betuana. Pour rien au monde je ne me laisserai à nouveau humilier ! Plutôt mourir avec mes Atans !

Ulath et Kring revinrent à bride abattue, l'air déconcerté.

— Ce ne sont que des Trolls ordinaires, s'exclama Ulath, mais ils tapent du pied, ils grommellent et ils geignent comme les Hommes-de-l'aube.

Flûte éclata d'un rire incongru.

— Qu'y a-t-il de si drôle ? demanda Talen.

— Cyrgon, répondit-elle gaiement. Je savais qu'il était borné, mais, à ce point-là, ça bat tout. Il est incapable de faire la différence entre les Trolls et les Hommes-de-l'aube. Il force les Trolls à se comporter comme leurs ancêtres, mais ça ne marchera pas avec eux. Il n'arrivera qu'à les perturber. Allons à leur rencontre, Émouchet. Je veux voir la tête de Cyrgon quand son beau plan s'écroulera.

Elle enfonça ses petits pieds tachés d'herbe dans les flancs du cheval de Talen, obligeant les autres à la suivre.

Ils gravirent une longue colline et retinrent leurs montures. Les Trolls avançaient dans l'herbe haute, sur un front d'une demi-lieue, en traînant les pattes, en frappant le sol du talon, en grognant à l'unisson. Une immense créature qui ressemblait beaucoup à Ghworg, le Dieu du Tuer, se dressait au milieu de la horde de brutes, frappant le sol gelé avec une énorme massue bardée de fer.

Aux pieds de la monstrueuse apparition se pressait une poignée de Styriques en robe blanche. Émouchet reconnut Zalasta à la droite de Cyrgon.

— Cyrgon ! appela Aphraël d'une voix de tonnerre, puis elle poursuivit dans une langue qui rappelait vaguement le styrique, émaillée d'élène, de tamoul et d'une demi-douzaine d'autres langues.

— Quelle langage est-ce là ? demanda Betuana.

— C'est le parler des Dieux, répondit Vanion avec une certaine raideur, comme chaque fois que le Bhelliom s'exprimait par sa bouche. La Déesse-Enfant est en train de semoncer Cyrgon. M'est avis, Séphrénia, que tu as trop longtemps exposé ta Déesse au contact des Élènes. Ces invectives et imprécations sont fort malséantes dans la bouche d'une si jeune personne.

— Aphraël n'est pas si jeune, Rose bleue, répondit-elle.

Un faible sourire effleura les lèvres de Vanion.

— À tes yeux, peut-être, mais je la vois selon une perspective différente. Pour moi, ta Déesse millénaire n'est qu'un enfançon.

— Allons, allons, murmura Aphraël avant de se remettre à injurier Cyrgon, maintenant fou de rage.

— Entendez-vous les pensées de Zalasta, Anarae ? demanda Kalten.

— Très distinctement, doux sire, répondit Xanetia.

— A-t-il le moindre soupçon de ce que nous nous apprêtons à faire ?

— Nullement. Il croit que la victoire est à sa portée.

Aphraël s'arrêta au milieu d'une tirade.

— Ôtons-lui tout de suite cette illusion, dit-elle. Relâche les Dieux des Trolls, Émouchet.

— S'il te sied, Rose bleue, de libérer tes occupants involontaires, c'est le moment, suggéra courtoisement Émouchet.

— Très volontiers, Anakha, répondit le Bhelliom avec soulagement.

Les Dieux des Trolls se matérialisèrent soudain et, n'étant plus nimbés du halo azuré, ils apparurent dans une profusion de détails d'une netteté atterrante. Émouchet réprima un sursaut de dégoût.

— Reprends tes enfants, Ghworg ! ordonna Aphraël en langue troll. C'est ton aspect que Cyrgon a volé ; il t'appartient de le châtier à ta guise.

Ghworg poussa un rugissement vorace et chargea vers le bas de la colline, les autres Dieux des Trolls sur les talons.

Le faux Ghworg laissa échapper un hoquet étranglé en voyant la terrible réalité qui s'abattait sur lui. Puis il poussa un cri d'agonie.

— C'est vraiment Cyrgon ? s'étonna Kalten.

— Les Dieux aussi ? demanda Talen. Je veux dire, ça leur fait aussi mal qu'à nous, quand on rompt un de leurs sorts ?

— Encore plus, répondit Aphraël dans un ronronnement. Cyrgon a la cervelle en ébullition, à l'heure qu'il est.

Les Trolls regardaient avec effarement leurs Dieux qui venaient de se matérialiser. Tout près du Dieu des Cyrgaïs qui se convulsait de rage et de douleur, une brute tendit négligemment la patte, ramassa un Styrique et lui arracha la tête, interrompant net ses cris affoles. Il la rejeta, ouvrit un four énorme et dévora le corps qui se tortillait encore.

Les Dieux des Trolls rugirent quelque chose d'une même voix et les Trolls se prosternèrent devant eux.

Cyrgon se mit à gesticuler de plus belle en poussant des hurlements stridents. Les sept Styriques restants s'effondrèrent comme des arbres abattus. Le faux Ghworg frémit, se dissipa, et Cyrgon apparut sous son aspect véritable, dans un globe amorphe de lumière pâle, intense.

— C'est tout à fait lui, laissa tomber Aphraël avec un rictus méprisant. Ce Cyrgon dit se refuser à prendre forme humaine par fierté, mais, personnellement, je le crois trop maladroit pour ça. Il se mettrait probablement la tête à l'envers ou les deux bras du même côté.

Elle émit à nouveau quelques insultes, d'un ton triomphant.

— Aphraël ! s'exclama Séphrénia, choquée.

— Celles-là, je les gardais pour une circonstance de ce genre, s'excusa la Déesse-Enfant. Tu n'étais pas censée les entendre.

La lueur qui émanait de Cyrgon palpitait sauvagement, s'enflait et refluait au rythme de sa souffrance.

— Qu'éprouve Zalasta, maintenant ? demanda avidement Séphrénia.

— Sa douleur est telle que je n'ai point de mots pour la décrire, répondit Xanetia.

— Chère, chère sœur ! exulta Séphrénia. Si tu savais le plaisir que tu me fais !

— Tu ne pourras jamais la reprendre en main, souffla Émouchet.

— Je risque d'avoir du mal, en effet, soupira Vanion, troublé.

La masse grouillante, informe, de Cyrgon s'étira comme une flamme et étendit un immense pseudopode.

Et à une demi-lieue derrière les Trolls apparut soudain une lueur farouche.

— Il appelle ses Cyrgaïs ! hurla Khalad.

— Ghworg ! Schlee ! rugit l'énorme voix du Bhelliom. Cyrgon a conjuré son peuple ! Vos enfants vont pouvoir festoyer !

Les Dieux des Trolls s'enflèrent encore et aboyèrent des ordres immondes à leurs adorateurs toujours prostrés. Les Trolls se relevèrent et regardèrent d'un œil gourmand les Cyrgaïs qui, venant d'un lointain passé, s'approchaient d'eux. Puis, avec un immense rugissement, ils se précipitèrent vers le banquet que Cyrgon leur offrait si généreusement.

Ehlana était fatiguée. La journée avait été épuisante. Elle venait de se retirer avec Mirtaï, Aleanne et Mélidéré et s'apprêtait à aller se coucher. Danaé les suivait en traînant Rollo par une patte et en bâillant à se décrocher la mâchoire.

— L'empereur était d'une drôle d'humeur, ce soir, nota Mélidéré en refermant la porte derrière elles.

— Il a les nerfs en pelote, répondit Ehlana en s'asseyant à sa coiffeuse. L'avenir de l'empire repose sur ce qu'Émouchet et les autres sont en train de faire dans le Nord, et il n'a aucun moyen de savoir ce qui se passe en ce moment là-bas.

Danaé bâilla encore une fois et se roula en boule dans un fauteuil.

— Où est ton chat ? demanda Ehlana.

— Sais pas. Par là, répondit Danaé d'une voix ensommeillée.

— Regarde dans mon lit, Mirtaï, ordonna Ehlana. Je n'aime pas les petites surprises velues au milieu de la nuit.

Mirtaï tapota le lit à baldaquin et s'agenouilla pour regarder dessous.

— Je ne le vois pas, Ehlana, dit-elle.

— Va le chercher, s'il te plaît, Danaé. Accompagne-la, Mirtaï. Quand vous aurez retrouvé ce chat, tu mettras Danaé au lit et tu m'enverras Stragen ou Caalador. Ils ne m'ont pas fait leur rapport sur ce qui s'est passé à l'ambassade de Cynesga, ce soir, et j'aimerais régler ça avant d'aller me coucher. Je ne tiens pas à ce qu'il frappent à ma porte au milieu de la nuit.

— Viens, Danaé, fit Mirtaï.

La petite princesse soupira. Elle descendit de son fauteuil, embrassa sa mère et suivit la géante à la peau dorée hors de la pièce.

Aleanne entreprit de brosser les cheveux de la reine. Ehlana adorait qu'on lui brosse les cheveux. Ça la plongeait dans une sorte de rêverie délectable, sensuelle, qui la détendait merveilleusement. Elle était très fière de son épaisse chevelure d'or pâle. Sa blondeur était stupéfiante pour les Tamouls aux cheveux noirs, et tous les regards se posaient sur elle chaque fois qu'elle entrait quelque part.

Les trois femmes parlaient de tout et de rien quand on frappa discrètement à la porte.

— La barbe ! s'exclama Ehlana.

Mélidéré se leva, alla ouvrir et échangea quelques paroles avec les intrus.

— Ce sont quatre Péloïs, Majesté, annonça-t-elle. Ils apportent des nouvelles du Nord.

— Qu'ils entrent, voyons, Mélidéré ! ordonna Ehlana. Le premier homme qui entra dans la pièce portait une tenue de cuir ajustée et un sabre au côté. Son crâne rasé, à la mode péloï, était aussi blanc que le ventre d'un poisson alors que son visage était légèrement hâlé. Il y avait quelque chose qui clochait.

Le second avait une barbe noire soigneusement taillée, et son visage très pâle rappelait vaguement quelquc chose à Ehlana.

Les deux autres avaient aussi le crâne rasé et ils portaient le costume péloï, mais ce n'étaient pas des Péloïs. Le premier était Elron, le jeune poète astelan, et le second, avec ses poches sous les yeux et sa langue pâteuse, était Krager.

— Ah, fit-il de sa voix éraillée d'ivrogne. Ça fait plaisir de se revoir, pas vrai, Majesté ?

— Comment êtes-vous entré, Krager ? demanda-t-elle.

— Rien de plus facile, Ehlana, répondit-il avec un sourire affreux à voir. Émouchet aurait dû laisser quelques hommes pour veiller sur vous. Les chevaliers de l'Église sont plus observateurs que les soldats tamouls. Un petit coup de rasoir sur le crâne, une tenue de cuir péloï et ni vu ni connu... Par précaution, Elron s'est couvert le visage avec sa cape quand la baronne a ouvert la porte, mais, pour le reste, c'était presque trop facile. Vous connaissez Elron, je crois, Majesté ?

— Je me souviens vaguement de lui, n'est-ce pas, Mélidéré ?

— En effet, Majesté. Comment pourrait-on oublier l'effroyable plumitif que nous avons rencontré en Astel ?

Le visage d'Elron blêmit sous l'insulte.

— Je ne suis pas critique littéraire, mesdames, répliqua Krager en haussant les épaules. Mais Elron assure qu'il est poète, et je le crois sur parole. Je vous présente le baron Parok, poursuivit-il en indiquant le premier homme qui était entré dans la pièce.

Parok se fendit d'une révérence théâtrale. Son visage était strié de veinules violacées, la couperose des gros buveurs, il avait des poches sous les yeux et la lippe sensuelle.

Ehlana l'ignora.

— Vous savez que vous ne sortirez pas d'ici vivant, Krager.

— Je m'en sors toujours vivant, Ehlana, répondit-il avec un rictus ironique. Je sais assurer mes arrières. Maintenant, j'aimerais vous présenter notre chef, Scarpa, fit-il avec un geste en direction de l'homme à la barbe noire. Je suis sûr que vous avez entendu parler de lui, et il meurt littéralement d'envie de faire votre connaissance.

— Il n'a pas l'air assez mort pour moi, remarqua-t-elle. Tu devrais appeler les gardes pour y remédier, Mélidéré.

— Ces rodomontades sont déplacées, lâcha Scarpa avec un mépris glacial en barrant la route à Mélidéré. Je n'aime pas vos grands airs. Toutes ces génuflexions, tous ces « Majesté », vous sont montés à la tête et vous ont fait oublier que vous n'êtes qu'une femme.

— Je n'ai pas de leçons à recevoir du fils bâtard d'une putain ! répliqua-t-elle.

Le visage de Scarpa trahit un bref mécontentement.

— Nous perdons du temps, dit-il.

Il avait une voix grave, profonde, très travaillée, et tout dans sa gestuelle trahissait le cabotin. Il avait dû passer un moment sur les planches.

— Nous avons bien des lieues à couvrir avant l'aube.

— Je n'irai nulle part ! déclara-t-elle.

— Vous irez où je vous dirai d'aller, dit-il, et, en cours de route, je vous apprendrai quelle est votre place.

— Qu'espérez-vous retirer de tout cela ? s'exclama Mélidéré.

— L'empire, la victoire ! répondit Scarpa avec un haussement d'épaules. Nous prenons la reine d'Élénie en otage. Son mari est si stupidement attaché à elle qu'il donnerait n'importe quoi pour la récupérer intacte. Comme si le monde n'était pas peuplé de femmes interchangeables !

— Et vous, vous avez la stupidité de croire que mon mari m'échangera contre le Bhelliom ! fit Ehlana d'un ton méprisant. Émouchet est Anakha, pauvre imbécile, et il tient le Bhelliom dans son poing, ce qui fait de lui l'égal d'un Dieu. Il a tué Azash. Il va tuer Cyrgon et vous allez y passer, vous pouvez en être sûr. Priez le ciel de mourir vite, Scarpa. Il a le pouvoir de vous faire agoniser un million d'années, s'il le désire.

— Je ne prie jamais, femme. Les prières sont pour les faibles qui mettent leur foi en Dieu.

— Je pense que vous sous-estimez la dévotion

qu'Émouchet a pour vous, Ehlana, reprit Krager. Il paierait cher pour que vous lui reveniez.

— Il n'aura pas à le faire, lança Ehlana. Je vous réglerai votre compte toute seule. Vous pensez vraiment vous en sortir comme cela, quand je n'ai qu'un mot à dire pour faire accourir au galop la moitié de la garnison ?

— Vous ne direz pas un mot, répliqua Scarpa en montrant les dents. Vous êtes trop arrogante, femme. Il est temps que vous compreniez la réalité de votre situation. Tue-la ! ordonna-t-il à Elron avec un mouvement de menton en direction de Mélidéré.

— Mais..., bredouilla l'apprenti poète, livide.

— Tue-la, je te dis, ou c'est moi qui te crève ! cracha Scarpa.

Elron dégaina sa rapière en tremblant et avança vers la baronne qui le toisa de toute sa hauteur.

— Ce n'est pas une aiguille à tricoter, espèce de crétin ! lança-t-elle. Tu ne sais même pas la tenir ! Tu ferais mieux d'en rester au massacre de la langue, Elron. Tu n'as ni le talent ni l'estomac de passer à l'exécution des êtres vivants, même si ta soi-disant poésie est ennuyeuse à périr.

— Comment osez-vous ? s'étrangla-t-il en devenant violet.

— Où en es-tu de ton *Ode au Bleu,* Elron ? poursuivit-elle pour l'asticoter. Tu ferais fortune en la vendant comme laxatif, tu sais ? L'effet purgatif est obtenu dès la première strophe.

Il poussa un hurlement de rage et tenta un mouvement maladroit avec son épée.

Ehlana avait assez souvent regardé Stragen entraîner Sarabian pour savoir que le coup était mal porté. La baronne intrépide détourna la lame en levant le poignet dans un geste apparent de défense futile, et la lame d'Elron passa en douceur à travers son épaule.

Mélidéré étouffa un cri, porta la main à sa blessure pour en dissimuler l'emplacement exact, recula pour se libérer et tomba, le sang ruisselant sur le corselet de son déshabillé.

— Assassin ! hurla Ehlana en se ruant vers son amie tombée à terre.

Elle se jeta sur le corps inerte de Mélidéré en pleurant à chaudes larmes.

— Ça va ? murmura-t-elle entre deux sanglots.

— Ce n'est qu'une égratignure, répondit Mélidéré dans un souffle.

— Dis à Émouchet que tout va bien, ordonna la reine en enlevant sa bague et en la dissimulant dans le corselet de Mélidéré. Et défends-lui de leur donner le Bhelliom, quoi qu'ils menacent de me faire. Vous serez pendu pour ça, Elron, déclara-t-elle d'une voix sépulcrale en se relevant, le visage ruisselant de larmes. Ou plutôt, je vous ferai brûler à petit feu, sur le bûcher !

Elle arracha le couvre-lit et le jeta vivement sur Mélidéré pour empêcher tout examen trop attentif.

— Nous allons partir, maintenant, déclara froidement Scarpa. L'autre, là, est aussi votre amie, je suppose, fit-il en indiquant Aleanne qui les regardait, le visage de cendre. Elle va nous accompagner et si vous faites un bruit, si vous poussez un cri, je lui tranche la gorge.

— Vous oubliez le message, messire Scarpa, fit Krager en sortant un parchemin plié de l'intérieur de sa veste de cuir. Il faut qu'Émouchet sache que nous sommes passés lui faire un petit bonjour. Pardon, Ehlana, dit-il avec un vilain sourire en tirant un couteau. Mais j'ai besoin d'une preuve que nous vous retenons captive.

Il prit une mèche de cheveux d'Ehlana et la coupa sans ménagement tout en lui exhalant en pleine face la puanteur âcre de son haleine avinée.

— Nous allons la laisser avec notre note afin qu'Émouchet puisse comparer les suivantes avec celle-là et vérifier que nous ne bluffons pas. Si vous éprouviez la soudaine tentation de faire des histoires, Ehlana, rappelez-vous que nous n'avons besoin que d'une chose, au fond : votre tête, ajouta-t-il avec un sourire pervers. Nous pourrions la moissonner au fur et à mesure sans avoir à nous encombrer du reste de votre personne.

Ici s'achève *Ceux-qui-brillent,*
le second livre de *La Trilogie des périls.*
Dans *La Cité occulte,*
le troisième et dernier livre de cette épopée,
Émouchet et Ehlana affrontent l'ultime défi
en de lointaines et redoutables contrées.

Photocomposition C*MB* Graphic
44800 Saint-Herblain

Achevé d'imprimer par GGP Media GmbH, Pößneck
en octobre 2008
pour le compte de France Loisirs,
Paris

N° d'éditeur: 53728
Dépôt légal: mai 2008
Imprimé en Allemagne